HECTOR MALOT

Heimatlos

UEBERREUTER

ISBN 3 8000 2157 9
J 939/1
Alle Rechte vorbehalten
Umschlag und Illustrationen von Mouche Vormstein
© 1975 by Verlag Carl Ueberreuter, Wien · Heidelberg
Gesamtherstellung: Salzer - Ueberreuter, Wien
Printed in Austria

Inhalt

Kindertage im Dorf

Meine Eltern kenne ich nicht.

Bis zu meinem achten Jahr dachte ich freilich, daß auch ich eine Mutter hätte, wie alle anderen Kinder, denn wenn ich weinte, nahm mich eine Frau ganz zart in ihre Arme und wiegte mich, bis meine Tränen versiegten. Auch gab sie mir immer den Gutenachtkuß, bevor ich zu Bett ging, und wenn der Dezemberwind den Schnee gegen die gefrorenen Scheiben peitschte, wärmte sie mir die Füße zwischen ihren beiden Händen und sang ein Lied.

Wurde ich von einem Gewitter überrascht, während ich unsere Kuh draußen an grasbewachsenen Wegen oder auf der Heide hütete, so lief sie mir entgegen, um mir unter ihrem wollenen Rock Schutz zu geben. Gab es Streit mit einem meiner Kameraden, so ließ sie sich meinen Kummer erzählen und fand immer gute Worte, mich zu beruhigen oder mir recht zu geben.

Und doch war sie nur meine Pflegemutter.

Ich erfuhr das auf folgende Weise.

Mein Dorf oder, um mich richtiger auszudrücken, das Dorf, in dem ich aufgewachsen bin, heißt Chavanon und ist eines der ärmsten in Mittelfrankreich: Es gibt dort keine gut bebauten Felder, sondern fast ausschließlich weite Brachfelder, auf denen nichts als Ginster und Heidekraut wachsen. Scharfe Winde fegen über diese kahlen, hochgelegenen Steppen hin und verkümmern die Bäume, die da und dort ihre knorrigen, zerzausten Äste emporstrecken. Wer stattliche Bäume sehen will, muß von den Höhen in die Täler, an die Ufer der Bäche herniedersteigen, wo auf schmalen Wiesen große Kastanien und kräftige Eichen wachsen.

In einer solchen Talbucht, an einem rasch fließenden Bach, der sich in einen Nebenfluß der Loire verliert, steht das Haus, in dem ich die erste Zeit meiner Kindheit verlebte.

Bis zu meinem achten Jahr hatte ich noch nie einen Mann in diesem Hause gesehen. Meine Mutter war nicht Witwe, aber ihr Mann, ein Steinmetz, arbeitete gleich vielen anderen aus unserer Gegend in Paris und war, soweit ich zurückdenken konnte, niemals nach Hause gekommen. Er beschränkte sich darauf, seiner Frau von Zeit zu Zeit durch einen seiner heim= kehrenden Kameraden Nachricht von sich zu geben.

»Mutter Barberin«, hieß es dann, »Ihrem Mann geht es gut. Ich soll Ihnen sagen, daß er Arbeit hat und Ihnen dieses Geld schickt. Bitte, wollen Sie es nachzählen?«

Das war alles. Mutter Barberin begnügte sich mit diesen Mit= teilungen. Ihr Mann war bei guter Gesundheit, hatte reichlich Arbeit und verdiente, soviel er brauchte — mehr begehrte sie nicht.

Übrigens blieb Barberin nicht etwa deshalb so lange in Paris, weil er sich mit seiner Frau nicht gut vertrug, sondern nur, weil ihn die Arbeit dort festhielt. Würde er einmal alt und arbeitsunfähig werden, dann wollte er zu seiner alten Frau zurückkehren und von seinen Ersparnissen sorgenfrei mit ihr leben.

Einmal im November, bei Anbruch des Abends, sah ich einen mir unbekannten Mann vor unserer Gartentür stehen. Ohne sie zu öffnen, blickte er zu mir nach der Haustürschwelle herüber, wo ich gerade Reisig zerbrach, und fragte, ob nicht Mutter Barberin dort wohne.

Ich sagte ihm, er solle nur hereinkommen.

Er stieß die Gartentür auf, so daß sie in den Angeln kreischte, und ging langsam auf das Haus zu. Seine Kleider waren von oben bis unten mit Schmutz bedeckt; man sah ihm an, daß er schon lange auf morastigen Wegen einhergewandert sein mußte.

Beim Geräusch unserer Stimmen kam Mutter Barberin herzu= gelaufen und stand ihm gegenüber, als er eben über die Schwelle trat.

»Ich bringe Nachrichten aus Paris«, sagte er.

Wir hatten diese einfachen Worte schon oft gehört. Der Ton klang aber diesmal ganz anders als sonst, wenn es hieß: »Ihrem Mann geht es gut, er hat viel Arbeit!«

»Ach, mein Gott!« schrie Mutter Barberin und schlug die Hände zusammen, »Jérôme ist ein Unglück zugestoßen!«

»Ja, es ist etwas geschehen, aber Sie dürfen sich nicht so auf= regen. Ihr Mann ist nicht tot, er ist nur verletzt. Er ist jetzt im Krankenhaus. Ich bin dort sein Bettnachbar gewesen, und als ich nach Hause ging, bat er mich, Ihnen die Sache im Vorbei=

gehen zu erzählen. Ich kann nicht bleiben; ich habe noch drei Meilen Wegs zu machen, und es wird bald Nacht.«

Mutter Barberin wünschte aber Genaueres zu hören und forderte ihn daher auf, zum Abendbrot zu bleiben — die Wege seien grundlos, in den umliegenden Wäldern sollten sich Wölfe gezeigt haben, er könne seinen Weg ja am nächsten Morgen fortsetzen.

Der Mann setzte sich auf die Bank am Herd. Während des Essens erzählte er uns den Hergang des Unfalls. Auf dem Bauplatz, auf dem Barberin arbeitete, war ein Gerüst eingestürzt. Barberin, der darunter stand, wurde schwer verletzt. Der Bauunternehmer weigerte sich aber, eine Entschädigung zu zahlen, da Barberin im Augenblick des Unglücks dort gar nichts zu tun hatte und daher für ihn keine Notwendigkeit bestand, sich an dieser Stelle aufzuhalten.

»Er hat kein Glück, der arme Barberin«, fuhr der Erzähler fort. »Es gibt Schlauköpfe, die sich das zunutze gemacht hätten, Geld herauszuschlagen, sich Renten sichern zu lassen, aber Ihr Mann wird nichts bekommen.«

Und während er seine Beinkleider trocknete, die unter einem Überzug von verhärtetem Schmutz ganz steif geworden waren, wiederholte er mit dem Ausdruck aufrichtigsten Bedauerns die Worte: »Kein Glück! Kein Glück!« Er selbst hätte sich wahrscheinlich in der Aussicht auf eine gute Pension gern zum Krüppel machen lassen. »Ich habe ihm trotzdem geraten«, so schloß er seinen Bericht, »einen Prozeß gegen den Unternehmer anzustrengen.«

»Einen Prozeß? Das kostet viel Geld.«

»Aber wenn man ihn gewinnt!«

Am liebsten hätte sich Mutter Barberin sogleich auf den Weg nach Paris zu ihrem Mann gemacht. Aber die weite Reise dahin war so kostspielig, daß wir am nächsten Morgen ins Dorf hinuntergingen, um diese Angelegenheit zuvor mit dem Pfarrer zu beraten. Der Pfarrer wollte Mutter Barberin nicht reisen lassen, ehe sie wisse, ob sie ihrem Mann auch nützlich sein könne, und schrieb deswegen an den Geistlichen des Krankenhauses, in dem Barberin gepflegt wurde. Nach einigen Tagen traf eine Antwort des Inhalts ein, daß Mutter Barberin nicht nach Paris kommen, sondern ihrem Manne Geld schicken sollte. Er beabsichtige, einen Prozeß gegen den Unternehmer anzustrengen, in dessen Dienst er verunglückt war.

Tage, Wochen vergingen. Von Zeit zu Zeit kamen Briefe, in denen immer neue Geldsendungen verlangt wurden, bis Barberin in dem letzten, dem dringendsten von allen, anordnete, daß, falls kein Geld mehr vorhanden wäre, die Kuh verkauft werden müsse, um die erforderliche Summe zu beschaffen.

Nur wer auf dem Land mit den Bauern gelebt hat, kann verstehen, wieviel Kummer und Schmerz in diesen Worten liegt: die einzige Kuh verkaufen!

Mag der Bauer auch noch so arm, seine Familie noch so zahlreich sein, er weiß, daß keiner zu hungern braucht, solange eine Kuh im Stall steht. An einem Halfter oder einfach an einem um die Hörner geschlungenen Strick kann ein Kind das Tier führen und es an den grasbewachsenen Wegen, auf der Gemeindewiese, die niemandem gehört, grasen lassen. Und abends hat die ganze Familie Butter zur Suppe und Milch zu den Kartoffeln.

Ein Viehhändler kam ins Haus, untersuchte Roussette ganz genau, betastete sie lange und schüttelte dabei unzufrieden den Kopf. Dann sagte er, sie gefalle ihm gar nicht, es sei eine Kuh armer Leute, die er nicht wieder verkaufen könne — sie habe ja nicht einmal so viel Milch, daß sich Butter daraus bereiten lasse. Schließlich erklärte er aber doch, er wollte sie nehmen, wenn auch nur aus Gefälligkeit für die brave Mutter Barberin.

Die arme Roussette war nicht aus dem Stall zu bringen und fing an zu brüllen, als merke sie, um was es sich handle.

»Geh nach hinten und jage sie heraus«, wandte sich der Händler zu mir und gab mir die Peitsche, die um seinen Hals hing.

»O nicht doch«, bat Mutter Barberin, nahm die Kuh beim Halfter und redete ihr freundlich zu: »Komm, mein gutes Tier, komm, komm!«, worauf Roussette willig gehorchte.

Auf der Straße angelangt, band sie der Händler hinten an seinen Wagen fest, so daß sie dem Pferd folgen mußte; aber wir hörten das Tier noch lange, nachdem wir ins Haus zurückgegangen waren, kläglich sein Muh schreien.

Von nun an gab es weder Milch noch Butter mehr, sondern morgens ein Stück trockenes Brot, abends Kartoffeln mit Salz.

Bald nach Roussettes Verkauf war Faschingsdienstag; im vergangenen Jahre überraschte mich Mutter Barberin mit einem Festmahl von Faschingskrapfen und Obstschnitten. Ja, da=

mals stand noch Roussette im Stall. Jetzt aber, sagte ich mir traurig, haben wir keine Roussette mehr, also auch keine Milch zum Anrühren, noch Butter zum Backen.

Mutter Barberin dachte indessen anders; obwohl sie ungern borgte, bat sie eine Nachbarin um eine Tasse Milch, eine andere um ein Stück Butter, und als ich gegen Mittag nichts ahnend nach Hause kam, fand ich sie damit beschäftigt, Mehl in eine große irdene Schüssel zu schütten.

»Sieh da, Mehl!« sagte ich.

»Freilich ist das Mehl, mein kleiner Remi«, erwiderte sie lächelnd, »schönes Weizenmehl, riech nur, wie herrlich es duftet!«

Ich hätte gern gewußt, wozu dieses Mehl dienen sollte, mochte aber nicht danach fragen. Wenn ich mir merken ließ, daß ich wußte, es sei Faschingsdienstag, so hätte ich Mutter Barberin vielleicht weh getan.

»Was macht man denn aus Mehl?« fragte sie nun und sah mich dabei an.

»Brot.«

»Was noch?«

»Mehlbrei.«

»Und was noch?«

»Ich weiß es wirklich nicht.«

»Oh, du magst es nur nicht sagen, weil du ein guter kleiner Junge bist. Es ist ja Fasching, die Zeit der Krapfen und Obstkuchen, das weißt du genau. Aber da du auch weißt, daß wir weder Milch noch Butter haben, so sprichst du lieber gar nicht davon. Ist es nicht so?«

»O Mutter Barberin!«

»Siehst du, das dachte ich mir. Ich habe aber eine Überraschung für dich. Es gibt auch heuer richtige Faschingskrapfen! Guck einmal in den Mehlkasten.«

Ich hob den Deckel auf und sah Milch, Butter, Eier und drei Äpfel darin.

»Gib mir die Eier«, sagte sie, »während ich sie aufschlage, schälst du die Äpfel.«

Mutter Barberin schlug die Eier in das Mehl, rührte alles durcheinander und goß von Zeit zu Zeit einen Löffel Milch darauf. Nachdem der Teig angerührt war, stellte sie das Gefäß auf die heiße Asche, und wir brauchten jetzt nur noch den Abend zu erwarten. Das Gebäck sollte unser Nachtessen werden.

Der Tag kam mir unerträglich lang vor. Endlich nach langem Warten sagte Mutter Barberin: »Gib Holz ins Feuer!« Ich ließ mir das nicht zweimal sagen. Bald loderte eine große Flamme in dem Herd, deren flackernder Schein die Küche erfüllte.

Dann nahm Mutter Barberin die Bratpfanne von der Wand, setzte sie aufs Feuer, ließ sich die Butter von mir reichen, schnitt mit dem Messer ein kleines Stück davon ab und gab es in die Pfanne.

Was war das für ein herrlicher Duft! Das Zischeln und Prasseln der schmelzenden Butter machte eine vergnügliche Musik. So aufmerksam aber ich darauf lauschte, glaubte ich doch ein Geräusch auf dem Hof zu vernehmen.

Wer konnte uns um diese Zeit stören? Vermutlich eine Nachbarin, die uns um etwas bitten wollte.

Aber ich hing diesem Gedanken nicht weiter nach, denn soeben tauchte Mutter Barberin den großen Füllöffel in den Tiegel und bedeckte nun den Boden der Pfanne mit weißem Teig. In einem solchen Augenblick konnte man auf nichts anderes achten.

Ein Stock stieß auf die Schwelle, gleich darauf wurde die Tür heftig aufgerissen.

»Wer ist da?« fragte Mutter Barberin, ohne sich umzudrehen.

Ein Mann war hereingekommen, in einem weißen Hemd, wie ich beim Schein der hellodernden Flamme sah, und mit einem großen Stock in der Hand.

»So, hier geht's festlich zu? Laßt euch nicht stören!« sagte er in barschem Ton.

»O Gott, du bist's, Jérôme!« rief Mutter Barberin. Sie setzte die Pfanne schnell auf die Erde, nahm mich bei der Hand und führte mich dem Mann, der auf der Schwelle stehengeblieben war, mit den Worten entgegen: »Das ist dein Vater!«

So habe ich erfahren, daß ich ein Findelkind bin.

Ich ging auf ihn zu, um ihm einen Kuß zu geben, aber er wies mich mit der Spitze des Stockes zurück.

»Wer ist denn das?« wandte er sich an seine Frau.

»Remi.«

»Du sagtest mir doch . . .«

»Nun ja, aber . . . Es war nicht wahr, weil . . .«

»Du hast gelogen!«

Er trat mit erhobenem Stock auf mich zu, so daß ich unwillkürlich zurückfuhr.

Was hatte ich getan? Weswegen war er mir böse? Warum die=
ser Empfang, wenn ich ihn küssen wollte?
»Ihr feiert Fasching, wie ich merke«, fuhr er fort, »das trifft
sich gut; denn ich habe Hunger. Was hast du zum Abend=
brot?«
»Ich backe Krapfen.«
»Das sehe ich, aber einem Menschen, der zehn Meilen gewan=
dert ist, wirst du doch keine Krapfen vorsetzen wollen?«
»Ich habe nichts anderes, wir haben dich nicht erwartet.«
»Nichts anderes? Was soll das heißen? Nichts zum Abend=
essen?« Er blickte in der Küche umher.
»Hier ist ja Butter!« Dann sah er zur Decke hinauf, wo in
besseren Tagen stets ein Stück Speck hing. Aber der Haken
war schon lange leer, nur Knoblauch und einige Zwiebeln hin=
gen am Gebälk. »Da gibt es auch Zwiebeln«, fuhr er fort und
schlug mit seinem Stock ein Bündel herunter. »Vier oder fünf
Zwiebeln, ein Stück Butter, und die Suppe ist fertig. Nimm die
Krapfen weg und röste meine Zwiebeln.«
Die Krapfen wegnehmen! Mutter Barberin antwortete nicht,
sondern beeilte sich, dem Verlangen ihres Mannes nachzukom=
men, während er sich an den Herd setzte. An den Tisch ge=
lehnt, stand ich noch da, wohin mich der Stock gewiesen hatte,
und sah den Freudenstörer an.
Es war ein Mann von etwa fünfzig Jahren mit einem rohen
unfreundlichen Gesicht. Infolge seiner Verletzung trug er den
Kopf auf die rechte Schulter geneigt, und diese Verunstaltung
machte seinen Anblick noch weniger vertrauenerweckend, als
er ohnehin war.
Mutter Barberin stellte die Pfanne wieder aufs Feuer.
»Mit dem kleinen Stück Butter willst du uns eine Suppe
machen?« fragte er, nahm den Teller, auf dem die Butter lag,
und ließ den ganzen Rest in die Pfanne fallen.
Nun war's mit den Krapfen vorbei.
Zu jeder anderen Zeit hätte mir dieser Schicksalsschlag sehr
weh getan. Jetzt aber dachte ich statt an Krapfen und Obst=
kuchen nur daran, daß dieser Mann, der mir so hart vorkam,
mein Vater sein sollte.
»Steh nicht da, als seiest du angefroren!« fuhr er mich an.
»Stelle die Teller auf den Tisch!«
Ich gehorchte schleunigst. Die Suppe war inzwischen fertig
geworden, und Mutter Barberin füllte die Teller.

Nun kam Barberin aus seiner Ecke, nahm am Tisch Platz und fing zu essen an, hielt aber von Zeit zu Zeit inne, um mich zu beobachten. Ich war zu aufgeregt, als daß ich hätte essen kön= nen, und blickte nur bisweilen verstohlen zu ihm hinüber, schlug aber die Augen nieder, sobald ich den seinen begeg= nete.

»Ißt er nie *mehr*?« fragte er Mutter Barberin plötzlich, indem er mit dem Löffel auf mich wies.

»O doch, er hat einen ganz gesunden Appetit.«

»Desto schlimmer; wenn er doch wenigstens nicht viel essen wollte!«

Ich mochte natürlich nicht sprechen, und Mutter Barberin war ebensowenig zur Unterhaltung aufgelegt. Schweigend ging sie am Tisch hin und her und war nur darauf bedacht, ihren Mann zu bedienen.

»Bist du nicht hungrig?« sagte er nach einer Pause zu mir.

»Nein.«

»So geh ins Bett und schlaf gleich ein, sonst werde ich böse.«

Mutter Barberin mahnte mich durch einen Blick zu gehorchen, aber diese Mahnung war überflüssig — ich dachte ja nicht im entferntesten an Widerstand.

Wie in vielen Bauernhäusern, diente auch bei uns die Küche gleichzeitig als Schlafzimmer. Alles, was wir zum Kochen und bei den Mahlzeiten gebrauchten, befand sich nahe beim Herd, während die entgegengesetzte Ecke zum Schlafen hergerichtet war. In dem einen Winkel stand das Bett der Mutter Barberin, in dem gegenüberliegend in einer Art von Wandschrank das meine, von einem roten Leinenvorhang verdeckt.

Ich entkleidete mich schnell und legte mich nieder, wenn auch an Einschlafen nicht zu denken war. Ich hatte furchtbare Angst und fühlte mich sehr unglücklich. Wie konnte dieser Mann mein Vater sein? Warum war er denn so hart gegen mich?

Das Gesicht an die Wand gedrückt, versuchte ich, diese Ge= danken zu vertreiben und einzuschlafen, wie mir befohlen war; aber der Schlaf wollte nicht kommen. Noch nie fühlte ich mich so völlig wach.

Nach einiger Zeit hörte ich jemanden auf mein Bett zukom= men und merkte an dem schweren, schleppenden Schritt, daß es Barberin war.

Ein heißer Atem streifte mein Gesicht.

»Schläfst du?« fragte eine dumpfe Stimme.

Ich lag mäuschenstill, denn noch klangen mir die schrecklichen Worte in den Ohren: »Sonst werde ich böse.«

»Er schläft«, sagte Mutter Barberin. »Sobald er sich hinlegt, schläft er auch ein, das ist so seine Art. Du kannst ruhig sprechen, er hört dich nicht.«

Vielleicht hätte ich sagen müssen, daß ich wach war, aber mir fehlte der Mut dazu. Mir war befohlen worden zu schlafen, und da ich nicht schlief, tat ich unrecht.

»Wie steht es mit dem Prozeß?« hörte ich Mutter Barberin fragen.

»Verloren! Die Richter entschieden, daß ich durch eigene Schuld unter das Gerüst gekommen bin und daher keinen Anspruch auf Entschädigung habe.«

Er schlug dazu mit der Faust auf den Tisch und erging sich in Ausdrücken grenzenloser Wut.

»Der Prozeß verloren«, begann er dann wieder, »unser Geld verloren, zum Krüppel gemacht, dem Elend preisgegeben, da hast du unsere Lage! Und nicht genug damit, finde ich bei der Rückkehr ein Kind vor. Willst du mir nun sagen, warum du damals nicht getan hast, was ich dir befahl?«

»Weil ich es nicht konnte.«

»Konntest du das Kind nicht ins Findelhaus bringen?«

»Ein Kind, das man mit der eigenen Milch genährt und liebgewonnen hat, verläßt man nicht auf solche Weise.«

»Es war aber nicht dein Kind.«

»Wäre er nicht gerade zu der Zeit krank geworden, so hätte ich dir auch gehorcht.«

»Er wurde krank?«

»Ja, er wurde krank. Du wirst mir zugeben, daß das nicht der geeignete Zeitpunkt war, ihn ins Findelhaus und dadurch in den sicheren Tod zu schicken.«

»Und nach seiner Genesung?«

»Er genas nicht so rasch. Auf die erste Krankheit folgte eine zweite, und der arme Junge hustete, daß einem das Herz brechen konnte. Unser kleiner Nikolas ist daran gestorben, ich wußte, daß es Remi ebenso gehen würde, wenn ich ihn von mir ließe.«

»Aber später?«

»Darüber war viel Zeit vergangen, und hatte ich einmal so lange gewartet, so konnte ich auch noch länger warten.«

»Wie alt ist er denn jetzt?«

»Acht Jahre.«

»Gut, so kommt er mit acht Jahren dahin, wo er schon längst hätte sein sollen. Es wird ihm jetzt nur um so schwerer werden, weiter hat er nichts zu fürchten!«

»Jérôme, das wirst du nicht tun!«

»Warum nicht? Wer sollte mich daran hindern? Glaubst du etwa, daß wir ihn für immer behalten werden?«

Einen Augenblick schwiegen beide. Die Erregung schnürte mir dermaßen die Kehle zu, daß ich fast zu ersticken glaubte. Dann sagte Mutter Barberin: »Ach, wie hast du dich in Paris ver= ändert! Früher hättest du nicht so gesprochen.«

»Mag sein, daß ich mich in Paris verändert habe. Aber so viel steht auch fest, daß ich dort zum Krüppel geworden bin. Wie soll ich Brot verdienen für mich und für dich? Wir haben kein Geld mehr. Die Kuh ist verkauft. Sollen wir denn, die wir selbst nichts zu essen haben, auch noch ein Kind ernähren, das nicht einmal unser Kind ist?«

»Es ist mein Kind.«

»Ach was, es ist weder deines noch meines. Es ist kein Bauern= kind. Ich habe den Buben während des Essens genau beobach= tet. Er ist zart, mager und schaut recht schwächlich aus.«

»Es ist der hübscheste Junge in der ganzen Gegend!«

»Davon spreche ich nicht. Meinst du etwa, er könnte sich mit seinem Aussehen sein Brot verdienen? Kann man mit solchen Schultern ein tüchtiger Arbeiter werden? Ein Stadtkind ist's, und Stadtkinder brauchen wir hier nicht.«

»Ich sage dir, er ist ein lieber Junge, klug und gutherzig. Du wirst sehen, er arbeitet für uns.«

»Bis er das kann, müssen wir aber für ihn arbeiten, und dazu bin ich nicht mehr imstande.«

»Was wirst du denn sagen, wenn ihn seine Eltern einmal zu= rückfordern?«

»Seine Eltern! Hat er denn Eltern? Wäre das der Fall, so hät= ten sie doch wohl nach ihm geforscht und ihn in den acht Jahren gefunden. Welche Dummheit von mir, zu glauben, seine Eltern würden ihn eines Tages zurückfordern und uns für alle die Mühe schadlos halten, die uns seine Pflege kostete! Tropf, Einfaltspinsel, der ich war. Die schöne, teure Kinderwäsche, in die er damals gekleidet war, ist kein Beweis, daß seine Eltern ihn wirklich eines Tages suchen würden. Wer weiß übrigens, ob sie nicht längst gestorben sind!«

»Und wenn sie es nicht wären? Wenn sie eines schönen Tages kommen und ihn von uns fordern? Ich bin überzeugt, daß sie das tun.«

»Wie ihr Weiber doch eigensinnig seid!«

»Meinetwegen — und *wenn* sie nun kommen?«

»Dann schicken wir sie einfach nach dem Findelhaus. Aber jetzt habe ich genug von dem Geschwätz. Gleich morgen bring' ich ihn zum Bürgermeister. Jetzt will ich François guten Abend sagen, bin aber in einer Stunde wieder da.« Die Tür öffnete und schloß sich wieder. Er war fort.

Ich fuhr in die Höhe und rief voller Angst nach Mutter Bar= berin.

Sie eilte an mein Bett, und ich fragte hastig: »Mutter, Mutter, willst du mich ins Findelhaus bringen lassen?«

»Nein, lieber Remi, gewiß nicht.« Sie küßte mich zärtlich und schloß mich in die Arme, so daß ich wieder Mut faßte und zu weinen aufhörte.

»Du hast also nicht geschlafen?« fragte sie liebevoll.

»Es war nicht meine Schuld.«

»Darum schelt' ich dich auch nicht. Hast du denn alles gehört, was Jérôme sagte?«

»Ja, du bist nicht meine Mutter, er ist aber auch nicht mein Vater.«

So untröstlich ich war, zu hören, daß Mutter Barberin nicht meine rechte Mutter war, so glücklich fühlte ich mich in dem Gedanken, daß er nicht mein Vater war.

»Vielleicht«, sagte Mutter, »sollte ich dir längst die Wahrheit sagen. Aber ich habe dich immer wie mein eigenes Kind gehal= ten und konnte es nicht übers Herz bringen, dir zu sagen, daß ich nicht deine rechte Mutter bin. Wer das ist, weiß man nicht, wie du soeben hörtest, mein armer Junge. Ob sie noch lebt oder nicht, kann niemand sagen. Als Jérôme eines Morgens in Paris wie gewöhnlich zu seiner Arbeit ging und auf·dem Weg dahin durch die breite, mit Bäumen bepflanzte Straße kam, die Avenue de Breteuil heißt, hörte er Kindergeschrei, das aus der Öffnung einer Gartentür zu kommen schien. Es war Februar und noch kaum Tag. Jérôme ging nun auf die Pforte zu. Rich= tig, da lag ein Kind auf der Schwelle. Als er sich umschaute, ob niemand da war, den er herbeirufen könnte, sah er noch, wie ein Mann hinter einem großen Baum hervorkam und eilig davonlief. Der hatte sich gewiß dahinter versteckt, um zu sehen, ob man das Kind, das er selbst weggelegt, auch finden würde. Jérôme war natürlich in großer Verlegenheit, denn das arme Ding schrie aus vollem Halse, als habe es verstanden, daß Hilfe gekommen war, und nun bitten wollte, es doch nicht wieder zu verlassen.

Während Jérôme angestrengt überlegte, was er tun sollte, kamen andere Arbeiter hinzu, und nach längerer Beratung wurde beschlossen, das Kind einstweilen zu dem Polizeikom= missar zu bringen. Der meinte, das Kind sei wahrscheinlich gestohlen und dann ausgesetzt worden. Er schrieb alles nieder, was Jérôme auszusagen wußte, nahm eine genaue Beschreibung von der Person des kleinen Wesens wie von seiner Wäsche auf — diese war übrigens nicht gezeichnet — und erklärte dann, daß er den Knaben, falls ihn keiner der Anwesenden zu sich nehmen wollte, ins Findelhaus bringen lassen müsse. Es sei übrigens ein schönes, gesundes Kind. Seine Eltern würden sicher nach ihm forschen und den, der sich seiner annehme, reichlich belohnen. Nun trat Jérôme vor und erklärte sich bereit, den Knaben zu behalten. Du wurdest ihm übergeben. Ich hatte gerade ein Kind in dem gleichen Alter, aber es machte mir nichts aus, zwei zu nähren. So bin ich deine Mutter ge= worden.«

»Liebe Mutter!«

»Drei Monate später verlor ich mein eigenes Kind, nun schloß ich dich nur um so inniger ins Herz. Ich vergaß ganz, daß du nicht unser rechter Sohn warst. Jérôme vergaß es leider nicht, und als drei Jahre vergangen waren, ohne daß sich deine Eltern meldeten, wollte er dich ins Findelhaus abliefern; du weißt jetzt, warum ich ihm nicht gehorchte.«

»Oh, nur nicht ins Findelhaus, Mutter Barberin!« schrie ich und hielt sie krampfhaft fest. »Bitte, bitte, laß mich nicht ins Findelhaus!«

»Nein, mein Kind, du sollst nicht dahin, dafür will ich schon sorgen«, beruhigte sie mich. »Glaube mir, Jérôme ist nicht schlecht, er ist nur vor Sorge um das tägliche Brot außer sich geraten. Du und ich, wir wollen beide tüchtig arbeiten.«

»Ich werde alles tun, was du haben willst, liebe Mutter, nur nicht ins Findelhaus!«

»Sei ruhig, du kommst nicht hin, aber nur unter der Bedin= gung, daß du jetzt gleich einschläfst. Jérôme darf dich nicht wach finden, wenn er nach Hause kommt.«

Sie gab mir noch einen Kuß und drehte mich dann mit dem Gesicht nach der Wand. Aber ich konnte nach den schweren Erschütterungen der letzten Stunden unmöglich Ruhe und Schlaf finden, so gern ich auch wollte.

Mutter Barberin, die liebe, gute Mutter Barberin war also nicht meine rechte Mutter! Wie mochte dann wohl eine rechte Mutter sein? Noch besser, noch liebevoller? O nein, das war unmöglich. Aber eins begriff ich: Ein rechter Vater wäre nicht so hart gegen mich gewesen wie Barberin. Ein Vater hätte mich nicht so angeschaut und nicht den Stock gegen mich erhoben. Konnte ihn Mutter Barberin überhaupt hindern, wenn er mich ins Findelhaus bringen wollte?

Wir hatten im Dorf zwei Kinder, die »Findelkinder« genannt wurden. Sie trugen eine Blechmarke mit einer Nummer darauf um den Hals, waren schlecht gekleidet und schmutzig; alle verspotteten sie, und die anderen Kinder schlugen und jagten sie wie herrenlose Hunde.

Nein, ich wollte nicht zu diesen Kindern gehören, keine Nummer um den Hals tragen, ich wollte nicht hinter mir drein rufen lassen: »Ins Findelhaus, ins Findelhaus!« Schon bei dem Gedanken daran überlief mich ein kalter Schauer. Glücklicherweise kam Barberin nicht so schnell zurück, als er gesagt hatte, und der Schlaf übermannte mich, ehe er wieder im Haus war.

Ich werde verkauft

Sorge und Angst verfolgten mich noch im Schlaf. Als ich am nächsten Morgen erwachte, war mein erstes, mein Bett anzufühlen und mich zu überzeugen, daß ich nicht während der Nacht weggebracht worden war.

Barberin sprach den ganzen Morgen kein Wort mit mir, so daß ich schon glaubte, er habe die Absicht, mich ins Findelhaus zu bringen, aufgegeben. Gewiß hatte Mutter Barberin mit ihm geredet und ihn dazu bewogen, mich bei sich zu behalten.

Aber als es zwölf schlug, hieß mich Barberin meine Mütze aufsetzen und ihm folgen. Erschrocken warf ich Mutter Barberin einen hilfeflehenden Blick zu. Doch sie gab mir heimlich durch ein Zeichen zu verstehen, ich möge ruhig gehorchen, es sei

nichts zu befürchten. So machte ich mich denn ohne Wider=
rede hinter Barberin auf den Weg.

Während der ganzen Stunde, die man von unserem Hause bis
zum Dorf zurückzulegen hat, sprach er nicht ein einziges Wort
mit mir. Langsam und schweigend humpelte er voran, nur von
Zeit zu Zeit drehte er sich schwerfällig nach mir um und sah
zu, ob ich ihm auch folgte.

Wohin führte er mich?

Trotz dem beruhigenden Zeichen von Mutter Barberin, hatte
ich doch große Angst und dachte schon daran, wegzulaufen.
Ich wollte versuchen, ein wenig zurückzubleiben, und mich in
den Straßengraben werfen, sobald ich weit genug von Barberin
entfernt wäre.

Aber er mußte meine Absicht wohl erraten haben. Anfangs
begnügte er sich damit, mich folgen zu lassen, jetzt faßte er
mich plötzlich bei der Hand, so daß an ein Entrinnen nicht
mehr zu denken war.

Auf diese Weise gelangten wir endlich ins Dorf, wo sich alle
Menschen umdrehten, um uns nachzusehen; denn ich glich
einem widerspenstigen Hund, der an der Leine weitergezerrt
wird. Der Wirt stand vor der Tür des Gasthauses, und als wir
dort vorübergehen wollten, sprach er Barberin an und bat ihn
hereinzukommen. Der nahm mich beim Ohr, ließ mich vor=
ausgehen und schloß, als wir beide drinnen waren, sorg=
fältig die Tür.

Mir wurde leichter ums Herz, das Gasthaus schien mir gar
nicht so gefährlich; nebenbei gesagt war es schon immer mein
Wunsch gewesen, diesen mir so geheimnisvollen Raum einmal
zu betreten.

Während Barberin mit dem Wirt an einem Tisch Platz nahm,
setzte ich mich an den Ofen und sah mich um.

In dem Winkel mir gegenüber saß ein hochgewachsener, weiß=
bärtiger Greis in einem seltsamen Anzug, wie ich ihn noch nie
gesehen hatte.

Ein spitzer, mit roten und grünen Federn verzierter grauer Filz=
hut saß auf den Haaren, die ihm in langen Locken auf die
Schultern herabfielen, und ein Schafpelz, die Wolle nach außen
gekehrt, bekleidete den Körper. Dieser Pelz besaß aber keine
Ärmel, sondern nur Einschnitte an den Schultern; die Arme
waren mit einem ehemals blauen samtartigen Stoff bedeckt.
Lange wollene Gamaschen, die ihm bis an die Knie gingen und

von kreuzweise übereinandergelegten roten Bändern festgehal=
ten wurden, vervollständigten seine wunderliche Tracht.
Gemächlich auf seinen Stuhl hingelehnt, das Kinn in die linke
Hand gestützt, den Ellbogen auf dem emporgezogenen Knie
ruhend, glich er in seiner völligen Bewegungslosigkeit fast
einem der hölzernen Heiligen in unserer Kirche. Drei Hunde
lagen neben ihm zusammengeknäult und wärmten einander,
rührten sich aber ebensowenig. Es war ein weißer und ein
schwarzer Pudel und eine kleine graue Hündin mit sanften,
klugen Augen. Eine alte Soldatenmütze, unter dem Kinn mit
einem Lederriemen zusammengehalten, schmückte, wahrschein=
lich als besondere Auszeichnung, den Kopf des weißen Pu=
dels.
Während ich den Greis voller Staunen und Neugier betrach=
tete, hörte ich, wie Barberin halblaut mit dem Wirt über mich
sprach: »Ich will mit dem Kleinen zum Bürgermeister«, sagte
er. »Der kann im Findelhaus bestimmt erreichen, daß mir für
die Erziehung des Jungen eine Entschädigung gezahlt wird.«
Das also war's, was Mutter Barberin von ihrem Mann errei=
chen konnte! Ja, sobald mein Pflegevater hoffen durfte, da=
durch, daß er mich behielt, irgendeinen Vorteil zu erlangen,
brauchte ich nichts zu fürchten, das wußte ich wohl.
Trotz seiner anscheinenden Teilnahmslosigkeit war der Greis
dort in der Ecke dem Gespräch der beiden Männer ebenfalls
aufmerksam gefolgt. Plötzlich zeigte er mit der rechten Hand
nach mir hin und sagte mit fremdklingender Aussprache zu
Barberin: »Ist es dieses Kind da, das Ihnen unbequem ist?«
»Ja!«
»Und Sie glauben wirklich, die Verwaltung der Findelhäuser
Ihrer Provinz wird Ihnen eine Pension für den Unterhalt des
Kindes aussetzen?«
»Das wäre doch wohl...! Der Junge hat keine Eltern und
steht unter meiner Obhut. Irgend jemand muß für ihn zahlen.
Das ist nur gerecht.«
»Glauben Sie denn, daß alles geschieht, was gerecht ist?«
»Das glaube ich allerdings nicht.«
»Ich auch nicht. Ich bin überzeugt, daß Sie das Kostgeld, das
Sie verlangen, niemals bekommen werden.«
»Dann kommt er ins Findelhaus. Kein Gesetz kann mich zwin=
gen, ihn gegen meinen Willen bei mir zu behalten.«
»Sie haben ihn aber doch seinerzeit freiwillig zu sich genom=

men; damit sind Sie stillschweigend die Verpflichtung einge=
gangen, ihn auch weiterhin zu behalten.«
»Ich behalte ihn nicht, und wenn ich ihn auf die Straße setzen
müßte! Ich will ihn los sein!«
»Wer weiß, vielleicht gibt es ein Mittel, den Kleinen sofort
loszuwerden und sogar noch etwas an ihm zu verdienen«, sagte
der Greis nach kurzer Überlegung.
»Wenn Sie mir dieses Mittel verschaffen, zahle ich Ihnen eine
Flasche Wein, und noch dazu herzlich gern.«
»Gut, so bestellen Sie den Wein, und Ihr Geschäft ist in Ord=
nung.«
»Sicher?«
»Ganz sicher.«
Mit diesen Worten erhob sich der Alte von seinem Stuhl, um
sich Barberin gegenüberzusetzen. In dem Augenblick, in dem
er aufstand, bewegte sich sein Schafpelz auf eine mir unerklär=
liche Weise; es sah aus, als trage er einen Hund darunter.
Ich war seinen Worten in qualvoller Aufregung gefolgt — was
sollte nun vorgehen? Was verstand er unter dem »Mittel«?
Die Aufklärung ließ nicht lange auf sich warten; denn bald
fing er wieder an: »Wenn ich Sie richtig verstanden habe, so
wollen Sie nicht, daß dieses Kind noch länger Ihr Brot umsonst
essen soll?«
»Ganz richtig, weil . . .«
»Die Beweggründe für Ihre Handlungsweise brauche ich nicht
zu erfahren, die gehen mich nichts an. Mir genügt es, zu wis=
sen, daß Sie den Knaben nicht länger behalten wollen. Ist das
wirklich der Fall, so geben Sie ihn mir. Ich bin bereit, ihn zu
übernehmen.«
»Ihnen den Jungen geben?«
»Jawohl mir — ich denke, Sie wollen ihn durchaus los sein?«
»Den Jungen soll ich Ihnen geben? Sehen Sie ihn doch nur an,
es ist wirklich ein hübsches Kind.«
»Ich habe ihn vorhin schon angesehen.«
»Remi, komm hierher!« herrschte mich Barberin an. Ich näher=
te mich zitternd dem Tisch, aber der Alte sagte ganz freund=
lich: »Komm nur her, mein Junge, und fürchte dich nicht.«
»Sehen Sie ihn nur genau an«, fuhr Barberin fort.
»Ich habe nicht behauptet, daß das Kind häßlich wäre, denn
in diesem Fall möchte ich es überhaupt nicht haben. Mit Un=
geheuern befasse ich mich nicht.«

»Ja, wäre es ein Ungeheuer mit zwei Köpfen oder wenigstens ein Zwerg, so ...«

»So würden Sie gar nicht daran denken, den armen kleinen Kerl ins Findelhaus zu schicken«, fiel der Alte meinem Pflege= vater ins Wort. »Denn Sie wissen ganz genau, daß man mit solchen Geschöpfen viel Geld verdienen kann, wenn man sie an andere vermietet oder sie selbst ausbeutet. Dieser Knabe ist aber weder das eine noch das andere, sondern ebenso ge= wachsen wie alle übrigen und taugt also zu nichts.«

»Er taugt aber zum Arbeiten.«

»Dazu ist er zu schwach.«

»Zu schwach? Er ist so kräftig wie ein Mann, gesund und stark. Haben Sie bei einem Kind seines Alters schon stärkere Beine gesehen, als er hat?« Damit streifte er mir die Hosen in die Höhe.

»Zu dünn«, war alles, was der Greis darauf erwiderte.

»Nun, und die Arme?« fragte Barberin weiter, ohne sich ein= schüchtern zu lassen.

»Die Arme sind nicht besser als die Beine. Der Junge ist über= haupt zu zart, um Anstrengungen und Entbehrungen ertragen zu können.«

»Der soll zart sein? Himmel, so fühlen Sie ihn doch nur selbst an.«

Nun fuhr mir der Alte mit seiner fleischlosen Hand tastend über die Beine, schüttelte den Kopf und machte ein ebenso schiefes Gesicht wie der Viehhändler, der damals unsere gute Roussette kaufte. Auch der sagte zuerst, er könne die Kuh nicht brauchen, sie tauge nichts, und schließlich nahm er sie doch. Ach Mutter Barberin, Mutter Barberin, warum warst du nicht da, mich in Schutz zu nehmen?

»Es ist ein Kind wie viele andere, nicht stärker, nicht schwä= cher«, sagte der Greis, »aber es ist ein Stadtkind, das nicht zur Feldarbeit taugt. Versuchen Sie nur einmal, den Jungen als Ochsentreiber hinter den Pflug zu stellen, dann werden Sie sehen, wie lange er's aushält.«

»Zehn Jahre.«

»Nicht vier Wochen.«

»So sehen Sie ihn doch nur an!«

»Ich sage Ihnen ja, es ist ein zartes Kind!«

Ich stand zwischen den beiden am Tisch und wurde von dem einen zum anderen geschoben.

»Nun denn«, sagte der Greis, »ich will den Knaben so nehmen, wie er ist. Aber wohlverstanden, ich will ihn nicht etwa kau= fen, sondern nur mieten für jährlich zwanzig Franken.«

»Zwanzig Franken?«

»Das ist ein guter Preis, den ich obendrein im voraus zahle.«

»Da behalte ich den Jungen lieber, denn von dem Findelhaus bekomme ich monatlich über zehn Franken.«

»Höchstens sieben bis acht — ich kenne die Preise —, und da= für müssen Sie ihn außerdem ernähren.«

»Der Bursche kann arbeiten.«

»Mein guter Mann, wenn Sie das selbst glaubten, würden Sie nicht daran denken, sich Ihres Pfleglings zu entledigen. Die Kinder aus dem Findelhaus nimmt man nicht um des Kost= geldes willen zu sich, das für sie gegeben wird, sondern der Arbeit wegen. Es sind Dienstboten, die selbst zahlen, anstatt bezahlt zu werden. Ich sage noch einmal, daß Sie den Jungen bei sich behielten, wenn er Ihnen Dienste leisten könnte.«

»Auf jeden Fall hätte ich dann die zehn Franken.«

»Wie aber, wenn ihn der Vorstand des Findelhauses nicht zu Ihnen, sondern zu jemand anderen schickte? Dann hätten Sie gar nichts. Bei mir laufen Sie keine solche Gefahr; Sie brauchen nur die Hand auszustrecken.«

Bei diesen Worten nahm er aus einer ledernen Börse vier Geld= stücke, die er klingend auf den Tisch fallen ließ.

»So bedenken Sie doch«, schrie Barberin, »daß sich die Eltern dieses Kindes früher oder später melden werden!«

»Welchen Unterschied macht das?«

»Nun, ich denke, es läge auf der Hand, daß denen, die das Kind aufgezogen haben, dann eine reiche Belohnung zuteil wird. Darauf habe ich gerechnet, sonst hätte ich mir wahr= haftig keine solche Last aufgebürdet.«

Durch diese letzten Worte wurde mir Barberin noch verhaßter. Welch ein abscheulicher Mensch!

»Eben weil Sie nicht mehr auf seine Eltern rechnen«, erwiderte der Alte, »setzen Sie ihn vor die Tür. Angenommen aber, diese kämen je zum Vorschein — an wen würden sie sich dann wen= den? Doch wohl an Sie, nicht wahr? Und nicht an mich, den sie nicht kennen!«

»Wenn aber nun Sie die Eltern auffinden?«

»Für den Fall wollen wir festsetzen, daß wir den Gewinn teilen, und ich gebe jetzt dreißig Franken.«

»Geben Sie vierzig.«

»Mehr als dreißig kann ich für seine Dienste nicht zahlen.«

»Was soll er eigentlich bei Ihnen tun? Er ist sicher ein kräf=
tiger, gesunder Junge, aber ich möchte doch gerne wissen, wie
Sie ihn verwenden wollen?«

Der Alte sah Barberin überlegen lächelnd an und sagte, indem
er sein Glas in kleinen Zügen leerte: »Mir Gesellschaft zu
leisten. Ich werde alt, und bei schlechtem Wetter, nach ermü=
denden Tagen kommen mir oft traurige Gedanken; dann wird
er mich aufheitern.«

»Für eine solche Beschäftigung braucht er keine Muskeln.«

»Das will ich nicht behaupten, denn er muß tanzen, springen
und marschieren, ohne dazwischen viel ruhen zu können. Er
tritt, mit einem Wort, als Mitglied in die Schauspieltruppe des
Signor Vitalis ein.«

»Und wo befindet sich diese Truppe?«

»Signor Vitalis bin ich selbst, wie Sie schon gemerkt haben
werden. Wenn Sie meine Gesellschaft kennenzulernen wün=
schen, werde ich sie Ihnen vorführen.«

Mit diesen Worten schlug er seinen Schafpelz zurück und
brachte einen Affen zum Vorschein, den er an der Brust unter
dem linken Arm verborgen hielt. Der Affe trug ein rotes, mit
goldenen Tressen besetztes Hemd.

»Das ist die Hauptperson meiner Truppe«, sagte Vitalis, »Mon=
sieur Joli=Cœur. Joli=Cœur, mein Freund, begrüße die Gesell=
schaft!« Worauf der Affe die geschlossene Hand an die Lippen
führte und uns allen einen Kuß zuwarf.

»Nun zu den anderen«, fuhr Vitalis fort und streckte die Hand
nach dem weißen Pudel aus. »Signor Capi wird die Ehre haben,
der hier versammelten werten Gesellschaft seine Freunde vor=
zustellen.«

Kaum hörte der Pudel, der bis dahin nicht die geringste Be=
wegung gemacht hatte, diesen Befehl, als er sich eilends auf
den Hinterpfoten in die Höhe richtete, die Vorderpfoten über
der Brust kreuzte und sich so tief vor seinem Herrn verneigte,
daß die Soldatenmütze den Boden berührte. Nachdem diese
Pflicht der Höflichkeit erfüllt war, wandte er sich an seine Ka=
meraden, denen er mit der einen Pfote ein Zeichen machte her=
beizukommen, während er die andere beständig auf die Brust
gelegt hielt.

Nun stellten sich die beiden anderen Hunde, die ihrem Ka=

meraden unablässig mit den Augen folgten, sofort auf die Hinterbeine. Sie gaben sich jeder eine Pfote, ebenso wie Men= schen einander die Hand reichen, gingen ganz ernsthaft sechs Schritte vorwärts und drei zurück und verneigten sich dann feierlich vor der Gesellschaft.

»Der Hund, den ich Capi nenne, eine Abkürzung des italieni= schen Wortes Capitano«, sagte Vitalis, »ist der Anführer seiner Kameraden, der ihnen — als der klügste — meine Befehle zu übermitteln hat. In diesem jungen Stutzer mit schwarzem Haar stelle ich Ihnen den Signor Zerbino vor: das heißt ›Galan‹ — ein Name, den er in jeder Hinsicht verdient. Und diese be= scheidene junge Dame ist Miß Dolce, eine liebenswürdige Eng= länderin, die ihren Namen, ›die Sanftmütige‹, mit vollem Recht trägt. Mit diesen, in mehr als einer Hinsicht ausgezeichneten Untergebenen habe ich die Ehre, die Welt zu durchstreifen und meinen Lebensunterhalt, je nach den Launen des Glücks leich= ter oder schwerer, zu erwerben. Capi!«

Der Hund kreuzte die Pfoten.

»Capi, komm hierher, mein Lieber, und sei so freundlich — es sind gebildete Leute, meine Künstler, und ich rede immer nur sehr höflich mit ihnen —, sei so freundlich, diesem jungen Mann, der dich mit seinen kugelrunden Augen anschaut, zu sa= gen, wieviel Uhr es ist.« Capi ließ die Pfoten fallen und ging auf seinen Herrn zu. Er zog aus dem Schafpelz des Alten eine große silberne Uhr, betrachtete das Zifferblatt und bellte: erst zweimal mit starker Stimme und dann noch dreimal weniger laut.

Wirklich, es war drei Viertel nach zwei Uhr!

»Es ist gut, Signor Capi!« sagte Vitalis, »ich danke Ihnen. Möchten Sie nun Miß Dolce gütigst ersuchen, daß sie uns das Vergnügen macht, ein wenig über das Seil zu hüpfen?«

Der unermüdliche Capi machte sich sofort wieder über seines Herrn Westentasche, zog ein Seil heraus und gab Zerbino ein Zeichen. Dieser stellte sich ihm schnell gegenüber, Capi warf ihm das eine Ende des Seiles zu, und beide begannen es mit unerschütterlicher Ernsthaftigkeit zu schwingen. Sobald diese Schwingungen regelmäßig geworden waren, sprang Dolce in den Kreis und hüpfte nun leicht und gewandt über das Seil hin und her, die schönen sanften Augen fest auf ihren Herrn gerichtet.

»Wie Sie sehen«, wandte sich Vitalis an uns, »sind meine Zög=

linge sehr klug. Klugheit kann man jedoch am besten ihrem wahren Wert nach durch Vergleich schätzen. Aus diesem Grunde will ich den Jungen zu mir nehmen. Er soll die Rolle des Dummkopfes spielen, und die Intelligenz meiner Tiere wird um so mehr Anerkennung finden.«

»Oh, um den Dummkopf zu spielen —« unterbrach ihn Barberin.

»Muß man viel Witz haben«, fuhr Vitalis fort, »und ich glaube wohl, daß der Junge seine Sache sehr gut machen wird, sobald er erst ein wenig Unterweisung gehabt hat. Jedenfalls wird sich das bald zeigen, denn wir werden eine Probe machen. Ist er klug, so begreift er, daß er mit Signor Vitalis die Gelegenheit hat, weit umherzuwandern, Frankreich und viele andere Länder zu durchstreifen und ein freies Leben zu führen, anstatt bei seinen Ochsen bleiben und alle Tage vom Morgen bis zum Abend auf dasselbe Feld gehen zu müssen. Ist er dumm, so wird er weinen und schreien; der Signor Vitalis jedoch, der unartige Kinder nicht leiden mag, nimmt ihn dann nicht mit, sondern das unartige Kind wird ins Findelhaus gebracht, wo man viel arbeiten muß und wenig zu essen bekommt.«

Ich begriff den Sinn dieser Worte allerdings gut genug. Aber so drollig und unterhaltend die Zöglinge des Signor Vitalis sein mochten, so viel Reiz auch dies Wanderleben bot — ich mußte Mutter Barberin verlassen, wenn ich dem Alten folgte. Anderseits war es freilich ebensowenig sicher, daß ich bei Mutter Barberin bleiben würde, denn wollte ich nicht mit Vitalis gehen, so drohte mir das Findelhaus.

Wie ich so unschlüssig dastand und mit den Tränen kämpfte, klopfte mir Vitalis freundlich mit einem Finger auf die Wange und sagte: »Komm, komm! Der Kleine weiß, um was es geht, und wird nicht weinen. Morgen ist er bestimmt schon ganz vernünftig . . .«

»Oh, Monsieur!« rief ich dazwischen, »lassen Sie mich doch nur bei meiner guten Mutter Barberin! Ach bitte, bitte, lassen Sie mich!«

Ein furchtbares Gebell Capis unterbrach mich, noch ehe ich ein Wort weiter sagen konnte; gleichzeitig stürzte der Hund zu dem Tisch, auf dem Joli=Cœur saß. Der hatte den Augenblick, in dem alle mit mir beschäftigt waren, benutzt, ganz leise das mit Wein gefüllte Glas seines Herrn zu ergreifen. Er führte es eben an die Lippen, als Capi, der gut achtgab, die Absicht des

Affen bemerkte. Als treuer Diener seines Herrn wollte er den Streich sofort verhindern.

»Monsieur Joli=Cœur«, sagte Vitalis in strengem Ton, »Sie sind ein Leckermaul und ein Spitzbube! Gehen Sie dort in den Winkel und drehen Sie das Gesicht nach der Wand! Du, Zer= bino, stehst Wache vor ihm. Wenn er sich rührt, gib ihm einen gehörigen Klaps. Du, mein lieber Capi, bist ein guter Hund, komm, ich muß dir die Pfote dafür drücken.«

Während der Affe gehorchte und im Fortgehen kurze, halb unterdrückte Schreie ausstieß, gab der Hund, glücklich und stolz, seinem Herrn die Pfote.

»Nun wieder an unser Geschäft«, sagte Vitalis zu Barberin, »ich gebe Ihnen also dreißig Franken.«

»Nein, vierzig.«

Ein Wortwechsel entspann sich, den Vitalis aber bald unter= brach: »Das Kind muß sich hier langweilen, lassen Sie es doch in den Hof gehen. Es soll sich dort die Zeit vertreiben.« Dabei machte er Barberin ein Zeichen, das dieser zu verstehen schien. Er befahl mir, in den Hof zu gehen, erteilte mir aber die stren= ge Weisung, mich nicht von dort zu entfernen, sonst werde er böse.

Mir blieb natürlich keine andere Wahl, als mich zu fügen. Ich setzte mich auf einen Stein und zitterte sowohl vor Angst als auch vor Kälte.

Die Auseinandersetzung zwischen Vitalis und Barberin dauerte lange. Mehr als eine Stunde verstrich, bevor Barberin auf dem Hof erschien. Er war allein. Kam er, um mich Vitalis zu über= geben?

»Fort! Nach Hause!« befahl er.

Nach Hause! Hieß das, ich sollte Mutter Barberin also nicht verlassen?

So gern ich das gewußt hätte, durfte ich mir doch nicht her= ausnehmen, Barberin, der sehr schlechter Laune zu sein schien, danach zu fragen. Schweigend, wie wir fortgegangen waren, wanderten wir wieder zurück: Barberin voran, ich hinterher, bis etwa zehn Schritte vor das Haus.

Da blieb Barberin plötzlich stehen, faßte mich rauh am Ohr und fuhr mich an:

»Erzählst du auch nur *ein* Wort von dem, was du heute gehört hast, so kommt dich das teuer zu stehen; hüte dich also ge= fälligst!«

Die ersten Schritte in die Welt

»Nun, was meinte der Bürgermeister?« fragte Mutter Barberin, als wir zurückkamen.

»Wir sind gar nicht bei ihm gewesen.«

»Wie, ihr wart nicht dort?«

»Nein. Ich traf in dem Gasthaus ›Zu Unserer Lieben Frau‹ ein paar gute Freunde, und als wir uns trennten, war es zu spät. Ich will morgen wieder hin.«

Diese Worte vertrieben die Zweifel. Offensichtlich hat also Barberin auf den Handel mit dem Hundemann verzichtet, und die Rückkehr nach Hause war keine Kriegslist, wie ich befürch=tet hatte. Barberin konnte nicht auf Vitalis' Vorschläge ein=gegangen sein, wie würde er sonst am nächsten Tag mit mir zum Bürgermeister wollen?

Wären wir nur einen Augenblick allein gewesen, so hätte ich Mutter Barberin trotz seiner Drohung alles erzählt. Aber Bar=berin wich den ganzen Abend nicht von uns, und ich mußte zu Bett gehen, ohne die Gelegenheit gefunden zu haben, auf die ich so sehnlich wartete. Mit dem Vorsatz, das Versäumte tags darauf nachzuholen, schlief ich ein.

Als ich am nächsten Morgen aufstand, war keine Mutter Bar=berin zu sehen. Ich lief rings um das Haus, um sie zu suchen, fand aber nur Barberin, der mich fragte, was ich wollte.

»Ich suche die Mutter.«

»Die ist ins Dorf gegangen und kommt erst nachmittag zu=rück.«

Mutter Barberin erwähnte am Vortag doch gar nicht, daß sie am nächsten Morgen ins Dorf wollte, und würde vielleicht noch gar nicht zurück sein, ehe wir zum Bürgermeister gingen. Hätte sie denn nicht bis zum Nachmittag warten und mit uns zusammen gehen können?

Eine plötzliche Angst packte mich. Ich fühlte, daß eine Gefahr auf mich zukam. Barberin sah mich so sonderbar an! Um sei=nem Blick auszuweichen, ging ich schließlich in den Garten.

Er war allerdings nicht groß, dieser Garten, für uns aber von unschätzbarem Wert, da er uns, Getreide ausgenommen, fast mit sämtlichen Nahrungsmitteln versah: mit Kartoffeln, Boh=nen und Mohrrüben. Eine ganz kleine Ecke war mir von Mut=ter Barberin zugewiesen. Dort pflanzte ich alles, was ich mor=gens, während ich unsere Kuh hütete, am Saume des Waldes

an den Hecken finden konnte, in buntem Durcheinander, wie
es der Zufall gerade gab. Dieses war mein Besitz, mein Werk.
Ich bestellte alles, wie ich wollte, je nachdem mir die Laune ge=
rade kam, und sprach ich davon, wie ich wohl zwanzigmal am
Tag tat, so sagte ich nie anders als: »Mein Garten«.
In meinem Garten kniete ich nieder. Plötzlich hörte ich mich
von Barberin hastig beim Namen rufen.
Was wollte er von mir? Ich lief schnell ins Haus. Wer be=
schreibt mein Erstaunen, als ich Vitalis und seine Hunde vor
dem Herd erblickte!
Nun wurde mir alles klar. Barberin hatte seine Frau ins Dorf
geschickt, damit sie mich nicht beschützen könnte, wenn Vita=
lis käme, um mich abzuholen. In meiner Verzweiflung wandte
ich mich an den Alten — von Barberin war ja kein Mitleid zu
erwarten — und flehte ihn unter Tränen und Schluchzen an,
mich doch nicht mitzunehmen.
»Komm, mein Kind«, sagte Vitalis freundlich, »glaube mir,
du wirst es nicht schlecht bei mir haben, ich schlage Kinder
nie, und außerdem hast du ja die Gesellschaft meiner Zöglinge,
die sehr unterhaltend sind. Was hast du denn zu verlieren?«
»Mutter Barberin! Mutter Barberin!«
»Auf keinen Fall bleibst du hier«, sagte Barberin und zupfte
mich derb am Ohr, »dieser Mann oder das Findelhaus!
Wähle!«
»Nein, Mutter Barberin!«
»Du gehst!« schrie Barberin ganz außer sich vor Wut. »Sonst
jage ich dich mit Stockschlägen aus dem Haus!«
»Er weint um seine Mutter Barberin«, sagte Vitalis, »Sie dür=
fen ihn nicht schlagen.«
»Wenn Sie ihn bedauern, heult er noch ärger.«
Vitalis ging nicht weiter darauf ein, sondern sagte nur kurz:
»Nun ans Geschäft« und legte acht Fünffrankenstücke auf
den Tisch, die Barberin mit einem Griff in die Tasche ver=
schwinden ließ.
»Wo ist das Paket?« fragte der Alte dann.
»Da«, antwortete Barberin, indem er auf ein blaues, baum=
wollenes, an den vier Ecken zusammengeknüpftes Taschen=
tuch zeigte.
Vitalis öffnete die Knoten, um nach dem Inhalt des Tuches zu
sehen, der aus zwei Hemden und einer Leinenhose bestand.
»Das ist gegen unsere Verabredung«, sagte Vitalis. »Sie ver=

sprachen, mir seine Kleider zu geben, aber das sind nur Lum=
pen.«

»Er hat nichts anderes.«

»Ich brauche nur das Kind zu fragen, um zu erfahren, daß das
nicht wahr ist, doch ich will nicht lange darüber streiten — ich
habe keine Zeit dazu. Komm, mein Kleiner! Wie heißt er?«

»Remi.«

»Komm, Remi, nimm dein Bündel, und nun vorwärts,
marsch!«

Hilfesuchend streckte ich die Arme erst nach ihm, dann nach
Barberin aus, aber beide wandten den Kopf ab. Ich fühlte nur,
daß mich Vitalis bei der Hand nahm; so mußte ich wohl mit
ihm gehen.

Mir war, als ließe ich ein Stück meiner selbst in unserem lie=
ben Haus zurück, als ich die Schwelle überschritt. Soviel ich
auch mit den von Tränen verdunkelten Augen um mich blickte,
kein Mensch war zu sehen, den ich hätte um Hilfe bitten kön=
nen; kein Mensch weder auf der Landstraße noch auf den um=
liegenden Wiesen.

Ich fing an zu rufen: »Mutter Barberin! Mutter!« Vergebens,
niemand antwortete mir, mein Rufen erstickte in Schluchzen,
und mir blieb nichts übrig, als Vitalis zu folgen, der meine
Hand nicht losließ.

»Glückliche Reise!« rief mir Barberin nach und ging ins Haus
zurück.

»Komm, Remi, wir müssen weiter, mein Kind«, sagte Vitalis
und zog mich am Arm. Doch ging er zum Glück nicht schnell;
ja es schien mir sogar, als richte er seinen Schritt nach dem
meinen, so daß ich mühelos neben ihm hergehen konnte.

Ich kannte den Weg, den wir jetzt einschlugen, gut. Er zog
sich in Schlangenwindungen den Berg hinauf, und bei jeder
Biegung, bis zur letzten, erblickte man Mutter Barberins Haus,
das immer kleiner und kleiner wurde. Als wir endlich oben
angelangt waren, bat ich Vitalis, mich ein wenig ruhen zu las=
sen, was er mir bereitwillig gestattete. Zum erstenmal ließ er
meine Hand los, aber ich sah, wie er Capi ein Zeichen machte,
der daraufhin sogleich seinen Platz als Anführer der Gesell=
schaft verließ, um sich neben mich zu legen.

Der Hund war, wie ich merkte, zu meinem Wächter bestellt;
er sollte mir an die Beine fahren, sobald ich Miene zum Da=
vonlaufen machte.

Ich setzte mich ins Gras — Capi immer dicht hinter mir — und suchte mit meinen Augen Mutter Barberins Haus.

Uns zu Füßen dehnte sich das von Wiesen und Waldungen durchschnittene Tal, aus dem wir eben heraufgekommen waren, und dort, ganz unten, unter den Bäumen, sah ich unser Häuschen, das sich um so leichter erkennen ließ, als gerade in diesem Augenblick eine kleine gelbe Rauchsäule aus dem Schornstein in die ruhige Luft bis zu uns heraufstieg. War es Einbildung, war es Wirklichkeit — ich glaubte die dürren Eichenblätter von dem Reisig riechen zu können, den wir für den Winter gesammelt hatten. Mir war's, als säße ich auf meiner kleinen Bank am Herd, mit den Füßen am Feuer, während sich der Wind im Kamin fing und uns den Rauch ins Gesicht trieb.

Trotz der Entfernung, in der wir uns von dem Haus und seiner nächsten Umgebung befanden, konnte man alles deutlich erkennen. Unsere Henne, die letzte, die uns geblieben war, spazierte auf dem Düngerhaufen hin und her und sah nicht größer aus als eine Taube. Dort, am Ende des Hauses, stand der alte Birnbaum mit dem krummen Stamm, und an der Seite des Baches, der sich wie ein Silberfaden durch das grüne Tal schlängelte, mußte der kleine Ableitungskanal sein, den ich mit so vieler Anstrengung gegraben hatte, damit er ein von mir verfertiges Mühlrad trieb. Leider wollte es sich trotz aller Arbeit, die es mich gekostet, niemals drehen.

Alles, alles war an seinem alten Platz: meine Schubkarre, mein aus einem Baumzweig gezimmerter Pflug, die Nische, in der ich die Kaninchen aufzog, und mein lieber Garten.

Plötzlich gewahrte ich von weitem auf dem Weg, der vom Dorf nach Hause führte, eine weiße Haube, die hinter einer Baumgruppe verschwand und bald wieder hervorkam. Ich konnte allerdings nur die Farbe der Haube erkennen, die wie ein heller Schmetterling zwischen den Zweigen flatterte. Das konnte niemand anders als Mutter Barbarin sein. Ich wußte, ich fühlte, daß sie es war.

»Nun«, sprach Vitalis, »gehen wir weiter?«

»Ach, Monsieur, nur noch einen Augenblick!«

»Man hat mir also die Unwahrheit gesagt, du bist kein guter Fußgänger; nach einem so kurzen Wege schon ermüdet, das sind schlechte Aussichten!«

Ich antwortete nicht, sondern schaute unverwandt hinunter.

Richtig, es war Mutter Barberin, ich erkannte sie an ihrer
Haube, ihrem blauen Rock und sah, daß sie mit großen Schrit=
ten ging, als habe sie Eile, nach Hause zu kommen. Am Gar=
tenzaun angelangt, stieß sie die Tür auf und eilte schnell über
den Hof ins Haus.
Unwillkürlich sprang ich in die Höhe, ohne darauf zu achten,
daß Capi unruhig wurde.
Nicht lange, so kam Mutter Barberin wieder heraus und lief
mit ausgebreiteten Armen im Hof umher, um mich zu suchen.
Ich neigte mich vornüber und rief mit aller Macht: »Mutter!
Mutter!« Aber meine Stimme drang weder hinab, noch über=
tönte sie das Murmeln des Baches.
Ich rief noch lauter, aber ebenso vergeblich wie das erste Mal.
Jetzt kam Vitalis zu mir heran, erblickte die weiße Haube und
sagte halblaut: »Armer Kleiner!«
Er nahm mich bei der Hand und ging mit mir in der entge=
gengesetzten Richtung auf der Hochebene weiter. Er sagte nur
im Gehen: »Du hast dich ja nun ausgeruht, mein Junge.«
Ich wollte mich losmachen, aber er hielt mich fest und rief:
»Capi! Zerbino!« Und die beiden Hunde verstanden den Be=
fehl nur zu gut: der eine lief vor mir, der andere hinter mir,
so mußte ich Vitalis folgen.
Mittlerweile überschritten wir bereits den Gipfel des Berges,
und als ich den Kopf wieder zurückwandte, sah ich weder unser
Tal noch unser Haus, sondern mein Blick verlor sich im gren=
zenlosen Raum, nur die blauen Hügel schienen ganz in der
Ferne bis zu dem blassen Himmel aufzusteigen.

Vitalis

Man kann Kinder für vierzig Franken kaufen, ohne deshalb
gleich ein Menschenfresser zu sein. Vitalis wollte mich auch
gar nicht fressen; ja, er schien sogar ein guter Mann zu sein,
obwohl er Kinder kaufte.
Wir stiegen miteinander den südlichen Abhang des Berges hin=
unter, der die Wasserscheide der Loire und der Dordogne bildet,
und nach etwa einer Viertelstunde ließ Vitalis meine Hand los
und sagte: »So, nun gehe langsam neben mir her. Solltest du

fortlaufen wollen, so vergiß nicht, daß dich Capi und Zerbino bald einholen können. Die beiden haben scharfe Zähne.«
Davonlaufen — ich wußte ja, daß das jetzt unmöglich war.
»Dir ist das Herz schwer«, fing Vitalis an, als er mich tief seuf= zen hörte, »ich verstehe das und bin dir deshalb nicht böse. Weine dich nur aus, wenn dir so zumute ist. Aber du brauchst nicht zu glauben, daß ich dich ins Unglück führe. Stell dir ein= mal dein Schicksal vor: jetzt wärst du wohl gewiß schon im Findelhaus. Denn die Leute, die dich aufgezogen haben, sind ja nicht deine rechten Eltern. Deine Mutter, wie du sie nennst, ist gut gegen dich gewesen, du hast sie sehr lieb und bist un= tröstlich, weil du sie verlassen mußt. Aber konnte sie dich bei sich behalten gegen den Willen ihres Mannes? Und dieser Mann ist auch nicht so schlimm, wie du dir einbildest. Er hat nichts zu leben, ist unfähig zu arbeiten und fürchtet, selbst zu verhungern, wenn er dich ernähren müßte. Merke dir, mein Kind, das Leben ist ein Kampf, in dem man nicht immer tun kann, was man gerne möchte.«
Doch Worte der Klugheit und der Erfahrung konnten mich in diesem Augenblick kaum trösten. Daß ich Mutter Barberin nicht wiedersehen sollte, sie, die mich aufgezogen und die ich so liebte, war ein Gedanke, an den ich mich nicht so schnell gewöhnen konnte.
Aber Vitalis hatte ja recht, Barberin war nicht mein Vater, warum sollte er meinetwegen Hunger leiden! Er schickte mich ja nur fort, weil er mich nicht länger behalten konnte, das mußte ich mir klarmachen.
»Denke über das nach, was ich dir gesagt habe, Kleiner«, sagte Vitalis, »und glaube mir, du wirst nicht allzu unglücklich bei mir sein.«
Wir stiegen einen ziemlich steilen Abhang hinunter und kamen auf eine weite Heide, die sich flach und eintönig bis ans Ende des Horizonts erstreckte. Ringsum waren weder Bäume noch Häuser, nur eine mit rötlichem Gestrüpp bedeckte Ebene, auf der streckenweise verkrüppelter Ginster wuchs, der im Wind hin und her wogte.
»Du siehst«, wandte sich Vitalis zu mir und zeigte mit der Hand auf die Heide, »daß es unnütz wäre, fortlaufen zu wol= len, Capi und Zerbino hätten dich gleich eingeholt.« Die Mah= nung war überflüssig, meine Fluchtgedanken waren längst zer= stoben. Wohin und zu wem sollte ich denn laufen? Und viel=

leicht war dieser weißbärtige Greis auch gar nicht so schreck=
lich, wie ich es mir anfangs vorgestellt hatte. Wenn auch mein
Gebieter, so war er doch vielleicht kein allzu strenger.

Weiter, immer weiter wanderten wir und immer durch die glei=
chen traurigen Einöden, über dieselben unabsehbaren Heide=
flächen. Kein Baum, kein Strauch, nur einige runde Hügel mit
kahlen Gipfeln zeigten sich ganz in der Ferne.

Mein Herr, der Joli=Cœur abwechselnd auf dem Ranzen oder
auf der Schulter trug, ging mit großen, regelmäßigen Schritten
vorwärts, die Hunde trabten um ihn herum, ohne sich zu ent=
fernen, und von Zeit zu Zeit sagte ihnen Vitalis ein freund=
liches Wort, bald französisch, bald in einer mir unbekannten
Sprache. Aber weder er noch sie schienen an Ermüdung zu
denken. Ich aber konnte kaum mehr gehen.

Ich zog die Beine nach und konnte meinem Herrn nur mit
Mühe folgen, aber ich mochte ihn nicht bitten, einen Augen=
blick stillzustehen. Er merkte jedoch bald, wie es um mich
stand, und redete mich freundlich an: »Deine Holzschuhe er=
müden dich, ich will dir in Ussel Lederschuhe kaufen.«

Diese Versprechung machte mir wieder Mut. Lederschuhe
waren immer das Ziel meiner heißesten Wünsche gewesen.

»Ist Ussel noch weit?« fragte ich eifrig.

»Die Frage kommt dir aus vollem Herzen«, sagte Vitalis. »Du
möchtest wohl sehr gern ein Paar Schuhe, mein Junge? Nun,
du sollst auch ein Paar haben, die unten mit Nägeln beschlagen
sind, und außerdem noch Samthosen, eine warme Weste und
einen Hut. So, das wird deine Tränen trocknen helfen, hoffe
ich, und dir die nötigen Kräfte geben, die zehn Kilometer zu=
rückzulegen, die wir bis Ussel noch vor uns haben.«

Mit Nägeln beschlagene Schuhe! Ich war fassungslos; die
Schuhe allein kamen mir schon wie ein Wunder vor, als ich
von Nägeln sprechen hörte, vergaß ich all meinen Kummer.
Und nun gar noch Samthosen, eine Weste, einen Hut! Wie
glücklich, wie stolz wäre Mutter Barberin auf mich gewesen,
wenn sie mich damit hätte sehen können!

Das einzige Unglück bei all der Freude war der weite Weg
bis Ussel. Schon gaubte ich trotz der Schuhe und der Samt=
hosen, die mir am Ende der zehn Kilometer winkten, nicht mehr
so weit gehen zu können, als mir das Wetter zu Hilfe kam.
Der Himmel, der seit dem Anfang unserer Wanderung blau
gewesen war, überzog sich allmählich mit grauen Wolken,

und bald begann ein feiner Regen zu fallen, der nicht wieder aufhörte.

Vitalis selbst war durch seinen Schafpelz genügend geschützt. Der Pelz bildete auch noch ein Obdach für Joli=Cœur, der gleich beim ersten Regentropfen in sein Versteck schlüpfte. Aber die Hunde und ich, für die es nichts zum Einhüllen gab, waren bald über und über naß. Während sich die Hunde wenig= stens von Zeit zu Zeit schütteln konnten, mußte ich fröstelnd in meinen nassen Kleidern weiterwandern.

»Erkältest du dich leicht?« fragte mein Herr.

»Das weiß ich nicht. Ich bin, soweit ich mich erinnere, nie= mals erkältet gewesen.«

»Gut, sehr gut. Es steckt entschieden ein kräftiger Kern in dir. Ich will dich aber doch nicht unnütz einer Erkrankung aussetzen und deshalb heute nicht weitergehen. Dort unten liegt ein Dorf, wo wir übernachten können.«

Leider fand sich kein Gasthof in dem Dorf und auch keine mitleidige Seele, die bereit gewesen wäre, einen Landstreicher aufzunehmen, der ein Kind und drei Hunde mit sich herum= schleppte. Mit den barschen Worten: »Hier ist kein Wirts= haus!« wurde uns die Tür vor der Nase zugeschlagen.

Fast schien es, als müßten wir, ohne zu ruhen, die Strecke bis Ussel noch zurücklegen. Dabei brach die Nacht herein, wir waren vor Nässe und Kälte ganz erstarrt, und sehnsüchtig dachte ich an Mutter Barberins Haus. Endlich trafen wir einen Bauern, der uns, barmherziger als seine Nachbarn, wenigstens in seine Scheune ließ, unter der Bedingung, daß wir kein Licht anzündeten. Mein Herr mußte ihm seine Streichhölzer ablie= fern.

So hatten wir wenigstens ein Obdach und waren vor dem Regen geschützt.

Als vorsichtiger Mann begab sich Vitalis nie ohne Vorräte auf den Weg. Auch jetzt gab es in dem Ranzen, den er auf dem Rücken trug, einen großen Laib Brot, den er verteilte.

Das war das ganze Abendbrot und trockenes Farnkraut unser Nachtlager. Sowenig ich, besonders in der letzten Zeit, bei Mutter Barberin verwöhnt worden war, so erinnerte ich mich noch gut der warmen Suppe, die sie uns jeden Abend bereitete. Wie gemütlich war die Ecke am Herd: Wie gern wäre ich unter mein Bettuch geschlüpft und hätte mir die Decke bis über die Ohren gezogen! Jetzt gab es weder Bettücher noch

Decken, ja wir konnten uns glücklich schätzen, überhaupt ein Lager von Farnkraut zu haben.

Mittlerweile war es völlig Nacht geworden, doch an Schlaf war nicht zu denken. Halbtot vor Erschöpfung, die Füße von den Holzschuhen blutig geschunden, zitterte ich vor Kälte in meinen nassen Kleidern, so daß mich Vitalis endlich fragte: »Dir klappern die Zähne, ist dir kalt?«

»Ein wenig.«

Da öffnete er seinen Ranzen, nahm alles heraus und sagte: »Ich bin nicht reich an Kleidungsstücken, aber ein trockenes Hemd und eine Weste sind noch da. Zieh sie an und häng deine nassen Kleider zum Trocknen auf. Wenn du recht tief in das Farnkraut hineinkriechst, wird dir bald warm werden, und du wirst gut schlafen.«

So schnell, wie Vitalis meinte, konnte ich freilich nicht warm werden. Ich wälzte mich noch lange auf meinem Farnkraut=lager hin und her und dachte weinend an meine Mutter Bar=berin, bis ich plötzlich fühlte, wie ein warmer Hauch mein Gesicht streifte. Es war Capi. Er legte sich neben mich auf das Farnkraut nieder, leckte mir sanft die Hand, und als ich mich, ganz gerührt von dieser Liebkosung, halb in die Höhe richtete und ihm sein schönes Fell streichelte, knurrte er leise, legte mir die Pfote rasch in die Hand und rührte sich nicht mehr.

Da vergaß ich Kummer und Müdigkeit und atmete freier auf. Nun war ich ja nicht mehr allein, denn ich hatte einen Freund gewonnen.

Mein erstes Auftreten

Am nächsten Morgen machten wir uns frühzeitig auf den Weg, und ich, der ich nichts anderes kannte als mein Dorf, war natürlich begierig, eine Stadt zu sehen.

Es regnete nicht mehr. Der Himmel war strahlend blau, und der Wind hatte die Straße über Nacht aufgetrocknet. Die Vögel sangen in den Büschen, und die Hunde sprangen vergnügt um uns her.

So gelangten wir allmählich nach Ussel, das mich aber, wie ich gestehen muß, gar nicht in Erstaunen setzte. Seine alten Häuser mit den kleinen Türmen, Spitzbogen und Säulen, die einen Altertumsforscher gewiß glücklich gemacht hätten, waren mir ganz gleichgültig. Welches Interesse sollten sie auch in einem Augenblick für mich haben, in dem sich mein ganzes Denken und Sinnen mit den Schuhen beschäftigte, die mir Vitalis in dieser Stadt kaufen wollte? Das einzige, was mich anzog, was ich suchte, war ein Schuhladen, alles übrige konnte mich nicht fesseln. Ich erinnere mich auch an nichts anderes mehr als an einen finsteren, verräucherten Laden in der Nähe der Markthalle. Im Schaufenster sah man alte Gewehre, einen mit silbernen Schnüren besetzten Anzug, altmodische Lampen und verrostete Eisenwaren.

Bald steckten meine Füße in eisenbeschlagenen Schuhen. Nach den Schuhen kaufte mir mein Herr noch eine rote Samtweste, wollene Hosen und eine Mütze; kurz, er hielt alle seine Versprechungen.

Samt für mich, der ich immer nur grobes Leinen getragen, Schuhe, eine Mütze, da ich doch stets nur meine Haare als Kopfbedeckung gehabt hatte! Natürlich war Vitalis in meinen Augen der beste, freigebigste und reichste Mann der Welt.

Wohl war der Samt zerknittert und die Wolle abgeschabt, aber diese Unvollkommenheiten merkte ich gar nicht. Am liebsten wollte ich meine schönen Kleidungsstücke gleich anlegen. So schnell ging es aber nicht damit, denn als Vitalis nach Hause kam, gab er sie mir noch nicht, sondern nahm erst eine Schere aus seinem Ranzen und schnitt meine Beinkleider bis zum Knie ab, was mich sehr schmerzte.

»Ja, siehst du«, erklärte er mir dann, »das tue ich nur, damit du nicht aussiehst wie alle übrigen Menschenkinder. Jetzt sind wir in Frankreich, daher kleide ich dich wie einen Italiener; sollten wir nach Italien gehen, was wohl möglich ist, so kleide ich dich wie einen Franzosen.«

Ich starrte ihn noch immer voller Verwunderung an, so daß er fortfuhr: »Was sind wir? Künstler, nicht wahr? Schauspieler, die schon durch den bloßen Anblick die Neugier der Menschen erregen müssen. Glaubst du, daß die Leute stehenblieben, um uns anzusehen, wenn wir in gewöhnlicher Bürger- oder Bauerntracht auf den Marktplatz gingen? Ganz gewiß nicht! Merke dir darum, daß der Schein im Leben häufig uner-

läßlich ist. Das ist widerwärtig genug, aber wir können es nicht ändern.«

So verwandelte ich mich noch vor dem Abend aus einem Franzosen in einen Italiener.

Meine Beinkleider reichten nur bis ans Knie. Vitalis band daher meine Strümpfe in der ganzen Länge des Beines mit kreuzweise übereinandergelegten roten Schnüren fest. Um meine Mütze legte er ebenfalls bunte Bänder und schmückte sie mit einem Strauß von Wollblumen.

Was andere von mir denken mochten, weiß ich nicht. Ich selbst fand, daß ich wundervoll aussah, und darin täuschte ich mich nicht, denn nachdem mich mein Freund Capi lange betrachtet hatte, reichte er mir mit zufriedener Miene die Pfote.

Der Beifall, den Capi meiner Verwandlung zollte, war mir um so wohltuender, als sich Joli=Cœur, während ich meine neuen Kleider anlegte, vor mir hinpflanzte und alle meine Bewegungen in übertriebener Weise nachahmte. Sobald meine Kostümierung beendet war, stemmte er die Hände in die Hüfte, warf den Kopf zurück und grinste, wobei er allerhand boshaft klingende Laute von sich gab.

»Jetzt«, sagte Vitalis, als ich meine Mütze aufsetzte, »ist dein Anzug in Ordnung. Nun werden wir uns an die Arbeit machen. Morgen ist Markttag, da geben wir eine große Vorstellung, in der du zum erstenmal auftreten wirst. Wir werden deine Rolle zusammen lernen.«

Zum erstenmal auftreten — meine Rolle — das waren mir wieder unbekannte Dinge, ich sah Vitalis ganz erstaunt an und fragte ihn, was er damit meinte.

»Zum erstenmal auftreten heißt: sich zum erstenmal in einem Schauspiel vor dem Publikum zeigen«, erklärte er lächelnd. »Unter Rolle verstehe ich das, was du in einem solchen Schauspiel zu tun hast. Ich habe dich ja nicht mit mir genommen, um mit dir spazierenzugehen, denn dazu bin ich nicht reich genug, sondern damit du arbeitest. Deine Arbeit besteht darin, mit Joli=Cœur und meinen Hunden Theater zu spielen.«

»Ich kann aber nicht Theater spielen«, warf ich erschrocken ein.

»Gerade darum muß ich es dich lehren. Du denkst doch wohl nicht, daß Capi von selbst so zierlich auf den Hinterpfoten einhergeht, Dolce zu ihrem Vergnügen über das Seil hüpft? Sie haben viel und lange arbeiten müssen, um sich diese Kunst=

fertigkeiten anzueignen, und ebenso mußt du arbeiten, damit du die Rollen lernst, die du mit ihnen spielen sollst.«

Ich besaß zu dieser Zeit noch sehr einfache Vorstellungen von der Arbeit und glaubte unter »arbeiten« verstehe man nur graben, hacken, Bäume fällen oder Steine behauen, so daß mir Vitalis' Worte höchst befremdlich klangen. »Das Stück, das wir aufführen wollen«, fuhr mein Herr fort, »heißt: ›Der Diener des Herrn Joli=Cœur oder Der Dümmere von beiden ist nicht der, den man dafür hält‹ und hat folgenden Inhalt: Herr Joli=Cœur hatte bis heute einen Diener, mit dem er sehr zufrieden war. Der Diener ist Capi. Aber Capi wird alt, und Herr Joli=Cœur wünscht einen neuen Diener. Capi erklärt sich bereit, ihn zu beschaffen. Er wählt aber zu seinem Nachfolger keinen Hund, sondern einen Bauernjungen namens Remi.«

»Einen wie mich?«

»Nicht nur wie dich, sondern dich selbst. Du kommst aus deinem Dorf, um in den Dienst des Herrn Joli=Cœur zu tre= ten.«

»Affen haben doch keine Bedienten.«

»Im Theater schon. Du kommst also an, und Herr Joli= Cœur findet, daß du aussiehst wie ein Dummkopf.«

»Das ist aber gar nicht lustig.«

»Was kümmert dich das? Es geschieht ja nur zum Scherz. Stelle dir einfach vor, du kämest wirklich als Diener zu einem Herrn und man ließe dich zum Beispiel den Tisch decken. Hier ist gerade einer, den wir für unsere Vorstellung gebrau= chen wollen. Komm und decke ihn.«

Auf dem Tisch befanden sich Teller, ein Glas, Messer und Gabeln und ein weißes Tischtuch. Ich sah das alles an und fragte mich, wie ich das nun hinstellen müsse. Als ich dann mit ausgestreckten Armen und mit offenem Mund vornüber= gebeugt stehenblieb, ohne zu wissen, wo anzufangen, klatschte mein Herr in die Hände und lachte aus vollem Hals.

»Bravo«, rief er, »bravo, das ist ganz vortrefflich, dein Mienen= spiel ist ausgezeichnet! Der Junge, der vor dir die Rolle spielen sollte, sah schlau drein, als wollte er sagen: ›Ihr sollt sehen, wie gut ich den Dummkopf spiele.‹ Du aber bist, wie ich dich wünsche. Deine Unbefangenheit ist gerade richtig.«

»Ich weiß nicht, was ich tun soll.«

»Gerade deshalb bist du ausgezeichnet. Morgen, in einigen Tagen, wirst du genau wissen, was du zu tun hast. Dann mußt du dich der Verlegenheit erinnern, die du jetzt empfindest, darstellen, was du nicht länger fühlst, und versuchen, sowohl das Mienenspiel wie diese Stellung festzuhalten. Gelingt dir das, so prophezeie ich dir den schönsten Erfolg. Was stellst du in diesem Stück vor? Einen Bauernjungen, der nichts weiß und nichts gesehen hat. Er kommt zu einem Affen und sieht, daß er unwissender und ungeschickter ist als dieser Affe — daher mein zweiter Titel: ›Der Dümmere von beiden ist nicht der, den man dafür hält.‹ Dümmer als Joli=Cœur, das ist deine Rolle.«

Obwohl »Der Diener des Herrn Joli=Cœur« eine Komödie war, die kaum zwanzig Minuten zur Aufführung erforderte, so dauerte unsere Probe über drei Stunden. Vitalis ließ uns zwei=, drei=, vier=, ja zehnmal dasselbe wiederholen, mich sowohl als auch die Hunde, die ihre Rollen noch dazu teilweise vergessen hatten, so daß mein Herr sie ihnen aufs neue beibringen mußte.

So lange unsere Probe auch dauerte, geriet er zu meiner Verwunderung weder in Zorn, noch fluchte er auch nur ein einziges Mal, wie es die Bauern in unserem Dorf machten, wo Flüche und Schläge die einzige Erziehungsart waren, die bei Tieren zur Anwendung kam.

»Halt, von vorn«, rügte er streng, sobald irgend etwas nicht so gut ausgeführt wurde, wie er es verlangte. »Das ist schlecht. Capi, du gibst nicht acht. Joli=Cœur, ich werde gleich schimpfen.«

Das war alles, aber es genügte.

»Nun«, fragte er mich nach der Probe, »wirst du dich an das Theaterspielen gewöhnen können?«

»Ich weiß es nicht.«

»Langweilt es dich?«

»Nein, im Gegenteil, es macht mir Spaß.«

»Dann ist es gut. Du hast Verstand und bist aufmerksam, was noch wichtiger ist. Mit Aufmerksamkeit und gutem Willen erreicht man alles. Vergleiche nur einmal die Hunde mit Joli=Cœur. Der mag lebhafter und klüger sein als sie, er ist aber nicht aufmerksam. Er lernt leicht, was man ihn lehrt, vergißt es aber ebenso schnell. Außerdem tut er niemals freudig, was man von ihm verlangt, sondern er würde sich am liebsten auflehnen und ist oft widerspenstig; das liegt in seiner Natur, und darum ärgere ich mich nie über ihn. Der Affe hat kein Pflicht=

gefühl wie der Hund, er steht deswegen weit unter ihm. Be=
greifst du das?«
»Ich glaube schon.«
»Sei also stets aufmerksam und folgsam, mein Junge, und
mache alles, was du tust, so gut wie nur immer möglich, davon
hängt alles im Leben ab.«
Da faßte ich mir ein Herz, ihm zu sagen, daß ich bei dieser
Probe die unermüdliche Geduld und Sanftmut am meisten be=
wunderte, die er sowohl Joli=Cœur und den Hunden wie mir
gegenüber an den Tag legte.
Er lächelte freundlich und meinte: »Man merkt wohl, daß du
bis jetzt mit Bauern gelebt hast, die ihre Tiere hart behandeln
und glauben, man könne sie nur mit dem Stock abrichten. Das
ist ein trauriger Irrtum. Durch Gewalttätigkeit erreicht man
wenig, durch Sanftmut aber viel, um nicht zu sagen: alles. Ich
habe mich nie zur Heftigkeit gegen meine Tiere hinreißen las=
sen, und nur auf diese Weise habe ich sie zu dem gemacht, was
sie sind. Durch Schläge wären sie furchtsam geworden, und
Furcht lähmt den Verstand. Auch ich selbst wäre nicht so ge=
worden, wie ich bin, meine Geduld, die mir dein Vertrauen er=
worben hat, konnte ich nur durch Selbsterziehung erlangen.
Wer andere lehrt, der lehrt zugleich sich selbst. Meine Hunde
haben mir ebenso viele Lehren gegeben wie ich ihnen, und
während ich ihren Verstand entwickelte, bildeten sie meinen
Charakter.«
Ich vermochte mich des Lachens kaum zu erwehren, so son=
derbar erschien mir, was mein Herr da erklärte. Er fuhr aber
ruhig fort: »Nicht wahr, es kommt dir wunderlich vor, daß
ein Hund fähig sein soll, einen Menschen etwas zu lehren?
Dennoch verhält es sich so. Denke nur ein wenig nach. Gibst
du zu, daß ein Hund dem Einfluß seines Herrn unterworfen
ist?«
»Ja, gewiß!«
»Dann wirst du auch begreifen, daß der Herr auf sich selbst
achtgeben muß, wenn er einen Hund erziehen will. Wäre ich
jähzornig und heftig gewesen, während ich Capi unterrichtete,
so hätte ich ihn verdorben. Der Hund ist fast immer der Spie=
gel seines Herrn, von dem einen läßt sich mit ziemlicher Sicher=
heit auf den anderen schließen.«
Meine vierbeinigen Kameraden konnten dem nächsten Tag mit
volkommener Ruhe entgegensehen, denn längst an öffentliches

Auftreten gewöhnt, handelte es sich für sie nur um eine Wie=
derholung dessen, was sie hundert=, ja vielleicht schon tausend=
mal zuvor getan hatten. Anders ich, der ich morgen mein
Probestück ablegen sollte. Was würde Vitalis, was würden die
Zuschauer sagen, wenn ich meine Sache schlecht machte? Als
wir am anderen Morgen unseren Gasthof verließen, um uns
an den Platz zu begeben, wo die Vorstellung stattfinden sollte,
war ich so aufgeregt, daß ich kaum folgen konnte. Vitalis
führte den Zug an. In strammer Haltung, den Kopf zurück=
geworfen, schritt er im Takt einher. Auf einer metallenen
Querpfeife spielte er einen Walzer.

Ihm folgte Capi, auf dessen Rücken sich Herr Joli=Cœur in eng=
lischer Generalsuniform, rotem, mit goldenen Tressen besetz=
tem Rock, roten Beinkleidern und einem mit großem Feder=
busch verzierten Hut, breitmachte.

Darauf kamen in respektvoller Entfernung Zerbino und Dolce
in einer Reihe, und ich beschloß den Zug, der einen ziemlich
großen Teil der Straße einnahm, aber trotz allem Pomp die
Aufmerksamkeit des Publikums lange nicht in dem Maße er=
regte, wie es die durchdringenden Töne der Flöte taten, die die
Bewohner von Ussel aus den fernsten Winkeln der Häuser
herbeiriefen. Alles lief vor die Türen, um uns vorbeimarschie=
ren zu sehen, überall schob man die Fenstervorhänge zurück.
Einige Kinder waren uns nachgelaufen, erstaunte Bauern
schlossen sich an, so daß wir uns bei der Ankunft an dem Ort
unserer Vorstellung von einem zahlreichen Gefolge umgeben
sahen. Die Schaubühne war schnell hergerichtet; ein um vier
Bäume geschlungenes Seil bildete ein längliches Viereck, in
dessen Mitte wir unsere Plätze einnahmen.

Die Vorstellung begann. Ich wiederholte mir im stillen meine
Rolle mit einem solchen Fiebereifer, daß ich kaum mehr wußte,
was um mich vorging. Das einzige, dessen ich mich noch er=
innere, war, daß die Hunde allerlei Kunststücke aufführten,
wozu Vitalis, der mittlerweile die Flöte mit einer Geige ver=
tauschte, sie entweder mit Tanzmelodien oder einschmeicheln=
den Melodien begleitete.

Schnell versammelte sich eine dichte Menge um uns, und als
ich um mich blickte, gewahrte ich zahlreiche Augenpaare, die
sich alle mit äußerster Spannung auf uns richteten.

Nachdem die Hunde ihre Kunststücke gezeigt hatten und damit
nunmehr der erste Teil unserer Vorstellung beendet war, nahm

Capi eine Schale ins Maul und begann, auf den Hinterfüßen gehend, eine Runde vor der »werten Versammlung« zu machen. Wurde nichts hineingeworfen, so stellte er die Schale in das Innere des Vierecks, wo sie vor unberufenen Händen sicher war, legte die Vorderpfoten auf den widerstrebenden Zu= schauer, bellte ein paarmal und klopfte wiederholt mit der Pfote auf die Tasche, die sich öffnen sollte, was dem Publi= kum Anlaß zu mancherlei Scherzen gab.

»Das ist ein schlauer Pudel«, hieß es, »der weiß, wo Geld steckt.«

»Los, die Hand in die Tasche!«

»Ich wette, der gibt!«

»Ich wette, der gibt nichts!«

So flogen die Neckereien hin und her, bis die Sous endlich aus den Tiefen der Taschen zum Vorschein kamen.

Vitalis sprach während dieser ganzen Zeit kein Wort, sondern sah unablässig nach der Schale, spielte heitere Melodien auf seiner Geige, bald lauter, bald gedämpft, und wartete die Rück= kehr Capis ab, der sich denn auch bald einfand, die gefüllte Schale stolz im Maul haltend.

Nun war die Reihe an Joli=Cœur und mir.

»Meine Damen und Herren«, begann Vitalis und gestikulierte mit Bogen und Geige lebhaft dazu, »wir werden jetzt eine allerliebste Komödie aufführen, die den Titel trägt: ›Der Diener des Herrn Joli=Cœur oder Der Dümmere von beiden ist nicht der, den man dafür hält‹. Ein Mann wie ich erniedrigt sich aber nicht dazu, seine Stücke und seine Schauspieler im voraus zu loben, er sagt den verehrten Zuschauern nur das eine: Öffnen Sie die Augen und halten Sie die Hände zum Klatschen bereit.«

Was mein Herr »eine allerliebste Komödie« nannte, war eigent= lich eine Pantomime, da mit Gebärden anstatt mit Worten gespielt wurde, und zwar aus dem sehr triftigen Grunde, weil zwei von den Darstellern, Joli=Cœur und Capi, überhaupt nicht sprechen konnten und weil der dritte — ich selbst — vor Auf= regung ganz unfähig gewesen wäre, auch nur zwei Worte herauszubringen. Um daher unser Spiel leichter verständlich zu machen, begleitete Vitalis den Verlauf des Stückes mit eini= gen erklärenden Worten sowie mit der entsprechenden Musik.

Durch eine militärische Weise kündigte er die Ankunft des englischen Generals, Herrn Joli=Cœur, an. Dieser hatte in den indischen Kriegen seinen Rang und sein Vermögen erworben. Bis zur Stunde war Capi sein Diener. Aber da es ihm seine Mittel gestatteten, wollte er sich von nun an durch einen Men= schen bedienen lassen; die Tiere dienten außerdem lange genug den Menschen als Sklaven, es war Zeit, daß es einmal anders würde. Während er nun die Ankunft dieses Dieners erwartete, spazierte General Joli=Cœur auf und ab und rauchte seine Zigarre. Es war der Mühe wert, zuzusehen, wie er dem Publi= kum den Rauch ins Gesicht blies!

Allmählich wurde der General ungeduldig, rollte die Augen wie einer, der in Zorn gerät, biß sich auf die Lippen und stampfte mit dem Fuß. Ich sollte, von Capi geführt, auftreten, sobald der Affe zum drittenmal mit dem Fuß stampfte. Der Hund allein hätte genügt, mir meine Rolle wieder ins Gedächt= nis zurückzurufen, falls ich Gefahr gelaufen wäre, sie zu ver= gessen, denn genau im richtigen Augenblick gab er mir die Pfote und stellte mich dem General vor.

Kaum sah mich der General, als er die Hände trostheischend zusammenschlug. *Das* war der Diener, den Capi für ihn aus= gesucht hat? Darauf sah er mir prüfend ins Gesicht und ging achselzuckend um mich herum.

Die Umstehenden schüttelten sich vor Lachen über den komi= schen Gesichtsausdruck Joli=Cœurs, dem deutlich anzusehen war, daß er mich für einen vollkommenen Einfaltspinsel hielt, eine Meinung, der die Zuschauer ausnahmslos beipflichteten. In jedem neuen Auftritt mußte ich eine andere Dummheit be= gehen, während Herrn Joli=Cœur reichlich Gelegenheit zur Entfaltung seiner Klugheit gegeben war.

Der General betrachtete mich lange und aufmerksam. Dann befahl er, vom Mitleid überwältigt, man möge mir ein Früh= stück auftragen.

»Der General nimmt an, daß der Junge nach dem Essen viel= leicht weniger dumm sein wird.«

Nun setzte ich mich an einen kleinen, schon gedeckten Tisch, eine Serviette lag auf meinem Teller — was aber tun mit ihr? Capi gab mir zu verstehen, daß ich mich ihrer bedienen sollte. Das war schon gut, wenn ich nur gewußt hätte, wie! Ich über= legte lange und putzte mir endlich damit die Nase, worüber sich der General fast totlachen wollte, während Capi vor Ent= setzen über meine Dummheit auf den Rücken fiel und alle viere in die Luft streckte.

Meinen Irrtum gewahrend, besah ich mir die Serviette von neuem und sann abermals darüber nach, auf welche Weise ich das Ding gebrauchen sollte. Endlich kam mir ein Gedanke: Ich rollte sie auf und machte mir eine Halsbinde daraus, was aber nur ein wiederholtes Lachen des Generals, ein nochmaliges Hinfallen Capis bewirkte.

So ging es weiter bis zu dem Augenblick, in dem mich der General ganz außer sich vom Stuhl riß, sich an meinen Platz setzte und das für mich bestimmte Frühstück selbst ver= zehrte.

Ja, der General verstand eine Serviette zu gebrauchen. Wie zierlich zog er sie durch ein Knopfloch seiner Uniform und breitete sie über das Knie! Wie vornehm brach er das Brot, leerte er sein Glas!

Eine unwiderstehliche Wirkung brachte aber dieser feine An= stand hervor, als der Herr General nach beendetem Frühstück einen Zahnstocher forderte und sich damit zwischen die Zähne fuhr. Das bildete den Glanzpunkt der ganzen Vorstellung, die unter stürmischem Beifallsklatschen mit einem wahren Triumph endete.

»Wie klug war der Affe, wie einfältig der Diener!« rühmte mich Vitalis, als wir in unseren Gasthof zurückkehrten, und ich war bereits Schauspieler genug, um auf dieses Lob stolz zu sein.

Die Geschichte vom König Murat

Allmählich durchzogen wir einen beträchtlichen Teil des süd= lichen Frankreich von der Auvergne bis zu den Cevennen und bis ins Languedoc hinein.

Wir reisten dabei so einfach als möglich, denn wir gingen immer auf gut Glück der Nase nach, und sobald wir von wei= tem ein Dorf erblickten, das uns nicht allzu ärmlich vorkam, trafen wir unsere Vorkehrungen zu einem großartigen Einzug. Ich mußte für die Toilette der Hunde sorgen, Dolce das seiden= weiche Fell bürsten, Zerbino ankleiden und ein Pflaster auf Capis Auge legen, damit er wie ein alter Griesgram aussah. Weiters mußte ich jedesmal Joli=Cœur seine Generalsuniform anlegen, was bei weitem der mühsamste Teil meiner Aufgabe war. Der Affe, der sehr wohl wußte, daß dieses Ankleiden für ihn das Vorspiel einer Arbeit bedeutete, wehrte sich aus Leibes= kräften und ersann die lustigsten Streiche, um mein Vorhaben zu vereiteln. Konnte ich gar nicht mit ihm fertig werden, so rief ich Capi zu Hilfe, dem es durch seine Schlauheit fast immer glückte, den Bosheiten des Affen Einhalt zu gebieten.

War nun die Gesellschaft im Paradeanzug, so setzte Vitalis seine Flöte an den Mund, und wir marschierten in schönster Ordnung durch das Dorf. Kam dann eine genügende Anzahl von Neugierigen hinter uns drein, so gaben wir eine Vorstel= lung, andernfalls zogen wir weiter. Nur in Städten pflegten wir mehrere Tage zu verweilen. Dann erhielt ich morgens die Er= laubnis, zu gehen, wohin ich wollte, nahm Capi mit — natür= lich ohne Kostüm — und schlenderte nach Herzenslust durch die Straßen. Vitalis, der mich sonst stets in seiner unmittel= baren Nähe behielt, ließ mir bei solchen Gelegenheiten gern die Zügel schießen.

»Der Zufall läßt dich Frankreich in einem Alter durchziehen«, sagte er dann, »in dem andere Kinder meistenteils in der Schule sitzen. Öffne also die Augen, beobachte und lerne. So= bald du etwas nicht begreifst, etwas siehst, was du nicht ver= stehst, so wende dich ohne Scheu an mich. Ich bin zwar nicht allwissend und vermag dir vielleicht nicht jedesmal zu antwor= ten, werde aber doch mitunter imstande sein, deine Neugier zu befriedigen. Ich war nicht immer Anführer einer Truppe abgerichteter Tiere und habe noch anderes gelernt, als was notwendig ist, Capi oder Herrn Joli=Cœur dem ›werten Publi= kum‹ vorzuführen.«

»Was haben Sie denn gelernt?«

»Davon reden wir später. Für jetzt brauchst du nur zu wissen, daß auch ein Hundeführer eine gewisse Stellung in der Welt eingenommen haben kann. Merke dir ferner, daß du, wenn du auch in diesem Augenblick auf der niedersten Sprosse der Lebensleiter stehst, nach und nach eine höhere erreichen kannst, was zum kleineren Teile von den Umständen, zum größeren von dir selbst abhängt. Höre auf meine Ratschläge, mein Kind, dann wirst du dich des armen Musikanten, der dir eine solche Angst einjagte, als er dich deiner Pflegemutter weg= nahm, später noch einmal mit Dankbarkeit erinnern — ja ich glaube, daß dir unsere Begegnung sogar Glück bringen wird.«

Was konnte das nur für eine Stellung gewesen sein, die mein Herr häufig, aber stets mit einer gewissen Zurückhaltung er= wähnte? Diese Frage beschäftigte mich immer wieder, ohne daß ich eine Antwort darauf finden konnte. Wie kam es nur, daß er jetzt so tief gesunken war, wenn er, wie er durchblicken ließ, früher einen hohen Platz auf der Lebensleiter eingenom= men hatte? Warum war er heruntergestiegen, wenn er mir doch sagte, ich könne auf eine höhere Sprosse gelangen, falls ich nur wolle, der ich nichts war und nichts wußte, weder eine Familie noch sonst jemanden besaß, mir dabei behilflich zu sein?

Nach dem Verlassen der Auvergne begaben wir uns in die Heide von Quercy, wie man die große, unregelmäßig wellen= förmige, fast nur aus unbebautem Land und magerem Busch= holz bestehende Ebene nennt, Gegenden, wie man sie sich nicht trauriger und ärmlicher vorstellen kann. Was zur Erhöhung dieses Eindruckes noch wesentlich beiträgt, ist der fast voll= ständige Mangel an Wasser, denn nirgends erblickt man Flüsse, Bäche oder Weiher, nur da und dort das steinige, ausgetrock= nete Bett eines Bergstromes. Seine Wasser sind in Abgründen unter der Erde verschwunden, quellen aber später wieder her= vor und bilden Bäche oder Brunnen.

Inmitten einer solchen Ebene, die zu der Zeit, als wir sie durch= zogen, infolge der langen Trockenheit ganz verdorrt war, liegt das große Dorf La Bastide=Murat. Wir brachten die Nacht dort in der Scheune eines Gasthofes zu, und als wir vor dem Schla= fengehen noch miteinander plauderten, erzählte Vitalis: »Hier in dieser Gegend, wahrscheinlich sogar in diesem Gasthof, ist ein Mann geboren, der Tausende von Soldaten in den Tod geschickt hat, das Leben als Stallknecht begann und später Fürst und König wurde. Er hieß Murat, man stempelte ihn zu einem Helden und gab diesem Dorf seinen Namen. Ich habe ihn gekannt und mich oft mit ihm unterhalten.«

»Als er Stallknecht war?« unterbrach ich ihn unwillkürlich.

»Nein«, antwortete Vitalis lachend, »als er König war, denn nach Bastide komme ich heute zum erstenmal in meinem Leben. Ich kannte ihn in Neapel, inmitten seines Hofes.«

»Sie haben einen König gekannt?«

Ich mußte das wohl in höchst komischem Ton ausgerufen haben, denn mein Herr lachte wieder lange und herzlich.

Wir saßen auf einer Bank vor der Stalltür, den Rücken an die von der Hitze des Tages noch warme Mauer gelehnt. Eine große Sykomore, in der die Grillen ihr eintöniges Lied sangen, wölbte sich über uns, und zwischen den Dächern der Häuser stieg der Vollmond langsam am Himmel empor; es war ein köstlicher Abend nach einem brennendheißen Tag.

»Willst du schlafen?« fragte mich Vitalis. »Oder soll ich die Geschichte vom König Murat erzählen?«

»O bitte, die Geschichte vom König Murat.«

Nun erzählte er sie mir ganz ausführlich, so daß wir noch mehrere Stunden im Gespräch auf unserer Bank sitzen blieben. Ich verwandte kein Auge von dem Gesicht meines Herrn, das der Mond mit seinem bleichen Scheine beleuchtete. Wie war das nur alles möglich? Nicht nur möglich, sondern auch wahr?

Bis dahin machte ich mir gar keinen Begriff von Geschichte, es gab auch niemanden, der mir davon erzählen konnte. Denn Mutter Barberin wußte selbst nicht, was das sei. In Chavanon geboren, wollte sie auch in Chavanon sterben, und ihre Gedan=ken reichten niemals weiter als ihre Augen, für die das Weltall aus der Gegend bestand, die man von der Höhe des Mont Audruyn aus überblicken konnte.

Mein Herr hatte einen König gesehen und mit ihm gespro=chen!

Was war Vitalis nur in seiner Jugend gewesen, und wie war er zu dem Mann geworden, als den ich ihn im Alter kennenlernte?

Wir verließen den dürren Heideboden und gelangten in das frische grüne Tal der Dordogne, das wir in kleinen Tagereisen durchwanderten; denn die Gegend ist üppig, und die Bewohner sind wohlhabend. Wir gaben da viele Vorstellungen, und die Sous fielen reichlich in Capis Schale.

Aber alles das verschwimmt in meinem Gedächtnis dem einen wundervollen Anblick gegenüber, der mir noch heute lebendig vor Augen steht.

Wir verbrachten die Nacht in einem kleinen Dorf und machten uns bei Tagesanbruch auf den Weg. Nachdem wir lange auf einer staubigen, zu beiden Seiten von Weinbergen eingeschlos=senen Landstraße weitergegangen und endlich auf dem Gipfel eines Hügels angelangt waren, tat sich plötzlich, wie durch einen Zauberschlag, eine weite Aussicht vor unseren Blicken auf.

Ein breiter Strom wand sich an dem Fuß unseres Hügels ent=lang, und jenseits dieses Stromes breiteten sich die Dächer und Türme einer großen Stadt bis an die äußerste Grenze des Horizonts aus. Was für eine zahllose Menge von Häusern, von Schornsteinen!

Aus einigen der Essen, die höher waren als die übrigen, drangen schwarze Rauchwirbel hervor, die von den Launen des Windes nach allen Richtungen getrieben wurden und eine dunkle Wolke über der Stadt bildeten. Mitten auf dem Fluß, an einem langen Kai, ankerte eine Unzahl von Schiffen, deren Maste, Segel, Taue und lustig im Wind flatternde bunte Wimpel ineinander verschlungen schienen. Der Klang wuchtiger Hammerschläge, das Getöse der Eisen= und Kupferwerke, das Rollen der Wagen, die wir überall auf dem Kai fahren sahen, drang als dumpfer, verworrener Lärm bis zu uns herauf.

»Das ist Bordeaux«, erklärte Vitalis.

Für mich, der ich bis jetzt nur erbärmliche Dörfer oder einzelne kleine Städte kannte, war dieser Anblick geradezu überwältigend. Wie angewurzelt stand ich still und schaute nach allen Seiten umher. Bald aber richteten sich meine Augen auf einen Punkt: den Strom mit seinen Fahrzeugen, auf dem sich alles in anscheinend regellosem Durcheinander und unaufhörlicher Bewegung befand. Das fesselte mich um so mehr, als ich mir durchaus nichts von dem zu erklären vermochte, was ich da vor mir sah. Fahrzeuge mit geblähten Segeln, leicht nach einer Seite geneigt, glitten den Fluß hinunter, andere kamen herauf, etliche lagen unbeweglich, wie schwimmende Inseln. Andere hatten weder Maste noch Segel, sondern nur einen Schornstein, der seine Rauchwirbel in die Luft sandte, und bewegten sich schnell nach allen Richtungen, in dem gelblichen Wasser weiße Schaumfurchen hinter sich zurücklassend.

»Es ist Flutzeit«, sagte Vitalis, meinem sprachlosen Staunen zu Hilfe kommend, ohne daß ich ihn erst fragen mußte. »Sieh, die Schiffe, deren Farben verblaßt sind, kommen nach langen Reisen vom Meer zurück, andere verlassen soeben den Hafen. Die Fahrzeuge, die in Dampfwolken gehüllt einherfahren, sind Schleppschiffe.«

Welch eine neue Welt tat sich mir bei diesen Worten auf! Ich bestürmte Vitalis mit unzähligen Fragen, ohne ihm Zeit zu lassen, sie alle zu beantworten.

Wie ich schon früher sagte, konnten wir uns nie lange an demselben Ort, selbst nicht in Städten, aufhalten, denn sobald wir »Der Diener des Herrn Joli=Cœur«, »Der Tod des Generals«,

»Der Triumph des Gerechten« und noch drei bis vier andere Stücke aufgeführt hatten, waren unsere Schauspieler am Ende ihrer Leistung, und wir mußten anderswo wieder von vorn anfangen, vor Zuschauern, die unseren Spielplan noch nicht kannten.

Aber Bordeaux ist eine große Stadt, in der das Publikum häufig wechselt. Da wir in verschiedenen Stadtteilen spielten, konnten wir täglich drei bis vier Vorstellungen geben, ohne befürchten zu müssen, daß man uns wie in Cahors zurief: »Das ist ja immer dieselbe Leier!«

Von Bordeaux aus wollten wir nach Pau wandern; der Weg dahin führte uns durch die große Einöde, die an den Toren von Bordeaux anfängt, sich bis an die Pyrenäen erstreckt und unter dem Namen »Les Landes« bekannt ist.

Ein Zusammenstoß mit der Polizei

Von Pau habe ich die angenehme Erinnerung bewahrt, daß diese Stadt vor allen Winden geschützt ist, ein Vorteil, für den ich um so empfänglicher sein mußte, als wir den ganzen Winter dort blieben und unsere Tage auf den Straßen, in den Park=anlagen und Spazierwegen zubrachten.

Allerdings war es nicht dieser Grund, unserer sonstigen Gewohnheit entgegen so lange an demselben Ort zu bleiben, sondern ein anderer, für meinen Herrn der einzig triftige: die außerordentliche Ergiebigkeit unserer Einnahmen. Wir hatten wirklich den ganzen Winter hindurch ein sehr dankbares Publi=kum, das sich aus Kindern, und zwar größtenteils aus engli=schen Kindern, zusammensetzte, aus schlanken Knaben mit rosiger Gesichtsfarbe und niedlichen kleinen Mädchen mit gro=ßen, sanften Augen. Sie wurden unserer Aufführungen nie überdrüssig und riefen uns nie zu: »Das ist ja immer dieselbe Leier!«

Das Frühjahr kam und mit ihm wärmere Tage. Unser Publikum verminderte sich nach und nach, und wiederholt reichten ein=zelne Kinder nach der Vorstellung Joli=Cœur und Capi die Hand, was immer einen Abschied bedeutete. Bald waren wir ganz allein in den Straßen — das bedeutete auch für uns, weiter=

zuziehen und unser abenteuerliches Leben von neuem zu be=
ginnen.

Wir gingen lange in gerader Richtung weiter, wie lange, weiß
ich nicht mehr, bergauf, bergab, immer zur Rechten die blauen
Gipfel der Pyrenäen, die aussahen wie zusammengeballte Wol=
ken. Eines Abends trafen wir endlich in einer großen Stadt
ein. Sie lag am Ufer eines Flusses in einer fruchtbaren Ebene
und bestand fast nur aus recht häßlichen roten Backstein=
häusern. Die Straßen waren mit kleinen, spitzigen Steinen ge=
pflastert — nicht angenehm für Wanderer, die täglich mehrere
Kilometer zu Fuß zurücklegten.

Mein Herr sagte mir, wir seien in Toulouse und würden hier
wahrscheinlich längere Zeit bleiben.

Wie überall, war es am nächsten Morgen unsere erste Sorge,
die für unsere Vorstellungen geeigneten Plätze aufzusuchen.
Wir fanden sie in reicher Anzahl, da es in Toulouse nicht an
schönen Promenaden fehlt. So zog uns namentlich in dem an
den Zoologischen Garten grenzenden Stadtteil ein herrlicher,
von großen Bäumen beschatteter Rasenplatz an, auf den meh=
rere Alleen münden. In einer dieser Alleen richteten wir unsere
Bühne ein, und gleich zu Anfang unserer Vorstellung ver=
sammelte sich ein zahlreiches Publikum um uns.

Unglücklicherweise sah der Schutzmann, dem die Beaufsichti=
gung dieser Allee oblag, unser Beginnen mit übelwollenden
Blicken an. Vielleicht war er kein Hundefreund, vielleicht stör=
ten wir ihn in der Ausübung seines Dienstes, vielleicht war er
uns aus irgendwelchen anderen Ursachen feindlich gesinnt —
genug, er befahl uns, unseren Platz zu verlassen.

In unserer Lage wäre es wohl am besten gewesen, nachzu=
geben, denn der Kampf zwischen uns armen Gauklern und der
Polizei war zu ungleich. Mein Herr aber dachte anders. Wenn
auch nur ein armer alter Führer von abgerichteten Hunden,
besaß er seinen Stolz und das, was er sein Rechtsgefühl nannte:
das heißt die Überzeugung, daß die Polizei ihn schützen müsse,
solange er sich nicht gegen die Gesetze verging. Er weigerte
sich, dem Schutzmann zu gehorchen, als dieser Miene machte,
uns gewaltsam aus unserer Allee zu vertreiben. Wollte sich
mein Herr nicht vom Zorn fortreißen lassen oder sich über die
Leute lustig machen — was häufig genug vorkam —, so pflegte
er seine italienische Höflichkeit zu übertreiben. So auch
jetzt.

»Kann mir der erlauchteste Vertreter der obrigkeitlichen Ge=
walt«, fragte er, indem er dem Schutzmann mit abgezogenem
Hut antwortete, »eine von besagter Gewalt ausgehende Ver=
fügung zeigen, durch die es armseligen Possenreißern, wie wir
es sind, untersagt wird, ihr elendes Gewerbe auf diesem öffent=
lichen Platz auszuüben?«

Der Schutzmann erwiderte, hier habe man nicht zu verhandeln,
sondern zu gehorchen.

»Ganz gewiß«, entgegnete Vitalis, »so verstehe ich es auch
und verspreche Ihnen, mich Ihren Befehlen zu fügen, sobald
Sie mir kundtun, auf Grund welcher Verfügung Sie das Gebot
erlassen.«

An jenem Tag wandte uns der Schutzmann den Rücken, wäh=
rend ihn mein Herr, still in sich hineinlachend, unter den höf=
lichsten Verbeugungen, den Hut in der Hand, begleitete.

Aber am nächsten Tag kam unser Quälgeist wieder, stieg über
das Seil, das die Umgrenzung unserer Bühne bildete, und un=
terbrach die Vorstellung, indem er Vitalis anherrschte: »Ihre
Hunde müssen Maulkörbe haben!«

»Meine Hunde Maulkörbe?«

»Das ist Polizeivorschrift, wie Sie doch wohl wissen wer=
den!«

Wir waren eben in vollem Zug, den »Tod des Generals« zu
spielen, und da wir diese Komödie in Toulouse zum erstenmal
gaben, so war unser Publikum ganz Auge und Ohr und be=
grüßte die Ankunft des Polizisten mit Murren und ärgerlichen
Einwendungen.

»Keine Unterbrechung!« riefen die Leute. »Das Ende abwar=
ten!«

Aber Vitalis forderte und erlangte durch eine Gebärde Schwei=
gen. Er nahm seinen Filzhut ab, grüßte so demütig, daß die
Federn im Sand schleiften, und trat mit drei tiefen Verbeugun=
gen auf den Schutzmann zu: »Hat nicht der erlauchte Vertreter
der obrigkeitlichen Gewalt gesagt, daß ich meinen Komödian=
ten Maulkörbe anlegen soll?«

»Jawohl, Sie haben Ihren Hunden Maulkörbe anzulegen, und
zwar sogleich!«

»Capi, Zerbino und Dolce Maulkörbe anlegen!« rief Vitalis
nun aus, wobei er sich jedoch weit mehr an das Publikum als
an den Polizisten wandte. »Eure Herrlichkeit denken doch
wohl nicht im Ernst daran! Wie kann der gelehrte und welt=

berühmte Arzt Capi die Medikamente verordnen, die dem un=
glücklichen Monsieur Joli=Cœur die Gallen vertreiben sollen,
wenn besagter Capi einen Maulkorb trägt?«

Bei diesen Worten brachen die Zuhörer in allgemeines Geläch=
ter aus, und Vitalis, durch diesen Beifall ermutigt, fuhr in sei=
ner Rede fort: »Wie soll ferner die reizende Dolce, unsere
Krankenwärterin, imstande sein, unseren Kranken durch ihre
Überredungskunst und Liebenswürdigkeit zum Befolgen der
ärztlichen Vorschriften zu bewegen, wenn sie das Instrument
auf der Nase trägt, das ihr der erlauchte Vertreter der Gewalt
aufnötigen will? Ich bitte und ersuche die Versammlung ehr=
erbietigst, zwischen uns entscheiden zu wollen.«

In solcher Weise zur Stellungnahme aufgefordert, sprach das
»werte Publikum« seine Ansicht nicht in Worten, sondern
durch Lachen aus. Man zollte Vitalis Beifall und machte sich
über den Polizisten lustig, ergötzte sich aber vor allen Dingen
an Joli=Cœurs Fratzen, der den »erlauchten Vertreter der Ge=
walt« hinter seinem Rücken verspottete, Gesichter schnitt,
seine Bewegungen nachahmte und den Kopf mit den komisch=
sten Verrenkungen zurückwarf.

Durch Vitalis' Reden gereizt, durch das Lachen des Publikums
noch mehr erbittert, wandte sich der Schutzmann, der durch=
aus nicht den Eindruck eines geduldigen Menschen machte,
plötzlich um und erblickte den Affen. Während einiger Sekun=
den starrten Mensch und Tier einander an, als wollten sie
sehen, wer von ihnen zuerst die Augen niederschlagen würde.

Ein neuerlicher Ausbruch lauten Gelächters machte diesem
Auftritt ein Ende. Ganz außer sich vor Wut, schrie der Polizist
Vitalis an und drohte ihm dabei mit der Faust: »Haben Ihre
Hunde morgen keine Maulkörbe, so zeige ich Sie an!«

»Also, auf Wiedersehen morgen, Signor!« rief Vitalis.

Der Schutzmann entfernte sich mit großen Schritten, und
Vitalis, sich tief verneigend, verharrte in ehrfurchtsvoller Hal=
tung, bis er außer Sicht war, dann nahmen wir unsere Vor=
stellung wieder auf.

Ich glaubte, mein Herr werde nun Maulkörbe für unsere
Hunde besorgen, aber er tat nichts dergleichen. Der Abend
verging, ohne daß er den Streit mit dem Polizisten auch nur er=
wähnt hätte.

Da faßte ich Mut, mit ihm davon zu sprechen: »Falls Sie nicht
wollen, daß Capi seinen Maulkorb während der Vorstellung

abstreift, wäre es doch gewiß ratsam, ihm das enge Ding ein wenig vor Beginn der Komödie anzulegen. Geben wir gut acht, so können wir ihn vielleicht daran gewöhnen.«

»Du glaubst also wirklich, daß ich den Hunden ein Eisen= gestell anlegen werde?«

»Aber der Polizist scheint nicht übel Lust zu haben, Ihnen Un= gelegenheiten zu machen.«

»Du bist ein Bauer, der wie alle Bauern aus Angst vor Polizei und Gendarmen den Kopf verliert! Sei ohne Sorgen, ich werde schon alles so einrichten, daß einerseits weder der Schutzmann mich verklagen kann, noch sich meine Zöglinge zu unbehaglich fühlen, anderseits aber doch das Publikum seine Unterhaltung dabei findet. Dieser Schutzmann muß uns mehr als eine gute Einnahme verschaffen und soll in dem Stück, das ich für ihn in Bereitschaft habe, eine komische Figur spielen. Das bringt Abwechslung in unsere Aufführung und gibt uns selbst Stoff zum Lachen. Du gehst morgen zunächst allein mit Joli=Cœur auf unseren Platz, spannst das Seil auf und spielst etwas mit der Harfe. Sobald du eine genügende Anzahl Zuschauer um dich versammelt hast und der Schutzmann gekommen ist, halte ich meinen Einzug mit den Hunden, und dann fängt die Komö= die an.«

Es wollte mir gar nicht gefallen, so allein fortzugehen, um die Vorbereitungen für unsere Vorstellung zu treffen. Ich merkte aber wohl, daß ich meinem Herrn jetzt nicht widersprechen durfte. Ich begab mich also am nächsten Morgen auf unseren alten Platz und spannte das Seil auf. Kaum begann ich zu spielen, als man von allen Seiten herbeiströmte und sich dicht an die Einzäunung drängte.

Mein Herr gab mir in der letzten Zeit Unterricht auf der Harfe, so daß ich einige Stücke schon ziemlich gut spielen konnte. Hauptsächlich durch den Vortrag einer neapolitanischen Volks= weise, die ich zur Harfe sang, erntete ich regelmäßig Beifall. Obwohl mich meine Künstlereitelkeit häufig genug zu der An= nahme verleitete, daß es meinem Talent zu danken wäre, wenn unsere Gesellschaft Erfolge errang, so war ich doch nicht eitel genug, anzunehmen, daß man sich an jenem Tag nur wegen meines Vortrags so eifrig an uns herandrängte.

Es fanden sich alle ein, die abends zuvor bei dem Auftritt mit dem Schutzmann anwesend waren, und sie brachten ihre Freunde mit; denn die Polizisten sind in Toulouse so wenig beliebt wie anderswo. Alle waren begierig zu sehen, ob sich der alte Italiener aus der Sache ziehen und gleichzeitig seinen Feind lächerlich machen würde.

Daher der Andrang, und darum fingen auch die Zuschauer an, unruhig zu werden, als sie mich mit Joli=Cœur allein sahen. Sie unterbrachen mich dann und wann mit der Frage, ob der »Italiener« denn nicht komme.

»Er ist schon unterwegs«, antwortete ich jedesmal und sang mein Lied weiter.

Mein Herr aber kam noch nicht, sondern der Schutzmann, worauf Joli=Cœur, der ihn zuerst bemerkte, sofort die Hand in die Seite stemmte, den Kopf zurückwarf und mit wichtig= tuerischer Miene, in steifer Haltung, aufgebläht wie ein Trut= hahn, um mich herumstolzierte.

Das Publikum brach in schallendes Gelächter aus und klatschte Beifall. Der Schutzmann, außer sich vor Ärger, warf mir einen wütenden Blick zu. Nun verdoppelte sich natürlich die Heiter= keit des Publikums, und wäre ich nur ein wenig sicherer ge= wesen, so hätte ich gar zu gerne mitgelacht.

Joli=Cœur, der den Ernst der Lage nicht einsehen konnte, be= lustigte sich ungemein über das Gebaren des Polizisten. Er wanderte nun innerhalb der Einfriedung ebenfalls auf und nieder, und sobald er bei mir vorbeikam, sah auch er mich so drollig über die Schulter an, daß die Zuschauer immer lauter lachten. Ich rief den Affen, um die Wut des Schutzmannes nicht aufs äußerste zu steigern, aber da dies Spiel dem Tier Spaß machte, so verweigerte es mir den Gehorsam, setzte seine Wanderung fort und entschlüpfte mir geschickt, sobald ich es greifen wollte.

Aber diese Versuche hielt der Polizist, vor Zorn fast unzurech= nungsfähig, für ein Aufstacheln des Affen, stieg hastig über das Seil, war in zwei Sätzen an meiner Seite und gab mir eine Ohrfeige, die mich fast zu Boden warf.

Fast gleichzeitig mußte Vitalis angelangt sein, denn als ich die Augen öffnete, sah ich ihn zwischen mir und dem Polizisten stehen, den er am Handgelenk festhielt.

»Ich verbiete Ihnen, das Kind zu schlagen!« rief er. »Was Sie da getan haben, ist eine Feigheit.«

Der Polizist wollte sich losmachen, Vitalis hielt ihn aber fest, und während einiger Sekunden sahen sich die beiden Männer Auge in Auge: der Schutzmann wütend vor Zorn, mein Herr

prächtig in seiner Haltung. Er trug den schönen, von weißem Haar eingerahmten Kopf hoch aufgerichtet, und sein Gesichts= ausdruck war ebenso entrüstet wie gebieterisch.

Mir schien, der Polizist müßte vor der Würde, die sich in dem Wesen meines Herrn ausprägte, in die Erde sinken, aber er zog die Hand mit einem kräftigen Ruck weg, packte meinen Nähr= vater am Kragen und stieß ihn so heftig von sich, daß er fast umgefallen wäre. Vitalis konnte jedoch das Gleichgewicht be= halten, erhob den rechten Arm und schlug den Polizisten stark auf sein Handgelenk.

Wenn auch immer noch kräftig, so war mein Herr doch ein Greis, der Schutzmann dagegen ein Mann in den besten Jahren, so daß ein Kampf zwischen den beiden bald mit der Niederlage des Alten hätte enden müssen.

Dazu sollte es aber nicht kommen; denn als Vitalis den Schutz= mann fragte: »Was wollen Sie?«, erhielt er die barsche Ant= wort: »Ich verhafte Sie, folgen Sie mir auf die Wache.«

»Warum haben Sie das Kind geschlagen?«

»Kein Wort mehr, folgen Sie mir!« Vitalis antwortete ihm nicht. Zu mir gewandt, sagte er: »Geh in den Gasthof zurück und bleibe mit den Tieren dort. Sobald ich kann, lasse ich dir Nachricht zukommen.«

Das war das traurige Ende einer Vorstellung, die sich mein Herr so heiter gedacht hatte.

Ich rief also den Hunden zu, bei mir zu bleiben, und diese, ans Gehorchen gewöhnt, kamen zu mir, obwohl sie erst ihrem Herrn nachlaufen wollten. Nun sah ich, daß sie allerdings Maulkörbe, aber anstatt eines Eisengestells oder eines Netzes ein schmales Seidenband trugen, das mit Schleifen um die Schnauze festgeknüpft war: Capi mit seinem weißen Fell war mit einem roten, der schwarze Zerbino mit einem weißen und die graue Dolce mit einem blauen Band geschmückt. Es waren Theatermaulkörbe; Vitalis hatte die Hunde sicherlich für den Streich, den er dem Polizisten spielen wollte, so heraus= geputzt.

Die Zuschauer zerstreuten sich rasch, nur wenige blieben noch auf dem Platz zurück, um diesen Vorfall zu besprechen. Wie immer in solchen Dingen, waren die Meinungen geteilt. Einige gaben meinem Herrn recht, andere dem Schutzmann.

»Warum schlug denn der Mann das Kind«, sagten die einen, »das weder etwas gesagt noch getan hatte?«

»Eine schlimme Geschichte«, meinte die Gegenpartei; »denn wenn der Polizist die Widersetzlichkeit feststellt, kommt der Alte nicht ohne Gefängnis davon.«

Traurig und besorgt wanderte ich zu unserem Gasthof zu= rück.

Ich empfand vor Vitalis längst keine Furcht mehr. Eigentlich dauerte meine Angst nur wenige Stunden, denn ich schloß mich ihm sehr bald in einer aufrichtigen Zuneigung an, die mit jedem Tag wuchs. Wir lebten das gleiche Leben, waren vom Morgen bis zum Abend unaufhörlich beisammen, und oft genug nahm uns abends auch dasselbe Strohlager auf.

Ein Vater kann nicht besorgter um sein Kind sein, als Vitalis um mich war. Er lehrte mich Lesen, Singen, Schreiben und Rechnen und benutzte unsere langen Wanderungen, um mich über diesen oder jenen Gegenstand zu belehren. Wie er bei starker Kälte seine Decke mit mir teilte, so half er mir bei großer Hitze stets meinen Anteil am Gepäck tragen, und bei unseren Mahlzeiten gab er mir nie das schlechte Stück, wäh= rend er das gute für sich behielt, sondern teilte alles gleich= mäßig. Zupfte er mich vielleicht einmal unsanft bei den Ohren, oder gab er mir einen Klaps, so waren diese kleinen Züchti= gungen doch niemals derart, daß ich darüber seine Sorgfalt, seine freundlichen Worte und alle Beweise von Zärtlichkeit, die er mir während unseres Beisammenlebens gegeben, hätte vergessen können. Da war es kein Wunder, wenn mich diese Trennung schmerzlich berührte, doppelt schmerzlich, weil ich nicht wußte, wann wir uns wiedersehen würden; hatte man doch vom Gefängnis geredet. Wie lange mochte eine solche Gefangenschaft dauern, und was sollte ich dann an= fangen, wie und wovon leben?

Mein Herr pflegte sein Geld stets bei sich zu tragen. Es blieb ihm, ehe er von dem Wachmann abgeführt wurde, keine Zeit, mir etwas zu geben; ich selbst aber besaß nur wenige Sous, die schwerlich hinreichten, uns alle, Joli=Cœur, die Hunde und mich, zu ernähren.

Nachdem ich so zwei Tage in unaussprechlicher Angst lebte, ja nicht einmal wagte, den Hof unseres Gasthofes zu verlassen, und mich nur mit den Tieren beschäftigte, die ebenfalls traurig und unruhig waren, brachte mir ein Mann endlich am dritten Tag einen Brief von Vitalis. Er teilte mir mit, daß man ihn bis zum nächsten Samstag in Haft behalten würde, um ihn dann

unter der Anklage der Widersetzlichkeit gegen einen Polizei=
beamten und tätlicher Angriffe gegen dessen Person vor das
Gericht zu stellen. Er schrieb weiter: »Als ich mich vom Zorn
hinreißen ließ, habe ich einen schweren Fehler begangen, der
mich noch teuer zu stehen kommen wird, aber es ist zu spät,
ihn wiedergutzumachen. Komm zur Gerichtsverhandlung, Du
kannst Dir eine Lehre daraus ziehen.«

Er fügte noch Ratschläge für mein Verhalten hinzu und schloß
mit einem herzlichen Gruß für mich und dem Auftrag, die
Tiere für ihn zu streicheln.

Während ich meinen Brief las, beschnupperte ihn Capi auf=
merksam. Er erriet schnell, daß das Papier aus der Hand seines
Herrn stammen müsse. Er zeigte seine Zufriedenheit darüber
durch vergnügtes Schweifwedeln an — das erste Zeichen von
Freude seit drei Tagen!

Ich erkundigte mich nun nach den Sitzungen des Gerichts und
erfuhr, daß sie um zehn Uhr vormittags anfingen. Am Samstag
stand ich pünktlich um neun Uhr vor der Tür des Gebäudes
und kam als erster in den Saal, der sich nach und nach füllte.
Unter der Menge erkannte ich mehrere von denen, die bei dem
Auftritt mit dem Polizisten anwesend waren.

Gerichtsverhandlungen und Verhöre waren mir unbekannt,
trotzdem empfand ich eine furchtbare Angst. Ich verkroch
mich hinter einem großen Ofen, drückte mich dicht an die
Wand und machte mich so klein wie möglich. Doch mußte ich
lange warten, ehe mein Herr erschien, da noch vorher Dieb=
stähle und Schlägereien zur Verhandlung kamen. All diese
Angeklagten erklärten sich für unschuldig und wurden sämt=
lich verurteilt.

Endlich wurde Vitalis hereingeführt und setzte sich zwischen
zwei Gendarmen auf dieselbe Bank wie seine Vorgänger.

Was zuerst gesagt worden ist, was er gefragt wurde und was
er antwortete, weiß ich nicht mehr; ich war zu bewegt, etwas
zu hören oder etwas zu verstehen, ich dachte auch gar nicht
ans Zuhören, ich wollte nur sehen.

Ich beobachtete meinen Herrn, der, das lange weiße Haar zu=
rückgestrichen, in der Haltung eines Menschen dastand, der
sich schämt und tief bekümmert ist, und beobachtete den
Richter, der ihn verhörte.

»Sie geben also zu«, sagte dieser, daß Sie den Schutzmann, der
Sie verhaftete, wiederholt geschlagen haben?«

»Nicht wiederholt, Herr Präsident, sondern nur einmal. Als ich auf dem Platz ankam, wo unsere Vorstellung stattfinden sollte, sah ich, wie der Schutzmann dem Jungen, den ich bei mir habe, eine Ohrfeige gab.«

»Dieser Junge ist nicht Ihr Sohn?«

»Nein, Monsieur, aber ich liebe ihn wie mein eigenes Kind. Als ich sah, daß er geschlagen wurde, übermannte mich der Zorn, ich ergriff die Hand des Schutzmanns und hinderte ihn, den Knaben noch einmal zu schlagen.«

»Sie haben den Polizisten aber auch geschlagen?«

»Ja, denn als er mich am Kragen packte, vergaß ich, wer der Mann war, der sich auf mich warf, oder sah, um mich richtiger auszudrücken, nicht mehr den Polizisten, sondern nur noch den Menschen in ihm und ließ mich durch eine unwillkürliche Erregung hinreißen.«

»In Ihrem Alter läßt man sich nicht mehr hinreißen!«

»Man sollte es nicht tun, unglücklicherweise aber handelt man nicht immer, wie man handeln sollte, das merke ich heute.«

»Wir werden nun den Schutzmann verhören.«

Der Polizist berichtete die Ereignisse wahrheitsgetreu. Er legte jedoch mehr Gewicht darauf, daß man ihn verspottet und nach= geahmt hatte, als auf die Tatsache, daß er geschlagen worden war.

Vitalis schenkte seinen Aussagen keine Beachtung, sondern sah sich rings im Saal nach mir um. Ich verließ eilends mein Versteck, schlich mich durch die Neugierigen hindurch und ge= langte in die erste Reihe.

Sobald er mich erblickte, heiterte sich sein trauriges Gesicht auf, als freue es ihn, mich zu sehen. Mir aber kamen die Tränen in die Augen.

»Das ist alles, was Sie zu Ihrer Verteidigung vorzubringen haben?« wandte sich der Präsident endlich an den Ange= klagten.

»Für mich selbst hätte ich weiter nichts hinzuzufügen, doch wende ich mich um des Kindes willen, das mir sehr lieb ist, an die Nachsicht des Gerichtshofes und bitte ihn, uns nicht länger getrennt zu halten als durchaus nötig ist.«

Ich glaubte, daß man meinen Herrn freisprechen würde, aber es kam anders.

Einige Minuten lang sprach noch eine andere Gerichtsperson, dann verkündigte der Präsident mit ernster Stimme, daß be=

sagter Vitalis, als der Beleidigungen und Tätlichkeiten gegen einen Vertreter der öffentlichen Ordnung überführt, zu zwei Monaten Gefängnis und zu hundert Franken Geldbuße ver= urteilt sei. Durch meine Tränen sah ich, wie sich die Tür, durch die Vitalis eingetreten war, wieder öffnete; er ging hinaus, ein Gendarm folgte ihm, und hinter ihm schloß sich die Tür. Zwei Monate der Trennung! Wohin sollte ich mich wenden?

Freunde in schwerer Not

Als ich schweren Herzens und mit rotgeweinten Augen in den Gasthof zurückkehrte, stand der Wirt vor der Hoftür, sah mich lange an, und als ich an ihm vorüber zu den Hunden gehen wollte, hielt er mich fest, um zu fragen, wie es mit meinem Herrn abgelaufen sei. Ich erwiderte, daß er schuldig befunden worden war und zu welcher Strafe man ihn verurteilt habe, worauf der Wirt kopfschüttelnd wohl drei= oder viermal wie= derholte: »Zwei Monate, hundert Franken!«

Ich wollte weitergehen, als er mich mit der Frage zurückhielt: »Und was willst du in diesen zwei Monaten anfangen?«

»Das weiß ich selbst nicht, Herr Wirt.«

»So, du weißt das nicht? Hast du denn Geld genug, davon zu leben und deine Tiere zu füttern?«

»Nein.«

»Rechnest du etwa damit, hier wohnen zu können?«

»Nein, Monsieur«, sagte ich.

»Nun, daran tust du auch ganz recht, mein Junge«, fuhr der Wirt nun fort, »denn dein Herr schuldet mir schon zuviel Geld, als daß ich dich noch zwei Monate lang beherbergen könnte, ohne zu wissen, ob ich nach Ablauf dieser Zeit bezahlt werde. Du mußt fort von hier!«

»Aber wohin soll ich denn gehen?«

»Das ist mir egal. Ich bin weder dein Vater noch dein Herr. Weshalb soll ich dich behalten?«

Der Mann hatte recht. Warum sollte er mich bei sich behalten? Ich war ihm doch nur eine Last. Was ich anfangen sollte, wußte ich freilich auch nicht.

»Komm, mein Junge«, drängte der Wirt wieder, »nimm deinen

Affen und deine Hunde und geht! Den Ranzen deines Herrn läßt du mir natürlich hier, damit er ihn vorfindet, wenn er aus dem Gefängnis entlassen wird und wir unsere Rechnung dann berichtigen können.«

»Nun«, bat ich ihn jetzt und hoffte schon halb und halb auf eine zustimmende Antwort, »da Sie ganz sicher sind, Ihre Rechnung in dem Augenblick auszugleichen, wenn mein Herr wiederkommt, so behalten Sie mich doch bis dahin bei sich und rechnen dann meine Schulden zu denen meines Herrn!«

»Wirklich, mein Junge? Für einige Tage kann mich dein Herr wohl bezahlen, aber für zwei Monate ist das etwas anderes.«

»Ich werde so wenig essen, wie Sie wollen.«

»Und die Tiere? Nein, es geht nicht, du mußt fort! Du kannst in den umliegenden Dörfern ganz gut so viel verdienen, wie du brauchst.«

»Aber wo soll mich denn mein Herr finden, wenn er aus der Haft entlassen wird? Er wird mich hier abholen wollen.«

»Du brauchst dich ja nur an dem bestimmten Tag wieder ein= zustellen. Halte dich acht Wochen lang in der Umgebung auf, denn in Badeorten wie Bagnères, Cauterets, Luz gibt's viel Geld zu verdienen.«

»Und wenn mir mein Herr schreibt?«

»So verwahre ich dir seinen Brief.«

»Was wird er denken, wenn ich ihm nicht antworte?«

»Jetzt habe ich aber genug! Ich habe dir gesagt, daß du fort mußt; nun geh, und das bald! Fünf Minuten gebe ich dir noch, mehr nicht, und bist du dann nicht fort, so bekommst du es mit mir zu tun.«

Alles Bitten war unnütz, ich mußte fort. Ich ging in den Stall, um die Tiere loszubinden, nahm meinen Ranzen auf den Rücken, hängte mir die Harfe über die Schulter und verließ das Haus.

Der Wirt stand an der Tür, um mich zu beobachten. Er rief mir beim Weggehen zu: »Wenn ein Brief für dich kommt, so hebe ich ihn auf!«

Ich mußte so schnell als möglich die Stadt verlassen, denn die Hunde besaßen noch immer keine Maulkörbe — was sollte ich antworten, wenn mir ein Polizist begegnete? Daß ich kein Geld habe, um Maulkörbe zu kaufen? Das hätte mich nicht vor dem Gefängnis geschützt, obwohl es die reine Wahrheit gewesen wäre. Nach Abschluß meiner Rechnung blieben mir noch elf

Sous, die für einen solchen Ankauf selbstverständlich nicht ausreichten. Wenn ich aber verhaftet würde, wie man meinen Herrn verhaftet hatte, wer sollte dann für unsere vierbeinigen Künstler sorgen? Ich, das elternlose Kind, war mit einem Schlag zum Familienoberhaupt, zum Leiter einer Schauspieler= truppe geworden, und ich war mir meiner Verantwortung ge= nau bewußt.

Während wir eilig ausschritten, wandten die Hunde wiederholt den Kopf zu mir hin und sahen mich mit einem Ausdruck an, der ihren Hunger deutlicher zeigte, als es Worte vermochten. Joli=Cœur zupfte mich von seinem Platz auf meinem Ranzen von Zeit zu Zeit am Ohr, und sobald ich mich nach ihm um= drehte, strich er sich den Bauch mit einer Gebärde, die nicht weniger ausdrucksvoll war als die Blicke der Hunde. Was sollte ich da machen? Ich hatte so wenig gegessen wie sie, aber von meinen elf Sous konnte ich nur eine einzige Mahlzeit für uns alle bestreiten, die Frühstück und Mittagessen zugleich sein mußte.

Unser Gasthof lag in dem Faubourg St=Michel auf dem Weg nach Montpellier, und ich war dieser Richtung gefolgt, ohne viel zu fragen, wohin die Straße führte. Mein ganzes Bestreben war, einer Stadt zu entfliehen, wo ich mit Polizisten zusammen= treffen konnte. Ich wünschte nur, Toulouse möglichst bald im Rücken zu haben, alles andere kümmerte mich wenig.

Wo ich mich auch aufhielt, ich mußte überall Kost und Obdach bezahlen.

Es war zwar Sommer, so daß wir ganz gut unter freiem Him= mel übernachten konnten; aber wie sollte es mit dem Essen werden?

Obgleich mir die Hunde immer flehendere Blicke zuwarfen und Joli=Cœur sich den Bauch immer kräftiger strich, ging ich doch zwei Stunden ununterbrochen weiter. Erst dann glaubte ich weit genug von Toulouse entfernt zu sein, daß ich nichts mehr von der Polizei befürchten mußte. Ich ging in den ersten besten Bäckerladen und bat um anderthalb Pfund Brot.

»Nehmen Sie doch lieber ein Brot zu zwei Pfund!« sagte die Bäckersfrau. »Bei Ihrer Menagerie ist das nicht zuviel, und die armen Tiere müssen doch etwas zu fressen haben.«

Für meine Menagerie waren zwei Pfund Brot gewiß nicht zu= viel, wohl aber für meine Börse. Das Pfund Brot kostete damals fünf Sous, ich hätte also zehn Sous ausgeben müssen, und mir wäre nur ein Sou übriggeblieben. Zu solcher Verschwendung durfte ich mich nicht hinreißen lassen, ohne für den nächsten Tag gesichert zu sein. Nahm ich dagegen anderthalb Pfund, so blieben mir für den anderen Morgen noch drei Sous und zwei Centimes, gerade genug, um nicht zu verhungern, aber doch abzuwarten, ob sich ein Verdienst finden würde.

Die Rechnung war schnell gemacht, und ich bat die Bäckers= frau mit möglichst sicherer Miene, mir nicht mehr als andert= halb Pfund Brot abzuschneiden, da mir das genüge.

»Gut, gut«, sagte sie und schnitt das geforderte Quantum von einem schönen sechspfündigen Brot ab, das wir am liebsten ganz verspeist hätten.

Die Hunde sprangen freudig um mich herum, Joli=Cœur zupfte mich mit leisen Ausrufen an den Haaren. Wir wanderten noch ein wenig weiter, dann lehnte ich meine Harfe an einen Baum= stamm und warf mich der Länge nach ins Gras. Die Hunde, Capi in der Mitte, setzten sich voller Erwartung mir gegen= über, während sich Joli=Cœur auf die Lauer stellte, um alle Bissen stehlen zu können, die ihm behagten.

Nun zerschnitt ich mein Brot in fünf möglichst gleichmäßige Stücke, zerlegte sie, um ja nichts zu vergeuden, noch einmal in ganz kleine Schnitten und gab dann einem nach dem anderen seinen Anteil, wie es bei den Soldaten gemacht wird.

Joli=Cœur, der weniger Nahrung brauchte als wir, kam am besten dabei weg und war gesättigt, ehe wir unseren Hunger nur halbwegs befriedigen konnten, so daß noch sieben Schnit= ten von seiner Portion übrigblieben. Die Hunde und ich ver= zehrten jeder eine als Nachtisch, während ich die drei anderen für später in meinen Ranzen steckte.

Nach kurzer Rast gab ich das Zeichen zum Aufbruch, da wir unser Frühstück für den morgigen Tag verdienen mußten, auch wenn wir, der Ersparnis halber, unter freiem Himmel schlie= fen.

Wir waren ungefähr eine Stunde lang gegangen, als ein Dorf in Sicht kam, das mir für die Verwirklichung meiner Absichten geeignet schien. Es machte von weitem einen ärmlichen Ein= druck. Ich ließ mich aber nicht entmutigen, da ich bezüglich der Höhe der Einnahmen durchaus nicht anspruchsvoll war, sondern mir immer vorhielt, daß wir um so weniger Gefahr liefen, mit Polizisten zusammenzutreffen, je kleiner das Dorf wäre.

Ich putzte also meine Schauspieler heraus, und wir zogen in möglichst guter Ordnung in das Dorf ein, wenn auch ohne Vitalis' Querpfeife und ohne dessen stattliches Auftreten, das überall, gleich dem eines Tambourmajors, die Blicke auf sich zog. Ich hatte keinen hohen Wuchs wie er, sondern war klein und schmächtig, und auf meinem Gesicht prägte sich gewiß mehr Ängstlichkeit als Sicherheit aus.

Während unseres Einzuges sah ich nach rechts und links, um zu beobachten, welchen Eindruck wir auf die Bewohner machten.

Ach, es war ein sehr mäßiger — man hob den Kopf und sah wieder weg, kein Mensch folgte uns. Auf einem kleinen Platz angelangt, in dessen Mitte sich ein von Platanen beschatteter Springbrunnen befand, nahm ich meine Harfe und begann einen Walzer zu spielen. Die Musik war heiter, meine Finger glitten leicht über die Saiten, aber das Herz war mir schwer, und ich glaubte eine schwere Last auf den Schultern zu tragen.

Ich befahl Zerbino und Dolce zu tanzen, und sie fingen an, sich im Takt zu drehen. Aber niemand wollte kommen, um uns zuzusehen, obwohl mehrere Frauen strickend und plaudernd an den Türpfosten standen.

Ich spielte jedoch weiter, Zerbino und Dolce tanzten, ohne aufzuhören. Vielleicht kommt doch noch ein Zuschauer, dachte ich, und dem einen würden bald andere folgen, aber soviel ich auch spielte und die Hunde tanzten, die Leute blieben ruhig zu Hause, ohne auch nur ein einziges Mal nach uns herzusehen.

Es war zum Verzweifeln.

Da plötzlich — ich spielte, als sollten die Saiten meiner Harfe zerspringen — kam ein ganz kleines Kind, das die ersten Gehversuche zu machen schien, aus einem Haus auf uns zu. Dem Kind folgte gewiß die Mutter, der Mutter konnte sich eine Freundin zugesellen — vielleicht bekamen wir doch noch Zuschauer und würden eine Einnahme erzielen können.

Um das Kind nicht zu erschrecken, sondern anzulocken, spielte ich jetzt etwas leiser — richtig, es kam mit erhobenen Händchen, sich in den kleinen Hüften wiegend, auf uns zu; nur noch wenige Schritte, und es war dicht bei uns.

Jetzt sieht die Mutter auf — sie ist verwundert und beunruhigt, als sie das Kind nicht neben sich bemerkt — nun erblickt sie es und — ach nein, sie läuft ihm nicht nach, wie ich hoffte, sie

70

ruft es nur, worauf das folgsame Kleine auch gleich zu ihr zurückkehrt.

Wer weiß, am Ende liebten diese Leute Tanz nicht, ich wollte es also mit etwas anderem versuchen. Ich befahl Zerbino und Dolce, sich zu legen, und fing an, eins meiner Lieder mit einem Eifer zu singen wie noch nie zuvor:

>»Fenesta vascia e patrona crudele
>Quanta sospire m'aje fato jettare.«

Ein Mann in Hemdärmeln, einen Filzhut auf dem Kopf, näherte sich uns, als ich eben die zweite Strophe begann.

Endlich!

Ich sang mit immer größerer Begeisterung.

»Was tust du hier, du Taugenichts?« schrie er mir zu.

Ich hielt erschrocken inne und starrte ihn mit offenem Mund an.

»Nun, wirst du bald antworten?« fragte er.

»Ich singe.«

»Hast du denn die Erlaubnis, auf unserem Gemeindeplatz zu singen?«

»Nein.«

»So mach, daß du fortkommst, wenn du nicht eingesperrt wer= den willst.«

»Aber, Monsieur . . .«

»Ich heiße ›Herr Feldhüter‹ — jetzt pack dich, du Bettel= junge!«

Ein Feldhüter! Das Beispiel meines Herrn lehrte mich, was es heißt, sich gegen die hohe Obrigkeit aufzulehnen — ich ließ mir das also nicht zweimal sagen, sondern kehrte schnell um und wanderte eilig denselben Weg zurück, den ich gekommen war.

Betteljunge! Das war ungerecht, denn ich sang und tanzte, arbeitete also auf meine Weise. Ich bettelte nicht. Was für ein Unrecht ließ ich mir denn zuschulden kommen?

In fünf Minuten war ich außerhalb des Bereiches dieser wenig gastlichen, jedoch wohlbewachten Gemeinde. Die Hunde, die ahnten, daß uns etwas Schlimmes widerfahren war, folgten mir mit gesenkten Köpfen. Capi lief von Zeit zu Zeit voraus, wandte sich dann nach mir um und sah mich mit seinen klugen Augen forschend an.

Sobald wir so weit entfernt waren, daß wir den brutalen Feld=

hüter nicht mehr zu fürchten brauchten, machte ich ein Zei=
chen mit der Hand, worauf die drei Hunde sofort einen Halb=
kreis um mich bildeten; Capi unbeweglich, die Augen fest auf
mich gerichtet, in der Mitte.

»Man schickt uns fort, weil wir keine behördliche Erlaubnis
zum Spielen haben«, sagte ich. »Jetzt müssen wir unter freiem
Himmel übernachten, und zwar ohne Abendbrot.« Ich wies
meine drei Sous mit den Worten vor: »Das ist unser ganzes
Vermögen, wie ihr wohl wißt — geben wir diese drei Sous
heute abend aus, so können wir morgen kein Frühstück kaufen.
Wir haben heute aber schon gegessen, daher halte ich es für
klüger, an den kommenden Tag zu denken«, worauf ich meine
drei Sous wieder in die Tasche steckte.

Capi und Dolce senkten den Kopf in stiller Ergebung. Zerbino
aber, der nicht immer artig und ein großer Feinschmecker war,
fuhr noch eine Zeitlang fort, unzufrieden zu knurren.

Nach Erledigung der Abendbrotfrage handelte es sich nur noch
um die Schlafstätte. Dieses Problem verursachte zum Glück
weniger Schwierigkeiten, da das Wetter schön und am Tag
sehr heiß war, so daß wir sehr gut unter freiem Himmel über=
nachten konnten. Wir mußten uns höchstens vor Wölfen
sichern, wenn es hier welche gab, und vor Feldhütern, die mir
bei weitem gefährlicher vorkamen als wilde Tiere. Wir brauch=
ten nur so lange auf der Landstraße weiterzugehen, bis wir
eine geeignete Lagerstätte fanden.

Aber der Weg wurde länger und länger, schon waren die letz=
ten rötlichen Strahlen der untergehenden Sonne vom Himmel
verschwunden, und noch immer wollte sich kein Ruheplatz
zeigen.

Endlich gelangten wir in ein Dickicht, das hin und wieder von
Lichtungen mit mächtigen Granitblöcken unterbrochen war.
Es war ein düsterer, öder Fleck Erde, aber es blieb uns keine
Wahl, und die Granitblöcke konnten uns Schutz gegen kühlen
Nachtwind gewähren.

Wir bogen von der Landstraße ab und schlüpften zwischen
den Felsen hindurch, wo ich dann auch bald einen ungeheuren,
schrägliegenden Granitblock sah, der oben ein Dach und unten
eine Art Höhle bildete.

In diesem Hohlraum fand sich eine dicke Schicht von trocke=
nen, durch den Wind zusammengewehten Fichtennadeln. Was
konnten wir uns auch Besseres wünschen? Ein weiches Lager

zum Ausstrecken, ein schützendes Dach über dem Kopf! Uns fehlte jetzt nur ein Stück Brot zum Abendessen, aber darauf mußten wir nun einmal verzichten.

Ich wickelte Joli=Cœur in meine Jacke, Dolce und Zerbino streckten sich zu meinen Füßen aus; der gute Capi aber, dem ich begreiflich machte, daß ich wegen unserer Sicherheit auf seine Wachsamkeit zählte, legte sich draußen vor unserem Schlupfwinkel nieder. So konnte sich uns niemand nähern, ohne daß mich der Hund zuvor benachrichtigte. — In dieser Hinsicht konnte ich also beruhigt sein. Trotzdem konnte ich nicht sogleich einschlafen, denn meine Aufregung war größer als meine Müdigkeit.

Der erste Wandertag war schlecht ausgefallen; wie mochte sich wohl der zweite gestalten? Ich hatte Hunger und Durst und besaß nur mehr drei Sous. Sooft ich sie auch in der Tasche umdrehte, sie vermehrten sich nicht: eins, zwei, drei — es war und blieb stets dieselbe Zahl.

Wovon sollte ich mit den Tieren leben, wenn sich unser Ge= schick morgen und an den folgenden Tagen nicht günstiger ge= staltete? Wovon Maulkörbe bezahlen? Woher eine Erlaubnis zum Singen bekommen? Mußten wir alle elend unter einem Busch im Wald verhungern?

Ich blickte zu den Sternen empor, die drüben am dunklen Nachthimmel funkelten — sie gaben keine Antwort auf meine Fragen. Kein Lüftchen regte sich, Schweigen überall, kein Blätterrauschen, kein Vogelruf, kein Wagenrollen auf der Landstraße. Soweit meine Blicke auch in die blaue Ferne schweifen mochten, überall dieselbe entsetzliche Öde und Leere! Wie allein, wie verlassen waren wir! »Arme Mutter Barberin! Armer Vitalis!« Ich schlug die Hände vors Gesicht und weinte laut.

Aber noch in demselben Augenblick leckte mir eine weiche Zunge das Gesicht, und ich fühlte einen warmen Hauch in den Haaren. Wie in der ersten Nacht meiner Wanderschaft mit Vitalis kam Capi, der mich auch jetzt weinen hörte, um mich zu trösten. Wie damals faßte ich ihn mit beiden Händen um den Hals, drückte ihn an mich und streichelte ihn. Er stöhnte zwei= oder dreimal leise, als weine er mit mir. Bald darauf schlief ich ein.

Als ich erwachte, war es heller Tag. Capi saß vor mir und sah mich an. Die Sonne stand schon hoch am Himmel. Die Vögel zwitscherten in den Zweigen. In weiter Ferne läutete eine Glocke.

Wir machten uns marschbereit und richteten unsere Schritte nach der Gegend, woher die Glockenklänge ertönten; dort mußte ein Dorf und gewiß auch ein Bäcker sein. Wenn man ohne Mittag= und Abendessen zu Bett gegangen ist, knurrt der Magen zu früher Stunde.

Mein Entschluß war gefaßt, ich wollte die drei Sous ausgeben und dann weitersehen. Aber von drei Sous Brot — wenn das Pfund fünf kostet — konnte freilich für jeden nur ein sehr kleines Stück abfallen.

Unser Frühstück war nur zu bald beendet, und ich mußte dar= an denken, mir während des Tages eine Einnahme zu ver= schaffen. Eine Vorstellung konnte ich nicht sogleich geben, da die Zeit noch nicht dafür geeignet war und ich auch zuvor die Gegend auskundschaften wollte, um einen für meine Zwecke günstig gelegenen Platz herauszufinden. Dorthin dachte ich dann um die Mittagszeit zurückzukehren und mein Glück zu versuchen.

Mit diesen Gedanken beschäftigt, begann ich das Dorf zu durchstreifen und bemühte mich, in den Gesichtern der Leute zu lesen, ob sie uns freundlich gesinnt wären, als ich plötzlich hinter mir laut rufen hörte.

Ich wandte mich schnell um und sah, wie Zerbino, der meine Unachtsamkeit zur Ausführung eines Diebstahls benutzt haben mußte, schnell mit einem großen Stück Fleisch davonlief, von einer alten Frau verfolgt, die aus vollem Halse schrie: »Ein Dieb! Ein Dieb! Haltet den Dieb! Haltet ihn fest!«

Bei diesen Worten fing auch ich an zu laufen, denn ich fühlte mich fast ebenso schuldig wie mein Hund oder doch wenig= stens für seinen Streich verantwortlich. Wovon sollte ich das gestohlene Fleisch bezahlen, wenn die alte Frau eine Entschä= digung verlangte? Einmal verhaftet, wäre ich wahrscheinlich nicht sobald wieder entlassen worden.

Capi und Dolce ahmten mein Beispiel nach und folgten mir auf dem Fuß, während sich Joli=Cœur, den ich auf der Schulter trug, an meinen Hals klammerte, um nicht herunterzufallen.

Es war kaum zu befürchten, daß man uns einholen würde, aber man konnte uns doch leicht beim Vorüberkommen anhalten, und gerade das schien mir die Absicht zweier oder dreier Men= schen zu sein, die uns den Weg versperrten. Zum Glück mün=

dete eine Querstraße in den Weg, und noch ehe wir in den Bereich dieser Leute kamen, bog ich schleunig ein. Die Hunde galoppierten hinter mir her. Wir liefen, so schnell uns die Beine nur tragen wollten, und befanden uns auch bald auf freiem Feld. Dennoch stand ich nicht eher still, als bis ich völlig außer Atem war und wir wenigstens zwei Kilometer zurückgelegt hatten — dann erst wagte ich zurückzuschauen. Niemand folgte uns; Capi und Dolce waren mir getreulich auf den Fersen geblieben, Zerbino, der von weitem ankam, mochte sich wohl unterwegs aufgehalten haben, um seinen Raub zu verzehren.

Ich rief ihn, er aber wußte recht gut, daß er eine scharfe Züchtigung verdiente. Er stand still und lief davon, anstatt heranzukommen.

Freilich trieb ihn der Hunger zum Diebstahl, aber es war und blieb ein Diebstahl, und ich durfte den Hunger nicht als Entschuldigungsgrund für den Täter annehmen. Ich mußte ihn bestrafen, wenn es nicht um die Zucht in meiner Truppe geschehen sein sollte, sonst nähme sich Dolce im nächsten Dorf gewiß ein Beispiel an ihrem Kameraden, und selbst Capi würde am Ende der Versuchung erliegen.

Um aber Zerbino die öffentliche Züchtigung angedeihen zu lassen, die er verdiente, mußte ich ihn erst haben. Er wollte sich aber nicht gutwillig einstellen, so nahm ich meine Zuflucht zu Capi. Ich befahl ihm: »Hol mir Zerbino!«

Folgsam wie immer machte sich Capi auf den Weg, um Zerbino zu holen. Es schien mir, als unterziehe er sich seiner Aufgabe mit weniger Eifer als gewöhnlich, ja in dem Blick, den er mir beim Weggehen zuwarf, glaubte ich zu lesen, daß er sich weit lieber zu Zerbinos Anwalt als zu meinem Gendarmen hergegeben hätte.

Aller Wahrscheinlichkeit nach ließ sich Zerbino nicht so leicht zurückbringen, so daß ich mich darauf gefaßt machte, ziemlich lange auf die Rückkehr Capis und seines Gefangenen warten zu müssen. Aber ich konnte ja ganz gut warten. Verfolgung brauchte ich nicht mehr zu fürchten, dazu waren wir schon zu weit vom Dorf entfernt, und außerdem war ich so müde, daß mir die Ruhe sehr wohltat. Wozu auch eilen, da ich ja doch nicht wußte, was ich tun sollte?

Überdies schien mir dieser Platz wie geschaffen zum Warten und Ausruhen. Ich war aufs Geratewohl davongerannt, ohne darauf zu achten, wohin ich in dieser blinden Hast kommen

würde, und sah nun, daß ich ans Ufer des Canal du Midi ge=
langt war. Frisches Grün, Wasser und Bäume ringsum, aus den
Spalten eines mit Schlingpflanzen bewachsenen Felsens rieselte
eine kleine Quelle hervor. Das alles war mir nach den Sand=
flächen, die ich seit meinem Weggang aus Toulouse durchwan=
dern mußte, doppelt einladend, und ich warf mich mit Behagen
ins Gras, um die Rückkehr der Hunde abzuwarten.

Sie verzögerte sich aber länger, als ich dachte. Ich fing schon
an, unruhig zu werden, als nach einer Stunde endlich Capi mit
gesenktem Kopf und allein erschien.

»Wo ist Zerbino?«

Capi legte sich mit furchtsamer Gebärde nieder; ich sah ihn
genauer an und bemerkte, daß er an einem Ohr blutete; das
erklärte zur Genüge, was vorgefallen war: Zerbino hatte sich
zur Wehr gesetzt und Capi überwältigt, der vielleicht nur zö=
gernd einen Befehl zu vollstrecken suchte, der ihm selbst außer=
ordentlich hart vorkam.

Mußte ich Capi nun auch schelten und strafen? Ich brachte
es nicht übers Herz und war durchaus nicht in der Stimmung,
anderen weh zu tun — trug ich doch schwer genug an meinem
eigenen Kummer.

Wie die Sachen standen, blieb mir nichts übrig, als Zerbinos
freiwillige Rückkehr abzuwarten. Allzulange konnte das auch
nicht mehr dauern, da er nach den ersten Versuchen der Wider=
setzlichkeit seine Strafe geduldig über sich ergehen zu lassen
pflegte. Ich durfte also darauf rechnen, ihn reuig wiederkom=
men zu sehen.

Ich legte mich unter einen Baum und band Joli=Cœur fest, aus
Angst, daß er Lust bekommen sollte, sich zu Zerbino zu bege=
ben — Capi und Dolce lagen mir zu Füßen —, so wartete ich
auf den Missetäter.

Die Zeit verging: Zerbino erschien nicht. Nach und nach über=
mannte mich die Müdigkeit, und ich schlief ein. Als ich er=
wachte, stand mir die Sonne gerade über dem Kopf.

Stunden waren vergangen. Ich merkte an meinem nagenden
Hunger, auch ohne Sonne, daß es spät und recht lange her sein
müsse, seit ich mein letztes Stück Brot zu mir genommen. Der
Affe zeigte sein Verlangen nach Nahrung durch Grimassen,
und auch die beiden Hunde machten jämmerliche Mienen. Kein
Zerbino war zu sehen, ich mochte nach ihm rufen und pfei=
fen, soviel ich wollte, er meldete sich nicht, sondern lag wahr=

scheinlich in aller Ruhe unter irgendeinem Gebüsch, um seine reichliche Mahlzeit ungestört zu verdauen.

Unterdessen wurde meine Lage immer peinlicher. Ging ich weiter, so konnte uns der Hund leicht verlieren; blieb ich, so war es unmöglich, auch nur ein paar Sous zu verdienen, die wir brauchten, um ein wenig Brot zu kaufen, und allmählich machte sich uns die Notwendigkeit, etwas zu essen, immer ge= bieterischer fühlbar.

Ich schickte Capi zum zweitenmal nach seinem Kameraden aus. Nach etwa einer halben Stunde kehrte er allein zurück und machte mir begreiflich, daß er ihn nicht finden konnte.

Was tun?

Zerbino war schuldig und brachte uns durch seine Schuld in eine entsetzliche Lage, doch durfte ich nicht daran denken, ihn zu verlassen. Was würde mein Herr sagen, wenn ich ohne seine drei Hunde zurückkam? Und trotz allem, was vorgefallen war, mochte ich den Spitzbuben Zerbino gerne. Da mußte ich eben bis zum Abend warten und mir ausdenken, wie ich uns alle beschäftigen und zerstreuen konnte. Mit unserem knurrenden Magen noch länger in dieser Untätigkeit zu verbleiben war un= möglich.

Konnten wir nur den Hunger vergessen, so war uns geholfen, aber wie sollten wir das anstellen?

Da fiel mir plötzlich ein, daß Vitalis mir erzählte, man lasse im Krieg, wenn ein Regiment durch lange Märsche erschöpft sei, Musik spielen, und die Soldaten vergäßen alle Müdigkeit, so= bald sie die mitreißenden Melodien hörten. Vielleicht übte die Musik die gleiche Wirkung auf unseren Hunger aus wie auf die Müdigkeit der Soldaten, jedenfalls verging uns die Zeit schneller, wenn ich ein lustiges Stück spielte und die Hunde mit Joli=Cœur tanzten.

Ich nahm also meine Harfe, wandte mich mit dem Rücken nach dem Kanal, stellte meine Künstler in Position und spielte erst einen Reigen, dann einen Walzer.

Anfangs schienen meine Vierfüßler nicht sehr aufgelegt zum Tanzen zu sein, ihnen wäre offenbar ein Stück Brot viel lieber gewesen, aber nach und nach wurden sie lebhafter. Wir alle vergaßen das Stück Brot, das uns fehlte, und dachten nur an Spielen und Tanzen.

»Bravo!« rief plötzlich eine helle Kinderstimme hinter mir. Ich drehte mich um und·sah ein Boot, das auf dem Kanal stillhielt,

das Vorderteil nach dem Ufer gekehrt, an dem ich stand, wäh=
rend die beiden Pferde, die es zogen, auf dem gegenüberlie=
genden anhielten.

Es war ein eigentümliches Fahrzeug von mir gänzlich unbe=
kannter Bauart, viel kürzer als die Kähne, die gewöhnlich zur
Kanalschiffahrt benutzt werden. Auf dem nur wenig über dem
Wasserspiegel hervorragenden Verdeck war eine mit Glas über=
dachte Galerie angebracht. Vor ihr befand sich eine Veranda,
von Schlingpflanzen überschattet. Unter dieser Veranda befan=
den sich zwei Personen: eine noch junge Frau mit schwermü=
tigem Gesichtsausdruck, die aufrecht stand, und ein Junge in
meinem Alter, der zu liegen schien.

Der Zuruf stammte wohl von dem Kind. Ich zog nach dem
ersten Augenblick des Staunens freudig dankend meinen Hut.

»Spielst du zu deinem Vergnügen?« fragte mich die Dame auf
französisch, aber mit fremdartiger Aussprache.

»Ich spiele, um meine Künstler zu beschäftigen und auch um
mich zu zerstreuen.«

»Willst du noch mehr spielen?« fragte die Dame weiter.

Ob ich spielen mochte, vor einem Publikum, das mir so gelegen
kam? Ich ließ mich wahrscheinlich nicht erst bitten.

»Wünschen Sie einen Tanz oder eine Komödie?« fragte ich.

»Oh, eine Komödie!« rief der Knabe; die Dame erklärte aber,
sie ziehe einen Tanz vor.

»Ein Tanz ist zu kurz«, rief das Kind dagegen.

»Wenn es die verehrte Gesellschaft wünschen sollte, können
wir nach dem Tanz einige Kunststücke zum besten geben, wie
man sie im Zirkus in Paris aufführt.«

Das war eine Redewendung meines Herrn, die ich, ganz wie
er, mit Würde vorzubringen versuchte. Bei näherer Überlegung
war es mir ganz recht, daß die Dame die Aufführung einer
Komödie ablehnte, da ich dergleichen ohne Zerbino nicht zu=
standebringen konnte und mir außerdem die Kostüme und alles
andere Zubehör fehlten.

Ich nahm meine Harfe wieder zur Hand und begann einen
Walzer zu spielen; Capi umfaßte Dolce mit seinen Vorder=
pfoten, und das Paar drehte sich im Takt, dann führte Joli=
Cœur einen Solotanz auf, und nach und nach nahmen wir
alle unsere Kunststücke durch, ohne auch nur an Ermüdung
zu denken. Meine Künstler begriffen sicherlich, daß der Lohn
ihrer Bemühungen in einem Mittagessen bestehen würde, sie

schonten sich daher ebensowenig als ich mich selbst. Und siehe, als wir mitten im besten Tanzen waren, kam Zerbino plötzlich aus einem Gebüsch hervor, trat ohne weiteres in die Mitte seiner Kameraden und wirkte mit, als wäre nichts vor= gefallen.

Während ich spielte und meine Tiere überwachte, schaute ich gleichzeitig zu dem Knaben hinüber. Sonderbar! Wieviel Ver= gnügen er auch an unseren Tänzen zu finden schien, so rührte er sich doch nicht von der Stelle, sondern blieb lang ausge= streckt, regungslos liegen und bewegte nur die Hände zum Klat= schen. — Es schien, als sei er auf ein Brett festgebunden. Viel= leicht war er gelähmt?

Der Wind trieb das Fahrzeug unmerklich ganz nahe an das steile Ufer, auf dem ich mich befand, so daß ich den Knaben jetzt genau betrachten konnte. Er war blond, mit einem blassen Gesicht, durch dessen feine Haut die blauen Stirnadern schim= merten, und sein Ausdruck war sanft, traurig und leidend.

»Was kosten die Plätze in deinem Theater?« fragte mich die Dame, als ich eine Pause machte.

»Die Preise richten sich ganz nach dem Grad des Vergnügens, das wir den verehrten Zuschauern verschafft haben.«

»Mama, dann mußt du sehr viel bezahlen«, sagte das Kind und fügte noch einige Worte in einer mir unverständlichen Sprache hinzu.

»Arthur möchte deine Künstler von der Nähe sehen«, sagte nun die Dame, zu mir gewandt. Ich machte Capi ein Zeichen, der mit einem Satz in das Boot sprang.

»Die andern auch!« schrie Arthur, und Dolce und Zerbino folg= ten ihrem Kameraden.

»Nun der Affe!«

Joli=Cœur war durchaus fähig, den Sprung zu machen; nur konnte ich mich nicht auf ihn verlassen. Einmal an Bord, hätte er vielleicht allerhand Unfug getrieben, der wohl nicht nach dem Geschmack der Dame gewesen wäre.

»Ist er bösartig?« fragte sie, als ich zögerte.

»Nein, Madame; aber er ist nicht immer gehorsam, und ich fürchte, daß er sich schlecht benehmen könnte.«

»Nun, so komm du mit ihm!«

Bei diesen Worten machte sie einem hinten am Steuerruder ste= henden Mann ein Zeichen. Er kam nach vorne, warf eine Planke vom Deck ans Ufer und stellte auf diese Weise eine Brücke her, die mir den gefährlichen Sprung ersparte. Ich begab mich mit ernsthafter Miene in das Boot, die Harfe auf der Schulter, Joli=Cœur in der Hand.

»Ein Affe, ein Affe!« rief Arthur voll Freude, und während er Joli=Cœur streichelte und liebkoste, konnte ich ihn mit Muße betrachten.

Merkwürdig! Er war wirklich auf ein Brett gebunden, wie ich von Anfang an vermutete.

»Lebt dein Vater noch?« ließ sich die Dame von neuem hö= ren.

»Ja, aber jetzt bin ich allein.«

»Auf lange Zeit?«

»Auf zwei Monate.«

»Zwei Monate! Oh, du armer Junge! Ganz allein auf so lange Zeit und in deinem Alter!«

»Es ist nicht zu ändern, Madame.«

»Dann zwingt dich dein Herr gewiß, ihm nach Ablauf dieser zwei Monate eine bestimmte Summe Geldes abzuliefern?«

»Nein, Madame, das tut er nicht, er ist zufrieden, wenn ich für mich und meine Kameraden genug Geld verdiene.«

»Ist dir denn das bis jetzt geglückt?«

Diese Dame flößte mir ein Gefühl so unbegrenzter Hochach= tung ein, wie ich sie noch vor niemandem empfunden hatte — ich zögerte daher einen Augenblick mit der Antwort. Sie aber sprach so freundlich und mit so sanfter Stimme und sandte mir einen so ermutigenden Blick zu, daß ich mich bald ent= schloß, die Wahrheit zu sagen. Weshalb auch schweigen?

Ich erzählte ihr also, auf welche Weise ich von Vitalis getrennt wurde und wie er ins Gefängnis kam, weil er mich verteidigte, und wie ich seit Toulouse noch nicht einen Sou hätte verdienen können.

Arthur spielte unterdessen mit den Hunden, hörte und ver= stand aber alles, was ich sagte, und rief plötzlich dazwischen: »Ihr habt gewiß großen Hunger!«

Bei diesem ihnen nur zu gut bekannten Wort fingen die Hunde an zu bellen, und Joli=Cœur strich sich den Bauch wie rasend.

»Ach, Mutter!« sagte Arthur.

Die Dame verstand die Bitte, richtete einige Worte in einer fremden Sprache an eine Frau, die ihren Kopf in einer halb= offenen Tür zeigte und bald einen kleinen gedeckten Tisch herbeitrug.

Nun lud mich die Dame zum Sitzen ein. Ich ließ mich nicht lange nötigen, stellte meine Harfe beiseite und setzte mich an den Tisch. Die Hunde reihten sich im Halbkreis um mich, und Joli=Cœur nahm seinen Platz auf meinem Knie ein.

»Nehmen deine Hunde Brot?« fragte Arthur.

»O gewiß!« Ich gab jedem ein Stück, das im Nu verzehrt war.

»Und der Affe?« fragte Arthur weiter.

Aber es war nicht nötig, sich mit Joli=Cœur zu beschäftigen, denn während ich die Hunde fütterte, bemächtigte er sich eines Stückes Pastete, an dem er unter dem Tisch fast er= stickte.

Nun nahm ich mir auch ein Stück Brot, das ich ebenfalls mit Heißhunger verschlang.

»Armes Kind!« sagte die Dame mitleidig, während sie mein Glas füllte.

Arthur sprach nicht, starrte uns aber mit weitaufgerissenen Augen an und wunderte sich über unseren Appetit, denn wir waren alle gleich hungrig, selbst Zerbino, den das gestohlene Stück Fleisch doch bis zu einem gewissen Grad gesättigt haben sollte.

»Wo hättest du denn heute gegessen, wenn wir einander nicht begegnet wären?« fragte Arthur nach einer Weile.

»Wahrscheinlich gar nicht!«

»Wo wirst du denn morgen essen?«

»Vielleicht haben wir das Glück, morgen wieder so gute Men= schen zu treffen wie heute.«

Auf diese Antwort hin wandte sich Arthur, ohne mir noch etwas zu sagen, in der fremden Sprache an seine Mutter und redete lange mit ihr. Er schien um etwas zu bitten, das sie nicht gleich gewähren wollte oder wogegen sie zumindest Einwände erhob.

Nach einer Weile drehte er den Kopf zu mir hin und fragte: »Willst du bei uns bleiben?«

Dieser Vorschlag kam mir so unerwartet, daß ich den Kna= ben sprachlos anblickte, bis mir seine Mutter mit den Worten zu Hilfe kam: »Mein Sohn fragt dich, ob du bei uns bleiben willst.«

»Auf diesem Boot?«

»Ja, mein Junge ist krank, wie du siehst. Die Ärzte haben an= geordnet, daß er längere Zeit hindurch liegen muß. Ich fahre nun mit ihm auf diesem Boot, damit ihm die Zeit nicht lang wird. Willst du bei uns bleiben, so kannst du uns auf der Harfe vorspielen, wenn du magst, mein Kind, kannst deine Hunde Komödie spielen lassen und uns unterhalten. Da brauchst du nicht mehr jeden Tag ein neues Publikum suchen. Das ist bestimmt für einen kleinen Jungen wie dich nicht immer leicht.«

Wie sehnlich wünschte ich von jeher, einmal auf dem Wasser zu fahren, und nun sollte ich gar auf dem Wasser leben! Es bedurfte keiner langen Überlegung, das Glück einzusehen, das dieses Anerbieten für mich bedeutete. Statt aller Antwort küßte ich der Dame bewegt die Hand.

Dieses Zeichen der Dankbarkeit schien sie zu rühren, denn sie strich mir freundlich, ja fast zärtlich mehrmals mit der Hand über die Stirn und sagte halblaut: »Armer, armer Klei= ner!«

Sie forderte mich dann auf, Harfe zu spielen, und ich hielt es für meine Pflicht, diesen Wunsch sofort zu erfüllen. Dadurch konnte ich meine Bereitwilligkeit wie meine Erkenntlichkeit am besten zeigen.

Ich nahm also meine Harfe, ging nach dem vorderen Ende des Bootes und fing an zu spielen.

Aber zu gleicher Zeit führte die Dame eine kleine silberne Pfeife an die Lippen, der sie einen schrillen Ton entlockte. Was mochte das bedeuten? Schon fürchtete ich, dieser Pfiff wäre ein Zeichen, daß ich aufhören sollte oder schlecht gespielt hätte. Arthur, der alles bemerkte, was um ihn her vorging, erriet den Grund meiner Besorgnis und beruhigte mich mit der Erklärung, seine Mutter habe nur gepfiffen, damit sich die Pferde wieder in Bewegung setzten. So war es auch; die Pferde zogen an, das Fahrzeug entfernte sich langsam vom Ufer und glitt nun auf dem ruhigen Wasser des Kanals dahin, kleine Wellen plätscherten gegen die Planken, und die Bäume, von den schrägen Strahlen der untergehenden Sonne beleuchtet, blieben hinter uns zurück.

»Magst du jetzt spielen?« fragte mich Arthur. Ich gab nun ohne Zögern alle die Stücke zum besten, die ich von meinem Herrn kannte.

Der Kranke aber winkte seine Mutter durch eine Kopfbewe= gung an sein Lager, ergriff ihre Hand und ließ sie während der ganzen Zeit nicht wieder los.

Mein Freund Arthur

Meine Wohltäterin Mrs. Milligan war eine Engländerin, und Arthur war ihr einziges Kind. Ein älterer Bruder war, wie ich nach und nach erfuhr, schon im Alter von sechs Monaten auf geheimnisvolle Weise verschwunden. Der Vater lag damals im Sterben, und Mrs. Milligan selbst wurde von einer schweren Krankheit erfaßt, so daß die Eltern die nötigen Schritte zur Wiederauffindung des entweder verlorenen oder gestohlenen Kindes nicht persönlich vornehmen konnten. Als die unglückliche Frau zum Leben erwachte, war ihr Mann tot, ihr Sohn spurlos verschwunden. Mr. James Milligan, ihr Schwager, leitete die Nachforschungen ein, aber vermochte weder in Frankreich, England, Belgien, Deutschland noch in Italien zu entdecken, was aus dem Kind geworden war.

Nach dem Tod Mr. Milligans kam der kleine Arthur zur Welt. Aber die Ärzte meinten, er sei nicht lebensfähig und könne jeden Augenblick sterben. Gleichwohl trafen die Prophezeiungen der Ärzte nicht ein, denn wenn Arthur auch kränklich blieb, so starb er doch nicht so schnell wie befürchtet war; die Sorgfalt seiner Mutter erhielt ihn am Leben.

Der arme Junge mußte schon im zartesten Alter alle Kinderkrankheiten durchmachen. Nun hatte sich seit einiger Zeit ein schmerzhaftes Hüftleiden bei ihm entwickelt. Die verschiedensten Kuren erwiesen sich erfolglos. Endlich verordneten die Ärzte dem kleinen Patienten, daß er unbeweglich liegen müsse.

Nun galt es, dem Knaben sowohl Abwechslung wie frische Luft zu verschaffen. Dies war aber mit einem fortwährenden Aufenthalt im Haus nicht zu vereinigen. Durfte und konnte er sich selbst nicht mehr rühren, so mußte man eine bewegliche Wohnung für ihn erfinden, und Mrs. Milligan ließ aus diesem Grund in Bordeaux das Boot bauen, das meine Bewunderung immer mehr erregte, je genauer ich es kennenlernte. Es war wirklich ein schwimmendes Haus mit Schlafzimmern, Küche, Salon und Veranda. Je nach dem Wetter hielt sich Arthur vom Morgen bis zum Abend entweder in dem Wohnzimmer oder in der Veranda auf, seine Mutter neben sich. Die Landschaftsbilder zogen in stetem Wechsel an ihm vorüber, ohne daß er etwas anderes zu tun brauchte, als die Augen zu öffnen.

Am ersten Tag lernte ich nur das Zimmer kennen, das ich auf dem »Schwan« — so hieß das Boot — bewohnen sollte. Etwa zwei Meter lang und einen Meter breit, war es die niedlichste und wunderbarste kleine Kajüte, die sich eine kindliche Ein= bildungskraft nur erträumen könnte.

Außer zwei kleinen Platten in den Seitenwänden, die man herunterlassen und dann als Tisch oder Stuhl benutzen konnte, bestand das Mobiliar aus einer einzigen Kommode — aber was für eine Kommode! Sie glich mit ihrem reichen Inhalt der un= erschöpflichen Flasche der Taschenspieler. Die obere Platte dieses Wunderwerkes war nicht fest, sondern beweglich. Hob man sie in die Höhe, so fand sich ein vollständiges Bett dar= unter, groß genug, ein höchst bequemes Lager abzugeben. Unter dem Bett war eine Schublade und unter diesem Schubfach noch ein zweites, das zur Aufbewahrung von Wäsche und Klei= dungsstücken diente.

Ein kleines in der Planke befindliches Seitenfenster, das sich mit einer runden Glasscheibe schließen ließ, führte dem Raum Licht und Luft zu. Den Fußboden bedeckte ein schwarz und weiß kariertes Wachstuch, Decke und Seitenwände waren mit lackiertem Tannenholz getäfelt, und alles sah so sauber aus, daß ich mich gar nicht daran satt sehen konnte.

Wie behaglich fühlte ich mich aber erst, als ich mich ins Bett, auf die weichen, feinen Leintücher legte! So etwas kannte ich noch nicht. Mutter Barberins Bettücher waren aus Hanf gewebt und so steif und hart, daß sie mir die Haut zerkratzten. Vitalis und ich lagen meistens ohne Bettücher auf Heu oder Stroh, und erhielten wir je dergleichen in einem Gasthof, so wäre eine gute Streu vorzuziehen gewesen.

Wieviel weicher war doch die Matratze als die Tannennadeln, auf denen ich in der vergangenen Nacht schlafen mußte! Die Stille der Nacht ängstigte mich nicht. Das Dunkel zeigte mir keine Gespenster mehr, und die Sterne, zu denen ich durch das kleine Fenster hinaufsah, flüsterten mir nur noch Worte der Hoffnung und Ermutigung zu.

Trotz meines herrlichen Lagers stand ich schon bei Tagesan= bruch auf, um nach meinen Künstlern zu sehen, die ich alle in tiefem Schlaf auf dem ihnen zugewiesenen Platz fand, ge= rade als hätten sie schon Monate auf diesem Boot zuge= bracht.

Welcher Genuß, auf einem Schiff zu reisen! Die Pferde trabten gleichmäßig am Ufer weiter, und wir glitten leicht auf dem Wasser dahin, ohne die geringste Bewegung zu fühlen. Die waldbewachsenen Ufer blieben hinter uns zurück, kein anderes Geräusch als das Läuten der Schellen, die die Pferde um den Hals trugen, und das leise Plätschern der Wellen gegen den Kiel.

Ich war ganz in Gedanken verloren. Da rief jemand hinter mir meinen Namen. Ich wandte mich schnell um und erblickte Arthur, der auf seinem Brett herangetragen wurde; seine Mutter war bei ihm.

»Hast du gut geschlafen?« fragte er freundlich, »besser als auf freiem Feld?« Dann erkundigte er sich nach den Hunden, die ich mit Joli=Cœur herbeirief, damit sie guten Morgen sagen sollten. Die Hunde machten eine Verbeugung. Joli=Cœur aber schnitt Gesichter, als fürchte er, daß wir eine Vorstellung gäben.

Dazu kam es an jenem Morgen aber nicht. Mrs. Milligan legte ihren Sohn so, daß er vor den Sonnenstrahlen geschützt war, dann nahm sie neben ihm Platz und bat mich, die Hunde und den Affen wegzubringen, da Arthur jetzt arbeiten müsse.

Ich tat, wie mir befohlen war, und ging mit meinen Tieren nach vorn. Was sollte das arme kranke Kind wohl arbeiten? Bald hörte ich, daß er eine Fabel aufsagen sollte, die ihm seine Mutter aus einem Buch vorgelesen hatte.

Es schien ihm viele Schwierigkeiten zu machen, denn er stockte fast nach jedem dritten Wort und machte viele Fehler.

Mrs. Milligan wies ihn mit ebensoviel Sanftmut wie Festigkeit zurecht.

»Du weißt deine Fabel nicht«, sagte sie.

»Ach, Mutter!« antwortete er trostlos.

»Du machst heute mehr Fehler als gestern.«

»Ich habe aber versucht zu lernen.«

»Wie ich sehe, hast du es aber nicht getan!«

»Es war mir unmöglich.«

»Warum?«

»Das weiß ich nicht ... Ich konnte nicht lernen ... Ich bin krank.«

»Du hast kein Kopfleiden und darfst nicht unter dem Vorwand, krank zu sein, in Unwissenheit aufwachsen.«

Das erschien mir ein harter Ausspruch, obwohl Mrs. Milligan vollkommen ruhig und freundlich sprach. Sie gab ihm das

Buch mit den Worten zurück: »Ich wollte dich heute morgen so gern mit Remi und den Hunden spielen lassen, kann dir das aber nicht erlauben, ehe du mir deine Fabel ohne Fehler her= gesagt hast.« Dann ging sie auf die Kajüte zu und ließ ihren Sohn allein, der so laut schluchzte, daß ich ihn von meinem Platz aus hören konnte.

Ich begriff gar nicht, wie Mrs. Milligan so streng gegen den armen Jungen sein konnte, bei dem es doch gewiß nicht an bösem Willen, sondern an seiner Krankheit lag, wenn er nicht lernte. Sie schien ihren Sohn so zärtlich zu lieben, und nun wollte sie weggehen, ohne ihm ein gutes Wort zu geben? Doch nein, sie kehrte an der Kajütentür wieder um, trat auf Arthur zu und fragte ihn: »Wollen wir einmal versuchen, die Fabel zusammen zu lernen?«

»Ja, Mutter, das laß uns tun!« rief er freudig aus, worauf sich seine Mutter neben ihn setzte, das Buch wieder aufnahm und ihm seine Fabel »Der Wolf und das Schaf« langsam vorlas. Arthur sprach sie ihr Wort für Wort, Satz für Satz nach, und nachdem Mrs. Milligan sie ihm vorgelesen hatte, gab sie ihm das Buch mit der Weisung zurück, nun allein zu lernen, und ging in die Kajüte.

Arthur machte sich unverzüglich an seine Aufgabe. Ich konnte von meinem Platz aus sehen, wie er die Lippen bewegte und sich offenbar Mühe gab zu lernen, nur hielt dieser Eifer nicht lange stand. Bald schaute er über das Buch hinweg, die Lippen bewegten sich immer langsamer, und dann standen sie ganz still. Er las nicht, noch versuchte er das Gelernte herzusagen, sondern ließ die Augen nach allen Richtungen schweifen, bis sie endlich den meinen begegneten.

Ich machte ihm ein Zeichen mit der Hand, um ihn zu seiner Arbeit zurückzuführen; er lächelte mir freundlich zu, als wolle er für die Mahnung danken, und blickte wieder in sein Buch.

Leider schoß fast in demselben Augenblick ein prächtiger Eis= vogel gerade vor seinen Augen pfeilschnell quer über den Kanal.

Arthur hob den Kopf, um den Flug des Vogels zu verfolgen, dann sah er zu mir herüber und sagte weinerlich: »Ich kann nicht und will doch so gern.«

Ich ging auf ihn zu und entgegnete ihm, daß seine Aufgabe gar nicht so schwer sei. Er behauptete das Gegenteil, worauf ich ihm versicherte, daß ich glaubte, sie behalten zu haben.

Er lächelte zweifelnd.

»Soll ich sie dir hersagen?« fragte ich nun.

»Ach, das ist ja unmöglich.«

»Durchaus nicht, laß mich's versuchen und nimm das Buch!«
Er tat es, ich fing an und machte nur wenige Fehler, so daß
Arthur verwundert ausrief: »Was, du weißt sie ja!«

»Noch nicht so recht, doch ich glaube, sie jetzt ohne Fehler
wiederholen zu können.«

»Wie hast du das gemacht?«

»Ich habe nur aufmerksam zugehört, als deine Mutter las, ohne
auf das zu achten, was um uns her vorging.«

Er wurde rot und wandte die Augen beschämt ab.

»Ich werde versuchen, es ebenso zu machen; aber ich verstehe
nicht, wie du dir das merken kannst, ich bringe alles durch=
einander.«

Darüber konnte ich mir freilich selbst keine Rechenschaft ge=
ben und dachte nun über den Grund nach, um die richtige
Antwort auf Arthurs Frage zu finden.

»Nun«, fing ich wieder an, als ich mich auf der richtigen Spur
glaubte, »wovon ist in dieser Fabel die Rede? Von einem
Schaf. Ich denke also zunächst an Schafe und an das, was sie
tun. ›Die Schafe waren sicher in dem Pferch‹, heißt es weiter.
Nun stelle ich mir vor, wie die Schafe in dem Pferch liegen
und schlafen, weil sie sich in Sicherheit befinden, und wenn
ich mir das einmal deutlich vorgestellt habe, vergesse ich es
nicht wieder.«

»Gut!« meinte Arthur, »ich stelle mir die Schafe auch vor;
›die Schafe waren sicher in dem Pferch‹, siehst du, das sind
schwarze und weiße, Schafe und Lämmer. Ich glaube sogar, den
Pferch zu sehen, der aus Weiden geflochten ist.«

»Das vergißt du also nicht wieder?«

»O nein!«

»Von wem werden die Schafe gewöhnlich bewacht?«

»Von Hunden.«

»Wenn diese aber nicht zu wachen brauchen, weil die Schafe
in Sicherheit sind, was tun die Hunde dann?«

»Nichts!«

»Also können sie schlafen, wie es hier steht.«

»Richtig, so ist es sehr leicht.«

»Nicht wahr? Nun weiter! Wer hütet die Schafe noch, außer
den Hunden?«

»Ein Schäfer.«

»Wenn die Schafe aber sicher in ihrem Pferch sind, so hat der Schäfer auch nichts zu tun; wozu kann er die Zeit dann be= nutzen?«

»Zum Flötenspielen.«

»Kannst du ihn dir deutlich vorstellen?«

»Ja.«

»Wo befindet er sich?«

»Im Schatten einer großen Ulme.«

»Ist er allein?«

»Nein, er ist mit andern Schäfern zusammen.«

»Wenn du also Schafe, Pferch, Hunde und Schäfer deutlich vor Augen siehst, glaubst du dann, den Anfang deiner Fabel ohne Fehler hersagen zu können?«

»O ja!«

»Versuch's einmal!«

Arthur sah mich halb gerührt, halb ängstlich an, als wäre er von meinen Worten nicht so ganz überzeugt. Nach einigen Augenblicken faßte er aber Mut und begann: »Die Schafe waren sicher in ihrem Pferch, die Hunde schliefen, und der Schäfer spielte mit anderen Schäfern Flöte im Schatten einer großen Ulme.«

»Jetzt weiß ich es, ich habe keinen Fehler gemacht!« rief er vergnügt und klatschte in die Hände. Ich fragte ihn, ob er den Rest der Fabel auf dieselbe Art lernen wolle.

»Ja, mit dir kann ich es lernen, das weiß ich«, war die frohe Antwort. »Ach, wie wird sich Mutter freuen.«

Nun fing er voll Eifer an, sich den letzten Teil der Fabel ein= zuprägen; nach kaum einer Viertelstunde wußte er sie aus= wendig und wiederholte sie ohne Fehler, als seine Mutter auf uns zukam. Sie schien ärgerlich, da sie wohl annehmen mochte, daß wir miteinander gespielt hätten. Arthur ließ sie aber nicht zu Wort kommen und jauchzte ihr entgegen: »Wir haben zu= sammen gelernt, ich kann die Fabel!«

Mrs. Milligan sah mich ganz erstaunt an und wollte etwas fragen, als ihr Arthur unaufgefordert und triumphierend die Fabel vom Wolf und Schaf hersagte, ohne nur einmal stecken= zubleiben. Mrs. Milligan lächelte glücklich. Es schien mir, als träten ihr die Tränen in die Augen; ich weiß aber nicht, ob sie weinte, da sie sich über ihren Sohn beugte, um ihn zärtlich zu küssen und in die Arme zu schließen.

»Die Worte allein, das ist dummes Zeug«, sagte Arthur, »das hat gar keinen Sinn; man muß sich an die Gegenstände halten, die kann man sich vorstellen, sie im Geist sehen, und das hat mich Remi gelehrt. Er hat mir den Schäfer mit seiner Flöte gezeigt, so daß ich gar nicht mehr an das dachte, was mich um= gab, als ich beim Lernen die Augen aufschlug, sondern nur an den Schäfer mit seiner Flöte; ja ich hörte sogar die Weise, die er blies. Soll ich sie dir singen, Mutter?«

Er sang ein schwermütiges englisches Lied.

Diesmal weinte Mrs. Milligan wirklich, und als sie sich auf= richtete, bemerkte ich ihre Tränen auf den Wangen ihres Kin= des. Dann ging sie auf mich zu, drückte mir die Hand und sagte: »Du bist ein guter Junge.«

Ich habe diesen Zwischenfall so ausführlich erzählt, um zu er= klären, welcher Wechsel sich seit diesem Tag in meiner Stel= lung vollzog. Abends zuvor nahm man mich als Spaßmacher auf, der mit seinem gelehrigen Affen und seinen Hunden ein krankes Kind aufheitern und zerstreuen sollte; jetzt aber wur= de ich zum Kameraden, ja fast zum Freund des Kranken.

Wie ich später erfuhr, war Mrs. Milligan untröstlich darüber, daß ihr Sohn nichts lernte oder nichts lernen konnte. Sie wußte, daß seine Krankheit sehr langwierig sein würde, und so wünschte sie um so mehr, er möge sich dennoch an eine be= stimmte Tätigkeit gewöhnen und sich ausreichende Vorkennt= nisse aneignen, damit er nach der Genesung die verlorene Zeit um so schneller wieder einholen könne. Bisher wiesen ihre Be= mühungen nur wenig Erfolg auf; Arthur war zwar nicht wider= spenstig, aber weder aufmerksam noch fleißig — zum lebhaften Kummer seiner Mutter, die fast an ihm verzweifelte.

Ihre Freude war daher besonders groß, als er ihr die Fabel ohne Fehler wiederholte, die er mit mir in einer halben Stunde ge= lernt hatte, während es ihr in tagelanger Arbeit nicht gelungen war, sie ihm einzuprägen.

Wenn ich jetzt zurückdenke an die schönen Tage, die ich da= mals bei Mrs. Milligan und Arthur auf dem Boot zubrachte, so sind es die glücklichsten meiner ganzen Kindheit gewesen.

Arthur faßte bald eine innige Zuneigung zu mir. Wir zankten uns nie, er ließ mich so wenig die Überlegenheit seiner Stel= lung fühlen, wie ich jemals ihm gegenüber schüchtern war — ich dachte nicht einmal daran, daß ich überhaupt befangen sein könne. Teilweise mochte das wohl von meiner Jugend

und von meiner Unkenntnis des Lebens herrühren; haupt=
sächlich aber dankte ich es Mrs. Milligans Güte und Zartge=
fühl, denn sie behandelte mich wie ihr eigenes Kind.

An kühlen Abenden pflegten wir uns im Salon aufzuhalten,
sobald das Boot zum Stillstand gebracht war. Dann wurde ein
lustiges Feuer angezündet, die Lampe wurde gebracht und
Arthur an seinen Platz vor dem Tisch getragen. Dann zeigte
uns Mrs. Milligan Bilderbücher oder Photographien, las uns
vor oder machte uns mit den Sagen und der Geschichte der
Gegend bekannt, in der wir uns gerade befanden.

Bei warmem Wetter fiel mir an unseren Abenden auch eine tä=
tige Rolle zu. Ich nahm meine Harfe, ging ans Ufer, verbarg
mich im Schatten eines Baumes und sang alle Lieder und
spielte alle Melodien, die ich kannte, da es Arthur Freude
machte, in der Stille des Abends Musik zu hören, ohne den zu
sehen, der sie spielte. Häufig rief er mir ein »Da capo!« zu,
und dann fing ich wieder von vorn an.

Welch ruhiges, glückliches Leben für ein Kind, das, wie ich,
Mutter Barberins Hütte verlassen mußte, um Signor Vitalis
auf den Landstraßen zu folgen! Welcher Unterschied zwischen
den Salzkartoffeln meiner armen Pflegemutter und all den
Leckerbissen aus Mrs. Milligans Küche! Welchen Gegensatz
bildete die Bootsfahrt zu den weiten Fußwanderungen im
Schmutz, im Regen, bei brennender Sonne, in den Fußstapfen
meines Herrn!

Doch waren es bei weitem nicht diese Annehmlichkeiten allein,
die mich so glücklich machten. Zweimal schon waren die Bande
gelöst oder zerrissen worden, die mich mit denen verknüpften,
die ich liebte. Man hatte mich der Mutter Barberin weggenom=
men, mich von Vitalis getrennt, und zweimal in meinem Le=
ben stand ich allein auf der Welt, ohne Stütze oder Anhalt,
ohne andere Freunde als meine Tiere. Nun aber fand ich in
meinem Kummer und meiner Einsamkeit Menschen, die mir
Wohlwollen bezeigten und die ich liebhaben durfte: eine
schöne, gütige Frau, ein Kind meines Alters, das mich wie
einen Bruder behandelte. Das war für mich die größte Freude,
die es geben konnte. Ja, wenn ich darüber nachdachte, daß ich
nie eine Familie haben, nie die Liebe einer Mutter kennen
würde — vielleicht sah ich Mutter Barberin noch einmal wieder,
aber sie war doch nur meine Pflegemutter, und ich durfte sie
nicht mehr »Mutter« nennen —, dann konnte ich, der kraft=

volle, gesunde Junge, den bleichen, kranken Arthur um sein
Glück beneiden! Er besaß eine Mutter, die er nach Herzenslust
liebkosen durfte, während ich die Hand der vornehmen Frau
kaum zu berühren wagte. Ich war allein — ganz allein.

Der Abschied

Von Villefranche waren wir so über Avignonnet und die Denk=
steine von Naurouse nach Castelnaudary gekommen. Von dort
fuhren wir nach dem mittelalterlichen Carcassonne und dann
durch die Schleuse nach Béziers.
Aber·die Zeit eilte unaufhaltsam vorwärts, und es nahte der
Augenblick, in dem mein Herr aus dem Gefängnis entlassen
werden mußte, ein Gedanke, der mich immer mehr quälte, je
weiter wir uns von Toulouse entfernten. Ach, es fuhr sich so
wundervoll in dem Boot dahin, ohne Kummer, ohne Sorge —
aber was half das alles? Ich mußte wieder zurück und den auf
dem Wasser zurückgelegten Weg noch einmal zu Fuß machen.
Dann war es vorbei mit dem guten Bett, den feinen Mahlzei=
ten, den gemütlichen Abenden im Salon, und — das härteste
von allem — ich mußte Arthur und Mrs. Milligan Lebewohl
sagen. Kaum hatte ich sie liebgewonnen, als ich sie auch schon
wieder verlieren sollte. So riß man mich von Mutter Barberin
weg, so wurde ich jetzt von jenen getrennt, mit denen ich
mein ganzes Leben hätte verbringen mögen!
Endlich entschloß ich mich, Mrs. Milligan meinen Kummer
mitzuteilen. Ich fragte sie, wie lange ich wohl bis Toulouse
brauchte, denn ich wollte Vitalis an der Gefängnistür erwar=
ten, wenn er seine Strafe verbüßt haben würde.
Als Arthur von der Abreise hörte, schrie er laut auf: »Ich will
nicht, daß Remi weggeht!«
Darauf konnte ich nur entgegnen, daß ich nicht frei über mich
verfügen dürfe, sondern von meinem Herrn abhinge, an den
mich meine Eltern vermietet hätten. Dabei sprach ich von mei=
nen Eltern, ohne zu erwähnen, daß sie nicht meine rechten
Eltern wären; lieber wollte ich sterben, als Mrs. Milligan ein=
zugestehen, ich sei doch nur ein Findelkind. Nach der Behand=
lung, die diesen armen Wesen in unserem Dorf zuteil wurde,

hielt ich diese Geschöpfe für die verächtlichsten der Welt. Ich befürchtete, meine Wohltäterin müsse mich mit Widerwillen von sich stoßen, wenn sie wüßte, wem sie während dieser ganzen Zeit so viel Güte gezeigt hatte.

»Mutter, Remi muß bei uns bleiben!« fing Arthur wieder an, der seine Mutter in allen nicht zum Unterricht gehörenden Dingen vollständig beherrschte.

»Ich möchte ihn nur zu gern behalten«, war die Antwort, »er ist dein Freund, und auch ich habe ihn gern, aber die Erfüllung dieses Wunsches hängt von zwei anderen Umständen ab, über die wir keine Macht haben. Zunächst müßte Remi damit einverstanden sein . . .«

»Oh, Remi wird schon wollen«, fiel ihr Arthur in die Rede. »Nicht wahr, Remi, du magst nicht nach Toulouse zurück?«

»Dann aber müßte sich auch sein Herr bereit erklären, auf seine Rechte an den Knaben zu verzichten«, fuhr Mrs. Milligan fort, ohne auf Arthurs Unterbrechung zu achten oder meine Antwort abzuwarten.

»Remi kommt zuerst!« rief Arthur wieder, der seinen Wunsch nicht aufgeben wollte.

Ein so guter Herr mir auch Vitalis gewesen, und so dankbar ich ihm für seine Sorgfalt war, so ließ sich doch gar kein Vergleich zwischen dem Dasein ziehen, das ich bei ihm führte, und dem, das sich mir jetzt bei Mrs. Milligan bot, ja ich konnte nicht einmal meine Zuneigung für Vitalis mit der vergleichen, die ich für Mrs. Milligan und Arthur empfand. Bei reiferem Nachdenken sagte ich mir allerdings, es sei unrecht von mir, meinem Herrn diese Fremden vorzuziehen, die ich erst seit kurzer Zeit kannte, aber dennoch verhielt es sich so — ich liebte Mrs. Milligan, und ich liebte Arthur.

»Ehe sich Remi entscheidet«, sagte Mrs. Milligan, »muß er sich wohl überlegen, daß ich ihm nicht nur ein Leben des Vergnügens, sondern ein Leben der Arbeit anbiete. Er muß sich geistig anstrengen, fleißig lernen, über seinen Büchern sitzen und Arthur in seinem Studium folgen. Das alles muß sorgfältig gegen die Freiheit und Ungebundenheit des Lebens auf der Landstraße abgewogen werden.«

»Da gibt es keine Bedenken für mich, Madame«, sagte ich, »ich weiß nur zu genau, was Ihr Vorschlag für mich bedeutet.«

»Siehst du wohl, Mutter, daß Remi gern will!« rief Arthur und klatschte fröhlich in die Hände. Als die Mutter von Büchern und Arbeiten sprach, sah er ganz ängstlich drein, aber meine Antwort schien ihn sichtlich zu beruhigen. Er wünschte nichts mehr, als daß ich bei ihm bleiben und ihm helfen möchte, denn vor Büchern fühlte er eine gewaltige Angst. Zum Glück war es mit mir ganz anders; die wenigen Bücher, die mir in die Hand gekommen waren, bereiteten mir nur große Freude, von Mühe und Abscheu wußte ich nichts. So kam mein Dank für Mrs. Milligans großmütigen Vorschlag aus vollem Herzen. Ich war glücklich in der Vorstellung, daß ich den »Schwan« nicht verlassen solle, sondern bei Arthur und seiner Mutter bleiben dürfe.

»Jetzt müssen wir also die Einwilligung deines Herrn zu erlan= gen suchen«, fuhr Mrs. Milligan fort, »ich werde ihm schrei= ben und um die Freundlichkeit bitten, sich zu uns nach Cette zu begeben, da wir nicht gut nach Toulouse zurückfahren können. Ich will ihm die Reisekosten schicken, und wenn ich ihm den Grund mitteile, der uns hindert, mit der Eisenbahn zu fahren, so hoffe ich wohl, daß er meine Einladung annimmt.«

Meine sehnlichsten Wünsche schienen in Erfüllung zu gehen, als habe mich eine gute Fee mit ihrem Zauberstab berührt.

»Geht er auf meinen Vorschlag ein«, fuhr meine Wohltäterin fort, »so brauche ich mich nur noch mit Remis Eltern ausein= anderzusetzen, die natürlich auch darüber gefragt werden müs= sen.«

Meine Eltern befragen! Durch diese Worte stieß sie mich un= barmherzig aus meinen Träumen in die Wirklichkeit zurück.

Dann mußte die Wahrheit an den Tag kommen. Und das Fin= delkind würde von denen mit Verachtung zurückgestoßen wer= den, die es noch eben wie ihresgleichen behandelten, die es zu sich nehmen wollten.

Ich war außerstande, Mrs. Milligan zu antworten, die mich ganz verwundert ansah und versuchte, mich zum Sprechen zu bewegen. Sie glaubte aber wohl, daß mich die nahe bevor= stehende Ankunft meines Herrn so verwirrte, und drang nicht weiter in mich.

Glücklicherweise fand unsere Unterredung abends kurz vor dem Schlafengehen statt, so daß ich den fragenden Blicken Arthurs und seiner Mutter bald ausweichen und mich in meine Kajüte zurückziehen konnte, wo ich die erste schlechte Nacht an Bord des »Schwans« verbrachte, eine schlimme, lange, fieberhafte Nacht.

Was tun? Was sagen? Ich verfolgte diesen Gedanken nach allen Richtungen und faßte die widersprechendsten Entschlüsse, bis ich mir endlich vornahm, mich in mein Schicksal zu ergeben, wie es sich auch gestalten möge.

Am Ende verzichtete Vitalis nicht auf seine Rechte, und in dem Falle brauchte das, wie ich glaubte, entsetzliche Geheimnis meiner Herkunft nicht enthüllt zu werden. Ja in meiner Angst vor Entdeckung ertappte ich mich bei dem Wunsch, mein Herr möge nicht auf Mrs. Milligans Wunsch eingehen. Lieber eine Trennung von Arthur und meiner freundlichen Wohltäterin als die Wahrheit gestehen müssen!

Vitalis antwortete pünktlich. Er teilte Mrs. Milligan in wenigen Zeilen mit, daß er am nächsten Samstagnachmittag um zwei Uhr in Cette eintreffen und dann die Ehre haben werde, ihrer Einladung Folge zu leisten.

Ich erbat mir die Erlaubnis, auf den Bahnhof gehen zu dürfen, und nahm die Tiere mit, um die Ankunft unseres Herrn mit ihnen zu erwarten.

Die Hunde benahmen sich unruhig, als ahnten sie etwas, während sich Joli=Cœur ganz gleichgültig zeigte. Ich war sehr aufgeregt: Es sollte ja über meine ganze Zukunft entschieden werden. Ach, hätte ich nur den Mut dazu finden können, wie würde ich Vitalis gebeten haben, zu verschweigen, daß ich ein Findelkind war, aber ich vermochte nicht einmal das verhaßte Wort über die Lippen zu bringen.

Die drei Hunde an der Leine, Joli=Cœur unter der Jacke, stand ich in einer Ecke auf dem Bahnhof und wartete, ohne zu be= achten, was um mich her vorging, so daß ich erst durch die Hunde darauf aufmerksam gemacht wurde, daß der Zug und mit ihm unser Herr eingetroffen war. Die treuen Tiere witter= ten ihn sofort, rissen mich plötzlich vorwärts, und da ich mich nicht vorsah, waren sie mir im Nu entwischt. Freudig bellend liefen sie davon, und fast in demselben Augenblick sah ich sie an Vitalis emporspringen, der in seinem gewöhnlichen Anzug dastand. Obwohl weniger gelenkig als seine Kameraden, war Capi allen voran seinem Herrn in die Arme gesprungen, wäh= rend sich Zerbino und Dolce an seine Beine klammerten.

Mittlerweile war ich herangekommen. Vitalis setzte Capi auf die Erde, schloß mich in die Arme und küßte mich zum ersten= mal im Leben und wiederholte immer wieder: »Buon di, povero caro!«

Mein Herr war niemals hart, aber auch nie zärtlich zu mir ge=
wesen, und ich war daher nicht an derartige Gefühlsausbrüche
bei ihm gewöhnt. Mir kamen unwillkürlich die Tränen; ich
befand mich ohnedies in einer Stimmung, in der das Herz
leicht überfließt.

Aber Vitalis' sonst so aufrechte Haltung war gebeugt, das
Gesicht bleich, die Lippen farblos; er war im Gefängnis sehr
gealtert, und als er merkte, daß mir sein Aussehen auffiel,
sagte er freundlich: »Du findest mich verändert, nicht wahr,
mein Junge? Ja, ja, das Gefängnis ist ein schlechter Aufent=
haltsort und die Langeweile eine schlimme Krankheit, aber
jetzt wird alles besser werden.«

Danach lenkte er mit der Frage ab: »Wie hast du denn die
Dame kennengelernt, die mir geschrieben hat?« Ich schilderte
ihm meine Begegnung mit dem »Schwan« und mein Leben
bei den Besitzern des Bootes. Ich erzählte sehr ausführlich, weil
ich vermeiden wollte, von einem Gegenstand zu sprechen, der
mir peinlich war. Ich hätte meinem Herrn in diesem Augen=
blick um keinen Preis sagen mögen, daß ich ihn zu verlassen
wünschte, um bei Mrs. Milligan und Arthur zu bleiben. Glück=
licherweise brauchte ich ihm dieses Geständnis nicht zu
machen, da wir noch lange vor dem Ende meines Berichts in
dem Gasthof anlangten, wo Mrs. Milligan wohnte. Auch
Vitalis sprach nicht von den Vorschlägen, die sie ihm in ihrem
Brief gemacht haben mußte.

»Und diese Dame erwartet mich?« sagte er, als wir in den
Gasthof eintraten.

»Ja, ich werde Sie nach ihrem Zimmer führen.«

»Das ist nicht nötig, sage mir nur die Nummer des Zimmers
und warte hier mit den Hunden und Joli=Cœur auf mich!«

So hart hatte er noch niemals mit mir gesprochen. Ich blieb
gehorsam auf einer Bank vor dem Hause sitzen, die Hunde bei
mir. Auch sie wären gerne nachgelaufen, wagten aber eben=
sowenig, seinen Weisungen entgegenzuhandeln, wie ich; Vitalis
verstand zu befehlen.

Während ich nun darüber nachdachte, warum ich bei seinem
Gespräch mit Mrs. Milligan nicht anwesend sein sollte, was
mir doch ebenso natürlich wie gerecht erschien, kam er schon
wieder zurück.

»Sage dieser Dame Lebewohl!« befahl er. »Ich werde hier auf
dich warten; in zehn Minuten gehen wir weg.«

Ich war ganz verstört.

»Was stehst du so einfältig da?« sagte er nach einigen Augen=
blicken. »Hast du mich nicht verstanden? Geh, beeile dich!«

Ich fuhr in die Höhe und schickte mich an, ihm blindlings zu
gehorchen, ohne zu begreifen, was ich eigentlich sollte. Nach
einigen Schritten kehrte ich wieder um und fragte: »Sie haben
also gesagt...?« Denn meine fixe Idee über das Findelkind
beherrschte mich so vollkommen, daß ich schon glaubte, in
zehn Minuten weggehen zu müssen, weil mein Herr erzählt
hatte, was er über meine Geburt wußte.

Ich fühlte mich sehr erleichtert, als er antwortete: »Ich sagte,
daß ich nicht geneigt wäre, meine Rechte auf dich abzutre=
ten. Geh jetzt und komm bald wieder!«

Als ich in Mrs. Milligans Zimmer trat, fand ich Arthur in
Tränen und seine Mutter über ihn gebeugt, um ihn zu trösten.

»Nicht wahr, Remi, du gehst nicht weg?« rief er mir ent=
gegen.

Mrs. Milligan antwortete statt meiner und erklärte, ich müsse
gehorchen. »Ich habe deinen Herrn gebeten, dich bei uns be=
halten zu dürfen«, sagte sie mit einem Ausdruck in der
Stimme, der mir die Tränen in die Augen trieb, »doch will er
nicht darauf eingehen, und nichts hat ihn von seinem Ent=
schluß abbringen können.«

»Er ist ein schlechter Mensch!« rief Arthur dazwischen.

»Nein, das ist er durchaus nicht«, fuhr Mrs. Milligan fort. »Er
sprach nicht nur wie ein rechtschaffener Mann, sondern auch
wie einer, der aufrichtige Zuneigung zu dir gefaßt hat.

›Ich habe dies Kind lieb‹, sagte er, um seine Weigerung zu
begründen, ›und das Kind erwidert meine Liebe. Das rauhe
Leben, das er bei mir führt, wird ihm besser bekommen als
die Dienstbarkeit, in der Sie ihn halten würden. Remi kann
nicht Ihr Sohn werden, wohl aber der meine, und das ist besser,
als das Spielzeug Ihres kranken Knaben zu sein, so sanft und
gut er auch ist... Sie wollen ihn zwar unterrichten und erziehen
lassen, aber Sie würden nicht seinen Charakter, sondern nur
seinen Verstand bilden. Auch ich werde ihn unterrichten.‹«

»Aber er ist doch nicht Remis Vater!« rief Arthur.

»Wenn auch nicht sein Vater, so ist er doch sein Herr. Remi
gehört ihm, weil seine Eltern ihn an diesen Mann vermietet
haben, und er muß ihm gehorchen.«

»Ich will nicht, daß Remi fortgeht!«

»Er muß seinem Herrn folgen, wenn auch hoffentlich nicht auf lange Zeit. Ich will an Remis Eltern schreiben und versuchen, mich mit ihnen zu verständigen.«

»O nein!« rief ich voller Angst.

»Warum nicht?«

»O nein, nein, ich bitte Sie!«

»Es bleibt uns aber kein anderer Weg, mein Kind.«

»Wenn ich Sie aber bitte, das nicht zu tun?«

Hätte Mrs. Milligan nicht von meinen Eltern gesprochen, so würde sich mein Abschied wahrscheinlich weit über die bewilligten zehn Minuten ausgedehnt haben — nun lag mir daran, ihn so kurz wie möglich zu machen.

»Du wohnst in Chavanon, nicht wahr?« fuhr Mrs. Milligan fort, ohne auf meine Bitten zu achten. Ich antwortete ihr nicht, sondern ging auf Arthur zu, schloß ihn in die Arme und küßte ihn. Dann riß ich mich von ihm los, wandte mich zu Mrs. Milligan, vor der ich niederkniete und ihr die Hand küßte.

»Armes Kind!« sagte sie, neigte sich über mich und küßte mich auf die Stirn.

Ich stand schnell auf und lief zu der Tür, von wo ich noch schluchzend zurückrief: »Arthur, ich werde dich immer liebbehalten, und Sie, Madame, werde ich nie vergessen!«

»Remi, Remi!« rief Arthur.

Aber ich hörte nichts mehr, ich lief hinaus und schloß, so schnell ich konnte, die Tür hinter mir. Einen Augenblick später war ich bei meinem Herrn.

»Fort!« befahl Vitalis, und damit verließen wir Cette auf der nach Frontignan führenden Straße.

In Schnee und unter Wölfen

Wieder mußte ich den Fußstapfen meines Herrn folgen und, die Harfe über meine schmerzende Schulter geworfen, die Landstraße im Regen und Sonnenschein, durch Staub und Schmutz entlangwandern, auf öffentlichen Plätzen den Dummkopf spielen und je nach den Wendungen des Stückes weinen oder lachen, um das »werte Publikum« zu unterhalten.

Das war hart, denn man gewöhnt sich rasch an Glück und

Wohlleben. Ich spürte einen Widerwillen gegen mein jetziges Dasein, eine Langeweile und Ermüdung, die mir unbekannt war, bevor ich zwei Monate lang mit den Glücklichen dieser Welt gelebt hatte.

Aber die schöne Zeit war unwiederbringlich dahin, ich sollte nicht mehr mit Arthur spielen, Mrs. Milligans sanfte Stimme nicht mehr hören.

Zum Glück gab es in meinem heftigen und anhaltenden Kummer doch den einen Trost, daß mein Herr viel weicher, ja viel zärtlicher — wenn dieser Ausdruck überhaupt auf Vitalis angewendet werden konnte — mit mir war als je zuvor. Ich fühlte, daß ich nicht mehr allein in der Welt stand; er war mir mehr als ein Herr.

Oft überkam mich der Impuls, meine Liebe zu ihm auch äußerlich zu zeigen, und ich wäre ihm gerne um den Hals gefallen, wenn Vitalis ein Mann gewesen wäre, gegen den man sich Vertraulichkeiten zu erlauben wagte. Ein unbestimmtes Etwas, das an Ehrfurcht grenzte, hielt mich davor zurück. Mein Aufenthalt bei Mrs. Milligan öffnete mir in manchen Dingen die Augen und lehrte mich, Unterscheidungen zu machen.

Wenn ich meinen Herrn jetzt aufmerksam beobachtete, so schien er mir seiner Haltung, seinem Wesen und seinem ganzen Benehmen nach Ähnlichkeit mit Mrs. Milligans Auftreten zu haben, während er vorher für mich nur ein Mensch gewesen war wie alle anderen. Mochte ich mir bei näherem Nachdenken auch noch so oft vorhalten, daß diese Ähnlichkeit nur in meiner Einbildung bestand, da mein Herr bloß ein Tierführer, Mrs. Milligan dagegen eine vornehme Frau war, so ließ sich der Gedanke durch den Verstand nicht zum Schweigen bringen. Wenn Vitalis wollte, konnte er ebenso vornehm sein wie Mrs. Milligan. Der ganze Unterschied zwischen den beiden bestand darin, daß Mrs. Milligan immer, mein Herr nur unter gewissen Umständen vornehm auftrat; dann aber tat er es so vollkommen, daß er allen, selbst den dreistesten und unverschämtesten Menschen, Achtung einflößte.

Nach dem Abschied von Cette vergingen einige Tage, ohne daß wir von Mrs. Milligan und meinem Aufenthalt auf dem »Schwan« gesprochen hätten, aber allmählich kamen wir darauf zurück. Mein Herr fing mehrmals davon an, und bald war Mrs. Milligan der Gegenstand unserer täglichen Gespräche.

In den folgenden Wochen wanderten wir die Rhône aufwärts

nach Lyon, von dort nach Dijon. Als wir Dijon verließen und die Hügel der Côte d'Or durchwanderten, trat plötzlich eine durchdringende, feuchte Kälte ein, die uns das Blut in den Adern erstarren ließ, so daß Joli=Cœur, der gegen Kälte beson= ders empfindlich war, noch trübseliger und mürrischer wurde als ich.

Mein Herr beabsichtigte, so bald als möglich nach Paris zu kom= men, da nur dort Aussicht bestand, während des Winters Vor= stellungen geben zu können. Aber gestattete ihm seine Börse nicht, die Eisenbahn zu benutzen, oder gab es irgendeinen anderen Grund dafür — genug, wir mußten den Weg von Dijon nach Paris zu Fuß zurücklegen. Ließ das Wetter es irgend zu, so gaben wir in den Orten, durch die wir kamen, kurze Vorstellungen und setzten unsere Wanderung fort, so= bald eine spärliche Einnahme erzielt war.

Bis Châtillon ging es ziemlich gut, obwohl wir ständig unter Kälte und Nässe litten. Von da an hörte jedoch der Regen auf, und der Wind sprang nach Norden um. Es war wenig an= genehm, den schneidenden Wind gerade im Gesicht zu haben; alles in allem zogen wir ihn jedoch der Nässe der letzten Woche vor.

Aber bald überzog sich der Himmel mit dichten, schwarzen Wolken, die Sonne verschwand ganz, und alles deutete auf baldigen Schneefall. Wir erreichten ein großes Dorf. Mein Herr setzte sich an das Herdfeuer, um Joli=Cœur zu erwärmen, der trotz der wollenen Decke, in die er gehüllt war, jämmerlich stöhnte. Ich wurde früh ins Bett geschickt, weil wir am ande= ren Morgen zeitig aufbrechen wollten, um noch vor dem Schnee nach Troyes zu gelangen. Dort konnten wir, falls der Schnee uns zurückhielt, mehrere Tage bleiben und wiederholt Vor= stellungen geben, was in dem Dorf nicht möglich war.

Ich stand am nächsten Morgen früh auf. Der Tag graute noch nicht, kein Stern war am Himmel zu erblicken, nur schwere, schwarze Wolken hingen tief herunter, als wollten sie sich auf die Erde senken, um sie zu erdrücken. Öffnete man die Tür, so fing sich ein scharfer Wind im Kamin und blies die Funken wieder an, die seit gestern abend unter der Asche glosten.

»An Ihrer Stelle würde ich hierbleiben«, wandte sich der Wirt an meinen Herrn. »Es gibt Schnee.«

»Ich habe Eile und hoffe, Troyes noch vor dem Schnee zu er= reichen.«

»Dreißig Kilometer legt man nicht in einer Stunde zurück.«
Trotz dieser Warnung machten wir uns auf den Weg.

Vitalis hielt Joli=Cœur unter der Weste, um ihm ein wenig von der eigenen Wärme mitzuteilen. Die Hunde, froh über das trockene Wetter, liefen munter vor uns her. Ich hüllte mich fest in den Schafpelz — ein Geschenk meines Herrn aus Dijon —, den mir der Nordwind, der uns gerade ins Gesicht blies, an den Körper drückte. Wir wanderten schweigend wei= ter, denn es war keineswegs verlockend, den Mund zu öffnen, und beschleunigten die Schritte, um uns zu erwärmen.

Die Stunde des Sonnenaufgangs war herangekommen, der Himmel blieb aber dunkel wie zuvor.

Endlich durchdrang ein blasser Streifen im Osten die dichte Finsternis, aber die Sonne zeigte sich nicht. Die Nacht war vor= über, doch man konnte nicht behaupten, es sei Tag. Auf freiem Feld traten die Gegenstände ein wenig deutlicher hervor; der fahle Schein, der, wie aus einem ungeheuren Lichtherd kom= mend, von Osten her über das Land fiel, zeigte uns die kah= len Bäume, die vereinsamten Hecken und Sträucher, in deren dürrem Laubwerk der kalte Wind rauschte.

Kein Mensch auf der Straße, auf den Feldern weder Wagen= geräusch noch Peitschenknall. Nur Elstern hüpften umher, den Schwanz hoch, den Schnabel in der Luft, und flogen bei unse= rer Annäherung davon, um sich auf einen Baum zu setzen, von wo aus sie uns mit einem Geschrei verfolgten, als wollten sie uns Unglück verkünden.

Plötzlich zeigte sich im Norden ein weißer Punkt am Himmel, der schnell größer wurde und auf uns zukam. Wir hörten ein eigentümliches, mißtönendes Schreien. Es waren wilde Gänse, die über unsere Köpfe hin nach Süden zogen.

Die Gegend, die wir durchwanderten, war von einer grauen= vollen, durch die Stille noch mehr fühlbaren Öde. Soweit nur der Blick an diesem dunklen Tage zu reichen vermochte, sah man nichts als nackte Felder, kahle Hügel und braunen Wald.

Bald flogen einzelne Schneeflocken um uns herum, so groß wie Schmetterlinge. Sie hoben sich, senkten sich und wirbelten in der Luft umher, ohne die Erde zu berühren.

Wir kamen trotz allen Anstrengungen nur langsam weiter. Es schien ganz unmöglich, Troyes zu erreichen, ehe sich die Schneewolken entluden. Aber mich beunruhigte das wenig, denn ich dachte mir, der Wind würde sich mit Beginn des

Schneefalls legen und die Kälte sich mindern. Ich wußte ja nicht, was ein Schneesturm ist, sollte es aber bald so deutlich erfahren, daß ich es nie wieder vergaß.

Jetzt waren die aus Nordwesten heranziehenden Wolken ganz nahe gekommen, ein bleiches Licht erhellte den Horizont auf ihrem Weg — das war der Schnee, der wie ein dichter weißer Regen herunterfiel.

»Es steht geschrieben, daß wir nicht nach Troyes kommen sollen«, sagte Vitalis, »wir müssen in dem ersten besten Haus Zuflucht suchen.«

Das war gut gesagt und konnte mir nur sehr angenehm sein, aber wo war das gastliche Haus? Ich ließ, bevor uns der Schnee in seine undurchdringliche weiße Dämmerung einhüllte, meine spähenden Blicke nach allen Seiten schweifen, ohne die geringste Spur menschlicher Wohnungen entdecken zu können. Wir befanden uns am Rand eines Waldes, der sich vor uns nach beiden Seiten ins Unendliche zu verlieren schien.

Auf das verheißene Haus durfte man daher nicht allzufest rechnen — eher noch mochte eine Pause in dem Schneegestöber eintreten. Aber nein, es schneite ununterbrochen mit zunehmender Heftigkeit, und vom Wind gepeitscht, flog der Schnee über die Landstraße hin und blieb an allem hängen, was ihm auf seiner Bahn hindernd entgegenstand. Er setzte sich uns in die Kleider, drang wie feiner Staub überall ein. Ich fühlte, wie er zerschmolz und das Wasser mir kalt den Nacken hinabrieselte. Meinem Herrn, der seinen Schafpelz ein wenig geöffnet hielt, um Joli=Cœur Luft zu verschaffen, erging es nicht besser als mir. Wir wanderten rastlos weiter, dem Schnee und Sturm zum Trotz, ohne ein Wort zu sprechen; dann und wann nur wandten wir den Kopf zum Atemschöpfen nach der Seite. Die Hunde liefen nicht mehr voran, sondern hielten sich dicht hinter uns, als wollten sie hinter uns Schutz vor dem Unwetter suchen, sowenig wir ihn auch gewähren konnten.

Vom Schnee geblendet, durchnäßt, erstarrt, kamen wir nur langsam und mit großer Anstrengung vorwärts. Auch im dichten Wald fanden wir nirgends Schutz, denn der Weg war dem Wind völlig ausgesetzt. Der Sturm ließ zwar allmählich nach, dafür aber fiel der Schnee um so dichter und kam nun in großen Flocken herunter, anstatt wie bisher zu zerstäuben, so daß die Straße binnen kurzem mit einer dicken, weißen Schicht überzogen war, auf der wir geräuschlos weitergingen.

Mein Herr schaute von Zeit zu Zeit nach links hinüber, als suche er dort etwas, doch zeigte sich nichts als eine weite Lichtung, auf der im Frühjahr offenbar Bäume gefällt worden waren und wo jetzt der junge Nachwuchs unter der Last des Schnees niederknickte — was hoffte Vitalis da zu entdecken?

Ich dagegen sah immer geradeaus, um zu erspähen, ob denn der Wald nicht bald zu Ende und ein Haus zu erblicken wäre, obschon es eine Torheit war, durch dieses Schneegewirbel in die Ferne sehen zu wollen. Schon auf kurze Entfernung verwirrten sich alle Gegenstände dermaßen, daß man nur noch den Schnee wahrnahm, der in immer dichteren Flocken niederfiel.

Plötzlich streckte mein Herr die Hand nach links aus, um meine Aufmerksamkeit dahin zu lenken. Ich folgte der angedeuteten Richtung mit den Augen und glaubte dort die unbestimmten Umrisse einer aus Baumzweigen gebildeten, mit Schnee bedeckten Hütte zu bemerken.

Wir bogen in der bezeichneten Richtung von der Landstraße ab, drangen durch dichtverschneites Gebüsch und Gestrüpp vorwärts und gelangten so zu einer Hütte, die aus Holz und Reisigbündeln errichtet und außerdem so dicht mit Buschwerk gedeckt war, daß der Schnee nicht hindurchdringen konnte — eine Zufluchtsstätte, die es wohl mit einem Haus aufnehmen konnte.

Die Hunde liefen zuerst hinein und wälzten sich freudig bellend auf dem Boden. Wir folgten ihnen, und wenn wir uns auch nicht gerade im Staub wälzten, was zum Trocknen unserer Kleider ganz zweckmäßig gewesen wäre, so atmeten wir doch nicht weniger froh auf, endlich ein Obdach gefunden zu haben.

»Dacht' ich mir's doch«, sagte Vitalis, »daß sich in diesem jungen Schlag eine Holzfällerhütte finden müsse; nun mag es schneien, soviel es will!«

»Richtig!« sagte ich mit herausfordernder Miene und schüttelte Hut und Jacke an der Tür aus.

Die ganze Ausstattung der Hütte bestand aus einer Erdbank, einigen großen, als Sitze dienenden Steinen und — in unserer Lage von unschätzbarem Wert — aus fünf oder sechs auf die schmale Seite gestellten Ziegelsteinen, die einen Herd bildeten, so daß wir Feuer machen konnten.

An Holz fehlte es auch nicht, wir brauchten es nur, unter

Anwendung der nötigen Vorsicht, an verschiedenen Stellen aus den Wänden und dem Dach zu ziehen, und nicht lange, so saßen wir vor einer lustig knisternden Flamme.

Ach, wie behaglich war das nach der langen Wanderung im Schnee! Denn daß sich der Rauch in der Hütte verbreitete, da er nicht durch einen Schornstein in die Höhe steigen konnte, kümmerte uns wenig — wir wollten ja nur Feuer und Wärme.

Während ich, auf beide Hände gestützt, das Feuer anblies, lagerten sich die Hunde rings um den Herd und boten mit vor= gestrecktem Hals der wärmenden Flamme den nassen, erstarr= ten Körper dar.

Bald steckte auch Joli=Cœur die Nase vorsichtig aus der Weste seines Herrn hervor, um zu sehen, wo er wäre. Er hüpfte, von seiner Umschau befriedigt, schnell zur Erde, suchte sich den besten Platz aus und hielt die kleinen zitternden Hände dem Feuer entgegen.

Vor Kälte würden wir nun wenigstens nicht umkommen. Wie wir unseren Hunger stillen sollten, war allerdings eine andere Frage.

Zum Glück war Vitalis ein Mann der Vorsicht und Erfahrung. Er hatte sich Vorräte für den Marsch besorgt, noch ehe ich morgens aufgestanden war; freilich nur einen Laib Brot und ein kleines Stück Käse; aber in unseren Verhältnissen dachten wir wahrlich nicht daran, Ansprüche zu stellen, sondern emp= fanden alle lebhafte Befriedigung, als das Brot zum Vorschein kam. Nur die Kleinheit der Stücke machte uns Kummer, und ich war schmerzlich enttäuscht, als mein Herr uns anstatt des ganzen Brotes nur die Hälfte davon gab.

»Ich kenne den Weg nicht«, antwortete er auf meinen fragen= den Blick, »und ich weiß nicht, ob wir bis Troyes ein Gasthaus oder auch nur etwas zu essen finden werden. Ebensowenig kenne ich diesen Wald. Ich weiß nur, daß wir in einer Gegend sind, in der sich ein ungeheurer Forst an den anderen reiht. Wer weiß, ob die nächste menschliche Wohnung nicht meh= rere Kilometer entfernt ist? Ob der Schnee uns nicht noch lange in dieser Hütte festhält? Darum müssen wir Vorräte für unser Mittagmahl behalten.«

Das waren Gründe, die mir wohl einleuchteten, auf die Hunde aber keinen Eindruck machten. Als sie das Brot wieder in den Ranzen verschwinden sahen, obwohl sie kaum halbsatt waren, blickten sie flehentlich danach hin, streckten ihrem Herrn die

Pfoten entgegen und suchten ihn mit allen Mitteln zum Öffnen des Ranzens zu bewegen. Aber trotz allen Bitten und Lieb= kosungen blieb der Ranzen geschlossen.

Unser spärliches Mahl erfrischte unsere Lebensgeister und gab uns neuen Mut. Wir hatten ein Obdach, und das Feuer durch= drang uns mit belebender Wärme, so daß wir ruhig warten konnten, bis der Schneefall aufhörte.

Die Aussicht, in dieser Hütte zu bleiben, kam mir gar nicht so schrecklich vor. Ich konnte mir kaum denken, daß der Auf= enthalt hier vielleicht noch lange währen würde, wie Vitalis erklärte, um seine Sparsamkeit zu rechtfertigen. Es konnte doch nicht unaufhörlich schneien.

Freilich deutete nichts auf ein baldiges Ende des Unwetters. Wir sahen durch die Öffnungen unserer Hütte den Schnee nach wie vor ohne Unterbrechung in dichten Flocken herunter= fallen.

Die Hunde fanden sich in ihr Schicksal und lagen alle drei schlafend vor dem Feuer.

Seit frühem Morgen auf den Beinen, von der beschwerlichen Wanderung ermüdet und außerdem viel geneigter, in dem Land der Träume, vielleicht auf dem »Schwan«, umherzureisen, als in das Schneegestöber da draußen zu schauen, machte ich es den Hunden nach, legte mich auf den Boden und schlief ein.

Als ich erwachte, schneite es nicht mehr. Ich sah ins Freie und bemerkte, daß der Schnee vor unserer Hütte weit höher lag als vorher — gingen wir jetzt fort, so reichte er uns bis an die Knie.

Wie spät mochte es nur sein? Meinen Herrn konnte ich nicht danach fragen, denn die geringen Einnahmen der letzten Monate konnten die Summen, die ihn Gerichtsverfahren und Gefängnis gekostet, bei weitem nicht decken, so daß er genö= tigt gewesen war, seine Uhr zu verkaufen, um meinen Schaf= pelz und noch einige Kleinigkeiten für uns anzuschaffen — die große silberne Uhr, auf die Capi die Stunde anzeigte, als mich Vitalis in seine Gesellschaft aufnahm. Nun mußte mir der Stand der Sonne sagen, was ich unsere gute alte Uhr nicht mehr fragen konnte.

Der Schnee erstickte jeden Laut — rings um uns herrschte vollkommene Stille, als sei plötzlich alles Leben erstarrt. Nur hier und da sah man einen Tannenzweig schwanken, der sich unter seiner Last tiefer und tiefer neigte, bis der Schnee end=

lich herunterglitt und der Zweig mit einem leisen Geräusch emporschnellte.

Ich stand ganz versunken in dieses Schauspiel, da hörte ich meinen Herrn fragen: »Hast du Lust, dich wieder auf den Weg zu machen?«

»Das weiß ich nicht, ich tue, was Sie wollen.«

»Nach meiner Ansicht ist es richtiger, hier zu bleiben, wo wir wenigstens ein Obdach und Feuer haben.«

Ich dachte an unseren schmalen Brotvorrat, schwieg aber darüber.

»Ich glaube, daß das Schneegestöber bald wieder anfangen wird«, fuhr Vitalis fort, »wir dürfen uns ihm nicht unterwegs aussetzen, ohne zu wissen, wie weit wir von menschlichen Wohnungen entfernt sind. In solchem Wetter eine Nacht auf der Landstraße zuzubringen würde nicht gerade behaglich sein; hier behalten wir wenigstens die Füße trocken.«

Die Essenfrage abgerechnet, konnte ich diese Verfügung nur willkommen heißen. Wenn wir uns auch sogleich wieder auf den Weg machten, war es durchaus nicht gewiß, daß wir vor dem Abend ein Gasthaus erreichten, wo wir essen und schla= fen könnten, während es ganz sicher war, daß wir eine tiefe weiße Schneedecke auf der Landstraße vorfanden, die uns das Gehen äußerst beschwerlich machen mußte. Wir blieben daher in unserer Hütte, nachdem Vitalis den Rest des Brotes zum Mittagmahl unter uns sechs verteilte; ein kleiner Rest, der nur zu bald verzehrt war, obwohl wir, um unsere kärgliche Mahl= zeit zu verlängern, so winzige Bissen nahmen wie irgend möglich.

Mittlerweile begann es wieder zu schneien, und zwar mit der= selben Hartnäckigkeit wie vorher. Von Stunde zu Stunde stieg die Schneeschicht höher an den jungen Schößlingen empor und verschlang sie bald ganz.

Schon nahmen wir nur noch undeutlich wahr, was draußen vorging. An diesem düsteren Tag war die Dunkelheit schnell hereingebrochen. Es wurde Nacht, aber die Nacht tat dem Schnee keinen Einhalt, der unaufhaltsam in großen Flocken vom dunklen Himmel auf die weiße Erde fiel.

Da wir nun wieder in der Hütte übernachten mußten, so war es das beste, so schnell wie irgend möglich einzuschlafen. Ich machte es also wie die Hunde, wickelte mich in meinen Schaf= pelz, der während des Tages am Feuer getrocknet war, legte den Kopf auf einen flachen Stein und streckte mich vor dem Herd aus.

»Schlaf nur«, sagte Vitalis, »ich werde dich wecken, sobald ich selbst schlafen will. Wenn wir hier auch weder von Men= schen noch Tieren etwas zu befürchten haben, muß doch einer von uns das Feuer unterhalten. Wenn der Schnee aufhört, kann es sehr kalt werden.«

Ich ließ mir das nicht zweimal sagen und schlief schnell ein.

Als mich mein Herr weckte, war die Nacht schon weit vorge= rückt. Es schneite nicht mehr, und unser Feuer brannte lustig.

»Jetzt ist die Reihe an dir«, sagte Vitalis, »du brauchst nur von Zeit zu Zeit Holz aufs Feuer zu legen. Wie du siehst, habe ich dir einen ganzen Vorrat zurechtgemacht.«

Und richtig, da lag ein großer, von meinem Herrn gesammelter Haufen Reisig. Sein Schlaf war viel leichter als meiner, und er fürchtete, durch das Geräusch des Holzsammelns gestört zu werden — gewiß eine weise Vorkehrung, die aber leider ganz andere Folgen hatte, als sich Vitalis davon versprach. Da er mich munter sah und bereit, meine Wache zu übernehmen, streckte er sich vor dem Feuer aus, Joli=Cœur, in eine Decke ge= wickelt, an sich gedrückt, und bald hörte ich an seinen lauten, regelmäßigen Atemzügen, daß er eingeschlafen war. Ich stand auf und ging behutsam auf den Fußspitzen an die Tür, um zu sehen, wie es draußen aussah.

Soweit die Blicke reichten, hüllte der Schnee alles in sein ein= töniges weißes Tuch: Fluren, Gräser, Büsche und Bäume. Der Himmel war mit hellfunkelnden Sternen übersät, das blasse Licht aber, das die Landschaft erhellte, ging von dem Schnee aus. Eine eisig kalte Luft drang in unsere Hütte.

Wir konnten uns glücklich schätzen, dieses Obdach gefunden zu haben — was wäre mitten im Wald, in Schnee und Kälte aus uns geworden? Ich ging ganz leise, mußte aber doch die Hunde geweckt haben, denn Zerbino stand auf und ging mit mir zu der Tür. Er sah jedoch die Herrlichkeiten dieser Winternacht nicht mit meinen Augen an. Er langweilte sich sehr bald und wollte hinaus. Ich wies ihn durch eine Handbewegung auf seinen Platz zurück. Wie unvernünftig, bei dieser Kälte hinaus= gehen zu wollen! War es nicht besser, vor dem Feuer zu liegen, als sich im Freien herumzutreiben? Er gehorchte, legte sich aber mit der Schnauze nach der Tür. Er zeigte deutlich, daß er nicht beabsichtigte, sein Vorhaben aufzugeben.

Endlich ging ich wieder ans Feuer, warf einige Stücke Reisig darauf und glaubte mich nun unbesorgt auf den Stein setzen zu können, der mir als Kopfkissen diente.

Mein Herr schlief ruhig, die Hunde und Joli=Cœur lagen gleich= falls im tiefen Schlaf, vom Herde wirbelte eine helle Flamme bis zum Dach empor, deren knisternde Funken die lautlose Stille unterbrachen. Eine Zeitlang beobachtete ich diese Fun= ken, aber unmerklich überwältigte mich die Müdigkeit.

Hätte ich meinen Holzvorrat selbst zusammentragen müssen, so wäre ich von Zeit zu Zeit aufgestanden und dadurch wach geblieben. Nun aber brauchte ich nur die Hand auszustrecken, um Reisig aufs Feuer zu legen. Ich wurde immer müder und schlief am Ende wirklich ein, trotz meiner festen Absicht, wach zu bleiben.

Ein wütendes Bellen schreckte mich auf; es war ganz dunkel in der Hütte, das Feuer war fast erloschen.

Das Gebell hielt an, es war Capi, aber weder Zerbino noch Dolce antworteten ihrem Kameraden.

»Was gibt's?« fragte Vitalis ebenfalls aufwachend. »Was ist los?«

»Ich weiß nicht.«

»Das Feuer verlischt. Du bist eingeschlafen.«

Capi stand am Ausgang der Hütte und bellte laut. Was mochte das nur bedeuten?

Ein wiederholtes klägliches Heulen ertönte aus geringer Entfer= nung hinter der Hütte. Ich erkannte Dolces Stimme.

Ich wollte hinaus, aber mein Herr hielt mich zurück, indem er mir die Hand auf die Schulter legte und befahl: »Leg erst Holz aufs Feuer!«

Ich gehorchte. Er nahm einen Holzscheit vom Herd und blies ihn zu hellen Flammen an. »Wir wollen nachsehen«, sagte er. »Folge mir! Capi, komm!«

In dem Augenblick, als wir hinausgingen, erscholl ein so ent= setzliches Geheul, daß uns Capi erschrocken zwischen die Beine kroch.

»Das sind Wölfe! Wo sind Zerbino und Dolce?« rief Vitalis.

Ich konnte keine Antwort darauf geben, beide Hunde mußten hinausgelaufen sein, während ich schlief. Zerbino wahrschein= lich als erster, und Dolce war ihrem Kameraden gefolgt.

»Nimm auch eine Fackel«, sagte mein Herr, »und laß uns ihnen zu Hilfe kommen!«

Ich kannte zwar aus meinem Dorf entsetzliche Geschichten von Wölfen, aber ich zögerte keinen Augenblick. Die Holzfackel erhebend, folgte ich meinem Herrn.

Draußen fanden wir weder Wölfe noch Hunde — nichts als die Spuren der Hunde, die rings um die Hütte herumführten. Ein wenig weiter war der Schnee zusammengedrückt, als hätten sich Tiere darin gewälzt.

»Such, Capi, such!« sagte mein Herr und pfiff, um Zerbino und Dolce zu rufen.

Kein Gebell antwortete ihm, nicht das leiseste Geräusch unterbrach das entsetzliche Schweigen des Waldes. Capi, sonst ebenso gehorsam wie mutig, blieb uns zwischen den Beinen, anstatt zu suchen, wie ihm befohlen war, und zeigte die größte Unruhe und Angst.

Der Widerschein des Schnees gab nicht genug Licht, um der Spur folgen zu können. Schon auf kurze Entfernung verloren sich die Augen in tiefer Finsternis.

Vitalis pfiff von neuem, rief Zerbino und Dolce mit lauter Stimme — wir horchten angestrengt, aber immer dasselbe Schweigen. Es drückte mir das Herz ab. Armer Zerbino! Arme Dolce!

Vitalis sagte: »Die Wölfe haben sie geraubt — warum hast du sie hinausgelassen?«

Ich wußte darauf keine Antwort.

»Ich muß sie suchen«, stieß ich hastig hervor und wollte gehen, aber Vitalis hielt mich fest. »Wo willst du sie denn suchen?« fragte er.

»Ich weiß nicht. Überall!«

»Und wie sollen wir uns in dieser Finsternis in dem tiefen Schnee zurechtfinden?«

Vitalis hatte recht. Der Schnee ging uns bis an die Knie, und unsere beiden Fackeln leuchteten nicht genug, das Dunkel zu erhellen.

»Daß sie nicht auf mein Rufen geantwortet haben, ist ein Zeichen, daß sie weit weg sind«, fuhr Vitalis fort, »zudem dürfen wir uns nicht der Gefahr aussetzen, selbst von den Wölfen angegriffen zu werden; wir haben nichts, um uns zu verteidigen.«

Es war ein schrecklicher Gedanke, die beiden armen Hunde so im Stich zu lassen, besonders für mich, den die Verantwortlichkeit für ihr Verschwinden traf. Würde ich nicht meine

Pflicht versäumt und gewacht haben, so wären sie nicht weg= gelaufen. Mein Herr wandte sich wieder zurück, ich folgte ihm, sah mich jedoch bei jedem Schritt um und stand mehrmals still, um zu horchen. Aber ich sah nichts als Schnee, hörte nichts als das Fallen des Schnees von den Zweigen.

In der Hütte erwartete uns ein neuer Schrecken: Während unserer Abwesenheit waren die Zweige, die auf dem Feuer lagen, hoch aufgelodert und leuchteten mit ihrem hellen Schein bis in die dunkelsten Winkel — da lag Joli=Cœurs Decke flach vor dem Feuer, der Affe war nirgends zu erblicken! Wir riefen ihn, doch vergebens. Wohin war er nur geraten?

Wie mein Herr sagte, fühlte er ihn beim Erwachen neben sich, also konnte er erst verschwunden sein, nachdem wir hinaus= gegangen waren — ob er uns folgen wollte?

Wieder gingen wir mit einer Handvoll brennender Zweige hin= aus, hielten sie dicht über den Schnee und suchten, vornüber= gebeugt, nach Joli=Cœurs Spur. Wir konnten sie aber nicht entdecken. Der Affe mußte also doch noch in der Hütte sein. Vielleicht war er in ein Reisigbündel gekrochen — wir durch= stöberten wohl zehnmal dieselben Stellen, dieselben Winkel. Ich stieg auf Vitalis' Schulter, um in den Zweigen, die das Dach bildeten, nach dem Entflohenen zu spähen; wir riefen ihn wieder und wieder — alles umsonst!

Vitalis schien außer sich; ich war untröstlich und fragte ihn zuletzt, ob anzunehmen sei, daß die Wölfe auch Joli=Cœur ge= raubt hätten.

»Nein«, antwortete er, »ich glaube zwar, daß Zerbino und Dolce im Wald von Wölfen zerrissen worden sind, aber nicht, daß sich Wölfe in unsere Hütte wagen könnten. Wahrschein= lich hat sich Joli=Cœur aus Angst irgendwo versteckt, während wir draußen nach den Hunden suchten. Gerade das ist es, was mich beunruhigt; bei diesem abscheulichen Wetter wird er sich auf den Tod erkälten.«

»Dann lassen Sie uns weitersuchen!«

Nachmals begannen wir unsere Nachforschungen, ohne mehr Erfolg zu haben als vorher, bis Vitalis endlich sagte: »Wir müssen warten, bis es Tag ist.«

»Wie lange dauert das noch?«

»Zwei bis drei Stunden, glaube ich.«

Damit setzte er sich vor das Feuer und stützte den Kopf in beide Hände.

Ich wagte nicht, ihn zu stören, sondern saß ganz still neben ihm und bewegte mich nur, um von Zeit zu Zeit Reisig aufs Feuer zu legen. Bisweilen ging er zu der Tür, sah nach dem Himmel und horchte hinaus; dann kehrte er stumm auf seinen Platz zurück. Die bittersten Vorwürfe wären leichter zu ertra= gen gewesen, als ihn so traurig und niedergedrückt zu sehen.

Langsam, träge schlichen die drei Stunden dahin, als sollte diese Nacht niemals zu Ende gehen.

Nach langem, verzweifeltem Warten sah ich endlich die Sterne erblassen, der Himmel hellte sich auf; das war die Dämme= rung, auf die der Tag bald folgen mußte. Aber die Kälte nahm zu, eisige Luft drang durch die Tür; wie, wenn sich das Schnee= gestöber vom vergangenen Tage erneuerte? Dann war alles Suchen unmöglich. Selbst jetzt durften wir kaum hoffen, Joli= Cœur noch lebend wiederzufinden.

Anstatt mit Wolken, wie abends vorher, überzog sich der Himmel mit einem rosigen Schein, der gutes Wetter verkün= dete.

Vitalis bewaffnete sich mit einem dicken Stock, ich tat ein Gleiches, und sobald Büsche und Bäume in der kalten Klarheit des Morgens Gestalt annahmen, gingen wir hinaus.

Während wir auf dem Boden nach Joli=Cœurs Spur suchten, hob Capi den Kopf in die Höhe und bedeutete uns bald durch ein freudiges Gebell, daß wir oben suchen müßten, anstatt unten auf der Erde.

Wir schauten hinauf. Der Schnee auf unserer Hütte war tat= sächlich an einigen Stellen eingedrückt bis zu einem großen Zweig, der sich über das Dach breitete. Als wir den Baum, zu dem der Zweig gehörte, aufmerksam betrachteten, gewahrten wir oben eine kleine dunkle Gestalt.

Das war Joli=Cœur! Erschreckt durch das Heulen der Hunde und Wölfe, hatte er sich, nachdem wir hinausgegangen waren, auf das Dach der Hütte geschwungen. Von da war er auf den Baum, eine große Eiche geklettert, wo er sich sicher fühlte und sich versteckt hielt, ohne auf unser Rufen zu antworten. Wie mußte das arme kleine kälteempfindliche Geschöpf durch den Frost gelitten haben!

Mein Herr rief ihm freundlich zu, er aber blieb wie leblos auf seinem Zweig sitzen.

Vitalis rief wiederholt hinauf, da sich aber Joli=Cœur noch immer nicht rührte, ergriff ich diese Gelegenheit, meine Saum=

seligkeit wenigstens ein wenig wiedergutzumachen. Ich bat meinen Herrn, mich den Affen holen zu lassen.

»Du wirst dir das Genick brechen!«

»Das ist nicht so gefährlich!«

Aber ein Wagnis war es doch, da hinaufzuklettern, und außer= dem ein böses Stück Arbeit, denn Stamm und Äste des dicken Baumes lagen nach der Windseite voll Schnee. Das konnte mich jedoch nicht abschrecken, ich lernte früh, Bäume zu erklettern, und besaß eine gewisse Fertigkeit in dieser Kunst. Kleine, hier und da am Stamm emporgeschossene Zweige dienten mir als Stützen, und trotz des Schnees, der mir von den Händen in die Augen fiel, gelangte ich glücklich bis zur ersten Gabelung. Von hier war das Weiterklettern leicht.

Im Hinaufsteigen redete ich Joli=Cœur freundlich zu. Er sah mich mit seinen glänzenden Augen an, ohne sich zu bewegen. Schon war ich ihm ganz nahe, schon streckte ich die Hand nach ihm aus, als er sich mit einem Sprung auf einen anderen Ast schwang.

Ich folgte ihm, aber er kletterte höher hinauf, die Jagd ging weiter, bis er, des Spiels überdrüssig, sich von Ast zu Ast fallen ließ, seinem Herrn schließlich mit einem Satz auf die Schulter sprang und sich unter seiner Weste verkroch.

Als Joli=Cœur glücklich wieder gefunden war, suchten wir weiter nach den Hunden. Wir folgten derselben Spur wie in der vergangenen Nacht. Jetzt, bei Tageslicht, konnten wir nur zu leicht erraten, was vorgefallen war.

Die armen Hunde waren einer nach dem anderen aus der Hütte heraus= und an den Reisigbündeln entlanggelaufen. Auf etwa zwanzig Meter ließen sich ihre Spuren ganz deutlich verfolgen, dann verschwanden sie in dem aufgewühlten Schnee. Spuren auf der entgegengesetzten Seite bezeichneten die Stelle, von der aus sich die Wölfe in ein paar weiten Sprüngen auf die Hunde stürzten, und die Richtung, nach der sie ihre erwürgten Opfer schleppten. Dort erblickten wir keine Hundespuren mehr, nur einen roten blutigen Streifen, der den Schnee hie und da färbte.

Somit war alles Suchen vergebens. Die armen Hunde waren unwiederbringlich verloren und wahrscheinlich schon irgendwo im Dickicht von den gierigen Raubtieren verschlungen worden.

Wir gingen wieder in unsere Hütte, um den vor Kälte erstarr= ten Joli=Cœur möglichst rasch aufzutauen. Vitalis hielt ihn wie ein kleines Kind ans Feuer. Ich wärmte seine Decke, in der wir ihn dann einwickelten. Ein heißes Getränk, ein gut durch= wärmtes Bett, das dem Erfrorenen mehr nützen mochte als alle diese Vorkehrungen, konnten wir ihm nicht verschaffen; wir mußten uns glücklich schätzen, zumindest ein Feuer zu haben.

Schweigend, unbeweglich saßen mein Herr und ich am Herd und sahen in die Flammen. Wir bedurften keiner Worte, keiner Blicke, um unsere Gefühle auszudrücken.

Armer Zerbino! Arme Dolce! Arme Freunde! Sie waren in guten und bösen Tagen unsere treuen Kameraden gewesen — und ich war schuld an ihrem Tod!

Ich wollte Vitalis bitten, mich zu schlagen oder mich doch wenigstens zu schelten. Aber er sprach kein Wort, sah mich nicht einmal an, sondern hielt den Kopf über den Herd ge= beugt. Er dachte wohl an die Zukunft. Wie sollten wir ohne die beiden Hunde unser Dasein fristen?

Der Tod von Joli-Cœur

Die Voraussagen des anbrechenden Tages waren in Erfüllung gegangen: die Sonne, deren bleiche Strahlen von der Schnee= decke zurückgeworfen wurden, glänzte an einem wolkenlosen Himmel, und der Wald, tags zuvor so traurig und bleifarben, schimmerte in blendendem Glanz.

Von Zeit zu Zeit fuhr Vitalis mit der Hand unter Joli=Cœurs Decke, aber der Affe blieb kalt wie zuvor. Ich hörte ihn mit den Zähnen klappern, wenn ich mich über ihn beugte. Bald erwies es sich als unmöglich, ihm das in den Adern erstarrte Blut zu erwärmen. Mein Herr sagte: »Wir müssen fort, damit uns Joli=Cœur hier nicht stirbt; ein Glück noch, wenn wir ein Dorf erreichen, bevor er unterwegs umkommt.«

Die Decke wurde nochmals gut durchwärmt, Joli=Cœur hin= eingewickelt, und mein Herr legte ihn unter seine Weste gegen die Brust.

»Dieses Gasthaus ist uns teuer zu stehen gekommen«, sagte Vitalis mit bebender Stimme und rief Capi, der am Eingang der Hütte lag, wo seine Kameraden verschwunden waren. Dann brachen wir auf, mein Herr voran, ich hinter ihm drein, wie immer. Etwa zehn Minuten später begegneten wir auf der Landstraße einem Fuhrmann, von dem wir hörten, das nächste Dorf wäre kaum eine Stunde entfernt. Das half uns auf die Beine, so schwer es auch in dem tiefen Schnee, in dem ich bis über die Knie versank, fortzukommen war.

Endlich zeigten sich am Abhang eines Hügels die weißen Dächer eines großen Dorfes. Noch eine letzte Anstrengung, und wir waren am Ziel. Es war höchste Zeit, denn sooft ich Vitalis nach Joli=Cœur fragte, erhielt ich zur Antwort, daß er unaufhörlich mit den Zähnen klappere.

Mein Herr vermied es, in Gasthäusern, die schon durch ihr Aussehen gute Unterkunft und gutes Essen verhießen, abzu= steigen. Er suchte meist in einem ärmlichen Haus am äußer= sten Ende des Dorfes Unterkunft, oder in Vorstädten, wo man uns weder zurückwies noch unsere Börse plünderte. Doch wich er diesmal von der Regel ab, und anstatt gleich am An= fang des Dorfes haltzumachen, kehrte er auf dem Hauptplatz in einem schönen Gasthof ein, vor dem ein goldenes Aushänge= schild prangte.

Durch die weitgeöffnete Küchentür erblickte man einen mit Fleisch beladenen Tisch, auf dem großen Herd standen glän= zende kupferne Bratpfannen, in denen es lustig zischte und prasselte. Kleine Dampfwolken stiegen daraus empor, und schon auf der Straße atmeten wir einen Duft ein, der unserem ausgehungerten Magen gar angenehm schmeichelte. Den Hut auf dem Kopf, das Haupt zurückgeworfen, trat Vitalis mit dem ganzen Wesen des »vornehmen Herrn«, das er so vortrefflich anzunehmen verstand, in die Küche und forderte ein gutes, wohlgeheiztes Zimmer.

Der Wirt, selbst eine stattliche Erscheinung, würdigte uns an= fangs zwar keines Blickes, aber das Auftreten meines Herrn flößte ihm doch schließlich Achtung ein. Er gab einem Dienst= mädchen den Auftrag, uns nach einem Zimmer zu geleiten.

»Leg dich schnell ins Bett«, befahl mir Vitalis, während die Magd das Feuer anzündete.

Was sollte das nun heißen? Ich spürte viel mehr Lust, mich an den Tisch zu setzen und zu essen, als ins Bett zu gehen. Ich zögerte daher einen Augenblick und fragte verwundert nach der Ursache dieser Anordnung. Mein Herr wiederholte unge= duldig: »Schnell, schnell«, worauf ich eilends gehorchte.

»Nun versuche warm zu werden«, sagte Vitalis, indem er mir

die Daunendecke bis ans Kinn zog. »Je wärmer du wirst, desto besser.«

Ich lag unbeweglich unter der Daunendecke, um warm zu wer= den. Ich wunderte mich sehr, denn mir war gar nicht kalt ge= wesen, und ich dachte, daß Joli=Cœur viel eher Wärme brauchte als ich. Vitalis drehte den Affen zum großen Erstau= nen des Dienstmädchens vor dem Feuer hin und her, als wollte er ihn braten.

»Bist du warm?« fragte Vitalis nach einigen Augenblicken.

»Ich vergehe vor Hitze.«

»Gut, gut!« sagte er. »Das brauchen wir gerade.« Er legte Joli= Cœur schnell zu mir ins Bett. Ich mußte ihn fest an mich drük= ken. Das arme Tier, sonst so widerspenstig, wenn es etwas tun sollte, was ihm nicht gefiel, schien in alles ergeben und drückte sich gegen meine Brust, ohne sich zu rühren — bald brannte ihm der ganze Körper wie Feuer.

Mittlerweile holte mein Herr eine Schale Glühwein aus der Küche. Er versuchte Joli=Cœur den köstlichen Wein einzu= flößen. Vergeblich. Das arme Tier konnte die Zähne nicht aus= einanderbringen. Er sah uns mit seinen glänzenden Augen trau= rig an, als wollte er uns anflehen, ihn nicht zu quälen.

Gleichzeitig streckte er uns wiederholt einen Arm aus dem Bett entgegen. Ich wußte zuerst nicht, was diese Gebärde bedeuten sollte. Vitalis erzählte mir, daß Joli=Cœur schon einmal an Lungenentzündung erkrankt war. Er wurde damals zur Ader gelassen. In der Erinnerung daran streckte er den Arm aus, um uns zu bitten, ihn doch wieder durch einen Aderlaß gesund zu machen wie das erste Mal.

Vitalis war über das Verhalten des klugen kleinen Tieres sehr beunruhigt. Joli=Cœur mußte sehr krank sein, er hätte sonst sein Lieblingsgetränk nicht abgelehnt.

»Trink du den Wein«, sagte Vitalis, »und bleib im Bett, ich will einen Arzt holen.«

Diese Aufforderung war mir sehr recht. Ich hatte großen Hun= ger und trank Glühwein ebensogern wie der Affe. Ich leerte also die Schale, ohne mich lange zu besinnen, und kroch dann wieder unter mein Daunenbett, wo ich, vom Wein durchwärmt, vor Hitze fast erstickte.

Nach kurzer Abwesenheit kehrte Vitalis mit einem Herrn zu= rück, der eine goldene Brille trug. Das war der Arzt. Vitalis verschwieg aus Furcht, eine so wichtige Persönlichkeit werde sich eines Affen wegen nicht bemühen wollen, welcher Kranke ihn benötigte. Da mich der Doktor nun im Bett erblickte, rot wie eine Rose, kam er auf mich zu, legte mir die Hand auf die Stirn und sagte: »Blutandrang«, wobei er mit unheilverkün=dender Miene den Kopf schüttelte.

»Ich bin nicht krank«, erklärte ich sehr bestimmt. Ich fürch=tete, er würde mich zur Ader lassen.

»Wie, nicht krank?« rief er aus. »Das Kind redet irre.«

Statt aller Antwort hob ich die Decke ein wenig in die Höhe und wies auf Joli=Cœur, der, seinen kleinen Arm um meinen Hals gelegt, an mich geschmiegt dalag: »Das ist der Kranke!«

»Ein Affe!« schrie er Vitalis zu. »Sie haben mich bei solchem Wetter um eines Affen willen hierhergerufen?«

Schon glaubte ich, er werde entrüstet davoneilen, als unser Herr, der den Kopf nicht leicht verlor, den Arzt, gewandt wie immer, in der höflichsten und vornehmsten Art zurückhielt, um ihm unsere Lage auseinanderzusetzen.

Er erzählte ihm, wie uns der Schnee überraschte, wie Joli=Cœur aus Furcht vor den Wölfen auf einem Baum geflohen und dort vor Kälte ganz erstarrt sei. Allerdings sei der Kranke nur ein Affe, aber welch ein gescheiter Affe! Und uns ein Gesellschaf=ter, ein Freund. Der Herr Doktor werde gewiß einräumen, daß man einen so hervorragenden Künstler unmöglich einem Tier=arzt anvertrauen könne, da doch jedermann wisse, was für Dummköpfe Dorftierärzte seien, während umgekehrt auch jedermann wisse, daß man selbst in dem kleinsten Dorf nur an der Tür des Arztes zu klopfen brauche, wenn man sicher sein wollte, tiefes Wissen im Verein mit wahrer Großmut zu finden. Die Ärzte seien alle ja Männer der Wissenschaft — und wenn der Affe auch nur zu den Tieren gehöre, stehe er dem Menschen doch so nahe, daß er denselben Krankheiten unter=worfen sei wie dieser. Dürfe man daher nicht annehmen, daß es sowohl vom Standpunkt der Wissenschaft wie vor dem der Kunst ein außerordentliches Interesse bieten müsse, zu er=forschen, inwieweit sich diese Krankheiten ähneln und worin sie voneinander abweichen?

Die Italiener verstehen zu schmeicheln; der Arzt war wirklich von der Tür weg und auf das Bett zugegangen, während mein Herr sprach. Joli=Cœur aber, der erriet, daß die Persönlichkeit mit der Brille ein Arzt war, streckte den kleinen Arm wohl zehnmal zum Aderlassen heraus.

»Sehen Sie, wie klug der Affe ist!« begann Vitalis wieder. »Er merkt, daß Sie Arzt sind, und hält Ihnen den Arm hin, damit Sie ihm den Puls fühlen.«

Damit gewann er das Spiel.

»Wirklich«, sagte der Doktor, »es ist ein merkwürdiger Fall«, und fühlte dem Tier den Puls.

Ach, für uns war der Fall ebenso traurig wie beunruhigend. Dem armen Joli=Cœur drohte eine Lungenentzündung. Der Arzt ergriff den kleinen Arm, den der Affe so oft bittend her= ausstreckte, und öffnete eine Ader, ohne daß das Tier auch nur leise gestöhnt hätte; glaubte es doch zuversichtlich, dadurch zu genesen.

Auf den Aderlaß folgten Senfpflaster, Breiumschläge, Pillen und Kräutertränke. Ich leistete bei allem hilfreiche Hand, da ich natürlich nicht im Bett geblieben, sondern unter Vitalis' Anleitung Krankenwärter geworden war. Zu meiner lebhaften Befriedigung ließ sich Joli=Cœur gern von mir pflegen und be= lohnte meine Sorgfalt durch ein sanftes Lächeln; sein Blick zeigte jetzt wirklich etwas Menschliches.

Vor kurzem noch so lebendig, mutwillig und streitsüchtig, un= ablässig darauf bedacht, uns irgendeinen Streich zu spielen, war er mit einemmal musterhaft ruhig und folgsam. Er hatte ein großes Zärtlichkeitsbedürfnis. Wie ein verzogenes Kind wollte er uns beständig um sich haben; ging einer von uns hin= aus, so wurde er zornig.

Hustenanfälle nahmen den armen, kleinen Körper stark in An= spruch. Ich verwandte mein ganzes, aus fünf Sous bestehendes Vermögen, um Joli=Cœur Malzbonbons zu kaufen und ihm dadurch eine kleine Erleichterung zu verschaffen. Der Kranke fand aber mit seiner gewöhnlichen Beobachtungsgabe schnell heraus, daß er bei jedem Hustenanfall ein Malzbonbon erhielt, und hustete nun fast ohne Unterbrechung, um die ihm treff= lich mundende Arznei häufiger zu bekommen. So verschlim= merte ich das Übel, anstatt es zu lindern. Was half es, daß ich ihm keine Malzbonbons mehr gab, als ich seine List bemerkte? Er ließ sich dadurch nicht entmutigen, sondern sah mich mit flehenden Blicken an. Richtete er damit nichts aus, so setzte er sich aufrecht hin, beugte sich vornüber, legte eine Hand auf den Bauch und fing an, aus Leibeskräften zu husten, bis sich sein Gesicht verfärbte und er zuletzt allen Ernstes dem Er= sticken nahe war.

Doch war's mit dieser Sorge noch nicht genug: Als Vitalis eines Morgens vom Frühstück heraufkam, überraschte er mich mit der Nachricht, der Wirt habe soeben die Bezahlung unserer Rechnung gefordert.

Mein Herr sprach niemals mit mir über seine Geldangelegen= heiten — den Verkauf der Uhr erfuhr ich nur durch Zufall —, aber in unserer großen Notlage machte er heute eine Aus= nahme.

Es gab nur ein Mittel, zu Geld zu kommen: Wir mußten eine Vorstellung geben.

So unmöglich mir das ohne Zerbino, Dolce und Joli=Cœur vor= kam, den Mut durften wir nicht sinken lassen, da es sich dar= um handelte, Joli=Cœur zu pflegen und zu retten. Arzt, Arz= neien, Heizung, Zimmer — alles das erforderte eine sofortige Einnahme von mindestens vierzig Franken. War nur erst der Wirt bezahlt, so gewährte er uns gewiß aufs neue Kredit. Aber in diesem Dorf, bei solcher Kälte und mit den Hilfsmitteln, die uns zur Verfügung standen, vierzig Franken verdienen zu wollen war ein gewagtes Unternehmen.

Mein Herr schritt zur Ausführung, ohne sich lange mit Be= trachtungen aufzuhalten.

Während ich bei unserem Kranken zurückblieb, den wir nie allein ließen, machte er einen für die Aufführung geeigneten Saal ausfindig, da bei der Kälte nicht an eine Vorstellung unter freiem Himmel zu denken war. Er verfaßte die Ankündigungen und schlug sie an, stellte aus einigen Brettern eine Bühne her und gab ohne Besinnen seine fünfzig Sous für Kerzen aus, die er mitten durchschnitt, um eine möglichst gute Beleuchtung zu erzielen. Ich sah ihn von unserem Fenster aus unermüdlich durch den Schnee hin und her wandern, nach der einen wie nach der anderen Seite an unserem Gasthof vorübergehen, und ich fragte mich mit Bangen, woraus das Programm dieser Vorstellung wohl bestehen werde. Auf einmal kam der Dorf= tambour, mit einem roten Käppi angetan, stand vor dem Gast= hof still und verlas nach einem prächtigen Trommelwirbel das Programm für den Abend.

Vitalis überbot sich an den verlockendsten Versprechungen. Es war die Rede von einem »in der ganzen Welt berühmten Künstler« — das war Capi — und »einem jungen Sänger, der ein wahres Wunder sei« — damit war ich gemeint.

Die Preise der Plätze waren nicht festgelegt, sondern blieben der Freigebigkeit der Zuschauer überlassen. Man sollte zuerst sehen, hören und dann Beifall spenden.

Das alles schien mir sehr gewagt; war es doch nicht einmal sicher, ob wir überhaupt Beifall ernten würden, und wenn auch Capi vollauf verdiente, berühmt zu sein, so kam ich mir durch= aus nicht wie ein »Wunder« vor.

Als ob die beiden Tiere errieten, um was es sich handelte, fing Capi freudig an zu bellen, sobald er den Tambour hörte, und selbst Joli=Cœur richtete sich halb auf, obwohl er sich gerade in dem Augenblick recht krank fühlte. Er machte Miene auf= zustehen, so daß ich ihn gewaltsam zurückhalten mußte, und bat mich endlich mit deutlichen Gebärden um seine englische Generaluniform, den roten, goldbetreßten Rock nebst den Hosen und um den Klapphut mit dem Federbusch. Dabei fal= tete er die Hände und warf sich auf die Knie, um seine Bitten eindringlicher zu machen.

Sobald er merkte, daß alle diese flehenden Gebärden nichts nützten, versuchte er sein Ziel durch Zorn, dann durch Tränen zu erreichen. Er schien fest entschlossen, am Abend seine Rolle zu übernehmen. Ich hielt es daher für das beste, ihm unser Weggehen zu verheimlichen.

Bald darauf kam Vitalis zurück, und noch ehe ich ihm auch nur sagen konnte, was sich während seiner Abwesenheit zuge= tragen hatte, befahl er mir, die Harfe zu stimmen und alles in Ordnung zu bringen, was für unsere Vorstellung erforderlich war.

Da fing der arme kleine Affe von neuem zu bitten an. Er wandte sich diesmal an seinen Herrn. Er zeigte durch die Be= wegungen seines Körpers, durch Mienenspiel, Tränen und fle= hentliche Rufe seine Wünsche besser als wir mit Worten.

»Du willst spielen?« fragte Vitalis.

»Ja, ja!« schrie Joli=Cœurs ganze Person.

»Aber du bist krank, armer kleiner Joli=Cœur!«

»Nicht mehr krank!« schien das Tier durch seine Gebärden zu sagen.

Es war wirklich rührend, zu sehen, mit welcher Inbrunst der Kranke zu bitten wußte, der doch kaum noch atmen konnte; zu beobachten, was für Mienen und Stellungen er annahm, um uns zur Nachgiebigkeit zu bewegen. Dennoch durften wir uns nicht erweichen lassen. Hätten wir ihm nachgegeben, so wäre es sein sicherer Tod gewesen.

Die Stunde der Vorstellung kam näher. Ich warf, um das Feuer bis zu unserer Heimkehr zu unterhalten, einige dicke Holz= klötze in den Kamin und wickelte Joli=Cœur, der mich unauf= hörlich umarmte, sorgfältig in seine Decke. Dann gingen wir fort.

Unterwegs erklärt mir mein Herr, daß unter den jetzigen Ver= hältnissen von einer Aufführung unserer gewöhnlichen Stücke nicht die Rede sein könne. Er rechnete darauf, daß Capi und ich unser ganzes Talent, unseren ganzen Eifer aufbieten wür= den, um die erforderliche Einnahme von vierzig Franken zu erzielen. Vitalis hatte alles in Bereitschaft gesetzt, so daß wir nur noch die Lichter anzuzünden brauchten, ein Luxus, den wir uns freilich erst gestatten konnten, wenn der Saal einiger= maßen besetzt war. Die Beleuchtung durfte keinesfalls früher zu Ende gehen als die Vorstellung.

Während wir von unserem Theater Besitz ergriffen, machte der Tambour noch einmal die Runde durch das Dorf, und je nach der Richtung der Straßen vernahmen wir die Wirbel seines Instruments in größerer oder geringerer Entfernung. Bald kamen sie ganz nahe, und gleichzeitig hörte ich draußen ein ver= worrenes Getöse wie von Stimmen und schweren Tritten. Ich brachte Capis und meinen Anzug in Ordnung und stellte mich hinter eine Säule, um die Leute ankommen zu sehen.

Etwa zwanzig Dorfjungen marschierten mit lautem Geschrei im Takt hinter dem Tambour her, der sich mittlerweile, unab= lässig trommelnd, zwischen den beiden Lampen, die am Ein= gang des Theaters brannten, aufstellte. Zum Beginn des Schau= spiels fehlte jetzt nichts mehr, als daß das Publikum seine Plätze einnahm.

Ach, wie langsam fand es sich ein, obwohl der Trommler unter der Tür seine Wirbel lustig weiterschlug. Fast sämtliche Dorf= jungen schienen gekommen zu sein; von diesen aber ließ sich keine Einnahme von vierzig Franken erwarten. Dazu bedurften wir angesehener Persönlichkeiten mit gefüllten Börsen und deren Hände sich willig zum Geben öffneten — und gerade diese Leute schienen nicht kommen zu wollen. Um Kerzen zu sparen, mußten wir beginnen.

Ich trat zuerst auf und sang zwei Lieder, zu denen ich mich auf der Harfe begleitete. Man zollte mir nur geringen Beifall. Ich war trostlos, nicht aus verletzter Künstlereitelkeit, sondern um des armen Joli=Cœur willen. Gefiel ich nicht, so zogen die

Zuhörer auch sicher nicht die Börse. Wie gern wollte ich die Leute rühren, begeistern, aber soviel ich in dieser Halle voll wunderlicher Schatten zu unterscheiden vermochte, zeigten die Leute recht wenig Interesse für mich und hielten mich ganz gewiß nicht für ein Wunder.

Capi dagegen war mehr vom Glück begünstigt; er wurde reich= lich beklatscht und mußte von neuem beginnen.

Die Vorstellung nahm ihren Fortgang, und dank der Leistungen Capis schloß der erste Teil unter stürmischen Bravorufen, das nicht nur mit Händeklatschen, sondern auch mit lebhaftem Fußgetrampel begleitet wurde.

Damit war der entscheidende Augenblick gekommen. Während ich, von Vitalis auf der Geige begleitet, auf der Bühne einen spanischen Tanz ausführte, machte Capi seine Runde bei dem Publikum, die Schale in der Schnauze. Ob es ihm wohl gelang, die vierzig Franken zusammenzubringen? Die Frage drückte mir beinahe das Herz ab, wenn ich auch dem Publikum auf die liebenswürdigste Weise zulächelte. Schon war ich außer Atem, tanzte aber unermüdlich weiter, da ich erst nach Capis Wieder= kehr einhalten sollte und dieser sich durchaus nicht damit beeilte. Gab man ihm nichts, so schlug er, wie immer, leise mit der Pfote auf die Tasche, die sich nicht öffnen wollte.

Endlich kam er. Als ich aber aufhören wollte, machte mir Vitalis ein Zeichen weiterzutanzen. Ich gehorchte, näherte mich Capi und sah, daß die Schale bei weitem nicht gefüllt war.

Vitalis warf einen kurzen Blick auf das Geld und wandte sich an das Publikum: »Ich glaube ohne Schmeichelei für uns be= haupten zu können, daß wir unser Programm ausgeführt haben. Unsere Lichter brennen noch. Ich werde daher einige Arien vortragen, falls die werte Gesellschaft nichts dagegen hat. Wenn Capi dann zum zweitenmal die Runde macht, werden alle, die vorhin die Öffnung ihrer Taschen nicht finden konn= ten, vielleicht geschickter sein. Ich bitte, sich bereithalten zu wollen.«

Darauf sang er die Romanze aus »Joseph«: »Ich war ein Jüng= ling noch an Jahren«, und »O Richard, o mein König!« aus »Richard Löwenherz«, zwei altbekannte, wenn auch für mich neue Arien.

Obwohl Vitalis mein Lehrer war, hörte ich ihn doch nie singen. War ich auch weder alt noch musikverständig genug, daß ich

ein Urteil darüber haben konnte, ob gut oder schlecht, regel=
recht oder kunstlos gesungen wurde, so weiß ich doch, daß
ich bei seinem Gesang in Tränen ausbrach und mich in eine
Ecke der Bühne verkroch, um unbemerkt weinen zu können.
Von dort aus bemerkte ich wie durch einen Nebel, wie eine auf
der ersten Bank sitzende schöne junge Frau aus allen Kräften
klatschte. Sie war mir schon vorher aufgefallen; denn sie ge=
hörte nicht zu den Bäuerinnen, aus denen die übrige Gesell=
schaft bestand! Ihrem kostbaren Pelzmantel nach zu urteilen,
mußte sie wohl die reichste Frau des Dorfes sein. Ein Knabe,
der neben ihr saß und Capi viel Beifall spendete, war wahr=
scheinlich ihr Sohn, denn er sah ihr sehr ähnlich.
Ich sah aber mit Erstaunen, daß die schöne Frau Capi nichts
in die Schale legte, als er nach Beendigung der ersten Romanze
aufs neue zu sammeln begann, sondern ihn weitergehen ließ.
Kaum aber verklang der letzte Ton der Romanze aus »Richard«,
so winkte sie mich zu sich und sagte dann: »Ich möchte mit
deinem Herrn sprechen.«
Ich wunderte mich sehr. Meiner Meinung nach hätte sie lieber
eine Gabe in Capis Schale legen sollen. Capi war inzwischen
zurückgekommen, seine zweite Sammlung war aber noch weni=
ger ergiebig ausgefallen als die erste.
»Was will diese Dame von mir?« fragte Vitalis, als ich meinen
Auftrag erledigte.
»Mit Ihnen sprechen.«
»Ich habe ihr nichts zu sagen.«
»Da sie Capi nichts gegeben hat«, bemerkte ich, »will sie das
vielleicht jetzt nachholen.«
»Dann ist es an Capi, zu ihr zu gehen, und nicht an mir«, sagte
Vitalis unwillig, schickte sich jedoch an, mit Capi zu der Dame
zu gehen, hinter deren Platz sich unterdessen ein Diener mit
einer Decke und einer Laterne stellte. Ich folgte ihm.
»Verzeihen Sie, bitte, wenn ich Sie gestört habe«, begann die
Dame. »Es war mir ein Bedürfnis, Sie zu beglückwünschen.«
Vitalis verneigte sich, ohne ein Wort zu erwidern.
»Ich bin musikalisch«, fuhr sie fort, »damit ist zur Genüge er=
klärt, wie hoch ich solch außergewöhnliche Begabung wie die
Ihrige zu schätzen weiß.«
Außergewöhnliche Begabung bei meinem Herrn, bei Vitalis,
dem Straßensänger, dem Tierführer! Ich glaubte meinen Ohren
nicht zu trauen.

»Bei einem alten Mann, wie ich einer bin, kann keine Rede von Begabung sein«, sagte Vitalis endlich. Die Dame entgegnete: »Glauben Sie nicht, daß mich aufdringliche Neugier treibt, so zu sprechen.«

»Aber ich wäre gerne bereit, diese Neugier zu befriedigen«, gab mein Herr zurück. »Nicht wahr, es hat Sie überrascht, etwas von einem Hundeführer zu hören, das sich beinahe wie Gesang ausnahm?«

»Ich bin voller Bewunderung darüber.«

»Es verhält sich einfach genug: Ich bin nicht immer gewesen, was ich jetzt bin, sondern in meiner Jugend, es ist schon lange her, war ich . . . Ja, ich war Diener bei einem großen Sänger, und da habe ich aus reiner Nachahmungssucht, wie ein Papagei, die Arien wiederholt, die ich von meinem Herrn hörte. Das ist alles.«

Die Dame antwortete nicht, sondern sah Vitalis lange an, der auffallend verlegen vor ihr stand.

»Auf Wiedersehen, mein Herr!« sagte sie, wobei sie einen eigentümlichen Nachdruck auf die Worte »mein Herr« legte.

»Auf Wiedersehen, und lassen Sie mich Ihnen noch einmal für den seltenen Genuß danken, den Sie mir verschafft haben.«

Dann neigte sie sich zu Capi und legte ein Goldstück in die Schale.

Ich meinte, Vitalis würde die Dame hinausbegleiten, aber das schien ihm nicht in den Sinn zu kommen. Er stieß halblaut ein paar italienische Worte voll Zorn aus, sobald sie einige Schritte entfernt war.

»Sie hat Capi aber doch einen Louisdor gegeben«, bemerkte ich schüchtern.

Schon glaubte ich, er würde mir eine Ohrfeige geben, aber er ließ die bereits erhobene Hand wieder sinken und murmelte, als ob er aus einem Traum erwache: »Einen Louisdor, ach ja, das ist wahr. Ich vergaß den armen Joli=Cœur. Komm, wir wollen zu ihm gehen.«

Wir räumten unsere Gerätschaften zusammen und kehrten gleich in den Gasthof zurück. Ich lief voraus, sprang die Treppe hinauf und stürzte in das Zimmer. Das Feuer brannte noch, aber es war alles ganz still. Ich suchte Joli=Cœur.

Er lag auf seiner Decke ausgestreckt, mit der Generalsuniform bekleidet, und schien zu schlafen. Ich beugte mich behutsam über ihn, um seine Hand anzufühlen, ohne ihn aufzuwecken.

Sir war eiskalt. Im selben Augenblick trat Vitalis an das Bett. »Er ist tot. Das war unabwendbar. Sieh, Remi, es war vielleicht unrecht von mir, dich Mrs. Milligan zu entführen — nun bin ich bestraft. Zerbino, Dolce, heute Joli=Cœur — und das ist noch nicht das Ende.«

Der Weg nach Paris

Dem Nordwind entgegen, der uns schneidend ins Gesicht blies, gingen wir auf der schneebedeckten Landstraße weiter. Wir waren noch weit von Paris entfernt.

Vitalis voran, ich hinter ihm, und Capi hinter mir, die Gesichter blau vor Kälte, so wanderten wir mit nassen Füßen und leerem Magen stundenlang, ohne auch nur ein Wort zu sprechen. Die Menschen, denen wir begegneten, standen still, um uns nach= zuschauen. Offenbar gingen ihnen bei unserem Anblick wun= derliche Gedanken durch den Kopf: Wohin führte dieser hoch= gewachsene Greis das Kind und den Hund?

Es war eine trostlose Wanderung, doppelt trostlos für mich. Die Stille tat mir weh. Ich hätte mich so gerne ausgesprochen und abgelenkt, um auf andere Gedanken zu kommen. Richtete ich aber das Wort an Vitalis, so antwortete er nur kurz und ohne sich umzuwenden.

Zum Glück war Capi da, der mir oft die Hand leckte, als wollte er sagen: »Du weißt, ich bin da, ich, dein Freund Capi.« Ich fuhr ihm dann zärtlich mit der Hand über das weiche Fell und den klugen Kopf. Das treue Tier dankte mir diese Freund= schaftsbezeigungen ebensosehr wie ich ihm die seinigen, ja sie trösteten ihn, so daß er darüber den Tod seiner Kameraden bisweilen zu vergessen schien. Häufig gewann über ihn die Macht der Gewohnheit die Oberhand; dann stand er plötzlich still, als wollte er sich, wie zur Zeit, als er der Anführer war, nach seinen Leuten umsehen und Musterung über sie halten.

Überall, soweit die Blicke reichten, breitete der Schnee sein weißes Leichentuch aus. Kein Leben, keine Arbeiter auf den Feldern, man vernahm weder Pferdewiehern noch Ochsen= gebrüll, nur hoch oben in den kahlen Zweigen der Bäume das Gekrächze hungriger Krähen. Auch in den Dörfern herrschte

Schweigen und Einsamkeit, denn die Kälte war schneidend, und die Menschen blieben daheim am Herd oder arbeiteten in geschlossenen Scheunen und Ställen.

Wir aber wanderten immer weiter auf der holperigen Land=straße, immer geradeaus, ohne stillzustehen, ohne uns eine andere Rast zu gönnen als die Nachtruhe in einem Stall oder in einer Schäferei; ohne andere Nahrung als mittags und abends ein kleines, sehr kleines Stück Brot. Hatten wir das Glück, in eine Schäferei zu kommen, so schützte uns die Wärme der Schafe gegen die Kälte. Wir sagten niemandem, daß wir fast vor Hunger umkommen würden, aber Vitalis gab den Leuten mit seiner gewöhnlichen Gewandtheit zu verstehen, daß »der Kleine so gern Schafmilch trinkt, weil sie ihn an seine Heimat erinnert«. Wenn auch nicht regelmäßig, so hatte dieses Märchen doch bisweilen den gehofften Erfolg, was für mich einen glücklichen Abend bedeutete. Hatte ich Schafmilch ge=trunken, so fühlte ich mich am nächsten Morgen kräftiger und munterer als sonst.

So folgten Kilometer auf Kilometer. Wir näherten uns Paris. Der Verkehr wurde immer lebhafter, und der Schnee sah viel schmutziger aus als in den Ebenen der Champagne. Ich hörte so oft von den Wundern von Paris sprechen, daß ich mir stets einbildete, diese Wunder müßten sich von weitem durch etwas Außerordentliches ankündigen. Nun kam mir weder die Gegend besonders schön vor, noch schienen mir die Dörfer anders auszusehen als die, die ich bereits kannte. Was ich erwarten sollte, wußte ich freilich nicht genau, und ich wagte auch nicht, danach zu fragen. Jedenfalls hoffte ich auf Wunderdinge, und es wäre mir ganz natürlich erschienen, Bäume von Gold, mit Marmorpalästen besetzte Straßen und lauter in Seide gekleidete Menschen zu sehen.

Wie ich so mit gespannter Aufmerksamkeit nach den goldenen Bäumen ausschaute, bemerkte ich, daß die Leute, die uns be=gegneten, kaum nach uns hinsahen. Vielleicht waren sie in Eile oder den Anblick des Elends bereits gewohnt.

Das war allerdings nicht sehr ermutigend. Was sollten wir in Paris anfangen? Noch dazu in unserem Aufzug?

Nur zu gern wollte ich mit Vitalis über alle diese Sorgen spre=chen, die mich während unserer langen Märsche unablässig quälten. Doch zeigte er sich so düster und wortkarg, daß ich nicht wagte, mich an ihn zu wenden.

Eines Tages machten wir eine längere Rast. Vitalis setzte sich neben mich. Ich bemerkte an seinem Blick, daß er mir etwas Besonderes sagen wollte.

Es war Morgen, wir hatten in einem Pachthof unweit von einem großen Dorf übernachtet, das, wie die blauen Täfelchen an der Landstraße besagten, Boissy=St=Léger hieß.

Wir waren bei Sonnenaufgang aufgebrochen. Zuerst gingen wir an der Mauer eines Parks entlang, dann durchwanderten wir Boissy=St=Léger der ganzen Länge nach und kamen endlich auf einen Hügel, von dessen Gipfel wir eine ungeheure Stadt überblickten. Nur einzelne hohe Gebäude waren zu unterschei= den. Eine große, schwarze Rauchwolke schwebte über dem Häusermeer, und ich riß die Augen weit auf, um mich in dem Gewirr von Dächern, Kirchen und Türmen, die sich in Rauch und Nebel verloren, zurechtzufinden.

Vitalis stand still und setzte sich dann neben mich.

»So ist nun unser Leben ziemlich verändert«, sagte er, als würde er eine längst angefangene Unterhaltung fortführen. »In vier Stunden sind wir in Paris.«

»Oh! Ist das Paris, das da unten liegt?«

»Ja gewiß!«

»In Paris müssen wir uns trennen«, begann Vitalis wieder, und mit einem Schlag wurde es mir Nacht vor den Augen. Ich wandte Vitalis das Gesicht zu. Auch er sah mich an und mochte wohl an meinem Erbleichen sehen, was in mir vor= ging.

»Bist du traurig?« sagte er dann.

»Uns trennen!« brachte ich endlich heraus.

»Armer Junge!«

Diese Worte und der Ton, in dem er sie aussprach, trieben mir die Tränen in die Augen. Es war so lange her, seit ich ein Wort der Teilnahme von ihm gehört hatte. Unwillkürlich rief ich: »Ach, Sie sind gut!«

»Nein, du bist ein braver Junge, du hast ein mutiges kleines Herz. Sieh, es kommen Augenblicke im Leben, wo man der= gleichen klarer sieht. Solange alles gutgeht, verfolgt man seinen Weg, ohne allzuviel an seine Umgebung zu denken, tre= ten aber schwere Zeiten ein, dann muß man sich auf die stützen, die man um sich hat. Dann ist man glücklich, sie bei sich zu haben. Daß du mir eine Stütze bist, mag dir sonderbar vorkommen, und doch ist es wahr, denn ich fühle mich schon dadurch erleichtert, daß dir die Augen feucht werden, während ich spreche. Auch ich habe meinen Kummer, mein lieber Remi!«

Erst später konnte ich die Wahrheit dieser Worte wirklich empfinden und an mir selbst erfahren.

»Das schlimmste ist«, fuhr Vitalis fort, »daß man sich gerade dann trennen muß, wenn man einander recht nahekommen möchte.«

»Aber«, warf ich schüchtern ein, »Sie wollen mich doch nicht in Paris verlassen?«

»Nein, gewiß nicht, ich lasse dich nicht allein. Was solltest du armer Junge ganz allein in Paris anfangen! — Ich habe nicht das Recht, dich zu verlassen. Als ich dich der Obhut Mrs. Milligans nicht anvertrauen wollte, übernahm ich die Verpflichtung, für dich zu sorgen und dich zu erziehen. Unglücklicherweise sind die Verhältnisse so sehr gegen mich gewesen, daß ich augenblicklich nichts für dich tun kann. Deshalb dachte ich daran, mich jetzt von dir zu trennen, allerdings nicht auf immer, sondern nur auf wenige Monate. Nur auf diese Weise können wir den Winter überbrücken. Bald sind wir in Paris; was sollen wir dort mit einer Schauspielergesellschaft, die nur aus Capi besteht?«

Sobald der Hund seinen Namen hörte, stellte er sich aufrecht vor uns hin, legte die Pfote zu militärischem Gruß ans Ohr und dann aufs Herz, wie um uns zu sagen, daß wir auf seine Ergebenheit zählen können.

Vitalis fuhr dem Pudel mit der Hand über den Kopf und sagte wehmütig: »Du bist ein guter Hund, aber von Güte allein kann man in dieser Welt nicht leben. Dazu ist noch etwas anderes notwendig, was uns gerade jetzt fehlt. Daß wir jetzt keine Vorstellung geben können, siehst du ein, nicht wahr?«

»Ja gewiß!«

»Die Gassenjungen würden uns auslachen, und wir würden täglich kaum zwanzig Sous einnehmen. Sollen wir alle drei von zwanzig Sous leben, auf die wir außerdem bei Regen und Schneewetter oder bei großer Kälte nicht rechnen können?«

»Aber meine Harfe?«

»Hätte ich zwei solcher Kinder wie dich, so ginge es vielleicht, aber ein Mann meines Alters und ein Kind, das ist eine schlimme Sache; denn ich bin weder alt noch gebrechlich genug, in Paris das Mitleid der Menschen zu erregen, die eilig ihren Geschäften nachgehen. Dazu muß man in einem höchst erbarmungswürdigen Zustand sein und darf sich nicht schä= men, die öffentliche Wohltätigkeit in Anspruch zu nehmen, und dazu könnte ich mich nie verstehen. Das geht also nicht, und ich habe mich endlich dafür entschieden, dich einem ›Padrone‹ zu übergeben, bei dem noch andere Kinder sind. Dort kannst du den Winter über bleiben und Harfe spielen.«

Daran dachte ich nicht, als ich meine Harfe erwähnte. Vitalis ließ mir jedoch keine Zeit, ihn zu unterbrechen, sondern sprach weiter: »Was mich betrifft, so werde ich den kleinen Italienern, die auf den Straßen von Paris musizieren, Musikunterricht geben. Ich bin häufig in Paris gewesen — als ich in deinem Dorf war, kam ich auch daher — und bin dort so bekannt, daß ich keine Schwierigkeiten haben werde, genügend Studenten zu bekommen. Wenn auch getrennt, werden wir auf diese Weise doch zu leben haben. Während dieser Monate denke ich dann zwei Hunde abzurichten, als Ersatz für Zerbino und Dolce. Ich werde ihre Ausbildung beschleunigen, damit wir uns im Früh= jahr wieder auf den Weg machen können, mein kleiner Remi; dann werden wir einander nicht wieder verlassen. Wer den Mut hat, zu kämpfen, dem bleibt das Glück treu, und Mut ver= lange ich jetzt ebensosehr von dir wie Ergebung. Später wird es besser gehen; dies ist nur ein Übergang, und im Frühjahr nehmen wir unser freies Leben wieder auf. Dann führe ich dich nach Deutschland und England. Ich werde dich unterrichten und zu einem ganzen Mann erziehen. Ich habe es Mrs. Milligan versprochen, und ich werde mein Versprechen halten. Du sprichst jetzt schon Französisch, Italienisch und etwas Englisch. Das ist eine ganze Menge für einen Jungen deines Alters. Außerdem bist du groß und kräftig geworden. Du wirst sehen, Remi, es ist noch nicht alles zu Ende.«

Dieser Plan war bei unseren Verhältnissen gewiß der zweck= mäßigste, und denke ich jetzt an jene Zeit zurück, so sehe ich ein, daß mein Herr getan hat, was irgend in seiner Macht stand, um uns beide aus jener verzweifelten Lage herauszu= reißen. Aber die ersten Empfindungen stimmen selten mit den Gedanken späterer Überlegung überein, und damals nahm ich von allem Gesagtem nur zwei Dinge auf: unsere Trennung und den »Padrone«.

Ich sah auf unseren Wanderungen durch Dörfer und Städte öfter solche »Padrone«, die aber Vitalis in keiner Weise glichen,

sondern hart, ungerecht, anspruchsvoll und trunksüchtig waren. Sie führten beständig Schimpfworte und Roheiten im Munde, ihre Hand war stets zum Schlagen bereit, und sie trie=
ben die armen Kinder, die sie hier und dort mieteten, mit Stockprügeln vor sich her.

Vielleicht würde ich einem solchen »Padrone« in die Hände fallen. Selbst wenn ich an einen guten kam, war es doch wieder ein Wechsel. Auf meine Pflegemutter war Vitalis gefolgt, auf diesen folgte wieder ein anderer; sollte es denn immer so fort=
gehen und ich niemals bei denen bleiben dürfen, die ich lieb=
gewann?

Ich wollte Vitalis vielerlei entgegnen, aber mein Herr ver=
langte Mut und Ergebung von mir. Ich mußte ihm gehorchen und seinen Kummer nicht vermehren. Ich schwieg. Außerdem war er nicht mehr an meiner Seite, sondern ging wieder, wie gewöhnlich, ein paar Schritte voraus, als fürchte er, meine Ant=
wort zu hören.

So schritten wir schweigend weiter und erreichten bald einen Fluß. Wir überschritten ihn auf einer überaus schmutzigen Brücke. Kohlschwarzer Schnee bedeckte sie, in den man bis zum Knöchel einsank. Dann gelangten wir in ein Dorf mit langen Straßen und danach wieder auf freies Feld.

Auf der Landstraße folgten und begegneten die Wagen ein=
ander unaufhörlich. Ich näherte mich Vitalis und ging ihm zur Rechten, während uns Capi dicht auf den Fersen blieb. Bald aber hörte das Feld auf, und wir befanden uns in einer Straße, deren Ende nicht abzusehen war. Auf jeder Seite, soweit mein Blick reichte, standen ärmliche, schmutzige Häuser, bei wei=
tem nicht so schön wie die von Bordeaux, Toulouse oder Lyon. Hier und da war der Schnee in Haufen zusammengekehrt, die ganz schwarz und hart gefroren waren und zur Ablagerung von Asche, verdorbenem Gemüse und allem erdenklichen Un=
rat dienten. Die Luft war von üblen Gerüchen erfüllt, blasse Kinder spielten vor den Türen, schwere Wagen fuhren jeden Augenblick vorbei, denen die Kinder, ohne viel darauf zu achten, mit großer Geschicklichkeit auswichen.

»Wo sind wir?« fragte ich Vitalis.

»In Paris, mein Junge.«

»In Paris?«

Das war das Paris, das ich so gern sehen wollte! Wo blieben die Marmorhäuser, die Leute in seidenen Kleidern?

Wie häßlich und armselig nahm sich die Stadt mit den golde=
nen Bäumen in Wirklichkeit aus — und dort sollte ich den
ganzen Winter zubringen, getrennt von Vitalis und von Capi?

Die Hölle der Kinder

Wenn ich auch meine neue Umgebung abscheulich fand, sah
ich mir doch alles so aufmerksam an, daß ich fast meine großen
Sorgen vergaß.
Endlich gelangten wir in eine weniger armselig aussehende
Straße, deren Läden schöner und größer wurden, je weiter
wir gingen. Vitalis bog aber in eine Seitengasse ab, und wir
kamen wieder in ein richtiges Elendsviertel. Hier schienen die
hohen schwarzen Häuser zusammenzustoßen. Die übelriechen=
den Gewässer des nicht gefrorenen Rinnsteins flossen in der
Mitte der Straße dahin; eine dichte Menschenmenge mit blei=
chen Gesichtern bewegte sich auf dem schmierigen Pflaster.
Kinder liefen mit erstaunlicher Sicherheit zwischen den Vor=
übergehenden hin und her, und in den zahlreichen Schenken
umstanden Männer und Frauen trinkend und schreiend die
Schenktische. An einer Straßenecke las ich den Namen »Rue
de Lourcine«.
Vitalis, der den Weg zu kennen schien, schob die Menschen,
die ihn am Weitergehen hinderten, ruhig beiseite, und ich
folgte ihm auf dem Fuß.
Wir gingen über einen großen Hof, dann durch einen Gang
und gerieten nun in eine Art dunkler, grünlicher Höhle, die
sicher noch nie ein Sonnenstrahl getroffen hatte.
»Ist Garofoli zu Hause?« fragte Vitalis einen Mann, der beim
Schein einer Laterne Lumpen an der Mauer aufhängte.
»Ich weiß nicht, gehen Sie nur hinauf, um selbst nachzu=
sehen, Sie wissen ja, oben im vierten Stock, die Tür gerade=
aus.«
»Garofoli ist der Padrone, von dem ich mit dir gesprochen
habe«, sagte Vitalis, während wir die schmutzigen Treppen
hinaufstiegen.
Straße, Haus und Treppe sahen nicht danach aus, mir das
Herz leichter zu machen.

Die vier Stockwerke waren glücklich erklettert. Vitalis stieß, ohne anzuklopfen, die dem Flur gegenüberliegende Tür auf, und wir kamen in einen großen Raum, in eine Art Boden= kammer, wo ringsherum an den Wänden ein Dutzend Betten standen. Die Farbe der Decke und der Wände war unbeschreib= lich. Früher mochte sie weiß gewesen sein, aber der Gips war von Rauch, Staub und Schmutz geschwärzt, stellenweise aus= gehöhlt und durchlöchert.

»Garofoli«, sagte Vitalis beim Eintreten, »stecken Sie in irgend= einem Winkel? Ich sehe niemanden. Antworten Sie, ich bin es — Vitalis.«

Soviel sich bei dem Schein einer an der Wand hängenden Lampe wahrnehmen ließ, schien das Zimmer leer zu sein. End= lich erwiderte eine schwache, kränkliche Kinderstimme auf die Anrede meines Herrn: »Der Signor Garofoli ist ausgegangen und kommt erst in zwei Stunden wieder.« Im gleichen Augen= blick bemerkten wir auch den Sprecher, der nun mit schleppen= dem Gang auf uns zukam. Es war ein etwa zehnjähriger Junge, der so krank und elend aussah, daß ich erschrak. Er war kaum hübsch zu nennen. Aber der sprechende Blick seiner großen dunklen Augen zeigte so viel Güte und zugleich einen solchen tiefen Schmerz, daß ich mich sofort zu ihm hingezogen fühlte.

»Weißt du ganz gewiß, daß er in zwei Stunden wiederkommt?« fragte Vitalis.

»Jawohl, Signor, dann ist Essenszeit, und kein anderer als er teilt das Mittagessen aus.«

»Gut. Sollte er früher zurückkommen, so sag ihm, daß Vitalis in zwei Stunden wieder bei ihm vorspricht.«

»In zwei Stunden; gut, Signor.«

Ich schickte mich an, meinem Herrn zu folgen. Aber er hielt mich zurück: »Bleib hier und ruhe dich aus. Ich komme be= stimmt wieder.«

Trotz aller Müdigkeit wäre ich lieber mit Vitalis gegangen, aber ich war gewohnt zu gehorchen, wenn er befahl, und blieb zurück.

Sobald der schwere Tritt meines Herrn auf der Treppe verhallt war, wandte sich der Junge, der mit dem Ohr an der Tür horchte, zu mir und fragte auf italienisch: »Bist du aus meiner Heimat?«

Wenn ich auch durch mein Zusammensein mit Vitalis so viel Italienisch lernte, daß ich fast alles verstand, so sprach ich es doch nicht fließend und antwortete daher auf französisch: »Nein.«

»Das ist schade«, entgegnete er und sah mich mit seinen großen Augen traurig an, »ich hätte mich so sehr gefreut, wenn du aus meiner Heimat gekommen wärest.«

»Wo ist denn deine Heimat?«

»Ich bin aus Lucca. Ich dachte, du könntest mir vielleicht Nachricht von den Meinen geben.«

»Ich bin Franzose.«

»Um so besser für dich.«

»Hast du die Franzosen lieber als die Italiener?«

»Nein, ich sage das nicht für mich, sondern um deinetwegen. Wärest du ein Italiener, so kämest du wahrscheinlich hierher, um in den Dienst des Signors Garofoli zu treten, und zu denen, die das tun, sagt man nicht: um so besser.«

Das war für mich nicht gerade beruhigend. Ich fragte daher ohne Umschweife: »Ist der Signor Padrone böse?«

Der Knabe antwortete nicht, sondern begnügte sich damit, mir einen Blick von erschreckender Beredsamkeit zuzuwerfen. Er wandte mir den Rücken, da er die Unterhaltung über diesen Gegenstand offenbar nicht weiter verfolgen wollte, und ging zu einem am äußersten Ende des Raumes befindlichen großen Herd, auf dem ein großer eiserner Kessel stand.

Ich ging näher zu dem Herd, um mich zu wärmen. Da fiel mir auf, daß der Deckel, von dem eine enge Röhre in die Höhe ging, durch die der Dampf entwich, mit einem Vorlegeschloß an dem Kessel befestigt war. Was mochte das bedeuten? Daß ich keine vorlaute Frage über Garofoli tun dürfe, bemerkte ich wohl, über den Kessel aber konnte ich um Aufklärung bitten . . . Ich wendete mich also wieder an den Knaben.

»Warum ist der Kessel mit einem Vorhängeschloß verschlossen?«

»Damit ich keine Suppe herausnehmen kann. Ich muß die Suppe kochen, aber der Herr traut mir nicht.«

Ich konnte mich des Lächelns nicht erwehren.

»Du lachst«, fuhr er traurig fort, »du denkst jetzt, daß ich eine Naschkatze bin. Ich bin aber nur immer hungrig, und der Duft der Suppe macht mich noch hungriger.«

»Läßt euch denn der Signor Garofoli vor Hunger umkommen?«

»Wenn du zu uns kommst, so wirst du erfahren, daß man hier

nicht vor Hunger stirbt, aber auch nie satt wird. Ich besonders, weil das meine Strafe ist.«

»Eine Strafe? Hunger leiden?«

»Ja, das darf ich dir wenigstens erzählen. Wenn Garofoli dein Herr wird, kannst du aus meiner Geschichte Nutzen ziehen. Der Signor Garofoli ist mein Onkel und hat mich nur aus Barmherzigkeit mitgenommen. Meine Mutter ist Witwe und nicht reich, wie du dir wohl denken kannst, und als Garofoli im letzten Jahr in die Heimat kam, um Kinder zu holen, schlug er meiner Mutter vor, auch mich mitzunehmen. Es ist meiner Mutter schwer geworden, mich ziehen zu lassen, aber wenn es sein muß, weißt du ... Und es mußte sein; denn wir sind sechs Geschwister, und ich bin der Älteste. Garofoli hätte lie= ber meinen Bruder Leonardo gehabt, der nach mir kommt, weil Leonardo schön ist, ich aber häßlich bin, und das darf man nicht sein, wenn man Geld verdienen will; häßliche Kinder be= kommen nur Schläge oder böse Worte. Aber meine Mutter wollte Leonardo nicht hergeben: ›Mattia ist der Älteste‹, sagte sie, ›wenn einer gehen muß, ist es an Mattia, zu gehen; so hat der liebe Gott es eingerichtet, und ich wage nicht, mich gegen seine Anordnungen aufzulehnen.‹ Da bin ich denn mit meinem Onkel Garofoli fortgezogen. Du wirst wohl begreifen, daß es mich hart ankam, unser Haus und alles, an dem mein Herz hing, zu verlassen, meine Mutter und meine kleine Schwe= ster Christina, die mich sehr liebte, weil sie die Jüngste war und ich sie immer auf den Armen trug — meine Brüder, meine Spielgefährten und die Heimat.«

Ich wußte nur zu gut, wie bitter eine solche Trennung war; auch mir drückte es fast das Herz ab, als ich Mutter Barberins weiße Haube zum letztenmal erblickte.

Der kleine Mattia fuhr in seiner Erzählung fort: »Als ich von zu Hause fortging, war ich ganz allein mit Garofoli, aber nach acht Tagen waren wir unser zwölf und machten uns auf den Weg nach Frankreich. In Dijon mußte einer im Krankenhaus zurückbleiben, so daß wir nur noch elf waren, als wir endlich in Paris anlangten. Dort traf Garofoli eine Auswahl unter uns, brachte die Kräftigen beim Schornsteinfegermeister unter, und wer nicht stark genug war, ein Handwerk zu treiben, mußte auf den Straßen singen oder Gitarre spielen. Ich war natürlich zu schwach zum Arbeiten und wahrscheinlich viel zu häßlich, durch Gitarrespielen Geld zu verdienen. Deshalb gab mir Garofoli zwei kleine Mäuse, die ich vor den Türen und auf den Durchgängen zeigen sollte, und veranschlagte meinen Tag zu dreißig Sous. ›Soviel Sous dir abends fehlen‹, sagte er, ›soviel Stockschläge gibt's für dich!‹

Dreißig Sous sind schwer zusammenzubringen, aber auch Schläge sind schwer auszuhalten, namentlich wenn sie Garofoli austeilt. Ich tat also, was ich konnte, die Summen zu ver= dienen; doch es glückte trotz aller Mühe nur selten, und während meine Kameraden beim Nachhausekommen fast im= mer ihre Sous abliefern konnten, besaß ich sie fast nie — das verdoppelte Garofolis Ärger.

›Wie stellt sich nur der blödsinnige Mattia an?‹ sagte er oft; denn ein anderer Knabe, der ebenfalls weiße Mäuse zeigte und auf vierzig Sous veranschlagt war, brachte jeden Abend sein Geld richtig heim. Als ich nun öfter mit ihm ausging, um zu sehen, wie er das machte und wieso er gewandter war als ich, wurde mir bald klar, warum er seine vierzig Sous so leicht und ich meine dreißig so schwer zusammenbrachte. Sobald uns ein Herr und eine Dame begegneten, sagte die Dame regelmäßig: ›Gib dem hübschen Jungen, nicht dem häßlichen.‹ Der häßliche aber war ich. Da ging ich nicht mehr mit ihm aus. Ist es schon schlimm genug, daheim Schläge zu bekommen, so ist es noch trauriger, auf der Straße harte Worte zu hören. Du weißt nicht, wie weh das tut, denn du hast vielleicht nie hören müssen, daß du häßlich bist, aber ich . . . Garofoli sah endlich ein, daß Schläge nichts nützten. Er verfiel auf ein anderes Mit= tel: ›Für jeden fehlenden Sou erhältst du abends eine Kartoffel weniger. Wenn deine Haut gegen Schläge unempfindlich ist, wird dein Magen vielleicht gegen Hunger empfindlich sein.‹ Sag mal, haben Drohungen jemals Einfluß auf dich gehabt?«

»Das kommt darauf an.«

»Auf mich niemals. Außerdem konnte ich auch nicht mehr tun, als ich bis dahin getan hatte. Wenn ich den Leuten die Hand bittend entgegenstreckte, konnte ich doch nicht zu ihnen sagen: ›Wenn Sie mir keinen Sou geben, bekomme ich heute abend keine Kartoffeln.‹

Nach vier bis sechs Wochen dieses Lebens war ich so blaß geworden, daß ich die Leute oft sagen hörte: ›Der arme Junge stirbt vor Hunger.‹ Die Leute in unserem Bezirk bemitleideten mich und gaben mir bisweilen ein Stück Brot, bisweilen einen Teller Suppe. Das war meine gute Zeit. Wenn ich abends auch keine Kartoffeln bekam, weil ich kein Geld abliefern konnte, so machte mir das nicht viel aus, hatte ich doch meistens schon etwas zu Mittag gegessen. Eines Tages aber ertappte mich Garofoli, wie ich bei einer Obsthändlerin einen Teller Suppe verzehrte. Da begriff er, weshalb ich das Entziehen der Kartof= feln ohne Klage ertrug, und ordnete an, daß ich überhaupt nicht mehr ausgehen, sondern zu Hause bleiben solle, um den Haushalt zu besorgen und die Suppe zu kochen. Er erfand auch diesen Kessel, damit ich nicht während des Kochens von der Suppe naschen könne. Jeden Morgen, ehe er fortgeht, gibt er Fleisch und Gemüse hinein und verschließt den Deckel mit dem Vorlegeschloß, so daß ich das Gericht nur kochen zu lassen brauche. Es ist natürlich unmöglich, durch diese kleine Röhre etwas wegzunehmen. Nun kann ich die Suppe bloß noch riechen, aber vom Geruch wird der Hunger nicht gestillt, sondern vermehrt. Sieh, das ist meine Geschichte, und ich bin erst so blaß geworden, seitdem ich die Küche besorge. Sehe ich eigentlich sehr blaß aus?«

Ich wußte, daß man Kranken nicht sagen dürfte, daß ihr Aus= sehen schlecht wäre. Ich antwortete daher nur: »Du kommst mir nicht blasser vor als andere.«

»Das sagst du nur, um mich zu beruhigen«, fing er wieder an, »aber siehst du, es würde mich freuen, sehr blaß auszusehen. Das wäre ein Zeichen, daß ich sehr krank bin, und das ist es, was ich wünsche.«

Ich sah ihn bestürzt an.

»Du verstehst mich nicht«, sagte er lächelnd, »und doch ist es sehr einfach. Wenn jemand schwer krank ist, pflegt man ihn oder läßt ihn sterben. Läßt man mich sterben, so ist es zu Ende; dann brauche ich nicht mehr zu hungern und bekomme auch keine Schläge mehr. Die Toten leben ja im Himmel weiter. Sieh — dann kann ich vom Himmel aus meine Mutter in der Heimat sehen, und wenn ich mit dem lieben Gott spreche und ihn recht sehr bitte, wird er vielleicht dafür sorgen, daß meine Schwester Christina glücklich wird. Will man mich aber pfle= gen, so komme ich ins Krankenhaus, und damit wäre ich auch zufrieden.

Im Krankenhaus hat man's gut. Ich bin schon einmal dort ge= wesen, im St=Eugénie=Krankenhaus; da ist ein großer blonder Doktor, der immer Malzbonbons in der Tasche hat. Und dann sprechen die Schwestern so freundlich mit den Kindern: ›Tue

das, mein Kleiner‹ oder ›zeige die Zunge, armer Kleiner‹. Ich habe gern, wenn man freundlich mit mir spricht, denn dann möchte ich immer weinen, und wenn ich weinen kann, fühle ich mich glücklich. Das ist sehr dumm, nicht wahr? Meine Mutter sprach immer so freundlich mit mir, und die Schwe= stern im Krankenhaus sprechen ebenso. Und wenn es einem besser geht, gibt es gute Fleischbrühe und Wein. Ich war zuerst auch ganz zufrieden, als ich anfing, mich schwach zu fühlen, weil ich nichts zu essen bekam. Ich dachte: Nun werde ich gewiß krank, und dann schickt mich Garofoli ins Krankenhaus. Zum Glück ist Garofoli bei der Gewohnheit geblieben, uns zu prügeln, mich und auch die anderen. Erst vor acht Tagen hat er mich so mit dem Stock auf den Kopf geschlagen, daß es für diesmal hoffentlich genug sein wird. Mir ist der Kopf ange= schwollen, sieh nur diese große, weiße Beule! Gestern sagte er, es sei vielleicht eine Geschwulst, ich weiß zwar nicht, was das ist, ich glaube aber, daß es etwas Schlimmes sein muß. Jedenfalls habe ich viele Schmerzen und fühle Stiche unter den Haaren, die schlimmer sind als Zahnschmerzen, und der Kopf ist mir so schwer, als wiege er hundert Kilo. Ich habe Schwindelanfälle, es schwimmt mir oft alles vor den Augen, und nachts im Schlaf muß ich stöhnen und schreien. Das aber wird ihn nach zwei bis drei Tagen wahrscheinlich bewegen, mich ins Krankenhaus zu schicken. Denn siehst du, ein Bur= sche, der nachts schreit, stört die anderen, und Garofoli mag durchaus nicht gestört werden. Wie gut, daß er mir diesen Schlag gegeben hat! So, nun sag mir einmal aufrichtig, ob ich sehr blaß aussehe.«
Damit stellte er sich gerade vor mich hin und sah mir fest in die Augen. Ich konnte mich aber nicht überwinden, ihm offen zu sagen, welch fürchterlichen Eindruck seine großen, bren= nenden Augen, seine hohlen Wangen und farblosen Lippen auf mich machten, sondern antwortete nur: »Ich glaube, daß du krank genug bist, ins Krankenhaus gehen zu müssen.«
»Endlich!« rief er befriedigt und begann den Tisch abzuwi= schen. »Nun aber Schluß! Sonst kommt Garofoli nach Hause, bevor ich fertig bin. Wenn du glaubst, daß ich genug Schläge bekommen habe, damit man mich ins Krankenhaus schickt, brauche ich keine neuen mehr. Ich ertrage die Schmerzen jetzt noch schlechter als früher. Und dann sagen die Leute, man kann sich an alles gewöhnen!«

Dabei hinkte er um den Tisch herum, stellte die Teller an ihren Platz und legte Messer, Gabel und Löffel daneben.

Es waren mehr als zwanzig Teller; Garofoli mußte also so viele Kinder unter sich haben, von denen je zwei zusammen schliefen; denn es waren nur zwölf Betten vorhanden. Und was für Bet= ten! Anstatt der Leintücher lagen rote Decken darauf, die dem Anschein nach in irgendeinem Stall verkauft wurden, als sie für die Pferde nicht mehr warm genug waren.

»Ist es überall so wie hier?« fragte ich entsetzt.

»Wo überall?«

»Bei allen, die Kinder halten?«

»Das weiß ich nicht, ich bin nie bei anderen gewesen. Sieh nur zu, daß du anderswohin kommst.«

»Wohin denn?«

»Das weiß ich nicht; einerlei wohin, du wirst es überall besser haben als hier.«

Einerlei wohin — das war sehr unbestimmt. Wie aber sollte ich Vitalis bewegen, seinen Entschluß zu ändern?

Während ich noch darüber nachdachte, öffnete sich die Tür, und ein Knabe mit einer Geige unter dem Arm trat ein.

In der freien Hand trug er ein großes Stück Holz, das den Klötzen glich, die im Kamin brannten. Nun wußte ich auch, woher Garofoli seine Feuerung bezog und wieviel sie ihn kostete.

»Gib mir dein Stück Holz!« bat Mattia den Neuangekommenen und ging auf ihn zu. Der aber hielt es hinter seinem Rücken, anstatt es Mattia zu geben, und sagte: »Kommt nicht in Frage!«

»Gib's her, dann wird die Suppe besser.«

»Als ob ich es für die Suppe mitgebracht hätte! Ich habe nur sechsunddreißig Sous und rechne auf das Stück Holz, damit mich Garofoli die vier fehlenden Sous nicht zu teuer bezahlen läßt.«

Es war die Zeit, wo Garofolis Zöglinge von ihrem Tagewerk heimkehrten. Nach dem Knaben mit dem Stück Holz kam ein zweiter, dem noch zehn andere folgten. Beim Eintreten hängte jeder sein Instrument an einen Nagel über »seinem« Bett auf. Dieser seine Geige, jener seine Harfe, ein anderer seine Flöte, und die Knaben, die kein Instrument spielten, sondern nur Tiere zeigten, sperrten ihre Meerschweinchen oder Murmel= tiere in einen Käfig.

Nun ertönte ein schwerer Schritt auf der Treppe, und ein klei=
ner, aufgeregt aussehender Mann, der statt der italienischen
Tracht einen grauen Überzieher trug, kam zögernden Ganges
ins Zimmer — das mußte Garofoli sein.

Sein erster Blick galt mir, ein Blick, bei dem mir das Herz fast
stillstand.

»Wer ist dieser Junge?« fragte er, worauf ihn Mattia Vitalis'
Bestellung schnell und höflich ausrichtete.

»Aha«, sagte er, »Vitalis ist in Paris. Was will er von mir?«

»Ich weiß es nicht«, antwortete Mattia.

»Ich spreche nicht mit dir, sondern mit diesem Jungen.«

»Der Padrone kommt bald«, sagte ich, ohne mich mit einer
offenen Antwort herauszuwagen, »und wird Ihnen auseinan=
dersetzen, was er wünscht.«

»Oho, der Junge versteht den Wert der Worte zu schätzen.
Du bist kein Italiener?«

»Nein, ich bin Franzose.«

Als Garofoli ins Zimmer kam, gingen zwei der Knaben auf ihn
zu und warteten in seiner unmittelbaren Nähe, bis er ausgere=
det hatte. Der eine nahm den Hut ab, den er vorsichtig auf ein
Bett legte, während der andere dem gefürchteten Padrone einen
Stuhl heranrückte. Wie weit diese Furcht aber ging, sah ich
deutlich an dem Ernst und der Scheu, mit der die beiden diese
einfachen Dienstleistungen verrichteten. Zärtlichkeit trieb sie
gewiß nicht dazu, sich in dieser Weise um die Gunst ihres
Herrn zu bemühen.

Kaum ließ sich dieser auf einem bereitgestellten Stuhl nieder,
als ein dritter mit der gestopften Pfeife, ein vierter endlich mit
einem angezündeten Streichholz kam.

»So, jetzt zu unseren Rechnungen, meine lieben Kinder«, fuhr
Garofoli fort. Er lehnte sich bequem zurück und begann mit
Genuß seine Pfeife zu rauchen. »Mattia, das Buch!«

Es war wirklich sehr gütig von Garofoli, daß er überhaupt zu
sprechen geruhte. Seine Zöglinge bemühten sich so aufmerk=
sam nach seinen Absichten auszuspähen, daß sie seine Wün=
sche errieten, noch ehe er sie zu äußern vermochte. So hatte
er sein Rechnungsbuch noch kaum verlangt, als Mattia be=
reits eine kleine schmierige Liste vor ihn hinlegte.

Garofoli machte ein Zeichen, und eines der Kinder kam heran.

»Du bist mir von gestern her noch einen Sou schuldig und hast
versprochen, ihn heute abzuliefern; wieviel bringst du mir?«

Der Knabe wurde purpurrot und kam nach langem Zögern mit der Antwort heraus, daß ihm ein Sou fehlte.

»So, ein Sou fehlt, und das sagst du so ruhig?«

»Es ist nicht der Sou von gestern, sondern einer von heute.«

»Das macht zwei Sous; ein Junge wie du ist mir wahrhaftig noch nicht vorgekommen!«

»Es ist nicht meine Schuld!«

»Keine Dummheiten, du weißt Bescheid; die Weste herunter! Zwei Hiebe für gestern, zwei für heute, und für deine Dreistig= keit heute abend keine Kartoffeln. Ricardo, mein Liebling, nimm die Riemen! Du bist so brav gewesen, daß du diese Erholung wohl verdient hast.«

Ricardo, der Junge mit dem Streichholz, nahm eine Peitsche von der Wand. Sie war mit einem kurzen Griff versehen und lief in zwei lederne Riemen aus, die mit dicken Knoten ver= sehen waren. Der Knabe, dem der Sou fehlte, knöpfte unter= dessen seinen Rock auf und ließ das Hemd bis zum Gürtel herunterfallen.

»Wart ein wenig«, sagte Garofoli mit höhnischem Lächeln. »Vielleicht bist du nicht der einzige, und es ist doch immer angenehm, Gesellschaft zu haben. Auch braucht Ricardo dann nicht jedesmal von neuem anfangen.«

Bei diesem grausamen Scherz begannen alle Kinder, die unbe= weglich in strenger Haltung vor ihrem Herrn standen, krampf= haft zu lachen.

»Wer am lautesten gelacht hat«, sagte Garofoli, »ist sicher der, dem am meisten fehlt. Wer hat laut gelacht?«

Alle wiesen auf den zuerst Angekommenen.

»Laß sehen, wieviel fehlt dir?« fragte Garofoli.

»Es ist nicht meine Schuld.«

»Von jetzt an erhält jeder, der antwortet: ›Es ist nicht meine Schuld‹, einen Streich zusätzlich. Wieviel fehlt dir?«

»Ich habe aber ein Stück Holz mitgebracht. Sehen Sie, dieses schöne Stück!«

»Das ist etwas Rechtes! Geh einmal zum Bäcker und bitte ihn, dir Brot für dein Stück Holz zu geben, glaubst du vielleicht, daß er's tut? Wie viele Sous fehlen dir? Sprich!«

»Ich habe sechsunddreißig Sous.«

»Also fehlen vier Sous, elender Schlingel. Vier Sous, und du kommst mir noch vor die Augen? Ricardo, du wirst heute viel Vergnügen haben! Herunter mit der Weste!«

»Aber das Stück Holz?«

»Das schenke ich dir zum Mittagessen!«

Ein abermaliges Lachen der noch nicht verurteilten Kinder folgte diesem bösartigen Scherz.

Mittlerweile fanden sich noch zehn Kinder ein, die alle der Reihe nach Rechnung ablegen mußten. Noch drei außer den beiden schon zur Strafe verdammten konnten die vorgeschrie= bene Summe nicht abliefern.

»Das sind also die fünf Spitzbuben, die mich ausplündern und bestehlen!« sagte Garofoli. »Das kommt davon, wenn man zu freigebig ist! Wovon soll ich denn das gute Fleisch und die schönen Kartoffeln bezahlen, die ich euch gebe, wenn ihr nicht arbeiten wollt? Die Westen herunter!«

Ricardo hielt die Peitsche in der Hand, die fünf Missetäter standen in einer Reihe neben ihm.

»Du weißt, Ricardo«, wandte sich Garofoli an ihn, »daß ich nicht zusehe, weil mich solche Züchtigungen krank machen. Aber du weißt auch, daß ich dich höre und die Wucht der Streiche nach dem stärkeren oder schwächeren Geräusch bemesse, das sie verursachen. Geh herzhaft darauf los, mein Liebling, du arbeitest um dein tägliches Brot.«

Damit kehrte er das Gesicht nach dem Feuer, als sei es ihm unmöglich, die Bestrafung mit anzusehen. Ich aber, der ver= gessen im Winkel saß, schauderte vor Entrüstung und Angst. Das war der Mann, der mein Herr werden sollte? Brachte ich die Summe nicht heim, die ihm beliebte, von mir zu verlangen, so stand auch mir das Schicksal dieser unglücklichen Kinder bevor.

Jetzt verstand ich, warum Mattia so ruhig und hoffnungsvoll vom Tode sprechen konnte. Beim ersten Niederklatschen der Peitsche stürzten mir die Tränen in die Augen. Ich glaubte mich vergessen und tat mir daher keinen Zwang an. Garofoli beobachtete mich jedoch insgeheim, denn bald sagte er, indem er mit dem Finger auf mich zeigte: »Der Junge hat ein gutes Herz, er ist von anderem Schlag als ihr Spitzbuben, die ihr über das Unglück eurer Freunde lacht. Er sollte euer Kamerad sein. Ihr könnt euch ein Beispiel an ihm nehmen!«

Er sollte euer Kamerad sein. Ich zitterte am ganzen Leib, als ich das hörte.

Beim zweiten Streich fing das arme Opfer kläglich an zu stöh= nen, beim dritten stieß es einen herzzerreißenden Schrei aus.

Garofoli erhob die Hand, Ricardo ließ die Peitsche sinken, so daß ich schon glaubte, der schreckliche Padrone wolle Gnade üben, aber darum handelte es sich nicht.

»Du weißt, wie weh es mir tut, dich schreien zu hören«, sagte er zu dem armen Opfer, »und du weißt, wenn dir die Peitsche die Haut zerreißt, so drückt mir dein Schreien das Herz ab. Ich sage dir also im voraus, daß du für jeden Schrei einen Hieb mehr bekommst. Das hast du dir dann selbst zuzuschreiben. Mach mir doch keinen solchen Kummer; hättest du ein wenig Gefühl, ein wenig Dankbarkeit für mich, so würdest du schwei= gen. Weiter, Ricardo!«

Dieser hob den Arm, und die Riemen zerfleischten von neuem den Rücken des Unglücklichen; »Mutter, Mutter«, wimmerte er ... Da öffnete sich die Tür nach der Treppe, und Vitalis trat ein.

Ein Blick genügte, ihm zu erklären, was ihn das jammervolle Geschrei schon auf der Treppe vermuten ließ. Er lief auf Ricardo zu, riß ihm die Peitsche aus der Hand, drehte sich nach Garofoli um und stellte sich mit gekreuzten Armen vor ihn hin.

Alles das ging so schnell vor sich, daß Garofoli im ersten Augenblick ganz verdutzt war. Bald faßte er sich aber und sagte mit seinem süßlichen Lächeln: »Ist es nicht fürchterlich? Die= ser Bursche hat kein Herz!«

»Es ist eine Schande!« rief Vitalis.

»Das sage ich eben«, unterbrach ihn Garofoli.

»Keine Heucheleien!« fuhr mein Herr mit großem Nachdruck fort. »Sie wissen recht gut, daß ich nicht mit diesem Kind spreche, sondern mit Ihnen. Ja, es ist eine Schande, eine Feig= heit, arme wehrlose Kinder so zu martern!«

»In was für Dinge mischen Sie sich da, alter Narr?« sagte Garofoli in einem anderen Ton.

»In das, was die Polizei angeht.«

»Die Polizei?« schrie Garofoli und sprang auf. »Sie drohen mir mit der Polizei, Sie?«

»Ja, ich«, antwortete mein Herr, ohne sich durch die Wut des Padrone einschüchtern zu lassen.

»Hören Sie, Vitalis«, sagte dieser nun, indem er ruhiger wurde und einen spöttischen Ton annahm, »Sie sollten nicht den Boshaften spielen und mir mit Anzeigen drohen, denn ich könnte ja meinerseits auch plaudern, was gewissen Leuten nicht angenehm sein dürfte. Der Polizei würde ich natürlich nichts sagen, denn sie hat nichts mit Ihren Angelegenheiten zu tun, aber andere interessieren sich dafür, und wenn ich de= nen erzähle, was ich weiß, nur einen Namen, nur einen ein= zigen Namen nennen würde, wer wäre dann gezwungen, seine Schande zu verbergen?«

Mein Herr antwortete nicht gleich. Seine Schande? Ich war wie versteinert. Aber noch ehe ich mich von der Bestürzung erholen konnte, in die mich diese sonderbaren Worte versetz= ten, nahm er mich bei der Hand. »Komm!« sagte er kurz und zog mich zu der Tür.

»Nun«, sagte Garofoli lachend, »nichts für ungut, mein Alter! Sie wollten mich sprechen?«

»Ich habe Ihnen nichts mehr zu sagen.«

Ohne ein Wort zu verlieren, ohne sich auch nur einmal umzu= drehen, stieg Vitalis die Treppe hinunter, meine Hand bestän= dig festhaltend. Mit welch erleichtertem Herzen folgte ich ihm! Ach, ich hätte ihm um den Hals fallen mögen; denn ich entschlüpfte ja diesem Scheusal Garofoli!

Die Steinbrüche von Gentilly

Solange wir durch belebte Straßen kamen, ging mein Herr schweigend weiter. In einer menschenleeren Gasse setzte er sich endlich auf einen Randstein. Er fuhr sich mehrmals mit der Hand über die Stirn.

»Es ist sehr schön, edel und gut zu sein«, sagte er, als ob er mit sich selbst spräche, »aber wir sind hier in Paris, ohne einen Sou in der Tasche, ohne einen Bissen im Magen. Hast du Hun= ger?«

»Ich habe außer dem kleinen Stück Brot, das Sie mir heute morgen gaben, nichts gegessen.«

»Dann, mein armer Junge, wirst du dich heute abend wahr= scheinlich ohne Essen schlafen legen müssen, und ich weiß nicht einmal, wo wir schlafen sollen!«

»Rechneten Sie darauf, bei Garofoli zu übernachten?«

»Ich dachte, du würdest dort schlafen können, außerdem hätte ich etwa zwanzig Franken von ihm erhalten, falls ich dich den

Winter über dort gelassen hätte. Damit wäre mir für den Augenblick aus der Klemme geholfen. Aber als ich sah, wie er die Kinder behandelt, war ich dazu nicht imstande. Du mochtest auch nicht bei ihm bleiben, nicht wahr?«

»Oh! Sie sind gut!«

Das junge Herz mag in dem alten Herumtreiber wohl noch nicht ganz verstorben sein. Leider nur rechnete der Herumtrei= ber richtig, und das junge Herz warf dann alles über den Haufen. Wohin jetzt?

Es war schon spät, und die Kälte, die am Tag etwas nachge= lassen hatte, war wieder scharf und eisig geworden. Der Wind kam aus Norden. Es gab eine schlimme Nacht.

Vitalis blieb lange auf dem Stein sitzen, während Capi und ich unbeweglich vor ihm standen, um seinen Entschluß abzuwar= ten. Endlich erhob er sich.

»Wohin gehen wir?« fragte ich.

»Nach Gentilly. Wir wollen versuchen, dort einen Steinbruch zu finden, in dem ich schon früher einmal eine Nacht zuge= bracht habe. Bist du müde?«

»Ich habe mich bei Garofoli ausgeruht.«

»Leider habe ich mich nicht ausgeruht und kann kaum mehr. Aber das hilft nichts, wir müssen gehen. Vorwärts, Kinder!«

Sonst war das immer das Wort zur Aufmunterung gewesen, sowohl für die Hunde wie für mich; diesmal jedoch sprach er es in traurigem Ton.

So begannen wir denn unsere Wanderung durch die Straßen von Paris. Es war ein dunkler Abend, und die Gasflammen, die der Wind in den Laternen hin und her blies, erleuchteten den Weg nur mangelhaft. Bei jedem Schritt glitten wir auf einem gefrorenen Rinnstein oder auf der Eisdecke aus, die das Trot= toir überzog. Vitalis hielt mich bei der Hand, Capi folgte uns auf dem Fuß und blieb nur bisweilen zurück, um in den Keh= richthaufen nach einem Knochen oder einer Brotkruste zu su= chen, denn auch ihn peinigte der Hunger. Aber alles Suchen war vergeblich, und der Hund kam mit gesenkten Ohren zu uns zurück.

Wir wanderten immer weiter, und die wenigen Vorübergehen= den, denen wir begegneten, schienen uns verwundert nachzu= blicken, denn unsere Kleidung oder unser schleppender Gang mochte ihnen auffällig sein. Die Polizisten, an denen wir vor= beigingen, drehten sich um und folgten uns mit den Augen.

Dennoch ging Vitalis weiter, ganz in sich zusammengesunken und ohne ein Wort zu sprechen. Trotz der Kälte brannte seine Hand in der meinen, und er schien zu zittern. Mitunter stand er still, um sich auf meine Schulter zu stützen.

Sonst wagte ich nicht, ihn viel mit Fragen zu belästigen, heute aber war es mir ein Bedürfnis, ihm zu sagen, daß ich ihn lieb= hätte, oder doch wenigstens, daß ich gern etwas für ihn tun wolle.

»Sie sind krank«, sagte ich, als wir wieder stillstanden.

»Das fürchte ich auch, jedenfalls bin ich sehr erschöpft. Die Märsche dieser letzten Tage sind für mich alten Mann zu lang gewesen, und die Kälte dieser Nacht ist zu scharf für mein altes Blut. Ich hätte ein gutes Bett und ein Abendbrot bei einem warmen Ofen gebraucht! Aber was hilft Träumen! Vor= wärts, Kinder!«

Vorwärts! Schon befanden wir uns außerhalb der Stadt oder doch wenigstens fern von allen Häusern. Aber wir gingen un= aufhaltsam weiter, bald zwischen Mauern entlang, bald auf freiem Feld. Der Weg war menschenleer, nicht einmal ein Polizist ließ sich mehr erblicken. Weder Laternen noch Gas= flammen auf den Straßen, nur hier und da in der Ferne ein er= leuchtetes Fenster. Der Himmel war von düsterem Blau, und fast nirgends schimmerte ein Stern. Der Wind, der glücklicher= weise von rückwärts kam, blies stärker und schneidender. Er drückte uns die Kleider gegen den Körper und fuhr mir eisig kalt den Arm entlang.

Ungeachtet der tiefen Dunkelheit und der Seitenwege, die fast bei jedem Schritt unseren Pfad kreuzten, ging Vitalis unbeirrt vorwärts. Ich folgte ihm ohne Furcht und hätte nur gerne ge= wußt, ob wir denn nicht endlich an diesen Steinbruch gelangen würden. Daß wir uns verirren könnten, kam mir nicht in den Sinn.

Plötzlich stand er still, fragte mich, ob ich eine Baumgruppe sähe, und als ich entgegnete, ich sähe nichts, fragte er noch einmal: »Siehst du nicht eine schwarze Masse?«

Ich schaute mich nach allen Seiten um, bevor ich antwortete, aber meine Augen verloren sich im Dunkel, ohne irgendeinen Ruhepunkt zu entdecken. Weder Bäume noch Häuser, rings um uns völlige Leere, kein anderes Geräusch als das des Win= des, der durch unsichtbares Gestrüpp flach am Boden dahin= fuhr. Wir mußten in einer weiten Ebene sein.

»Hätte ich deine Augen!« sagte Vitalis. »Aber ich sehe nicht klar. Sieh dort hin!«

Er zeigte mit der Hand geradeaus, und da ich schwieg, weil ich nicht zu sagen wagte, daß ich nichts sähe, setzte er sich wieder in Bewegung.

Einige Minuten vergingen in Schweigen, dann stand er wieder still und fragte, ob ich die Baumgruppe nicht erblickte.

Ich fühlte mich nicht mehr so sicher wie kurz zuvor, und eine unbestimmte Angst ließ mir die Stimme zittern, als ich wieder antworten mußte: »Ich sehe nichts.«

»Die Furcht verwirrt dir den Blick«, sagte Vitalis.

»Ich sehe aber wirklich nichts.«

»Auch keine großen Steinbruchwände?«

»Gar nichts!«

»Dann haben wir uns verirrt!«

Ich konnte nichts erwidern, denn ich wußte weder, wo wir waren, noch, wohin wir gingen.

»Wir wollen noch fünf Minuten weitergehen. Sehen wir auch dann keine Bäume, so müssen wir umkehren, denn ich habe mich in dem Weg geirrt«, schloß mein Herr.

Bei diesen Worten fühlte ich plötzlich meine Kräfte schwinden; Vitalis zog mich am Arm fort.

»Nun?«

»Ich kann nicht mehr gehen!«

»Glaubst du, daß ich dich tragen kann? Ich halte mich nur aufrecht, weil ich weiß, daß wir, wenn wir uns niedersetzen, erfrieren müßten. Weiter!«

Ich folgte ihm.

»Ist der Weg tief ausgefahren?« fragte Vitalis.

»Nein, gar nicht.«

»Wir müssen umkehren!«

Der Wind blies uns nun so heftig ins Gesicht, daß mir der Atem stockte. Langsam, langsam kamen wir vorwärts, noch langsamer als auf dem Herweg.

»Sobald du tief ausgefahrene Geleise siehst, sag es mir!« befahl mein Herr. »Der richtige Weg muß links liegen, und am Scheideweg muß ein Dornbusch stehen.«

So gingen wir eine Viertelstunde fort, gegen den Wind ankämpfend. In dem dumpfen Schweigen der Nacht hallten unsere Schritte von dem hartgefrorenen Boden wider. Jetzt mußte ich Vitalis nachschleppen, obwohl ich kaum einen Fuß vor

den anderen zu setzen imstande war, und bangen Herzens un=
tersuchte ich die linke Seite der Landstraße. Plötzlich leuchtete
ein kleiner weißer Stern in der Finsternis auf.

»Ein Licht!« sagte ich und zeigte nach der Richtung.

»Wo?«

Vitalis sah hin; aber er, der sonst so scharf sah, selbst in der
Finsternis, konnte nichts wahrnehmen. Seine Sehkraft mußte
geschwächt sein, denn das Licht schimmerte in keiner allzu
großen Entfernung.

»Was kümmert uns das Licht!« sagte er dann. »Das ist eine
Lampe, die auf dem Tisch eines Sterbenden brennt — wir kön=
nen nicht an diese Tür klopfen. Auf dem Land kann man
während der Nacht wohl um Gastfreundschaft bitten, in der
Umgebung von Paris aber gewährt man keine. Für uns gibt es
kein Obdach. Weiter!«

Nach wenigen Schritten schien mir ein Weg den unseren zu
kreuzen, und es kam mir vor, als ob ich an der Ecke eine
schwarze Masse erblickte — das mußte der Dornbusch sein.
Ich ließ Vitalis' Hand los, um schneller vorwärts zu kommen.
Meine Vermutung erwies sich als richtig, der Weg war tief
ausgefahren.

»Das ist der Dornbusch, da sind auch die ausgefahrenen Ge=
leise!« rief ich Vitalis zu.

»Reich mir die Hand, wir sind gerettet; der Steinbruch ist nur
fünf Minuten von hier. Sieh dich genau um, du mußt die
Baumgruppe bemerken!«

Ich glaubte eine dunkle Masse zu unterscheiden und sagte
meinem Herrn, daß ich die Bäume erkennen konnte.

Die Hoffnung gab uns neue Kräfte, die Beine waren mir nicht
mehr so schwer, der Boden kam meinen Füßen weniger hart
vor. Doch schienen mir die fünf Minuten, von denen Vitalis
sprach, eine Ewigkeit zu sein.

»Wir sind schon länger als fünf Minuten auf dem richtigen
Weg«, sagte er und stand still.

»Das scheint mir auch.«

»Wohin führen die Wagengeleise?«

»Immer geradeaus.«

»Der Eingang zum Steinbruch muß links sein. Wahrschein=
lich sind wir daran vorbeigegangen, ohne ihn zu bemerken.
Das ist in der Dunkelheit leicht möglich. Wir hätten aber an
den Geleisen sehen müssen, daß wir zu weit gegangen sind.«

»Ich weiß ganz bestimmt, daß die Geleise nicht nach links abbogen.«

»Wir müssen wieder umkehren!«

Abermals wandten wir unsere Schritte zurück, bis mein Herr wieder nach der Baumgruppe fragte. Sie lag uns zur Linken! Wagenspuren waren jedoch nicht vorhanden.

»Bin ich denn blind?« sagte Vitalis und fuhr sich mit der Hand über die Augen. »Wir wollen gerade auf die Bäume zugehen, gib mir die Hand!«

»Da ist eine Mauer.«

»Es ist ein Steinhaufen.«

»Nein, gewiß, es ist eine Mauer.«

Meine Behauptung war leicht zu beweisen, da wir ganz nahe vor der Mauer standen. Vitalis ging darauf zu und fühlte mit beiden Händen danach, als verlasse er sich nicht auf seine Augen.

»Ja, es ist eine Mauer, die Steine sind regelmäßig zusammen= gefügt, und ich fühle den Mörtel. Wo mag nur der Eingang sein? Suche nach den Wagenspuren!«

Ich bückte mich auf die Erde nieder und ging bis ans Ende der Mauer, ohne auch nur die geringste Spur von Geleisen zu entdecken. Ich suchte auf der entgegengesetzten Seite wei= ter — auch dort nichts. Hier wie dort eine Mauer ohne jegliche Öffnung. Am Boden zeigte sich aber weder ein Weg noch sonst irgend etwas, das auf den Eingang zum Steinbruch hin= wies.

»Ich fühle nur den Schnee«, sagte ich endlich, fest überzeugt, daß sich mein Herr verirrt hatte und der Steinbruch sich nicht dort befand, wo er ihn suchte; es war eine furchtbare Lage.

Vitalis antwortete nicht gleich, sondern fuhr aufs neue mit den Händen von dem einen Ende bis zum anderen an der Mauer entlang, während Capi, der nicht begriff, was das alles bedeu= ten solle, ungeduldig bellte. Schon wollte ich weitersuchen, als mich Vitalis mit der Bemerkung zurückhielt, der Eingang wäre vermauert.

»Vermauert?« rief ich entsetzt.

»Der Eingang ist vermauert worden, wir können nicht hin= ein.«

»Was nun?«

»Ja, was nun? Ich weiß es nicht; hier sterben!«

»Ich will aber nicht sterben!«

»Ja, du willst nicht sterben, du bist noch jung und hängst am Leben. Gut, vorwärts! Kannst du gehen?«

»Aber Sie?«

»Wenn ich nicht weiterkann, falle ich nieder wie ein altes Pferd.«

»Wohin gehen wir?«

»Nach Paris zurück. Dort bitte ich den ersten Polizisten, den wir treffen, uns auf die Wache zu bringen. Ich hätte dies lieber vermieden, aber ich will dich nicht vor Kälte umkommen las= sen. Weiter, mein lieber Remi, weiter!«

Damit schickten wir uns an, denselben Weg zurückzugehen, auf dem wir gekommen waren. Kein Mond leuchtete uns. Am schwärzlich=blauen Nachthimmel schimmerten nach wie vor nur vereinzelte Sterne, die kleiner aussahen als sonst. Wie spät mochte es sein? Mitternacht, ein Uhr morgens vielleicht; ich machte mir keinen Begriff davon, sondern wußte nur, daß wir lange, sehr lange gegangen waren. Der eisige Nordwind blies mit doppelter Gewalt, wehte den Schnee in Wirbeln zusam= men und peitschte ihn uns ins Gesicht. Die Häuser, an denen wir vorbeikamen, waren geschlossen und dunkel — drinnen la= gen die Leute warm in ihren Betten. Ach, wüßten sie, wie sehr uns fror, sie ließen uns bestimmt ein!

Wir kamen nur langsam vorwärts, denn Vitalis schleppte sich nur mehr mit der größten Anstrengung weiter. Er atmete kurz und schnell; fragte ich ihn, so antwortete er nicht, sondern gab mir durch eine Handbewegung zu verstehen, daß er nicht sprechen könnte.

Allmählich gelangten wir vom freien Feld wieder in die nähere Umgebung der Stadt und wanderten nun zwischen Mauern dahin, an denen da und dort eine Laterne im Wind klirrte. Da stand Vitalis plötzlich still; seine Kräfte waren erschöpft.

»Soll ich an eine Tür klopfen?« fragte ich besorgt.

»Nein, man würde uns nicht öffnen; hier wohnen nur Gärtner, und die stehen nachts nicht auf. Wir müssen weitergehen.«

Aber sein Wille war stärker als seine Kräfte; denn schon nach wenigen Schritten stand er wieder still und sagte mit schwa= cher Stimme: »Ich muß nur einen Augenblick ausruhen, ich kann nicht mehr.«

Wir standen vor einem Zaun, hinter dem ein großer Dünger= haufen aufgeschichtet war. Der Wind hatte das trockene Stroh gegen die Hecke geweht.

»Ich werde mich da niedersetzen«, sagte Vitalis.

»Sie sagten, wir würden erfrieren, wenn wir uns niedersetzen«, wandte ich ein. Vitalis aber antwortete nicht, sondern machte mir ein Zeichen, das Stroh vor der Gartentür zusammen= zuschichten, und fiel dann mehr auf dieses Lager hin, als er sich setzte. Seine Zähne klapperten, und er zitterte am ganzen Körper.

»Trag noch ein wenig Stroh herbei«, bat er mich, »der Düngerhaufen schützt uns vor dem Wind.«

Vor dem Wind allerdings, aber nicht vor der Kälte. Ich häufte alles Stroh aufeinander, das ich zusammenraffen konnte, und setzte mich dann neben Vitalis.

»Lege dich fest an mich und drücke dir Capi gegen die Brust, damit er dich wärmt«, stieß mein Herr noch mühsam hervor; dann sprach er nicht mehr.

Bei seiner Erfahrung wußte er nur zu gut, daß uns die Kälte unter diesen Umständen tödlich werden konnte. Aber er= schöpft durch eine lange Reihe von Strapazen und Entbeh= rungen, war er nun zusammengebrochen.

Ob er sich seines Zustandes bewußt war? In dem Augenblick, als ich mich mit Stroh bedeckte und mich an ihn schmiegte, fühlte ich, wie er sich über mein Gesicht neigte und mich küßte.

Nicht lange, und ich verfiel in eine Art Betäubung, unwillkür= lich schlossen sich meine Augen, und ich bemühte mich ver= gebens, sie zu öffnen. Nun kniff ich mich heftig in den Arm, aber die Haut war unempfindlich geworden, so daß ich nicht imstande war, mir nur den geringsten Schmerz zu verursachen; doch gab mir diese Erschütterung bis zu einem gewissen Grad das Bewußtsein des Lebens zurück. Vitalis, den Rücken an die Gartentür gelehnt, atmete mühsam in kurzen, hastigen Stößen. Capi schlief auf meiner Brust. Der Wind pfiff uns unaufhör= lich über den Kopf und bedeckte uns mit Strohhalmen, die auf uns niederfielen, wie wenn sich dürre Blätter von den Bäu= men lösen. Weder nah noch fern ein lebendes Wesen auf der Straße; rings um uns das Schweigen des Todes.

Eine unbestimmte Angst packte mich, eine Traurigkeit, die mir die Tränen in die Augen trieb. Mir war, als müßte ich hier sterben.

Der Gedanke an den Tod versetzte mich nach Chavanon zu= rück. Arme Mutter Barberin! Sterben, ohne sie, unser Haus, mein Gärtchen wiedergesehen zu haben. Mit einemmal glaubte ich mich in meinem Gärtchen. Die Sonne schien heiter und warm, die Schneeglöckchen streckten schüchtern ihre Köpf= chen heraus, die Amseln sangen in den Büschen, und auf der Dornhecke trocknete Mutter Barberin die Wäsche, die sie so= eben in dem lustig über die Kiesel plätschernden Bach ge= waschen hatte. Dann war ich plötzlich auf dem »Schwan«. Arthur schlief in seinem Bett, Mrs. Milligan aber wachte, und als sie den Wind pfeifen hörte, fragte sie sich, wo ich bei dieser großen Kälte sein mochte.

Nun fielen mir wieder die Augen zu, das Herz erstarrte mir — ich glaubte in eine tiefe Ohnmacht zu sinken.

Ein neues Heim

Als ich erwachte, lag ich in einem Bett, ein helles Feuer er= leuchtete das Zimmer. Ich schaute umher, aber ich kannte den Raum nicht, fremde Menschen umgaben mich. Ein Mann in einem grauen Rock und gelben Holzschuhen und drei oder vier Kinder standen bei meinem Bett. Ein kleines Mädchen von etwa sechs Jahren sah mich mit großen, erstaunten Augen an. Ich richtete mich auf. »Vitalis?« fragte ich.

»Er fragt nach seinem Vater«, sagte ein junges Mädchen, dem Anschein nach das älteste der Kinder.

»Es ist nicht mein Vater, sondern mein Herr. Wo ist er und wo ist Capi?«

Wäre Vitalis mein Vater gewesen, so hätte man gewiß mit großer Schonung von ihm gesprochen. So aber erzählte man mir ohne besondere Umschweife, wie ich gefunden wurde. Die Tür, vor der wir uns niedersetzten, gehörte zum Haus eines Gärtners — dem Mann im grauen Rock, der jetzt an meinem Bett stand. Er öffnete gegen zwei Uhr morgens die Garten= pforte, um auf den Markt zu gehen. Wir lagen da, mit Stroh zugedeckt. Er rief uns an. Capi bellte laut, aber wir rührten uns nicht. Er schüttelte uns am Arm. Wir gaben noch immer kein Lebenszeichen von uns. Der Gärtner begriff, daß ein Un= glück geschehen sein müsse. Er ließ eine Laterne holen. Da sah er, daß Vitalis tot war, erfroren, und ich war nahe daran. Nur

Capi, der auf meiner Brust lag, hatte mich gerettet. Ich wurde ins Haus getragen, eines der Kinder mußte aufstehen, und ich wurde in das warme Bett gelegt. Ich lag dann sechs Stunden wie tot. Langsam begann das Blut wieder zu kreisen, der Atem wurde kräftiger, und ich erwachte.

Trotz meiner Erstarrung erfaßte ich die furchtbaren Worte: Vitalis war tot!

Während der Vater sprach, wandte das kleine Mädchen mit den erstaunten Augen keinen Blick von mir. Als er sagte, daß Vitalis gestorben war, kam sie schnell aus ihrer Ecke hervor und legte ihrem Vater die eine Hand auf den Arm. Es war, als fühlte sie, welch ein Schlag diese Nachricht für mich war. Sie wies mit der anderen Hand auf mich und ließ gleichzeitig einen eigentümlichen Laut hören, der wie ein tiefer, mitleidiger Seufzer klang.

Für mich lag in dieser Gebärde etwas wunderbar Tröstendes. Ich fühlte ihre Teilnahme und empfand zum erstenmal seit meiner Trennung von Arthur wieder dasselbe unerklärliche Gefühl von Vertrauen und Zärtlichkeit, das ich schon früher empfand, wenn mich Mutter Barberin ansah, ehe sie mich küßte.

»Nun ja, meine kleine Lisa«, sagte der Vater und beugte sich zu seiner Tochter hinunter, »das tut ihm wohl weh, aber man muß ihm die Wahrheit sagen. Tun wir es nicht, so tut es die Polizei.«

Dann erzählte er mir weiter, daß man den Fall zur Kenntnis der Polizei gebracht hatte, und Vitalis von den Polizisten fortgetragen wurde, während man mich in das Bett seines ältesten Sohnes Alexis gelegt habe.

»Und Capi?« fragte ich.

»Capi?« gab er verwundert zurück.

»Ja, der Hund.«

»Von dem weiß ich nichts, der ist verschwunden.«

»Er ist der Bahre gefolgt«, bemerkte eines der Kinder.

»Hast du das gesehen, Benjamin?«

»Ja, freilich; er ging mit gesenktem Kopf hinter den Trägern her. Bisweilen sprang er auf die Bahre, und sobald er heruntergenommen wurde, stieß er einen klagenden Laut aus wie unterdrücktes Weinen.«

Armer Capi! Wie oft war er auf der Bühne dem Begräbnis Zerbinos als guter Schauspieler gefolgt, hatte eine leidtragende

Miene angenommen und Seufzer dabei ausgestoßen, worüber
sich die mürrischsten Kinder halb totlachen wollten . . .

Nun ließen mich der Gärtner und seine Kinder allein. Ohne
recht zu wissen, was ich tat oder tun wollte, stand ich auf.

Meine Harfe lag am Fußende des Bettes. Ich warf sie mir über
die Schulter und wollte gehen, um mich von meinem freund=
lichen Lebensretter zu verabschieden. Wußte ich auch nicht,
wohin, ich fühlte, daß ich fort müsse.

Solange ich im Bett ruhig lag, ging es mir ganz gut, nur die
Glieder waren mir sehr schwer und der Kopf unerträglich heiß.
Kaum aber stand ich auf den Beinen, als ich so schwach wurde,
daß ich mich an einem Stuhl halten mußte, um nicht hinzufal=
len. Ich raffte meine Kräfte zusammen und öffnete die Tür zu
dem angrenzenden Zimmer. Der Gärtner und seine Kinder
saßen bei einem Tisch neben dem Kamin und verzehrten ihre
Suppe.

Der Geruch der Suppe gemahnte mich unbarmherzig daran,
daß ich seit vierundzwanzig Stunden nichts gegessen hatte. Ich
mußte wohl recht elend ausgesehen haben, denn der Vater
fragte mich mitleidig: »Ist dir schlecht, mein Junge?«

»Ja, mir ist nicht sehr gut. Darf ich mich einen Augenblick ans
Feuer setzen?«

Ich brauchte jetzt aber weniger Wärme als etwas zum Essen.
Der Geruch der Suppe und das Klappern der Löffel machten
mich noch hungriger.

Wie gern hätte ich um einen Teller Suppe gebeten. Aber Vitalis
lehrte mich nicht, die Hand auszustrecken, und von Natur war
ich nicht zum Bettler geschaffen. Ich wollte eher Hungers ster=
ben als eingestehen, daß ich hungerte. Woher das kam, wußte
ich freilich selbst nicht; möglicherweise daher, weil ich nie
um etwas bitten mochte, das ich nicht zurückerstatten konnte.

Das kleine Mädchen mit dem wunderbaren Blick, das nicht
sprach und von dem Vater Lisa genannt wurde, saß mir gegen=
über. Statt aber zu essen, sah sie mich unverwandt an. Mit
einemmal stand sie auf und reichte mir ihren mit Suppe gefüll=
ten Teller.

Mir versagte die Stimme, und ich wollte ihr gerade durch eine
Handbewegung danken, als sich der Vater ins Mittel legte.

»Nimm nur, mein Junge«, sagte er, »was Lisa gibt, ist gern
gegeben; nach diesem Teller ist noch einer da, wenn's dir
schmeckt.«

Ob es mir schmeckte! Der Teller Suppe war schnell geleert. Als ich meinen Löffel hinlegte, stieß Lisa, die vor mir stand und mich fest ansah, als Zeichen der Befriedigung einen leisen Schrei aus, hielt ihrem Vater meinen Teller hin und brachte ihn mir mit einem lieben, aufmunternden Lächeln zurück, daß ich im ersten Augenblick trotz meines Hungers gar nicht daran dachte, ihr den Teller abzunehmen. Die Suppe ver= schwand fast ebenso schnell wie das erste Mal, und die Kinder, die mir zusahen, lächelten nicht mehr wie anfangs, sondern brachen in ein herzhaftes Lachen aus.

»Nun, mein Junge«, sagte der Gärtner, »du bist kein Kost= verächter!«

Ich errötete bis unter die Haarwurzeln, dachte aber, es sei besser, die Wahrheit zu gestehen, als den Schein der Gefräßig= keit auf mich zu laden, und antwortete, daß ich tags vorher kein Mittagessen gehabt hätte.

»Und ein Frühstück wohl auch nicht?« fragte der Vater.

»Nein.«

»Und dein Herr?«

»Für ihn gab es nicht mehr als für mich.«

»Der arme Mann! Dann hat ihn nicht allein die Kälte, sondern auch der Hunger getötet.«

Die Suppe gab mir neue Kraft. Ich stand auf.

»Wohin willst du?« fragte der Vater.

»Ich muß fort.«

»Wohin willst du denn gehen?«

»Ich weiß es nicht.«

»Hast du Freunde in Paris?«

»Nein.«

»Warum kehrst du dann nicht zu deinen Eltern zurück?«

»Ich habe keine Eltern mehr.«

»Du sagtest doch, der Alte mit dem weißen Bart war nicht dein Vater.«

»Das war er auch nicht. Ich habe weder Vater noch Mutter, noch sonst irgendwelche Verwandte, sondern nur eine Pflege= mutter. Mein Herr kaufte mich dem Mann meiner Pflegemutter ab, und seitdem zog ich in der Welt umher. Sie, lieber Herr, sind gut gegen mich gewesen; ich danke Ihnen von ganzem Herzen dafür, und wenn es Ihnen recht ist, so komme ich Sonntag wieder und spiele Ihnen zum Tanz auf. Vielleicht kann ich Ihnen dadurch ein wenig Vergnügen machen.«

Während ich sprach, ging ich zu der Tür. Ich machte aber kaum ein paar Schritte, als mich Lisa bei der Hand nahm und freundlich lächelnd auf meine Harfe wies. Das war nicht miß= zuverstehen; ich fragte sie, ob ich spielen sollte, worauf sie nickte und fröhlich in die Hände klatschte.

»Ja«, sagte der Vater, »spiele ihr etwas vor.«

Sowenig mir der Sinn nach Tanzen und Heiterkeit stand, so spielte ich doch meinen besten Walzer. Ach, warum konnte ich nicht so spielen wie Vitalis, um diesem kleinen Mädchen, deren Augen einen solchen Zauber auf mich ausübten, eine Freude zu machen!

Zuerst sah sie mich unverwandt an, ohne sich zu regen. Dann begann sie mit den Füßen den Takt zu treten, und nicht lange, so drehte sie sich mit strahlendem Gesicht anmutig im Kreis herum, als sei sie von der Musik hingerissen, während die beiden Brüder und die ältere Schwester ruhig sitzen blieben.

Der Vater, der von seinem Platz am Kamin aus den Blick nicht von der Kleinen wandte, war gerührt und klatschte wiederholt in die Hände. Sobald der Tanz zu Ende war und ich einhielt, machte sie mir eine zierliche Verbeugung, setzte sich mir gegen= über, berührte meine Harfe und gab mir durch ein Zeichen zu verstehen, ich möge noch mehr spielen.

Ich wollte mit Freuden den ganzen Tag für sie musizieren. Der Vater fürchtete aber, sie werde sich durch das Tanzen zu sehr ermüden, und sagte, es sei genug. Nun sang ich das schwer= mütige neapolitanische Lied, das mich Vitalis einst lehrte.

> Fenesta vascia e patrona crudele
> Quanta sospire m'aje fatto jettare.
> M'arde stocore comm'a na cannela
> Bella quanno te sento anno menare.

Lisa stellte sich vor mich hin und sah mir gerade in die Augen. Sie bewegte die Lippen, wie um die Worte innerlich zu wieder= holen. Als die Melodie des Liedes trauriger wurde, wich sie langsam einige Schritte zurück, bis sie sich beim Ende des Liedes ihrem Vater weinend in den Schoß warf.

»Nun ist's genug!« sagte dieser.

»Ist sie dumm«, meinte Bruder Benjamin, »erst tanzt sie und weint gleich hinterher.«

»Nicht so dumm wie du, denn sie hat Verständnis für die

Musik«, wies ihn die ältere Schwester zurecht und beugte sich über die Kleine, um sie zu küssen.

Ich warf nun meine Harfe wieder über die Schulter und ging zu der Tür.

»Wohin gehst du?« fragte Lisas Vater wieder.

»Fort!«

»Du hängst wohl sehr an deinem Musikantenhandwerk?«

»Ich habe kein anderes.«

»Fürchtest du dich nicht auf der Landstraße?«

»Ich kenne ja keine Heimat.«

»Aber die vergangene Nacht muß dir doch zu denken gegeben haben!«

»Ja gewiß, ein gutes Bett und ein Platz am Herd wären mir lieber.«

»Willst du bei uns bleiben und dir beides verdienen? Dann kannst du mit uns leben, mußt aber auch mit uns arbeiten. Du wirst verstehen, daß ich dir weder ein Leben des Müßig= ganges noch des Überflusses bieten kann. Du wirst dich an= strengen müssen, mit der Sonne aufstehen und dein Brot im Schweiß deines Angesichts erwerben, wenn du auf meinen Vorschlag eingehst.«

Lisa blickte durch Tränen lächelnd nach mir hin. Ich war über dies Anerbieten so sehr überrascht, daß ich einen Augenblick unschlüssig dastand. Ich konnte den Sinn der Worte, die an mein Ohr drangen, kaum fassen.

Da kam Lisa wieder auf mich zu, nahm mich bei der Hand und führte mich vor einen farbigen, an der Wand hängenden Stich, der den heiligen Johannes mit einem Schafpelz bekleidet dar= stellte. Sie forderte ihren Vater und die Geschwister durch Zeichen auf, das Bild anzusehen. Dann deutete sie auf mich, strich über meinen Schafpelz und wies zuletzt auf meine Haare, die in der Mitte gescheitelt waren und mir in Locken auf die Schultern fielen.

»Das ist wahr«, sagte der Vater, »er gleicht dem heiligen Johan= nes wirklich ein wenig.«

Lisa schlug die Hände fröhlich lachend zusammen.

»Nun«, kam der Vater wieder auf seinen Vorschlag zurück, »leuchtet dir ein, was ich sagte, mein Junge?«

Mich überkam bei diesen Worten ein Gefühl, als könne das Leben aufs neue für mich beginnen. — Ich sollte wieder eine Heimat haben! Oft malte ich mir aus, daß ich meine Eltern einmal wiederfinden würde, aber an Geschwister dachte ich nie, und nun sollte ich diese Jungen meine Brüder und Lisa mein Schwesterchen nennen dürfen!

Ich besann mich nicht lange, sondern nahm meine Harfe rasch von der Schulter.

»Das heiß' ich eine Antwort!« sagte der Vater. »Da sieht man doch, daß sie gern gegeben wird. Häng dein Instrument dort an den Nagel, mein Junge, und gefällt dir's einmal nicht mehr bei uns, so kannst du's wieder herunternehmen und deinen Flug von neuem beginnen. Dann mach es aber wie die Schwal= ben und wähle die richtige Jahreszeit dazu!«

Damit war alles erledigt und ich in die Familie des braven Gärtners aufgenommen.

Der Mann hieß Acquin. Die Mutter war ein Jahr nach Lisas Geburt gestorben und damit der ältesten Schwester Etiennette die Sorge für die kleine Schwester, für den Vater und die beiden Brüder zugefallen, obwohl sie nur zwei Jahre älter war als Alexis, der zweite der Geschwister.

So bedeutete auch hier, wie so oft in Arbeiterfamilien, das Recht der Erstgeburt die Erbschaft einer schweren Verantwort= lichkeit. Anstatt die Schule zu besuchen, mußte Etiennette da= heim bleiben, die Anzüge des Vaters und der Brüder in Ord= nung halten, sich mit Lisa beschäftigen, dem Vater die Suppe bereiten, ehe er morgens auf den Markt fuhr, am Trog stehen und waschen, im Sommer in ihren freien Augenblicken im Garten gießen helfen und im Winter häufig nachts aufstehen, um die Pflanzen vor plötzlich eintretendem Frost zu schützen.

Die Erfüllung aller dieser Pflichten ließ ihr keine Zeit, Kind zu sein, mit Freundinnen zu spielen oder zu scherzen. Sie sah mit ihren vierzehn Jahren schon so verständig und schwermütig aus, als wäre sie fünfunddreißig.

Lasteten mithin alle Sorgen einer Mutter auf Etiennette, so war die kleine Lisa der Abgott der Familie. Das arme Kind verlor als Folge einer Krankheit kurz vor dem vierten Jahre den Ge= brauch der Sprache. Ihre geistige Entwicklung war aber da= durch nicht betroffen. Sie war im Gegenteil ein sehr kluges und frühreifes Kind. Sie verstand nicht nur alles, was gesprochen wurde, sondern konnte sich auch durch Zeichen deutlich aus= drücken. Sie war so artig, sanft und gut, dabei lebhaft und heiter, daß jedermann sie gern haben mußte.

Kaum fünf Minuten waren verstrichen, seit meine Harfe an

dem Nagel hing, und eben war ich dabei zu schildern, wie es meinem Herrn und mir während der letzten Nacht ergangen, als ich draußen kläglich bellen hörte. Zur gleichen Zeit ließ sich ein eifriges Kratzen an der Haustür vernehmen.

»Das ist Capi!« rief ich und stand schnell auf, um ihn einzu= lassen. Lisa aber war mir schon zuvorgekommen, und mit einem Satz sprang der Hund auf mich zu. Ich nahm ihn auf den Arm, und nun leckte mir das arme Tier, das am ganzen Körper zit= terte, das Gesicht und bellte laut und freudig.

»Und Capi?« fragte ich schüchtern.

»Capi kann bei dir bleiben!«

Der Hund sprang auf die Erde, legte die Pfote aufs Herz und dankte, als hätte er verstanden, um was es sich handelte. Das belustigte die Kinder, besonders Lisa, so sehr, daß ich ihn eines seiner Kunststücke zum besten geben lassen wollte. Aber er wollte nichts davon wissen, sondern sprang mir auf den Schoß, leckte mich, sprang wieder herunter und zupfte mich am Ärmel; offenbar sollte ich mit ihm kommen.

»Er will dich zu deinem Herrn führen«, meinte der Vater und fügte hinzu, daß die Polizei im Laufe des Tages wiederkommen würde, um mich zu vernehmen.

Aber das konnte vielleicht noch lange dauern, und ich wünschte schon dringend Auskunft über meinen Herrn, der ja möglicherweise nicht tot, sondern, wie ich, zum Leben zurück= gekehrt war.

Der Vater bemerkte meine Unruhe. Er erriet den Grund und ging sogleich mit mir auf das Polizeibüro, wo man Fragen über Fragen an mich richtete. Ich beantwortete sie aber nicht früher, als bis ich die Versicherung erhielt, daß der gute Vitalis wirklich tot war. Dann erzählte ich das wenige, was ich wußte. Dies genügte dem Polizeikommissar bei weitem nicht. Er befragte mich von neuem sehr eingehend über Vitalis und mich, wor= auf ich nur antworten konnte, daß ich elternlos sei und daß mich Vitalis dem Mann meiner Pflegemutter mit einer im vor= aus entrichteten Summe Geldes abgemietet habe.

»Und was nun?« fragte der Kommissar.

»Wir werden für ihn sorgen, falls Sie ihn uns anvertrauen wollen«, sagte der Vater, und natürlich war der Kommissar nicht nur ganz bereit dazu, sondern belobte den braven Gärtner außerdem noch wegen seiner guten Tat.

Waren so meine eigenen Angelegenheiten durch Vater Acquins

Vermittlung leicht und schnell erledigt, so war es um so schwe=
rer für mich, Auskunft über meinen Herrn zu geben, da ich
einerseits nichts oder doch fast nichts über seine Vergangen=
heit mußte. Anderseits war ich mir durchaus nicht im klaren,
ob ich die geheimnisvollen Drohungen Garofolis erwähnen
sollte. Durfte nach seinem Tod offenbar werden, was mein
Herr zu seinen Lebzeiten so sorgfältig verborgen hielt?
Aber es ist nicht leicht für ein Kind, einem Polizeikommissar,
der sein Handwerk versteht, etwas zu verbergen. Diese Leute
wissen ihre Fragen so geschickt zu stellen, daß man ihnen in
demselben Augenblick in die Hände fällt, wo man ihnen zu ent=
schlüpfen glaubt.
So gelang es auch meinem Kommissar, in weniger als fünf
Minuten alles aus mir herauszubekommen, was ich verschwei=
gen, er aber wissen wollte. Er sagte dann zu einem Schutzmann:
»Wir brauchen den Jungen nur zu diesem Garofoli zu führen.
Einmal in der Rue de Lourcine, wird er das Haus leicht wieder=
erkennen; Sie gehen dann mit hinauf und vernehmen Garo=
foli!«
Wir machten uns also alle drei auf den Weg: der Polizist, der
Gärtner und ich. Wie der Kommissar richtig vermutete, er=
kannte ich das Haus leicht wieder, und wir stiegen die vier
Stockwerke hinauf.
Mattia sah ich nicht — der arme Junge mochte wohl endlich im
Krankenhaus sein. Garofoli aber erschrak heftig und wechselte
die Farbe, sobald er den Polizisten erblickte. Als dieser ihm
aber den Zweck unseres Kommens auseinandersetzte, gewann
er seine Fassung zurück und fragte: »So ist der arme Alte ge=
storben?«
»Haben Sie ihn gekannt?« war die Gegenfrage des Schutz=
mannes.
»Allerdings.«
»So sagen Sie mir, was Sie über ihn wissen!«
»Das ist bald erzählt. Er hieß nicht Vitalis, sondern Carlo
Balzani, und vor fünfunddreißig oder vierzig Jahren würde der
Klang dieses Namens genügt haben, Sie über den Mann aufzu=
klären. Denn zu jener Zeit war Carlo Balzani der berühmteste
Sänger Italiens. Wo er auftrat — und er ist auf allen unseren
großen Bühnen aufgetreten: in Neapel, Rom, Mailand, Florenz,
Venedig, London und Paris —, hatte er denselben außerordent=
lichen Erfolg.

Eines Tages verlor er seine Stimme. Er verließ die Bühne, denn er wollte kein Sänger zweiten Ranges sein. Er ließ seinen Namen Carlo Balzani fallen und versteckte sich als ›Vitalis‹ vor allen, die ihn in seiner guten Zeit kannten. Doch mußte er leben und versuchte mancherlei, aber nichts glückte ihm. Er sank von Stufe zu Stufe, bis er endlich mit abgerichteten Hun= den in der Welt umherzog. Doch ist ihm sein Stolz auch im Elend geblieben; ja er wäre vor Scham gestorben, hätte das Publikum je erfahren, daß sich der ruhmumstrahlte Carlo Bal= zani in den armen Vitalis verwandelte. Ich selbst erfuhr dies Geheimnis nur durch Zufall.«

Das also war die Lösung des Rätsels, das mir so viel zu den= ken gegeben hatte! Carlo Balzani oder Vitalis, meinem Geden= ken wirst du stets heilig bleiben!

Leben im Gärtnerhaus

Der Vater versprach mir, mich zu dem Begräbnis meines Herrn zu geleiten. Ich trug aber von der eisigen Nacht, die Vitalis das Leben gekostet, ein heftiges Fieber davon, so daß ich am ande= ren Morgen das Bett nicht verlassen konnte. Schüttelfrost und Hitzeanfälle folgten einander in stetem Wechsel. Mir war, als brenne ein Feuer in meiner Brust und als sei ich ebenso krank wie Joli=Cœur nach der im Schnee auf dem Baum verbrachten Nacht.

Obwohl arme Leute sich nicht gern an den Arzt wenden, war meine Erkrankung doch so schwer, daß für mich eine Aus= nahme von der Regel gemacht wurde. Als der Doktor kam, bedurfte es weder einer langen Untersuchung noch einer um= ständlichen Erzählung, um meine Krankheit zu erkennen; ich hatte eine heftige Lungenentzündung und sollte ins Kranken= haus gebracht werden.

Das war allerdings das einfachste und leichteste. Aber der Vater wollte nichts davon wissen, sondern entgegnete sehr be= stimmt, da ich vor seiner Tür erkrankt war und nicht vor der des Krankenhauses, so müsse er mich auch behalten, und so viel Mühe der Arzt sich auch gab, diese Schlußfolgerung zu bekämpfen, Vater Acquin ließ sich nicht wankend machen. Er hielt es für seine Pflicht, mich zu behalten. Ich lernte nun die wahre Herzensgüte meiner neuen Familie, besonders aber die Aufopferungsfähigkeit Etiennettes, in vollem Maß kennen.

Das Mädchen übernahm zu all ihren übrigen Pflichten auch noch das Amt der Krankenpflegerin und pflegte mich freund= lich und sorgfältig, ohne je Ungeduld zu zeigen oder etwas zu vergessen. Mußte sie mich um der häuslichen Arbeiten wil= len verlassen, so nahm Lisa ihren Platz an meinem Bett ein; wie oft sah ich sie dort sitzen, die großen Augen ängstlich auf mich gerichtet! In meinen Fieberphantasien hielt ich die Kleine dann wohl für meinen Schutzengel und sprach von meinen Wünschen und Hoffnungen mit ihr wie mit einem höheren Wesen.

Ich mußte lange und schwer leiden, da ich mehrfache Rück= fälle bekam. Eine Mutter wäre vielleicht verzagt, aber Etien= nettes Geduld und Aufopferung waren unerschöpflich, und gar manche Nacht, wenn mir die Brust so angegriffen war, daß ich zu ersticken glaubte, hielten Alexis und Benjamin abwechselnd getreulich Wache an meinem Lager.

Endlich war die Macht der Krankheit gebrochen, und als das Frühjahr die Wiesen aufs neue mit frischem Grün schmückte, war ich imstande, das Zimmer zu verlassen.

Von da an nahm Lisa, die ja noch nicht arbeiten konnte, die Stelle ihrer älteren Schwester ein und führte mich an den Ufern der Nièvre spazieren. Gegen Mittag, wenn die Sonne am höch= sten stand, gingen wir hinaus, wanderten Hand in Hand, ge= folgt von Capi, langsam weiter. Sehr bald lernte ich so gut, mich durch Blicke und Gebärden mit meiner kleinen Führerin zu verständigen, daß auch ich aufhörte, mit Worten zu ihr zu sprechen.

Das Frühjahr war warm und schön — allmählich kehrten meine Kräfte zurück, so daß ich hoffen durfte, mich bald an der Gartenarbeit beteiligen zu können. Ich erwartete den Augen= blick mit Ungeduld, denn es lag mir sehr daran, den braven Leuten ihre fürsorgende Güte nach Kräften zu vergelten. Aller= dings hatte ich eigentlich noch niemals gearbeitet, denn weite Märsche, so beschwerlich sie sind, nehmen doch die Willens= kraft und Aufmerksamkeit nicht so ungeteilt wie eine fort= laufende Arbeit in Anspruch; aber ich besaß einen festen Willen und glaubte daher, daß ich gut und jedenfalls so un= verdrossen arbeiten würde wie die, die ich um mich tätig sah.

Es war um die Zeit, wo die ersten Levkojen nach Paris gebracht wurden. Augenblicklich beschäftigte sich daher Vater Acquin ausschließlich mit der Zucht dieser Blumen, von denen unser Garten ganz voll war: es gab rote, weiße, blaue, alle nach den Farben abgeteilt; das sah ganz reizend aus, und abends, ehe die Treibfenster geschlossen wurden, war die Luft von dem wun= derbaren Geruch der Levkojen getränkt.

Da ich noch immer schwach war, wurde mir die Aufgabe zuge= teilt, morgens, sobald der Nachtfrost vorüber war, die Glas= fenster zu öffnen und sie abends zu schließen. Während des Tages aber mußte ich die Pflanzen vor der Sonnenglut schützen, indem ich Strohdecken auf die Fenster legte. Das war weder schwierig noch besonders mühsam, erforderte aber viel Zeit, weil sich mehrere hundert Treibfenster unter meiner Aufsicht befanden.

Lisa beschäftigte sich unterdessen bei der Wasserwinde, durch die das zum Begießen erforderliche Wasser aus dem Brunnen gewunden wurde. Die alte Lene, ein abgesetztes Wagenpferd, dessen Augen mit einer Ledermaske verbunden waren, drehte die Maschine, und sobald sie ermüdete und langsamer wurde, trieb Lisa sie durch Peitschenknallen zur Eile an. Einer der Brüder leerte die vollen Eimer, der andere half dem Vater. So war jedem sein Amt zugeteilt, und keiner verlor seine Zeit.

Früher sah ich die Bauern in Chavanon auf ihren Feldern, machte mir aber keinen Begriff davon, wie rastlos und ange= strengt die Gärtner in der Umgebung von Paris arbeiteten, die vor Sonnenaufgang aufstehen, sich spät nach Sonnenunter= gang schlafen legen und während dieses langen Tages ihre Kräfte nicht schonen. Ich sah wohl, wie Felder bebaut wurden, ahnte aber nie, wie sehr man ihre Fruchtbarkeit durch Arbeit steigern kann. Bei Vater Acquin war ich in einer guten Schule.

In demselben Maß, wie ich mich kräftigte, wurde meine Be= schäftigung vielseitiger — ich blieb nicht immer auf die Treib= hausfenster beschränkt, sondern erfuhr bald die Freude, etwas pflanzen zu dürfen, und die noch größere, es aufgehen zu sehen. Das war meine eigene Arbeit und gewissermaßen meine Schöpfung, die mich mit freudigem Stolz erfüllte, zeigte ich doch auf diese Weise, daß ich zu etwas taugte, und was noch mehr war, ich gewann selbst die Überzeugung, mich nützlich machen zu können.

Trotz der Anstrengungen, die mein neues Leben mit sich

brachte, gewöhnte ich mich schnell an dieses arbeitsreiche Dasein, das so gar keine Ähnlichkeit mit meiner zigeuner= haften Vergangenheit besaß. Anstatt frei herumzulaufen wie früher, ohne andere Mühe, als geradeaus der Landstraße zu folgen, hieß es nun zwischen den Mauern eines Gartens ein= geschlossen bleiben und vom Morgen bis zum Abend schwer arbeiten; barfuß, helle Schweißtropfen auf der Stirn, die Gieß= kanne in der Hand.

Aber um mich her arbeitete jeder gleich angestrengt. Des Vaters Gießkanne war schwerer als die meine, ihm stand der Schweiß in noch größeren Tropfen auf der Stirn als uns. Es ist etwas Herrliches um die Gleichheit der Arbeit.

Vor allem aber fand ich hier, was ich auf immer verloren zu haben glaubte — das Familienleben. Ich war nicht mehr allein, nicht mehr das heimatlose Kind. Ich besaß mein eigenes Bett, meinen Platz an dem Tisch, der uns alle vereinigte, und ge= rieten die Brüder und ich wohl einmal tätlich aneinander, so trugen wir uns das niemals nach, sondern waren abends, wenn wir um die dampfende Suppe saßen, immer wieder die besten Freunde.

Übrigens ging unser Leben nicht nur in Arbeit und Mühe auf. Es gab auch Muße= und Erholungsstunden, und um so köst= lichere, als sie knapp zugemessen waren.

Sonntags nachmittags saßen wir alle zusammen in einer an das Haus stoßenden kleinen Weinlaube. Ich nahm dann meine Harfe von der Wand und spielte den Geschwistern zum Tanz auf. Mochten sie nicht mehr tanzen, so mußte ich alles singen, was ich wußte, und mein neapolitanisches Lied machte stets denselben tiefen Eindruck auf Lisa — nie habe ich die letzte Zeile gesungen, ohne ihre Augen feucht werden zu sehen.

Zur Abwechslung führte ich wohl zum Schluß ein lustiges Stück mit Capi auf, dem der Sonntag dadurch auch zum Feier= tag wurde. Gern hätte er, nachdem seine Rolle zu Ende ge= spielt war, stets wieder von vorn angefangen; das rief ihm die alten Zeiten zurück!

In dieser Weise vergingen fast zwei Jahre. Der Vater nahm mich häufig mit auf den Markt oder ging mit mir zu den Blumen= händlern, denen wir unsere Pflanzen verkauften; so lernte ich Paris allmählich kennen.

Ich sah die Denkmäler und Statuen, besichtigte die Bauwerke, ging auf die Kais, die Boulevards, in den Luxembourg=, den

Tuileriengarten und auf den Champs=Élysées. Das Gedränge, die stete Bewegung der Massen auf den Straßen versetzte mich in staunende Bewunderung, und nach und nach lernte ich die scheinbare Sinnlosigkeit des Großstadtgetriebes zu durch= schauen und zu begreifen.

Glücklicherweise aber wurde auch noch auf andere Art für meine Ausbildung gesorgt, nicht bloß durch das, was ich sah oder von ungefähr auf meinen Wanderungen durch Paris lernte. Ehe sich der Vater selbständig als Gärtner niederließ, arbeitete er in den Baumschulen des Botanischen Gartens. Er war dort mit Männern der Wissenschaft in Berührung gekom= men und durch sie zum Lesen und Lernen angeregt worden, so daß er mehrere Jahre hindurch seine Ersparnisse dazu ver= wandte, Bücher zu kaufen, die er in seinen Mußestunden las. Nach seiner Verheiratung waren diese Mußestunden freilich immer seltener geworden, da er vor allen Dingen das tägliche Brot verdienen mußte. Darüber wurden die Bücher wohl ver= nachlässigt, aber weder verkauft noch verloren, sondern sorg= fältig aufbewahrt. Zufälligerweise nun war der erste Winter, den ich in der Familie Acquin zubrachte, sehr lang, die Garten= arbeit wurde monatelang durch den Frost unterbrochen. Der Vater zog die alten Bücher aus ihrem Versteck hervor und verteilte sie unter uns, um die langen Abende auszufüllen. Alexis und Benjamin, die die Vorliebe ihres Vaters für das Studium nicht geerbt hatten, schliefen allerdings schon über der dritten oder vierten Seite ein. Ich aber, neugieriger und weniger schlaflustig als sie, las bis zu dem Augenblick, wo wir zu Bett gingen.

Vitalis' Unterricht war nicht verloren gewesen, und jeden Abend vor dem Einschlafen dachte ich des Verstorbenen in meinem Gebet mit Dankbarkeit.

Mein Wunsch zu lernen erinnerte den Vater an die Zeit, als er sich zwei Sous vom Frühstück absparte, um Bücher dafür zu kaufen, und er fügte seinem kleinen Vorrat jetzt noch einige weitere Werke hinzu, die er mir von Paris mitbrachte. Die Aus= wahl hing ganz und gar vom Zufall oder von den Verheißun= gen des Titels ab, immerhin aber waren es Bücher, und sie richteten in meinem ungeleiteten Geist auch ein wenig Unord= nung an; so glich sich dies später von selbst aus, da nur das Gute haftenblieb und bis heute haftengeblieben ist.

Lisa konnte nicht lesen. Sie sah aber, wie ich mich in jedem freien Augenblick in meine Bücher vertiefte, und war begierig, zu erfahren, was mich denn so lebhaft interessierte. Anfangs wollte sie mir die Bücher wegnehmen, weil sie lieber mit mir spielen mochte. Sie sah aber, daß ich immer wieder zu ihnen zurückkehrte.

Da bat sie mich, ihr daraus vorzulesen. Das bildete ein neues Band zwischen uns.

Wie viele Stunden verbrachten wir miteinander: sie vor mir sitzend, ohne die Augen von mir zu wenden, ich ihr vorlesend! Kam ich an Worte oder Stellen, die ich nicht verstand, so hielt ich ein und sah sie fragend an. Dann dachten wir oft lange nach, und fanden wir keine Erklärung, so machte sie mir nach einer Weile ein Zeichen fortzufahren. Ich lehrte sie auch zeichnen — oder was ich zeichnen nannte; das war zwar eine lange und schwierige Arbeit, aber dennoch kam ich beinahe ans Ziel. Ein so unberufener Lehrer ich auch war, wir verstanden uns immer. Welche Freude, wenn sie einige Striche machte, die ungefähr erkennen ließen, was sie ausführen wollte! Vater Acquin gab mir sogar einmal einen Kuß und sagte freundlich lachend:

»Wahrhaftig, ich hätte eine größere Dummheit begehen können als dich bei mir behalten. Lisa wird dir das später vergelten!«

»Später« — das sollte heißen, sobald sie würde sprechen können. Für den Augenblick bestand zwar wenig Hoffnung dazu, doch die Ärzte meinten, daß sie durch einen seelischen Schock später die Sprache wiedergewinnen könne.

»Später« — das bedeutete auch die schwermütige Gebärde meiner kleinen Freundin, wenn ich ihr meine Lieder vorsang. Sie wünschte Harfe spielen zu lernen, und ihre Finger taten es den meinen schnell nach, aber daß sie nicht singen lernen konnte, machte ihr Kummer. Wie oft erzählten mir die Tränen in ihren Augen von ihrem Schmerz, so schnell sie sich auch wieder aufraffte, die Augen trocknete und mir ergebungsvoll lächelnd durch ein Zeichen »später!« sagte.

Vom Vater Acquin wie ein Sohn, von den Kindern wie ein Bruder angesehen, glaubte ich langsam daran, auf immer hier bleiben zu können, und fühlte mich glücklich dabei.

Mitunter freilich kamen Tage, an denen ich mir sagte: »Du lebst zu glücklich, Remi. Wird es Bestand haben?«

Die Folgen eines Unwetters

Die Levkojenzeit war vorüber. Nun pflanzten wir alle erdenk=
lichen Sorten von Blumen, Dahlien, Nelken, Astern und Fuch=
sien, so viele wir in den Treibhäusern nur unterbringen konn=
ten.

Alle diese Blumen mußten genau an einem bestimmten Tag zur
Blüte kommen, weder früher noch später. Dazu gehörte eine
gewisse Geschicklichkeit, denn das Wetter läßt sich nicht be=
fehlen. Vater Acquin aber war Meister in dieser Fertigkeit, und
seine Pflanzen blühten stets im richtigen Augenblick. Aber
welche Sorgfalt, welche Arbeit verwandte er darauf!

In diesem Sommer ließ sich alles vortrefflich an. Wir hatten
den fünften August, sämtliche Pflanzen waren im Begriff, die
Knospen zu sprengen, und der Vater rieb sich vergnüglich die
Hände.

»Es gibt ein gutes Jahr«, sagte er zu seinen Söhnen und über=
schlug schmunzelnd, wieviel ihm der Verkauf aller dieser
Blumen einbringen werde.

Wir mußten angestrengt arbeiten, um soweit zu kommen, und
gönnten uns nicht einmal an den Sonntagen einen Augenblick
Ruhe. Nun aber war alles in bester Ordnung. Der Vater be=
schloß, uns an diesem fünften August, der gerade auf einen
Sonntag fiel, eine besondere Erholung für unseren Fleiß zu
gewähren. Bis drei oder vier Uhr sollte noch gearbeitet werden,
dann wollten wir das Haus abschließen und alle miteinander,
Capi inbegriffen, nach Arcueil wandern, um bei einem Freund
des Vaters, der auch Gärtner war, zu Mittag zu essen. Gleich
nach dem Essen wollten wir wieder aufbrechen, um nicht zu
spät ins Bett zu kommen und am Montag zu früher Stunde
frisch und munter bei der Arbeit sein zu können.

Welche Freude!

Kurz vor drei Uhr drehte der Vater den Schlüssel in der großen
Tür zu und kommandierte lustig: »Alle Mann, marsch!«

»Vorwärts, Capi!« rief ich, nahm Lisa bei der Hand und lief
mit ihr voraus, begleitet von dem munteren Gebell Capis, der
vor uns hersprang und wohl dachte, wir würden nun unser
altes Leben auf der Landstraße wieder aufnehmen. Das hätte
ihm besser behagt als sein jetziges ruhiges Dasein. Ich konnte
mich nur selten mit ihm beschäftigen, und der arme Hund
langweilte sich so manchen Tag.

Wir waren alle sonntäglich gekleidet. Wie ich selbst aussah, weiß ich nicht mehr, Lisa war aber mit ihrem Strohhut, ihrem blauen Kleid und den grauen Leinenschuhen das niedlichste kleine Mädchen, das man sich nur vorstellen konnte. Bei aller Lebhaftigkeit besaß sie viel Anmut, die Freude strahlte ihr aus den Augen und sprach aus all ihren Bewegungen.

Die Zeit verging nur zu schnell. Ich wußte nicht, wie. Ich erinnere mich nur noch, wie der Vater gegen Ende der Mahl= zeit bemerkte, daß sich der Himmel im Westen mit schwarzen Wolken überzog. Wir saßen im Freien, unter einem großen Hollunderstrauch, und konnten leicht sehen, daß ein Gewitter im Anzug war.

»Kinder, wir müssen uns beeilen, nach Hause zu kommen!« mahnte der Vater.

»Schon?« ertönte es einstimmig zurück. Lisa wehrte mit den Händen bittend ab.

»Wenn der Wind losbricht«, sagte der Vater, »kann er die Treibfenster einschlagen. Wir müssen fort.«

Dagegen ließ sich nichts einwenden; denn sobald der Wind die Treibfenster zerschlägt, ist der Gärtner zugrunde gerichtet. In den Glashäusern steckt sein Vermögen. Ohne ein Wort zu verlieren, machten wir uns auf den Weg. Der Vater ging mit Alexis und Benjamin mit großen Schritten voraus, ich folgte langsamer mit Etiennette und Lisa. An Lachen, Springen und Laufen dachten wir nicht mehr.

Der Himmel verdunkelte sich zusehends, das Gewitter zog schnell herauf, der Wind erhob sich und jagte dunkle Staub= wirbel vor sich her.

Etiennette und ich nahmen Lisa bei der Hand und zogen sie mit uns fort. Es wurde der Kleinen schwer, uns zu folgen, ob= wohl wir nicht so schnell gingen, wie wir gewünscht hätten.

Der Donner rollte in der Ferne, er kam näher und näher, ein Schlag folgte krachend dem anderen. Würden wir vor Aus= bruch des Gewitters nach Hause kommen? Konnten vor allem der Vater und die Brüder zeitig genug eintreffen, um die Treib= fenster zu retten?

Immer häufiger, immer stärker wurde das drohende Grollen. Schon war es fast Nacht, so dicht ballten sich die Wolken zusammen. Kupferrote Einschnitte zeigten sich darin, sobald sie der Wind auseinandertrieb, und die dunklen Massen muß= ten sich von einem Augenblick zum anderen entladen.

Auf einmal hörten wir inmitten des lauten Donners ein ent=
setzliches, unerklärliches Getöse. Es war, als stürze ein Reiter=
regiment in gestrecktem Galopp davon, um dem Gewitter zu
entfliehen. Da, plötzlich, fing es an zu hageln. Zuerst flogen
uns nur einige Hagelkörner ins Gesicht, aber fast in dem=
selben Augenblick stürzte ein so dichter Hagelschauer auf uns
herab, daß wir unter einer Tür Schutz suchen mußten. Gleich
darauf war die Landstraße mit einer weißen Decke überzogen
wie im stärksten Winter. Die Hagelkörner waren so groß wie
Taubeneier und verursachten beim Niederfallen einen betäu=
benden Lärm, in den sich das Geräusch zerbrochener Scheiben
mischte.

»Die Treibfenster!« jammerte Etiennette.

»Vielleicht ist der Vater noch rechtzeitig eingetroffen«, suchte
ich sie zu trösten, wenn ich auch selbst nicht daran glaubte.

»Wären sie auch vor dem Hagel nach Hause gekommen, so
hätten sie keinesfalls Zeit genug gehabt, die Scheiben mit den
Strohmatten zuzudecken. Nun ist alles verloren!«

»Es heißt ja, daß der Hagel nur stellenweise fällt«, wandte ich
wieder ein.

»Wir sind schon zu nahe am Haus, als daß wir verschont blei=
ben sollen, und fallen die Hagelkörner bei uns mit derselben
Gewalt wie hier, so ist der arme Vater zugrunde gerichtet.«

»O Gott! Er rechnete so sehr auf diese Einnahme und brauchte
das Geld so dringend!« rief Etiennette und starrte trostlos in den
Hagel, wohl wissend, daß sie alles durch ihn verlor.

Ohne sehr genau über die verschiedenen Preise der verschie=
denen Gegenstände unterrichtet zu sein, hörte ich oft sagen,
daß diese Glasfenster fünfzehn= bis achtzehnhundert Franken
das Hundert kosteten, und sah daher nur zu deutlich, welch
ein Unglück es für uns wäre, wenn der Hagel unsere fünf= bis
sechshundert Treibfenster zerschlug, abgesehen von den Pflan=
zen und Gewächshäusern.

Das Unwetter dauerte nur etwa fünf bis sechs Minuten und
hörte dann ebenso plötzlich auf, wie es angefangen hatte. Die
Wolke zog nach Paris zu, und wir konnten unter unserer Tür
herauskommen. Auf der Straße rollten die runden harten Kör=
ner wie Bachkiesel unter den Füßen und lagen stellenweise so
hoch, daß man bis zum Knöchel hineinsank.

Ich nahm Lisa, die mit ihren Leinenschuhen nicht auf diesem
glatten Hagel gehen konnte, auf den Rücken. So heiter die

arme Kleine auf dem Hinweg gewesen war, so traurig war ihr Gesichtsausdruck jetzt; ihre Augen schwammen in Trä= nen.

Nicht lange, so waren wir zu Hause und gingen schnell durch die große, offenstehende Tür in den Garten — welcher Anblick! Alles zerbrochen, zerschmettert. Treibhäuser, Blumen, Glas= stücke, Hagelkörner bildeten ein buntes Gemisch, ein wüstes Durcheinander. Das waren die Reste von dem am Morgen noch so schönen, im Blütenschmuck strahlenden Garten!

Den Vater konnten wir nirgends entdecken. Endlich fanden wir ihn vor dem großen Treibhaus, an dem auch nicht eine Scheibe ganz geblieben war. Er saß in sich zusammengesunken inmit= ten der Trümmer, die den Boden bedeckten. Alexis und Benja= min standen regungslos neben ihm.

Das Krachen der Glasscheiben unter seinen Füßen riß ihn aus seinem Brüten empor. »Meine armen Kinder!« rief er uns ent= gegen. »Meine armen Kinder!« Er nahm dann die kleine Lisa auf den Arm und fing bitterlich zu weinen an, ohne mehr zu sprechen. Was sollte er auch sagen? Denn so groß sich das geschehene Unglück schon dem ersten Anblick darstellte, war es doch in seinen Folgen noch weit entsetzlicher.

Wie mir Etiennette und die beiden Jungen erzählten, kaufte der Vater den Garten vor zehn Jahren, das Haus baute er selbst. Der frühere Besitzer lieh ihm das Geld zur Anschaffung des für die Blumengärtnerei erforderlichen Materials, aber unter der Bedingung, das Ganze in fünfzehn Jahreszahlungen zurück= zuerstatten.

Bis zu jenem Schreckenstag ermöglichte es der Vater durch angestrengte Arbeit und manche Entbehrungen, die Zahlungen pünktlich zu leisten. Dies war aber auch notwendig, da sein Gläubiger nur eine Verzögerung in der Abzahlung abwartete, um Grundstück, Haus und Material wieder an sich zu reißen. Er wollte natürlich die bis dahin entrichtete Summe in der Tasche behalten. Ja er schien seine Berechnungen darauf ange= legt zu haben, daß in den fünfzehn Jahren wohl einmal ein Tag kommen werde, an dem der Vater nicht imstande sein würde, die übernommenen Verpflichtungen einzuhalten. Dank dem Hagel war der ersehnte Tag nun endlich herbeigekommen.

Was nun?

Wir sollten nicht lange in Ungewißheit bleiben. Einen Tag später, als der Vater seine Jahreszahlung leisten sollte, kam ein schwarzgekleideter Herr in das Haus, der nicht allzu höflich aussah und uns ein gestempeltes Papier gab, auf das er zuvor noch auf einer freigelassenen Zeile einige Worte schrieb. Es war ein Gerichtsbote, der von nun an so oft wiederkam, daß er uns endlich alle beim Namen kannte.

Der Vater war von jetzt an nur selten zu Hause, sondern ging in die Stadt, ohne uns zu sagen, wohin. Der sonst so mitteil= same Mann sprach jetzt kaum ein Wort mehr, er mochte wohl zu einigen Geschäftsleuten, wahrscheinlich gar auf das Gericht gehen.

Der Gedanke an das Gericht erschreckte mich mehr als alles andere. Auch Vitalis war vor Gericht erschienen, und ich wußte, was dann folgte.

Ein Teil des Winters verfloß in dieser Weise. Selbstverständ= lich konnten wir weder unsere Gewächshäuser noch unsere Treibhäuser wieder instand setzen lassen und zogen daher Gemüse und Blumen, die keines Schutzes bedurften. So gab es, wenn auch kleineren Gewinn, doch wenigstens Arbeit.

Da kam der Vater eines Abends noch niedergedrückter nach Hause als gewöhnlich und konnte nur die Worte hervorbrin= gen: »Kinder, es ist zu Ende!«

Es lag ihm offenbar etwas besonders Schweres auf dem Herzen. Ich glaubte nicht zuhören zu dürfen, wenn er sich an seine Kinder wandte, und wollte eben hinausgehen, als er mir ein Zeichen machte zu bleiben.

»Gehörst du denn nicht zur Familie?« sagte er. »Und bist du auch nicht alt genug, zu verstehen, was ich zu sagen habe, so bist du doch vom Unglück genug geprüft worden, es nachfüh= len zu können. Kinder, ich muß euch verlassen!«

Ein einziger Ausruf, ein Schrei des Entsetzens war die Antwort auf die Nachricht. Lisa sprang ihm in die Arme und küßte ihn weinend.

»Ihr könnt euch wohl denken, daß man so gute Kinder wie euch, eine so liebe Kleine wie Lisa nicht freiwillig verläßt«, fuhr er fort, indem er Lisa ans Herz drückte. »Aber ich bin verurteilt worden, die Zahlung zu leisten, und da ich kein Geld habe, muß zunächst alles, was wir besitzen, verkauft werden. Das bringt aber noch nicht genug ein, so daß ich außerdem auf fünf Jahre ins Gefängnis gesteckt werde. Weil ich nicht mit Geld zahlen kann, muß ich mit meiner Person, mit meiner Freiheit zahlen.«

»Ja, das ist sehr traurig«, sagte er, als er sah, daß wir alle in Tränen ausbrachen, »aber gegen das Gesetz kann man sich nicht auflehnen, und das Gesetz bestimmt es so. Wahrschein= lich schon in wenigen Tagen muß ich euch auf fünf Jahre Lebewohl sagen. Was soll während dieser Zeit aus euch werden?«

Eine Pause trat ein, dann fuhr der Vater fort: »Ihr könnt euch vorstellen, daß ich mir nach allen Seiten überlegt habe, auf welche Weise ich es einrichten könnte, daß ihr während meiner Haft nicht ganz allein und verlassen zurückbleibt. Ich denke nun, daß Remi an meine Schwester Katharina Suriot in Dreuzy im Departement Nièvre schreiben, ihr unsere Lage auseinan= dersetzen und sie bitten soll herzukommen, denn mit Katha= rina, die viel Geschäftskenntnis hat und nicht leicht den Kopf verliert, können wir das alles am besten überlegen.«

Das war der erste Brief, den ich je schrieb — ein schwerer, pein= licher Auftrag.

So unbestimmt des Vaters Worte klangen, enthielten sie doch einen Schimmer von Hoffnung. Katharina sollte kommen, sie verstand etwas von Geschäften, das genügte uns Kindern voll= ständig. Wir bildeten uns ein, daß für Leute mit Geschäfts= kenntnissen keine Schwierigkeiten vorhanden wären.

Allein sie kam nicht so schnell, wie wir es uns dachten. Der Vater mußte noch vorher ins Gefängnis.

Er wollte eben einen Freund besuchen, ich sollte ihn begleiten. Wir traten auf die Straße, als die Justizwachleute uns entgegen= kamen. Er erbleichte und bat sie mit schwacher Stimme, Ab= schied von seinen Kindern nehmen zu dürfen.

»Sie müssen es nicht zu schwer nehmen, guter Mann«, sagte einer von ihnen. »Das Schuldgefängnis ist gewiß nicht das schlimmste.«

Wir gingen, von ihnen gefolgt, ins Haus zurück. Ich holte die Jungen aus dem Garten, und als wir ins Zimmer traten, hielt der Vater Lisa in den Armen, die heiße Tränen vergoß.

Dann flüsterte ihm einer der Wachleute etwas ins Ohr, was ich nicht verstand.

»Ja«, antwortete der Vater. »Sie haben recht, es muß sein.« Er erhob sich rasch, stellte Lisa auf die Erde, die jedoch seine Hand nicht loslassen wollte, sondern sich fest an ihn klam= merte, und umarmte die drei älteren Kinder.

»Remi, willst du mich nicht auch umarmen, bist du denn nicht mein Kind?« rief er mich dann aus der Ecke, in der ich mich, heftig weinend, verborgen hielt.

Wir waren fassungslos und wollten ihm folgen. Der Vater aber sagte: »Bleibt da, ich befehle es!« Er legte dann Lisas Hand noch in die Etiennettes und ging schnell hinaus.

Ich wollte ihm trotz dem Verbot nachlaufen und näherte mich der Tür, doch Etiennette hieß mich bleiben.

So saßen wir niedergeschmettert in der Küche. Daß diese Verhaftung von einem Tag zum anderen zu erwarten war, wußten wir, aber wir hofften, Katharina werde vorher dasein. Doch Katharina war nicht da.

Etwa eine Stunde nach der Verhaftung des Vaters kam sie und fand uns alle schweigend in der Küche. Selbst Etiennette, die es sonst verstand, unseren Mut aufrechtzuerhalten, war gebrochen. Sie, die sonst so stark, so tapfer war, überließ sich rückhaltlos ihrem Schmerz. Unser Steuermann war über Bord gefallen; ratlos, verzweifelten Herzens trieben wir auf dem Ozean des Lebens.

Die Tante Katharina war eine kluge und verständige Frau von großer Tatkraft und festem Willen. Sie war zehn Jahre lang in Paris gewesen, hatte sich viel in der Welt durchhelfen müssen und wußte sich, wie sie selbst sagte, zurechtzufinden — es war uns eine Erleichterung, sie befehlen zu hören und ihr zu gehorchen. Wir sahen wieder einen vorgezeichneten Weg vor uns und konnten einer bestimmten Richtung folgen.

Für eine Bäuerin ohne Erziehung und Vermögen wurde ihr eine schwere Verantwortung auf die Schulter geladen, wohl dazu geeignet, auch die Tapferste aus der Ruhe zu bringen. Es war nicht leicht für sie, sich einer Familie von Waisen anzunehmen, deren älteste kaum sechzehn Jahre alt und deren jüngste stumm war. Katharina ließ sich aber nicht entmutigen.

Als junges Mädchen diente sie in der Familie eines Notars. Sie fragte ihn nun um Rat und bestimmte nach seinen Ansichten unsere Zukunft. Dann ging sie zu dem Vater ins Gefängnis, um sich mit ihm zu verständigen, und acht Tage nach ihrer Ankunft in Paris, ohne nur einmal mit uns über die unternommenen Schritte gesprochen zu haben, teilte sie uns den gefaßten Entschluß mit.

Wir waren zu jung, um allein zu bleiben. Jedes der Kinder sollte zu einem der Verwandten gehen, die sich bereit erklärten, sie bei sich aufzunehmen.

Lisa sollte bei Tante Katharina bleiben, Alexis zu einem Onkel gehen, der in den Kohlenwerken von Varses in den Cevennen arbeitete, Benjamin zu einem anderen, der in St=Quentin Gär= ner war. Etiennette endlich zu einer Tante, die in Esnandes ver= heiratet war.

Ich hörte und wartete, ob die Reihe an mich käme. Da Tante Katharina jedoch schwieg, so kam ich hervor und fragte: »Und ich?«

»Du? Du gehörst ja nicht zur Familie.«

»Ich will für euch arbeiten.«

»Das mag schon sein. Wir haben aber keinen Platz.«

»Fragen Sie Alexis und Benjamin, ob ich nicht gern arbeite.«

»Aber du ißt ebenso gern, nicht wahr?«

»Ja, ja, er gehört zu uns«, riefen alle wie aus einem Mund.

Lisa ging auf ihre Tante zu und faltete die Hände mit einer Gebärde, die mehr sagte als die längsten Reden.

»Arme Kleine«, sagte die Tante Katharina, »du bittest, daß er mit dir gehen soll. Das begreife ich wohl. Aber sieh, im Leben kann man nicht immer tun, was man möchte. Du bist meine Nichte, und wenn wir nach Hause kommen und mein Mann mir ein unfreundliches Wort sagt, so brauche ich ihm nur entgegenzuhalten: ›Sie gehört zur Familie — wer nimmt sich ihrer an, wenn wir es nicht tun?‹ Und was ich da für mich sage, gilt für alle anderen in gleichem Maße, sowohl für die Onkel in St=Quentin und Varses wie für die Tante in Esnan= des. Verwandte nimmt man wohl auf, aber keine Fremden. Denn das Brot ist schon für die eigene Familie knapp, für Fremde reicht es nicht aus.«

Gegen diesen Schluß ließ sich nichts einwenden, denn wenn wir einander auch so innig liebten wie leibliche Geschwister, was die Tante sagte, war nur zu wahr. Ich gehörte nicht zur Familie und konnte nichts beanspruchen.

Die Tante Katharina pflegte die Ausführung ihrer Pläne nie hinauszuschieben. Sie sagte uns, unsere Abreise und Trennung werde am nächsten Morgen stattfinden, und schickte uns mit diesem Bescheid schlafen.

Kaum waren wir ins Schlafzimmer gegangen, als sich alle um mich drängten und Lisa sich weinend an mich schmiegte. Trotz des Kummers über die bevorstehende Trennung dachten sie nur an mich. Ich fühlte, daß sie mich nach wie vor als ihren Bruder betrachteten. »Hört zu!« sagte ich. »Ich sehe, daß ich doch zu euch gehöre, wenn auch eure Verwandten nichts von mir wissen wollen.«

»Ja«, sagten alle drei, »du bist und bleibst unser Bruder!«

Lisa, die nicht sprechen konnte, zeigte ihre Zustimmung da=durch, daß sie meine Hand ergriff und mich dabei mit einem so lieben Blick ansah, daß mir die Tränen in die Augen kamen.

»Nun also«, fuhr ich fort, einer plötzlichen Eingebung des Herzens folgend, »ich will es sein und will es euch beweisen.«

»Zu wem willst du denn gehen?« fragte Benjamin.

»Soll ich mich morgen früh erkundigen, ob du eine Stelle als Gärtnerbursche bekommen kannst?« meinte Etiennette.

»Ich will keine Stelle annehmen«, entgegnete ich, »weil ich dann in Paris bleiben müßte und euch nicht wiedersehen könnte. Nein, ich ziehe wieder meinen Schafpelz an, nehme die Harfe vom Nagel und wandere von St=Quentin nach Varses, von da nach Esnandes und von Esnandes nach Dreuzy. So sehe ich euch der Reihe nach, und ihr bleibt durch mich vereinigt. Ich habe meine Lieder und meine Tänze nicht ver=gessen. Damit kann ich mir mein Brot verdienen.«

An der Befriedigung, die sich auf allen Gesichtern zeigte, merkte ich, daß mein Vorschlag ihren eigenen Wünschen ent=gegenkam, und trotz allem Kummer fühlte ich mich glücklich.

Lange noch sprachen wir über unseren Plan, über die Tren=nung und Wiedervereinigung, von der Vergangenheit und der Zukunft, bis uns Etiennette endlich alle ins Bett schickte. Aber schlafen konnte keiner.

Am anderen Morgen, als es noch kaum Tag war, führte mich Lisa in den Garten.

»Du willst mir etwas sagen?« fragte ich. Sie machte ein zu=stimmendes Zeichen.

»Es tut dir leid, daß wir uns trennen müssen, das sehe ich dir an den Augen an und fühle es selbst«, sagte ich. »In vier=zehn Tagen bin ich in Dreuzy.«

Sie schüttelte den Kopf.

»Soll ich nicht nach Dreuzy gehen?« fragte ich.

Nun deutete sie mir an, daß ich nach Dreuzy kommen solle, wies aber mit der Hand nach drei verschiedenen Richtungen, um mir begreiflich zu machen, ich möge vorher zu ihren Ge=schwistern gehen.

»Du möchtest, daß ich erst nach St=Quentin, Varses und Esnandes gehe?« fragte ich weiter. Da lächelte sie mir zu, ganz

glücklich darüber, daß ich sie verstand. Und als ich noch be=
merkte: »Warum aber? Dich möchte ich zuerst sehen«, setzte
sie mir durch Gebärden, vor allem aber durch ihre sprechenden
Augen auseinander, sie wünsche das, um Nachrichten von den
Geschwistern zu erhalten und sich von mir berichten zu lassen,
wie es ihnen gehe und was sie erzählten.

Um acht Uhr morgens sollten sie fort. Tante Katharina hatte
einen großen Wagen bestellt, damit sie erst alle in das Ge=
fängnis fahren und den Vater noch einmal sehen könnten.
Dann sollte jeder mit seinem Bündel auf *den* Bahnhof gehen,
von dem er abfahren mußte.

Gegen sieben Uhr führte mich Etiennette in den Garten. »Wir
müssen uns bald trennen«, sagte sie, »da möchte ich dir wenig=
stens ein kleines Andenken hinterlassen. Nimm es, es ist ein
kleines Nähzeug. Du wirst es auf deinen Wanderungen gut
brauchen können. Wenn du es verwendest, denk an uns!«

Während sie noch sprach, strich Alexis um uns herum. Als
sie in das Haus zurückgegangen war, kam er mit den Worten
auf mich zu, »Ich habe zwei Fünffrankenstücke, du würdest
mir eine Freude machen, wenn du eines davon nehmen möch=
test«.

Unter uns fünf war Alexis der einzige, der am Geld hing. Er
häufte Sou auf Sou und war geradezu glücklich, wenn er sich
ganz neue Zehn= und Zwanzigsousstücke verschaffen konnte,
die er unaufhörlich zählte, klingen und in der Sonne spielen
ließ, so daß wir ihn einen Geizhals nannten und oft auslach=
ten. Nun trug seine Freundschaft für mich den Sieg über die
Liebe zu seinem kleinen Schatz davon. Konnte er mir einen
stärkeren Beweis seiner Anhänglichkeit geben?

Sein Geschenk rührte mich. Ich wollte es ablehnen, er aber
wollte nichts davon hören, sondern ließ mir ein spiegelblankes
Geldstück in die Hand gleiten und lief schnell fort.

Nach ihm kam Benjamin, der mir ein Messer gab, da auch er
mir etwas schenken wollte, aber einen Sou dafür verlangte,
»weil das Messer sonst die Freundschaft zerschneidet«.

Die Zeit verging schnell, noch eine Viertelstunde, noch fünf
Minuten, und wir würden getrennt sein. Dachte denn Lisa
nicht an mich?

In dem Augenblick, wo man das Rollen des Wagens hörte,
lief sie plötzlich aus Tante Katharinas Zimmer und machte mir
ein Zeichen, ihr in den Garten zu folgen.

»Lisa!« rief Tante Katharina. Die Kleine achtete jedoch nicht darauf, sondern lief schnell zu einem schönen Rosenstrauch, der wie ein Heiligtum gehütet in einer besonders geschützten Ecke stand.

Von diesem Strauch schnitt sie einen kleinen Zweig mit zwei eben aufbrechenden Knospen, teilte ihn und reichte mir die eine Hälfte.

»Lisa! Lisa!« rief die Tante wieder. Die Bündel lagen schon auf dem Wagen.

Ich nahm meine Harfe und rief Capi, der Freudensprünge machte, als er mich in meiner alten Tracht erblickte. Das war ihm ein sicheres Zeichen, daß wir unser Wanderleben fort=setzen würden. Für ihn war das Springen und Laufen viel lustiger, als immer eingesperrt zu sein.

Der Augenblick des Abschieds war gekommen. Tante Katha=rina machte ihn so kurz wie möglich. Sie befahl den drei älteren Geschwistern einzusteigen, bat mich, ihr Lisa auf den Schoß zu geben, und als ich wie betäubt dastand, schob sie mich sanft zurück, zog die Vorhänge zu und rief: »Los!«

Der Wagen fuhr ab. Ich sah noch durch Tränen, wie Lisa den Kopf aus dem niedergelassenen Fenster steckte und mir einen Kuß zuwarf. Dann bog der Wagen schnell um die Straßen=ecke, und ich erblickte nur noch eine Staubwolke.

Auf meine Harfe gestützt, Capi zu Füßen, sah ich zu, wie sich der Staub langsam wieder auf die Straße senkte. Ich erwachte erst aus meiner Betäubung, als mir der Nachbar, der das Haus abschließen und die Schlüssel für den Eigentümer verwahren sollte, zurief: »Willst du hier bleiben?«

»Nein, ich gehe fort«, erwiderte ich.

»Wohin?«

»Immer geradeaus.«

Er gab mir die Hand und sagte, von einer Regung des Mitleids getrieben: »Wenn du bleiben willst, will ich dich behalten, aber anfangs ohne Lohn, weil du nicht kräftig genug bist. Später können wir weiter sehen.«

Ich dankte ihm.

»Nun, wie du willst, ich habe es gut gemeint — glückliche Reise!« Und dann ging er fort.

Der Wagen war verschwunden, das Haus geschlossen. Ich mußte gehen.

Ich schlang mir das Harfenband über die Schulter. Diese Bewe=

gung, die ich früher so oft gemacht hatte, erregte Capis Auf=
merksamkeit; er stand auf und sah mir mit seinen glänzenden
Augen ins Gesicht.

»Komm, Capi!« rief ich. Er verstand mich und umsprang mich
bellend. Ich aber wandte den Blick von dem Haus, in dem ich
zwei Jahre gelebt, wo ich gehofft hatte, mein ganzes Leben
zuzubringen, und sah geradeaus. Die Sonne stand am klaren
Himmel. Das Wetter war warm, ich gedachte jener eisigen
Nacht, in der ich vor Kälte und Erschöpfung an dieser Mauer
niedergesunken war.

So mußte ich also meinen Weg wieder aufnehmen. Diese zwei
Jahre waren eine wohltätige Ruhezeit für mich gewesen. Ich
konnte neue Kräfte sammeln, und, was mehr war, ich lernte
Menschen kennen, mit denen ich mich durch innige Freund=
schaft verbunden fühlte.

Fortan stand ich nicht mehr allein in der Welt. Mein Leben
bekam einen Inhalt: denen zu nützen und Freude zu machen,
die ich liebte und die meine Liebe erwiderten.

Ein neues Dasein tat sich vor mir auf. Vorwärts!

Mattia und ich

Die Welt lag offen vor mir, ich konnte mich nach Norden oder
Süden, Osten oder Westen wenden, je nach meinem Gut=
dünken; denn wenn den Jahren nach auch nur ein Kind, so
war ich doch schon mein eigener Herr.

Aus eigener Kraft mußte ich mir meinen Weg bahnen, und ich
wußte aus Erfahrung, wie leicht ein Menschenleben zugrunde geht.
Das Unglück hatte mich trotz meiner Jugend schon hart genug
in die Schule genommen. Aber es machte mich behutsamer
und vorsichtiger, als Kinder meines Alters zu sein pflegen, und
auch über meine Jahre hinaus gereift — ein Vorteil freilich, der
teuer genug erkauft war.

Bevor ich wieder meine alte Laufbahn begann, wollte ich den
wiedersehen, der mir in diesen zwei letzten Jahren ein Vater
gewesen war. Nahm mich die Tante Katharina auch nicht mit,
um ihm mit den Kindern Lebewohl zu sagen, so konnte und
mußte ich allein gehen, und da die Tante zu ihm gelassen

worden war, so würde man mir gewiß auch erlauben, ihn zu besuchen — er liebte mich doch wie sein eigenes Kind.

Gedacht, getan. Ich machte mich ohne Säumen nach dem Schuldgefängnis auf, von dem in der letzten Zeit so viel die Rede gewesen war, daß ich es leicht finden konnte, auch ohne es je gesehen zu haben.

Ehe ich in das Gefängnis von Clichy einzutreten wagte, stand ich einen Augenblick still. Von allen Dingen, deren Anblick zu düsteren Betrachtungen auffordert, gibt es für mich nichts Abschreckenderes und Traurigeres als die Tür zu einem Gefängnis. Mich schauderte bei dem Gedanken, sie werde sich nicht wieder öffnen, nachdem sie sich einmal hinter mir geschlossen hatte.

Daß es schwierig ist, aus dem Gefängnis herauszukommen, hatte ich mir wohl gedacht, nicht aber daß es so schwierig sein könne hineinzugelangen. Ich erfuhr es zu meinem Schaden. Ich ließ mich aber nicht wegschicken, und es glückte mir endlich, bis zu dem vorzudringen, den ich sehen wollte. Man führte mich in ein Zimmer, dessen Fenster weder vergittert noch mit Eisenstangen versehen waren, und bald darauf trat der Vater ein.

»Ich erwartete dich, kleiner Remi«, sagte er, »und habe Katharina gescholten, daß sie dich nicht mit den Kindern zu mir brachte.«

Den ganzen Morgen war ich traurig und niedergedrückt, doch diese Worte gaben mir wieder Mut.

»Frau Katharina«, sagte ich, »wollte mir nicht erlauben, mit Lisa zusammenzubleiben.«

»Das war nicht möglich, mein armer Junge. Man kann in dieser Welt nicht immer tun, was man möchte. Ich weiß wohl, daß du fleißig gearbeitet hättest, um dein Brot zu verdienen. Aber mein Schwager Suriot konnte dir keine Arbeit geben. Er ist Schleusenmeister an dem Kanal von Nivernais, und Schleusenmeister brauchen keine Gartenarbeiter, wie du weißt. Die Kinder erzählten mir, du wolltest wieder Musikant werden. Hast du denn vergessen, wie du an unserer Tür beinahe vor Hunger und Kälte gestorben bist?«

»Nein, das habe ich nicht vergessen.«

»Und damals warst du nicht allein. Es ist eine gewagte Sache, mein Junge, in deinem Alter allein auf die Landstraße zu gehen.«

»Ich habe Capi.«

Wie immer, wenn er seinen Namen hörte, antwortete Capi durch ein Bellen, das deutlich ausdrückte: »Hier bin ich, wenn man mich braucht.«

»Ja, Capi ist ein guter Hund, aber doch nur ein Hund. Wie willst du dir dein Brot verdienen?«

»Durch Singen und Komödienspielen mit Capi.«

»Capi kann nicht ganz allein Komödie spielen.«

»Ich will ihn Kunststücke lehren. Nicht wahr, Capi, du lernst alles, was ich will?«

Capi legte die Pfote auf die Brust.

»Du bist ein tüchtiger Arbeiter geworden, mein Junge, und wenn du vernünftig wärest, würdest du eine Stelle annehmen. Es wäre besser, als auf der Landstraße herumzuziehen. Das ist doch nur ein verstecktes Faulenzen.«

Seine Worte trafen mich um so mehr, als ich mir all das selbst sagen mußte. Es war bestimmt nicht leicht für mich, allein in die Welt hinaus zu gehen. Ich kannte die Gefahren und das Elend eines solchen Lebens nur zu gut.

Verzichtete ich aber auf diesen Beruf, so mußte ich meinem Versprechen gegen die vier Geschwister untreu werden und sie im Stich lassen. Die drei älteren konnten mich entbehren, weil sie einander schreiben würden, aber Lisa? Lisa konnte nicht schreiben, Tante Katharina ebensowenig. Brachte ich ihr keine Nachrichten von den Ihren, so bekam sie überhaupt keine und mußte denken, daß ich sie vergessen hätte — sie, die mich so liebte und durch die ich so glücklich gewesen war. Nein, das durfte nicht geschehen.

»Soll ich Ihnen denn keine Neuigkeiten von den Kindern brin= gen?« fragte ich den Vater.

»Auch davon haben sie mir erzählt. Aber wenn ich möchte, daß du dein Wanderleben aufgibst, so denke ich dabei nicht an uns. Man darf nie zuerst an sich denken.«

»Das ist es gerade. Wenn ich jetzt aus Angst meinen Plan auf= geben wollte, wäre das sehr selbstsüchtig von mir!«

Er sah mich lange an und drückte mir dann beide Hände: »Du bist ein braver Junge. Du hast das Herz auf dem rechten Fleck. Der liebe Gott segne und beschütze dich, mein lieber Remi!«

Die Zeit war schnell vergangen, der Augenblick der Trennung rückte heran. Der Vater griff in seine Westentasche und zog eine dicke silberne Uhr hervor, die er an einem kleinen Leder= riemen trug.

»Es soll niemand sagen können, wir hätten uns getrennt, ohne daß du ein Andenken von mir mitnimmst. Da hast du meine Uhr. Sie besitzt keinen großen Wert, denn sonst hätte ich sie verkauft. Sie geht nicht einmal sehr gut, du mußt ihr von Zeit zu Zeit einen tüchtigen Stoß geben. Aber sie ist alles, was ich in diesem Augenblick mein eigen nenne, deshalb schenke ich sie dir.«

Bei diesen Worten gab er sie mir in die Hand, und als ich ein so schönes Geschenk nicht annehmen wollte, fügte er traurig hinzu: »Du wirst einsehen, daß ich hier nicht zu wissen brauche, wieviel Uhr es ist; die Zeit ist nur allzu lang. Leb wohl, kleiner Remi, gib mir noch einen Kuß! Du bist ein braver Junge. Bedenke, daß du immer so bleiben mußt!«

Ich glaube, er nahm mich dann bei der Hand, um mich zu der Tür zu führen, ich erinnere mich an nichts mehr. Ich weiß nur, daß ich plötzlich allein auf der Straße stand. Eine tiefe Traurigkeit erfüllte mich.

Ich muß lange, sehr lange vor der Tür des Gefängnisses ge= standen haben, ohne nach rechts oder links zu gehen. Ich wäre vielleicht bis in die sinkende Nacht dort geblieben, wenn ich nicht plötzlich einen harten, runden Gegenstand in meiner Tasche gefühlt hätte. Gedankenlos, ohne eigentlich zu wissen, was ich tat, griff ich danach: es war meine Uhr!

Schnell waren Kummer, Angst und Sorge vergessen, ich dachte nur noch an meine Uhr und zog sie hervor, um zu sehen, wie spät es war.

Gerade zwölf! Das freute mich, so gleichgültig im Grunde die Zeit für mich war. Aber meine Uhr hatte es mir gesagt — welch wichtige Begebenheit! Ja, so eine Uhr war eine Vertrauens= person, bei der man sich Rat holen konnte. Ich fragte meine Freundin nach der Zeit. Sie antwortete: »Es ist zwölf, lieber Remi!«

Nun gab es doch jemanden, mit dem ich sprechen konnte. Tick= tack, ticktack! machte sie; ich mußte sie immer wieder aus der Tasche nehmen, sie anfühlen, um mich stets aufs neue zu über= zeugen, daß ich im Besitz einer Uhr, einer wirklichen Uhr war, was ich nie für möglich gehalten hätte. Der Vater sagte, sie ginge nicht gut, aber was schadet's! Ich würde sie schon kräf= tig genug schütteln, wenn es nötig sein sollte. Schlimmsten= falls nahm ich sie selbst auseinander, um zu sehen, wo der Fehler steckte. Das würde erst recht interessant sein; dann er=

fuhr ich, was eigentlich in der Uhr war und was sie in Gang brachte.

Ich war in der Betrachtung meines Schatzes so sehr versunken, daß ich Capis freudige Aufregung gar nicht bemerkte, obwohl sie fast ebenso groß war wie die meine. Er zupfte mich an der Hose und bellte laut und immer lauter, bis ich endlich aus meinem Traum erwachte.

»Capi, was willst du?«

Der Hund sah mich an. Ich verstand nicht gleich, was er meinte. Da stellte er sich auf die Hinterpfoten und legte eine Pfote auf die Tasche, in der meine Uhr steckte. Er wollte auch wissen, wieviel Uhr es wäre, um es dann wie früher dem »werten Publikum« mitteilen zu können.

Ich zeigte ihm die Uhr, die er ziemlich lange ansah, wie um sich etwas ins Gedächtnis zurückzurufen. Dann wedelte er mit dem Schwanz und bellte zwölfmal, er hatte es nicht vergessen. Da konnten wir ja ein Kunststück aufführen, mit dem ich gar nicht mehr rechnete — ach, wieviel Geld würden wir mit unserer Uhr verdienen! Es wäre sogar möglich gewesen, in diesem Augenblick eine Vorstellung zu geben. Alles das war auf offener Straße, dem Gefängnis gegenüber, vorgegangen, so daß sich mehrere Menschen um uns sammelten, die uns neugierig und verwundert anschauten. Mich hielt aber meine Furcht vor der Polizei von einem solchen Wagnis zurück, außerdem war es Zeit, mich auf den Weg zu machen. Vorwärts!

Ich warf dem Gefängnis, hinter dessen Mauern der arme Vater eingeschlossen bleiben mußte, während ich gehen konnte, wohin mir beliebte, noch einen letzten Blick zu und begann meine Wanderschaft.

Zunächst ging ich zum Kai, um eine Karte von Frankreich zu kaufen, die mir für meine Wanderungen unentbehrlich war.

Nun besaß ich alles, was ich brauchte, und beschloß, Paris zu verlassen. Mir war der eine Weg ebenso gleichgültig wie der andere. Der Zufall führte mich auf die Straße nach Fontainebleau und damit durch die Rue de Lourcine.

Welch eine Welt von Erinnerungen rief mir dieser Name zurück! Garofoli, Mattia, Ricardo, der Kessel mit dem verschlossenen Deckel, die Peitsche mit den Lederriemen und endlich Vitalis, mein guter Herr, der gestorben war, weil er mich dem Padrone in der Rue de Lourcine nicht vermieten wollte.

In Gedanken versunken, gelangte ich bis an die St=Medardus=
Kirche. War das nicht der kleine Mattia, der dort an die Kir=
chenmauer gelehnt stand? Dieselbe Gestalt, dieselben Augen,
die eine Welt von Schmerzen erzählten, derselbe Ausdruck von
Sanftmut und Ergebenheit, der mir damals aufgefallen war.
Ich ging auf ihn zu, um ihn genauer anzusehen; es konnte
keinen Zweifel geben, er war es, und auch er erkannte mich
wieder, denn ein Lächeln flog über sein blasses Gesicht, als er
mich erblickte.
»Bist du es«, fragte er, »der einen Tag bevor ich ins Kran=
kenhaus kam mit dem weißbärtigen Alten bei Garofoli war?
Ach, was hatte ich damals für Kopfschmerzen!«
»Ist Garofoli noch immer dein Herr?« fragte ich ihn.
Mattia schaute nach allen Seiten umher, ehe er antwortete,
und sagte dann mit gedämpfter Stimme: »Garofoli ist im Ge=
fängnis. Er ist eingesperrt worden, weil er Orlando zu Tode
geprügelt hat.«
Es freute mich aufrichtig, Garofoli im Gefängnis zu wissen,
und zum erstenmal stieg mir der Gedanke auf, daß die Gefäng=
nisse, die mir solchen Schrecken einflößten, doch auch ihren
Nutzen haben könnten.
»Und die Kinder?« erkundigte ich mich weiter.
»Von denen weiß ich nichts, denn ich war bei Garofolis Ver=
haftung nicht dabei. Als ich aus dem Krankenhaus entlassen
wurde, wollte sich Garofoli meiner entledigen und vermietete
mich gegen Vorausbezahlung auf zwei Jahre an den Zirkus
Gassot, wo sie einen Jungen zu Gliederverrenkungen brauch=
ten. Kennst du den Zirkus Gassot? Nein? Nun, es ist gerade
kein großer — aber immerhin ein Zirkus. Bis zum letzten Mon=
tag war ich bei Vater Gassot, da endlich entließ er mich, weil
mir der Kopf von neuem zu schmerzen anfing. So bin ich von
Gisors aus, wo sich der Zirkus damals aufhielt, hierherge=
kommen, um wieder zu Garofoli zurückzugehen. Ich fand aber
keinen Menschen. Das Haus war geschlossen, und ein Nachbar
erzählte mir, daß Garofoli im Gefängnis sitzt. Nun weiß ich
nicht, wohin ich gehen und was ich anfangen soll.«
»Warum bist du nicht nach Gisors zurückgegangen?«
»Weil der Zirkus nach Rouen gezogen ist. Wie soll ich nach
Rouen kommen? Das ist zu weit, ich habe kein Geld und habe
seit gestern mittag nichts gegessen.«
Meine Barschaft war zwar klein, aber immerhin groß genug,

den armen Jungen nicht vor Hunger umkommen zu lassen. Wie würde ich den Menschen gesegnet haben, der mir, als ich hungernd, wie Mattia jetzt, in der Umgebung von Toulouse umherirrte, ein Stück Brot gereicht hätte!

»Bleib hier stehen«, sagte ich und lief zu dem nächsten Bäk= ker, um Brot für Mattia zu holen, der sich gierig darüber her= machte.

»Was willst du jetzt anfangen?« fragte ich wieder.

»Ich weiß nicht.«

»Du mußt doch irgend etwas versuchen!«

»Als du mich angesprochen hast, dachte ich gerade daran, meine Geige zu verkaufen. Ich hätte sie schon verkauft, wenn es mir nicht so schwer würde, mich davon zu trennen. Meine Geige ist mein Freund, mein Trost. Bin ich gar zu traurig, so suche ich einen einsamen Winkel auf und spiele für mich ganz allein, dann sehe ich so viel Schönes am Himmel, viel, viel schönere Dinge als in den Träumen.«

»Warum spielst du denn nicht auf der Straße?«

»Ich habe es getan, aber niemand hat mir etwas gegeben.«

Ich wußte, was es heißt, zu spielen, ohne daß jemand die Hand auftut.

»Und du?« fragte Mattia nun. »Was treibst du jetzt?«

Ich weiß nicht, wie mir ein Anflug kindischer Prahlerei die Antwort eingab, ich wäre Anführer einer Schauspielertruppe. Wenn auch eine gewisse Wahrheit in meiner Betrachtung lag und ich über eine aus Capi bestehende »Truppe« gebot, so war meine neue Würde doch immerhin eine sehr eingebil= dete.

»Oh, wenn du nur wolltest!« rief Mattia aus.

»Was denn?«

»Mich in deine Truppe aufnehmen.«

Da gewann die Ehrlichkeit wieder die Oberhand, und auf Capi weisend, sagte ich: »Das ist meine ganze Truppe!«

»Nun, was schadet das? Dann sind wir unser zwei. Ach, ich bitte dich, verlaß mich nicht! Was soll aus mir werden? Mir bleibt nichts übrig, als zu verhungern.«

Verhungern! Das schnitt mir ins Herz. Ich wußte nur zu gut, wie man dazu kommen konnte.

»Ich kann arbeiten«, fuhr Mattia fort. »Erstens spiele ich Geige, dann kann ich Gliederverrenkungen machen und auf dem Seil tanzen, durch Reifen springen und endlich singen.

Du sollst sehen, ich tue, was du willst. Ich will dein Diener sein und dir gehorchen, will auch gar kein Geld von dir, son= dern nur das Essen. Mache ich meine Sache schlecht, so darfst du mich prügeln. Nur wollen wir miteinander abmachen, daß du mich nicht auf den Kopf schlagen darfst, denn seit ich von Garofoli so viele Hiebe auf den Kopf bekommen habe, ist er sehr empfindlich.«

Ich hätte weinen mögen, als ich den armen Mattia so sprechen hörte. Wie sollte ich ihm begreiflich machen, daß ich ihn nicht in meine Truppe aufnehmen könne? Lag die Gefahr des Ver= hungerns nicht ebenso nahe, wenn er sich mir anschloß, als wenn er allein blieb? Ich versuchte ihm das auseinanderzu= setzen, doch er wollte nichts davon hören, sondern machte allen meinen Bedenken mit der Bemerkung ein Ende: »Zu zweien verhungert man nicht. Da steht einer dem anderen bei, und der etwas hat, gibt dem, der nichts hat.«

Er hatte recht. Ich war in der Lage, ihm zu helfen, und so mußte ich es tun. »Also abgemacht!« rief ich, während mir der arme Junge die Hand küßte. »Komm mit mir, aber nicht als Diener, sondern als Freund!«

Ich schlang mein Harfenband wieder über die Schulter, rief wie Vitalis »vorwärts!«, und nach einer Viertelstunde lag Paris hinter uns.

Der scharfe Frühlingswind trocknete alle Wege, so daß man leicht weiterkam. Die Luft war mild, und die Aprilsonne glänzte am wolkenlosen Himmel — welch ein Unterschied ge= gen den Wintertag, an dem ich in Paris eingezogen war, das mir damals als Land der Verheißung vorschwebte!

Am Rand des Straßengrabens fing das Gras schon an zu sprie= ßen, hie und da zeigten sich Maßliebchen, und die Erdbeeren wandten ihre Blüten der Sonne zu. Kamen wir an Gärten vor= bei, so sahen wir, wie sich der Flieder inmitten des zarten grünen Laubes zu färben anfing, und wenn ein leichter Wind= hauch die ruhige Luft bewegte, fielen uns von den Mauerab= dachungen gelbe Kätzchen auf den Kopf. In den Bäumen und Büschen sangen die Vögel. Vor uns flogen die Schwalben, nach Fliegen haschend, dicht am Boden hin. Unsere Reise fing gut an, und ich wanderte vertrauensvoll auf der Landstraße dahin. Capi, von seiner Leine befreit, lief um uns herum, bellte die Wagen und die Steinhaufen an, bellte überall ohne Grund, aus lauter Freude, während Mattia schweigend neben mir her=

ging. Er mochte wohl seinen Gedanken nachhängen, und ich war um so weniger geneigt, ihn zu stören, als auch ich über mancherlei mit mir zu Rate gehen mußte.

Vor allem galt es, nicht länger zweck= und ziellos draufloszu= gehen, sondern einen Wanderplan zu entwerfen und zu sehen, wen ich von Lisas Geschwistern zuerst aufsuchen solle. Wir hatten Paris in südlicher Richtung verlassen, daher konnte ich nicht bei Benjamin anfangen; mir blieb also die Wahl zwi= schen Alexis und Etiennette. Außerdem aber hegte ich den sehnlichen Wunsch, meine gute Mutter Barberin wiederzuse= hen. Ich fühlte große Sehnsucht nach ihr.

Ich vergaß sie nie. Wie oft wollte ich ihr schreiben und ihr sagen, daß ich immer an sie dachte, sie von ganzem Herzen liebte; aber meine entsetzliche Angst vor Barberin hielt mich jedesmal davon zurück.

Wenn er mich nun mit Hilfe meines Briefes auffand und mich wieder zu sich nahm, um mich entweder unter seiner Auf= sicht arbeiten zu lassen oder mich an einen anderen Vitalis zu verkaufen, der kein Vitalis war? Ohne Zweifel besaß er als mein Pflegevater das Recht dazu. Nein, lieber für einige Zeit von Mutter Barberin für undankbar gehalten werden, lie= ber sterben, Hungers sterben, als Barberin aufs neue in die Hände fallen. Der bloße Gedanke daran machte mich zum Feigling.

Wenn ich aber aus diesen Gründen nicht wagte, Mutter Bar= berin zu schreiben, so konnte ich jetzt, wo ich mein eigener Herr war, doch wenigstens versuchen, sie zu sehen. Das ließ sich nun, seit sich Mattia in meiner Gesellschaft befand, leich= ter ausführen. Ich wollte Mattia vorausschicken, und während ich selbst zurückblieb, sollte er zu Mutter Barberin gehen und unter irgendeinem Vorwand ein Gespräch mit ihr anknüpfen. Wenn sie allein wäre, sollte er sie von allem unterrichten und mir Bescheid bringen. Ach, dann könnte ich wieder in das Haus meiner Kindheit eintreten, könnte meine geliebte Pflege= mutter wiedersehen und mich in ihre Arme werfen!

Wäre aber Barberin in der Nähe, so sollte mein Abgesandter Mutter Barberin bitten, sich an eine von mir bezeichnete Stelle zu begeben, und auch dort könnte ich sie dann in aller Ruhe sehen.

Um meinen schönen Traum zu verwirklichen, mußte ich vor allen Dingen wissen, ob wir auf dem Weg dahin wohl durch

Städte oder Dörfer kommen würden, in denen sich auf Ein=
nahme rechnen ließ. Wir befanden uns gerade auf freiem Feld,
wo wir sehr gut haltmachen konnten, ohne eine Störung be=
fürchten zu müssen. Ich schlug Mattia vor, uns ein wenig aus=
zuruhen. Ich nahm meine Karte, die mir die sicherste Ant=
wort auf jene Frage geben konnte, aus dem Ranzen und
breitete sie im Gras vor uns aus.

Ich brauchte lange Zeit, mich zurechtzufinden, schließlich aber
kam ich mit meinem Plan ins reine: Corbeil, Fontainebleau,
Montargis, Gien, Bourges, St=Amand, Montluçon; wir konn=
ten also Chavanon berühren, und war uns das Glück nur ein
wenig geneigt, so brauchten wir unterwegs nicht zu verhun=
gern.

»Was ist das für ein Ding?« fragte Mattia, indem er auf meine
Karte wies.

Ich erklärte ihm, was eine Karte wäre und wozu sie diente.
Ich verwendete dabei dieselben Ausdrücke wie Vitalis, als er
mir die erste Geographiestunde gab. Mattia hörte mir auf=
merksam zu, schaute mich mit seinen großen Augen an und
sagte schließlich: »Aber dann muß man wohl lesen können?«

»Gewiß. Kannst du lesen?«

»Nein.«

»Willst du es lernen?«

»O ja, sehr gern.«

»Gut, so werde ich's dich lehren.«

»Kann man den Weg von Gisors nach Paris auch auf der
Karte finden?«

»Ja, das ist ganz leicht«, erwiderte ich und zeigte ihm den Weg
mit dem Finger. Anfangs wollte er nicht recht glauben, was
ich sagte, er behauptete hartnäckig, der Weg sei viel länger,
er habe ihn bereits zu Fuß gemacht. Nun suchte ich ihm zu
erklären, so gut ich vermochte — was allerdings nicht viel sa=
gen will —, in welcher Weise man die Entfernung auf den
Karten darstellt. Mattia hörte mir aufmerksam zu, schien je=
doch wenig von der Glaubwürdigkeit meiner Darlegung über=
zeugt zu sein.

Mein Ranzen war nun einmal geöffnet, und ich begann, seinen
Inhalt zu mustern. Es gewährte mir eine gewisse Befriedigung,
Mattia meine Reichtümer zu zeigen. Ich packte daher ein Stück
nach dem anderen aus und legte alles auf das Gras. Da fanden
sich drei Leinwandhemden, drei Paar Strümpfe, fünf Taschen=

tücher, alles in sehr gutem Zustand, und ein Paar etwas abge=
tragener Schuhe.

Mattia war wie geblendet.

»Was hast denn du?« fragte ich ihn.

»Meine Geige und was ich auf dem Leib trage.«

»Gut«, sagte ich, »so wollen wir teilen, wie es sich für gute
Kameraden gehört. Du bekommst zwei Hemden, zwei Paar
Strümpfe und drei Taschentücher. Da es jedoch recht und
billig ist, daß wir alles miteinander teilen, so mußt du auch
meinen Ranzen abwechselnd mit mir tragen.«

Mattia wollte es nicht annehmen, aber ich verbot ihm jede
Gegenrede. Ans Befehlen gewöhnte ich mich sehr schnell, und
ich kann wohl sagen, daß es mir ein gewisses Vergnügen be=
reitete.

So besahen wir alles ganz genau. Als Mattia aber das Schäch=
telchen öffnen wollte, in dem ich Lisas Rose verwahrte und
das ich nebst Etiennettes Nähzeug auf die Hemden legte, bat
ich ihn: »Wenn du mir einen Gefallen tun willst, so rühre nie
an dieser Schachtel. Es ist ein Geschenk.«

Er versprach, es nicht zu tun, und ich steckte meinen kleinen
Schatz wieder in den Ranzen, ohne ihn selbst zu berühren.

Eines war es, was mich sehr störte, seit ich meinen Schaf=
pelz wieder umgeworfen und meine Harfe zur Hand genom=
men hatte. Meine langen Beinkleider. Das mochte sich wohl
für einen Gärtnerburschen schicken, aber ich war nun wieder
Künstler, und ein Künstler durfte meiner Meinung nach nur
in Kniehosen auftreten und mit Strümpfen, die von kreuzweise
übereinandergelegten farbigen Bändern festgehalten wurden.
Diesem Übelstand mußte abgeholfen werden. Ich öffnete
Etiennettes Nähzeug und nahm die Schere zur Hand.

»Während ich meine Hose ändere«, sagte ich zu Mattia »könn=
test du mich wohl hören lassen, wie du Geige spielst.«

Er war gern dazu bereit und fing an zu spielen. Mittlerweile
bohrte ich die Schere tapfer ein wenig unterhalb des Knies in
meine Beinkleider und begann das Tuch zu zerschneiden. Es
war eine schöne Hose aus grauem Tuch, die mir Vater Acquin
mit dem dazugehörigen Rock geschenkt hatte. Welche Freude
war das damals für mich gewesen! Es kam mir gar nicht in
den Sinn, daß ich den Anzug nun verdorben haben könnte.
Im Gegenteil.

Anfangs schnitt ich lustig weiter, während Mattia spielte, bald

aber ließ ich meine Schere ruhen und hörte zu. Mattia spielte beinahe so gut wie Vitalis.

»Wer lehrte dich Geige spielen?« fragte ich voll Bewunderung und klatschte lebhaft Beifall.

»Niemand«, sagte er. »Ich brachte es mir selbst durch Üben bei.«

»Bei wem hast du denn Noten lesen gelernt?«

»Die kann ich nicht, ich spiele nur nach dem Gehör.«

»Dann will ich dir Unterricht geben.«

»Weißt du denn alles?«

»Ich muß wohl, wenn ich Leiter einer Truppe bin.«

Mattias Spiel erweckte meine Künstlereitelkeit, es drängte mich, ihm meine Kenntnisse zu zeigen. Ich nahm also meine Harfe und sang ihm, um mich gleich gehörig einzuführen, mein neapolitanisches Lied vor.

Mattia gab mir, wie es sich unter Künstlern gebührt, die Lobeserhebungen zurück, die ich ihm soeben gespendet hatte. Ich besaß in seinen Augen eine hervorragende Begabung, er in den meinen — kurzum, wir waren einander würdig.

Wir konnten aber nicht sitzen bleiben und uns gegenseitig beglückwünschen, sondern mußten nach der Unterhaltung auch fürs Nachtlager und Abendbrot sorgen. Ich schnallte daher den Ranzen zu, den jetzt Mattia trug, und vorwärts ging es auf der staubigen Landstraße. In dem ersten Dorf, das an unserem Weg lag, wollten wir haltmachen und eine Vorstellung geben: erstes Auftreten der Gesellschaft Remi.

»Lehre mich dein Lied«, bat Mattia unterwegs, »dann singen wir es zusammen, und kann ich auf meiner Geige erst die Begleitung dazu spielen, was nicht lange dauern wird, so sollst du sehen, wie hübsch das zusammen klingt.«

Es war gar nicht zu bezweifeln, daß das hübsch klingen mußte, und das »werte Publikum« mußte wirklich ein Herz von Stein haben, wenn es uns nicht mit Soustücken überschüttete.

Es sollte noch besser kommen.

Ein wenig hinter Villejuif gelangten wir in ein Dorf, und als wir uns nach einem für unsere Zwecke geeigneten Platz umsahen, kamen wir an einem Pachtgut vorüber, wo eine Hochzeit gefeiert wurde. Der Hof war voll sonntäglich geputzter Menschen, und die schönen, mit wallenden Bändern zusammengebundenen Blumensträuße, die die Männer im Knopfloch, die Frauen im Mieder trugen, gaben dem fröhlichen Treiben ein buntes, festliches Aussehen. Vielleicht taten wir diesen Leuten einen Gefallen, wenn wir ihnen zum Tanz aufspiel=ten?

Mit abgezogenem Hut trat ich in den Hof, gefolgt von Mattia und Capi, machte dem ersten, der mir begegnete, eine würde=volle Verbeugung, wie ich es früher von Vitalis kannte, und brachte mein Anerbieten vor.

Der Angeredete war ein derber Bursche mit ziegelrotem, gut=mütigem Gesicht, das von einem steifen Kragen, der ihm die Ohren zersägte, eingefaßt wurde.

Er antwortete nicht, sondern steckte zwei Finger in den Mund und tat einen gellen Pfiff, daß Capi erschreckt zusammen=fuhr. Er schrie: »Heda, wie wär's mit einem Tänzchen? Die Musikanten dazu haben wir!«

»Jawohl, Musik, Musik!« riefen alle einstimmig.

»Zur Quadrille!« Und in wenigen Minuten standen die Tänzer im Hof bereit, so daß sich die Hühner erschreckt aus dem Staub machten. Nicht wenig beunruhigt, fragte ich Mattia leise auf italienisch, ob er schon Quadrillen gespielt habe? Er bejahte es und gab mir auf seiner Geige sofort eine an, die ich glücklicherweise kannte. Nun mochte der Tanz beginnen.

Ein Karren wurde aus dem Schuppen gezogen, Mattia und ich stiegen hinein und fingen an zu spielen. Obgleich wir nie zu=sammen musiziert hatten, zogen wir uns doch leidlich aus der Sache. Freilich spielten wir auch weder für zu feine noch zu anspruchsvolle Ohren.

»Spielt einer von euch Flöte?« fragte uns der junge Mann mit dem roten Gesicht.

»Jawohl, ich«, sagte Mattia, »ich habe aber keine.«

»Dann will ich dir eine holen. Die Geige ist ganz nett, aber zu fade.«

»Spielst du denn auch Flöte?« fragte ich Mattia wieder auf italienisch.

»Ich spiele Flöte, Trompete, Geige und so ziemlich alle Instru=mente, die es gibt.«

Mattia war ja ein wahrer Schatz!

Die Flöte wurde gebracht, und nun gaben wir alle erdenk=lichen Tänze zum besten. Wir spielten bis in die Nacht hinein, ohne daß uns die Tänzer zu Atem kommen ließen. Für mich war das nicht schlimm, wohl aber für Mattia, denn ihm fiel der anstrengendste Teil unserer Aufgabe zu, und er fühlte sich

außerdem durch die lange Wanderung und die früher erdulde=
ten Entbehrungen erschöpft. Ich sah ihn bisweilen erbleichen,
als wäre ihm schlecht, dennoch spielte er unermüdlich wei=
ter.

Zum Glück war ich nicht der einzige, der die Blässe des armen
Burschen bemerkte. Auch der jungen Frau war sie aufgefallen,
und sie machte der Unterhaltung mit den Worten ein Ende:
»Genug jetzt, der Kleine kann nicht mehr; nun die Hand in
die Börse für die Musikanten!«

»Wenn es Ihnen recht wäre«, sagte ich und sprang von dem
Karren herunter, »so möchte ich durch unseren Kassier ein=
sammeln lassen.« Damit warf ich Capi meinen Hut hin, der
ihn ins Maul nahm und sich sofort an die Ausübung seines
alten Amtes machte.

Der Anstand, mit dem er für jede Gabe dankte, trug dem
braven Pudel reichen Beifall ein und — was uns das liebste
war — reichliche Gaben. Ich sah gar manche Silbermünze in
den Hut fallen, bis die junge Frau zuletzt noch ein Fünffran=
kenstück hineinwarf.

Das war ein richtiges Vermögen! Aber nicht genug der rei=
chen Spende, lud man uns auch zum Essen in die Küche, wies
uns ein Nachtlager in der Scheune an, und als wir am näch=
sten Morgen das gastliche Haus verließen, verfügten wir über
ein Kapital von achtundzwanzig Franken.

»Mattia, das danke ich dir«, sagte ich freudestrahlend zu mei=
nem Gefährten, »denn ich wäre nicht imstande gewesen, allein
ein Orchester zu bilden. Ja, ich hätte wahrhaftig eine größere
Dummheit begehen können, als dich aufzunehmen«, schloß
ich, Vater Acquins Ausspruch wiederholend.

Mit achtundzwanzig Franken in der Tasche waren wir große
Herren. Da konnte ich nach unserer Ankunft in Corbeil ge=
trost einige notwendige Anschaffungen machen und erstand
also zunächst für drei Franken bei einem Trödler eine Flöte
für Mattia, die allerdings weder neu noch schön war, aber
ausgebessert und geputzt immerhin für uns ausreichte. Ferner
mußten wir rote Bänder für unsere Strümpfe haben und einen
alten Ranzen für Mattia. Nun teilten wir unser Gepäck und
schafften uns dadurch eine bedeutende Erleichterung auf unse=
ren Märschen, denn es ermüdet weit weniger, beständig eine
leichte, als von Zeit zu Zeit eine schwere Bürde auf der Schulter
zu tragen.

Als wir Corbeil verließen, waren wir gut ausgerüstet und verfügten noch über eine Summe von dreißig Franken. Unseren Spielplan richteten wir so ein, daß wir mehrere Tage in derselben Gegend bleiben konnten, ohne uns allzusehr zu wiederholen. Auch verstanden Mattia und ich uns so gut, daß wir schon wie Brüder zusammen lebten.

»Weißt du«, sagte er lachend, »so ein Direktor wie du, der einen nicht prügelt, ist wirklich ganz angenehm.«

»Du bist also zufrieden?«

»Das will ich meinen! Es ist das erste Mal in meinem Leben, daß ich mich nicht nach dem Krankenhaus sehne!«

Unsere glänzende Lage flößte mir allerlei ehrgeizige Gedanken ein. Von Corbeil wollten wir uns nach Montargis wenden, um von da aus zu Mutter Barberin zu gelangen. Wenn ich ihr nun ein Geschenk mitbrächte? Jetzt, da ich reich war, mußte ich das eigentlich tun. Nur zu ihr zu gehen, um sie in meine Arme zu schließen, wäre eine zu billige Art des Dankes gewesen. Nein, ein Geschenk mußte und wollte ich ihr machen, und ich wußte auch ganz gut, worüber sie sich am meisten freuen und am glücklichsten sein würde, nicht nur für den Augenblick, sondern auch für ihre alten Tage — das war eine Kuh, ein Ersatz für Roussette.

In meiner Freude über diesen Einfall malte ich mir schon deutlich aus, wie ich Mutter Barberin mit meiner Kuh überraschen wollte, die ich natürlich kaufen mußte, bevor ich nach Chavanon kam. Mattia sollte das Tier am Halfter führen und es in Mutter Barberins Hof bringen. Barberin durfte natürlich nicht dasein. »Frau Barberin«, sollte Mattia sagen, »hier bringe ich Ihnen eine Kuh.«

»Ein Kuh für mich? Du irrst dich, mein Junge«, würde sie seufzen.

»Nein, gewiß nicht. Sie sind doch Frau Barberin aus Chavanon? Gut! Ich soll die Kuh zu Frau Barberin bringen.« — »Wer schickt mir eine Kuh?« In diesem Augenblick wollte ich zum Vorschein kommen, mich Mutter Barberin in die Arme werfen, und nach einer herzhaften Umarmung wollten wir Krapfen und Obstkuchen backen. Die sollten dann von uns dreien verzehrt werden und nicht von Barberin, wie an jenem Faschingsabend, als er zurückgekommen war, unsere Pfanne umgestoßen und unsere Butter in seine Zwiebelsuppe getan hatte.

Ein schöner Traum — ihn zu verwirklichen, fehlte nur die

Kuh. Ich machte mir keinen Begriff davon, wieviel eine Kuh wohl kostet. Teuer, sehr teuer war sie gewiß!

Immerhin wollte ich weder eine sehr große noch eine sehr fette, denn je fetter, desto teurer, und je größer die Kühe sind, desto mehr fressen sie. Mein Geschenk durfte für Mutter Bar= berin nicht zu einer Quelle der Verlegenheit werden.

Zunächst handelt es sich also darum, den Preis einer Kuh, wie ich sie haben wollte, zu erfahren. Das war glücklicher= weise nicht schwer, da wir bei unserem Wanderleben abends in den Gasthöfen häufig mit Viehtreibern und Viehhändlern in Berührung kamen, die mir die gewünschte Auskunft leicht geben konnten.

Ich wandte mich mit meinem Anliegen an einen solchen Mann, der mir durch sein rechtschaffenes Aussehen Vertrauen ein= flößte. Aber statt aller Antwort lachte er mir ins Gesicht, schlug mit geballter Faust auf den Tisch und rief den Wirt herbei.

»Wissen Sie, was mich dieser kleine Musikant eben fragt?« schrie er dem Wirt entgegen. »Wieviel eine Kuh kostet, nicht groß, nicht fett, kurzum eine gute Kuh! Muß sie auch abge= richtet sein wie euer Hund?« Damit fing er von neuem zu lachen an.

Ich ließ mich aber nicht aus der Fassung bringen, sondern entgegnete ruhig: »Sie muß gute Milch geben und darf nicht zuviel fressen.«

»Soll sie sich auch auf der Landstraße an der Leine führen lassen?«

So ging es weiter, bis er alle seine Neckereien erschöpft hatte. Dann endlich verstand er sich dazu, mir ernsthaft zu antwor= ten, ja er ließ sich sogar in Unterhandlungen ein. Er habe ge= rade, was ich brauchte: eine sanfte Kuh, die viel Milch gebe — Milch wie Rahm — und fast gar nichts fresse. Wenn ich ihm fünfzehn Pistolen auf den Tisch hinzählen wolle, so sei die Kuh mein.

Fünfzehn Pistolen, das waren einhundertfünfzig Franken, also viel, viel mehr, als ich besaß. Trotzdem schien es mir jetzt durchaus nicht unmöglich, eine solche Summe zu verdienen, es war nur eine Frage der Zeit. Wenn wir nun erst nach Varses gingen, anstatt uns geradewegs nach Chavanon zu begeben? Ja, richtig, so mußte es gehen — erst zu Alexis, dann zu Mutter Barberin! Auf diese Weise gewannen wir Zeit, und blieb uns

nur das Glück der ersten Tage treu, so brachten wir die ein=
hundertfünfzig Franken ganz gewiß zusammen und konnten
auf dem Rückweg von Varses Mutter Barberin besuchen.
Mattia, dem ich meinen Plan am nächsten Morgen mitteilte,
war ganz mit mir einverstanden. »Ja, laß uns nach Varses ge=
hen!« sagte er. »Ich möchte gern einmal Kohlengruben sehen,
das muß sehr interessant sein.«

Der Besuch in der schwarzen Stadt

Es ist ein weiter Weg von Montargis nach Varses, das mitten
in den Cevennen, an der nach dem Mittelländischen Meer hin
abfallenden Kette des Gebirges, liegt. In gerader Richtung mag
die Entfernung wohl fünf= bis sechshundert Kilometer betra=
gen. Für uns waren es über tausend, wegen der Umwege, die
wir machen mußten, um in den kleinen Dörfern und Städten
zu spielen. Wir brauchten fast ein Vierteljahr, diese tausend
Kilometer zurückzulegen. Dafür waren wir aber auch von
dem freudigen Bewußtsein erfüllt, unsere Zeit gut angewandt
zu haben. Als ich kurz vor der Ankunft in Varses unsere Bar=
schaft nachzählte, fanden sich in meiner Lederbörse einhun=
dertachtundzwanzig Franken. Die zweiundzwanzig Franken,
die uns noch fehlten, um die Kuh für Mutter Barberin zu kau=
fen, konnten wir ganz sicher auf dem Weg von Varses nach
Chavanon verdienen.
Mattia freute sich fast ebensosehr über unseren Reichtum als
ich selbst, er war nicht wenig stolz darauf, zur Erwerbung eines
solchen Schatzes beigetragen zu haben. Dazu besaß er um
so mehr Grund, als Capi und ich allein, ohne ihn und seine
Flöte, niemals imstande gewesen wären, einhundertachtund=
zwanzig Franken zusammenzubringen.
Als wir in die Umgebung von Varses kamen, war es zwei oder
drei Uhr nachmittags, und eine strahlende Sonne glänzte am
ungetrübten Himmel. Je mehr wir uns dem Ort näherten, desto
mehr verdunkelte sich der Tag, eine undurchdringliche Rauch=
wolke, die schwerfällig weiterzog und an den hohen Schorn=
steinen zerriß, lagerte zwischen Himmel und Erde. Seit län=
ger als einer Stunde hörten wir ein mächtiges Brausen, ein To=

sen, ähnlich dem des Meeres, mit dumpfen Schlägen unter=
mischt — das war das Getöse der Maschinen und Eisenhäm=
mer.

Bietet schon der Anblick der Stadt wenig Anziehendes, so
macht dieses kleine Tal einen ganz unheimlichen Eindruck:
kahle, baum= und graslose Hügel umgeben es, lange Streifen
grauer Steine, nur streckenweise von roter Erde durchschnit=
ten. Am Eingang erblickte man die Gebäude, die zur Grube
gehören: Schuppen, Ställe, Vorrats= und Verwaltungshäuser
sowie die Schornsteine der Dampfmaschinen; ringsumher Hau=
fen von Kohlen und Steinen.

Vor der Wohnung des Onkels Gaspard, die nicht weit von
der Grube in einer krummen, sich vom Hügel nach dem Flusse
hinuntersenkenden Straße lag, stand eine Frau, den Rücken
an die Haustür gelehnt. Sie plauderte gemütlich mit einer vor
der nächsten Tür stehenden Nachbarin und unterbrach sich
nur einen Augenblick, um mir auf meine Frage nach dem
Onkel zu antworten: »Der kommt erst um sechs heim, nach
Feierabend. Was willst du von ihm?«

»Ich will Alexis besuchen.«

Nun erst sah sie mich von Kopf bis Fuß an, dann Capi und
fragte mich schließlich, ob ich Remi sei. »Alexis hat uns schon
von dir erzählt und erwartet dich. Wer ist das?« fügte sie, auf
Mattia deutend, hinzu.

»Das ist mein Kamerad, Mattia.«

Unsere bestaubten Kleider und sonnenverbrannten Gesichter
verrieten zwar deutlich genug, daß wir weither kamen und
recht ermüdet sein mußten, aber trotzdem fiel es Alexis' Tante
— denn sie war es, mit der ich soeben gesprochen hatte — gar
nicht ein, uns zum Eintreten und Ausruhen aufzufordern. Sie
begnügte sich damit, mir zu wiederholen, daß ich, wenn ich
um sechs Uhr wiederkommen wollte, Alexis treffen werde,
der noch in der Zeche sei.

Unsere Aufnahme bei der Tante war nicht sehr entgegenkom=
mend gewesen. Wir gingen daher kurz vor sechs Uhr zu der
Grubeneinfahrt.

Kaum schlug es sechs Uhr abends, als ich in den dunklen
Tiefen des Stollens kleine lichte Punkte schwanken sah, die
schnell größer wurden. Nach der Arbeit kamen die Bergleute,
die Grubenlampen in der Hand, wieder ans Tageslicht. Sobald
sie an der Lampenstube vorbeigingen, hängte jeder seine Lampe

an einem Nagel auf. Langsam und schwerfällig schritten die Arbeiter einher, als schmerzten sie die Knie; im Gesicht waren sie schwarz wie Schornsteinfeger, die Kleider und Hüte waren mit Kohlenstaub und nasser Erde überzogen.

Ich ließ sie alle Musterung passieren, aber so aufmerksam ich jeden einzelnen auch betrachtete, so konnte ich doch Alexis nicht herausfinden. Wäre er mir nicht plötzlich um den Hals gefallen, so hätte ich ihn ruhig vorübergehen lassen, so wenig konnte ich in dem vom Kopf bis zu den Füßen geschwärzten Burschen meinen Kameraden von ehemals erkennen.

»Das ist Remi!« sagte er zu einem neben ihm gehenden Mann von etwa vierzig Jahren mit einem ebenso offenen und gut= mütigen Gesicht wie Vater Acquin. Es war Onkel Gaspard.

»Wir haben dich schon lange erwartet«, sagte er freundlich.

»Der Weg von Paris nach Varses ist weit.«

»Und deine Beine sind kurz«, versetzte er lachend.

Nun erklärte ich dem Onkel Gaspard, daß Mattia mein Freund sei, ein braver Junge, den ich früher gekannt und kürzlich wieder aufgefunden hätte und der die Flöte spielt wie kein zweiter. Capi aber riß Alexis unterdessen mit aller Macht an den Ärmeln, um auch auf seine Weise seine Freude über das Wiedersehen zu zeigen.

»Das ist ja Meister Capi!« sagte der Onkel. »Morgen ist Sonn= tag, und wenn ihr euch ausgeruht habt, sollt ihr uns etwas zum besten geben. Alexis behauptet, der Hund sei klüger als ein Schulmeister und geschickter als ein Schauspieler.«

So befangen ich der Tante Gaspard gegenüber immer war, so wohl fühlte ich mich mit dem Onkel: das war ganz der echte Bruder des Vater Acquin.

»Nun, plaudert miteinander, ihr Jungen, ihr müßt euch viel zu erzählen haben. Ich will mich indessen mit diesem kleinen Mann unterhalten, der so gut die Flöte spielt.«

Alexis wollte von meinen Reiseabenteuern hören. Ich wollte wissen, wie ihm sein neues Leben behagt. Auf diese Weise bestürmten wir einander so mit Fragen, daß wir das Antwor= ten ganz vergaßen — eine Woche hätte nicht ausgereicht, un= seren Gesprächsstoff zu erschöpfen.

»Jungens, ihr eßt mit uns zu Abend!« rief uns da der Onkel zu, als wir nahe bei seiner Wohnung waren. Diese Einladung machte mir um so mehr Freude, als ich dergleichen nach dem Empfang der Tante kaum zu hoffen wagte. Ich hatte mich darauf gefaßt gemacht, an der Haustür Abschied von Alexis zu nehmen.

»Hier ist Remi mit seinem Freund!« rief er seiner Frau beim Eintreten zu.

»Ich habe sie schon gesehen.«

»Um so besser, dann ist die Bekanntschaft gemacht. Sie essen mit uns.«

So glücklich es mich machte, nun den Abend in Gemeinschaft mit Alexis zubringen zu dürfen, so freute ich mich nicht we= niger auf ein gutes Abendessen. Seit Paris hielten wir nur flüchtige Mahlzeiten, selten saßen wir an einem Tisch, und noch seltener gestatteten wir uns den Luxus einer Suppe. Wir muß= ten für unsere Kuh sparen. Mattia, der gute Junge, half redlich. Er ging doch fast ebensosehr in dem Gedanken an unsere Überraschung auf wie ich.

Die Tante Gaspard tischte uns aber keine Suppe auf, wie ich im stillen hoffte, denn sie hatte mit ihrer Nachbarin geplau= dert und keine Zeit gefunden, eine Suppe zu bereiten.

Nach dem Abendessen, das nur zu bald beendet war, wandte sich Onkel Gaspard an mich: »Du, mein Junge, kannst bei Alexis schlafen, und du«, sagte er zu Mattia, »wenn du neben dem Backofen schlafen willst, so wollen wir dir ein gutes Lager von Heu und Stroh zurechtmachen.«

Natürlich gab es für Alexis und mich in dieser Nacht weit Wichtigeres zu tun, als zu schlafen. Ich brannte vor Begierde, Genaueres über das Leben unter der Erde zu hören, und er erzählte nicht weniger gern davon. Obwohl erst seit kurzem Bergmann, war er schon sehr stolz auf seine Zeche. Es war nach seiner Ansicht die schönste und interessanteste der gan= zen Gegend, und er sprach davon wie ein aus unbekannten Ländern heimgekehrter Reisender, der seine Erlebnisse vor aufmerksamen Zuhörern zum besten gibt.

Am nächsten Morgen fragte ich Onkel Gaspard, ob ich in das Bergwerk mitkommen könnte. Er erwiderte mir, es würden nur Leute in die Grube gelassen, die darin arbeiten, und er könnte mich unmöglich mitnehmen.

»Willst du Bergmann werden«, fügte er lachend hinzu, »so läßt sich das leicht machen. Dann kannst du deinem Wunsch Genüge leisten und bleibst bei Alexis. Der Beruf ist auch nicht schlimmer als irgendein anderer und jedenfalls besser, als auf der Landstraße herumzuziehen. Einverstanden, Junge? Für

Mattia werden wir schon eine Beschäftigung finden, wenn auch sicher nicht als Flötenspieler!«

Aber ich war nicht nach Varses gekommen, um dort zu blei=
ben. Ich hatte mir eine andere Aufgabe gestellt, als wie Alexis den ganzen Tag Kohlenwagen hin= und herzurollen.

Für diesmal glaubte ich fortwandern zu müssen, ohne meine Neugier befriedigt und von einem Bergwerk mehr erfahren zu haben als aus den Erzählungen von Alexis und den Onkel Gaspard mühsam entlockten Antworten zu entnehmen war.

Aber es kam anders, als ich dachte. Ich sollte die Gefahren, denen die Minenarbeiter ausgesetzt sind, in ihrem ganzen Um=
fang und mit allen ihren Schrecken kennenlernen.

Das Bergwerk

Am Vorabend des Tages, den ich für meine Weiterreise be=
stimmt hatte, kam Alexis mit einer verletzten Hand nach Hause. Ein großer Kohlenklotz war ihm darauf gefallen, und ein Finger war gequetscht. Zum Glück erklärte der Knapp=
schaftsarzt, der die Verwundeten behandelte, die Sache für nicht gefährlich: Hand und Finger würden wieder völlig heilen, nur sei vollkommene Ruhe nötig.

Als Onkel Gaspard hörte, daß Alexis auf mehrere Tage zur Untätigkeit verdammt war, klagte er laut. Wenn er auch sonst das Leben zu nehmen pflegte, wie es gerade kam, ohne je zornig oder ärgerlich zu werden, so brachte ihn doch eins außer sich: eine Unterbrechung in seiner Arbeit. Er konnte Alexis nicht entbehren; dieser war sein Fördermann und mußte die Kohle, die der als Hauer beschäftigte Onkel herunter=
schlug, in einem kleinen Wagen, dem »Hund«, bis an den Förderschacht rollen, wo der Wagen an ein Seil gehängt und mit Hilfe einer Maschine in die Höhe gewunden wurde. Wer sollte Alexis' Arbeit so lange übernehmen? Hätte es sich darum gehandelt, ihn ganz und gar zu ersetzen, so wäre schon jemand zu finden gewesen, aber für wenige Tage war ein Stellvertreter schwer zu bekommen.

Trotzdem machte sich der Onkel sogleich auf den Weg, um sich nach einem Fördermann umzusehen. Er kam zurück, ohne

einen aufgetrieben zu haben, und begann von neuem zu jam=
mern. Er sah sich auf die Dauer von Alexis' Krankheit zum
Müßiggehen verurteilt, was ihm seine Börse aller Wahrschein=
lichkeit nach nicht gestattete.

Die Ursache seiner Verzweiflung leuchtete mir nur zu gut
ein, außerdem empfand ich es unter solchen Umständen bei=
nahe als meine Pflicht, die uns gewährte Gastfreundschaft, so
gut ich konnte, zu vergelten, und fragte ihn daher, ob die
Arbeit eines Fördermannes sehr schwierig sei.

»Es kann nichts Leichteres geben«, erwiderte der Onkel, »man
braucht nur einen Wagen auf Schienen vor sich herzuschie=
ben.«

»Ist dieser Wagen schwer?«

»Nicht allzu schwer, Alexis konnte ihn gut schieben.«

»Wenn Alexis ihn gut schieben konnte, würde ich es wohl
auch können?«

»Du, Junge?«

Anfangs lachte er laut, dann aber sagte er ernst: »Freilich
könntest du, wenn du wolltest.«

»Ich will gerne, wenn ich Ihnen damit helfen kann.«

»Du bist ein guter Junge. Abgemacht, morgen sollst du mit
mir in die Zeche einfahren. Du erweist mir damit einen gro=
ßen Dienst, und wer weiß, vielleicht kann es auch dir Nutzen
bringen. Findest du Geschmack an dem Handwerk, so wäre
das besser, als beständig unterwegs zu sein. In der Grube gibt
es keine Wölfe!«

Ich wollte nicht, daß Mattia dem Onkel Gaspard zur Last fiele,
während ich in der Zeche arbeitete. Ich fragte ihn, ob er sich
mit Capi auf den Weg machen und in der Umgebung Vorstel=
lungen geben wolle. Dazu fand er sich auch gleich bereit und
sagte lachend: »Es soll mich herzlich freuen, wenn ich ganz
allein Geld für die Kuh verdiene.«

Am nächsten Morgen legte ich Alexis' Arbeitskleider an, emp=
fahl Mattia und Capi noch einmal, unterwegs recht vorsichtig
zu sein, und folgte Onkel Gaspard.

»Nun paß auf«, sagte dieser, als er mir meine Lampe gab,
»tritt in meine Fußstapfen, und wenn du die Leiter hinunter=
steigst, so ziehe den Fuß nicht eher von einer Sprosse zurück,
als bis du sicher auf der anderen stehst.«

So begaben wir uns in den Stollen, er voran, ich unmittelbar
hinter ihm.

»Gleitest du auf den Treppenstufen aus« fuhr er fort, »so gib nicht nach, sondern halte dich fest, denn der Grund ist hart und weit entfernt.«

Diese Ermahnungen waren nicht dazu angetan, mich zu beruhigen. Jedermann empfindet eine gewisse Unruhe, wenn er das Tageslicht mit der Nacht, die Oberfläche der Erde mit unbekannten Tiefen vertauscht. Unwillkürlich wandte ich mich zurück, aber wir waren schon ziemlich weit in den Stollen eingedrungen, und der Tag nahm sich am Ende dieses Ganges aus wie die Mondscheibe am düsteren, sternlosen Himmel. Ich schämte mich meiner Angst und trat eilig wieder in die Fußstapfen des Onkels.

»Die Treppe!« sagte dieser bald darauf.

Wir standen vor einem schwarzen Loch. Ich versuchte hinunterzusehen, aber die Tiefe war unergründlich. Ich konnte nur hin und her schwankende Lichter entdecken, die vorn am Eingang größer schienen, aber je weiter sie sich entfernten, immer kleiner wurden, bis sie winzigen Punkten glichen. Das waren die Lampen der vor uns eingefahrenen Arbeiter. Ein warmer Lufthauch blies uns ins Gesicht und führte uns das Geräusch der Stimmen wie ein dumpfes Murmeln zu. Ein eigentümlicher Geruch nach Äther und Holz drang mir entgegen.

Auf die Treppe folgten Leitern, nach den Leitern kam wieder eine Treppe. Dann sagte mein Führer: »Nun sind wir auf der ersten Strecke.«

Das war also die erste Strecke — wie viele Leitern und Treppen mußten wir noch hinabklettern, da der Onkel, wie er mir sagte, auf der dritten Strecke arbeitete!

Wir befanden uns in einem bogenförmigen Stollen mit gemauerten Seitenwänden. Das Gewölbe war ein wenig höher als Mannesgröße. Zuweilen jedoch mußte man sich bücken, um hindurchzukommen, entweder weil sich die Mauerung gesenkt oder der Boden sich gehoben hatte.

»Das kommt vom Druck des Erdreichs«, erklärte mir der Onkel. »Das Gebirge ist überall angebohrt und ausgehöhlt, so daß sich das darüberlagernde Erdreich senkt und den Stollen verschüttet, sobald der Druck zu stark wird.«

Unten auf dem Boden waren Eisenschienen gelegt, und dem Lauf des Stollens folgte ein kleiner Bach.

»Dieser Bach vereinigt sich mit anderen, die wie dieser das durchsickernde Wasser in sich aufnehmen«, sagte Onkel Gas=

pard. »Sie fallen sämtlich in eine Art Ziehbrunnen, von wo aus eine Maschine das Wasser in die Höhe pumpt und täg= lich etwa tausend bis zwölfhundert Kubikmeter in die Divonne wirft. Würde die Maschine stillstehen, so würde die Grube augenblicklich überschwemmt werden. Übrigens befinden wir uns gerade jetzt unmittelbar unter der Divonne.« Ich machte unwillkürlich eine Bewegung des Schreckens. Er lachte. »Oh, bei fünfzig Metern Tiefe ist keine Gefahr, daß sie über uns kommt!«

»Wenn sich aber ein Loch bildet?«

»Ein Loch? Die Stollen wenden sich zehnmal unter dem Fluß hin und her, und es mag wohl Gruben geben, wo dergleichen Überschwemmungen zu befürchten sind. Hier ist das aber nicht der Fall.

Nachdem wir endlich an unserem Bestimmungsort angelangt waren, erklärte mir Onkel Gaspard, was ich zu tun habe, und schob unseren »Hund«, sobald dieser mit Kohlen gefüllt war, mit mir zusammen weiter. Er zeigte mir, wie ich ihn an den Förderschacht rollen und wie ich auf das Nebengeleise auswei= chen müsse, wenn ich anderen Förderleuten begegnete.

Er hatte ganz recht gehabt; die Arbeit ließ sich leicht erlernen, und nach einigen Stunden konnte ich sie schon ganz gut ver= sehen, wenn ich auch noch nicht sehr geschickt war.

Zum Glück war ich durch mein früheres Leben und besonders durch meine letzte dreimonatige Wanderschaft gründlich ge= gen jede Ermüdung abgehärtet. Ich klagte nicht, so daß Onkel Gaspard erklärte, ich wäre ein braver Junge, der eines Tages einen tüchtigen Bergmann abgeben würde.

Darin stimmte ich freilich nicht mit ihm überein, denn wenn ich auch gern ein Bergwerk kennenlernen wollte, so verspürte ich doch keine Lust hierzubleiben.

Schon das Ein= und Ausfahren war sehr anstrengend. Man blieb volle zwölf Stunden des Tages in der Zeche und nahm die Mahlzeiten unten ein. Denn die dritte Strecke, in der der Onkel arbeitete, lag zweihundert Meter unter der Erde.

Auf der danebenliegenden Arbeitsstätte hatte ich einen alten, weißbärtigen Fördermann zum Nachbar, während die anderen noch Kinder waren wie ich. Weißbärtig war der Alte freilich nur am Sonntag, dem Tag der großen Wäsche; schon am Montag war der Bart grau, und am Sonnabend sah er ebenso schwarz aus wie sein Eigentümer. Er war ein etwa sechzigjähriger Mann.

In seiner Jugend arbeitete er als Zimmermann, bis ihm bei einem Zusammensturz drei Finger zermalmt wurden, so daß er sein Handwerk aufgeben mußte. Bei diesem Unfall rettete er jedoch dreien seiner Kameraden das Leben, dafür bewilligte ihm die Gesellschaft, in deren Diensten er angestellt gewesen war, eine kleine, für seine Bedürfnisse ausreichende Pension. Einige Jahre darauf machte die Gesellschaft Bankrott, und der arme Alte, ohne Mittel und Anstellung, verdiente nun seinen Lebensunterhalt als Fördermann in der Truyère. Hier gab man ihm den Spitznamen »Magister«, weil er nicht nur manches wußte, von dem die Hauer und selbst die Steiger nichts verstanden, sondern auch, weil er sehr gern von seinem Wissen sprach und sich etwas darauf zugute tat.

Wir lernten einander bei den Mahlzeiten kennen, und er faßte bald Zuneigung zu mir. Ich fragte unermüdlich, er plauderte gern, und so wurden wir unzertrennlich und hießen in der Grube, wo die Leute im allgemeinen sehr wortkarg sind, nur noch »die Schwätzer«.

Aus Alexis' Erzählungen erfuhr ich bei weitem nicht alles, was mich zu wissen verlangte. Ebensowenig konnten mir die Erklärungen des Onkels Gaspard genügen, denn wenn ich ihn fragte, was Steinkohle eigentlich wäre, so erwiderte er mir, das sei Kohle, die zu Stein geworden sei. Mit solchen Antworten mochte ich mich aber nicht abspeisen lassen, seitdem mich Vitalis gelehrt hatte, mich nicht so leicht zufriedenzugeben. Deshalb legte ich dem Magister dieselbe Frage vor und erhielt eine ganz andere Auskunft.

»Steinkohle«, entgegnete er, »ist im Grunde genommen nichts anderes als Holzkohle. Holzkohle gewinnt man durch Holzverbrennung. Steinkohle ist ebenfalls Holz, das durch Naturkräfte, Waldbrände, vulkanische Ausbrüche oder Erdbeben, in Steinkohle umgewandelt wurde. Wir haben heute keine Zeit, ausführlicher darüber zu sprechen«, fuhr er fort, als ich ihn verwundert anschaute, »sondern müssen unsere Hunde schieben. Morgen ist Sonntag, da komm zu mir, wenn du Lust hast. Zu Hause kann ich dir das alles deutlicher erklären. Dort habe ich Kohlen und allerlei Gestein, die ich seit dreißig Jahren sammle, und durch das Sehen wirst du leichter begreifen, was ich dir sage. Man nennt mich zum Spott den Magister, aber ich hoffe, daß dieser Spottname doch zu etwas gut ist. Denn das Leben des Menschen besteht nicht nur aus dem, was er mit den

Händen leistet, der Kopf hat auch etwas damit zu tun. In dei=
nem Alter war ich wißbegierig, wie du jetzt bist. Ich lebte in
den Bergwerken und wollte gründlicher kennenlernen, was ich
täglich vor Augen sah. Darum las ich, soviel ich konnte, und
bat die Bergmeister, mir Auskunft zu geben. Nach meinem
Unglücksfall verwandte ich meine ganze Zeit zum Lesen. Jetzt
habe ich wenig Zeit dazu und kein Geld zum Bücherkaufen,
aber Augen habe ich noch, und die halte ich offen. Komm nur
morgen, es würde mich freuen, wenn ich dir einiges zeigen
könnte. Man weiß nicht, was ein Wort auszurichten vermag,
das auf fruchtbaren Boden fällt. So erwachte auch in mir die
Lust zu lernen, als ich einst einen berühmten Gelehrten in den
Bergwerken herumführte und ihn reden hörte. Darum weiß ich
jetzt etwas mehr als unsere Gefährten. Auf morgen also!«
Der Magister wohnte nicht in der Stadt wie die meisten ande=
ren Arbeiter, sondern ein wenig außerhalb des Ortes, in einer
traurigen, ärmlichen Gegend, wo sich zahlreiche, von der Natur
gebildete Felsenhöhlen befanden. Er lebte bei einer alten Frau,
der Witwe eines verunglückten Bergmannes, die ein dunkles,
ebenerdiges Zimmer an den Magister vermietete. Obwohl das
Bett an der trockensten Stelle des Raumes stand, wuchsen Pilze
auf den Füßen der Bettstelle, aber für einen Bergmann, der
daran gewöhnt ist, im Wasser zu stehen, hat dergleichen keine
Bedeutung. Dem Magister kam es vor allem darauf an, nahe
bei den Höhlen zu wohnen, in denen er Nachforschungen an=
stellte.
Er kam mir entgegen, als ich eintrat, und sagte vergnügt: »Ich
habe Kastanienreis für dich besorgt. Denn der Jugend ist das
Essen ebenso wichtig wie das Schauen und Hören. Will man
sie sich zum Freund machen, so muß man an alles denken.
Wir wollen also zuerst essen und können nachher meine Samm=
lung betrachten.«
Die Worte »meine Sammlung« sprach mein Freund in einem
Ton aus, der den Vorwurf seiner Kameraden gegen ihn voll=
kommen rechtfertigte. Kein Museumsdirektor hätte mehr Stolz
hineinlegen können. Diese Sammlung nahm aber auch die
ganze Wohnung ein; die kleinen Stücke waren auf Gestellen
und Tischen untergebracht, die großen lagen auf dem Fuß=
boden.
Dreißig Jahre lang trug der Magister alles zusammen, was er
während der Arbeit an Merkwürdigkeiten finden konnte. Die

Bergwerke des Cère= und Divonnebeckens sind reich an ver= steinerten Pflanzen, und so fanden sich bei ihm viele seltene Stücke, die einen Naturforscher glücklich gemacht hätten.

Unser Kastanienreis war bald verzehrt; denn der Magister freute sich ebenso, zum Sprechen zu kommen, wie ich zum Hören. »Ja, ja«, begann er, »man nennt mich den Magister, aber ich bin weit entfernt davon, gelehrt zu sein — dazu fehlt es noch an zu vielem. Du möchtest wissen, woher die Steinkohle kommt. Ich werde es dir so gut erklären, wie ich kann und so= weit es notwendig ist, damit du meiner Sammlung Verständnis entgegenbringst. Sie wird dich mehr lehren, als ich es zu tun vermag.« Nun setzte mir der Magister auseinander, wie viele Umwälzungen unsere Erde erleiden mußte, ehe sie ihre jetzige Beschaffenheit erlangte; wie die Steinkohle nichts anderes sei als im Laufe der Jahrtausende zersetztes und zusammenge= preßtes Holz und daß ein Zeitraum von wenigstens fünf= hunderttausend Jahren erforderlich gewesen war, um nur ein Kohlenflöz von dreißig Metern zu bilden. Er zeigte mir seine Sammlung und erklärte mir alle Einzelheiten. Als ich spät abends heimging, war mir eine neue Welt aufgegangen.

Die Katastrophe

Am nächsten Morgen trafen wir in der Grube wieder zusam= men, und Onkel Gaspard fragte den Magister, ob er mit mir zufrieden gewesen war.

»Er hat brav zugehört, und ich hoffe, daß er auch die Augen offenhalten wird«, sagte der Magister. »Heute muß er zunächst einmal seine Arme gebrauchen«, meinte Onkel Gaspard und gab mir einen Keil in die Hand. Ich sollte ihm beim Loslösen eines Kohlenklotzes, den er von unten her zu lösen versuchte, behilflich sein.

Als ich meinen Hund zum drittenmal nach der Ausladestelle schob, hörte ich ein furchtbares Getöse, ein so entsetzliches Krachen wie noch nie, seit ich in der Zeche arbeitete. War es ein Zusammenbruch, ein allgemeiner Einsturz? Ich horchte, der Lärm hielt an, und sein Schall wurde von allen Seiten zu= rückgeworfen. Was konnte das sein? Von Entsetzen gepackt, wollte ich fliehen und versuchen, die Leitern zu erreichen. Aber ich war schon so oft um meiner Ängstlichkeit willen verspottet worden, daß ich mich meiner Absicht schämte. Wahrscheinlich war es eine Sprengung, vielleicht ein in den Schacht fallender Kohlenwagen oder nur Schutt, der die Gänge hinunterrollte.

Plötzlich lief mir ein ganzer Schwarm Ratten in höchster Eile wie eine in schneller Flucht begriffene Abteilung Soldaten zwischen den Beinen durch. Dann glaubte ich auf dem Fußboden und an den Wänden des Stollens ein fremdartiges Rascheln und Plätschern zu hören. Das konnte ich mir nicht erklären, denn die Stelle, auf der ich mich befand, war völlig trocken gewesen.

Ich ergriff meine Lampe und leuchtete auf den Boden. Es drang Wasser vom Schacht aus in den Stollen hinauf. Ein Wasserschwall, der in die Grube hinunterstürzte, mußte den entsetzlichen Lärm verursacht haben.

Ich ließ meinen Kohlenwagen stehen und lief auf den Arbeitsplatz: »Onkel Gaspard, Wasser ist in der Grube!«

»Schon wieder Dummheiten?«

»Es muß ein Loch im Bett der Divonne entstanden sein. Wir müssen fliehen!«

»Laß mich in Ruhe!«

»Aber so hören Sie doch!«

Ich sprach so aufgeregt, daß Onkel Gaspard endlich innehielt, um zu horchen. Der Lärm wurde immer heftiger, immer grauenhafter. Wasser drang in die Zeche, es war unmöglich, sich länger darüber zu täuschen.

»Du hast recht, es ist Wasser in der Grube, lauf schnell!« schrie er mir nun zu, ergriff seine Lampe und ließ sich in den Stollen hinabgleiten.

Nach kaum zehn Schritten erblickte ich den Magister. Er hatte ebenfalls den Lärm gehört und kam in die Galerie herunter, um nachzusehen, was es gäbe.

»Wasser in der Grube!« schrie ihm Onkel Gaspard entgegen.

»Die Divonne ist durchgebrochen«, sagte ich.

»Dummkopf!«

»Rette dich!« drängte der Magister.

Das Wasser stieg immer höher. Schon ging es uns bis an die Knie, und wir konnten nur schwer vorwärts kommen. Wir versuchten zu laufen, der Magister mit uns.

»Rettet euch! Wasser in der Grube!« schrien wir alle drei, wäh=

rend wir an den verschiedenen Arbeitsplätzen vorbeikamen. Zum Glück waren wir nicht mehr weit von den Leitern entfernt, die wir bei der rasenden Schnelligkeit, mit der das Wasser stieg, sonst nicht mehr erreicht hätten. Der Magister war der erste, blieb aber mit den Worten stehen: »Steigt ihr zuerst hin= auf, ich bin der Älteste, und ich kann in Frieden von dieser Welt gehen.«

Der Augenblick war nicht dazu angetan, Höflichkeiten auszu= tauschen. Onkel Gaspard stieg zuerst hinauf, ich folgte ihm, nach uns kam der Magister, und in ziemlich langen Zwischen= räumen stiegen noch mehrere Arbeiter, die uns eingeholt hat= ten, die Sprossen hinauf.

Wohl noch nie zuvor wurden die vierzig Meter, die die dritte Strecke von der zweiten trennen, mit solcher Schnelligkeit er= klettert. Fast waren wir oben, da stürzte, bevor wir die Staffel erreichten, eine Wasserflut herein und verlöschte die Lampen.

»Haltet euch fest!« schrie Onkel Gaspard.

Er, der Magister und ich krallten uns fest an und konnten der Sturzflut Widerstand leisten, aber die hinter uns kamen, wurden mit fortgerissen. Nur zehn Sprossen tiefer hätte uns dasselbe Schicksal ereilt. Der Wasserfall war in einer Sekunde zu einer förmlichen Wasserlawine geworden.

Wir waren zwar auf der ersten Strecke angelangt, aber damit noch keineswegs gerettet. Um an das Tageslicht zu kommen, blieben noch fünfzig Meter zu ersteigen. Auch in diesem Stollen richtete schon das Wasser seine Verheerungen an. Wir waren ohne Licht. Die Flut ging uns bis über die Knie, so daß wir sie, ohne uns zu bücken, mit der Hand berühren konnten. Es war ein wilder, reißender Strom, der alles in seinen Strudel hinein= zog und die Holzklötze wie Federn mit sich wirbelte.

»Sprich dein Gebet, Remi, wir sind verloren!« sagte der Magister ruhig.

In demselben Augenblick sahen wir sieben oder acht Lampen in dem Stollen schimmern und auf uns zukommen. Die Leute, die sie trugen, wollten versuchen, den Stollen entlang der Lei= tern und Treppen, die sich in der Nähe befanden, vorzudringen. Aber wie der gewaltigen Strömung des Wassers und den Stößen der Holzstücke, die die Flut mit sich führte, widerstehen? »Wir sind verloren!« Derselbe Ausruf der Verzweiflung, der dem Magister entfahren war, drängte sich auch auf ihre Lippen, als sie uns erreichten.

»In *diesem* Stollen, ja!« schrie der Magister, der allein von uns allen die Besinnung zu behalten schien. »Unsere einzige Zu= flucht ist in dem verlassenen Schacht.«

Das war ein schon seit langer Zeit abgebauter Teil der Zeche, der von keinem Menschen mehr aufgesucht wurde. Nur der Magister pflegte dort nach seinen Kuriositäten zu forschen und wußte gut Bescheid.

»Gebt mir eine Lampe, damit ich euch den Weg zeigen kann!« rief der Magister wieder. »Ihr müßt umkehren.«

Sonst pflegte man ihm ins Gesicht zu lachen oder ihm achsel= zuckend den Rücken zu drehen, wenn er etwas sagte. Aber jetzt verloren auch die Stärksten die Kraft, auf die sie so stolz waren, und gehorchten der Stimme dieses alten Mannes, den sie noch vor fünf Minuten verspottet hatten.

Unwillkürlich wurden ihm alle Lampen gereicht, schnell ergriff er eine, und mich an seiner freien Hand fortziehend, stellte er sich an die Spitze des Zuges. Wir kamen ziemlich schnell vor= wärts, da wir der Strömung folgten. Schon wagte ich wieder auf Rettung zu hoffen, obwohl ich nicht wußte, wohin wir gingen. Das Wasser war aber schneller als wir, von den Knien war es bis an die Hüften, von da bis an die Brust gestiegen. Unser Führer stand plötzlich still und rief: »Wir haben keine Zeit mehr zu verlieren. Das Wasser steigt zu schnell, wir müssen uns in eine schwebende Strecke werfen.«

»Und was dann?« fragten die anderen.

Sich in eine solche Strecke flüchten hieß allerdings, sich in eine Sackgasse zurückzuziehen, aber jetzt durften wir nicht lange wählen und warten, sondern mußten entweder in die schwe= bende Strecke ausweichen und auf diese Weise einige Minuten gewinnen oder unseren Weg mit der Gewißheit fortsetzen, innerhalb einiger Sekunden von den Gewässern verschlungen zu werden.

Den Magister an der Spitze, flüchteten wir uns alle in eine Strecke, zwei unserer Gefährten ausgenommen, die die Leitern zu erreichen suchten. Wir sahen die beiden niemals wieder.

Für den Augenblick waren wir gerettet. Nun erst, nachdem uns das Bewußtsein des Lebens zurückgekehrt war, hörten wir das entsetzliche Getöse in seiner ganzen Furchtbarkeit, das uns schon seit dem Anfang unserer Flucht in die Ohren gedrungen war, das wir eben in unserer Todesangst nicht weiter beachte= ten.

Erdrutsch, Strudel und Wasserfälle, das Krachen der Ver=
zimmerungen, die Explosionen der eingepreßten Luft: alles das
mischte sich zu einem Lärm, der die ganze Grube erfüllte.

»Es ist eine zweite Sintflut!« meinte der eine.

»Das Ende der Welt!« ein anderer.

»O Gott, erbarme dich unser!« jammerte der dritte.

Seit wir uns an unserem Zufluchtsort befanden, sprach der
Magister kein Wort. Er liebte nutzlose Klagen nicht.

»Leute«, mischte er sich nun ins Gespräch, »wenn wir so mit
Händen und Füßen angeklammert bleiben, werden wir bald er=
schöpft sein. Wir dürfen uns aber nicht unnütz ermüden, son=
dern müssen Stützpunkte in den Kohlenschiefer graben.«

»Wir haben keine Werkzeuge«, sagte einer der Männer.

»Dann müssen wir mit den Lampenhaken graben.«

Wir begannen den Boden mit den Haken der Lampen zu be=
arbeiten, was in der abschüssigen, schlüpfrigen Strecke keine
leichte Aufgabe war. Aber wenn man weiß, daß der sichere
Tod den erwartet, der ausgleitet, so stellen sich Kraft und Ge=
schicklichkeit von selbst ein, und nach wenigen Minuten hatten
wir jeder ein Loch ausgehöhlt, in das wir den Fuß setzen
konnten.

Nachdem das geschehen war, atmeten wir ein wenig auf und
versuchten einander zu erkennen. Wir waren unser sieben: der
Magister, ich neben ihm, Onkel Gaspard, drei Hauer namens
Pagès, Compeyrou und Bergounhoux und ein Fördermann
namens Carrory. Alle übrigen Arbeiter waren in den Stollen
verschwunden.

Das Geräusch in der Grube dauerte mit derselben Heftigkeit
fort. Verstört sahen wir einander an.

Wiederum sagte der eine, es sei »die Sintflut«, der andere »das
Ende der Welt«, der dritte »ein Erdbeben«. »Der Grubengeist
ist zornig und will sich rächen«, meinte ein vierter. »Es ist das
in dem abgebauten Schacht angesammelte Wasser«, sagte der
fünfte.

»Die Divonne hat sich ein Loch gehöhlt!« behauptete ich. Ich
blieb bei meinem Loch.

Der Magister schwieg und sah uns alle der Reihe nach ruhig
an.

»Ganz gewiß ist es eine Überschwemmung«, sagte er schließ=
lich.

»Durch ein Erdbeben verursacht.« — »Vom Grubengeist ge=

schickt.« — »Aus dem abgebauten Schacht gekommen.« — »Durch ein Loch im Bett der Divonne entstanden.« So wieder= holte jeder seine frühere Behauptung.

»Es ist eine Überschwemmung«, fuhr der Magister ruhig fort.

»Nun ja, und weiter, woher kommt sie?« fragten mehrere Stimmen zugleich.

»Das weiß ich nicht. Was jedoch den Grubengeist anbelangt, so ist das eine Dummheit; was den alten Schacht betrifft, so könnte das nur möglich sein, wenn die dritte Strecke allein überschwemmt wäre, aber die zweite steht ebenso unter Was= ser wie die erste, und ihr wißt, daß das Wasser nicht in die Höhe steigt, sondern immer von oben kommt.«

Seit wir uns im Trockenen befanden und das Wasser nicht mehr stieg, war eine gewisse Sicherheit über uns gekommen, und niemand wollte mehr auf den Magister hören.

»So spiele doch nicht den Gescheiten, du weißt nicht mehr als wir!« rief man ihm zu. Er erwiderte nichts.

Um den Lärm zu übertönen, sprachen wir so laut wie möglich; dennoch konnten wir uns nur mit Mühe verstehen.

»Sag etwas«, wandte sich der Magister jetzt an mich.

»Was denn?«

»Was du willst, was dir gerade einfällt.«

Ich sprach einige Worte.

»Gut, jetzt etwas leiser. So ist's recht!«

»Verlierst du den Verstand, Magister?« fragte Pagès.

»Ich glaube, daß das Wasser uns hier nicht erreichen wird und daß wir, wenn wir sterben müssen, wenigstens nicht ertrin= ken.«

»Was soll das heißen, Magister?«

»Sieh deine Lampe an!«

»Gottlob, sie brennt.«

»Wie gewöhnlich?«

»Das nicht, die Flamme ist lebhafter, wenn auch kleiner. Denkst du an Grubengas?«

»Nein«, sagte der Magister, »das ist nicht zu befürchten, es droht weder Gefahr von Grubengas noch von Wasser, das jetzt keinen Zoll mehr steigen wird.«

»Spiele doch nicht den Zauberer.«

»Das tue ich auch nicht. Wir sind hier wie in einer Luftglocke. Die zusammengepreßte Luft hindert das Wasser am Steigen, das ist alles. Die am äußersten Ende vom Wasser verschlossene schwebende Strecke leistet uns dieselben Dienste wie eine Taucherglocke. Die Luft, durch das Wasser zurückgedrängt, hat sich in unseren Stollen eingepreßt, so daß sie dem Wasser jetzt entgegensteht und es am Eindringen hindert.«

»Das verstehe ich«, sagte Onkel Gaspard, »und jetzt scheint mir, als hättet ihr unrecht getan, den Magister so oft auszu= lachen. Er weiß manches, was wir nicht wissen.«

»Sind wir denn gerettet?« fragte Carrory.

»Das habe ich nicht behauptet. Ich habe euch nur nachgewie= sen, daß wir nicht ertrinken werden. Die Luft kann nicht ent= weichen, weil die schwebende Strecke geschlossen ist. Aber eben dieser Umstand, der uns auf der einen Seite rettet, kann auf der anderen unseren Untergang herbeiführen, denn einge= schlossen mit der Luft, können wir ebensowenig entweichen wie sie selbst.«

»Wenn das Wasser fällt . . .«

»Wird es fallen? Um das zu entscheiden, müßte man zunächst wissen, wie es gekommen ist, und wer von uns kann das erklären?«

»Du sagst aber doch, es ist eine Überschwemmung?«

»Das ist sicher, aber wie ist sie entstanden? Dadurch, daß die Divonne bis an den Schacht ausgetreten ist oder daß sich irgendwo eine Quelle den Weg gebahnt hat? Hat ein Erdbeben stattgefunden, ein Wolkenbruch sich entladen? Darauf kann nur antworten, wer draußen ist. Unglücklicherweise aber sind wir drinnen.«

»Vielleicht ist die Stadt fortgeschwemmt worden.«

»Vielleicht . . .«

Von Entsetzen ergriffen, schwiegen wir alle einen Augenblick. Das Geräusch des herunterstürzenden Wassers hörte auf. Man vernahm nur von Zeit zu Zeit dumpfe Schläge und empfand heftige Erschütterungen.

»Die Grube scheint jetzt voll zu sein«, sagte der Magister.

»Peter!« schrie Pagès bei diesen Worten verzweifelt auf. Er er= innerte sich an seinen Sohn, der als Hauer auf der dritten Strecke arbeitete. Bis dahin hatte der Trieb der Selbsterhaltung die Gedanken des Vaters von dem Sohn abgelenkt, aber der Ausspruch des Magisters, daß die Grube voll war, brachte ihn zur Besinnung.

»Peter, Peter!« rief der unglückliche Mann in herzzerreißendem

Ton, »Peter!« Aber kein Laut antwortete ihm, nicht einmal das Echo. Die Stimme, klanglos, drang nicht aus der Glocke hin= aus.

»Er wird in eine andere schwebende Strecke geflüchtet sein. Es wäre ja zu schrecklich, wenn hundertfünfzig Menschen den Tod finden sollten — das kann der liebe Gott nicht wollen«, versuchte der Magister den Jammernden zu beruhigen. Mir kam der Ton des Magisters wenig überzeugend vor.

Einhundertfünfzig Menschen waren am Morgen in die Grube eingefahren. Wie viele von ihnen mochten durch die Schächte hinaufgelangt sein oder wie wir eine Zufluchtsstätte gefunden haben? Waren denn alle unsere Kameraden verloren — ertrun= ken, gestorben?

Eine Weile wagte niemand zu sprechen. Aber in einer so ver= zweiflungsvollen Lage wie der unsrigen bleibt das Herz stumm für Mitleid und Teilnahme. So fragte auch Bergounhoux nach einer Pause: »Aber wir selbst, was wollen wir denn anfan= gen?«

»Wir können nur warten«, erwiderte der Magister.

»Worauf?«

»Warten, sonst nichts. Willst du etwa die vierzig oder fünfzig Meter, die uns vom Tageslicht scheiden, mit dem Haken deiner Lampe wegräumen?«

»Aber wir werden verhungern!«

»Das ist nicht die größte Gefahr.«

»Heraus mit der Sprache, Magister! Wo steckt die größte Ge= fahr?«

»Hunger kann man aushalten; ich habe gelesen, daß Bergleute, die wie wir in einer Grube vom Wasser überrascht wurden, vierundzwanzig Tage ohne Nahrung zubrachten. Nein, der Hunger macht mir keine Sorge.«

»Was beunruhigt dich, wenn das Wasser jetzt nicht mehr stei= gen wird?«

»Spürt ihr eine Schwere, ein Brausen im Kopf, atmet ihr ohne Beschwerde? Ich nicht.«

»Ich habe Kopfschmerzen.«

»Es dreht sich alles um mich herum.«

»Mir klopft es in den Schläfen.«

»Seht ihr, die augenblickliche Gefahr liegt darin, daß ich nicht weiß, wie lange wir in dieser Luft leben können. Wäre ich ein Gelehrter, so würde ich es euch sagen können. Aber so weiß ich nichts weiter, als daß sich vierzig Meter Erdreich über uns befinden und wahrscheinlich eine Wassermasse von fünfund=dreißig oder vierzig Metern unter uns, so daß die Luft, die wir einatmen, einem Druck von vier oder fünf Atmosphären aus=gesetzt ist. Kann man in dieser zusammengedrückten Luft leben? Das sollten wir wissen und erfahren es vielleicht zu unserem Schaden.«

Da meine Kameraden so wenig wie ich wußten, was zusammen=gepreßte Luft ist, versetzte uns diese Erklärung in großen Schrecken. Der Magister war sich unserer verzweifelten Lage durchaus bewußt. Er überlegte aber mit klarem Kopf, was zu unserer Rettung geschehen konnte.

»Jetzt gilt es vor allen Dingen, uns so einzurichten«, sagte er nach kurzem Nachdenken, »daß wir keine Gefahr laufen, ins Wasser zu fallen.«

»Wir haben ja die Löcher!«

»Meint ihr denn, daß ihr nicht müde werdet, wenn ihr immer in derselben Stellung bleibt?«

»Soll das heißen, daß wir noch lange hier aushalten müssen?«

»Weiß ich das?«

»Man wird uns zu Hilfe kommen!«

»Sicher, aber wann? Wieviel Zeit wird es kosten, die Rettungs=arbeiten zu beginnen? Wir müssen tun, was in unseren Kräften steht, um unsere Lage erträglich zu machen. Sobald einer von uns ausgleitet, ist er verloren.«

»Wir müssen uns einer an den anderen festbinden.«

»Und die Stricke?«

»Wir müssen uns an den Händen halten.«

»Mir scheint es das beste, Ruhebänke auszuhöhlen. Wir sind sieben. Auf zwei solchen Bänken finden wir alle Platz, vier auf der ersten, drei auf der zweiten.«

»Mit was sollen wir graben?«

»Wir haben keine Hauer.«

»In den weicheren Stellen mit dem Lampenhaken, in den har=ten mit unseren Messern.«

»Das können wir nicht.«

»Sag das doch nicht, Pagès; wenn es ans Leben geht, kann man alles. Wenn einer von uns einschläft und abstürzt, ist er ver=loren.«

Durch seine Kaltblütigkeit und sein festes Auftreten bekam uns der Magister in die Hand. Wir fühlten, wie er mit dem

Aufgebot seiner ganzen moralischen Kraft gegen den Schlag ankämpfte, der uns zu vernichten drohte, und von dieser Kraft erwarteten wir nun Hilfe.

Wir machten uns sofort daran, die Bänke zu graben. Vier Lampen brannten noch und gaben uns genügend Licht für unsere Arbeit.

»Wir müssen Stellen aussuchen, wo wir leicht durchkommen«, sagte der Magister.

»Hört, ich habe euch einen Vorschlag zu machen«, wandte sich Onkel Gaspard jetzt an uns. »Wenn einer seinen Verstand behalten hat, so ist es der Magister. Er hat Mut und ist ein ganzer Mann. Darum schlage ich vor, daß er unser Anführer wird. Er soll die Arbeiten leiten.«

»Der Magister?« unterbrach Carrory, der gerade genug Verstand besaß, als zum Schieben seines Kohlenwagens erforderlich war. »Der Magister unser Anführer? Warum nicht ich? Wollt ihr einen Fördermann nehmen, so bin ich so gut wie er.«

»Man wählt nicht den Arbeiter, sondern den Mann, du Dummkopf, und er ist von uns allen der einzige.«

»So habt ihr gestern nicht gesprochen!«

»Gestern war ich ebenso dumm wie du und habe noch über den Magister gelacht. Ich wollte mir nicht eingestehen, daß er mehr wüßte als ich. Heute dagegen bitte ich ihn, die Leitung unserer Arbeiten zu übernehmen. Und ihr, Kameraden, was sagt ihr?«

»Wir sind einverstanden. Wo sollen wir anfangen, Magister?«

»Gut«, sagte der Angeredete, »wenn ihr wollt, daß ich Partieführer sein soll, so bin ich dazu bereit, aber unter der Bedingung, daß ihr mir gehorcht. Wahrscheinlich müssen wir mehrere Tage hierbleiben, und ich weiß nicht, was noch alles auf uns zukommt. Ihr müßt mir Gehorsam schwören, wenn ich euch anführen soll.«

»Wir werden gehorchen!« riefen alle einstimmig.

»Solange ihr meine Forderungen für gerecht haltet, ja! Wenn das aber nicht der Fall ist?«

»Wir vertrauen dir.«

»Wir wissen, daß du ein braver Mann bist, Magister.«

»Und das Herz auf dem rechten Fleck hast.«

»Du mußt uns den Spott von früher nicht nachtragen, Magister.«

So entdeckte zu meiner großen Verwunderung plötzlich einer nach dem anderen vortreffliche Eigenschaften an demselben Menschen, der noch vor wenigen Stunden die Zielscheibe ihrer Witze war.

»So schwört!« befahl der Magister.

»Wir schwören es!« riefen wir alle miteinander.

Wir machten uns ans Werk. Alle besaßen gute Messer mit star= kem Griff und widerstandsfähigen Klingen.

»Die drei Kräftigsten übernehmen das Aushöhlen«, bestimmte der Magister, »und die Schwächeren, Remi, Carrory, Pagès und ich, schaffen den Schutt fort.«

»Nein, du nicht«, fiel ihm Compeyrou, ein wahrer Riese, ins Wort. »Du darfst nicht arbeiten, du bist nicht kräftig genug dazu, Magister. Außerdem bist du der Aufseher, und die Auf= seher arbeiten nicht mit den Händen.«

Alle pflichteten der Meinung Compeyrous bei, ja, sie hätten den Magister jetzt gern in Watte gewickelt, um ihn vor Un= glücksfällen zu bewahren, so sehr waren sie von der Zweck= mäßigkeit seiner Anordnungen durchdrungen. Er war unser Steuermann.

Mit den richtigen Werkzeugen wäre unsere Arbeit einfach ge= wesen. Mit den Messern war sie aber schwer und langwierig.

Während zwei den Boden an jeder der bezeichneten Stellen aushöhlten, entfernte der dritte die losgelösten Stücke. Der Magister, eine Lampe in der Hand, ging von einem Arbeitsplatz zum anderen. Nach mehrstündiger ununterbrochener Arbeit hatten wir eine Terrasse hergestellt, auf der wir Platz fanden.

»Genug für jetzt«, befahl der Magister, »wir dürfen unsere Kräfte nicht aufzehren. Wir werden sie noch nötig haben. Später wollen wir den Raum so weit vergrößern, daß wir dar= auf liegen können.« Nun ließen wir uns nieder; der Magister, Onkel Gaspard, Carrory und ich auf dem unteren, die drei Hauer auf dem höher gelegenen Absatz.

»Wir müssen das Licht sparen«, sagte der Magister. »Laßt nur eine Lampe brennen und löscht die anderen aus. Halt, noch einen Augenblick«, fügte er schnell hinzu, als man diesem Be= fehl mit derselben Geschwindigkeit nachkommen wollte, mit der alle seine Weisungen ausgeführt wurden. »Wer hat Streich= hölzer, die Lampe wieder anzuzünden, falls ein Luftzug sie auslöschen sollte? Es ist zwar nicht wahrscheinlich, doch muß man mit allem rechnen.«

Obgleich es streng untersagt ist, in der Grube Feuer zu machen, tragen doch fast alle Arbeiter Streichhölzer in der Tasche. In diesem Augenblick war keiner der Aufsichtsbeamten zugegen, um die Übertretung der Vorschrift zu rügen, so antworteten vier Stimmen gleichzeitig: »Ich!«

»Ich auch«, sagte der Magister, »aber meine sind naß geworden.«

Dasselbe war bei den anderen der Fall, da sie alle die Zünd= hölzer in den Hosentaschen trugen. Endlich kam Carrory, der langsam von Begriff war, mit der Bemerkung heraus, daß er ebenfalls Streichhölzer habe.

»Sind sie naß?«

»Ich weiß es nicht, sie sind in meiner Mütze.«

»Dann gib die Mütze her.«

Anstatt jedoch seine Otterfellmütze herzugeben, die so groß war wie der Turban eines Türken, reichte er uns nur die Streich= hölzer, die ganz trocken geblieben waren.

Nun hieß uns der Magister die Lampen ausblasen. Nur eine einzige blieb angezündet, die unseren Kerker kaum erleuchtete.

Lebendig begraben

Rings um uns herrschte tiefes Schweigen. Kein Geräusch ließ sich vernehmen. Unbeweglich, ohne die kleinste Welle, ohne das leiseste Murmeln, lag das Wasser zu unseren Füßen. Die Grube war voll, das Wasser hatte alle Stollen überschwemmt und kerkerte uns sicherer und undurchdringlicher ein als eine Steinmauer. Diese Totenstille war fürchterlich, weit schreck= licher als der betäubende Lärm, der ihr vorausging. Wir waren lebendig begraben. Eine Erdschichte, dreißig oder vierzig Meter stark, lastete auf uns.

Die Arbeit beschäftigt und zerstreut. Erst jetzt erfaßten wir unsere Lage, und uns alle, selbst den Magister, überwältigte die Angst. Plötzlich fielen mir warme Tropfen auf die Hand — es war Carrory, der still vor sich hin weinte. Auch auf dem oberen Absatz seufzte jemand und murmelte unaufhörlich: »Peter! Peter!«

Pagès dachte an seinen Sohn.

Mir war beklommen, die Luft atmete sich so schwer, es sauste mir in den Ohren.

Sei es, daß der Magister in diesem Zustand weniger litt als wir, sei es, daß er uns aus unserer Betäubung herausreißen wollte, er brach das Schweigen mit den Worten: »Nun laßt einmal sehen, was wir an Lebensmitteln bei uns haben.«

»Glaubst du denn, daß wir noch lange eingeschlossen bleiben?« fragte Onkel Gaspard.

»Nein, aber man muß Vorsichtsmaßregeln treffen. Wer hat Brot?«

»Ich!« rief ich. »Ich habe ein Stück Brot in der Tasche.«

»In welcher?«

»In der Hosentasche.«

»Dann ist dein Stück Brot zu Brei geworden. Laß es sehen.«

Ich griff in meine Tasche, in die ich am Morgen eine schöne, harte, goldgelbe Brotkruste gesteckt hatte, und zog eine Art Mehlbrei hervor, den ich schon wegwerfen wollte, als mich der Magister zurückhielt und sagte: »Behalte deine Suppe nur, du wirst sie bald genug schmackhaft finden, so schlecht sie dir auch jetzt zu sein scheint.«

Das war keine tröstliche Weissagung, und sie ging unbeachtet vorüber. Erst später fielen mir diese Worte wieder ein und bewiesen mir, daß der Magister unsere Lage vom ersten Augen= blick an ganz klar überschaute, wenn er auch die furchtbaren Leiden, die wir ertragen sollten, nicht bis in alle Einzelheiten voraussehen konnte.

»Hat sonst jemand Brot?« fragte er weiter.

Keiner meldete sich.

»Das ist schlimm«, fuhr er fort.

»Hast du Hunger?« unterbrach ihn Compeyrou.

»Ich spreche nicht für mich, sondern für Remi und Carrory. Sie sollten das Brot bekommen.«

»Warum es nicht unter uns alle verteilen?« warf Bergounhoux ein. »Das ist nicht gerecht. Vor dem Hunger sind wir alle gleich.«

»Da haben wir's! Falls wir Brot gehabt hätten, wäre es also zu Streitigkeiten gekommen, und doch habt ihr versprochen, mir zu gehorchen. Ich merke, daß ihr mir nur dann folgt, wenn ich nach eurem Kopf handle.«

Bergounhoux versicherte, daß er sich fügen wollte.

»Und doch wäre es ohne einen Wortwechsel nicht abgegan=

gen«, entgegnete der Magister. »Ich will erklären, warum das Brot für Remi und Carrory sein sollte. Diese Bestimmung geht nicht von mir aus, sondern liegt im Naturgesetz. Dieses Gesetz nimmt nämlich an, daß von Menschen, die bei einem Unglücks= fall umkommen, es bis zum Alter von sechzig Jahren immer der älteste ist, der die andern überlebt. Mit anderen Worten, daß Remi und Carrory, um ihrer Jugend willen, dem Tod weni= ger Widerstand entgegensetzen können als Pagès und Com= peyrou.«

»Auch du, Magister, bist über sechzig Jahre alt.«

»Oh, ich zähle nicht. Außerdem bin ich nicht mit reichlichem Essen verwöhnt.«

»Wenn ich Brot hätte«, sagte Carrory nach einem Augenblick, »bekäme ich also einen Anteil?«

»Du und Remi.«

»Wenn ich es aber nicht hergeben wollte?«

»Dann würden wir es dir wegnehmen. Hast du nicht Gehorsam geschworen?«

Carrory schwieg eine Weile und nahm dann ein Stück Brot aus seiner Mütze. »Da habt ihr Brot!«

»Deine Mütze ist ja unerschöpflich«, meinte einer.

»Gib sie her!« befahl der Magister. Und als sich Carrory wei= gerte, nahm man sie ihm gewaltsam ab und übergab sie dem Magister, der sich die Lampe reichen ließ, um nach dem Inhalt dieser wunderbaren Mütze zu sehen. Nun kamen eine Tabaks= pfeife und Tabak, ein Schlüssel, ein zu einer Pfeife verarbei= teter Pfirsichkern, ein Würfelspiel, ein Stück Wurst, drei frische Nüsse und eine Zwiebel zum Vorschein. Die Mütze vertrat ihm sowohl Speise= wie Gerätekammer. Unwillkürlich erhellten sich unsere Gesichter zu einem Lächeln, sowenig uns danach auch zumute war.

»Das Brot und die Wurst werden heute abend zwischen dir und Remi geteilt«, bestimmte der Magister.

»Aber ich habe Hunger«, sagte Carrory mit kläglicher Stimme.

»Heute abend wirst du noch mehr Hunger haben. Wie schade«, fuhr der Magister dann zu uns gewendet fort, »daß er keine Uhr in seiner Vorratskammer aufbewahrte. Dann würden wir wissen, wie spät es ist, meine Uhr steht still.«

»Auch die meine ist naß geworden. Alle Versuche, sie zum Gehen zu bringen, sind vergeblich.«

Der Gedanke an die Uhr rief uns die Wirklichkeit zurück. Wie spät mochte es sein? Die einen meinten, es wäre Mittag, die anderen sagten sechs Uhr abends. Wir verloren schon das Ge=fühl für die Zeit, ob wir fünf oder über zehn Stunden in unse=rem Gefängnis eingeschlossen waren.

Wir befanden uns nicht in der Stimmung, Gespräche zu führen. Sobald die Auseinandersetzung über die Zeit erschöpft war, schwieg ein jeder, um seinen eigenen, unerfreulichen Gedanken nachzuhängen.

Trotz der Sicherheit des Magisters war ich von unserer Rettung gar nicht sehr überzeugt. Ich fürchtete mich vor dem Wasser, dem Dunkel, dem Tod. Die Grabesstille um mich her war be=drückend, die niedrigen Wände unseres Zufluchtsortes lasteten auf mir wie ein Alp. Schaute ich, um mich von den trüben Gedanken abzulenken, nach meinen Kameraden, so sah ich sie ebenso niedergeschlagen, und meine Stimmung verdüsterte sich noch mehr.

Sie waren wenigstens an das Leben in der Grube gewöhnt und litten nicht so wie ich unter dem Mangel an Luft, Sonne und Freiheit. Die Erde lastete nicht auf ihnen wie auf mir.

»Ich glaube nicht, daß draußen an unserer Rettung gearbeitet wird«, ließ sich plötzlich Onkel Gaspards Stimme vernehmen.

»Warum nicht?«

»Weil wir nichts hören.«

»Die ganze Stadt ist zerstört, es war ein Erdbeben.«

»Oder man glaubt, daß wir alle verloren sind und sich nichts für uns tun läßt.«

»So wären wir also verlassen?«

»Warum glaubt ihr so etwas von euren Kameraden?« fiel der Magister den Zweifelnden ins Wort. »Es ist ungerecht, sie an=zuklagen. Ihr wißt, daß Bergleute einander nicht verlassen und zwanzig, ja hundert Menschen eher selbst sterben, bevor sie einen Kameraden ohne Hilfe lassen. Wißt ihr das oder nicht?«

»Das ist wahr.«

»Warum glaubt ihr also, daß sich niemand um uns kümmert?«

»Wir hören nichts.«

»Das ist richtig. Wißt ihr aber, ob wir überhaupt etwas hören können? Ich weiß es nicht. Und wären wir auch sicher, daß man droben nicht arbeitet, würde das beweisen, daß man uns im Stich läßt? Wir wissen ja nicht, wie das Unglück gekommen ist. Ist es durch ein Erdbeben entstanden, so gibt es für die, die ihm entgangen sind, in der Stadt genug zu tun. Ist es aber, wie ich glaube, durch eine Überschwemmung geschehen, so muß man zunächst untersuchen, in welchem Zustand sich die Schächte befinden, ob sie nicht etwa eingestürzt sind. Auch der Stollen bei der Lampenstube kann verschüttet sein. Man braucht also Zeit, die Rettungsarbeiten ins Werk zu setzen. Ich behaupte nicht, daß wir gerettet werden, aber ich bin fest über= zeugt, daß man daran arbeitet, uns zu retten.«

Er sagte das in einem Ton, der selbst die Ungläubigsten und Furchtsamsten überzeugen mußte. Dennoch erwiderte Bergoun= houx: »Und wenn man uns alle für tot hält?«

»Wir können ihnen zeigen, daß wir noch am Leben sind. Klop= fen wir so stark wie möglich an die Wand. Ihr wißt, daß sich der Schall durch die Erde fortpflanzt. Wenn man uns draußen hört, wird man wissen, daß Eile not tut. Das Klopfen gibt aber auch die Richtung an, in der gegraben werden muß.«

Ohne lange zu warten, schlug Bergounhoux mit Aufbietung aller seiner Kräfte mit seinen großen Stiefeln den Appell der Bergarbeiter gegen die Wand. Das riß uns für einen Augen= blick aus unserer Betäubung. Würde man uns hören, uns ant= worten?

»Nun, Magister«, sagte Onkel Gaspard, »was wird man machen, wenn man unser Klopfen hört?«

»Es ist nur zweierlei zu tun, und nach meiner Ansicht werden die Bergmeister beides versuchen: Gänge auswerfen, um zu unserer Strecke zu gelangen, und das Wasser ausschöpfen.«

»Gänge auswerfen! — Das Wasser ausschöpfen!« warf man zweifelnd ein.

Der Magister ließ sich jedoch nicht aus der Fassung bringen. Er fuhr ruhig fort: »Wir befinden uns hier in einer Tiefe von vierzig Metern, nicht wahr? Räumt man täglich sechs bis acht Meter ab, so dringt man nach sieben oder acht Tagen bis zu uns.«

»Es ist unmöglich, sechs Meter an einem Tag zu graben.«

»Unter gewöhnlichen Verhältnissen gewiß. Handelt es sich aber um die Rettung von Kameraden, so kann man viel.«

Wir können aber keine acht Tage mehr leben. Bedenke doch, Magister, acht Tage!«

»Wie soll man das Wasser ausschöpfen?«

»Das kann ich euch nicht sagen, weil ich nicht weiß, wieviel Wasser in die Grube gestürzt ist, vielleicht zwei= bis dreihun= derttausend Kubikmeter; das läßt sich von hier aus nicht ab=

schätzen. Wir sind aber in der ersten Strecke, da braucht man nicht alles Wasser auszuschöpfen, um zu uns zu gelangen. Wenn man nun, wie es wahrscheinlich ist, an jedem Schacht zwei Schöpfmaschinen in Tätigkeit setzt und alle drei Schächte zu gleicher Zeit in Angriff nimmt, so lassen sich durch sechs Maschinen, von denen jede fünfundzwanzig Hektoliter faßt, hundertfünfzig Hektoliter Wasser auf einmal heben. Es kann also ziemlich schnell vorwärtsgehen.«

Es entspann sich nun eine verwickelte Diskussion über die zweckmäßigsten Mittel, uns zu retten. Für mich ging aus alle= dem nur hervor, daß wir mindestens noch acht Tage in unse= rem Grab zubringen mußten.

Acht Tage! Zwar erzählte der Magister von Menschen, die vierundzwanzig Tage lang verschüttet waren, aber das war bloß eine Erzählung gewesen, während wir mit der Wirklich= keit rechnen mußten. Tiefer und tiefer dachte ich mich in diese grauenvolle Vorstellung hinein, ohne etwas von dem Gespräch zu hören, das sich noch lange fortsetzte, bis Carrory plötzlich ausrief: »Hört!«

»Was denn?« fragten die anderen hastig.

»Man hört eine Bewegung im Wasser.«

»Du wirst einen Stein ins Rollen gebracht haben.«

»Nein, es ist ein gedämpftes Geräusch«, behauptete Carrory, bei dem die tierischen Instinkte, vielleicht weil er auf einer tieferen Stufe stand, besser entwickelt waren als bei uns.

Wir horchten, aber ein so gutes Gehör ich auch für die Laute unter freiem Himmel besaß, konnte ich jetzt nichts vernehmen. Meine Kameraden, an die Geräusche in der Grube gewöhnt, waren darin glücklicher als ich.

»Ja«, sagte der Magister, »es geht etwas im Wasser vor.«

»Was denn, Magister?«

»Ich weiß nicht.«

»Stürzt noch mehr Wasser herunter?«

»Nein. Es ist kein anhaltendes Geräusch, sondern es kommt in regelmäßigen Stößen.«

»Stoßweise und regelmäßig, Gott sei gedankt, wir sind gerettet, Leute! Das sind die Schöpfmaschinen in den Schächten.«

»Die Schöpfmaschinen«, wiederholten wir alle wie aus einem Mund und fuhren in die Höhe, als habe uns ein elektrischer Funke durchzuckt. Wir waren nicht mehr vierzig Meter tief unter der Erde, die Luft war nicht mehr eingepreßt, die Wände der schwebenden Strecke drückten uns nicht länger, das Sausen in den Ohren hörte auf, wir atmeten frei, das Herz schlug uns voll freudiger Hoffnung.

Um zu erzählen, wie sich die furchtbare Katastrophe zutrug, muß ich vorgreifen.

Als wir am Montagmorgen in die Grube einfuhren, war der Himmel mit dunklen Wolken überzogen, und alle Anzeichen deuteten auf ein Gewitter hin, das dann auch gegen sieben Uhr zum Ausbruch kam. Die tiefhängenden Wolken fingen sich in dem gewundenen Tal der Divonne, und einmal von diesem Kranz von Hügeln eingeschlossen, konnten sie sich nicht mehr erheben, sondern ergossen allen Regen, den sie enthielten, mit wolkenbruchartiger Gewalt über das Tal. Es war eine wahre Sintflut. Im Nu schwollen die Divonne und ihre Nebenflüsse an. Das Wasser konnte nicht in den steinigen Boden eindringen und rollte mit fürchterlicher Schnelligkeit dem Flußbett zu. Die Divonne war nahe daran, über ihre steilen Ufer zu treten, und die Gießbäche von St=Andéol und La Truyère verbreiteten sich über die Strecken, unter denen die Gruben liegen. Die mit dem Waschen der Erze über der Erde beschäftigten Arbeiter konn= ten sich, durch das Gewitter gezwungen, Schutz zu suchen, der Gefahr noch rechtzeitig entziehen. Die Ausgänge der Schächte lagen so hoch, daß von einem Steigen des Wassers erfahrungs= gemäß nichts zu befürchten stand — es war ja nicht die erste Überschwemmung in der Truyère —, und die Beamten ließen es sich somit nur angelegen sein, die Holzhaufen zu bergen, die zur Verzimmerung der Stollen dienen.

Der Bergmeister war gerade mit dieser Arbeit beschäftigt, als er das Wasser plötzlich kreisend und tobend in einen Schlund hinabstürzen sah, den es sich am Ausgang eines Kohlenflözes gebohrt hatte. Zur gleichen Zeit begann es draußen zu sinken. Barmherziger Gott, das Wasser, die Gruben, die Arbeiter er= trinken!

Der Bergmeister lief zu dem einen Schacht und gab den Befehl hinunterzufahren. Ein entsetzliches Getöse drang aus dem Innern der Grube herauf, und unwillkürlich hielt der Berg= meister an, als er eben den Fuß in die Fahrtonne setzen wollte.

»Fahren Sie nicht hinunter«, warnten die Leute und wollten ihn zurückhalten.

Er aber riß sich los, zog seine Uhr heraus und übergab sie

einem der Leute: »Gib diese Uhr meiner Tochter, wenn ich nicht wiederkomme. Vorwärts, hinunter!«

Noch einmal wandte er sich um und rief dem Manne, dem er die Uhr gegeben hatte, zu: »Sag meiner Tochter Lebe= wohl!«

Unten angelangt, rief er nach den Bergleuten; fünf eilten her= bei, die er in die Fahrtonne steigen und auffahren ließ. Er blieb unten und rief von neuem; aber seine Stimme wurde durch das Toben des zerstörenden Elements übertönt.

Das Wasser drang in den Stollen ein, da sah der Bergmeister in der Ferne einige Lampen. Bis an die Knie im Wasser, eilte er auf sie zu und brachte noch drei Menschen mit. Die Fahr= tonne war wieder heruntergelassen worden, er ließ die Leute einsteigen und wollte selbst auf die Lichter zugehen. Die Geret= teten aber rissen ihn gewaltsam zurück, zogen ihn in die Fahr= tonne und gaben das Zeichen zum Hinaufziehen. Es war höch= ste Zeit, das Wasser hatte alles überschwemmt.

So war die Rettung nicht durchzuführen. Man mußte etwas anderes versuchen, aber was? Der Bergmeister hatte fast nie= manden, der ihm helfen könnte. Einhundertfünfzig Arbeiter waren eingefahren, denn hundertfünfzig Lampen wurden am Morgen abgegeben, aber nur dreißig befanden sich jetzt in der Lampenstube. Es waren also hundertzwanzig Menschen in der Zeche. Lebten sie, waren sie tot, konnten sie einen rettenden Winkel finden?

An verschiedenen Stellen der Grube fanden Explosionen statt. Steine und Erdstücke wurden in die Höhe geschleudert, die Häuser wankten wie bei einem Erdbeben: das waren die Luft und die Gase, die sich, vom Wasser zurückgedrängt, in den schwebenden Strecken zusammengepreßt hatten und nun an den Stellen, wo das Gewicht des Erdreichs zu schwach war, die Erdrinne gleich den Wänden eines Dampfkessels sprengten. Die Grube war voll, die Katastrophe geschehen.

Mittlerweile hatte sich das Gerücht von dem Ereignis in Varses verbreitet, die Menge strömte von allen Seiten nach der Tru= yère, Arbeiter und Neugierige, die Frauen und Kinder der ver= schütteten Bergleute — sie fragten, suchten, forderten, und als man ihnen nicht antworten konnte, gesellte sich zu dem Schmerz der Zorn. »Man verschweigt uns die Wahrheit, es ist die Schuld des Bergmeisters. Tod dem Bergmeister! Tod!« Zum Glück kamen die Bergmeister der benachbarten Zechen mit ihren Leuten und mit ihnen die Arbeiter aus der Stadt, so daß man die Menge im Zaum halten konnte.

Man versuchte, mit den Leuten zu reden. Mit gebrochener, vom Schluchzen erstickter Stimme fragte die Mutter nach dem Sohn, die Tochter nach dem Vater, die Frau nach dem Mann — und für all den Jammer hatten die zur Beratung versammelten Berg= meister nur den einen Trost: »Wir wollen suchen, wollen das Unmögliche leisten.«

Würde man von diesen hundertzwanzig Menschen einen ein= zigen am Leben finden? Der Zweifel war groß — die Hoffnung schwach. Und doch hieß es: vorwärts!

Die Rettungsarbeiten begannen. Man brachte an den drei Schächten Schöpfmaschinen an, die bis zu dem Augenblick, wo der letzte Tropfen in die Divonne zurückgeschüttet wurde, weder Tag noch Nacht stillstehen durften. Gleichzeitig wurde ein Gang in das Gestein getrieben. Der Bergmeister der Tru= yère hoffte, daß sich die Verunglückten wenigstens zum Teil in die abgebauten Schächte geflüchtet hatten, wo das Wasser sie nicht erreichen konnte. Er ließ sofort in gerader Linie einen Gang dahin führen, der der Zeitersparnis halber sehr schmal angelegt wurde, so daß immer nur einer daran arbeiten konnte, während die anderen eine Kette bildeten und die losgeschla= gene Kohle fortschafften. War der Hauer müde, so erfolgte die Ablösung.

Tag und Nacht schritt das Rettungswerk fort, und dennoch drangen die Retter nur langsam vor.

Wurde ihnen schon die Zeit zu lang — wieviel träger schlich sie für uns dahin, die wir nur warten konnten, ohne zu wissen, ob man uns noch zeitig genug erreichen würde!

Das Geräusch der Schöpfmaschinen erhielt uns nicht lange in dem Freudenfieber. Mit der Überlegung trat auch der Rück= schlag ein. Wir wußten nun, daß wir nicht verlassen waren. Aber die Angst quälte uns, ob wir den Augenblick der Rettung auch erleben würden. Zu den geistigen Qualen gesellten sich jetzt körperliche. Die Stellung, in der wir auf unserer Terrasse verharren mußten, war sehr ermüdend. Wir konnten die er= starrten Glieder nach keiner Seite hin bewegen, um sie wieder geschmeidig zu machen, und unsere Kopfschmerzen wurden immer ärger.

Carrory, der von uns allen am wenigsten litt, sagte von Zeit zu

Zeit mit kläglicher Stimme: »Ich bin hungrig, Magister, ich möchte das Brot haben.«

Der Magister entschloß sich, uns einen Teil des Brotes aus der Otterfellmütze zu geben.

»Das ist nicht genug«, sagte Carrory.

»Das Brot muß lange vorhalten.«

Die anderen hätten unsere Mahlzeit nur zu gern mit uns geteilt. Sie hatten aber geschworen zu gehorchen und hielten ihren Schwur. »Wenn uns verboten ist zu essen, wird uns doch gestattet sein zu trinken«, meinte Compeyrou.

»Soviel du willst. Wasser haben wir zur Genüge.«

»Trink den Stollen leer!«

Pagès wollte sich hinunterlassen, aber der Magister gab es nicht zu.

»Wenn du gehst, könnte der Schutt leicht nachgeben. Remi ist leichter und gewandter, er soll hinuntersteigen und uns Wasser holen.«

»Wir haben kein Gefäß.«

»Nimm meinen Stiefel.«

Es wurde mir ein Stiefel gereicht, und ich schickte mich an, bis ans Wasser zu rutschen. Aber der Magister befahl mir zu warten, weil er mir die Hand geben wollte.

»Seien Sie ohne Sorge«, wandte ich ein, »es schadet nicht, wenn ich hineinfalle, ich kann schwimmen.«

Der Magister bestand aber darauf, mich an der Hand zu halten, und beugte sich zu mir herunter. Aber entweder war seine Bewegung schlecht berechnet, oder mochte sein Körper durch die lange Untätigkeit steif geworden sein, vielleicht gab auch die Kohle unter seinem Gewicht nach — genug, in demselben Augenblick glitt er den Abhang hinab und stürzte kopfüber in die dunkle Flut. Die Lampe rollte hinter ihm drein. Wir befanden uns in undurchdringlicher Nacht, und ein Angstschrei entfuhr uns allen.

Eine Sekunde später war ich im Wasser. Vitalis lehrte mich auf unseren Wanderungen tauchen und schwimmen, und ich fühlte mich im Wasser ebenso heimisch wie auf dem Land. Wohin aber sollte ich mich in dieser Finsternis wenden? Ich bedachte nichts, als ich mich hinuntergleiten ließ, sondern warf mich mit dem Instinkt eines Neufundländers ins Wasser, um einen Ertrinkenden zu retten. Während ich noch überlegte, nach welcher Seite ich den Arm ausstrecken, wo ich tauchen müßte,

fühlte ich mich krampfhaft an der Schulter gepackt und wurde im nächsten Augenblick unter das Wasser gezogen. Ein tüch= tiger Stoß brachte mich wieder an die Oberfläche; die Hand ließ nicht locker.

»Halten Sie fest, Magister, und strecken Sie den Kopf in die Höhe, Sie sind gerettet!«

Aber gerettet waren wir beide noch nicht, denn ich wußte nicht, wohin ich schwimmen sollte.

»So schreit doch!« rief ich den anderen in Verzweiflung zu.

»Wo bist du, Remi?« hörte ich Onkel Gaspards Stimme von links her — nun konnte ich wenigstens die Richtung finden.

»Zündet eine Lampe an!«

Das geschah sofort. Ich brauchte nur den Arm auszustrecken, um das Ufer zu erreichen, klammerte mich mit der einen Hand an das Gestein und zog mit der anderen den Magister heraus. Er schluckte Wasser und holte nur mühsam Atem.

Onkel Gaspard und Carrory streckten uns die Arme entgegen und zogen den Magister bis auf den ersten Absatz, während uns Pagès, der von seinem Platz herunterstieg, leuchtete. Ich schob von unten nach.

Der Bewußtlose kam schnell wieder zu sich, und sobald ich hinaufgeklettert war, rief er mir zu: »Komm her, ich muß dich umarmen, du hast mir das Leben gerettet!«

»Sie haben uns alle gerettet.«

»Bei alledem«, sagte Carrory, der Rührseligkeiten nicht liebte und seine eigenen Angelegenheiten nicht leicht vergaß, »ist mein Stiefel verlorengegangen.«

Ich wollte ihm seinen Stiefel holen, doch der Magister verbot mir, noch einmal ins Wasser zu gehen. Ich bat ihn um einen anderen Stiefel, damit ich wenigstens zu trinken bringen könnte.

»Ich habe keinen Durst mehr«, sagte Compeyrou.

»Um auf die Gesundheit des Magisters zu trinken!« rief ich und ließ mich zum zweitenmal, aber langsamer und vorsich= tiger als vorhin hinuntergleiten.

Der Magister und ich waren dem Ertrinken entgangen, aber unsere Kleider waren durch und durch naß. Anfangs spürten wir es nicht, aber nach und nach wurde uns empfindlich kalt. Mein alter Freund bat seine Kameraden, mir eine Jacke zu geben. Aber keiner von ihnen wollte etwas gehört haben.

»Niemand meldet sich?« fragte der Magister noch einmal.

»Mich friert selbst«, entgegnete Carrory.

»Ihr braucht ja nicht ins Wasser zu fallen«, sagte ein anderer.

»Wenn es so ist«, sagte der Magister, »so wollen wir losen, wer von euch einen Teil seiner Kleider abgeben soll. Ich hätte gern darauf verzichtet, jetzt aber fordere ich gleiches Recht für alle.«

Dieser Kleiderwechsel bot freilich keine besondere Verbesse= rung, da wir alle schon einmal durch und durch naß waren, ich bis an den Hals, die Größten bis an die Hüften. Trotzdem drang der Magister sehr entschieden darauf, und vom Schicksal be= günstigt, erhielt ich die Jacke des großen Compeyrou, dessen Beine geradeso lang waren wie mein ganzer Körper und dessen Rock daher trocken geblieben war. Ich hüllte mich hinein und wurde bald wieder warm.

Nach diesem Zwischenfall, der uns einen Augenblick aufrüt= telte, gewann die alte Erschlaffung wieder die Oberhand. Mit ihr kehrten auch die trüben Gedanken zurück, die schwerer auf meinen Gefährten lasteten als auf mir. Während jene in eine Art Betäubung versanken und wach blieben, schlief ich ein.

Der Platz war freilich nicht günstig zum Schlafen, da ich leicht ins Wasser rollen konnte. Der Magister sah die Gefahr, in der ich schwebte, legte mir seinen Arm unter den Kopf und drückte mich leicht an sich. So lag ich da wie ein Kind im Schoß der Mutter. Der Magister hatte nicht nur einen klaren Kopf, son= dern auch ein gutes Herz. Wachte ich dann und wann auf, so veränderte er nur die Lage seines steifgewordenen Armes, setzte sich gleich darauf wieder unbeweglich hin und flüsterte mir zu: »Schlaf nur, mein Junge, und fürchte dich nicht, ich halte dich! Schlaf nur, Kleiner!« Dann schlief ich ruhig wieder ein. Ich fühlte wohl, daß er mich nicht loslassen würde.

Die Zeit verstrich, und nach wie vor hörten wir die Schöpf= maschinen mit ununterbrochener Regelmäßigkeit ins Wasser tauchen.

Die Rettung naht

Allmählich wurde unsere Stellung auf dem schmalen Absatz ganz unerträglich. Wir nahmen uns vor, ihn zu vergrößern. Wir drangen leichter mit unseren Messern vor als früher, da

wir jetzt einen Stützpunkt unter den Füßen hatten. Bald brauch=
ten wir nicht mehr mit hängenden Beinen sitzen, sondern
konnten uns der Länge nach auf dem Boden ausstrecken.

Das war eine große Erleichterung, und hätten wir nur dem
nagenden Hunger abhelfen können, so wäre unsere Gefangen=
schaft einigermaßen erträglich gewesen. Aber so kärglich man
auch Carrorys Brot ihm und mir zumaß, war es zuletzt doch
aufgezehrt.

Nach und nach verstummten unsere Gespräche. So redselig wir
anfangs waren, um so schweigsamer wurden wir mit jeder
Stunde, die wir in unserem Kerker zubrachten. Unser Gespräch
drehte sich ewig um die beiden Fragen, welche Mittel man an=
wenden werde, um bis zu uns vorzudringen, und wie lange wir
wohl schon eingeschlossen waren. Machte jemand von uns eine
andere Bemerkung, so wurde gar nicht oder doch nur in kurzen
Worten erwidert. »Wir werden ja sehen«, lautete dann zumeist
die Antwort darauf.

Waren wir seit zwei oder sechs Tagen verschüttet? Das würden
wir sehen, sobald der Augenblick der Rettung kam. Würde er
jemals kommen? Ich für meinen Teil fing an, stark daran zu
zweifeln.

Und ich war nicht der einzige, denn auch meinen Kameraden
entschlüpften mitunter Andeutungen, die mir zeigten, daß auch
ihre Zuversicht erschüttert war.

»Wenn ich hierbleibe«, sagte Bergounhoux, »so tröstet mich
nur der Gedanke, daß die Bergwerksgesellschaft meiner Frau
und meinen Kindern eine Pension zahlen wird. Dann brauchen
sie wenigstens nicht zu betteln.«

Der Magister hatte ein tröstendes Wort für jeden, wenn einer
von uns den Mut verlor. »Du wirst sowenig hierbleiben wie
wir, Bergounhoux«, sagte er. »Die Schöpfmaschinen sind in
Tätigkeit, das Wasser fällt.«

»Wo denn?«

»In den Schächten.«

»Aber in den Stollen?«

»Das kommt auch noch. Wir müssen warten.«

»Die Maschinen können das Wasser nicht heben.«

»Ich habe euch doch schon zwanzigmal die Berechnung aufge=
stellt. Habt Geduld«, sagte der Magister.

»Die Berechnung kann uns nicht aus unserem Kerker erlösen«,
bemerkte Pagès.

»Wer denn?«

»Der liebe Gott.«

»Ich glaube an meine Errettung«, fing Pagès nach einem Augen=
blick wieder an, »aber ich bin überzeugt, daß wir hier sind, weil
sich Bösewichter unter uns befinden, die Gott strafen will.«

Da stieß plötzlich jemand hinter mir einen tiefen Seufzer aus.
Ich drehte mich um. Es war der riesige Compeyrou, der schon
vor einiger Zeit von seiner Terrasse heruntergekommen war,
um Carrorys Platz neben mir einzunehmen. »Ich bin der Misse=
täter«, jammerte er, »ich bin es, mich will der liebe Gott stra=
fen. Aber ich bereue, ich bereue! Vor einem Jahr ist Rouquette
zu fünf Jahren Gefängnis verurteilt worden, weil er der Mutter
Vidal eine Uhr gestohlen haben sollte. Er ist unschuldig! Ich
habe den Diebstahl begangen.«

»Ins Wasser, ins Wasser mit ihm!« schrien Pagès und Bergoun=
houx zu gleicher Zeit und wollten Compeyrou hinunterstoßen.
Der Magister hielt sie zurück.

»Gut, er soll leben«, sagten sie. »Aber nur unter der Bedingung,
daß du ihn in der Ecke liegen läßt, niemand mit ihm spricht
und niemand ihn beachtet.«

»Ich habe Durst«, sagte Compeyrou, »gebt mir den Stiefel.«
Ich stand auf, um Wasser zu holen, aber Onkel Gaspard hielt
mich zurück: »Wir haben versprochen, uns nicht um ihn zu
kümmern.«

»Laßt ihm wenigstens seine Freiheit«, befahl der Magister. Com=
peyrou legte sich auf den Rücken, um sich, wie ich, hinunter=
gleiten zu lassen, aber ich war leicht und geschmeidig, er hin=
gegen schwer und plump. Die Kohle gab unter ihm nach, und
er rutschte in die dunkle Tiefe. Das Wasser spritzte bis zu uns
herauf, schlug über ihm zusammen und öffnete sich nicht wie=
der.

Zitternd vor Entsetzen, lehnte ich mich an Onkel Gaspard.

»Er war kein rechtschaffener Mensch«, sagte Onkel Gaspard
tief ergriffen. Der Magister schwieg.

»Jetzt wird alles gutgehen, der Missetäter ist gerichtet«, fügte
Pagès hinzu, indem er mit beiden Füßen gegen die Wand der
schwebenden Strecke schlug.

Wenn auch nicht alles so schnell und gut ging, wie Pagès
hoffte, so lag das weder an den Bergmeistern noch an den bei
dem Rettungswerk beschäftigten Arbeitern. Die Wasser=

hebungsmaschinen waren in unablässiger Tätigkeit, und der Gang, den der Bergmeister nach dem abgehauenen Schacht abteufen ließ, wurde ohne Unterlaß weitergetrieben. Aber die Kohle, durch die dieser Stollen führte, war außerordentlich zäh, und der mit dem Durchstich betraute Hauer mußte häufig abgelöst werden. Außerdem war trotz einem mächtigen Ventilator, der dem Gang beständig frische Luft zuführte, der Luftwechsel in dem Stollen so schlecht, daß die Lampen nur vor der Öffnung der Röhre brannten.

Alle diese Hindernisse verzögerten das Vordringen so sehr, daß der Rettungsstollen nach sieben Tagen unserer Verschüttung erst eine Tiefe von zwanzig Metern erreichte. Im Vergleich zu dem aufgewandten Eifer und den zur Verfügung stehenden Mitteln ein nur geringfügiges Ergebnis, wenn auch dieselbe Arbeit unter gewöhnlichen Verhältnissen mindestens vier Wochen erfordert hätte.

Es bedurfte der ganzen Hartnäckigkeit des braven Bergmeisters, das begonnene Werk fortzusetzen, das nach der Meinung der Fachleute und der Menge völlig nutzlos war. Der herrschenden Ansicht zufolge waren alle verschütteten Arbeiter umgekommen. Da kam es nicht darauf an, ob man einen Tag früher oder später in die Zeche gelangte, man würde doch nur Leichen auffinden.

Die Verwandten, Frauen und Mütter der Vermißten legten bereits Trauerkleider an.

Aber dem allgemeinen Urteil, der Meinung seiner Freunde und Fachgenossen zum Trotz, bestand der unermüdliche Bergmeister der Truyère auf der Weiterführung des Ganges.

»Noch einen Tag, meine Freunde«, sagte er zu den Arbeitern, »finden wir auch morgen nichts Neues, so wollen wir aufhören. Ich fordere nur, daß ihr für eure Kameraden tut, was ich von ihnen verlangen würde, wenn ihr an deren Stelle wäret.«

So wurde das Werk fortgesetzt — da, am siebten Tage, glaubte einer der Hauer, gerade als er seinen Vorgänger ablöste, ein leises Geräusch, wie von schwach geführten Schlägen, zu hören. Das Ohr an die Wand gelegt, lauschte er und rief endlich einen seiner Gefährten herbei. Beide horchten angestrengt, und wieder drang ein schwacher Laut in regelmäßigen Zwischenräumen zu ihnen.

Sofort ging die Nachricht von Mund zu Mund, und der Bergmeister eilte in den Gang.

Endlich! Er hatte also recht gehabt! Es waren lebende Men=
schen unten, die durch seine Zuversicht gerettet werden soll=
ten.

Mehrere Leute folgten ihm. Er drängte die Arbeiter zurück und
horchte, zitterte aber so heftig und war so aufgeregt, daß er
nichts vernahm und verzweifelt ausrief: »Ich höre nichts!«

Die beiden Hauer aber, erfahrene, in Bergwerksarbeit ergraute
Leute, behaupteten, daß ein Irrtum ausgeschlossen sei. Sie hät=
ten deutlich ein Klopfen gehört. Der Bergmeister schickte alle
fort, die ihm gefolgt waren, und alle Arbeiter, die die Kette
zum Wegräumen des Schutts bildeten, und behielt nur die
beiden alten Hauer bei sich. In bestimmten Zwischenräumen
schlugen sie mit der Haue den Appell und drängten sich dann
an die Wand, um zu horchen: schwache, kaum hörbare Schläge
antworteten auf die ihren.

»Klopft noch einmal in abgemessenen Pausen, damit wir ganz
sicher sind, daß es nicht der Widerhall eurer Schläge ist«, be=
fahl der Bergmeister. Die Hauer klopften wieder, und wieder
tönte der Appell der Bergleute in denselben taktmäßig geführ=
ten Schlägen zurück. Es war kein Zweifel mehr möglich: Dort
unten waren lebende Menschen, die gerettet werden konnten!

Die Kunde ging wie ein Lauffeuer durch die Stadt, und zahl=
reicher und noch aufgeregter als am Tage des Unglücks eilte
die Menge nach der Truyère. Frauen, Kinder, Mütter und Ver=
wandte der Opfer kamen in ihren Trauerkleidern zitternd und
strahlend vor Hoffnung herbei.

Wie viele mochten noch am Leben sein? Alle glaubten ihre
Angehörigen unter den Geretteten und wollten den Bergmeister
umarmen.

Eifriger denn je machte man sich an die Arbeit. Die benach=
barten Gruben wetteiferten, wer von ihnen die besten Hauer
nach der Truyère schicken soll. Das Wasser im Schacht begann
zu sinken.

Wir aber, als wir den vom Bergmeister geklopften Appell ver=
nahmen, waren ebenso freudetrunken wie damals, als wir die
Schöpfmaschine zuerst in den Schacht tauchen hörten.

»Gerettet!« jauchzten wir auf, als werde man uns im nächsten
Augenblick die Hand reichen. Aber als das nicht geschah, be=
mächtigte sich unser dieselbe Verzweiflung wie früher.

Das Geräusch der Hauer wies darauf hin, daß unsere Retter

vielleicht noch zwanzig bis dreißig Meter entfernt waren. Wie lange würde es noch brauchen, um die uns trennende harte Masse zu durchdringen?

Vier Wochen meinte der eine, sechs Tage der andere. Aber wie lange es auch währte — wer vermochte zu sagen, ob wir noch am Leben sein würden, bis unsere Retter zu uns gelangten? Wir wußten ja nicht, wie lange wir schon ohne Nahrung waren. Aber wenn wir den Durst auch befriedigen konnten, so peinigte uns der Hunger allmählich so sehr, daß wir verdorbenes Holz im Wasser zerbröckelten, um es zu essen. Carrory zerschnitt seinen übriggebliebenen Stiefel und kaute ununterbrochen an den Lederstücken. Selbst der Magister, der von uns allen den Mut am wenigsten sinken ließ, konnte der allgemeinen Erschöp=fung auf die Dauer nicht widerstehen. Die körperliche Schwä=che überwältigte endlich auch seine Festigkeit.

Von Zeit zu Zeit klopften wir wieder gegen die Wand, um unseren Rettern zu zeigen, daß wir noch lebten. Wir hörten jetzt schon, wie ihre Hauen ununterbrochen arbeiteten. Aber die Schläge gewannen nur langsam an Kraft. Die Retter waren noch weit entfernt.

Als ich einmal den Stiefel aufs neue füllte, bemerkte ich, daß das Wasser um einige Zentimeter gefallen war.

»Das Wasser sinkt!«

»Mein Gott!« riefen alle. Nochmals gaben wir uns einem Hoff=nungstaumel hin, ja meine Gefährten wollten eine Lampe an=zünden und sie brennen lassen, um das Fallen des Wassers beobachten zu können. Der Magister erhob jedoch dagegen Einspruch. Schon glaubte ich, man würde sich gegen ihn auf=lehnen, aber wie immer verlangte der Magister auch jetzt nichts, ohne dafür gute Gründe anzugeben.

»Wir werden die Lampen später noch brauchen«, erklärte er. »Und was wollen wir im Falle der Not anfangen, wenn wir sie jetzt zwecklos zu Ende brennen? Außerdem fällt das Wasser nur sehr langsam. Das Beobachten würde euch noch ungedul=diger machen. Wir werden bestimmt gerettet. Nur Mut! Es sind noch dreizehn Streichhölzer da, von denen wir immer eins an=zünden können, wenn ihr Licht wünscht.«

Also wurde die Lampe ausgelöscht. Wir tranken alle reichlich, und während langer, banger Stunden, vielleicht tagelang, ver=harrten wir, nur durch das Geräusch der Hauer und der Schöpf=maschinen aufrechterhalten, regungslos in unserem Kerker.

Mit der Zeit wurden diese Laute deutlicher. Auch das Wasser fiel mehr und mehr, man kam uns immer näher — würde man zeitig genug kommen? Wohl schritt das Rettungswerk von Minute zu Minute voran, aber in demselben Grad nahm auch unsere Schwäche, die geistige wie die körperliche, unerbittlich zu. Meine Kameraden hatten seit dem Tag der Überschwemmung keine Nahrung mehr zu sich genommen. Aber was noch schlimmer war, wir verbrachten die ganze Zeit in einer Luft, die nicht erneuert werden konnte und sich stündlich mehr verbrauchte. Wir wären an Luftmangel zugrunde gegangen, wenn nicht der atmosphärische Druck in demselben Maß abgenommen hätte, wie das Wasser sank. Wir verdankten unser Leben vor allem der Schnelligkeit der Rettungsarbeiten.

Diese Arbeiten gingen mit solcher Regelmäßigkeit vor sich, daß uns schon jede Ablösung des Hauers in fieberhafte Aufregung versetzte. Wir fürchteten immer wieder, man wolle uns verlassen oder wäre auf unüberwindliche Hindernisse gestoßen. Als sich während einer solchen Unterbrechung ein furchtbares Getöse, ein mächtiges Sausen und Brausen erhob, kannte unsere Angst keine Grenzen mehr.

»Das Wasser stürzt in die Grube!« schrie Carrory.

»Das ist kein Wasser«, sagte der Magister.

»Was ist es denn?«

»Ich weiß nicht, aber Wasser ist es nicht.«

Obwohl der Magister uns schon viele Beweise seines Scharfsinns und seiner Urteilskraft gegeben hatte, glaubten ihm die anderen nur, wenn er seine Worte mit überzeugenden Gründen unterstützen konnte.

»Zünde die Lampe an!« verlangten sie ungestüm.

»Es ist unnütz.«

»Zünd sie an, zünd sie an!« wiederholten sie einstimmig und so energisch, daß er nachgeben mußte.

»Nun, seht ihr wohl?« sagte der Magister, als wir beim Schein der Lampe sahen, daß das Wasser nicht gestiegen, sondern wieder gefallen war.

Wie wir später erfuhren, rührte das Geräusch von dem Ventilator her, der den Arbeitern im Gang frische Luft zuführte.

»Es wird sicher bald steigen, und wir werden sterben müssen.«

»Meinetwegen kann es gleich zu Ende gehen, ich kann nicht mehr.«

»Gib die Lampe her, Magister. Ich will einen Abschiedsgruß für Frau und Kinder schreiben, bevor ich sterbe«, sagte Bergounhoux, der Papier und Bleistift in der Tasche hatte.

»Schreib auch für mich.«

»Für mich auch!« riefen Onkel Gaspard und Pagès, und Bergounhoux begann: »Wir, Gaspard, Pagès, der Magister, Carrory, Remi und ich, Bergounhoux, sind in der schweben= den Strecke eingeschlossen und dem Tod nahe. Ich, Bergoun= houx, bitte Gott, daß er sich meiner Frau und Kinder erbarme, und gebe ihnen meinen Segen.«

»Du, Gaspard?«

»Gaspard vermacht seinem Neffen Alexis alles, was er hat.«

»Pagès befiehlt seine Frau und Kinder dem lieben Gott und der Bergwerksgesellschaft.«

»Du, Magister?«

»Mir wird niemand nachweinen«, sagte der Magister trau= rig.

»Und du, Remi?«

»Remi hinterläßt seine Harfe und Capi seinem Freund Mattia und umarmt Alexis, den er bittet, Lisa aufzusuchen und ihr mit einem letzten herzlichen Gruß die getrocknete Rose wie= derzugeben, die in seiner Jacke steckt.«

»Jetzt wollen wir unterschreiben.«

»Ich mache ein Kreuz«, sagte Pagès.

»So«, schloß Bergounhoux, nachdem das geschehen war, »nun bitte ich nur, mich ruhig sterben zu lassen, ohne mit mir zu sprechen. Lebt wohl, Kameraden!«

Damit kam er von seinem Absatz auf den unseren herunter, küßte jeden einzelnen, stieg wieder hinauf und küßte Pagès und Carrory. Dann häufte er eine Menge Kohlenstaub zusam= men, legte den Kopf darauf, streckte sich aus und rührte sich nicht mehr.

Die Aufregung des Briefes und der Abschied von Bergounhoux steigerte unsere Verzweiflung nur noch mehr. Wir hörten die Schläge der Hauer allmählich so deutlich, daß der Magister meinte, der Durchstich müsse bald vollendet sein.

»Wenn sie so nahe wären, wie du glaubst, Magister, würden wir sie rufen hören, aber wir hören sie sowenig wie sie uns.«

Bald darauf vernahmen wir ein Scharren, im Wasser plätscherte es, als seien kleine Kohlenstücke hineingefallen, und beim

Licht der wieder angezündeten Lampe sahen wir Ratten am Boden der Strecke hinlaufen. Was die Taube für die Arche Noah war, das waren diese Ratten für uns: das Ende der Sintflut. Die Tiere mußten gleich uns in einer Luftglocke Zuflucht gefunden haben und verließen, nachdem das Wasser gefallen war, ihren Schlupfwinkel, um Nahrung zu suchen. Wenn sie bis zu uns vordringen konnten, so ließ sich daraus schließen, daß das Wasser nicht mehr bis an die Decke der Stollen reichte.

»Mut, Bergounhoux«, sagte der Magister, »die Ratten sind sichere Vorboten für unsere Rettung.«

Bergounhoux wollte aber nichts davon hören. »Ich mag mich nicht wieder von der Hoffnung in die Verzweiflung stürzen lassen. Ich hoffe gar nichts mehr. Ich bin auf das Ende gefaßt. Werden wir doch gerettet, so will ich Gott danken.«

Mittlerweile stieg ich hinunter, um genau zu sehen, wie weit das Wasser schon gefallen war. Da entdeckte ich einen großen leeren Raum zwischen dem Wasser und der Decke des Stollens.

»Fang uns Ratten«, rief Carrory mir zu, »wir wollen sie essen.«

Meine Gedanken waren aber ganz andere, als Ratten zu fangen. Voll freudiger Hoffnung kletterte ich wieder auf unseren Absatz und rief dem Magister hastig zu: »Magister, ich glaube, man muß jetzt durchkommen können, denn die Ratten laufen im Stollen umher. Ich will bis an die Leiter schwimmen und rufen, damit man uns von dort aus holt, das geht schneller als der Durchstich.«

»Nein, das erlaube ich nicht!«

»Aber, Magister, ich schwimme wie ein Fisch.«

»Und die schlechte Luft?«

»Die ist für mich nicht schlechter als für die Ratten.«

»Geh, Remi«, sagte Pagès, »ich verspreche dir meine Uhr.«

»Gaspard, was sagen Sie dazu?« fragte der Magister.

»Nichts. Glaubt er bis an die Leiter kommen zu können, so mag er es versuchen. Ich habe kein Recht, ihn zurückzuhalten.«

»Und wenn er ertrinkt?«

»Und wenn er sich rettet, anstatt hier beim Warten umzukommen?«

»Nun, so geh, mein Kind, und tu, was du vorhast«, sagte der

Magister nach kurzer Überlegung. Ich glaube zwar, daß du etwas Unmögliches versuchst, aber es wäre nicht das erste Mal, daß das Unwahrscheinliche glückt. Gib mir einen Kuß.«

Ich umarmte ihn und Onkel Gaspard, legte die Kleider ab und bat die Kameraden, fortwährend laut zu rufen, damit ich mich nach ihren Stimmen zurechtfinden könnte. Dann stürzte ich mich ins Wasser. Nach einigen Stößen merkte ich, daß der leere Raum im Stollen groß genug war, mir freie Bewegung zu gestatten. Ich unternahm also nichts Unmögliches und mußte nur langsam vorgehen, um mir nicht den Kopf einzu=stoßen.

Winkte Rettung oder Tod am Ziel?

Ich drehte mich um und sah, wie die dunklen Wasser den Schein der Lampe zurückwarfen, das war mein Leuchtturm.

»Kommst du weiter?« rief der Magister.

»Ja!« schrie ich zurück und schwamm behutsam vorwärts.

Die einzige Schwierigkeit meines Abenteuers bestand darin, mich nicht in der Richtung zu irren. Ich wußte, daß sich die Stollen in geringer Entfernung von der schwebenden Strecke kreuzten. Ich faßte daher von Zeit zu Zeit Grund, um nach den Schienen zu fühlen, die mir bessere Wegweiser waren als die Decke und die Wände der Gänge. Die Geleise unter mir, die Stimme meiner Kameraden hinter mir, so konnte ich nicht fehlgehen.

Schon hörte ich die Schöpfmaschine deutlicher, während die Stimmen schwächer klangen. Ich kam also vorwärts — end=lich sollte ich das Licht des Tages wiedersehen und konnte helfen, meine Kameraden zu retten!

Wieder fühlte ich mit den Füßen. Die Schienen waren ver=schwunden. Ich tauchte und tastete mit den Händen, fand aber nichts. Hatte ich mich verirrt? Ich blieb still und horchte. Das Rufen der Kameraden tönte nur noch gedämpft und kaum wahrnehmbar zu mir. Ich holte tief Atem, tauchte zum zwei=tenmal. Da waren keine Schienen.

Ich war offenbar in den verkehrten Stollen geraten, ohne es zu bemerken, und mußte schleunigst umkehren. Aber wohin? Die Stimmen der Kameraden vernahm ich nicht. Entweder war ich außer Hörweite gekommen, oder sie riefen nicht mehr. Ich wußte nicht sogleich, nach welcher Seite ich mich wenden sollte und war einen Augenblick vor Todesangst völlig ge=lähmt — da hörte ich plötzlich die Stimmen wieder. Ich machte ein paar Schwimmbewegungen nach rückwärts, tauchte und fand nun auch die Schienen. An jener Stelle mußte demnach die Gabelung sein. Nun suchte ich nach der Drehscheibe, nach den Seitenstollen, aber ich entdeckte weder die eine noch die anderen, sondern stieß zur Rechten wie zur Linken gegen die Wand.

Die Geleise waren weggerissen und von der Strömung zer= stört worden. Ich mußte meinen Plan aufgeben. Ich fand keine Anhaltspunkte mehr, die mir den Weg zeigen konnten, und schwamm schnell, von den Stimmen geleitet, zu der schwe= benden Strecke zurück.

Je näher ich kam, desto zuversichtlicher schienen sie mir zu klingen.

Bald erreichte ich den Eingang unseres Kerkers und rief laut.

»Komm, komm!« drängte der Magister.

»Ich habe den Durchgang nicht gefunden.«

»Das schadet nicht. Der Durchstich schreitet vor, schon hören sie uns und wir sie. Bald werden wir einander verstehen kön= nen.«

Schnell kletterte ich hinauf und horchte. Die Schläge der Hauen klangen weit stärker. Und die Rufe der Hauer selbst drangen schwach, aber doch vernehmlich zu uns.

Ich war völlig durchfroren. Man konnte mir keine warmen Kleidungsstücke mehr geben, und so gruben mich Onkel Gaspard und der Magister tief in den Kohlenstaub ein. Sie drückten mich fest an sich, und ich erzählte ihnen von meiner Entdeckungsreise und wie ich die Schienen verlor.

Inzwischen wurde das Rufen immer deutlicher, und nicht lan= ge, so hörten wir die langsam gesprochenen Worte: »Wie viele seid ihr?«

»Sechs!« antwortete Onkel Gaspard, der von uns allen die klarste und stärkste Stimme besaß.

Eine Pause trat ein. Man erwartete wohl eine größere An= zahl.

»Beeilt euch!« rief Onkel Gaspard. »Wir können nicht mehr.«

»Eure Namen?«

»Bergounhoux, Pagès, der Magister, Carrory, Remi und Gas= pard.«

Das war der schrecklichste Augenblick für die draußen Ver= sammelten. Sobald die Gewißheit bestand, daß die Verbin=

dung mit uns in kurzer Zeit hergestellt sein würde, waren sämtliche Verwandte und Freunde der Verschütteten herbei= geeilt, und es kostete den Soldaten große Mühe, die Menge am Eingang des Stollens zurückzuhalten.

Als der Bergmeister ankündigte, daß nur sechs Arbeiter leb= ten, waren alle schmerzlich enttäuscht. Aber noch ließ niemand die Hoffnung sinken; unter ihnen konnte, mußte sich der Er= wartete finden. Unsere Namen gingen von Mund zu Mund: Ach, nur vier von hundertzwanzig Müttern oder Frauen sahen ihre Hoffnung verwirklicht!

Auch wir dachten an die, die vielleicht gerettet waren, und Onkel Gaspard fragte: »Wie viele Arbeiter sind außer uns am Leben?«

Keine Antwort.

»Frage, wo Peter ist«, bat Pagès.

Die Frage wurde gestellt, blieb aber ebenfalls unbeantwortet.

»Sie haben es nicht gehört.«

»Sag lieber, daß sie uns nicht antworten wollen.«

»Frag sie doch, wie lange wir hier sind«, wandte ich mich an den Onkel.

»Seit vierzehn Tagen«, kam die Antwort.

Vierzehn Tage! Und wir dachten höchstens fünf bis sechs.

»Wir wollen jetzt nicht mehr sprechen«, rief man uns zu. »Das verzögert die Arbeit. Faßt Mut, in wenigen Stunden seid ihr gerettet!«

Das waren, glaube ich, die längsten Stunden unserer Gefan= genschaft; jedenfalls bei weitem die qualvollsten. Uns schien, als müsse jeder Schlag mit der Haue der letzte sein, und immer folgte noch einer, als sollten sie nie aufhören.

»Seid ihr hungrig?« fragte es nach kurzer Zeit.

»Ja, sehr!«

»Wollt ihr noch warten? Wir können euch durch ein Bohrloch Suppe schicken, wenn ihr schwach seid, aber dadurch wird eure Rettung hinausgeschoben. Könnt ihr warten, so kommt ihr schneller heraus.«

»Wir werden warten, beeilt euch!«

Auch die Schöpfmaschine arbeitete ununterbrochen weiter, und das Wasser fiel mit steter Regelmäßigkeit.

»Sage ihnen, daß das Wasser sinkt«, sagte der Magister.

»Wir wissen es. Entweder durch den Stollen oder durch die= sen Schacht kommen wir zu euch, und bald!«

Die Schläge der Haue wurden schwächer. Offenbar stand der Durchbruch von einem Augenblick zum anderen zu erwarten, und die Arbeiter gingen behutsam vor, um nicht etwa einen Einsturz zu verursachen, der uns noch im letzten Augenblick gefährlich werden konnte.

Schon bröckelten kleine Stücke Kohle von der Decke und rollten ins Wasser. Aber seltsam, je näher der Augenblick unserer Befreiung heranrückte, um so schwächer wurden wir. Ich konnte mich nicht mehr aufrecht halten, sondern lag auf meinem Kohlenstaub ausgestreckt, ohne mich auch nur auf dem Arm stützen zu können. Ich zitterte am ganzen Körper, und doch fror ich nicht.

Endlich lösten sich größere Stücke und rollten zwischen uns. Die Öffnung war hergestellt, die Helligkeit der Lampen blendete uns, aber schon im nächsten Augenblick hüllte uns aufs neue dichte Finsternis ein. Ein fürchterlicher Wirbelwind, der Kohlenstücke und Trümmer aller Art mit sich führte, blies die Lichter aus.

»Es ist die entweichende Luft«, riefen die Hauer hinunter. »Fürchtet euch nicht, draußen zünden wir die Lampen wieder an. Wartet einen Augenblick!«

Warten, immer warten!

Da ertönte lautes Geräusch in dem Wasser des Stollens. Ich drehte mich um und sah ein helles Licht, das sich über der Flut entlang bewegte.

»Mut! Mut!« erscholl es von dorther. Während unsere Retter den Leuten auf der oberen Terrasse durch den Gang die Hand reichten, kamen andere durch den Einfahrtsstollen auf uns zu. Der Bergmeister erkletterte die Strecke zuerst und nahm mich in die Arme. Ich fühlte nur noch, wie man mich forttrug und in Decken einwickelte, als wir aus dem flachen Stollen hinausgelangten. Bald empfand ich eine Blendung, die mich zwang, die Augen zu öffnen. Es war Tag. Es war die langersehnte Freiheit!

Irgendwas warf sich auf mich: Capi, der dem Bergmeister mit einem Satz auf den Arm sprang, leckte mir das Gesicht. Gleichzeitig ergriff mich wer bei der Hand und küßte mich. »Remi!« hörte ich Mattia mit schwacher Stimme sagen. Nun schaute ich mich um und erblickte eine ungeheure Menschenmenge zu beiden Seiten des Weges. Alle schwiegen, da ihnen anempfohlen worden war, uns nicht durch Sprechen oder Zu-

rufen aufzuregen, aber ihre Blicke sprachen lauter als die Lip=
pen.

Zwanzig Arme streckten sich nach mir aus, der Bergmeister
aber wollte mich nicht hergeben, sondern trug mich, stolz auf
seinen Sieg und stumm vor Freude und Glück, ins Büro, wo
Betten für alle bereitstanden.

Acht Tage später wanderte ich durch die Straßen von Varses,
begleitet von Mattia, Alexis und Capi. Alle Leute blieben ste=
hen, um mich vorbeigehen zu sehen. Einige kamen und drück=
ten mir mit Tränen in den Augen die Hand. Andere, in tiefe
Trauer gekleidet, wandten den Kopf ab und mochten sich
wohl in der Bitterkeit ihres Schmerzes fragen, warum gerade
das Waisenkind gerettet wurde, während der Familienvater, die
Söhne elend zugrunde gehen mußten.

Nun ließ ich mir erzählen, was sich während der langen Zeit
oben auf der Erde zugetragen hatte. Ich weiß nicht, wessen
Freude größer war, die meine oder die Mattias, der seine
Hoffnung auf ein Wiedersehen nie aufgeben wollte.

Die Musikstunde bei Freunden

Aus meinen Unglücksgenossen waren Freunde geworden.
Macht man solche Todesangst, solche Hoffnungen und Leiden
gemeinsam durch, dann schließen sich die Herzen schnell an=
einander. Besonders Onkel Gaspard und der Magister faßten
eine große Zuneigung zu mir. Auch der Bergmeister war mir
von Herzen zugetan, hatte er mich doch dem Tod entrissen.
Er lud mich zu sich, und ich mußte seiner Tochter alles erzäh=
len, was uns während unseres langen Eingeschlossenseins in
der Grube widerfahren war.

Alle wollten mich in Varses behalten. »Ich werde einen Hauer
für dich finden«, sagte Onkel Gaspard, »dann brauchen wir
uns nicht mehr zu trennen.« — »Willst du eine Anstellung im
Büro«, schlug der Werkmeister vor, »so machen wir das schon.«

Onkel Gaspard hielt es für ganz natürlich, daß ich in die
Grube zurückkehrte. Auch er fuhr mit der ganzen Sorglosig=
keit eines Bergmannes, der der Gefahr täglich aufs neue Trotz
bieten mußte, bald selbst wieder in seine Zeche.

Aber ich besaß weder die Sorglosigkeit noch den Mut der Bergleute und spürte durchaus keine Lust, bei diesem Beruf zu bleiben. Ein Bergwerk war gewiß höchst interessant, es freute mich, eines kennengelernt zu haben, aber nun kannte ich es auch zur Genüge und fühlte nicht die mindeste Versuchung, in eine schwebende Strecke zurückzukehren.

Während der Dauer unseres weiteren Aufenthalts zeigte sich Mattia düster und sorgenvoll, ohne daß ich den Grund seiner Traurigkeit erfahren konnte. Sooft ich fragte, was ihm fehlte, gab er mir ausweichende Antworten. Erst als ich ihm sagte, wir würden in drei Tagen aufbrechen, gestand er mir, was ihn quälte. »Du wirst mich also nicht verlassen?« rief er und fiel mir um den Hals.

»Ich will dich lehren, an mir zu zweifeln!« sagte ich und gab ihm einen Rippenstoß, um meine Rührung zu verbergen.

Es war nur die Freundschaft zu mir, die Mattia diesen Aufschrei entlockt hatte. Er bedurfte meiner nicht, seinen Lebensunterhalt zu verdienen, sondern war vollauf imstande, selbst für sich zu sorgen. Er besaß sogar weit mehr angeborenes Talent dazu als ich. Er war nicht nur Meister verschiedener Instrumente, sang, tanzte, spielte alle möglichen Rollen, sondern verstand die Zuhörer dazu zu bewegen, in die Tasche zu greifen. Schon durch sein Lächeln, seine sanften Augen, seinen offenen Blick rührte er alle Herzen und flößte, ohne zu bitten, den Leuten Lust zum Geben ein. Sie fanden Freude daran, ihm Freude zu bereiten. So verdiente er, während ich im Bergwerk arbeitete, auf seiner kurzen Wanderung mit Capi die ansehnliche Summe von achtzehn Franken und vermehrte unser kleines Vermögen auf einhundertsechsundvierzig Franken. Also fehlten uns nur mehr vier, um die Kuh kaufen zu können.

Wenn ich auch nicht mehr in einer Grube arbeiten wollte, so verließ ich Varses doch nicht ohne Bedauern. Ich mußte von Alexis, Onkel Gaspard und dem Magister Abschied nehmen — aber Trennung von denen, die ich liebte und die mir Freundschaft erzeigten, war nun einmal meine Bestimmung.

Vorwärts!

Capi wälzte sich vor Freude im Staub. Ich muß gestehen, daß ich mit rechtem Behagen auf der Landstraße einherschritt, die ganz anders unter meinen Tritt widerhallte als der schlammige Boden der Zeche — wie freute ich mich über die Sonne und die herrlichen Bäume!

Vor unserem Abschied von Varses beriet ich eingehend unseren Reiseplan mit Mattia. Er hatte mittlerweile gelernt, sich auf der Karte zurechtzufinden. Schließlich einigten wir uns dahin, anstatt geradewegs nach Ussel, über Clermont und von da nach Chavanon zu gehen. Das war kein großer Umweg und bot uns den Vorteil, die am Weg liegenden Badeorte besuchen zu können. Mattia erfuhr auf seinen Ausflügen von einem Bärenführer, daß dort jetzt viel Geld zu verdienen sei. Darauf aber kam es Mattia ganz besonders an, weil einhundertfünfzig Franken seiner Meinung nach nicht für den Kauf einer Kuh ausreichten. Je mehr Geld wir ausgeben könnten, behauptete er, um so schöner würde die Kuh und um so größer Mutter Barberins Freude sein. Und je mehr sich Mutter Barberin freue, desto glücklicher würden wir uns fühlen. Also richteten wir unsere Schritte nach Clermont.

Schon auf unserer Wanderung von Paris nach Varses begann ich Mattia im Lesen und in den ersten Grundlagen der Musik zu unterrichten. Ich setzte den Unterricht auf dem Weg von Varses nach Clermont fort. Entweder war ich kein guter Lehrer oder Mattia kein guter Schüler — jedenfalls kam er beim Lesen nur langsam und unter großen Schwierigkeiten weiter. Mochte er noch so eifrig arbeiten und die Augen unverwandt auf das Buch heften, er sah darin nur allerlei wunderliche Dinge, die seiner Einbildungskraft mehr Ehre machten als seiner Aufmerksamkeit. Bisweilen übermannte mich die Ungeduld. Ich schlug auf das Buch und rief ärgerlich, er hätte sicherlich einen zu harten Kopf.

»Das ist wahr«, entgegnete er ruhig und sah mich dabei lächelnd mit großen, sanften Augen an. »Ich habe nur einen offenen Kopf, wenn man darauf schlägt. Garofoli war nicht dumm, er fand es gleich heraus.«

Wen hätte eine solche Antwort nicht entwaffnet? Ich lachte, und wir nahmen den Unterricht wieder auf.

So langsam es mit dem Lesen ging, so erstaunliche Fortschritte machte Mattia von Anfang an in der Musik. Er brachte es bald so weit, daß er mich durch seine Fragen erst in Erstaunen, dann in Verlegenheit setzte. Ich mußte ihm schließlich mehr als einmal die Antwort schuldig bleiben.

Das kränkte und ärgerte mich zugleich. Ich nahm meine Lehrerrolle sehr ernst und fand es demütigend, daß mir mein Schüler Fragen vorlegte, auf die ich keine Antwort wußte.

Drei Tage nach unserem Abschied von Varses wandte er sich wieder mit einer verfänglichen Frage an mich. Als ich ihm, anstatt meine Unwissenheit einzugestehen, mit einem trok= kenen »Weil es so ist!« abfertigte, wurde er nachdenklich und in sich gekehrt, so daß ich den ganzen Tag kein Wort aus ihm herausbrachte. Erst auf wiederholtes Drängen kam er mit der Sprache hervor: »Du bist gewiß ein guter Lehrer«, sagte er, »und ich bin fest überzeugt, daß mir niemand das, was ich weiß, so gut beibringen konnte wie du, aber . . .«

»Was aber?«

»Aber es mag Dinge geben, von denen du selbst nichts weißt. Das kommt auch bei den Gelehrtesten vor, nicht wahr? Wenn du mir zum Beispiel antwortest: ›Das ist so, weil es so ist‹, so gibt es vielleicht auch eine bessere Erklärung dafür, die dir nur unbekannt ist, weil man sie auch dir nicht gegeben hat. Sieh, darüber habe ich nachgedacht, und da ist mir eingefal= len, daß wir, wenn du damit einverstanden wärst, für wenig Geld ein Buch kaufen könnten, in dem die Grundlehren der Musik stehen.«

»Das ist richtig.«

»Nicht wahr? Ich dachte schon, daß du das richtig finden wirst. Du kannst doch nicht alles wissen, was in den Büchern steht, du selbst hast nicht aus Büchern gelernt.«

»Ein guter Lehrer ist besser als das beste Buch.«

»Das finde ich auch. Ich möchte dir vorschlagen, daß wir einen richtigen Lehrer bitten, mir eine, nur eine einzige Stunde zu geben. Dann müßte er mir alles sagen, was ich nicht weiß.«

»Warum hast du diese Stunde nicht genommen, als du allein auf der Wanderschaft warst?«

»Weil sich solche Leute bezahlen lassen und ich den Preis dafür nicht von deinem Geld nehmen wollte.«

Anfangs verletzte es mich, daß Mattia von einem richtigen Lehrer sprach, aber gegen diese Worte hielt meine dumme Eitelkeit nicht stand.

»Du bist ein guter Junge«, sagte ich. »Mein Geld ist dein Geld, du verdienst es so gut, häufig besser als ich. Du sollst so viele Stunden nehmen, wie du willst, und ich werde sie mit dir nehmen. So kann ich auch lernen, was ich nicht weiß«, fügte ich hinzu und gestand damit meine Unwissenheit ein.

Der Lehrer, den wir brauchen, durfte kein Dorfmusikant, son= dern mußte ein Künstler sein, und zwar ein wirklicher Künstler, wie man sie nur in großen Städten findet. Der Karte nach war, bevor wir nach Clermont kamen, Mende die ansehnlichste Stadt auf unserem Weg. Ob für unseren Zweck ansehnlich genug, wußte ich freilich nicht, ich konnte es vorläufig nur aus der Art und Weise schließen, wie der Name auf der Karte verzeichnet stand. Um Mattia diese Freude bald zu verschaf= fen, wurde beschlossen, daß die große Ausgabe einer Musik= stunde in Mende gemacht werden sollte, obschon unsere Ein= nahme in diesen öden Gebirgen der Lozère, wo es nur ver= einzelte und höchst ärmliche Dörfer gibt, gering war.

Wir durchwanderten die düsteren baum= und wasserlosen Einöden von Méjean und kamen endlich nach dem ersehnten Mende. Erst in später Abendstunde gelangten wir, halb tot vor Müdigkeit, dort an. Unsere Musikstunde mußte bis zum nächsten Morgen aufgeschoben werden.

Trotzdem war Mattia begierig, zu erfahren, ob der richtige Lehrer in Mende zu finden sein werde. Beim Abendessen fragte er unsere Wirtin, ob ein guter Musiklehrer im Ort wohne.

Die gute Frau begriff nicht, wie wir überhaupt danach fragen konnten. — Wußten wir denn nichts von Herrn Espinassous?

»Wir kommen weither«, sagte ich.

»Sehr weit?«

»Aus Italien«, ergänzte Mattia.

Sie gab zu, daß es unter diesen Umständen verzeihlich wäre, wenn wir bisher noch nichts von Herrn Espinassous gehört hätten. Wären wir aus Lyon oder Marseille gekommen, so hätte sie sich wahrscheinlich geweigert, mit Menschen zu spre= chen, die nicht einmal Herrn Espinassous kannten.

»Hoffentlich haben wir es gut getroffen«, flüsterte ich Mattia zu.

Die Augen meines Freundes leuchteten. Espinassous antwor= tete ihm gewiß ohne Zögern auf alle seine Fragen. Ich bekam aber Angst, ob sich ein so berühmter Künstler auch herbei= lassen würde, armseligen Burschen wie uns Unterricht zu ge= ben.

»Ist Herr Espinassous sehr beschäftigt?« erkundigte ich mich daher.

»Oh, das wollte ich meinen. Wie sollte er nicht?«

»Glauben Sie, daß er uns morgen früh empfangen wird?«

»Ganz gewiß, er empfängt jeden, der Geld in der Tasche hat.«

Da wir die Sache auch von diesem Gesichtspunkt aus auffaß=
ten, waren wir beruhigt und überlegten noch vor dem Ein=
schlafen alle Fragen, die wir dem erlauchten Lehrer morgen
vorlegen wollten.

Am nächsten Tag säuberten und putzten wir unseren einzigen
Anzug sorgfältig, nahmen unsere Instrumente, Mattia seine
Geige, ich meine Harfe, und machten uns auf den Weg zu
Herrn Espinassous.

Capi wollte wie gewöhnlich mit uns laufen, aber wir banden
ihn in dem Stall des Gasthofes fest. Wir hielten es nicht für
schicklich, uns mit einem Hund vor dem großen Musiker von
Mende zu zeigen.

Vor dem Haus, das uns als die Wohnung des berühmten Man=
nes bezeichnet worden war, schaukelten zwei kleine kupferne
Rasierbecken. Das war doch nicht das Aushängeschild eines
Musiklehrers! Wir betrachteten das Haus, das ganz und gar
wie das eines Friseurs aussah. Wir glaubten, uns geirrt zu ha=
ben, und fragten schließlich einen Vorübergehenden, wo Herr
Espinassous wohne.

»Da«, sagte er und zeigte nach dem Friseurladen.

Nun, warum konnte ein Musiklehrer nicht bei einem Friseur
wohnen?

Wir traten ein. Das Zimmer war in zwei Hälften geteilt. Zur
Rechten lagen, schön geordnet, Bürsten, Kämme, Pomade=
töpfe und Seifen, zur Linken sah man einen Arbeitstisch, und
darauf lagen die verschiedensten musikalischen Instrumente:
Geigen, Flöten und Trompeten.

»Herr Espinassous?« fragte Mattia.

Ein kleiner lebhafter Mann, der wie ein Vogel umherhüpfte
und gerade damit beschäftigt war, einen in einem Lehnstuhl
sitzenden Bauern zu rasieren, antwortete mit einer Baßstim=
me: »Das bin ich!«

Ich wollte Mattia durch einen Blick andeuten, daß der Friseur
nicht der Mann war, den wir brauchten. Wir würden unser
Geld bei ihm aus dem Fenster werfen. Anstatt mir zu gehor=
chen, setzte sich Mattia in einen Stuhl und sagte bedächtig:
»Könnten Sie mir die Haare schneiden, nachdem Sie diesen
Herrn rasiert haben?«

»Gewiß, junger Mann, vielleicht auch rasieren?«

»Danke, heute nicht«, entgegnete Mattia. »Vielleicht das näch=
ste Mal.« Ich war über seine Dreistigkeit verblüfft. Er bedeu=

tete mir durch einen verstohlenen Blick, das Ende abzuwar=
ten.

Bald war Espinassous mit seinem Bauern fertig und kam mit
dem Handtuch in der Hand auf meinen Freund zu, um diesem
die Haare zu schneiden.

»Herr Espinassous«, begann Mattia, während ihm der Friseur
das Handtuch um den Hals knüpfte, »mein Kamerad und ich
können uns in einem Punkt durchaus nicht verständigen. Wir
wissen, daß Sie ein großer Musiker sind, und hoffen, daß Sie
uns sagen werden, wer von uns beiden recht hat.«

»Um was handelt es sich denn, junger Herr?«

Nun merkte ich, was Mattia im Schilde führte. Erst wollte er
sehen, ob der haarschneidende Musiker imstande war, seine
Fragen zu beantworten. Fielen die Antworten zufriedenstellend
aus, so dachte er sich seine Musikstunde um den Preis des
Haarschneidens geben zu lassen — ja, Mattia war ein Schlau=
kopf.

»Warum«, fragte er nun, »wird die Geige stets nach einem
gewissen Grundton gestimmt und nicht nach einem ande=
ren?«

Schon glaubte ich, der Barbier, der eben mit dem Kamm durch
Mattias langes Haar fuhr, werde eine Antwort nach der Art
der meinen geben, und lachte mir ins Fäustchen, aber er er=
klärte: »Die zweite Saite des Instrumentes hat das A der
Grundtonleiter anzugeben, so müssen die anderen Saiten so
gestimmt werden, daß sie die Töne von Quinte zu Quinte
angeben, also G für die vierte, D für die dritte, A für die
zweite und E für die erste Saite einer Geigenquinte.«

Ich weiß nicht, ob sich Mattia über mein verdutztes Gesicht
lustig machte oder ob er sich freute, jetzt zu hören, was er
wissen wollte — jedenfalls war nicht ich es, sondern er, der
lachte, und zwar aus vollem Halse. Ich dagegen schaute den
Friseur, der diese mir ganz außerordentlich erscheinende Ab=
handlung vortrug und scherenklappernd um Mattia herum=
ging, mit offenem Mund und stumm vor Bewunderung an.

Mattia fragte, solange das Schneiden seiner Haare dauerte,
unermüdlich weiter, und der Friseur beantwortete sämtliche
Fragen mit derselben Sicherheit und Leichtigkeit wie die erste.
Schließlich fing *er* an zu fragen und brachte bald heraus, in
welcher Absicht wir zu ihm gekommen waren. Da lachte auch
er aus vollem Halse.

»Ihr seid aber zwei Lausbuben«, sagte er immer wieder. »Durchtriebene Lausbuben!« Und schließlich verlangte er, daß ihm Mattia, der ihm klüger schien als ich, etwas vorspiele. Mein Freund ergriff mutig die Geige und begann einen Walzer.

»Was, und du kennst nicht eine Note?« rief Espinassous be= geistert aus und klatschte in die Hände.

»Ich spiele auch Klarinette und Flöte«, sagte Mattia. Er ging auf den Arbeitstisch zu, auf dem die Instrumente lagen, und nahm eine Klarinette zur Hand.

»Dieser Bursche ist ein wahres Wunder«, sagte der kleine Mann ganz außer sich, nachdem Mattia auf jedem der beiden Instrumente etwas vorgetragen hatte. »Willst du bei mir blei= ben, mein Junge, so werde ich dich zu einem großen Musiker machen, hörst du, zu einem großen Musiker! Morgens rasierst du die Kunden mit mir zusammen, den ganzen übrigen Tag sollst du mit mir studieren. Du mußt nicht glauben, daß ich dich nicht unterrichten kann, weil ich Friseur bin. Man muß essen und trinken, und dazu ist das Rasiermesser gut. Bleib bei mir!«

Gespannt auf seine Antwort, blickte ich zu Mattia hinüber. Sollte ich ihn, den Freund und Bruder, auch verlieren, wie ich alle, die ich liebte, nacheinander verloren hatte?

»Denk nur an dich, Mattia!« rief ich ihm zu. Er kam aber zu mir, nahm mich bei der Hand und sagte: »Meinen Freund verlassen? Das könnte ich nie! Ich danke Ihnen, Monsieur.«

Espinassous wollte sich nicht zufriedengeben. Er versicherte, daß er Mittel finden würde, Mattia nach Toulouse und später auf das Konservatorium nach Paris zu schicken. Aber Mattia entgegnete nur immer wieder: »Remi verlassen? Niemals!«

»Gut, mein Junge, so will ich wenigstens etwas für dich tun«, sagte Espinassous zuletzt, »ich werde dir ein Buch geben, aus dem du lernen kannst, was du noch nicht weißt.«

Er stöberte in seinen Schubfächern herum und brachte nach geraumer Zeit ein Buch zum Vorschein, das den Titel »Theorie der Musik« trug. Es war sehr alt, sehr abgegriffen und zer= knittert — aber was schadete das? Er schrieb auf die erste Seite: »Dem Knaben, der einst als großer Künstler des Haarschnei= ders von Mende gedenken möge.«

Ob es außer dem Friseur Espinassous damals noch andere Musiklehrer in Mende gab, weiß ich nicht. Wir lernten nur den einen kennen, und weder Mattia noch ich haben ihn je ver= gessen.

Der Kuhhandel

Ich mochte Mattia schon gern, ehe wir nach Mende kamen. Aber als wir die Stadt verließen, liebte ich ihn noch viel herz= licher. Denn nun fühlte ich, daß er meine Freundschaft er= widerte.

Konnte er mir einen stärkeren Beweis seiner Zuneigung ge= ben, als das Anerbieten von Espinassous auszuschlagen? Und damit auf Ruhe, Sicherheit, Wohlleben, Unterricht und eine glückliche Zukunft zu verzichten, nur um mein Leben zu teilen, abenteuerlich und aussichtslos, wie es war?

In Gegenwart von Espinassous konnte ich ihm nicht sagen, was ich empfand, aber sobald wir draußen waren, drückte ich ihm die Hand und sagte: »Wir gehören nun einander an, auf Leben und Tod!«

»Das wußte ich schon lange«, erwiderte er lächelnd und sah mich dabei mit seinen großen Augen freundlich an.

Seit dem Tag, an dem Mattia die »Theorie der Musik« von Kühn zur Hand nahm, machte er auch ganz erstaunliche Fort= schritte im Lesen. Leider aber konnten wir dem Unterricht nicht so viel Zeit widmen, wie wir gerne wollten. Wir mußten von morgens bis abends unterwegs sein und lange Tages= märsche machen, um die unwirtlichen Gegenden der Lozère und Auvergne möglichst schnell zu durchwandern. Auf jenem dürftigen Boden kann der Bauer nur wenig verdienen und ist daher nicht aufgelegt, das sauer Erworbene mit fahrenden Musikanten zu teilen. Er hört ruhig und gleichmütig zu, so= lange man ihm etwas vorspielt; merkt er aber, daß eingesam= melt wird, so macht er sich fort.

Über St=Flour und Issoire gelangten wir endlich in die Bade= orte, die das Ziel unserer Märsche waren. Wir fanden die Aussagen des Bärenführers zum Glück durch den Erfolg be= stätigt. Wir verdienten überall sehr gut.

Innerhalb kurzer Zeit war die unerhörte Summe von achtund= sechzig Franken in unsere Kasse geflossen. Unser kleines Ver= mögen war jetzt auf zweihundertvierzehn Franken angewach= sen. Unsere Stunde war gekommen.

Der Weg führte über Ussel, wo gerade ein großer Viehmarkt abgehalten wurde. Das kam uns wie gerufen. Dort konnten wir für unser erspartes Geld die Kuh kaufen.

Bis dahin genossen wir die Freude, unserem Traum nachzu=

hängen und ihn uns so schön auszumalen, wie unsere Phan=
tasie nur vermochte. Mattia wünschte eine weiße, ich, im An=
denken an unsere Roussette, eine braune Kuh; sie sollte
gutmütig sein und täglich mehrere Eimer Milch geben.
Alles das war schön und gut. Aber als es nun galt, den Traum
zu verwirklichen, fingen die Schwierigkeiten an. Weder Mattia
noch ich wußten, wie man eine gute Kuh erkennt. Wie sollten
wir wissen, ob das Tier, das wir aussuchen würden, auch wirk=
lich alle Eigenschaften hätte, die wir verlangten?
Zum Glück fiel mir eine Geschichte ein, in der ein Tierarzt
eine große und der Viehhändler eine sehr unangenehme Rolle
spielte. Zogen wir bei unserem Einkauf einen Tierarzt zu Rate,
so waren wir aller Sorgen enthoben, und die Ausgabe, die uns
das verursachte, fiel dagegen nicht ins Gewicht. Es wäre doch
zu arg gewesen, Mutter Barberin eine Kuh mit einem falschen
Schwanz oder falschen Hörnern zu schenken oder eine, die
keine Milch gab!
Wir blieben bei diesem Entschluß, der uns der beste zu sein
schien, und setzten unseren Weg munter fort. Wir kamen nach
zweitägiger Wanderung in Ussel an. Hier war ich in »Der Die=
ner des Herrn Joli=Cœur« zum erstenmal öffentlich aufgetre=
ten, und hier hatte mir Vitalis mein erstes Paar Schuhe ge=
kauft, die nägelbeschlagenen Schuhe, über die ich so glücklich
gewesen war.
Von den sechs, die damals in Ussel einzogen, lebten nur noch
zwei, Capi und ich. Es fehlte der arme Joli=Cœur in seiner
schönen roten Generalsuniform; es fehlten Zerbino und die
zierliche Dolce. Und vor allem, ich hatte Vitalis verloren, ich
sollte ihn nie wiedersehen, wie er, auf der Querpfeife einen
Walzer spielend, erhobenen Hauptes an der Spitze seiner
Truppe einherschritt. Das stimmte mich recht schwermütig;
an jeder Straße glaubte ich Vitalis' Filzhut zu sehen und den
Ruf »vorwärts!« zu hören, der mir so oft in die Ohren ge=
klungen war.
Wir begaben uns in den Gasthof, dessen ich mich noch gut
von unserem ersten Aufenthalt her erinnerte, legten unsere
Ranzen und unsere Instrumente ab und suchten dann einen
Tierarzt auf. Der lachte uns ins Gesicht, als wir mit unserem
Anliegen herauskamen.
»Hierzulande gibt es keine abgerichteten Kühe«, meinte er.
»Wir brauchen auch keine Kuh, die Kunststücke machen kann,

sondern eine, die gute Milch gibt«, antwortete ich, »kurzum, Herr Doktor, wir möchten Sie bitten, uns gütigst beistehen zu wollen, damit wir nicht von den Viehhändlern betrogen werden.« Ich bemühte mich sehr, das vornehme Gebaren nach= zuahmen, das Vitalis annahm, wenn er die Leute für sich gewinnen wollte.

»Wozu, zum Kuckuck, wollt ihr denn eine Kuh?« fragte der Tierarzt. Ich erklärte es ihm mit wenigen Worten.

»Ihr seid brave Jungen«, sagte er. »Morgen früh will ich mit euch auf den Markt gehen, und ich verspreche euch eine Kuh auszusuchen, eine gute, prächtige Kuh. Aber wenn man kaufen will, muß man auch zahlen können!«

Statt jeder Antwort knüpfte ich das Tuch auf, in dem unser Schatz verborgen war.

»Vortrefflich!« rief der Tierarzt. »Holt mich also morgen früh um sieben Uhr ab.«

»Wieviel schulden wir Ihnen, Herr Doktor?«

»Nichts. Wie werde ich denn zwei so guten Kindern, wie ihr seid, Geld abnehmen!«

Ich wußte nicht, wie ich dem braven Mann danken sollte. Mattia dagegen hatte einen glücklichen Einfall und fragte un= seren neuen Freund, ob er Musik liebe.

»Sehr, mein Junge«, war die Entgegnung.

»Und gehen Sie früh schlafen?«

Sowenig Zusammenhang diese Frage mit der ersten zu haben schien, antwortete der Tierarzt doch freundlich: »Pünktlich um neun Uhr.«

»Danke schön, Monsieur, also auf morgen früh um sieben.«

Auf der Straße fragte ich Mattia: »Willst du dem Tierarzt ein Konzert geben?«

»Freilich«, erwiderte er eifrig, »wir müssen ihm ein Ständ= chen bringen, sobald er zu Bett geht. Das tut man für Men= schen, die einem lieb sind.«

Kurz vor neun standen wir, Mattia mit der Geige, ich mit der Harfe, vor der Wohnung des Tierarztes. Auf der Straße war es dunkel. Der Mond ging erst gegen neun Uhr auf. Die Laternen waren noch nicht angezündet, die Läden blieben ge= schlossen, und draußen ließ sich kaum noch jemand blicken.

Schlag neun Uhr fingen wir an. Unsere Instrumente hallten in der engen, stillen Straße wie in einem hohen Saal. Die Fenster wurden geöffnet, in Mützen und Tücher gehüllte Köpfe waren zu sehen, erstaunte Fragen flogen hin und her. Auch in dem Haus des Tierarztes wurde eines der Fenster geöffnet, und unser Freund beugte sich heraus.

Er erkannte uns und erriet sofort unsere Absicht, denn er be= deutete uns mit der Hand, daß wir warten sollten. »Kommt herein, ich will euch die Pforte öffnen, dann könnt ihr im Garten weiterspielen«, flüsterte er uns zu. Er ließ uns ein und schüttelte uns herzlich die Hand.

»Ihr seid gute Jungen«, sagte er, »aber auch recht unbesonnen. Habt ihr denn nicht daran gedacht, daß euch die Polizei wegen nächtlicher Ruhestörung verhaften kann?«

Der Garten, den wir betraten, war nicht groß, aber sehr hübsch angelegt, und das unterbrochene Konzert wurde in einer mit Schlingpflanzen umrankten Laube wieder aufgenommen. Die Kinder des Tierarztes kamen herbei und bildeten unsere kleine Zuhörerschaft. Man brachte Lichter, und wir spielten uner= müdlich bis nach zehn Uhr. Nach jedem Stück bat unser dank= bares Publikum Beifall klatschend um ein anderes. Endlich mahnte der Tierarzt die kleine Gesellschaft, uns zu Bett gehen zu lassen, weil wir früh wieder aufstehen müßten. Wir hätten sonst bis tief in die Nacht musiziert.

Er ließ uns nicht gehen, ohne uns zuvor eine Erfrischung vor= zusetzen, die wir natürlich dankbar annahmen. Capi mußte zum großen Ergötzen der Kinder unseren Dank dafür durch einige seiner possierlichen Kunststücke ausdrücken, und so war es fast Mitternacht, als wir unseren Gasthof erreichten.

Die Stadt Ussel, abends zuvor so ruhig, war am nächsten Mor= gen voll Lärm und Leben. Schon vor Tagesanbruch hörten wir unausgesetzt Wagen durch die Straßen rasseln. Die Stimmen und Zurufe der Bauern, die den Markt besuchten, mischten sich mit dem Wiehern der Pferde, dem Brüllen der Kühe, dem Blöken der Schafe, und als wir hinunterkamen, stand der Hof des Gasthauses bereits voll ineinandergeschobener Fuhrwerke, denen immer neue folgten. Sonntäglich geputzte Bauern stie= gen heraus, setzten ihre Frauen behutsam zur Erde und zün= deten würdevoll ihre Pfeifen an, während sich die Frauen die Röcke glattstrichen.

Eine dichte Menschenmenge wogte nach dem Viehmarkt, und auch wir beschlossen, jetzt schon die Kühe zu mustern und un= sere Wahl im voraus zu treffen. Es war erst sechs Uhr, es blieb uns reichlich Zeit dazu.

Was für schöne Kühe gab es da, in allen Farben und allen Größen: magere und fette, Kühe mit Kälbern und solche, deren milchstrotzende Euter fast den Boden berührten. Auch andere Tiere befanden sich auf dem Markt: wiehernde Pferde, Stuten, die ihre Füllen leckten, fette Schweine, rosige Spanferkel, Hammel, Hühner, Gänse. Aber was kümmerten uns die! Wir sahen nur die Kühe, die, ihre Abendmahlzeit gemächlich wieder=käuend, die Kinnbacken langsam bewegten, ohne zu ahnen, daß sie das Gras ihrer heimatlichen Weiden zum letztenmal genossen.

Nach halbstündiger Wanderung fanden wir siebzehn, die uns vollkommen zusagten. Drei, weil sie braun, zwei, weil sie weiß waren, andere, weil sie irgendeinen Vorzug ihr eigen nannten, der uns gerade paßte.

Um sieben Uhr holten wir unseren Tierarzt ab, der schon auf uns wartete. Unterwegs setzten wir ihm nochmals auseinander, was für Eigenschaften wir von der Kuh verlangten. Vor allem mußte sie viel Milch geben und wenig fressen.

»Diese hier ist gewiß gut«, sagte Mattia und zeigte auf eine weiße Kuh. — »Ich halte die für besser«, fiel ich ein und wies auf eine braune.

Der Tierarzt aber hielt sich weder bei der einen noch bei der anderen auf, sondern ging zu einer dritten, einem kleinen Tier mit schlanken Beinen, braunem Fell, braunen Ohren und Backen, schwarz geränderten Augen und einem weißen Ring um das Maul.

»Dies ist eine Kuh aus der Auvergne, genau wie ihr eine braucht«, versicherte er und fragte den Bauern, der sie an der Leine hielt, wieviel seine Kuh kostete.

»Dreihundert Franken.«

Uns sank der Mut. Diese zierliche, kleine Kuh mit den ver=ständigen Augen gefiel uns freilich — aber dreihundert Fran=ken! Das war nichts für uns, und ich machte dem Tierarzt ein Zeichen, daß wir uns nach einer anderen umsehen müßten. Aber er gab mir zu verstehen, wir sollten ruhig bei dieser blei=ben.

Nun bot unser Freund hundertfünfzig Franken, der Bauer ging um zehn Franken herunter, der Tierarzt steigerte auf hundert=siebzig, der Bauer forderte zweihundertachtzig. Wir wagten schon wieder zu hoffen. Da hörte der Tierarzt auf zu bieten, begann die Kuh genau zu untersuchen und behauptete, sie habe schwache Beine, einen zu kurzen Hals, zu lange Hörner und weder eine kräftige Lunge noch ein gutgebildetes Euter.

Der Bauer von diesen Einwänden scheinbar betroffen, erklärte, weil wir uns so gut darauf verständen, wolle er uns die Kuh für zweihundertfünfzig Franken lassen, damit sie in gute Hän= de komme.

»Wir wollen uns noch andere ansehen«, bat ich erschrocken, denn Mattia und ich bildeten uns ein, die Kuh tauge nichts. Wiederum ließ der Bauer zehn Franken herunter, bis er end= lich auf zweihundertzehn Franken kam. Dabei blieb er ste= hen.

Der Tierarzt gab uns zu verstehen, daß seine Einwände nicht so schlimm gemeint waren und daß die Kuh nicht nur nicht schlecht, sondern im Gegenteil ganz vortrefflich wäre. Aber zweihundertzehn Franken war zuviel für uns.

Mittlerweile hängte sich Mattia der Kuh an den Schwanz und bekam einen tüchtigen Fußtritt von ihr. Der Schwanz war somit echt, und das machte meinem Schwanken ein Ende.

»So sei es denn um zweihundertzehn Franken«, sagte ich und brachte unseren Schatz zum Vorschein. Damit glaubte ich alles erledigt zu haben und streckte die Hand nach der Leine aus. Der Bauer aber ließ sie nicht los, sondern sagte: »Wie steht es denn mit dem Nadelgeld für die Bäuerin?«

Eine neue Diskussion entspann sich, bis wir uns endlich auf ein Nadelgeld einigten.

Aber ehe mir der Bauer die Kuh überließ, nötigte er mich, ihm auch noch Halfter und Leine einzeln abzukaufen, so daß wir schließlich unsere vollen zweihundertvierzig Franken herge= ben mußten und auch nicht einen Sou in der Tasche behiel= ten.

»Wir müssen uns eben gleich an die Arbeit machen«, sagte Mattia. »Die Gasthäuser sind voll von Menschen. Wenn wir uns teilen, können wir überall spielen und bis zum Abend eine hübsche Summe zusammenbringen.«

Gesagt, getan. Wir brachten die Kuh in den Stall unseres Gast= hofes, banden sie fest und gingen ans Werk. Als wir am Abend unser Geld zusammenrechneten, verfügten wir schon wieder über ein Kapital von sieben Franken und fünfzig Centimes.

Die Magd tat uns den Gefallen, unsere Kuh zu melken, wir tranken die Milch zum Abendbrot und erklärten sie einstim= mig für die vortrefflichste, die wir je gekostet hatten. Mattia

behauptete, daß Zucker darin wäre und die Milch nach Oran=
genblüten duftete wie die, die er im Krankenhaus bekommen
habe, doch sei unsere noch viel besser!

In unserer Begeisterung liefen wir zuletzt in den Stall, um der
Kuh einen Kuß auf die Stirn zu drücken, und siehe da — das
Tier zeigte sich so empfänglich für die Liebkosung, daß es uns
zum Dank mit seiner rauhen Zunge das Gesicht leckte.

»Hast du gesehen, sie küßt uns!« schrie Mattia außer sich vor
Entzücken.

Am nächsten Morgen bei Sonnenaufgang traten wir den Weg
nach Chavanon an. Ich ließ Mattia, dem ich für seine treue
Hilfe beim Erwerben der zweihundertvierzehn Franken ein
Vergnügen machen wollte, unsere Kuh an der Leine führen. Er
war nicht wenig stolz. Ich selbst ging hinterher. Erst außerhalb
der Stadt nahm ich meinen Platz neben ihm ein, um mit ihm
zu plaudern, besonders aber, um die Kuh zu betrachten, die in
meinen Augen die schönste war, die ich je gesehen hatte. Sie
nahm sich auch wirklich prächtig aus, wie sie so langsam
einherging, sich hin und her wiegte und breitmachte wie ein
Tier, das sich seines Wertes vollkommen bewußt ist.

Jetzt brauchte ich nicht mehr in Sorge zu sein, daß wir uns
verirren würden. Ich mußte meine Karte nicht mehr jeden
Augenblick zur Hand nehmen; denn obwohl mehrere Jahre
verstrichen waren, seit mich Vitalis den Weg von Chavanon
nach Ussel geführt hatte, war er mir so unauslöschlich in der
Erinnerung geblieben, daß ich ihn genau wiedererkannte.

Um unsere Kuh nicht zu ermüden und auch nicht in der Dun=
kelheit nach Chavanon zu kommen, beabsichtigte ich, in dem
Dorf einzukehren, in dem ich die erste Nacht meines Wander=
lebens zubrachte. Brachen wir am nächsten Morgen von dort
auf, so trafen wir bei Mutter Barberin gerade im rechten
Augenblick ein.

Gegen zehn Uhr machten wir Rast. Wir entdeckten eine Stelle
im Straßengraben, wo das Gras dicht und saftig war. Da
ließen wir unsere vierbeinige Freundin in den Graben hinunter=
steigen, damit sie nach Belieben weiden könne, warfen unsere
Ranzen ab und verspeisten unseren Morgenimbiß.

Anfangs wollte ich die Kuh an der Leine halten, aber sie schien
so ruhig und eifrig mit Grasen beschäftigt, daß ich ihr bald
die Leine um die Hörner schlug und mich in ihre Nähe setzte,
um mein Brot zu verzehren.

Unsere Mahlzeit war natürlich weit früher beendet als die der Kuh. Wir wußten nicht recht, was wir anfangen sollten. Eine Zeitlang bewunderten wir das Tier, und schließlich fingen wir an, mit unseren Steinkugeln zu spielen. Wir waren ja noch recht verspielte Kinder, die jede Gelegenheit zu Spiel und Un= fug benützten.

Unser Spiel war beendet, aber die Kuh konnte sich von ihrer Weide nicht trennen. Sobald wir uns ihr näherten, begann sie das Gras in dicken Büscheln auszureißen, als wolle sie uns zeigen, daß ihr Hunger keineswegs gestillt sei.

»Laß uns noch ein wenig warten!« bat Mattia. Ich entgegnete ihm, ob er denn nicht wisse, daß eine Kuh den ganzen Tag fressen könne. »Nur noch ein klein wenig!« Ich gab nach. Mittlerweile griffen wir zu Ranzen und Instrumenten. »Wenn ich ihr etwas auf der Flöte vorspielte?« Damit blies er einige schrille Töne. Unsere Kuh hob den Kopf in die Höhe und jagte im Galopp davon, noch ehe ich die Leine ergreifen konnte. Wir liefen spornstreichs hinter ihr drein, so schnell uns die Beine nur tragen wollten, und riefen aus Leibeskräften. Ich befahl Capi, den Flüchtling anzuhalten, aber man kann nicht alle Gaben in sich vereinigen: Ein Viehtreiberhund wäre der Kuh ans Maul gesprungen, Capi, der Gelehrte, packte sie an den Beinen, was sie natürlich nicht zum Stehen brachte. Ganz im Gegenteil: Die Kuh rannte auf ein etwa zwei Kilometer ent= ferntes Dorf zu. Die Straße verlief schnurgerade, und wir sa= hen trotz der Entfernung, daß Leute dem Tier in den Weg traten und es anhielten.

Nun mäßigten wir unsere Eile. Die Kuh war ja nicht verloren, wir brauchten sie nur den Leuten abzufordern.

Je mehr wir uns dem Dorf näherten, desto zahlreicher wurde die Menge, die sich um unsere Kuh versammelte. Bei unserer Ankunft standen etwa zwanzig Männer, Frauen und Kinder dort, die uns aufmerksam betrachteten und lebhaft miteinander sprachen.

Ich bildete mir ein, daß ich meine Kuh nur zurückfordern brauchte. Statt dessen wurden wir umringt und gefragt, woher wir kämen und woher wir diese Kuh hätten.

Darauf war ebenso leicht wie einfach zu antworten, aber die Leute wollten uns nicht glauben. Sie behaupteten, wir müßten die Kuh gestohlen haben und so lange im Gefängnis behalten werden, bis die Sache aufgeklärt wäre.

Die fürchterliche Angst, die mir das Wort »Gefängnis« ein=
flößte, brachte mich aus der Fassung. Ich erbleichte, stotterte,
und noch ganz außer Atem von dem hastigen Laufen, ver=
mochte ich mich nicht zu verteidigen. Damit war es um uns
geschehen. Man trug einem inzwischen herbeigekommenen
Gendarmen die Angelegenheit vor. Er sagte uns, er werde die
Kuh in Gewahrsam nehmen, uns aber verhaften, da ihm die
Sache nicht ganz sauber scheine. Später werde sich alles fin=
den.
Ich wollte Einspruch erheben, doch der Gendarm befahl uns
barsch, den Mund zu halten, so daß ich, in Erinnerung an den
Auftritt zwischen Vitalis und dem Polizisten in Toulouse,
schwieg und mit Mattia dem Gendarmen folgte.
Die ganze Einwohnerschaft geleitete uns zu dem Bürgermeister=
amt, wo sich das Gefängnis befand. Von allen Seiten wurden
wir umdrängt, gestoßen, beschimpft. Ja, ohne den Gendarmen,
der uns vor der lärmenden Menge schützte, wären wir am Ende
gleich Missetätern, Mördern oder Brandstiftern gesteinigt wor=
den.
Als wir an dem Ort unserer Bestimmung anlangten, schöpfte
ich noch einen Augenblick Hoffnung. Der Amtsdiener, der
gleichzeitig Gefängniswärter und Feldhüter war, weigerte sich,
uns aufzunehmen, und schon erklärte ich ihn im stillen für
einen wackeren Mann. Der Gendarm bestand aber auf seinem
Willen, und so mußte sich der Gefängniswärter fügen. Er
öffnete eine von außen mit einem großen Schloß und zwei
Riegeln versehene Tür, und nun sah ich, warum er sich unserer
Aufnahme widersetzen wollte: Er verwahrte seinen Zwiebel=
vorrat in der Gefängniszelle, und die Knollen lagen zum Trock=
nen auf dem Fußboden ausgebreitet. Während uns der Gen=
darm untersuchte, uns das Geld, die Messer und Streichhölzer
abnahm, häufte der Schließer seine Zwiebeln eilig in einer Ecke
auf. Dann ließen uns die beiden allein. Die Tür schloß sich
hinter ihnen mit einem schauerlichen Gerassel. Wir waren im
Gefängnis. Wer sagte uns, auf wie lange?
Der arme Mattia stellte sich vor mich hin und senkte den Kopf:
»Schlag zu, schlag mich auf den Kopf!« bat er. »Du kannst
mich für diese Dummheit nicht hart genug strafen.«
»Ich bin ja ebenso einfältig gewesen wie du. Hast du die
Dummheit begangen, so habe ich sie geschehen lassen«, ent=
gegnete ich.

»Mir wäre es aber lieber, wenn du mich schlagen würdest, dann wäre ich nicht so unglücklich. Unsere arme Kuh!« jammerte er und fing laut zu weinen an.

Nun war es an mir, ihn zu trösten und ihm auseinanderzu= setzen, daß unsere Lage nicht so schlimm wäre, da wir kein Unrecht begangen hätten. Es könnte uns nicht schwerfallen, zu beweisen, daß die Kuh wirklich gekauft war. Der Tierarzt von Ussel würde gewiß für uns zeugen.

»Und wenn man uns beschuldigt, unsere Kuh mit gestohlenem Geld bezahlt zu haben, wie sollen wir beweisen, daß es ehrlich verdientes ist?«

Mattia hatte recht. Ich wußte das nur zu gut aus eigener Erfah= rung. Die Schimpfreden, die uns bis in das Gefängnis beglei= teten, zeigten uns deutlich, wie hart man gegen Unglückliche ist, egal ob sie schuldig sind oder nicht.

»Und wer weiß, ob wir Mutter Barberin antreffen, wenn wir die Freiheit wiedererlangt haben?« fuhr er weinend fort.

»Warum sollten wir sie denn nicht antreffen?«

»Sie kann gestorben sein während der Zeit, in der du sie nicht gesehen hast.«

Das traf mich ins Herz. Ich mußte zugestehen, daß dergleichen im Bereich der Möglichkeit lag, sowenig man auch in meinem Alter geneigt ist, Todesgedanken Raum zu geben. Ich begriff kaum, daß mir das nicht selbst eingefallen war — auch Vitalis war ja gestorben.

»Ach, ach, die arme Kuh!« rief Mattia weinend aus, sprang plötzlich auf und fuchtelte mit den Händen in der Luft herum: »Wenn Mutter Barberin tot und nur der abscheuliche Barberin da ist! Wenn er uns unsere Kuh nimmt und dich dazu! Und wer wird das arme Tier jetzt füttern, wer wird es melken?«

Die Stunden verflossen. Je weiter die Zeit vorrückte, desto nie= dergeschlagener wurden wir. Ich versuchte Mattia aufzurichten, indem ich ihm erklärte, daß man uns doch verhören müsse.

»Gut, und was wollen wir aussagen?«

»Die Wahrheit.«

»Dann wirst du Barberin wieder ausgeliefert. Ist aber Mutter Barberin allein zu Hause, so wird sie ebenfalls vernommen werden, und dann ist es mit der Überraschung aus.«

Endlich öffnete sich unsere Tür mit lautem Knarren, und ein alter Herr mit weißem Bart, dessen offenes, freundliches Gesicht uns neuen Mut einflößte, trat in unsere Zelle.

»Steht auf, ihr Spitzbuben«, fuhr uns der Gefängniswärter an, »und steht dem Herrn Richter Rede und Antwort!«

»Schon gut«, sagte der Richter und machte dem Gefängnis= wärter ein Zeichen, uns allein zu lassen. »Zunächst werde ich diesen da verhören«, dabei zeigte er auf mich. »Führen Sie den anderen ab und verwahren Sie ihn einstweilen, ich will ihn später vernehmen.«

»Mein Freund wird Ihnen, genau wie ich, die volle Wahrheit sagen«, wandte ich mich an den Richter. Es schien mir unter diesen Verhältnissen besser, Mattia einen Wink für seine Aus= sagen zu geben.

»Das werden wir bald sehen«, unterbrach mich der alte Herr lebhaft, wie um mir das Wort abzuschneiden, und ließ Mattia hinausführen. Der warf mir einen schnellen Blick zu. Er hatte mich verstanden.

»Man beschuldigt euch, eine Kuh gestohlen zu haben«, fing der Richter an und sah mir fest in die Augen. Ich entgegnete ihm, wir hätten sie auf dem Markt zu Ussel gekauft, und nannte den Tierarzt, der uns dabei behilflich gewesen war.

»Wir werden die Wahrheit dieser Aussagen prüfen.«

»Das hoffe ich, denn dadurch wird unsere Unschuld an den Tag kommen.«

»In welcher Absicht habt ihr diese Kuh gekauft?«

»Wir wollten sie meiner alten Pflegemutter in Chavanon brin= gen und sie ihr als Beweis meiner Dankbarkeit und Anhäng= lichkeit schenken.«

»Wie heißt die Frau?«

»Mutter Barberin.«

»Ist sie die Frau des Steinhauers, der vor einigen Jahren in Paris verunglückt ist?«

»Ja, Herr Richter.«

»Auch das muß beglaubigt werden.«

Darauf konnte ich nichts sagen. Der Richter merkte meine Ver= legenheit. Er stellte weitere Fragen, und ich antwortete, daß durch die Vernehmung der Mutter Barberin unsere Über= raschung vereitelt wäre.

Trotz meiner verzweifelten Lage empfand ich ein Gefühl der Befriedigung. Wenn der Richter Mutter Barberin kannte und sich bei ihr nach der Wahrheit meiner Erzählung erkundigen wollte, so mußte sie am Leben sein.

Im weiteren Verlauf des Verhörs erwähnte der Richter, daß

Barberin sich seit langer Zeit in Paris aufhalte. Ich war außer mir vor Freude und fand in meiner glücklichen Stimmung über= zeugende Worte, dem Richter klarzumachen, daß die Aussage des Tierarztes von Ussel unsere Schuldlosigkeit beweisen würde.

»Woher habt ihr das Geld, eine Kuh kaufen zu können?«
Das war die Frage, die Mattia fürchtete.
»Wir haben es verdient«, erwiderte ich ruhig.
»Wo und wie?«
Nun erklärte ich, wie wir diese Summe von Paris bis Varses und von da in den Badeorten Sou um Sou zusammengebracht hätten.
»Was wolltet ihr in Varses?«
Ich erzählte es ihm. Kaum hörte der Richter, ich sei in der Zeche Truyère verschüttet gewesen, als er mir mit sanftem Ton ins Wort fiel: »Wer von euch beiden ist Remi?«
»Ich, Herr Richter.«
»Wie kannst du das beweisen? Du hast keine Papiere, wie mir der Gendarm sagt.«
»Nein, Herr Richter.«
»Nun, so erzähle mir genau, wie das Grubenunglück von Varses entstanden ist. Ich habe den Bericht darüber in den Zei= tungen gelesen, so daß du mich nicht täuschen kannst, falls du nicht Remi bist. Nimm dich zusammen!«
Ich merkte an seinem Ton, daß er uns nicht feindlich gesinnt war. Ich faßte daher frischen Mut und berichtete alle meine Abenteuer in der Kohlengrube.
Als ich mit meiner Geschichte zu Ende war, sah mich der Richter lange freundlich und gerührt an. Schon bildete ich mir ein, er würde uns in Freiheit setzen. Aber ich irrte mich. Ohne ein Wort zu sagen, ließ er mich allein. Wahrscheinlich wollte er Mattia verhören, um zu sehen, ob unsere Erzählungen über= einstimmten. Erst nach geraumer Zeit kehrte er mit ihm zurück und sagte ganz freundlich: »Ich werde in Ussel Erkundigungen einziehen lassen, und wenn sie eure Erzählungen bestätigen, wie ich hoffe, so werdet ihr morgen in Freiheit gesetzt.«
»Und unsere Kuh?« fragte Mattia.
»Die sollt ihr morgen wiederhaben.«
»Das wollte ich damit nicht sagen«, erwiderte Mattia, »sondern nur wissen, wer ihr zu fressen geben und sie melken wird.«
»Darüber sei beruhigt, mein Junge!«

Auch Mattia wurde jetzt zuversichtlich und sagte mit schlauem Lächeln: »Wenn unsere Kuh gemolken wird, könnten wir nicht die Milch bekommen? Das wäre ein herrliches Abendbrot!«

Sobald der Richter hinausgegangen war, verkündigte ich Mattia die beiden großen Neuigkeiten, über die ich unsere Gefangen=schaft beinahe vergaß: daß Mutter Barberin am Leben und Barberin in Paris war.

»Mutter Barberin wird die Kuh bekommen!« rief Mattia und fing vor Freude zu tanzen und zu singen an. Ich ergriff ihn, von seiner Heiterkeit angesteckt, bei den Händen; Capi, der bis dahin traurig und bekümmert in einem Winkel saß, stellte sich zwischen uns auf die Hinterpfoten, und wir drei führten einen so schönen Tanz auf, daß der Schließer — wahrscheinlich um seine Zwiebeln besorgt — ganz erschrocken gelaufen kam, um zu sehen, ob wir in offener Empörung begriffen seien.

Er hieß uns schweigen. Er sprach aber nicht mehr so barsch mit uns wie vorher, und wir glaubten daher, daß es nicht schlecht um unsere Sachen stehe. Und siehe da: Bald nachher kehrte unser Schließer nicht nur mit einer großen Suppen=schüssel voll Milch — der Milch von unserer Kuh! — zurück, sondern brachte uns auch noch ein großes Weißbrot und ein Stück kaltes Kalbfleisch, das uns, wie er sagte, der Herr Richter schicke.

Während ich das Kalbfleisch verspeiste und die Milch trank, überlegte ich im stillen, daß Gefängnisse gar kein so schlechter Aufenthaltsort wären. Mattia gewann die gleiche Überzeugung, denn er meinte lachend: »Zu Mittag essen und übernachten, ohne zu bezahlen — das nenne ich Glück!«

»Wer wird für uns zeugen, wenn der Tierarzt plötzlich gestor=ben ist?« fragte ich, um ihm Angst einzujagen. Aber er ließ sich nicht irremachen, sondern erwiderte ruhig: »Solche Ge=danken hat man nur, wenn man sich unglücklich fühlt, und das brauchen wir jetzt nicht sein.«

Der Besuch bei Mutter Barberin

Wir schliefen gar nicht schlecht auf unserer Pritsche — unter freiem Himmel verlebten wir manche schlechtere Nacht —, und sowohl Mattia wie auch mir träumte von dem Einzug der Kuh.

Um acht Uhr morgens tat sich die Gefängnistür auf, und der Richter trat ein, von unserem Freund, dem Tierarzt gefolgt, der selbst gekommen war, um uns in Freiheit setzen zu helfen.

Der Richter überreichte mir ein Papier mit einem großen Stem= pel darauf. »Es war eine rechte Torheit von euch, so in die Welt hineinzulaufen«, sagte er freundlich, »und deshalb habe ich euch vom Bürgermeister einen Paß ausstellen lassen. In Zukunft wird das euer Geleitbrief sein. Glückliche Reise, Kin= der!«

Damit schüttelte er uns die Hand, und der Tierarzt küßte uns zum Abschied.

Jämmerlich waren wir in das Dorf eingezogen, triumphierend verließen wir es. Unsere Kuh führten wir diesmal an der Leine; es war zu gefährlich, das sanfte, aber furchtsame Tier loszu= lassen. Erhobenen Hauptes stolzierten wir einher, und die vor den Türen stehenden Bauern folgten uns mit freundlichen Blicken.

Nicht lange, so kamen wir in das Dorf, in dem ich einst mit Vitalis übernachtet hatte. Jetzt trennte uns nur noch eine große Heide von dem Abhang, der sich nach Chavanon hinunter= senkt.

Als wir durch das Dorf wanderten, kam mir plötzlich ein Gedanke, und ich sagte zu Mattia: »Ich habe dir versprochen, daß du bei Mutter Barberin Krapfen essen sollst. Zum Krapfen= backen aber gehören Mehl, Butter und Eier.«

»Das muß ausgezeichnet schmecken!«

»Das will ich meinen. Du sollst sehen, man stopft sich den Mund voll damit, und sie zergehen einem nur so auf der Zunge. Aber vielleicht hat Mutter Barberin weder Mehl noch Butter im Hause. Sie ist arm, weißt du. Sollten wir ihr nicht etwas mitbringen?«

»Das ist ein herrlicher Gedanke!«

»Halte die Kuh, laß sie aber um Himmels willen nicht los! Ich will zu dem Kaufmann dort gehen und Butter und Mehl kaufen. Eier kann Mutter Barberin irgendwo borgen, falls sie keine hat, denn wir könnten sie zerbrechen.«

Ich trat in den Laden und machte meine Einkäufe. Dann setzten wir unseren Marsch fort. Unwillkürlich schritt ich schneller, immer schneller vorwärts. Ich konnte die Ankunft kaum er= warten.

Noch zehn Kilometer — noch acht — noch sechs. Sonderbar,

obgleich damals, als ich von Mutter Barberin fortging, ein kalter Regen fiel, war mir der Weg nicht so lang erschienen wie jetzt, als ich zu ihr hinging. Ich war in fieberhafter Aufregung und sah jeden Augenblick nach meiner Uhr.

»Ist die Gegend nicht schön?« fragte ich Mattia.

»Nun, die Aussicht wird wenigstens nicht durch Bäume gehin= dert.«

»Warte nur, bis wir den Abhang nach Chavanon hinunter= steigen, da sollst du Bäume sehen, und was für Bäume! Eichen und Kastanien!«

»Mit Kastanien daran?«

»Freilich! Und in Mutter Barberins Hof steht ein krummer Birnbaum, auf dem man reiten kann, der trägt große, so große Birnen — du wirst sehen!«

»Du wirst sehen«, mit diesen Worten schloß ich alle meine Schilderungen, als müsse das ärmliche Chavanon auch für Mattia das Land der Wunder sein, das es in meinen Augen war. Und je näher wir dem Dorf kamen, desto lebhafter stürm= ten alle diese Eindrücke meiner ersten Freuden auf mich ein. Die heimatliche Luft berauschte mich und verklärte alles, was ich erblickte, mit wunderbarem Zauber.

»Kämest du nach Lucca«, meinte Mattia, der, von meiner Freude angesteckt, im Geist ebenfalls in seine Heimat zurückkehrte, »könnte ich dir auch viel Schönes zeigen. Du würdest staunen!«

»Wir gehen nach Lucca, sobald wir Etiennette, Lisa und Benja= min besucht haben.«

»Wirklich?«

»So, wie du mich jetzt zu Mutter Barberin begleitest, so besuche ich später deine Mutter und deine kleine Schwester Christina mit dir. Die soll auch meine Schwester sein, und ich werde sie auf dem Arm tragen, wenn sie nicht zu groß dazu ist.«

So gelangten wir schließlich auf den Gipfel des Hügels, von dem der Weg nach Chavanon hinunter und an Mutter Barbe= rins Haus vorbeiführt. Nur einige Schritte noch, und wir waren auf der Stelle, wo ich Vitalis um die Erlaubnis zum Aus= ruhen bat, um auf Mutter Barberins Haus, das ich nie wieder= zusehen glaubte, einen letzten Blick werfen zu können.

»Nimm die Leine«, rief ich Mattia zu, sprang mit einem Satz auf die Anhöhe und schaute hinunter. In unserem Tale war alles unverändert, und zwischen den beiden Baumgruppen gewahrte ich das Dach von Mutter Barberins Haus.

»Was hast du?« fragte Mattia.

»Da, da!« rief ich hastig. Mattia kam heran, aber ohne auf die kleine Erhöhung zu klettern, deren Gras unsere Kuh abzu= weiden begann.

»Dort ist Mutter Barberins Haus, dort mein Birnbaum, dort war mein Garten!«

Mattia, dessen Blick nicht wie der meine durch die Erinnerung geschärft war, vermochte wohl nicht viel zu sehen, wenn er auch nichts sagte.

Mutter Barberin mußte zu Hause sein, denn in demselben Augenblick stieg ein leichtes gelbes Rauchwölkchen aus dem Schornstein empor. Ein Windhauch fuhr durch die Bäume und trieb uns den Rauch ins Gesicht, der nach Eichenlaub roch. Unwillkürlich traten mir die Tränen in die Augen. Ich sprang von der Anhöhe hinunter, fiel Mattia um den Hals, nahm Capi, der sich auf mich warf, in den Arm und küßte ihn ebenfalls.

»Laß uns rasch hinuntergehen!« sagte ich.

»Wie wollen wir sie überraschen, wenn Mutter Barberin da= heim ist?« fragte Mattia.

»Du gehst allein hinein und sagst, daß du ihr eine Kuh zu bringen hast. Wenn sie fragt, von wem, dann erscheine ich.«

»Wie schade, daß wir den Einzug nicht mit Musik halten kön= nen, das hätte sich so hübsch gemacht!«

»Keine Dummheiten, Mattia!«

»Sei unbesorgt, mir ist die Lust dazu vergangen, obgleich ohne unsere ängstliche Kuh Musikbegleitung sehr schön gewesen wäre.«

Als wir die gerade über Mutter Barberins Haus liegende Bie= gung des Weges erreichten, kam unten auf dem Hof eine weiße Haube zum Vorschein. Ich sah, wie Mutter Barberin die Pforte öffnete und die Richtung nach dem Dorf einschlug. Ich stand still und zeigte Mattia meine Pflegemutter.

»Was wird nun aus unserer Überraschung?« fragte er.

»Wir müssen uns eine andere ausdenken.«

»Was für eine?«

»Ich weiß es noch nicht.«

»Willst du Mutter Barberin rufen?«

Die Versuchung war groß, aber ich gab ihr nicht nach, sondern fuhr fort hinunterzusteigen. Die Überraschung, auf die ich mich seit Monaten freute, mochte ich nicht so ohne weiteres aufgeben.

Bald standen wir vor der Umzäunung meines alten Hauses. Von da begab ich mich in den Hof, da es sich zuerst darum handelte, die Kuh unterzubringen. Auch hier war noch alles so wie früher, nur der Stall lag voller Reisigbündel, anstatt wie in unseren Zeiten eine Kuh zu beherbergen. Das sollte jetzt anders werden. Ich rief Mattia, wir banden die Kuh an der Krippe fest und räumten das Reisig in eine Ecke, was bei Mutter Barberins nicht eben großem Holzvorrat nur kurze Zeit in Anspruch nahm. Dann gingen wir in das Haus zurück, dessen Tür Mutter Barberin, wie ich wohl wußte, nie abzuschlie= ßen pflegte, so daß wir ohne Schwierigkeiten hineingelangen konnten.

»So«, sagte ich zu Mattia, »jetzt setze ich mich in meine alte Ecke am Herd, damit mich Mutter Barberin bei der Rückkehr dort findet. Die Tür knarrt beim Öffnen, und sobald wir das hören, versteckst du dich mit Capi hinter dem Bett, so daß sie zuerst nur mich allein erblickt. Was meinst du, wird sie nicht überrascht sein?« Damit nahm ich denselben Platz am Herd ein, an dem ich so manche Winterabende zugebracht hatte, ver= steckte mein langes Haar unter dem Kragen meiner Jacke und duckte mich so tief zusammen, wie ich nur irgend vermochte, um Mutter Barberins kleinem Remi möglichst zu gleichen.

Ich konnte die Gartentür von meinem Platz aus beobachten, so daß nicht zu befürchten stand, Mutter Barberin werde unver= sehens kommen. Ich sah mich in voller Muße in dem lieben, wohlbekannten Raum um. Mir schien, als hätte ich das Haus erst gestern verlassen. Nichts war verändert, alles stand auf demselben Fleck, ja nicht einmal das Papier, das eine von mir zerbrochene Fensterscheibe ersetzte, war erneuert worden, so vergilbt und verräuchert es auch aussah.

Nur zu gern hätte ich alles in der Nähe besehen, aber Mutter Barberin konnte von einem Augenblick zum andern kommen; da durfte ich nicht wagen, meinen Posten zu verlassen.

Da gewahrte ich eine weiße Haube, gleichzeitig kreischte die Tür in der Angel.

»Schnell, versteck dich!« rief ich Mattia zu, während ich mich selbst immer kleiner machte.

Die Tür wurde geöffnet, Mutter Barberin erblickte mich schon von der Schwelle aus und fragte verwundert: »Wer ist da?« Ich antwortete nicht, sondern sah sie nur an — sie mich eben= falls, und mit einemmal begannen ihre Hände zu zittern: »Mein

Gott, mein Gott, ist es möglich? Remi!« sagte sie halblaut. Da lief ich auf sie zu und schloß sie in die Arme.

»Mutter!«

»Mein Bub, es ist mein Bub!«

Erst nach einigen Minuten vermochten wir uns zu fassen und uns die Augen zu trocknen.

»Wie hast du dich verändert!« sagte Mutter Barberin dann. »Ja, hätte ich nicht beständig an dich gedacht, ich würde dich gewiß nicht erkannt haben, so groß und stark bist du geworden!« Hier mahnte mich ein unterdrücktes Schluchzen daran, daß Mattia hinter dem Bett versteckt war. Ich rief Mattia hervor und sagte: »Das ist Mattia, mein Bruder!«

»Hast du deine Eltern wiedergefunden?« fragte Mutter Barberin hastig.

»Nein, ich will damit sagen, daß er mein Freund und Kamerad ist. Der Vierbeinige, das ist Capi, ebenfalls mein Freund und Gefährte. Capi, begrüße die Mutter deines Herrn!«

Der Pudel stellte sich aufrecht hin, legte eine Vorderpfote aufs Herz und verbeugte sich würdevoll. Mutter Barberin mußte so herzlich lachen, daß sie ihre Tränen vergaß. Mittlerweile machte mir Mattia ein Zeichen, um mich an unsere Überraschung zu erinnern. Ich verstand ihn und schlug Mutter Barberin vor, ein wenig mit uns in den Hof zu gehen, um Mattia den krummen Birnbaum und andere Jugenderinnerungen zu zeigen.

»Wir können auch deinen Garten besehen«, sagte sie. »Du solltest ihn bei deiner Rückkehr genauso wiederfinden, wie du ihn verlassen hast. Ich habe immer fest daran geglaubt, daß du eines Tages wiederkommen würdest, was auch immer die anderen sagen wollten.«

Jetzt war der Augenblick gekommen.

»Hat sich eigentlich der Kuhstall verändert«, sagte ich möglichst unbefangen, »seit wir die arme Roussette verkaufen mußten?«

»Nein, gewiß nicht. Jetzt ist das Reisig darin«, erwiderte Mutter Barberin. Sie stieß die Tür auf, da wir gerade vor dem Stall standen, und in demselben Augenblick erhob unsere Kuh, die wohl glaubte, man bringe ihr zu fressen, ein lautes Hungergebrüll.

»Eine Kuh, eine Kuh im Stall!« rief Mutter Barberin außer sich. Mattia und ich konnten uns nicht länger zurückhalten, sondern lachten aus vollem Halse. Mutter Barberin, der eine

Kuh im Stall immer noch so unwahrscheinlich vorkam, daß sie nicht verstand, was unser Lachen bedeute, stand sprachlos da und sah uns ganz erstaunt an.

»Das ist unsere Überraschung«, sagte ich endlich.

»Eine Überraschung!« wiederholte Mutter Barberin, wie im Traum. »Eine Überraschung!«

»Ich wollte nicht mit leeren Händen zu Mutter Barberin kom= men, die so gut gegen ihr kleines Findelkind war«, fuhr ich weiter fort, »sondern dachte darüber nach, was dir wohl am nützlichsten wäre. Da fiel mir ein, daß dir eine Kuh, ein Ersatz für Roussette, gewiß am meisten zustatten käme, und darum haben Mattia und ich für das Geld, das wir verdienten, diese Kuh auf dem Markt in Ussel gekauft.«

»O du gutes Kind, du lieber Junge!« rief Mutter Barberin immer wieder und drückte mich ans Herz.

Dann gingen wir in den Stall, damit Mutter Barberin ihre Kuh genauer ansehen könne.

»Ach, welch schönes Tier!« rief sie entzückt und fand bei jeder Entdeckung, die sie an der Kuh machte, neue Ausrufe der Zufriedenheit und Bewunderung. Plötzlich sah sie mich an und fragte: »Bist du denn reich geworden?«

»Ja, das glaub' ich«, sagte Mattia und lachte, »wir haben keine drei Franken mehr in der Tasche.«

»Ach, ihr guten Jungen!« sagte Mutter Barberin gerührt.

Diesmal dankte sie nicht nur mir, sondern auch meinem Freund. Es tat mir wohl, daß sie auch an Mattia dachte, der so viel Anspruch auf ihre Dankbarkeit verdiente wie ich.

Die Kuh begann zu brüllen. »Sie will gemolken werden«, er= klärte Mattia. Ich lief eilig ins Haus, um den Eimer zu holen, in den die Roussette früher gemolken wurde. Ich fand ihn blank gescheuert an seinem gewöhnlichen Platz hängen.

Welche Freude für Mutter Barberin, als sie ihren Eimer drei= viertel voll schöner, schaumiger Milch erblickte!

»Ich glaube, daß diese Kuh mehr Milch gibt als Roussette«, sagte sie.

Nachdem die Kuh gemolken war, ließen wir sie zum Fressen in den grasbewachsenen Hof und gingen wieder in die Küche.

Zum neuerlichen Erstaunen von Mutter Barberin standen mit= ten auf dem Tisch Mehl und Butter. Ich stellte alles heimlich hin, als ich den Milcheimer holte.

»Um ehrlich zu sein«, sagte ich, »ist diese Überraschung jeden=

falls ebensosehr für uns wie für dich, denn wir vergehen vor Hunger und wollen gern Krapfen essen. Weißt du noch, wie wir damals, an dem letzten Faschingsabend, unterbrochen wurden? Die Butter, die für die Krapfen bestimmt war, muß= test du zu der Zwiebelsuppe für Barberin verwenden. Heute werden wir aber sicher nicht gestört.«

»Weißt du denn, daß Barberin in Paris ist?« fragte Mutter Bar= berin.

»Ja.«

»Weißt du auch, weshalb?«

»Nein.«

»Das ist von großer Wichtigkeit für dich.«

»Für mich?« fragte ich erschrocken. Mutter Barberin antwor= tete nicht, sondern sah Mattia an, als getraue sie sich nicht, vor ihm zu reden.

»Oh, du kannst vor Mattia ruhig darüber sprechen«, sagte ich, »wir sind wie Brüder. Er nimmt an allem, was mich angeht, ebenso lebhaft Anteil wie ich selbst.«

»Die Sache läßt sich nicht so schnell erzählen«, wich sie mir aus. Ich mochte nicht weiter in sie dringen, sondern nahm mir vor, geduldig zu warten, bis sich ein passender Augenblick finden würde, und fragte, ob Barberin bald zurückkomme.

»O nein, gewiß nicht.«

»Nun, dann hat es ja keine Eile mit dem Erzählen, wir wollen uns jetzt mit den Krapfen beschäftigen. Hast du Eier?«

»Nein, ich habe keine Hühner mehr.«

»Und wir haben keine Eier mitgebracht, weil wir fürchteten, sie zu zerbrechen. Kannst du keine borgen?«

Die arme Mutter Barberin wurde verlegen, vielleicht kam das Borgen zu häufig vor.

»Es ist besser, wenn ich selbst welche kaufe«, sagte ich. »Bei Soquet bekommt man noch Eier, nicht wahr? Rühre du unter= dessen den Teig an und laß dir von Mattia das Reisig brechen, das kann er sehr gut.«

Außer einem Dutzend Eier holte ich bei Soquet auch ein kleines Stück Speck, und als ich wiederkam, brauchten nur noch die Eier in den Teig gemengt zu werden.

»Jetzt sage mir, wie es kommt, daß du mir niemals Nachricht von dir gegeben hast?« fragte Mutter Barberin und rührte eifrig. »Weißt du, daß ich dich oft für tot hielt, weil du gar nichts von dir hast hören lassen? Ich dachte mir immer, wenn

Remi noch am Leben ist, so wird er seiner Mutter Barberin gewiß schreiben.«

»Mutter Barberin war nicht allein, sondern es gab da einen Vater Barberin, der Herr im Hause war und das nur zu deutlich bewies, als er mich eines Tages für vierzig Franken an einen alten Musikanten verkaufte.«

»Oh, sprich nicht davon, mein kleiner Remi!«

»Ich sage das nicht, um mich zu beklagen, sondern nur, um dir zu erklären, warum ich keine Nachricht geben konnte. Wäre ich entdeckt worden, so hätte mich Barberin wahrschein= lich zum zweitenmal verkauft. Das wollte ich aber nicht, und deshalb schrieb ich dir nicht, als ich meinen armen, guten Herrn verlor.«

»Ach, ist der alte Musikant gestorben?«

»Ja, und ich beweinte ihn aufrichtig, denn ihm verdanke ich alles, was ich weiß, und daß ich imstande bin, mir mein Brot zu verdienen. Nach seinem Tod fand ich zum Glück wieder gute Menschen, die mich aufnahmen und für die ich arbeiten konnte. Hätte ich dir aber geschrieben, ich sei da und da Gärt= ner, so würde mich Barberin gewiß abgeholt oder doch Geld von den guten Leuten gefordert haben, bei denen ich war. Und ich wollte natürlich weder das eine noch das andere.«

»Ja, das begreife ich.«

»Ich dachte immer an dich. Wenn ich mich unglücklich fühlte, rief ich immer meine Mutter Barberin zu Hilfe, und an dem Tag, an dem ich tun und lassen konnte, was ich wollte, machte ich mich sofort auf, sie zu besuchen. So schnell, wie ich wünschte, konnte ich zwar nicht dazu kommen, denn mir schwebte ein Ziel vor, das sich nicht so leicht erreichen ließ. Ehe wir dir unsere Kuh schenken konnten, mußten wir sie verdienen, und das Geld fiel uns nicht in schönen Fünffranken= stücken in die Tasche. Wir mußten den ganzen Weg dafür spielen. Aber je größer die Mühe war, um so mehr freuten wir uns. Nicht wahr, Mattia?«

»Jeden Abend zählten wir unser Geld nach. Und zwar nicht nur, was wir am Tag verdienten, sondern auch unsere früheren Einnahmen, um zu sehen, ob es sich nicht etwa verdoppelt hätte«, erwiderte Mattia.

»Ihr guten Jungen!«

Mittlerweile näherten sich die Vorbereitungen zu unserem Fest= mahl ihrem Ende. Ich deckte den Tisch und füllte nun den

Wasserkrug am Brunnen. Mutter Barberin scheuerte die Brat=
pfanne tüchtig mit Heu aus, und auf dem Herd brannte ein
helles Feuer, das Mattia sorgfältig unterhielt. Capi, der aufrecht
in einer Ecke am Herd saß, schaute unserem Treiben aufmerk=
sam zu und verbrannte sich bisweilen die Pfote, die er dann
leise knurrend zurückzog.
Jetzt stellte Mutter Barberin die Pfanne aufs Feuer und ließ,
wie damals, ein Stück Butter hineinfallen.
»Das riecht gut!« rief Mattia und hielt die Nase darüber.
Die Butter fing zu zischen an.
»Sie singt, ich muß sie begleiten!« jauchzte Mattia, für den
sich alles in Musik verwandelte. Er nahm seine Geige zur Hand
und begleitete das Lied der Bratpfanne mit gedämpften lang=
gezogenen Akkorden. Mutter Barberin lachte hellauf.
Der feierliche Augenblick war gekommen: Schon tauchte Mut=
ter Barberin den großen Löffel in die Schüssel, sie zog den in
lange weiße Fäden zerfließenden Teig heraus, ließ ihn in die
Pfanne fallen, und die Butter, die sich vor dieser weißen Über=
schwemmung zurückzog, faßte ihn mit einem braunen Kreis
ein.
Ich beugte mich vornüber; jetzt schlug Mutter Barberin auf
den Stiel der Pfanne und warf den Inhalt zu Mattias großem
Schrecken in die Luft. Aber es war nichts zu befürchten; der
Krapfen fiel nach einem kurzen Ausflug umgekehrt in die
Pfanne zurück und zeigte sein gebräuntes Antlitz, so daß mir
nur noch so viel Zeit blieb, einen Teller zu ergreifen und den
fertigen Leckerbissen hineingleiten zu lassen.
Der erste Krapfen war für Mattia, der sich Finger, Lippen,
Zunge und Hals daran verbrannte. Aber das war gleichgültig.
Er dachte nicht einmal daran, sondern sagte mit vollem Mund:
»Ach, wie gut das schmeckt!«
Wieder hielt ich den Teller hin; nun war es an mir, mich zu
verbrennen, aber ich machte mir ebensowenig daraus wie
Mattia. Der dritte Krapfen war gebräunt, und schon streckte
Mattia die Hand danach aus, als Capi durch ein fürchterliches
Gebell kundtat, jetzt wäre die Reihe an ihm. Er hatte recht, und
zu Mutter Barberins Entsetzen gab Mattia dem braven Pudel
den Krapfen. Sie teilte die Gleichgültigkeit aller Bauern gegen
Tiere und konnte nicht begreifen, daß man einem Hund ein
»Essen für Christen« vorsetzen kann. Um Mutter Barberin zu
beruhigen, erklärte ich, daß Capi nicht nur ein Künstler sei, der

unsere Kuh zum Teil verdienen half, sondern auch unser Kame=
rad, der ebenso wie wir und mit uns essen mußte. Sie selbst
erklärte, die Krapfen nicht eher anzurühren, bis unser Hunger
gestillt war.

Darüber verging ziemlich viel Zeit. Endlich waren wir gesättigt
und weigerten uns einstimmig, auch nur einen einzigen Krapfen
mehr zu essen, ehe Mutter Barberin einige verzehrt hätte.
Damit fiel das Amt des Backens uns zu. So leicht es aber war,
Teig und Butter in die Pfanne zu füllen, so schwierig erwies
sich das Umkehren der Krapfen: ich warf einen in die Asche,
und Mattia ließ sich einen brennend heißen auf die Hand fal=
len.

Als wir mit dem Essen fertig waren, erklärte Mattia, er werde
im Hof nach der Kuh sehen. Er mochte gemerkt haben, daß
Mutter Barberin nicht vor ihm erzählen wollte, »was von größ=
ter Wichtigkeit für mich sei«.

Ich konnte meine Ungeduld kaum noch beherrschen. Nur die
Krapfen hatten es vermocht, meine Neugier etwas zurückzu=
drängen.

Sobald Mattia hinausgegangen war, bat ich Mutter Barberin,
mir zu sagen, wieso die Reise ihres Mannes nach Paris für
mich von Wichtigkeit wäre.

Bevor sie begann, sah sie nach der Tür. Sie überzeugte sich, daß
niemand horchte, kam auf mich zu und sagte halblaut: »Deine
Familie scheint nach dir zu forschen.«

»Meine Familie?«

»Ja, deine Familie.«

»Ich sollte eine Familie haben, Mutter Barberin? Ich, das Findel=
kind?«

»Wahrscheinlich wurdest du nicht freiwillig verlassen, wenn
man jetzt Nachforschungen anstellt.«

»Wer sucht nach mir? Sprich, Mutter Barberin! Bitte sprich!
Aber nein, das ist nicht möglich. Sicher will nur Barberin wis=
sen, wo ich bin!« schrie ich.

»Ja, allerdings, aber im Auftrag deiner Familie«, entgegnete
Mutter Barberin.

»Nein, nur für sich. Er selbst will mich an sich bringen, um
mich wieder zu verkaufen, aber das soll ihm nicht gelingen!«

»O mein Remi, wie kannst du glauben, daß ich mich dazu her=
geben würde?«

»Er täuscht dich, Mutter Barberin.«

»Komm, mein Kind, sei vernünftig. Höre, was ich dir zu sagen habe, und habe doch keine solche Angst.«

»Ich denke an früher.«

»So laß dir wenigstens erzählen, was ich selbst weiß. Nächsten Montag werden es gerade vier Wochen, ich war in der Back= stube beschäftigt, und Jérôme befand sich in der Küche, als ein Herr in das Haus trat. ›Heißen Sie Barberin?‹ fragte er mit fremder Aussprache. — ›Ja, der bin ich‹, antwortete Jérôme. — ›Haben Sie nicht vor Jahren in der Avenue de Breteuil in Paris ein Kind gefunden und es aufgezogen?‹ — ›Ja.‹ — ›Bitte, sagen Sie mir, wo das Kind ist!‹ — ›Bitte, sagen Sie mir, was Sie das angeht!‹ entgegnete Jérôme.«

Hätte ich auch an Mutter Barberins Aufrichtigkeit gezweifelt, so würde ich an der Liebenswürdigkeit dieser Antwort erkannt haben, daß sie mir das Gehörte treulich berichtete.

»Wie du dich erinnerst«, fuhr sie fort, »kann man in der Back= stube deutlich verstehen, was hier gesprochen wird. Ich trat noch etwas näher, um möglichst genau zuzuhören, denn da es sich um dich handelte, wollte ich kein Wort von dem Gespräch verlieren; aber im Gehen trat ich auf einen Zweig, so daß er zerbrach. ›Wir scheinen nicht allein zu sein‹, bemerkte der Herr. — ›Es wird meine Frau sein‹, erwiderte Jérôme. — ›Es ist hier sehr warm‹, sagte der Herr wieder, ›wenn es Ihnen recht ist, plaudern wir draußen weiter.‹ Damit gingen sie fort, und erst drei oder vier Stunden später kam Jérôme allein zurück. Du kannst dir vorstellen, wie sehr mich zu hören verlangte, was zwischen Jérôme und diesem Herrn, der vielleicht gar dein Vater war, verhandelt worden ist. Aber Jérôme sagte mir nur, daß der Fremde im Auftrag deiner Familie Nachforschungen nach dir anstellte.«

»Wo ist meine Familie, was ist sie? Habe ich einen Vater, eine Mutter?«

»Das fragte ich Jérôme auch. Er aber sagte mir, er wisse davon nichts, er wolle nach Paris gehen, um den Musikanten aufzu= suchen, an den er dich vermietet hatte. Seine Adresse in Paris wäre Rue de Lourcine bei einem anderen Musikanten namens Garofoli. Ich habe mir die Namen gut gemerkt, merke sie dir auch!«

»Ich kenne sie, sei unbesorgt! Hast du von Barberin keine Nachricht, seitdem er fort ist?«

»Nein, er sucht gewiß noch immer. Der Fremde gab ihm gleich

hundert Franken, und seitdem bekam Jérôme gewiß noch mehr Geld von ihm. Deine Eltern müssen reiche Leute sein. Darauf deuteten auch die schönen Kleider, die du trugst, als wir dich fanden. Als ich dich vorhin am Herd erblickte, glaubte ich schon, du hättest deine Eltern wiedergefunden, und hielt deinen Freund deshalb für einen wirklichen Bruder.«

In diesem Augenblick ging Mattia an der Tür vorbei.

»Mattia, meine Eltern suchen mich, ich habe eine Familie, eine richtige Familie!« jubelte ich ihm zu und erzählte ihm die große Neuigkeit. Merkwürdigerweise schien Mattia meine Freude nicht zu teilen.

Meine Familie meldet sich

Dem ereignisreichen Tag folgte eine unruhige Nacht, eine ganz andere Nacht, als ich sie mir in den Träumen der letzten Wochen vorgestellt hatte. Wie freute ich mich in dieser Zeit darauf, wieder einmal in meinem alten Bett zu schlafen, ohne auch nur ein einziges Mal aufzuwachen! Wie sehnte ich mich, wenn ich im Freien übernachten mußte und von der Kälte der Nacht erstarrt oder vom Tau des Morgens durchnäßt war, nach meiner warmen Decke zu Hause!

Ich fand zwar Schlaf, als ich mich niederlegte, denn ich war sehr müde. Aber bald schreckten mich Träume aus dem Schlummer empor, und ich war so fieberhaft aufgeregt, daß ich nicht wieder einschlafen konnte.

Meine Familie!

Meine Familie suchte mich, aber ich mußte mich an Barberin wenden, um sie aufzufinden. Dieser Gedanke genügte, meine Freude zu trüben. Barberin durfte nichts mit meinem Glück zu tun haben. »Die, die das Kind aufziehen, werden eine reiche Belohnung erhalten, sobald sich seine Eltern melden. Wenn ich nicht darauf gerechnet hätte, würde ich mir doch wahrhaftig keine solche Last aufgebürdet haben.« Diese Worte, die Barberin zu Vitalis sagte, als er mich verkaufte, waren mir noch lebendig in der Erinnerung. Nicht aus Mitleid nahm mich dieser Mann von der Straße zu sich, sondern nur um der schönen Kleider willen, nur weil es ihm eines Tages Vorteil bringen konnte, mich meinen Eltern wiederzugeben. Als dieser Tag seinen Wünschen nicht schnell genug kam, verkaufte er mich an Vitalis, wie er mich jetzt an meinen Vater verkaufen wollte.

Welcher Unterschied zwischen dem Mann und seiner Frau! Ach, wie gern wollte ich ihr allen Vorteil zuwenden, denn sie, die gute Alte, liebte mich nicht um des Geldes willen. Aber ich mochte noch soviel darüber nachgrübeln und mich in meinem Bett hin und her werfen, ich fand keinen Ausweg. Immer kam ich wieder auf den trostlosen Gedanken zurück, daß mich nur Barberin meinen Eltern zurückbringen könnte.

Vorläufig ließ sich nichts daran ändern. Wenn ich nur erst reich wäre, dann wollte ich Mutter Barberin schon zu belohnen wissen.

Für den Augenblick aber mußte ich mit Barberin rechnen. Vor allem wollte ich versuchen, ihn aufzufinden. Seit seiner Abreise ließ er nichts mehr von sich hören. Mutter Barberin wußte nur, daß er sich in Paris aufhielt. Sie konnte mir nur die Namen einiger Zimmervermieter im Mouffetardviertel angeben, bei deren einem ich Barberin höchstwahrscheinlich treffen würde.

Ich hoffte, wir würden mehrere glückliche, ruhige Tage bei Mutter Barberin zubringen und ich könnte Mattia meine alten Spiele zeigen. Statt dessen mußten wir uns wieder auf den Weg machen, um den zu suchen, der nach mir suchte.

Meinen Plan, von Chavanon an die See nach Esnandes zu gehen, dann nach Dreuzy zu Lisa, um ihr Nachrichten von ihren Geschwistern zu bringen, mußte ich jetzt aufgeben. Das vergällte mir die Freude. Bald sagte ich mir, daß ich Lisa und Etiennette nicht verlassen dürfe, bald wieder hielt ich mir vor, ich müßte so schnell wie möglich nach Paris, um meine Familie aufzusuchen.

Als Mutter Barberin, Mattia und ich am nächsten Morgen um den Herd saßen, auf dem die Milch unserer Kuh auf einem hellen Feuer abgekocht wurde, hielten wir Rat. Ich wußte nicht, was ich tun sollte.

»Du mußt gleich nach Paris gehen, deine Eltern suchen nach dir, du darfst ihre Freude nicht hinausschieben«, entschied Mutter Barberin und unterstützte diese Ansicht mit zahlreichen Gründen.

»Abgemacht also, wir gehen nach Paris«, sagte ich. Mattia schien diesem Entschluß nicht beizustimmen. Ich fragte ihn, warum er nicht wollte, daß wir nach Paris gingen. Er schüttelte statt aller Antwort den Kopf.

»Du siehst doch, wie unentschlossen ich bin, und solltest nicht zögern, mir zu helfen«, drang ich in ihn.

»Ich meine«, sagte er endlich, »daß man die Alten nicht um der Neuen willen vergessen soll. Bis auf diesen Tag hat deine Familie aus Lisa, Etiennette, Alexis und Benjamin bestanden, die dir Brüder und Schwestern gewesen sind und dich lieb= hatten. Da taucht eine neue Familie auf, die du nicht kennst, die nichts für dich tut, die dich auf die Straße gesetzt hat, und mit einemmal willst du die Menschen, die gut gegen dich ge= wesen sind, um deretwillen verlassen, die schlecht an dir ge= handelt haben. Das finde ich nicht gerecht.«

»Es läßt sich nicht behaupten, daß Remi von seinen Eltern ausgesetzt wurde«, wandte Mutter Barberin ein. »Man kann ihnen das Kind auch geraubt haben, das sie vielleicht seit jenem Tag schmerzlich beweinen und suchen.«

»Darüber kann ich nicht urteilen. Ich weiß nur, daß Vater Acquin Remi bei sich aufnahm, als er dem Tod nahe war. Er hielt ihn wie sein eigenes Kind, und Alexis, Benjamin, Lisa und Etiennette liebten ihn wie ihren Bruder. Ich behaupte, daß die guten Menschen, die ihn vor Not schützten, minde= stens ebenso gerechtfertigte Ansprüche an seine Freundschaft erheben dürfen wie jene, die ihn mit oder gegen ihren Willen verloren haben. Bei Vater Acquin und seinen Kindern war die Freundschaft freiwillig und uneigennützig; für ihn bestanden keinerlei Verpflichtungen gegen Remi.«

»Mattia hat recht«, sagte ich, »und ich hätte mich nicht ent= schließen können, nach Paris zu gehen, ohne Etiennette und Lisa zu besuchen.«

»Aber deine Eltern!« drängte Mutter Barberin.

»Nun«, sagte ich, »so wollen wir den Besuch bei Etiennette unterlassen, weil das ein zu weiter Umweg wäre und sie auch lesen und schreiben kann, so daß wir uns brieflich mit ihr verständigen können. Aber Lisa wollen wir in Dreuzy besu= chen, bevor wir nach Paris gehen. Dadurch verlieren wir nicht viel Zeit. Lisas wegen, die weder lesen noch schreiben kann, habe ich die ganze Reise eigentlich unternommen. Etiennette soll mir nach Dreuzy schreiben. Ich werde Lisa den Brief vor= lesen und ihr von Alexis erzählen.«

»Einverstanden!« sagte Mattia vergnügt. Wir setzten unsere

Abreise auf den nächsten Morgen fest, und ich brachte einen beträchtlichen Teil des Tages damit zu, Etiennette einen langen Brief zu schreiben. Ich erklärte ihr, warum ich mein Verspre= chen, sie zu besuchen, nicht einhalten könnte.

Wiederum hieß es Abschied nehmen. Diesmal verließ ich Chavanon nicht wie das erste Mal, sondern konnte Mutter Barberin vorher umarmen und ihr versprechen, bald mit meinen Eltern wiederzukommen. Den ganzen Abend vor unserem Fort= gehen überlegte ich, was ich ihr schenken wolle. Ich würde ja reich werden, und für Mutter Barberin konnte nichts zu schön oder zu kostbar sein.

»Mein lieber Remi, nichts konnte mir mehr Freude bereiten als die Kuh. Mit allen Schätzen der Welt würdest du mich nicht glücklicher machen, als du es jetzt in deiner Armut getan hast.«

Auch von unserer Kuh mußten wir uns trennen. Mattia küßte sie wohl zehnmal auf die Stirn, was ihr zu gefallen schien, denn bei jedem Kuß streckte sie die lange Zunge heraus.

So zogen wir wieder, den Ranzen auf dem Rücken, auf der Landstraße dahin. Capi sprang voran. In meiner Eile, möglichst schnell nach Paris zu gelangen, verdoppelte ich unbewußt meine Schritte. Mattia mahnte, daß sich bei diesen Gewaltmär= schen unsere Kräfte bald erschöpfen würden. Ich zögerte, fing aber bald darauf von neuem an, schneller auszuschreiten.

»Wie eilig du bist!« bemerkte Mattia verdrießlich.

»Natürlich, und du solltest es auch sein; denn meine Familie ist auch die deine.«

Er schüttelte den Kopf. Das tat er jedesmal, wenn von meiner Familie die Rede war. Es ärgerte und kränkte mich.

»Sind wir denn nicht Brüder?« fragte ich ihn.

»Ich zweifle nicht an dir. Ich weiß, daß ich auch heute dein Bruder bin und es morgen auch sein werde; das glaube und fühle ich.«

»Nun also?«

»Weshalb aber soll ich der Bruder deiner Brüder sein, falls du welche hast, und der Sohn deiner Eltern?«

»Hättest du mich nicht als den Bruder deiner Schwester Chri= stina angesehen, wenn wir nach Lucca gekommen wären?«

»Freilich.«

»Warum weigerst du dich also, der Bruder meiner Geschwister zu sein?«

»Weil das etwas ganz anderes ist.«

»Warum denn?«

»Weil ich als kleines Kind keine so schönen Kleider gehabt habe wie du«, sagte Mattia.

»Was macht das aus?«

»Sehr viel, und das weißt du so gut wie ich. In Lucca — ach, ich sehe schon, daß du nie dahin kommen wirst — wärest du von meinen Eltern aufgenommen worden, und sie hätten dir nichts vorzuwerfen gehabt, weil sie ärmer sind als du. Aber wenn Mutter Barberin recht hat, so sind deine Eltern reiche, vielleicht sogar hochgestellte Persönlichkeiten! Wie kannst du denken, daß sie so einen armen Schlucker, wie ich einer bin, aufnehmen sollten?«

»Bin ich denn etwas anderes?«

»Jetzt noch nicht, aber morgen bist du ihr Sohn, während ich immer der arme Teufel bleiben werde. Dich wird man in die Schule schicken, dir Lehrer halten, während ich meinen Weg allein weiterwandern muß.«

»Aber Mattia, lieber Mattia, wie kannst du so sprechen?«

»Ich spreche, wie ich denke, o caro mio, und darum kann ich mich nicht mit dir freuen. Ich bildete mir ein und malte mir im Traum aus, daß wir nie getrennt würden, daß wir immer bei= sammenbleiben wie jetzt. Nein, nicht wie jetzt als arme Stra= ßenmusikanten: wir würden arbeiten und wären wirkliche Musiker geworden, die in den Konzertsälen der Großstädte vor einem kunstverständigen Publikum gespielt hätten.«

»So wird es werden, bester Mattia. Wenn meine Eltern reich sind, so sind sie es auch für dich. Schicken sie mich in die Schule, so kommst du mit, wir werden gemeinsam arbeiten, miteinander aufwachsen und beisammenbleiben, wie wir es beide wünschen.«

»Ich weiß, daß das auch dein Wunsch ist, aber du wirst nicht länger dein eigener Herr sein wie jetzt.«

»So hör mich an: Wenn meine Eltern nach mir forschen, so geht doch wohl daraus hervor, daß sie Anteil an mir nehmen, nicht wahr? Sie müssen mich also liebhaben, oder sie werden mich liebgewinnen. Ist das der Fall, so können sie mir die Bitte nicht abschlagen, die ich an sie richten will: alle glücklich zu machen, die gut gegen mich waren, als ich allein auf der Welt stand, Mutter Barberin, Vater Acquin, der aus dem Ge= fängnis befreit werden muß, Etiennette, Alexis, Benjamin, Lisa und dich. Lisa sollen sie mitnehmen, unterrichten und heilen lassen, dich sollen sie, wenn ich die Schule besuchen muß, mit mir in die Schule schicken. Siehst du, so muß es werden, wenn meine Eltern reich sind.«

»Ich wollte, sie wären arm!«

»Du bist dumm!«

»Das kann schon sein.«

Die Stunde für unsere Frühstücksrast war gekommen. Mattia rief Capi, nahm den Hund auf den Arm und sagte zu ihm: »Nicht wahr, alter Capi, du möchtest auch lieber, daß Remi arme Eltern hätte?«

Capi ließ, wie immer, wenn er meinen Namen hörte, ein Bellen der Zufriedenheit hören und legte die rechte Pfote auf die Brust.

»Mit armen Eltern können wir alle drei unser Leben fortsetzen, gehen, wohin wir wollen, ohne andere Sorgen, als das ›werte Publikum‹ zufriedenzustellen.«

»Wau, wau!«

»Mit reichen Eltern dagegen wird Capi in einen Winkel auf dem Hof gesperrt und wahrscheinlich an die Kette gelegt, wenn auch an eine schöne Stahlkette, denn bei reichen Leuten dürfen die Hunde nicht ins Haus kommen.«

Ich war ärgerlich über Mattia, daß er mir arme Eltern wünschte, anstatt den Traum mit mir zu teilen, den Mutter Barberins Worte mir vorspiegelten. Anderseits konnte ich ihm nicht böse sein, denn ich sah, wie sehr er mich liebte. Ich freute mich, endlich die Ursache seines Kummers erfahren zu haben. Er liebte mich aufrichtig und wollte um keinen Preis, daß wir getrennt würden.

Wären wir nicht gezwungen gewesen, unseren Unterhalt zu verdienen, so hätten wir unseren Weg in größerer Eile fort= setzen können. In den großen Dörfern, die an unserem Weg lagen, mußten wir spielen. Solange meine reichen Eltern ihre Schätze nicht mit uns teilten, mußten wir uns mit den kleinen Soustücken begnügen, die wir aufs Geratewohl zusammen= brachten, so daß wir mehr Zeit zur Wanderung von Chavanon nach Dreuzy brauchten, als mir lieb war.

Und noch aus einem anderen Grund bemühten wir uns, mög= lichst große Einnahmen zu erlangen. Ich vergaß nicht, wie mir Mutter Barberin versicherte, ich könnte sie durch alle meine Reichtümer nicht so glücklich machen, wie ich es in meiner

Armut getan hatte, und nun wollte ich meiner kleinen Lisa eine ebenso große Freude bereiten wie Mutter Barberin. Daß ich meinen Reichtum später mit Lisa teilen würde, stand für mich fest. Aber bevor ich reich war, wollte ich auch ihr von dem, was ich als fahrender Musiker verdiente, ein Geschenk mitbringen — das Geschenk der Armut.

Deshalb kauften wir in Decize eine Puppe, die zum Glück nicht so teuer war wie eine Kuh. Von da nach Dreuzy konnten wir uns mit gutem Gewissen beeilen, soviel wir nur wollten, denn wir kamen nur durch ärmliche Dörfer, in denen die Bauern keine Lust zeigten, gegen Musikanten, die sie nichts angingen, freigebig zu sein.

Von Châtillon aus folgten wir dem Lauf des Kanals. Wie erinnerte mich das an die früheren Zeiten: die waldigen Ufer, das ruhig dahinfließende Wasser, die von Pferden gezogenen Boote! Das alles versetzte mich in die glücklichen Tage, die ich mit Mrs. Milligan und Arthur an Bord des »Schwans« verlebte. Wo mochte der »Schwan« jetzt sein? Wie oft fragte ich, wenn wir an einem Kanal entlangwanderten, ob nicht der »Schwan« vorbeigekommen war, aber nie erhielt ich die erhoffte Antwort. Gewiß war Arthur genesen und Mrs. Milligan mit ihm nach England zurückgekehrt. Während wir an den Ufern des Canal du Nivernais entlanggingen, bildete ich mir mehr als einmal ein, der »Schwan« käme auf uns zu, sobald ich nur von weitem ein von Pferden gezogenes Boot erblickte.

Der herbstlichen Jahreszeit wegen pflegten wir es so einzurichten, daß wir vor Einbruch der Nacht in den Dörfern eintrafen, in denen wir bleiben wollten. Aber sosehr wir auch das Ende unserer Wanderschaft beschleunigten, gelangten wir doch erst in tiefer Dunkelheit nach Dreuzy.

Tante Katharinas Mann wohnte als Schleusenmeister neben seiner Schleuse. Wir brauchten, um unser Ziel zu erreichen, nur dem Kanal zu folgen. Bald fanden wir das Haus, das am äußersten Ende des Dorfes in einer mit hohen Bäumen bepflanzten Wiese stand. Der Widerschein eines großen Feuers, das auf dem Herd brannte, erleuchtete das Fenster und warf bisweilen rote Strahlen auf unseren Weg.

Je näher wir kamen, desto heftiger schlug mir das Herz. Tür und Fenster waren geschlossen, aber durch das Fenster ohne Läden und Vorhänge sah ich Lisa an der Seite ihrer Tante am

Tisch sitzen, während ein Mann, wahrscheinlich ihr Onkel, vor ihr stand und uns den Rücken zuwandte.

»Sie essen zu Abend«, sagte Mattia, »das ist gerade der richtige Augenblick.« Ich hielt ihn, ohne zu sprechen, mit der einen Hand zurück, während ich Capi ein Zeichen machte, hinter mir zu bleiben und sich ruhig zu verhalten. Dann nahm ich meine Harfe zur Hand und schickte mich an zu spielen.

»Ach ja, ein Ständchen«, flüsterte Mattia.

»Nein, du nicht, ich allein«, sagte ich hastig und begann auf der Harfe mein neapolitanisches Lied, jedoch ohne zu singen, damit mich die Stimme nicht verrate. Schon bei den ersten Takten hob Lisa den Kopf, und ihre Augen leuchteten. Als ich nun auch zu singen anfing, sprang sie von ihrem Stuhl herunter und lief zu der Tür, so daß mir gerade noch Zeit blieb, Mattia meine Harfe zu geben, ehe Lisa in meinem Arm lag.

Wir gingen ins Haus, Tante Katharina begrüßte mich herzlich und wollte zwei Gedecke mehr auf den Tisch legen, als ich sie noch um ein drittes bat. »Wir haben eine kleine Gefährtin bei uns«, fügte ich hinzu, nahm die Puppe aus dem Ranzen und setzte sie auf den Stuhl neben Lisa.

Den Blick, den mir meine kleine Freundin zuwarf, habe ich nie vergessen. Ich sehe und fühle ihn noch heute.

Auf der Suche in Paris

Hätte ich nicht so schnell nach Paris aufbrechen müssen, so wäre ich wohl lange bei Lisa geblieben. Es gab so viel zu erzählen, und wir konnten uns durch die Sprache, der wir uns bedienen mußten, so wenig sagen.

Lisa berichtete mir über ihre Ankunft in Dreuzy. Ich erfuhr, daß ihr Onkel und ihre Tante, von deren fünf Kindern nicht ein einziges mehr am Leben war, sie sehr liebten und sie wie ihre eigene Tochter behandelten. Sie erzählte mir von ihrem Leben, ihren Beschäftigungen, ihren Spielen und Vergnügen: Fische fangen, Boot fahren, Spaziergänge in den großen Waldungen füllten ganz ihre Welt aus, da sie ja nicht in die Schule gehen konnte.

Ich meinerseits erzählte ihr meine Erlebnisse seit unserer Tren=
nung. Wie ich in der Grube beinahe ums Leben kam, wie ich
von meiner Pflegemutter hörte, daß meine Eltern nach mir
forschten, und ich daher meine Absicht, Etiennette zu besu=
chen, nicht ausführen konnte.

Natürlich war meine Familie, meine reiche Familie, der Haupt=
teil meiner Geschichte. Ich wiederholte Lisa meine Hoffnungen
und Pläne und malte mir in den lebhaftesten Farben aus, wie
glücklich wir alle werden würden, wenn sich meine Hoffnun=
gen verwirklichten.

Lisa besaß nicht Mattias frühreife Erfahrung und glaubte noch,
daß die Reichen glücklich sein müßten und das Geld ein Talis=
man sei, der einem, wie ein Feenmärchen, alles verschaffen
könne, was man nur wünsche. War ihr Vater nicht ins Ge=
fängnis geworfen und seine Familie nicht zerstreut worden,
weil er arm war? Ob der Reichtum ihr oder mir zufiel, blieb
sich gleich. Sie dachte nur daran, daß wir dann endlich alle
vereinigt, alle glücklich sein würden.

Manchmal saßen wir beisammen und unterhielten uns bei dem
Geräusch des durch die Schleusen stürzenden Wassers, manch=
mal schlenderten wir alle drei, Mattia, Lisa und ich, in den
umliegenden Waldungen umher — besser gesagt wir fünf, denn
Capi und die Puppe begleiteten uns auf allen unseren Ausflü=
gen.

Wenn es nicht zu feucht war, setzten wir uns abends vor dem
Haus nieder. War der Nebel aber zu dicht, so nahmen wir am
Herd Platz, und ich spielte Lisa auf der Harfe vor. Auch Mattia
gab wohl etwas auf der Geige zum besten; doch hörte Lisa
die Harfe lieber, was mich sehr stolz machte. Vor dem Schla=
fengehen mußte ich ihr mein neapolitanisches Lied vorsin=
gen.

Aber wir durften nicht lange verweilen, wir mußten Lisa ver=
lassen, um uns nach Paris auf den Weg zu machen. Für mich
war dies freilich kein so großer Kummer. Ich lebte mich der=
maßen in meine Träume ein, daß ich allmählich glaubte, ich
würde nicht nur eines Tages reich werden, sondern ich wäre
es schon jetzt und brauchte nur einen Wunsch zu äußern,
um ihn verwirklicht zu sehen.

»Ich werde dich in einem Wagen mit vier Pferden abholen«,
sagte ich Lisa beim Abschied, und sie glaubte mir so fest, daß
sie mit der Hand ein Zeichen machte, als treibe sie die Pferde

an; gewiß sah sie den Wagen schon ebenso deutlich wie ich selbst.

Bevor wir jedoch mit einem Vierspänner von Paris nach Dreuzy fuhren, mußten wir erst von Dreuzy nach Paris zu Fuß gehen. Wäre ich allein gewesen, so hätte ich mich bemüht, so rasch wie möglich voranzukommen und unterwegs nur das zum täglichen Unterhalt unumgänglich notwendige Geld zu verdie= nen. Wozu sich jetzt noch Mühe geben? Wir mußten weder eine Kuh noch eine Puppe mehr kaufen, und ich brauchte meinen Eltern doch wahrscheinlich kein Geld mitzubringen.

Aber Mattia ließ sich durch keinen dieser Gründe erweichen, sondern zwang mich, die Harfe zur Hand zu nehmen. »Laß uns verdienen, was wir verdienen können«, sagte er. »Wer weiß, ob wir Barberin gleich finden?«

»Finden wir ihn nicht gleich, so finden wir ihn eine Stunde später. Die Rue Mouffetard ist nicht lang.«

»Wenn er aber nicht mehr dort wohnt?«

»So gehen wir dorthin, wo er wohnt.«

»Wenn er aber mittlerweile nach Chavanon zurückgekehrt ist, müssen wir ihm schreiben und seine Antwort abwarten. Wo= von sollten wir unterdessen leben, wenn wir nichts in der Tasche haben? Man würde glauben, du weißt nicht mehr, was Paris ist. Hast du denn die Steinbrüche von Gentilly verges= sen?«

»Nein.«

»Nun also — ebensowenig habe ich vergessen, wie ich mich gegen die Mauer der St=Medardus=Kirche stützte, um nicht vor Hunger umzufallen. Ich will in Paris keinen Hunger lei= den! Darum laß uns arbeiten, als müßten wir eine Kuh für deine Eltern kaufen!«

Das war ein sehr vernünftiger Rat. Trotz alledem sang ich nicht mehr mit demselben Eifer wie zu der Zeit, als es sich darum handelte, die Sous für Mutter Barberins Kuh oder Lisas Puppe zu verdienen.

»Wie faul wirst du erst sein, wenn du reich bist!« seufzte Mattia.

Von Corbeil aus schlugen wir denselben Weg ein, den wir vor einem halben Jahr in umgekehrter Richtung machten, und gingen auch auf den Pachthof, wo wir zum erstenmal gemein= schaftlich der Hochzeitsgesellschaft zum Tanz aufspielten. Auch diesmal mußten wir dem jungen Paar, das uns sofort er=

kannte, einige Stücke zum besten geben. Man lud uns freund=
lich zum Abendessen ein und gab uns ein Nachtlager.

Am nächsten Morgen brachen wir nach Paris auf. Vor genau
sechs Monaten und vierzehn Tagen waren wir fortgewandert.
Doch wie war der Tag der Rückkehr von dem des Auszuges
verschieden! Die Luft war kalt und grau, keine Sonne leuch=
tete am Himmel, keine Blumen, kein Grün mehr an den Ab=
hängen der Landstraße. Die Sommersonne hatte ihre Arbeit
vollbracht, und statt der Kätzchen, die uns von den Mauern
auf den Kopf gefallen waren, trieb uns der Wind vertrocknete
Blätter ins Gesicht, die sich von den Bäumen lösten.

Aber was lag an dem trüben Wetter? Ich trug meine Freude
in mir. Mattia freilich wurde, je näher wir Paris rückten, um so
schwermütiger. Er wanderte häufig stundenlang, ohne ein
Wort zu sprechen.

Erst als wir uns nahe vor den Festungswerken zum Frühstück
niedersetzten, erfuhr ich, was ihn quälte.

»Weißt du, an wen ich jetzt denke?« fragte er mich.

»Nun?«

»An Garofoli. Wenn er aus dem Gefängnis entlassen ist? Als
ich damals hörte, er sei verhaftet, dachte ich nicht daran, zu
fragen, auf wie lange. Es ist wohl möglich, daß er seine Strafe
jetzt verbüßt hat und in seine Wohnung zurückgekehrt ist,
und gerade in Garofolis Viertel, fast vor seiner Tür, müssen
wir Barberin aufsuchen. Was wird geschehen, wenn uns der
Padrone zufällig begegnet? Er ist mein Herr, mein Onkel, und
darf mich mitnehmen, ohne daß ich mich weigern kann. Du
weißt, welche Angst ich davor habe, wieder in seine Gewalt
zu geraten. Oh, mein armer Kopf! Und wir könnten uns dann
gar nicht mehr sehen, und diese Trennung durch meine Fa=
milie wäre tausendmal schlimmer als die durch die deine.«

Vollständig von meinen Hoffnungen erfüllt, hatte ich gar nicht
an Garofoli gedacht. Jetzt sah ich ein, welcher Gefahr wir aus=
gesetzt waren.

»Was willst du tun?« fragte ich ihn. »Möchtest du lieber nicht
nach Paris?«

»Ich glaube, ich kann einer Begegnung mit Garofoli schon
ausweichen, wenn ich nicht in die Rue Mouffetard gehe.«

»Gut, dann gehe ich allein dahin, und wir können uns heute
abend irgendwo treffen«, entschied ich. Wir machten mit=
einander aus, uns um sieben Uhr auf der Seinebrücke gegen=

über der Notre=Dame=Kirche einzufinden, und brachen dann nach Paris auf.

Auf der Place d'Italie trennten wir uns, beide so bewegt, als sollten wir uns nicht wiedersehen. Während Mattia mit Capi dem Botanischen Garten zuging, wandte ich mich nach der nicht weit entfernten Rue Mouffetard.

Es war seit sechs Monaten das erste Mal, daß ich allein ohne Mattia und Capi war, und das gab mir ein unheimliches Ge= fühl. Doch ich durfte nicht den Kopf hängen lassen. Ich sollte Barberin wiederfinden und durch ihn meine Familie.

Die Namen und Adressen der Zimmervermieter, bei denen ich nach Barberin fragen sollte, waren auf einen Zettel ge= schrieben. Ich hatte sie mir aber so genau eingeprägt, daß ich ihn nicht zu Rate ziehen mußte. Die Leute hießen Pajot, Barrabaud und Chopinet.

Mein Weg die Rue Mouffetard hinunter führte mich zunächst zu Pajot. Ich trat mutig in eine im Erdgeschoß des Hauses ge= legene Trinkstube und fragte mit zitternder Stimme nach Bar= berin.

»Wer ist Barberin?«

»Barberin aus Chavanon.«

Dabei entwarf ich ein Bild von dem Barberin, wie ich mich seiner erinnerte, als er aus Paris zurückkam: derbes Gesicht, strenge Züge, trägt den Kopf auf die rechte Schulter geneigt.

»Wohnt hier nicht, kennen wir nicht!«

Ich dankte und ging ein wenig weiter zu Barrabaud, der Zim= mervermieter und zugleich Obsthändler war. Ich legte meine Fragen von neuem vor. Der Mann verkaufte eben Spinat, während die Frau wegen eines zuwenig herausgegebenen Sou in einer eifrigen Diskussion mit einer Kundin begriffen war. Es kostete viel Mühe, mich verständlich zu machen, und erst nachdem ich meine Frage dreimal wiederholte, erhielt ich eine Antwort.

»Ach ja, Barberin ... Der hat vor wenigstens vier Jahren bei uns gewohnt.«

»Fünf«, sagte die Frau, »er ist uns sogar noch eine Woche schuldig geblieben. Wo steckt denn der Lump?«

Das eben wollte ich wissen und ging enttäuscht und sehr be= unruhigt fort. Jetzt blieb mir nur noch Chopinet — an wen sollte ich mich wenden, wo Barberin suchen, wenn der auch nichts von ihm wußte?

Chopinet war Gastwirt, wie Pajot, und als ich in den Raum trat, der gleichzeitig als Küche und Speisezimmer diente, saßen mehrere Personen am Tisch. Ich trat auf Chopinet zu, der im Begriff war, seinen Gästen die Suppe zu servieren. Ich fragte wiederum nach Barberin.

»Barberin ist nicht mehr hier«, lautete die Antwort.

»Wo ist er denn?« fragte ich ängstlich.

»Das weiß ich nicht.«

Mir schwindelte, die Töpfe auf dem Herd schienen zu tanzen.

»Wo kann ich ihn denn aufsuchen?« stotterte ich endlich.

»Er hat keine Adresse zurückgelassen.«

Die Enttäuschung zeigte sich deutlich auf meinem Gesicht. Einer der Männer, die an einem Tisch beim Ofen saßen, fragte mich, warum ich Barberin suchte. Ich wollte ihm den wahren Grund nicht sagen und antwortete: »Ich komme aus Chavanon und bringe ihm Nachricht von seiner Frau.«

»Wenn Sie wissen, wo Barberin ist«, wandte sich der Wirt an ihn, »so können Sie es dem Jungen ruhig sagen. Der hat be= stimmt keine bösen Absichten.«

»Nein, sicher nicht!« rief ich. Ich faßte wieder neuen Mut. Nun erhielt ich die Auskunft, daß Barberin im Gasthof Cantel in der Passage d'Austerlitz wohnen müsse. Dort sei er wenig= stens noch vor drei Wochen gewesen.

Ich dankte und ging hinaus, aber ehe ich mich nach der Pas= sage d'Austerlitz begab, wollte ich Mattias wegen Nachrichten über Garofoli einziehen. Ich befand mich ganz nahe bei der Rue de Lourcine, und es waren nur einige Schritte bis zu dem Haus Garofolis. Wie an jenem Tag war auch jetzt derselbe alte Mann wie damals damit beschäftigt, Lumpen an der Hof= mauer aufzuhängen, als habe er, seit ich ihn gesehen, nichts anderes getan.

»Ist Herr Garofoli schon wieder zu Hause?« wandte ich mich an den Alten.

Er sah mich an und fing an zu husten. Er antwortete nicht. Ich mußte durchblicken lassen, daß ich wüßte, wo Garofoli sei, wenn ich etwas aus dem alten Lumpensammler heraus= bringen wollte. Ich fragte mit schlauer Miene: »Ist er noch immer da unten, und wissen Sie, wann er wiederkommt?«

»In drei Monaten.«

Garofoli noch drei Monate im Gefängnis! Da konnte Mattia aufatmen, denn bis zu der Zeit würden es meine Eltern dem

schrecklichen Padrone unmöglich gemacht haben, etwas ge=
gen seinen Neffen zu unternehmen.

Jetzt konnte ich wieder hoffen. Ich mußte Barberin im Gasthof
Cantel treffen und machte mich, voll freudiger Hoffnung und
gegen Barberin ganz nachsichtig gestimmt, nach der Passage
d'Austerlitz auf.

Wenn man durch den Botanischen Garten geht, so ist die
Entfernung von der Rue de Lourcine bis zu der Passage
d'Austerlitz nicht weit. Ich erreichte bald den Gasthof Cantel.
Es war ein erbärmliches, möbliertes Häuschen, dessen Zimmer
von einer alten, halbtauben Frau mit wackelndem Kopf ver=
mietet wurden.

Ich fragte nach Barberin. Die Alte legte die Hand an das Ohr
und bat mich, meine Frage zu wiederholen.

»Ich möchte Barberin, Barberin aus Chavanon, sprechen.
Wohnt er nicht bei Ihnen?«

Statt aller Antwort schlug sie die Hände über dem Kopf zu=
sammen, so daß die Katze, die auf ihrer Schulter schlief, er=
schrocken heruntersprang.

»Ach!« rief die Alte dann, sah mich genauer an als vorher
und fragte mich: »Sind Sie etwa der Junge?«

»Welcher Junge?«

»Nach dem er suchte.«

Nach dem er suchte — bei diesen Worten zog sich mir das
Herz zusammen.

»Barberin!« schrie ich auf.

»Er ist tot.«

Ich stützte mich auf meine Harfe.

»Er ist gestorben?« sagte ich mit heiserer Stimme.

»Vor acht Tagen, im Krankenhaus St=Antoine.«

Ich war wie zerschmettert; Barberin tot! Wie sollte ich meine
Familie nun finden?

»Sie sind also der Junge, nach dem er suchte, um ihn seiner
reichen Familie zurückzubringen?« fuhr die Alte fort.

»Wissen Sie . . .?« fragte ich, von einer schwachen Hoffnung
belebt.

»Er erzählte mir, daß er auf der Suche nach einem Kind sei,
das er aufgefunden und erzogen habe. Die Eltern des Kindes,
die bisher unbekannt waren, hätten begonnen, nach ihm zu
forschen.«

»Aber die Familie?« rief ich keuchend. »Meine Familie?«

»Dann sind Sie also der Junge? Ach, ja, Sie sind es, Sie sind es gewiß!« rief sie aus, starrte mich neugierig an und wackelte beständig mit dem Kopf.

»Sagen Sie mir doch alles, was Sie darüber wissen!«

»Ich weiß nichts anderes, als was ich Ihnen eben erzählt habe.«

»Ich meine, was Barberin Ihnen über meine Familie gesagt hat!«

Wieder hob sie die Hände gen Himmel und rief: »Ist das eine Geschichte!« Und zu einem Dienstmädchen gewandt, das in demselben Augenblick ins Zimmer trat, fuhr sie fort: »Ist das eine Geschichte! Dieser Junge, dieser junge Herr, den du da siehst, ist nämlich der, von dem Barberin gesprochen hat. Nun kommt er, und Barberin lebt nicht mehr! Ist das eine Ge= schichte!«

»Hat Barberin denn nie mit Ihnen über meine Familie ge= sprochen?« fragte ich ungeduldig.

»Über zwanzig=, über hundertmal — eine reiche Familie!«

»Wo wohnt sie? Wie heißt sie?«

»Ach, das ist es ja gerade, darüber sagte Barberin nie etwas. Er machte ein Geheimnis daraus, wissen Sie, denn er wollte die Belohnung für sich allein haben, der Schlaukopf.«

Ach ja, ich verstand nur zu gut, was die alte Frau meinte: Barberin nahm das Geheimnis meiner Geburt mit ins Grab, und ich war nur so nahe ans Ziel gelangt, es zu verfehlen. Wo blieben meine glänzenden Träume und meine schönen Hoffnungen!

»Kennen Sie denn keinen Menschen, dem Barberin mehr ge= sagt hat als Ihnen?« fragte ich die alte Frau.

»Barberin war nicht so dumm und viel zu argwöhnisch, sich irgendeinem anzuvertrauen.«

»Haben Sie niemals jemanden von meiner Familie zu ihm kommen sehen?«

»Nein.«

»Auch keinen seiner Freunde, mit denen er von meiner Fa= milie hätte sprechen können?«

»Er hatte keine Freunde.«

Ich stützte den Kopf in beide Hände, aber ich mochte nach= denken, soviel ich wollte, es bot sich mir nirgends ein An= haltspunkt. Außerdem war ich vor Verwirrung und Bestür= zung völlig unfähig, irgendeinen Gedanken zu verfolgen.

Nach langer Überlegung kam die alte Frau endlich damit her=
aus, daß Barberin einmal einen eingeschriebenen Brief erhalten
hatte. Der Briefträger übergab ihn Barberin eigenhändig, und
so konnte sie den Poststempel nicht sehen. Sie wüßte nicht,
woher das Schreiben gekommen sei.

»Ist der Brief denn nicht wieder aufzufinden?« warf ich ein.

»Gleich, nachdem Barberin gestorben war, durchsuchten wir
seine Sachen. Gewiß nicht aus Neugier, das dürfen Sie glau=
ben, sondern um seiner Frau Nachricht zu geben. Aber es
fand sich nichts, im Krankenhaus ebensowenig. Er hinterließ
gar keine Papiere. Wüßten wir nicht, daß er aus Chavanon
war, so hätte man nicht einmal seine Frau von dem Todes=
fall in Kenntnis setzen können.«

»Weiß es denn Mutter Barberin?«

»Ja, gewiß!«

Ich stand lange sprachlos. Was sollte ich auch sagen, wonach
fragen? Diese Leute berichteten alles aufrichtig, was sie von
Barberin wußten. Sie waren ahnungslos, obwohl sie offenbar
alles mögliche versucht hatten, um zu erfahren, was er vor
ihnen zu verbergen suchte.

Ich dankte und ging nach der Tür.

»Wohin so eilig?« fragte die Alte.

»Ich will meinen Freund aufsuchen.«

»Ah, Sie haben einen Freund?«

»Ja freilich.«

»Wohnt er in Paris?«

»Wir sind heute morgen zusammen hier angekommen.«

»Nun, falls Sie noch keine Unterkunft haben, können Sie hier
wohnen. Sie sind da gut aufgehoben, das kann ich wohl sa=
gen, und in einem guten Haus. Ihre Familie wird bestimmt
bei mir nachfragen, wenn sie nichts mehr von Barberin hört.
Wo sollte man Sie auch sonst finden? Sie können sie dann
gleich hier empfangen. Ich meine es gut mit Ihnen.«

Der Gasthof Cantel war eines der schmutzigsten und erbärm=
lichsten Häuser, die ich je gesehen hatte, aber der Vorschlag
der alten Frau war zu überlegen. Ich beschloß daher im Gast=
hof Cantel zu bleiben, und erkundigte mich bei der Alten, wie
hoch sie ein Zimmer für meinen Freund und mich berech=
nete.

»Zehn Sous den Tag. Ist das zu teuer?«

»Gut, wir kommen heute abend beide hierher.«

»Kommen Sie zeitig, bei Nacht ist es in Paris nicht gut, auf der Straße zu sein!«

Es war noch lange bis zu der mit Mattia verabredeten Stunde. Ich wußte nicht, was inzwischen beginnen, und wanderte trau= rig in den Botanischen Garten, wo ich mich in einem entlegenen Winkel auf eine Bank setzte. Ich war müde und verzweifelt.

Alle meine Hoffnungen waren so plötzlich, so unerwartet zer= brochen! Es war ein Verhängnis, daß Barberin gerade jetzt sterben mußte und in seiner Geldgier diese ganze Angelegen= heit mit der größten Heimlichkeit betrieb.

Ich irrte auf den Kais umher und sah den Strom vorüberflie= ßen, bis der Abend hereinbrach und die Gasflammen ange= zündet wurden. Dann wandte ich mich nach der Notre=Dame= Kirche, deren beide Türme sich schwarz am purpurfarbenen Himmel abzeichneten, setzte mich auf eine Bank und begann zu grübeln. Noch nie zuvor war ich so gebrochen, so völlig erschöpft gewesen. In mir, um mich herum war alles düster. Ich fühlte mich in diesem großen, von Licht, Lärm und Bewe= gung erfüllten Paris verlassener, als ich mich inmitten der Felder oder Wälder jemals gefühlt hatte.

Bisweilen blickten sich die Vorübergehenden forschend nach mir um: Aber was kümmerte mich ihr Mitleid, ihre Neugier? Auf die Teilnahme Fremder hoffte ich nicht. Meine einzige Zerstreuung bestand darin, die Stunden zu zählen, die die Uhren um mich her schlugen, und danach zu berechnen, wie lange ich noch warten müßte, ehe ich aus Mattias Freundschaft Mut und Kraft schöpfen könnte. Welch ein Trost für mich, daß ich bald in seine guten, sanften Augen sehen würde!

Kurz vor sieben Uhr hörte ich ein lustiges Bellen und erblickte in der Dämmerung etwas Weißes. Ehe ich mich noch recht besinnen konnte, war mir Capi auf die Knie gesprungen und leckte mir die Hände. Ich drückte ihn liebevoll an mich.

Bald kam auch Mattia zum Vorschein.

»Nun?« schrie er mir von weitem zu.

»Barberin ist tot.«

Mattia fing an zu laufen, um schneller zu mir zu gelangen. Ich erzählte ihm kurz von meinem Mißerfolg. Auch er war sehr bekümmert, und es tat mir wohl, ihn so betrübt zu sehen. Ich wußte, daß er den Augenblick, in dem ich meine Familie wiederfinden würde, fürchtete. Trotzdem wünschte er es in meinem Interesse. Er tröstete mich und sprach mir Mut zu.

»Es wird deine Eltern beunruhigen, plötzlich nichts mehr von Barberin zu hören«, meinte er. »Sie werden sich erkundigen, was aus ihm geworden ist, und sich dabei selbstverständlich an den Gasthof Cantel wenden. Es kann nur ein paar Tage länger dauern.«

Dasselbe sagte die alte Frau mit dem wackelnden Kopf auch. In Mattias Mund gewannen diese Worte eine ganz andere Bedeutung für mich, ich schalt mich selbst wegen meiner kindischen Verzweiflung.

Als ich ein wenig ruhiger geworden war, erzählte ich Mattia, was ich von Garofoli wußte. »Noch drei Monate!« jubelte er und fing mitten auf der Straße zu tanzen an. Aber ebenso plötzlich hielt er inne und sagte: »Wie verschieden doch unsere Familien sind! Du verzweifelst, weil du die deine verloren glaubst, und ich singe, weil die meine verloren ist.«

»Ein Onkel ist doch keine Familie, am allerwenigsten ein solcher Onkel wie Garofoli. Würdest du tanzen, wenn du deine kleine Schwester Christina verloren hättest?«

»Sag das nicht!«

»Siehst du wohl?«

Wir gelangten über die Kais in die Passage d'Austerlitz. Erst jetzt sah ich, wie schön die Seine war, die im Licht des Vollmondes breit dahinfloß.

Ein rechtschaffenes Haus mochte der Gasthof Cantel sein — schön war er nicht. Unser Dachkämmerchen war so eng, daß immer einer auf dem Bett sitzen mußte, wenn der andere stehen wollte. Wie sehr hatte ich gehofft, diese Nacht in einem ganz anderen Zimmer zu verbringen! Das Käsebrot, das wir nun verzehrten, glich nur wenig der Festmahlzeit, zu der ich Mattia einzuladen gedachte.

Aber noch war nicht alles verloren. Ich brauchte nur zu warten, und mit diesem Gedanken schlief ich ein.

Die Reise nach England

Den nächsten Tag begann ich damit, Mutter Barberin meine Erlebnisse zu schreiben. Das war keine leichte Aufgabe, ich konnte ihr doch nicht kurz melden, daß ihr Mann gestorben war. Sie hing an ihrem Jérôme; es mußte sie schmerzen, wenn ich keinen Anteil an ihrem Kummer nahm. Ich berichtete ihr auch über meine Enttäuschung und meine gegenwärtigen Hoff= nungen und bat sie, mich zu benachrichtigen, falls sich meine Familie an sie wendete, um Erkundigungen über Barberin ein= zuziehen. Ich ersuchte sie, mir vor allen Dingen die Adresse, die man ihr geben würde, nach Paris in den Gasthof Cantel zu schicken.

Nach Beendigung dieses Briefes suchte ich Vater Acquin auf. Ich hatte Lisa in Dreuzy versprochen, mein erster Gang sollte zu ihrem Vater führen. Ich hatte ihr gesagt, ich würde meine reichen Eltern bitten, seine Schuld zu bezahlen, um ihn aus dem Gefängnis zu befreien. Das war die erste von all den Freuden, die mir der Reichtum gewähren sollte — nun mußte ich mit leeren Händen kommen, ebenso unfähig, dem Vater zu nützen und ihm meinen Dank zu beweisen, wie ich es war, als ich ihm Lebewohl gesagt hatte.

Mattia wollte gern einmal ein Gefängnis sehen. Auch mir lag daran, daß er Acquin, der mir über zwei Jahre wie ein Vater gewesen war, kennenlernte. Ich wußte jetzt, wie man es ma= chen mußte, um in das Gefängnis von Clichy eingelassen zu werden. Ich brauchte diesmal nicht so lange vor der schweren Tür zu stehen wie bei meinem ersten Besuch. Wir wurden gleich in das Sprechzimmer geführt. Bald darauf trat auch der Vater ein und streckte mir schon auf der Schwelle die Arme entgegen.

»Mein guter Junge, mein braver Remi!« rief er und drückte mich an seine Brust. Ich erzählte nun von Lisa und Alexis. Er aber fragte: »Und deine Eltern?«

»Wissen Sie denn davon?« fragte ich verwundert. Da hörte ich, Barberin sei etwa vor vierzehn Tagen bei ihm gewesen. Von seinem Tod wußte Vater Acquin noch nichts.

»Das ist sehr schlimm!« sagte der Vater, als ich ihm davon erzählte.

Er berichtete, was er wußte.

Barberin ging zuerst zu Garofoli. Er traf ihn aber nicht an, sondern mußte ihn in seinem Gefängnis in der Provinz auf= suchen. Von dem Padrone hörte er, daß ich nach Vitalis' Tod von einem Gärtner Acquin aufgenommen wurde. Er ging also wieder nach Paris, nach der Glacière hinaus. Dort sagte man ihm, der Vater wäre im Gefängnis in Clichy. Er kam endlich

zu Vater Acquin und erfuhr nun, daß ich Frankreich durch=
wanderte. Ich käme bestimmt von Zeit zu Zeit zu einem seiner
Kinder. Barberin schrieb nach Dreuzy, Varses, Esnandes und
St=Quentin. Da ich in Dreuzy keine Nachricht bekam, so
mußte der Brief erst nach mir dort eingetroffen sein.
»Und was sagte Ihnen Barberin von meiner Familie?« fragte
ich.
»Nichts, oder doch nur sehr wenig. Deine Eltern entdeckten
bei dem Polizeikommissar des Invalidenviertels, daß das in der
Avenue de Breteuil ausgesetzte Kind von einem Steinhauer aus
Chavanon namens Barberin aufgenommen worden war. Sie
fuhren nach Chavanon zu Barberin. Du warst aber nicht mehr
dort, und so baten sie Barberin, ihnen beim Suchen behilflich
zu sein.«
»Sagte er Ihnen nicht, wie sie heißen und woher sie sind?«
»Als ich ihn danach fragte, erwiderte er, das würde ich später
erfahren. Ich merkte wohl, daß er den Namen deiner Eltern
verschwieg, um die Belohnung für sich allein zu bekommen.
Barberin bildete sich ein, auch ich würde mich bezahlen las=
sen wollen. Ich fertigte ihn kurz ab und sah ihn seitdem nicht
wieder. Jetzt weißt du zwar, daß deine Eltern noch leben, aber
du weißt weder wer noch wo sie sind.«
Ich erzählte ihm von meinen Hoffnungen. Er meinte darauf:
»Du hast recht. Wenn deine Eltern Barberin in Chavanon ent=
deckt haben, werden sie auch dich im Gasthof Cantel finden —
bleibe nur ruhig dort!«
Ich gewann wieder etwas Lebensmut.
Als wir auf der Straße standen, sagte Mattia: »Wir müssen
jetzt gleich etwas Geld verdienen.«
»Hätten wir uns auf unserer Wanderung von Chavanon nach
Dreuzy und von da nach Paris nicht so lange mit dem Geld=
verdienen aufgehalten, so würden wir Barberin noch am Leben
getroffen haben.«
»Da hast du recht. Aber ich mache mir selbst so viele Vor=
würfe darüber, daß du das nicht auch tun sollst.«
»So war das nicht gemeint, Mattia. Ohne dich hätte ich Lisa
die Puppe nicht schenken können, und wir säßen jetzt ohne
einen Sou in Paris.«
»Vielleicht habe ich diesmal wieder recht. Während wir auf
eine Nachricht von deinen Eltern warten, können wir arbeiten.
Ich kenne in Paris die guten Gegenden.«

Die kannte er so genau, daß wir am Abend mit einer Ein=
nahme von vierzig Franken heimkamen.

Als wir am nächsten Abend wieder mit elf Franken heim=
kehrten, sagte er lachend: »Werden wir nicht bald durch deine
Eltern reich, so werden wir es durch uns selbst; das wäre
prächtig!«

Drei Tage vergingen, ohne daß die Wirtin auf meine stets
gleichlautenden Fragen etwas anderes erwiderte als ihr ewiges:
»Niemand hat nach Ihnen oder Barberin gefragt. Ich habe
keinen Brief für Sie oder Barberin erhalten.« Am vierten Tag
überreichte sie mir endlich einen Brief, Mutter Barberins Ant=
wort! Die gute Alte ließ mir, da sie selbst weder lesen noch
schreiben konnte, durch den Pfarrer von Chavanon mitteilen,
sie sei von dem Tod ihres Mannes in Kenntnis gesetzt wor=
den, habe aber kurz vorher noch einen Brief von Barberin
bekommen, den sie mit einlege.

»Schnell, schnell, Barberins Brief!« rief Mattia, und mit zit=
ternder Hand und klopfendem Herzen öffnete ich folgendes
Schreiben und las es laut vor:

»Meine liebe Frau!

*Ich liege im Krankenhaus und bin so elend, daß ich wohl nicht
wieder aufstehen werde. Hätte ich genug Kraft, so würde ich
Dir erzählen, wie das gekommen ist. Aber da es doch nichts
helfen kann, ist es besser, gleich zum Dringendsten überzuge=
hen. Ich wollte Dir also sagen, daß Du an Greth and Galley,
Green Square, Lincoln's Inn in London, schreiben mußt, falls
ich nicht davonkomme. Das sind Rechtsanwälte, die Remis
Wiederauffindung betreiben. Sag ihnen, Du allein bist im=
stande, ihnen Auskunft über das Kind zu geben, und sorge
dafür, daß Dir diese Auskunft gut bezahlt wird. Das Geld muß
Dir ein sorgenfreies Alter verschaffen. Was aus Remi geworden
ist, wirst Du hören, wenn Du Dich an einen Mann namens
Acquin wendest, der früher Gärtner in der Glacière war und
jetzt im Gefängnis von Clichy sitzt. Laß all Deine Briefe vom
Herrn Pfarrer schreiben, denn Du darfst in dieser Angelegen=
heit niemand anderem vertrauen, und unternimm nichts, ehe
Du weißt, daß ich tot bin.*

Ich küsse Dich zum letztenmal.

Barberin.«

Kaum war ich an das letzte Wort gelangt, als Mattia mit einem Satz in die Höhe sprang und ausrief: »Vorwärts, nach Lon= don!«

Voll Verwunderung sah ich ihn an, ohne recht zu begreifen, was er sagte.

»Wenn englische Rechtsanwälte mit den Nachforschungen nach dir beauftragt sind, wie in Barberins Brief steht, so sind deine Eltern jedenfalls Engländer, nicht wahr?«

»Aber . . .«

»Ist es dir unangenehm, Engländer zu sein?«

»Ich hätte gern dasselbe Vaterland gehabt wie Lisa und ihre Geschwister.«

»Wenn es nach mir ginge, müßtest du Italiener sein.«

»Wenn ich Engländer bin, komme ich aus demselben Land wie Arthur und Mrs. Milligan.«

»Du bist ganz sicher Engländer. Können deine Eltern, wenn sie englische Rechtsanwälte damit beauftragen, in Frankreich nach dem verlorenen Kind zu forschen, Franzosen sein? Da du Engländer bist, müssen wir nach England gehen, das ist der sicherste Weg, dich deinen Eltern näher zu bringen.«

»Sollte ich nicht an diese Rechtsanwälte schreiben?«

»Wozu? Man verständigt sich weit besser durch Sprechen als durch Schreiben. Wir haben von einundfünfzig Franken acht ausgegeben, es bleiben uns also noch dreiundvierzig Fran= ken, und das ist mehr, als wir zur Reise nach London brau= chen. Man schifft sich in Boulogne ein, die Überfahrt kostet nicht viel.«

»Warst du denn schon in London?«

»Nein, das weißt du ja, aber im Zirkus Gassot waren zwei englische Clowns, die mir viel von London erzählten. Die brachten mir ein paar englische Worte bei, damit wir mit= einander sprechen konnten, ohne daß uns Mutter Gassot ver= stand. Ich bringe dich nach London!«

»Ich habe bei Vitalis auch Englisch gelernt. Vorwärts, nach London!«

Zwei Minuten später waren unsere Ranzen geschnallt, und wir begaben uns reisefertig hinunter.

Als die Wirtin uns so gerüstet sah, brach sie in laute Klagen aus: Ob denn der junge Herr nicht auf seine Eltern warten wolle! Das wäre ja viel vernünftiger. Außerdem würden die Eltern dann doch sehen, wie gut für den jungen Herrn ge=

sorgt wurde. Aber all diese schönen Reden konnten mich nicht zurückhalten, und ich bezahlte unsere Rechnung.

»Aber Ihre Adresse?« fing die Alte wieder an. Ich schrieb ihr meine Adresse in das Buch. Es konnte von Nutzen sein, wenn uns eine Mitteilung zu machen wäre.

»In London!« schrie sie entsetzt auf. »Zwei Kinder auf dem Meer nach London!«

Bevor wir nach Boulogne aufbrachen, wollten wir Vater Acquin noch Lebewohl sagen. Aber diesmal war der Abschied kein trauriger: der Vater freute sich, daß ich nun bald mit meiner Familie vereinigt sein würde, und ich versicherte ihm, daß ich so schnell wie möglich mit meinen Eltern wiederkehren würde, um ihm zu danken.

»Auf baldiges Wiedersehen, mein Junge! Und kommst du nicht so schnell zurück, wie du möchtest, so schreib mir!«

»Ich komme!«

Wir wanderten noch an demselben Tag ohne Aufenthalt bis Moisselles und übernachteten in einem Pachthof. Es war nun unsere erste Sorge, das Geld für die Überfahrt zu sparen. Mattia behauptete wohl, daß es nicht viel kostete, aber wie hoch dieses »Nicht viel« sein würde, wußten weder er noch ich.

Unterwegs lehrte mich Mattia so viele englische Wörter, wie ich nur behalten konnte. Die Frage, ob meine Eltern Franzö=sisch oder Italienisch sprachen, beschäftigte mich sehr und be=einträchtigte meine Freude. Daran hatte ich bisher nicht ge=dacht, wenn ich mir meine Rückkehr in das väterliche Haus in den glühendsten Farben ausmalte. Wie sollten wir uns ver=ständigen, wenn die Meinen nur Englisch sprachen! Was sollte ich meinen Geschwistern sagen! Mußte ich ihnen nicht ein Fremder bleiben, solange ich nicht mit ihnen reden könnte? Noch dazu schien mir das Englische, obwohl mir Vitalis die Anfangsgründe beigebracht hatte, eine sehr schwere Sprache zu sein. Ich brauchte gewiß lange, um es zu erlernen.

Um unser Kapital zu ergänzen, gaben wir Vorstellungen in allen bedeutenden Städten, die an unserem Wege lagen. So befanden sich von Paris bis Boulogne noch zweiunddreißig Franken in unserer Börse, weit mehr, als zur Bezahlung der Überfahrt erforderlich war.

Der Dampfer nach London ging am nächsten Morgen um vier Uhr ab. Um halb vier waren wir an Bord, suchten hinter einem

Haufen Kohlen Schutz vor dem feuchtkalten Nordwind und machten es uns so bequem wie möglich.

Wir sahen, wie das Schiff bei dem Schein einiger qualmender Laternen seine Ladung einnahm. Die Blöcke knarrten, die Kisten krachten, als sie in den Schiffsraum hinuntergelassen wurden, und die Matrosen warfen einander von Zeit zu Zeit einige Worte zu. Es war ein unbeschreibliches Durcheinander, das von dem Brausen des Dampfes, der in kleinen, weißen Flocken aus der Maschine entwich, noch übertönt wurde. Jetzt schlug eine Glocke an, die Ankertaue fielen ins Wasser: wir waren unterwegs, auf dem Weg nach meinem Vater= land.

Ich erzählte Mattia oft, es gäbe nichts Schöneres als eine Fahrt auf dem Wasser. Das Schiff gleite unmerklich dahin — es wäre wie ein Traum. Dabei dachte ich natürlich an den »Schwan« und unsere Reise auf dem Canal du Midi. Aber die See ist kein Kanal, und kaum befanden wir uns außerhalb des Hafens, als das Boot in das Meer versinken zu wollen schien. Dann schnellte es empor und senkte sich wieder in die Tiefe. Das wiederholte sich vier= bis fünfmal hintereinander, als säßen wir in einer ungeheuren Schaukel. Der Dampf ent= wich mit durchdringendem Geräusch, dann trat plötzlich eine Art Stille ein, und man hörte nur noch die Räder bald von der einen, bald von der anderen Seite ins Wasser schlagen, je nach der Neigung des Schiffes.

»Dein Gleiten ist ganz allerliebst«, brummte Mattia, ohne daß ich ihm etwas zu entgegnen wußte. Die See ging bald so hoch, daß sie den Dampfer beständig hin und her schleuderte wie einen Ball. Mattia sprach schon längere Zeit kein Wort und stand nun plötzlich auf.

»Was ist dir?« fragte ich ihn.

»Es schaukelt so stark, mir wird schlecht.«

»Das ist die Seekrankheit.«

»Zum Kuckuck, das merke ich!«

Der arme Mattia! Wie er krank war! Ich nahm ihn in die Arme und stützte seinen Kopf gegen meine Brust. Es wurde ihm aber nicht besser. Er stöhnte und stand von Zeit zu Zeit auf, um sich an die Reling zu lehnen. Dann kam er wieder zurück, um sich von neuem an mich zu drücken, und drohte mir da= bei jedesmal mit der Faust, indem er halb lächelnd, halb ärger= lich sagte: »O diese Engländer!«

Beim Grauen des Tages, eines bleichen, nebeligen Tages ohne Sonnenschein, sahen wir hohe weiße Felsenriffe und vor uns stilliegende Fahrzeuge ohne Segel. Allmählich ließ auch das Schwanken nach, so daß unser Schiff auf dem ruhigen Wasser fast so sanft dahinglitt wie auf einem Kanal. Ganz in der Ferne erblickte man durch den dichten Nebel zu beiden Seiten bewaldete Ufer. Wir waren nicht mehr auf hoher See, sondern in der Themse, und ich kündigte Mattia triumphierend an: »Nun sind wir in England!«

Er streckte sich der Länge nach auf dem Verdeck aus und antwortete nur: »Laß mich schlafen!«

Ich legte Mattia so gut zurecht, wie es ging, stieg auf die Kisten und setzte mich nieder, Capi zwischen den Beinen.

Von hier aus übersah ich den Fluß und konnte ihn in seinem ganzen Lauf von jeder Seite, stromauf= wie stromabwärts, verfolgen.

Eine ganze Flotte lag auf dem Fluß vor Anker, Dampf= und Schleppschiffe liefen inmitten der Flotte hin und her. Welch eine Unzahl von Fahrzeugen und Segeln! Ich hatte nicht geahnt, daß ein Fluß so belebt sein könne. Wenn ich schon über die Garonne in Staunen geraten war, so erregte die Themse meine Bewunderung im höchsten Grad. Einige Schiffe wurden gerade segelfertig gemacht, und die Matrosen kletterten im Mastwerk auf Strickleitern umher, die von weitem so fein aussahen wie Spinngewebe.

Bald begannen sich zu beiden Seiten der Themse die Häuser in langen roten Reihen auszubreiten, die Luft verdunkelte sich, Rauch und Nebel vermischten sich, ohne daß man unterscheiden konnte, welcher von beiden dichter war. Statt baumgeschmückter Wiesen nahm man einen plötzlich auftauchenden Wald von Masten wahr. Dort waren die großen Docks, in denen die Schiffe überwinterten oder zum Ausbessern lagen. Kanäle, ebenfalls von zahlreichen Schiffen belebt, mündeten in den Fluß.

Nun ertrug ich es nicht länger, ich kletterte von meiner Warte herunter und holte Mattia. Die Seekrankheit war vorüber, seine Laune war nicht mehr so schlecht wie vorhin, so daß er mit mir auf die Kisten stieg. Auch er war wie geblendet und rieb sich verwundert die Augen.

Leider verdichteten sich die Nebel und der Rauch immer mehr; man konnte immer weniger klar sehen, je weiter man kam.

Endlich verlangsamte das Schiff seinen Lauf, die Maschine stand still. Taue wurden ans Ufer geworfen. Wir waren in London und schifften uns aus, von Leuten umstanden, die uns neugierig betrachteten, aber nicht mit uns sprachen.

»Nun ist der Augenblick gekommen, dein Englisch zu zeigen«, bemerkte ich. Mattia war nicht schüchtern, er ging sofort auf einen großen, rotbärtigen Mann zu und fragte ihn höflich, welche Richtung man einschlagen müsse, um nach Green Square zu gelangen.

Es kam mir vor, als würde Mattia ziemlich viel Zeit brauchen, sich mit dem Mann zu verständigen. Aber ich wollte nicht den Anschein erwecken, als zweifelte ich an dem Wissen meines Freundes. Endlich kam er mit dem Bescheid zurück, daß der Weg ganz leicht zu finden wäre, man brauche nur längs der Themse zu gehen.

Wir kamen nur langsam weiter. Von Zeit zu Zeit fragte Mattia einen Vorübergehenden, ob wir noch weit von Lincoln's Inn entfernt wären. Er sagte mir schließlich, wir würden bald unter einem großen Torweg durchgehen müssen. Das kam mir höchst wunderlich vor. Ich war fest überzeugt, daß er die Leute falsch verstanden hatte, wollte ihm das aber nicht sagen. Doch siehe da, er hatte sich nicht geirrt, denn wir kamen richtig an einen Bogengang mit zwei kleinen Seitentoren, der quer über die Straße ging: das war Temple Bar. Wieder fragten wir nach dem Weg und erhielten die Weisung, rechts zu gehen.

Nun waren wir mit einem Schlag aus den großen, geräuschvollen Straßen in ein wahres Labyrinth stiller, winziger, sich unablässig ineinander verschlingender Gassen versetzt. Uns war, als würden wir uns im Kreise herumdrehen, ohne weiterzukommen. Aber in demselben Augenblick, als wir uns verirrt zu haben glaubten, standen wir vor einem kleinen Friedhof, dessen Denksteine so schwarz aussahen, als wären sie mit Ruß oder schwarzem Firnis angestrichen. Das war Green Square.

Während Mattia wieder einen vorübergehenden Schatten nach der Richtung fragte, stand ich still, um das ungestüme Klopfen meines Herzens zu beruhigen. Ich konnte kaum noch atmen und zitterte am ganzen Leib . . .

Ich folgte Mattia. »Greth and Galley« lasen wir an dem Haus, das gerade vor uns aus dem Nebel auftauchte.

Mattia wollte auf die Glocke drücken, doch ich fiel ihm in den Arm.

»Was ist dir?« fragte er. »Du bist ja ganz blaß.«

»Warte noch einen Augenblick. Ich muß mich erst ein wenig erholen.« —

Er klingelte, wir traten ein und befanden uns in einem gro=ßen Zimmer, wo zwei oder drei über Tische gebeugte Personen bei dem Schein von summenden Gasflammen schrieben. Ich war so erregt, daß ich nichts deutlich unterscheiden konnte.

Mattia, den ich gebeten hatte, für mich zu sprechen, wandte sich an einen dieser Leute. Er erklärte, ich sei der Junge, nach dem Barberin im Auftrag seiner Familie suchen solle. Die Aus=drücke »boy«, »family« und »Barberin« kehrten im Laufe seiner Rede mehrmals wieder. Der Name Barberin tat seine Wirkung: man sah uns genauer an, und der Herr, mit dem Mattia sprach, stand auf, um uns eine Tür zu öffnen.

Wir traten in einen Raum voller Bücher und Papiere. Vor dem Schreibtisch saß ein Herr; ein anderer, in Robe und Perücke und mehrere blaue Aktenstücke in der Hand, unterhielt sich mit ihm. Der Kanzlist erläuterte in kurzen Worten, wer wir seien, worauf uns die beiden Herren von Kopf bis Fuß musterten. Der vor dem Schreibtisch fragte auf französisch, wer von uns beiden das von Barberin aufgezogene Kind sei.

Wie ich Französisch hörte, faßte ich Mut. Ich trat einen Schritt vor und entgegnete: »Ich bin es, Monsieur!«

»Wo ist Barberin?«

»Er ist gestorben.«

Die beiden Herren sahen sich einen Augenblick an, danach ging der Perückenträger mit seinen Aktenstücken hinaus.

»Wie seid ihr denn hergekommen?« fragte der Herr vom Schreibtisch.

»Bis Boulogne zu Fuß, von da nach London zu Schiff. Wir sind erst seit einer Stunde hier.«

»Hat euch Barberin das Reisegeld gegeben?«

»Wir haben ihn nicht gesehen.«

»Woher habt ihr denn erfahren, daß ihr hierherkommen müßtet?«

Ich gab die verlangte Auskunft so kurz wie möglich. Auch ich wollte gern einige Fragen stellen, besonders eine, die mir auf den Lippen brannte. Aber man ließ mir keine Zeit dazu. Ich mußte über mein bisheriges Leben berichten, und während ich sprach, machte sich der Herr fortwährend Notizen. Er sah mich dabei auf eine sehr unangenehme Art an. Er hatte ein abstoßendes Gesicht und etwas Arglistiges im Lächeln.

»Wer ist dieser Junge?« forschte er weiter und wies mit der Spitze seiner Stahlfeder auf Mattia, als wollte er einen Pfeil nach ihm abschießen.

»Mein Freund und Bruder.«

»Eine auf der Landstraße gemachte Bekanntschaft, nicht wahr?«

»Er ist der beste Bruder der Welt.«

»Oh, das bezweifle ich nicht.«

»Wohnt meine Familie in England, Monsieur?«

»Allerdings, sie wohnt in London, wenigstens in diesem Augenblick.«

»Also werde ich sie sehen?«

»Du wirst sehr bald dort sein, ich will euch hinführen lassen.« Er drückte auf einen Knopf.

»Bitte, Monsieur!« rief ich mit zitternder Stimme, kaum fähig, das Wort über die Lippen zu bringen. »Habe ich noch einen Vater?«

»Nicht nur einen Vater, sondern auch eine Mutter und Geschwister.«

»Wirklich?«

Meine Rührung wurde kurz unterbrochen. Die Tür öffnete sich. Der Anwalt gab dem Kanzlisten den Auftrag, uns zu meinen Eltern zu führen. Ich konnte Mattia nur durch einen Schleier von Tränen anblicken.

»Ach, ich vergaß. Du heißt Driscoll«, sagte der Anwalt, nachdem ich bereits aufgestanden war. »Das ist der Name deines Vaters.«

Ich glaube, ich wäre ihm trotz seines abstoßenden Äußern um den Hals gefallen, wenn er mir Zeit dazu gelassen hätte, aber er zeigte nach der Tür, und wir gingen fort.

Der Schreiber, der uns zu den Meinen bringen sollte, war ein kleiner, älticher Mann mit pergamentfarbigem, runzligem Gesicht. Er trug einen schwarzen, abgeschabten, vor Alter glänzenden Rock und eine weiße Halsbinde. Sobald wir draußen waren, rieb er sich die Hände, ließ Hand- und Fußgelenke knaken, steckte die Nase in die Luft und atmete den Nebel mit der ganzen Glückseligkeit eines Menschen ein, der lange eingeschlossen gewesen ist.

»Er findet, daß das gut riecht«, bemerkte Mattia auf italie=
nisch.

Der alte Mann sah uns an, und so als wären wir ein paar
Hunde, machte er uns, ohne ein Wort zu sagen, »pst pst!« zu,
um uns zu bedeuten, daß wir ihm auf den Fuß folgen und ihn
nicht verlieren sollten.

Nach kurzer Wanderung gelangten wir in eine breite Straße.
Der Alte rief einen der dort wartenden Mietwagen an, dessen
Kutscher, anstatt unmittelbar hinter dem Pferd auf einem Bock
zu sitzen, hoch in der Luft hinter dem Wagen thronte. Der alte
Mann stieg mit uns in dies wunderliche Fuhrwerk und begann
durch ein Guckfensterchen in der Decke ein Gespräch mit dem
Kutscher, bei dem der Name Bethnal Green mehrfach wieder=
kehrte, offenbar die Bezeichnung des Stadtviertels, wo meine
Eltern wohnten. »Green« war, wie ich genau wußte, das eng=
lische Wort für »grün«. Also nahm ich an, wir würden nun=
mehr in einen mit schönen Bäumen bepflanzten Teil Londons
kommen, und freute mich schon im voraus darauf. Welch
wohltuender Gegensatz mußte ein solches Viertel zu den düste=
ren Straßen bilden, die wir seit unserer Ankunft durchwandert
hatten, wie schön würde sich ein von Bäumen umgebenes Haus
in der großen Stadt ausnehmen!

Die Auseinandersetzung zwischen unserem Führer und dem
Kutscher währte ziemlich lange. Bald reckte sich der eine nach
dem Guckfenster hinauf, um Erläuterungen zu geben, bald
schien sich der andere von seinem Sitz herabstürzen zu wollen,
um zu erklären, daß er durchaus nicht verstehen könnte, was
man von ihm wollte.

Mattia und ich drückten uns in eine Ecke. Capi lag mir zwi=
schen den Beinen, und ich wunderte mich im stillen darüber,
daß der Kutscher ein so schönes Wohnviertel, wie Bethnal
Green unzweifelhaft war, nicht zu kennen schien. Wahrschein=
lich gab es in London viele solcher grüner Stadtteile.

Wir fuhren schnell weiter, durch breite, enge und wieder durch
breite Straßen, aber immer in einem undurchdringlichen Nebel,
daß wir fast nichts sehen konnten. Es war kalt, und dennoch
empfanden Mattia und ich eine Beklemmung beim Atmen, als
sollten wir ersticken. Der Kanzlist schien sich indessen ganz
behaglich zu fühlen; jedenfalls atmete er die Luft mit offenem
Mund in vollen Zügen ein, als wollte er eilig einen großen Vor=
rat in die Lunge aufnehmen. Von Zeit zu Zeit knackte er mit

den Gelenken und reckte die Beine. Ob er wohl mehrere Jahre ohne Bewegung und ohne Atemholen zugebracht hat?

Trotz der Aufregung, die sich meiner bei dem Gedanken bemächtigte, daß ich innerhalb weniger Minuten, Sekunden vielleicht, meine Eltern und meine Geschwister umarmen würde, wollte ich unbedingt etwas von der Stadt sehen, durch die wir fuhren; es war ja meine Stadt, mein Vaterland. Aber ich konnte die Augen aufreißen, soweit ich wollte, außer den roten Gasflammen, die in dem Nebel wie in einer dicken Rauchwolke brannten, sah ich so gut wie nichts. Wir konnten kaum die Laternen der uns begegnenden Wagen unterscheiden und hielten bisweilen ganz still, um nicht steckenzubleiben oder die Leute auf der Straße zu überfahren.

Es war schon ziemlich lange, seit wir von Greth and Galley fort waren, dennoch rollten wir unaufhaltsam weiter. Daraus schloß ich, daß meine Eltern auf dem Lande wohnten. Wir würden die engen Straßen gewiß bald mit dem freien Feld vertauschen. Bei dem Gedanken an die nahe bevorstehende Vereinigung mit meiner Familie drückte ich Mattias Hand. Ich wollte ihm versichern, daß ich auch in diesem Augenblick mehr denn je und auf immer sein Freund sein würde.

Anstatt aufs Land gelangten wir jedoch in immer engere Straßen und hörten den Pfiff von Lokomotiven. Ich bat Mattia endlich, den Alten zu fragen, ob wir denn noch nicht zu meinen Eltern kämen. Aber die Antwort, die ich bekam, war zum Verzweifeln: Mattia behauptete, der alte Mann habe gesagt, er wäre noch nie in diesem Diebsviertel gewesen! Mattia mußte sich geirrt, den Schreiber mißverstanden haben, aber er blieb steif und fest dabei: das Wort »thieves« heiße »Diebe«, darin irre er sich nicht. Im ersten Augenblick war ich ganz bestürzt, dann fiel mir ein, daß sich der Schreiber gewiß nur darum vor Dieben fürchtete, weil wir aufs Land gingen. Das Wort »Green« hinter Bethnal bezog sich jedenfalls auf Bäume und Wiesen. Ich teilte Mattia meinen Gedanken mit, und wir machten uns beide über die Angst des Alten lustig. Wie einfältig waren doch die Menschen, die nie aus der Stadt herauskamen!

Mittlerweile sprach aber nicht das geringste Zeichen für die Richtigkeit meiner Annahme. Bestand denn England nur aus einer Stadt von Schmutz und Stein, die sich London nennt? Dieser schwarze Schmutz überflutete uns selbst in unserem Wagen und spritzte bis zu uns herauf. Ein ekelerregender Ge=

ruch erfüllte die Luft schon seit längerer Zeit. Alles deutete darauf hin, daß wir uns in einem elenden Stadtviertel befanden, wahrscheinlich dem letzten vor den Wiesen des Bethnal Green. Wir schienen uns im Kreise zu drehen. Bisweilen fuhr unser Kutscher langsamer, als wüßte er nicht, wo er wäre, und hielt plötzlich ganz still. Wieder öffnete sich das Guckfenster, ein Gespräch oder Wortwechsel entspann sich. Wie mir Mattia sagte, weigerte sich der Kutscher weiterzufahren, weil er sich hier nicht auskannte, und fragte den Schreiber nach dem Weg. Der Gefragte sagte wieder, er sei selbst nie in diesem Diebs= viertel gewesen; ich unterschied das Wort »thieves« ganz deut= lich.

Das konnte nie Bethnal Green sein, wir mußten uns verirrt haben!

Der Wortwechsel setzte sich von beiden Seiten in gleich er= regter Weise durch das Guckfenster fort, bis der Alte dem Kutscher endlich Geld gab, das dieser murrend in Empfang nahm. Der Alte stieg aus und machte uns wieder »pst, pst!«, damit wir ihm folgten.

Wir standen vor einem glänzend erleuchteten Laden auf einer kotigen Straße. Die zahlreichen Gasflammen des Schaufensters, von Spiegeln, Vergoldungen und vielseitig geschliffenen Fla= schen tausendfach zurückgeworfen, durchdrangen den Nebel mit ihrer Helligkeit. Das war ein »Gin palace«, ein mit ver= schwenderischer Pracht ausgestattetes Lokal, wo Wacholder= schnaps und alle möglichen anderen Arten von Branntwein ver= kauft wurden. »Pst, pst!« machte unser Führer und trat mit uns hinein. Überall blitzten uns Spiegel und Vergoldungen entgegen. Ich mußte mich in der Annahme geirrt haben, daß wir uns in einem ärmlichen Stadtviertel befinden, denn solchen Glanz hatte ich noch niemals gesehen. Aber die Leute, die vor dem Tisch standen oder sich mit den Schultern an die Wand oder gegen die Fässer lehnten, waren zerlumpt. Manche trugen nicht einmal Schuhe, und ihre nackten Füße sahen schwarz aus, als seien sie mit Firnis überzogen, der noch keine Zeit zum Trocknen gehabt hat.

Der Alte ging an den schönen silbernen Schenktisch, wo er sich ein Glas mit einer wie Wasser aussehenden Flüssigkeit rei= chen ließ, das er mit derselben Gier leerte, mit der er vor wenigen Augenblicken den Nebel geschluckt hatte. Darauf fing er eine Unterhaltung mit dem Mann an, der ihn bedient hatte.

Diesmal verstand ich auch ohne Mattias Vermittlung, daß der alte Schreiber aufs neue nach dem Weg fragte.

Wiederum wanderten wir dicht hinter dem alten Kanzlisten her. Die Straße wurde so schmal, daß wir trotz des Nebels die Häuser zu beiden Seiten unterscheiden konnten.

Wohin gingen wir nun? Nach und nach wurde ich sehr unruhig. Mattia sah mich bisweilen an, sagte aber nichts.

Von der Straße waren wir in eine Gasse gelangt, wo die Häuser, häufig nur aus Brettern gebaut, wie Schuppen oder Ställe aussahen, erbärmlicher als in dem elendsten Dorf Frankreichs. Barhäuptige Frauen und Kinder trieben sich vor diesen Jammerhütten herum. Sobald es uns ein schwacher Lichtschimmer gestattete, unsere Umgebung deutlicher zu erkennen, bemerkte ich, wie erschreckend bleich diese Frauen waren, deren flachsblondes Haar auf die Schultern herunterhing. Die Kinder gingen fast nackt, und die wenigen Kleidungsstücke, die sie trugen, hingen ihnen in Lumpen am Körper herunter. In einer Gasse wälzten sich Schweine in dem übelriechenden Rinnstein.

Nicht lange, so stand der Alte still. Gewiß hatte er sich verirrt. In demselben Augenblick aber kam ein Mann in einem langen blauen Uniformrock auf uns zu; er trug eine mit lackiertem Leder besetzte Kappe, hatte einen schwarzen und weißen Streifen um den Arm und eine Revolvertasche am Gürtel. Der alte Mann sprach mit ihm, und von dem Schutzmann geführt, setzten wir unseren Weg fort, wanderten durch Gassen, Höfe und krumme Straßen, in denen hier und da Häuser eingestürzt zu sein schienen, bis wir endlich in einem Hof stillstanden, in dessen Mitte sich eine Pfütze befand.

»Red Lion Court«, sagte der Polizist, und Mattia erklärte mir, daß diese Worte, die ich schon mehrmals gehört hatte, »Hof des roten Löwen« bedeuteten. Aber ich begriff nicht, warum wir plötzlich stillstanden. Das konnte doch unmöglich Bethnal Green sein — wohnten meine Eltern in diesem Hof?

Mir blieb keine Zeit zum Nachdenken, denn schon hatte der Schutzmann an die Tür eines Bretterschuppens geklopft. Unser Führer dankte ihm. Wir waren an Ort und Stelle.

Mattia und ich drückten uns gegenseitig die Hand, wir verstanden uns; dieselbe Angst, die mir das Herz zusammenpreßte, hatte auch von ihm Besitz ergriffen.

Ich war so aufgeregt, daß ich nicht mehr weiß, wie wir eigentlich in das Haus gelangten. Erst von dem Augenblick an, als wir in einen großen, durch eine Lampe und ein in einem Rost brennendes Kohlenfeuer erhellten Raum eintraten, kehrt mir die Erinnerung zurück.

Ein Greis mit einem weißen Bart, den Kopf mit einem schwarzen Käppchen bedeckt, saß unbeweglich, gleich einer Bildsäule, in einem Korbstuhl vor dem Feuer. Ein etwa vierzigjähriger, in einen grauen Anzug gekleideter Mann mit klugem, aber hartem Gesicht saß an einem Tisch. Ihm gegenüber seine etwa fünf bis sechs Jahre jüngere Frau, deren blondes Haar auf ein über die Brust gekreuztes, schwarz und weiß kariertes Tuch herunterfiel. Ihre Augen waren ausdruckslos. Aus dem Gesicht, das einst schön gewesen sein mußte, und aus ihren schläfrigen Bewegungen sprach eine vollkommene Gleichgültigkeit und Teilnahmslosigkeit. Vier Kinder befanden sich im Raum, zwei Knaben und zwei Mädchen, alle blond, flachsblond wie ihre Mutter, das älteste ein Knabe von elf oder zwölf, das jüngste ein Mädchen von drei Jahren.

Alles das sah ich mit einem Blick, noch bevor der Schreiber von Greth and Galley zu reden anfing. Was er sagte, weiß ich nicht, denn ich hörte kaum zu und verstand gar nichts, nur der Name Driscoll, nach Aussage des Rechtsanwalts mein Familienname, schlug mir wiederholt ans Ohr. Ich bemerkte, wie sich die Augen sämtlicher Anwesenden, selbst die des unbeweglichen Greises, auf Mattia und mich richteten, das kleinste Mädchen ausgenommen, das Capi seine ganze Aufmerksamkeit widmete.

»Wer von euch beiden ist Remi?« fragte der Mann im grauen Anzug auf französisch.

Ich trat einen Schritt vor und erklärte, daß ich es wäre.

»Dann umarme deinen Vater, mein Junge!«

Ich hatte vorher oft an diesen Augenblick gedacht und mir ausgemalt, wie ich meinen Vater voll freudiger Erregung in die Arme stürzen würde. Aber jetzt empfand ich keine Spur von Erregung. Ich trat vor und umarmte meinen Vater.

»Das ist dein Großvater«, erklärte dieser. »Das deine Mutter, das sind deine Geschwister.«

Zunächst schloß ich meine Mutter in die Arme. Sie ließ sich zwar von mir küssen, erwiderte aber meine Liebkosungen nicht, sondern sagte nur ein paar Worte, die ich nicht verstand.

»Gib deinem Großvater die Hand«, wies mein Vater mich an. »Sei aber vorsichtig, er ist gelähmt.«

Außer dem Großvater reichte ich auch den Brüdern sowie meiner ältesten Schwester die Hand und wollte die Kleine auf den Arm nehmen; sie stieß mich jedoch zurück, weil sie Capi gerade streichelte.

So ging ich von einem zum anderen, entrüstet, empört über mich selbst — nun, da ich Eltern, Geschwister und einen Groß= vater hatte und endlich an das Ziel meiner heißesten Sehnsucht gelangt war, nun blieb ich kalt, stand verwirrt da und blickte sie alle neugierig an, ohne ein einziges Wort der Zärtlichkeit für sie zu finden.

War ich denn ein Ungeheuer, nicht wert, eine Familie zu haben? Würde ich etwa eine innigere Zuneigung zu meinen Eltern gefühlt haben, wenn sie in einem Palast wohnten anstatt in einem Bretterschuppen?

Bei dem Gedanken verging ich vor Scham. Ich lief von neuem auf meine Mutter zu und küßte sie herzlich. Sie begriff die Ursache dieser plötzlichen Aufwallung nicht, denn anstatt mich wieder zu küssen, sah sie mich gleichgültig an und richtete darauf einige mir unverständliche Worte an ihren Mann, mei= nen Vater, worüber dieser laut lachte. Das schnitt mir ins Herz. Mein Gefühlsausbruch schien mir eine andere Aufnahme ver= dient zu haben als Gleichgültigkeit und Lachen.

»Wer ist denn das?« fragte mein Vater, indem er auf Mattia zeigte. Ich gab die geforderte Auskunft und suchte dabei mög= lichst nachdrücklich hervorzuheben, welche Bande der Freund= schaft und Dankbarkeit mich an meinen Kameraden fesselten.

»Schon gut«, versetzte mein Vater. »Er hat die Welt kennen= lernen wollen.«

»Ganz richtig«, sagte Mattia schnell.

Nunmehr erkundigte sich mein Vater, warum Barberin nicht gekommen wäre. Ich berichtete ihm, daß er in Paris gestorben sei und welche große Enttäuschung mir sein Tod bereitete. So= bald ich mit meinem Bericht zu Ende war, verdolmetschte der Vater meine Worte der Mutter. Sie begnügte sich jedoch mit der Antwort, es wäre sehr gut. Sie wiederholte die Worte »well« und »good« mehrmals; meine Erzählung mußte wohl keinen Eindruck auf sie gemacht haben. Warum es gerade gut sein sollte, daß Barberin gestorben war, konnte ich nicht einsehen.

»Sprichst du nicht Englisch?« fragte mein Vater weiter.

»Nein, außer Französisch nur Italienisch, das mich mein Herr lehrte, an den mich Barberin vermietet hatte.«

»Vitalis?«

»Wußten Sie von ihm?«

»Barberin nannte mir seinen Namen, als ich in Frankreich war, um dich zu suchen. Aber du mußt gespannt darauf sein, zu erfahren, weshalb wir plötzlich auf die Idee kamen, Nachfor= schungen nach dir anzustellen, nachdem wir uns dreizehn Jahre nicht um dich gekümmert haben.«

»Ja, sehr.«

»Nun, dann setze dich an den Kamin, ich will es dir erzählen.«

Ich nahm den mir bezeichneten Platz ein. Kaum streckte ich meine nassen, beschmutzten Beine vor das Feuer, als mein Großvater wie eine wütende alte Katze nach meiner Seite aus= spie, ohne etwas zu sagen. Offenbar störte ich ihn; ich zog daher die Beine zurück.

»Du mußt nicht weiter darauf achten«, meinte mein Vater. »Der Alte mag nicht, daß man sich vor sein Feuer setzt. Aber man braucht keine Umstände mit ihm zu machen.«

Ich war verblüfft, von einem Greis mit weißen Haaren so reden zu hören. Mußte man mit irgend jemand Umstände machen, so war es doch mit ihm.

»Du bist unser ältestes Kind«, begann mein Vater jetzt, »und ein Jahr später geboren, nachdem ich deine Mutter, zur großen Enttäuschung eines jungen Mädchens heiratete, das sich Hoff= nung darauf gemacht hatte, meine Frau zu werden. Um sich zu rächen, raubte sie dich gerade an dem Tag, als du ein halbes Jahr alt wurdest, und floh mit dir nach Frankreich, nach Paris, wo sie dich auf der Straße aussetzte. Wir stellten alle möglichen Nachforschungen an, aber freilich an Paris dachten wir nicht. Wir fanden dich nicht wieder und glaubten dich schon tot und auf immer verloren, als diese Frau vor etwa drei Monaten er= krankte und noch kurz vor dem Sterben die Wahrheit beich= tete. Ich begab mich sofort nach Paris, ging zu dem Polizei= kommissar des Stadtviertels, in dessen Bezirk du ausgesetzt worden warst. Dort hörte ich, daß derselbe Mann, der dich fand, ein Steinhauer aus der Creuse, dich auch zu sich genom= men hatte. Unverzüglich reiste ich nach Chavanon. Hier sagte mir Barberin, er habe dich an Vitalis, einen fahrenden Musi= kanten, vermietet. Da ich nicht in Frankreich bleiben und Vitalis suchen konnte, übertrug ich Barberin diese Aufgabe. Ich gab ihm das zur Reise nach Paris erforderliche Geld mit dem Auftrag, die Herren Greth und Galley zu benachrichtigen, sobald er dich aufgefunden hatte. Meine hiesige Adresse konnte ich ihm nicht geben, weil wir nur im Winter in London leben, während der schönen Jahreszeiten aber als wandernde Kauf= leute mit unserem Wagen England und Schottland durchziehen. So ist es uns geglückt, dich wieder aufzufinden, mein Junge, und nach dreizehn Jahren nimmst du endlich deinen Platz hier in der Familie wieder ein. Es ist ganz natürlich, daß du dich noch ein wenig fremd fühlst, denn du kennst uns ja nicht, und auch unsere Sprache ist dir unverständlich, ich hoffe aber, du wirst dich schnell eingewöhnen.«

Das hoffte ich auch, war ich doch bei den Meinen, und die Menschen, mit denen ich leben sollte, waren meine Eltern und Geschwister. Aber ach, die schönen Kleider hatten falsche Hoffnungen erweckt: Für Mutter Barberin, Lisa, den Vater Acquin, für alle, die mir im Elend beigestanden waren, bedeu= tete die Wiedervereinigung mit meinen Angehörigen ein Un= glück. Ich konnte nicht einen einzigen meiner Pläne verwirk= lichen. Herumziehende Kaufleute waren selten reich, besonders wenn sie in einem Schuppen wohnten.

Für mich selbst machte das nichts aus, denn die Liebe ist mehr wert als Reichtum. Ich besaß jetzt eine Familie und mußte glücklich sein, sie gefunden zu haben. Alles übrige war ein schöner Traum gewesen.

Während ich der Erzählung meines Vaters mit der größten Aufmerksamkeit folgte, wurde der Tisch gedeckt. Vor jedem Platz stand ein blaugeblümter Teller und in der Mitte des Tisches eine Metallschüssel mit einem großen Rinderbraten und Kartoffeln.

»Habt ihr Hunger, Jungen?« wandte sich mein Vater an Mattia und mich, worauf das Kind Italiens statt aller Antwort seine weißen Zähne zeigte.

»Gut, so wollen wir uns zu Tisch setzen«, sagte mein Vater, schob den Lehnstuhl meines Großvaters an den Tisch, setzte sich selbst mit dem Rücken gegen das Feuer, zerschnitt den Braten und legte jedem von uns ein großes Stück Fleisch mit Kartoffeln auf den Teller.

Obwohl ich nicht nach den Regeln des feinen Anstandes oder vielleicht gar nicht erzogen worden war, fiel mir auf, daß meine älteste Schwester und meine Brüder mit den Fingern aßen, die sie in die Soße tauchten und ableckten, ohne daß mein Vater oder meine Mutter das zu bemerken schienen. Mein

Großvater wandte seine ganze Aufmerksamkeit seinem Teller zu und führte die Hand, die er gebrauchen konnte, beständig von dem Teller zum Mund. Entglitt seinen zitternden Fingern ein Bissen, so lachten ihn meine Brüder jedesmal aus.

Nach beendeter Mahlzeit hieß uns mein Vater zu Bett gehen, da er Bekannte erwarte. Er nahm ein Licht und führte uns in einen an die Küche grenzenden Wagenschuppen, in dem zwei jener großen Wagen standen, wie sie fahrende Kaufleute benützen, und öffnete die Tür des einen.

»Das sind eure Betten«, sagte er, indem er auf zwei vortreffliche, in dem Wagen aufgeschlagene Betten wies. »Schlaft wohl!«

Das war meine Aufnahme in meiner Familie, der Familie Driscoll.

Habe ich meine Familie gefunden?

Beim Fortgehen ließ mein Vater das Licht zurück, die Tür unseres Wagens schloß er jedoch von außen, so daß uns keine andere Wahl blieb, als zu Bett zu gehen, was wir dann auch schleunig taten. Wir wünschten einander gute Nacht und legten uns nieder, ohne zu plaudern, wie wir sonst zu tun pflegten. Mattia zeigte ebensowenig Lust zum Sprechen wie ich, und ich konnte ihm nur dankbar dafür sein.

Aber einschlafen konnten wir doch nicht. Es war mir unmöglich, die Augen zu schließen, nachdem das Licht ausgelöscht war. Ich wälzte mich unruhig auf meinem Lager hin und her, und Mattia, der in dem Bett über mir lag, erging es nicht besser. Auch er warf sich ruhelos von einer Seite auf die andere, so daß ich ihn endlich leise fragte, ob er krank wäre.

»Nein«, entgegnete er. »Mir ist ganz wohl, nur dreht sich alles mit mir im Kreis, als wäre ich noch auf dem Meer. Der Wagen hebt und senkt sich und schwankt von allen Seiten.«

Es war wohl nicht die Seekrankheit, die Mattia nicht schlafen ließ. Er dachte und fühlte wie ich. Dieselben Gedanken, die mich wach hielten, gönnten auch ihm, dem treuen Freund, keine Ruhe.

Der Schlaf wollte nicht kommen, und je länger ich so dalag,

desto größer wurde die unbestimmte Angst, die mich peinigte. Wovor ich mich fürchtete, wußte ich selbst nicht. Keinesfalls davor, inmitten dieses armseligen Viertels von Bethnal Green in einem Wagen schlafen zu müssen. Während meines aben= teuerlichen Lebens mußte ich manche Nacht weit weniger ge= schützt zubringen. Ich war überzeugt, vor aller Gefahr ge= sichert zu sein, und fürchtete mich dennoch; ja, je mehr ich mich gegen diese Furcht wehrte, um so unruhiger wurde ich.

Die Nacht rückte immer weiter vor, ohne daß ich mir genau Rechenschaft darüber geben konnte, wieviel Uhr es war, da ich nirgends in der Nachbarschaft die Stunde schlagen hörte. Mit einemmal vernahm ich ein starkes Geräusch an der Tür des Wagenschuppens, die nach einer anderen Straße als Red Lion Court hinausging. Nach einem in abgemessenen Pausen wiederholten Klopfen drang ein Lichtschimmer in unseren Wagen.

Ich blickte erstaunt um mich, legte Capi, der neben meinem Bett lag und Miene machte zu knurren, die Hand auf die Schnauze, damit er nicht bellte, und bemerkte an der Wand des Wagens, an der unsere Betten angebracht waren, ein klei= nes Fenster, durch das der Lichtschein zu uns hereindrang. Ich hatte es beim Schlafengehen nicht sehen können, weil es von innen mit einer Gardine verhängt war; zur Hälfte befand es sich vor Mattias, zur Hälfte vor meinem Bett.

Mein Vater trat in den Schuppen, eine Blendlaterne in der Hand, und öffnete die Tür nach der Straße schnell und ge= räuschlos. Zwei mit schweren Ballen beladene Männer wurden eingelassen und die Tür dann wieder geschlossen. Darauf legte er den Finger an die Lippen und wies mit der anderen Hand auf den Wagen, in dem wir schliefen, um den Männern an= zudeuten, daß sie uns nicht stören und kein Geräusch machen sollten.

Die Aufmerksamkeit rührte mich. Schon wollte ich ihm zu= rufen, sich um meinetwillen keinen Zwang anzutun. Ich dachte aber noch rechtzeitig daran, daß ich dadurch Mattia wecken würde, und schwieg.

Mein Vater half den beiden Männern ihre Ballen ablegen, verschwand dann einen Augenblick und kam mit meiner Mut= ter zurück. In der Zwischenzeit öffneten die Männer die Bal= len: Der eine enthielt viele Stücke der verschiedenartigsten Stof= fe, der andere war mit Unterbeinkleidern, Strümpfen, Hand=

schuhen und dergleichen mehr angefüllt. Das war also die Lösung des Rätsels, das mich anfangs so sehr in Staunen versetzte: Diese Männer waren Kaufleute, die ihre Ware an meine Eltern verkauften.

Mein Vater nahm jeden einzelnen Gegenstand, besah ihn bei dem Schein seiner Laterne und reichte ihn meiner Mutter. Sie schnitt die Etiketten mit einer kleinen Schere ab und steckte sie in die Tasche. Ein Verfahren, das mir ebenso seltsam erschien wie die zum Verkauf gewählte Stunde.

Während alles dies vor sich ging, führte mein Vater ein leises Gespräch mit den beiden Männern. Ich verstand aber nur das wiederkehrende Wort »policeman«. Nachdem der Inhalt beider Ballen sorgfältig untersucht worden war, gingen alle vier ins Haus, offenbar um abzurechnen, und wieder wurde es dunkel um uns her.

Ich wollte mir einreden, daß es nichts Natürlicheres geben könne als all dies, konnte mich jedoch trotz des besten Willens nicht davon überzeugen. Weshalb waren diese Leute nicht durch den Red Lion Court ins Haus gekommen? Warum sprachen sie so leise von der Polizei, als fürchteten sie, draußen gehört zu werden? Warum schnitt meine Mutter die an den eingekauften Waren hängenden Zettel ab?

Diese Fragen waren nicht danach angetan, mir Schlaf zu bringen, und da ich keine Antwort darauf zu finden wußte, versuchte ich sie mir aus dem Sinn zu schlagen, aber vergeblich. So lag ich, vor Furcht und Zweifel gequält, als aufs neue ein heller Schein in unseren Wagen drang. Wieder schaute ich durch den Vorhangschlitz; ich sagte mir, daß es gewiß besser sei, nichts zu wissen, und wollte doch wissen, was vorging.

Die Eltern waren allein. Meine Mutter machte eilig zwei Pakete von den herbeigebrachten Waren, mein Vater kehrte unterdessen in einem Winkel des Schuppens den trockenen Sand mit kräftigen Besenstrichen weg, bis sich eine Falltür zeigte. Diese hob er in die Höhe und stieg dann mit den beiden sorgfältig verschnürten Ballen in einen Keller hinunter, dessen Tiefe ich nicht ergründen konnte. Meine Mutter leuchtete ihm mit der Laterne. Der Vater kam wieder herauf, schloß die Falltür, fegte den zuvor weggekehrten Sand von neuem darüber, schüttete Strohhalme darauf, wie sie überall auf dem Boden umherlagen, so daß es unmöglich war, etwas von der Falltür zu sehen, und ging mit meiner Mutter hinaus.

Im demselben Augenblick schien sich Mattia zu bewegen. Hatte er alles mit angesehen?

Mir fehlte der Mut, ihn danach zu fragen. Jetzt wußte ich, wovor ich mich fürchtete. Die ganze Nacht lag ich in kaltem Schweiß gebadet und fiel erst in einen schweren, fieberhaften Schlaf, als ein in der Nachbarschaft krähender Hahn das Na=hen des Morgens verkündete.

Ein Geräusch am Schloß weckte mich auf. Ich hörte die Wa=gentür öffnen. Ich glaubte, es wäre mein Vater, der uns mah=nen wollte aufzustehen, und schloß die Augen, um ihn nicht zu sehen.

»Es war dein Bruder«, sagte Mattia. »Er ist schon wieder fort.«

Wir standen auf. Mattia fragte mich nicht, ob ich gut ge=schlafen habe, und auch ich richtete keine Frage an ihn, son=dern wandte den Blick ab, als er mich ansah.

Endlich mußten wir uns entschließen, in die Küche zu gehen, wo wir doch weder meinen Vater noch meine Mutter trafen. Nur mein Großvater saß in seinem Lehnstuhl vor dem Feuer, als habe er sich seit dem vorigen Abend nicht vom Platz ge=rührt. Annie, meine älteste Schwester, staubte den Tisch ab, mein ältester Bruder Allan kehrte aus. Beide fuhren ruhig in ihrer Beschäftigung fort, ohne sich durch unser Eintreten stö=ren zu lassen oder meinen Gruß zu erwidern, als ich ihnen die Hand geben wollte. Ich ging auf meinen Großvater zu, der mich aber auch nicht herankommen ließ, sondern wie am Abend vorher nach mir ausspie. Ich blieb stehen und bat Mat=tia, den Alten zu fragen, wann ich meine Eltern sehen würde.

Sobald er englisch sprechen hörte, wurde mein Großvater etwas freundlicher, und sein Gesicht verlor ein wenig von seiner erschreckenden Starrheit. Er ließ sich zu einer Antwort herbei, die mir Mattia übersetzte: Mein Vater wäre für den ganzen Tag ausgegangen, meine Mutter schlafe und wir könn=ten spazierengehen.

»Hat er denn weiter nichts gesagt?« fragte ich noch, da mir diese Übersetzung sehr kurz vorkam. Mattia schien verlegen zu werden und erklärte, er sei nicht ganz sicher, das übrige richtig verstanden zu haben.

»So sag mir, was du verstanden hast!« drang ich in ihn.

»Er schien zu sagen, wenn wir in der Stadt eine gute Gelegen=heit fänden, sollten wir sie uns nicht entgehen lassen, und fügte noch, was ich deutlich verstanden habe, hinzu: ›Merke dir eine Lehre, man muß auf Kosten der Dummen leben.‹«

Offenbar erriet mein Großvater, was mir Mattia eben erklärte. Er bewegte die nicht gelähmte Hand, als stecke er etwas in die Tasche, und blinzelte verschmitzt mit den Augen dazu.

»Laß uns hinausgehen«, bat ich meinen Freund. Aber aus Furcht, uns zu verirren, wagten wir uns nicht über die Umge= bung des Red Lion Court hinaus, in der wir zwei bis drei Stunden lang umherwanderten. Überall starrte uns das Elend in seiner traurigsten Gestalt entgegen. Bethnal Green kam mir am Tag noch abschreckender vor als am Abend.

Wir sahen alles, beobachteten alles, wechselten aber kein Wort miteinander, kehrten schließlich um und gingen wieder ins Haus.

Meine Mutter saß in der Küche und stützte den Kopf auf den Tisch, so daß ich meinte, sie sei krank, und hinzulief, um sie zu küssen. Sprechen konnte ich nicht mit ihr.

Sie hob den Kopf schwankend empor, als ich sie in die Arme nahm, und starrte mich an, ohne mich zu sehen. Ihr warmer Atem strömte einen durchdringenden Branntweingeruch aus. Ich prallte zurück, sie aber ließ den Kopf wieder auf die bei= den auf dem Tisch ausgebreiteten Arme sinken.

»Gin«, sagte mein Großvater und warf mir einen höhnischen Blick zu.

Ich war einige Sekunden wie gelähmt. Ich sah Mattia an, der mit Tränen in den Augen zu mir herüberschaute, und machte ihm ein Zeichen. Wieder gingen wir hinaus und wanderten lange Hand in Hand nebeneinander her, immer geradeaus, ohne zu sprechen, ohne zu wissen, wohin wir unsere Schritte lenkten. Endlich fragte Mattia besorgt, wohin ich denn wolle.

»Ich weiß es selbst nicht, nur an irgendeine Stelle, wo wir miteinander sprechen können. In diesem Gedränge ist das nicht möglich, und ich habe dir etwas zu sagen.«

Während dieses kurzen Gesprächs kamen wir aus den Gassen in eine etwas breitere Straße, an deren Ende ich Bäume zu erblicken glaubte. Wir gingen darauf zu und gelangten nach kurzer Zeit in einen ungeheuren, mit grünen Rasenplätzen und Baumgruppen geschmückten Park, wo wir uns ungestört mit= einander unterhalten konnten.

Mein Entschluß war gut überlegt. Ich wußte, was ich sagen wollte.

»Du weißt, daß ich dich liebhabe, Mattia«, begann ich, so=
bald wir in einer entlegenen geschützten Ecke saßen, »und
weißt auch, daß ich dich nur aus Freundschaft gebeten habe,
mich zu meinen Eltern zu begleiten. Du wirst also niemals
an meiner Freundschaft zweifeln, was ich auch immer von dir
erbitten mag, nicht wahr?«

»Wie dumm du bist!« entgegnete er und zwang sich zum
Lachen.

»Du lachst, weil du nicht willst, daß ich weich werde, aber
laß mich nur, mit wem kann ich denn weinen als mit dir?«
Ich warf mich ihm in die Arme und brach in Tränen aus. Ach,
ich war ja nie so unglücklich gewesen, als ich noch allein
und verlassen in der Welt stand! Aber ich brachte Mattia
nicht hierher, um mich von ihm bedauern zu lassen. Ich nahm
mich zusammen und fing nach heftigem Schluchzen wieder an:
»Mattia, du mußt fort, nach Frankreich zurück!«

»Dich verlassen? Nie!«

»Ich wußte, daß du das sagen würdest. Ich bin froh, daß du
mich nicht verlassen willst. Aber du mußt fortgehen, ganz
gleich wohin. Nur in England darfst du nicht bleiben.«

»Und wohin willst *du* gehen?«

»Ich? Ich muß wohl hier in London bei meiner Familie bleiben.
Ist es nicht meine Pflicht, bei meinen Eltern zu leben? Nimm
den Rest unseres Geldes und reise ab.«

»Sag das nicht, Remi, wenn jemand fort muß, so bist du es.«

»Warum?«

»Weil . . .« Er stockte und wich meinem fragenden Blick aus.

»Mattia, antworte mir ganz aufrichtig und ohne mich zu scho=
nen. Hast du diese Nacht nicht geschlafen? Hast du gesehen?«
Er schlug die Augen nieder und sagte mit erstickter Stimme:
»Ich habe nicht geschlafen.«

»Was hast du gesehen?«

»Alles!«

»Und was denkst du?«

»Daß die Verkäufer dieser Waren sie nicht bezahlt haben.
Dein Vater schalt mit ihnen, weil sie nicht an die Haustür,
sondern an die Schuppentür klopften. Sie entgegneten, daß
ihnen die Polizei aufgelauert hätte.«

»Du siehst also, daß du fort mußt«, sagte ich.

»Muß ich fort, so mußt du es ebenfalls: es ist für den einen
nicht weniger wichtig als für den anderen.«

»Ich dachte, daß wir uns niemals trennen müßten und daß meine Eltern uns gemeinsam unterrichten lassen würden. Es ist aber anders gekommen. Es war nur ein Traum, und der Traum ist aus . . . Wir müssen scheiden!«

»Nie!«

»Höre mich an, versteh mich recht und mach mir das Herz nicht unnötig schwer. Wären wir Garofoli in Paris begegnet und hätte er dich zurückgenommen, so würdest du es auch nicht geduldet haben, daß ich bei dir bleibe. Du hättest mit mir genauso gesprochen wie ich jetzt mit dir, nicht wahr?«

Er antwortete nicht.

»Du mußt fort«, drang ich in ihn, »mußt nach Frankreich, um Lisa, Vater Acquin, Mutter Barberin, alle meine Freunde auf=zusuchen und ihnen zu sagen, warum ich nicht für sie tue, was ich ihnen versprochen hatte. Du mußt ihnen auseinander=setzen, daß meine Eltern nicht reich sind, wie wir angenommen haben. Das genügt zu meiner Entschuldigung. Sie sind nicht reich, hörst du wohl? Das ist keine Schande!«

»Daß deine Eltern arm sind, ist nicht der Grund, weshalb du so hartnäckig auf meiner Abreise bestehst, darum will ich auch nicht gehen.«

»Mattia, quäle mich nicht, du siehst doch, wie ich leide.«

»Ich will dich ja nicht zwingen, mir zu sagen, was du dich schämst auszusprechen. Ich bin nicht klug und habe nicht viel Verstand, aber ich fühle doch, was mich hier ergreift.« Er legte die Hand aufs Herz. »Nicht weil deine Leute keine reichen Leute sind, willst du, daß ich fortgehe. Auch nicht, weil du fürchtest, daß sie mich nicht ernähren könnten. Du weißt wohl, daß ich für sie arbeiten, ihnen also nicht zur Last fallen würde, sondern — sondern, weil du dir nach dem, was du diese Nacht gesehen hast, Sorgen um mich machst.«

»Mattia, sage das nicht!«

»Du fürchtest, ich könnte auch soweit kommen, die Etiketten der Waren abzuschneiden, die nicht gekauft worden sind.«

»O schweig. Mattia, lieber Mattia, schweig!« stöhnte ich und verbarg mein schamrotes Gesicht in den Händen.

»Wenn du für mich fürchtest, so fürchte ich für dich«, fuhr er fort. »Gehen wir nach Frankreich zurück!«

»Das ist unmöglich. Du hast keine Verpflichtungen gegen meine Eltern. Ich aber muß bei ihnen bleiben, denn es sind meine Eltern.«

»Deine Eltern? Dieser gelähmte Alte dein Großvater? Diese Frau deine Mutter?«

Ich sprang heftig auf und rief, nicht im bittenden, sondern im befehlenden Ton: »Schweig, Mattia, und sprich nicht so, ich verbiete es dir! Du sprichst von meinem Großvater, von meiner Mutter, die ich ehren und lieben muß.«

»Du hättest recht, wenn diese Menschen wirklich deine Eltern wären. Mußt du sie aber auch ehren und lieben, wenn dies nicht der Fall ist?«

»Hast du denn die Erzählung meines Vaters nicht mit ange= hört?«

»Was beweist denn diese Erzählung? Weiter nichts, als daß sie ein Kind deines Alters verloren, nach ihm geforscht und eines im Alter des verlorenen wiedergefunden haben.«

»Du vergißt, daß das ihnen geraubte Kind in der Avenue de Breteuil ausgesetzt wurde und daß mich Barberin an demselben Tag in der Avenue de Breteuil fand, an dem das ihre verloren= ging.«

»Warum können nicht zwei Kinder an demselben Tag in der Avenue de Breteuil ausgesetzt worden sein? Warum kann sich der Polizeikommissar nicht geirrt haben, indem er Herrn Dris= coll nach Chavanon schickte? Das ist doch immerhin recht gut möglich.«

»Nein, das ist sehr unwahrscheinlich.«

»So, wie ich es sage, mag es unwahrscheinlich klingen; aber das rührt nur daher, daß ich die rechten Worte nicht zu fin= den weiß.«

»Ach, Mattia, daran liegt es nicht.«

»Endlich mußt du doch auch bedenken, daß du weder deinen Vater noch deiner Mutter ähnlich siehst und kein blondes Haar hast wie deine Geschwister, die alle, verstehst du, alle gleich blond sind. Weshalb solltest du denn allein anders aus= sehen als sie? Auch ist es höchst befremdlich, daß Leute, denen keine Geldmittel zu Gebot stehen, so große Summen an die Auffindung eines Kindes wenden konnten. Um aller dieser Gründe willen bist du meiner Ansicht nach kein Driscoll und solltest nicht bei den Driscolls bleiben. Willst du es doch tun, so bleibe ich bei dir. Aber schreibe doch an Mutter Barberin und frage sie, wie die Kleider aussahen, die du damals getragen hast, als dich Barberin fand. Wenn wir ihren Brief haben, dann kannst du deinen angeblichen Vater ausfragen, und vielleicht sehen wir dann ein wenig klarer. Bis dahin weiche ich nicht von der Stelle, sondern bleibe hier, was du auch dagegen sagen magst. Müssen wir arbeiten, so arbeiten wir zusammen.«

Capi

Wir kauften ein Stück Brot zum Morgenimbiß und verzehrten es. Dann wanderten wir den ganzen Tag in dem schönen Park umher und gingen erst bei einbrechender Dunkelheit nach Red Lion Court zurück.

Mein Vater war heimgekehrt, meine Mutter auch, aber we= der er noch sie machte eine Bemerkung über unser langes Aus= bleiben. Erst nach dem Essen kündigte uns mein Vater an, daß er mit Mattia und mir zu sprechen habe, und hieß uns ans Feuer kommen, zum nicht geringen Ärger des Großvaters, der seinen Anteil am Feuer mit grimmiger Eifersucht hütete und zornig in den Bart brummte.

»Nun sagt mir, wie ihr in Frankreich euren Lebensunterhalt verdient habt«, begann mein Vater die Unterredung. Ich sagte, was er wissen wollte.

»Habt ihr denn nie gefürchtet zu verhungern?«

»Nein, niemals, denn wir hatten nicht bloß verdient, was wir zum täglichen Lebensunterhalt brauchten, sondern auch noch genug übrig, eine Kuh kaufen zu können«, antwortete Mattia zuversichtlich und erzählte die Geschichte von unserer Kuh.

»Habt ihr denn viel Talent?« forschte mein Vater. »Zeigt ein= mal, was ihr könnt.«

Ich trug etwas auf der Harfe vor, aber nicht mein neapolita= nisches Lied.

»Gut, gut«, sagte mein Vater; »und was versteht Mattia?«

Dieser spielte ein Stück auf der Geige, dann eines auf der Flöte, das den lebhaften Beifall der Kinder hervorrief.

»Was spielt denn Capi?« fragte mein Vater wieder. »Ich kann mir nicht denken, daß ihr den Hund nur zu eurem Vergnügen mit euch herumschleppt. Irgend etwas, das Futter wenigstens, muß er doch verdienen können.«

Da ich stolz auf Capis Talente war, ließ ich den Pudel einige seiner Kunststücke vorführen, die ihm die ungeteilte Aner=

kennung der Kinder eintrug, während mein Vater voller Be=
wunderung ausrief: »Aber in dem Hund steckt ja ein ganzes
Vermögen!«

Ich dankte für diese Schmeichelei und versicherte, Capi könne
in kurzer Zeit alles lernen, was man ihm beibringen wolle,
selbst höchst schwierige, für Hunde anscheinend unmögliche
Dinge.

Mein Vater übersetzte diese Worte ins Englische. Er fügte
ihnen, wie mir schien, noch eine Bemerkung hinzu, die ich
nicht verstand, über die jedoch die ganze Familie in lautes
Lachen ausbrach, selbst mein Großvater, der mehrmals mit
den Augen blinzelte und ausrief: »Fine dog!«, was »schöner
Hund« bedeutet. Capi bildete sich aber nichts darauf ein.

»Unter diesen Umständen schlage ich euch folgendes vor«,
nahm mein Vater wieder das Wort. »Zunächst aber muß
Mattia sagen, ob er in England bleiben und bei uns wohnen
will.«

»Ich möchte bei Remi bleiben und gehe überallhin, wohin
Remi geht«, entgegnete Mattia schnell, der viel schlauer war,
als er zugeben wollte. Mein Vater aber, der den versteckten
Sinn dieser Antwort nicht erraten konnte, zeigte sich damit
zufrieden und sagte: »Gut, ich komme also auf meinen Vor=
schlag zurück. Wir sind nicht reich, wie ich euch schon ge=
sagt habe, sondern wir arbeiten alle um das tägliche Brot. Im
Sommer durchziehen wir England, und die Kinder bieten meine
Ware den Leuten an, die sich nicht die Mühe machen, zu uns
zu kommen. Im Winter haben wir dagegen nicht viel zu tun.
Solange wir nun in London sind, könnt ihr beide, Remi und
Mattia, in den Straßen spielen und werdet bald hübsche Sum=
men verdienen, besonders wenn die Nächte vor dem Weih=
nachtsfest heranrücken. Capi aber wird mit Allan und Ned
Vorstellungen geben, da man in dieser Welt jedes Talent aus=
nützen muß.«

»Capi macht seine Sache nur gut, wenn er mit mir zusammen
ist«, fiel ich meinem Vater ins Wort, denn ich konnte unmög=
lich damit einverstanden sein, mich von dem Hund zu tren=
nen.

»Beruhige dich, er wird schon lernen, mit Allan und Ned zu
arbeiten, und auf diese Weise werdet ihr weit mehr verdie=
nen.«

»Aber er wird ohne uns nichts Rechtes leisten, außerdem ver=

dienen Mattia und ich auch mehr, wenn wir Capi bei uns haben.«

»Genug der Worte«, sagte mein Vater streng. »Habe ich etwas gesagt, so erwarte ich, daß es geschieht, und zwar ohne Wider= rede. Das ist die Regel des Hauses, und ich wünsche, daß du dich ihr fügst wie alle anderen.«

Darauf ließ sich nichts erwidern. Ich schwieg, dachte aber im stillen, daß die Verwirklichung meiner schönen Träume für Capi ebenso traurig ausfiel wie für mich. Welcher Kummer für uns beide, daß wir getrennt werden sollten!

Diesmal schloß uns mein Vater nicht ein, als wir uns zum Schlafengehen in unseren Wagen begaben. Kaum lag ich im Bett, so kam Mattia auf mich zu und flüsterte mir ins Ohr: »Nun siehst du, daß der, den du deinen Vater nennst, sich nicht damit begnügt, Kinder für sich arbeiten zu lassen, son= dern auch noch Hunde dazu haben muß. Öffnet dir das nicht endlich die Augen? Morgen wollen wir an Mutter Barberin schreiben.«

Schon am nächsten Morgen mußte ich Capi die nötigen Ver= haltensmaßregeln geben. Ich nahm ihn auf den Arm und setz= te ihm freundlich, unter wiederholten Küssen auseinander, was ich von ihm erwartete. Wie verständig sah mich der arme Hund dabei an, wie aufmerksam hörte er mir zu! Dann gab ich Allan seine Leine in die Hand, wiederholte meine Anweisungen noch einmal, und das kluge Tier verstand mich so gut, daß er mei= nen beiden Brüdern ohne Widerstand folgte, wenn er auch traurig dreinsah. Mattia und ich gingen mit meinem Vater, der uns selbst in einen der wohlhabenderen Stadtteile führen wollte. Wir durchwanderten London von einem Ende bis zum anderen. Endlich waren wir am Ziel. Welch einen Gegensatz bildeten diese prachtvollen Straßen mit den schönen, von Gär= ten umgebenen Häusern zu den engen, schmutzigen Gassen und den elenden Bretterhütten von Bethnal Green!

Erst spät am Abend kamen wir nach Red Lion Court zurück, wo ich Capi bereits vorfand, allerdings über und über be= schmutzt, aber doch ganz munter. In meiner Freude, unseren guten alten Kameraden wiederzusehen, wußte ich nichts Bes= seres zu tun, als ihn gründlich mit trockenem Stroh abzurei= ben, in meinen Schafpelz zu wickeln und zu mir ins Bett zu legen.

So ging es mehrere Tage. Wir wanderten morgens fort, kehr=

ten abends heim und spielten bald in dem einen, bald in dem anderen Stadtviertel. Capi aber gab unter Allans und Neds Leitung Vorstellungen, bis mir mein Vater eines Abends sagte, ich möge den Hund am nächsten Morgen mitnehmen, da Allan und Ned zu Hause bleiben würden. Nichts konnte uns er= wünschter sein, und Mattia und ich nahmen uns fest vor, mit Capi eine so glänzende Einnahme zu erzielen, daß wir ihn von nun an immer mitbekommen würden. Da es sich darum han= delte, Capi wiederzuerobern, wollten wir uns wahrlich nicht schonen. Wir unterzogen ihn also am Morgen einer sorgfäl= tigen Reinigung und begaben uns gleich danach in das West= end, den Teil Londons, wo das »werte Publikum«, wie wir aus Erfahrung wußten, am bereitwilligsten in die Tasche griff.

Leider war das Wetter dem Erfolg unseres Vorhabens durch= aus nicht günstig. Der Nebel lag seit zwei Tagen schwer über der Stadt, der Himmel schien eine einzige Wolke von rötlich= gelben Dünsten. Ein bleifarbener Qualm erfüllte die Straßen und gestattete kaum einige Schritte weit zu sehen. An solchen Tagen blieb jeder daheim, den sein Beruf nicht hinausführte, und wenn man uns auch hinter den Fenstern hörte, so konnte man doch Capi von dort aus nicht sehen. Mattia schalt weid= lich auf den Nebel, ohne zu ahnen, welchen Dienst der uns allen dreien einige Augenblicke später erweisen würde.

Wir gingen rasch vorwärts. Ich richtete dann und wann ein freundliches Wort an Capi. Ich behielt ihn dadurch sicherer in meiner unmittelbaren Nähe als mit der stärksten Kette. So waren wir nach Holborn gekommen, einer Straße, wo be= sonders reger geschäftlicher Verkehr herrscht. Mit einemmal merkte ich, daß Capi uns nicht mehr folgte. Das war etwas ganz Ungewöhnliches. Was mochte ihm nur zugestoßen sein? War er etwa gestohlen worden? Besorgt blieb ich stehen, bog in den Eingang einer Allee, um auf ihn zu warten, und pfiff laut, weil der Blick in dem Nebel nicht weit reichte. Da kam er im Galopp an, ein Paar Strümpfe in der Schnauze, legte mir die Vorderpfote auf den Arm und bat mich, ihm die Strümpfe abzunehmen. Er schien so stolz, als habe er eines seiner schwie= rigsten Kunststücke gut ausgeführt und wolle sich nun die ihm gebührende Anerkennung von mir holen.

Ich stand fassungslos da. Mattia ergriff hastig die Strümpfe und zog mich in die Allee hinein, indem er mir zuflüsterte: »Komm schnell, lauf aber nicht!«

Gehorsam folgte ich ihm, obwohl ich nicht begriff, was Mattia beabsichtigte.

»Ich war über die Strümpfe ebenso verwundert wie du«, sagte er nach einigen Minuten. »Bis ich jemand rufen hörte: ›Wo ist der Dieb?‹ Der Dieb war Capi, verstehst du? Und ohne den Nebel wären wir verhaftet worden.«

Mir stockte der Atem: Capi, der gute, ehrliche Capi wurde zum Dieb erzogen.

»Wir wollen nach Hause gehen. Halte du Capi an der Leine«, sagte ich zu Mattia. Ohne ein Wort weiter zu wechseln, gingen wir eilig nach Red Lion Court zurück, wo die ganze Familie um den Tisch saß und damit beschäftigt war, Stoffe zusammenzulegen. Ich warf die Strümpfe auf den Tisch, worüber Allan und Ned laut lachten.

»Hier ist ein Paar Strümpfe, das Capi gestohlen hat, denn Capi wurde zum Stehlen angeleitet. Ich hoffe, daß das nur zum Scherz geschehen ist!« rief ich, am ganzen Körper bebend, obwohl ich nie im Leben so furchtlos gewesen war.

»Was würdest du tun, wenn es kein Scherz gewesen wäre?« fragte mein Vater.

»Dann würde ich Capi einen Strick um den Hals binden und ihn in der Themse ertränken, so lieb ich ihn habe. Denn ich will nicht, daß Capi ein Dieb wird, sowenig wie ich selbst einer werden will. Eher würde ich mich mit ihm zugleich ertränken.«

Mein Vater sah mich scharf an und machte eine Gebärde, als wolle er mich zu Boden schlagen. Seine Augen glühten vor Zorn. Ich hielt seinen Blick ruhig aus, und allmählich glättete sich sein finster zusammengezogenes Gesicht. »Du hast recht gehabt, zu glauben, daß es nur Scherz war«, sagte er langsam. »Und damit das nicht wieder vorkommt, soll Capi fortan nur noch mit dir ausgehen.«

Wie war das Findelkind gekleidet?

Meine Brüder Allan und Ned trugen von Anfang an eine gehässige Abneigung gegen mich zur Schau, sosehr ich ihnen auch entgegenkam. Nach diesem Abenteuer aber zeichnete sich unsere Stellung zueinander noch schärfer ab. Ich bedeutete ihnen, nicht durch Worte, da mir das Englische nicht geläufig genug war, sondern durch eine nachdrückliche, höchst verständliche Gebärde, bei der meine beiden Fäuste die Hauptrolle spielten, daß ich am Platz sein würde, um Capi zu rächen oder zu verteidigen, falls sie je das Geringste gegen ihn unternähmen.

Die Brüder blieben mir daher fremd. Um so lieber hätte ich mich an meine Schwester angeschlossen. Aber Annie, die älteste, bezeigte mir keine freundlicheren Empfindungen als Allan und Ned, ja sie ließ keinen Tag vorübergehen, ohne mir einen boshaften Streich zu spielen. Sie war, wie ich gestehen muß, darin sehr erfinderisch.

So blieb mir von der ganzen Familie, für die ich solche Zärtlichkeit empfand, als ich mich in England ausschiffte, nur die kleine Kate übrig. Sie war mit ihren drei Jahren noch zu jung, mit den älteren Geschwistern gemeinsame Sache gegen mich zu machen. Aber auch ihre Gunst erwarb ich mir anfangs nur durch die Kunststücke, die Capi für sie machen mußte, und später dadurch, daß ich ihr alle Näschereien, Kuchen und Orangen mitbrachte, die uns die Kinder nach unseren Vorstellungen zu geben pflegten. Sie sagten dabei: »Für den Hund.«

Der mochte freilich keine Orangen, aber ich nahm sie dankbar an, weil sie mir Kates Zuneigung sicherten.

Alle anderen Mitglieder meiner Familie verabscheuten mich. Mein Großvater spie nach wie vor wütend nach meiner Seite aus, sobald ich in seine Nähe kam, mein Vater beschäftigte sich nur so weit mit mir, als er mir jeden Abend unsere Einnahmen abforderte. Meine Mutter lebte fast immer in einer anderen Welt.

Die Vermutungen von Mattia, die ich so entschieden zurückgewiesen hatte, drängten sich allmählich auch mir auf. Ich konnte mich des Gedankens nicht erwehren, daß man, wenn ich wirklich das Kind dieser Familie war, andere Gefühle für mich hätte als die, die man mir so unverhohlen zeigte.

»Ich bin doch neugierig zu hören, was Mutter Barberin antwortet«, warf Mattia wie im Selbstgespräch hin, als er meinen Kummer bemerkte.

Schon seit geraumer Zeit begaben wir uns, anstatt wie sonst über West Smithfield nach Holborn zu gehen, täglich in das

Postamt, um nach diesem Brief zu fragen, der mir postlagernd zugeschickt werden sollte. Wir legten den Weg oft genug vergebens zurück. Endlich wurde uns das so ungeduldig er= wartete Schreiben ausgehändigt.

Das Hauptpostamt ist kein zum Lesen geeigneter Ort. Wir zogen uns in eine benachbarte Straße zurück, wo ich meinen Brief öffnete und ihn vorlas:

»Mein teurer Remi!

Der Inhalt Deines Briefes überrascht mich ebensosehr, als er mich betrübt. Nach allem, was mir mein armer Barberin immer sagte, glaubte ich, daß Deine Eltern in guten, ja sogar glän= zenden Verhältnissen lebten. Auch die Kleider, die Du trugst, als Dich Barberin nach Chavanon brachte, und die entschieden zur Ausstattung eines Kindes reicher Eltern gehörten, konnten mich nur in dieser Annahme bestärken. Du bittest mich um eine genaue Beschreibung dieser Kleider, die kann ich Dir leicht geben, denn in der festen Überzeugung, daß man Dich eines Tages zurückfordern wird und diese Gegenstände dann zu Deiner Wiedererkennung beitragen könnten, habe ich sie sorg= fältig aufbewahrt.

Zuerst muß ich Dir aber sagen, daß Du nicht gewickelt, son= dern richtig angezogen warst. Habe ich je von Deinen Wickeln gesprochen, so ist das nur aus Gewohnheit geschehen, weil die Kinder bei uns immer gewickelt werden. Wir haben fol= gendes bei Dir gefunden: ein Spitzenhäubchen, das außer seiner Kostbarkeit keine besonderen Merkmale hat, ein Hemd= chen von feinem Leinen, um den Hals und an den Armen mit einer schmalen Spitze besetzt, ein Flanelltuch, weiße, wol= lene Strümpfe, weiße, gewirkte Unterstrümpfe mit seidenen Schleifen, ein langes, gleichfalls aus weißem Flanell gemach= tes Kleid und endlich einen langen, mit Seide gefütterten und obenauf mit reicher Stickerei verzierten Kaschmirmantel mit einer Kapuze. Das leinene Tuch, das ich bei Dir fand, gehörte nicht zu dieser Ausstattung, da man das Deine bei dem Po= lizeikommissar gewechselt und Dir ein ganz gewöhnliches Tuch untergelegt hatte.

Schließlich muß ich noch bemerken, daß kein einziger von die= sen Gegenständen gezeichnet, sondern von dem Flanelltuch wie von dem Hemdchen die Ecke abgeschnitten war, in der

der Name zu stehen pflegt — ein sicherer Beweis, daß alle Vorkehrungen getroffen waren, etwaige Nachforschungen zu vereiteln.

Das ist alles, was ich Dir sagen kann, mein lieber Remi. Glaubst Du diese Sachen zu brauchen, so schreibe mir, dann schicke ich sie Dir unverzüglich.

Gräme dich nicht darüber, mein liebes Kind, daß Du mir nicht alle die schönen Geschenke machen kannst, die Du mir ver= sprochen hast. Die Kuh, die Du von Deinem täglichen Ver= dienst gekauft hast, wiegt in meinen Augen alle Schätze der Welt auf. Ich kann Dir zu meiner Freude sagen, daß sie bei guter Gesundheit ist und stets so reichlich Milch gibt wie am ersten Tag. Dank meiner Kuh lebe ich jetzt ohne Sorgen und sehe das schöne Tier nie an, ohne Deiner und Deines guten kleinen Freundes Mattia zu gedenken.

Es wird mir sehr lieb sein, wenn Du mir Nachricht von Dir geben kannst, und ich hoffe, sie wird immer günstig lauten. Wie solltest Du, der Du so liebevoll und zärtlich bist, Dich in Deiner Familie nicht glücklich fühlen, von Eltern und Ge= schwistern umgeben, die Dich liebhaben werden, wie Du es verdienst!

Leb wohl, mein liebes Kind, ich umarme Dich zärtlich.

Deine Pflegemutter

Witwe Barberin.«

Das Ende des Briefes drückte mir fast das Herz ab. Wie gut war Mutter Barberin gegen mich! Und weil sie mich so innig liebte, bildete sich die arme Frau ein, alle Welt müsse das= selbe tun.

»Das ist eine gute Frau«, erklärte Mattia. »Sie hat an mich gedacht. Aber hätte sie es auch nicht getan, so würde ich ihr darum nicht weniger für diesen Brief danken. Wo wir mit einer so genauen Beschreibung ausgerüstet sind, darf sich Herr Driscoll in der Aufzählung der Babykleider nicht irren!«

»Er kann es vergessen haben.«

»Sag das nicht; vergißt man denn, was für Kleider ein Kind an dem Tag trug, an dem es verloren wurde? Die müssen doch hauptsächlich zur Entdeckung verhelfen.«

»Nun, wir werden sehen.«

Aber der Vorsatz ließ sich leichter fassen als ausführen. So

natürlich es auch gewesen wäre, meinen Vater um die er=
wähnte Auskunft zu bitten, wenn ich keine Hintergedanken
dabei gehabt hätte, so schwer war es jetzt, wo ich befangen
war. Ich zögerte und zögerte, bis ich mir endlich ein Herz
faßte und die Unterhaltung auf den Gegenstand lenkte, der
mir so brennende Qualen verursachte.

Wie jedesmal, wenn er sich über mich ärgerte, sah mich mein
Vater gleich bei dem ersten Wort an, als wollte er mich mit
den Augen durchbohren. Ich hielt diesen Blick jedoch stand=
haft aus und blinzelte nur Mattia verstohlen und vorwurfs=
voll zu, um ihn zum Zeugen der Ungeschicklichkeit anzurufen,
die ich auf seine Veranlassung begehen mußte. Nach der ersten
Aufwallung des Unmuts verzog mein Vater das Gesicht zu
einem Lächeln, das zwar hart und grausam, aber einem Wut=
ausbruch immerhin vorzuziehen war.

»Die eingehende Beschreibung der Kleidungsstücke, die du
getragen hast, als du uns geraubt wurdest, hat am meisten zu
deiner Entdeckung beigetragen«, sagte er. »Sie bestanden aus
einer Spitzenmütze, einem leinenen, mit Spitzen besetzten Hemd=
chen, einem Kleid von Tuch und Flanell, wollenen Strümpfen,
gewirkten Unterstrümpfen und einem weißen, gestickten
Kaschmirmantel mit einer Kapuze. Aber die Buchstaben F. D.
— die Anfangsbuchstaben deines Namens Francis Driscoll —,
mit denen deine Wäsche gezeichnet war und auf die ich für
den glücklichen Erfolg meiner Bemühungen vor allem rech=
nete, waren von der Person, die dich uns gestohlen hatte, ab=
geschnitten worden. Wahrscheinlich hoffte sie durch diese
Vorsicht deine Wiederauffindung für immer unmöglich zu
machen. Außerdem mußte ich deinen Taufschein vorzeigen,
den ich in dem Sprengel ausstellen ließ, wo du geboren bist,
und der sich noch unter meinen Papieren vorfinden muß.«

Bei diesen Worten stöberte er mit einer bei ihm ganz unge=
wöhnlichen Bereitwilligkeit in einer Schublade herum, aus der
er nach kurzer Zeit ein mit mehreren Siegeln versehenes Pa=
pier zum Vorschein brachte, das er mir überreichte.

»Wenn Sie erlauben, kann mir Mattia den Inhalt übersetzen«,
bat ich, einen letzten Versuch wagend. Mein Vater stimmte zu.

Mattia entledigte sich dieser Aufgabe, so gut er konnte, und
ich erfuhr durch seine Übersetzung, daß ich der Sohn des
Patrick Driscoll und der Frau Margarete Grange, seiner Frau,
sei, geboren an einem Donnerstag, den 2. August.

Was konnte ich noch mehr verlangen?

Mattia aber war trotz alledem nicht befriedigt. Wie immer, wenn er mir etwas Geheimes anvertrauen wollte, flüsterte er mir die Worte zu: »Heute abend, beim Schlafengehen.«

Als wir allein waren, sagte Mattia: »Das ist alles schön und gut, gibt aber keine Aufklärung darüber, wie es Patrick Driscoll und Margarete Grange, seiner Frau, möglich war, ihr Kind in Spitzenhäubchen, spitzenbesetztes Hemdchen und gestickte Mäntel zu kleiden. Wandernde Kaufleute sind nicht reich ge= nung dazu.«

»Gerade weil mein Vater Kaufmann ist, mag er Gelegenheit gehabt haben, diese Sachen billiger zu bekommen.«

Mattia pfiff vor sich hin, schüttelte den Kopf und flüsterte mir ins Ohr: »Soll ich dir einen Gedanken mitteilen, der mir nicht aus dem Sinn will? Daß du nämlich nicht Driscolls Kind bist, sondern das Kind, das Driscoll gestohlen hat.«

Ich wollte etwas entgegnen, aber Mattia war schon in sein Bett geklettert.

Ein sonderbarer Besuch

Wäre ich an Mattias Stelle gewesen, so hätte ich vielleicht denselben Verdacht gehegt wie er. In meiner Lage hingegen mußte ich den Argwohn unterdrücken. Wie oft weinte ich vor Kummer, weil ich keine Familie besaß — und nun vergoß ich Tränen der Verzweiflung, weil ich eine hatte. Aber wie schwer mir das Herz auch sein mochte, ich mußte dennoch tagaus, tagein Tänze spielen, singen und lustige Gesichter ma= chen. Nur sonntags, wo in London nicht auf der Straße ge= spielt wird, konnte ich mich meinem Kummer überlassen, während ich mit Mattia und Capi umherwanderte. Welch ein Unterschied zwischen dem Remi von jetzt und dem einige Monate vorher!

Als ich mich so eines Sonntags rüstete, mit Mattia auszugehen, hielt mich mein Vater mit der Bemerkung zurück, daß er meiner im Laufe des Tages bedürfe, und schickte Mattia allein fort. Mein Großvater war noch nicht heruntergekommen, meine Mutter mit Annie und Kate ausgegangen, und meine Brüder trieben sich auf der Straße herum. Es befanden sich nur mein Vater und ich zu Hause. Wir waren seit etwa einer Stunde allein gewesen, als es an die Haustür klopfte. Mein Vater öff= nete und kam mit einem Herrn zurück, der im Gegensatz zu seinen sonstigen Bekannten wirklich wie ein Herr aussah. Vor= nehm gekleidet und etwa fünfzig Jahre alt, hatte er hochmü= tige, etwas schlaffe Gesichtszüge, denen seine auffallende Art zu lächeln einen ganz eigentümlichen Ausdruck verliehen. Dann kamen nämlich alle seine weißen Zähne, die so spitz waren wie die eines Fuchses, zum Vorschein, so daß man unwillkür= lich in Zweifel darüber geriet, ob er beißen wolle oder den Mund wirklich zum Lächeln verzog.

Er begann, sich in englischer Sprache mit meinem Vater zu unterhalten, wobei er unablässig zu mir herüberschaute, jedoch aufhörte, mich zu beobachten, sobald er meinem Blick begeg= nete. Nach kurzer Zeit vertauschte er das Englische mit dem Französischen, das er sehr geläufig fast ohne fremdartigen Ak= zent sprach, und fragte meinen Vater, indem er mit dem Finger auf mich wies: »Ist das der Junge, von dem Sie mir er= zählten? Er scheint recht kräftig zu sein.«

»So sprich doch«, herrschte mich mein Vater an. Der Herr wandte sich mit der Frage an mich, ob es mir gutgehe. Ich bejahte. Nun erkundigte sich der Fremde, ob ich denn nie krank gewesen wäre, und als ich antwortete, daß ich eine Lungenentzündung gehabt habe, rief er lebhaft aus: »Wie hast du die denn bekommen?«

»Weil mein Herr und ich eine Nacht bei furchtbarer Kälte im Schnee schlafen mußten. Mein Herr erfror. Ich bekam eine Lungenentzündung.«

»Ist das lange her?«

»Drei Jahre.«

»Und hast du keine Nachwehen von der Krankheit ver= spürt?«

»Nein.«

»Keine Erschöpfung, keine Schlaffheit, kein Schwitzen in der Nacht?«

»Nein, nie, erschöpft fühle ich mich nur nach weiten Mär= schen, aber krank werde ich nie davon.«

»Und du kannst körperliche Anstrengungen gut aushalten?«

»Das muß ich wohl.«

Er erhob sich, kam auf mich zu, befühlte mir den Arm, legte

mir die Hand aufs Herz, dann den Kopf auf den Rücken und auf die Brust. Er ließ mich husten, tief Atem holen, als ob ich gelaufen wäre, und schaute mir mit seinem unheimlichen Lächeln aufmerksam ins Gesicht, ohne jedoch mit mir zu spre= chen. Er wandte sich dann wieder in englischer Sprache an meinen Vater, mit dem er einige Minuten später durch den Wagenschuppen hinausging.

Ich begriff nicht, was dieser Vorgang bedeuten sollte. Beabsich= tigte der Fremde vielleicht, mich in seinen Dienst zu nehmen? Der Gedanke behagte mir durchaus nicht, denn ich wollte mich nicht von Mattia und Capi trennen. Überhaupt war ich fest entschlossen, nie wieder in Dienst zu treten, am aller= wenigsten bei diesem Gentleman, der mir so sehr mißfiel.

Nach einer Weile kam mein Vater zurück, um mir anzukündi= gen, daß ich spazierengehen könne, soviel ich wolle, weil er zu tun hätte und mich daher nicht brauchte.

Das freute mich bei dem regnerischen Wetter gar nicht. Aber was sollte ich in diesem trübseligen Haus anfangen? Ich ging also zu unserem Wagen, um meinen Schafpelz zu holen und fand Mattia dort vor. Schon wollte ich ihn anreden, als er mir die Hand auf den Mund legte und mir zuflüsterte: »Öffne die Schuppentür, ich will leise hinter dir hinausgehen. Man darf nicht wissen, daß ich im Wagen war.«

Wir schlichen uns unhörbar fort, und sobald wir uns draußen befanden, sagte Mattia: »Weißt du, wer der Herr ist, der soeben bei deinem Vater war? Mr. James Milligan, der Onkel deines Freundes Arthur.«

Ich blieb wie angewurzelt stehen, Mattia aber nahm mich beim Arm und fuhr im Weitergehen fort: »Es langweilte mich, an diesem unfreundlichen Sonntag so allein durch die düsteren Straßen zu wandern. Ich wollte versuchen zu schlafen, ging nach Hause und legte mich auf das Bett. Ich schlief noch nicht, als dein Vater in Begleitung eines Herrn in den Schuppen trat, so daß ich Zeuge ihres Gespräches wurde, ohne zu horchen: ›Fest wie ein Fels‹, sagte der Herr. ›Zehn andere wären gestor= ben, er kommt mit einer Lungenentzündung davon!‹ Nun horchte ich natürlich auf, da ich meinte, die Rede sei von dir. Doch die Unterhaltung ging gleich auf etwas anderes über. ›Wie geht es Ihrem Neffen?‹ fragte dein Vater. ›Besser‹, lautete die Antwort, ›diesmal kommt er noch mit dem Leben davon, obwohl ihn alle Ärzte vor drei Monaten aufgegeben haben.

Seine liebe Mutter hat ihn noch einmal durch ihre Sorgfalt gerettet — ach ja, Mrs. Milligan ist eine gute Mutter!‹ Du kannst dir denken, daß ich bei diesem Namen die Ohren spitzte. ›Wenn es Ihrem Neffen besser geht, so sind wohl alle Ihre Vor= sichtsmaßregeln unnütz?‹ fuhr dein Vater fort. ›Für den Augen= blick vielleicht‹, entgegnete der Herr. ›Ich kann aber nicht glauben, daß Arthur am Leben bleibt, denn das wäre ein Wun= der, und Wunder geschehen heutzutage nicht mehr. Am Tag seines Todes muß ich vor jeder Wiederkehr gesichert und ich, James Milligan, der einzige Erbe sein.‹ — ›Seien Sie unbesorgt, dafür stehe ich ein‹, versetzte dein Vater. Der Fremde erwi= derte: ›Ich verlasse mich auf Sie.‹ Dann fügte er noch einige mir nicht verständliche Worte hinzu, die ich ungefähr so über= setze, obschon sie keinen Sinn zu haben scheinen: ›Wir werden sehen, was wir mit ihm zu machen haben.‹ Damit ging er hin= aus.«

Als Mattia mit seinem Bericht endete, war mein erster Gedanke, umzukehren und meinen Vater um Mr. Milligans Adresse zu bitten. Ich wollte mich bei ihm nach Arthur und seiner Mutter erkundigen. Doch ich kam bald davon ab. Es wäre nicht nur töricht gewesen, denselben Mann, der den Tod seines Neffen ungeduldig erwartete, nach dessen Ergehen zu fragen, sondern auch höchst unvorsichtig, Mr. Milligan auf diese Weise zu verraten, daß er belauscht worden war. Fürs erste mußte ich es mir daher an dem Gehörten genügen lassen. Welche Freude, Arthur war am Leben, und es ging ihm besser!

Weihnachten

Fortan drehte sich unser Gespräch nur noch um die Familie Milligan.

Wir ergingen uns in allen möglichen Vermutungen über den augenblicklichen Aufenthalt Arthurs und seiner Mutter. Wir dachten darüber nach, auf welche Weise wir sie am sichersten wiederfinden könnten, und gerieten endlich auf einen unserer Meinung nach ganz vortrefflichen Einfall. War Mr. James Milli= gan, der offenbar mit meinem Vater in Geschäftsverbindung stand, einmal in Red Lion Court gewesen, so durften wir mit

Bestimmtheit annehmen, daß er zum zweiten=, vielleicht auch zum drittenmal dahinkommen würde. Darauf wollten wir war= ten. Die Zeit der Weihnachtskonzerte, in der wir mitten in der Nacht zum Spielen ausgehen mußten, am Tag aber zu Hause blieben, stand nahe bevor. Einer von uns konnte daher immer Wache halten, so daß uns Mr. James Milligan gewiß nicht ent= wischte. Und sobald er sich entfernte, sollte ihm Mattia, den er nicht kannte, nachgehen, um seine Wohnung auszukund= schaften. Dann konnten wir vielleicht die Dienstboten zum Sprechen bringen und durch sie vielleicht zu Arthur gelangen. Das war gewiß ein schöner Plan.

Es blieb uns also nichts übrig, als unsere Zeit abzuwarten. Wir faßten uns in Geduld und setzten mittlerweile unsere Wande= rungen durch London fort, denn wir gehörten nicht zu jenen bevorzugten Musikanten, die von einem Stadtteil Besitz ergrei= fen, wo sie ihr eigenes Publikum haben, dazu waren wir zu jung, zu neu; wir mußten denen den Platz räumen, die ihre Eigentumsrechte geltend zu machen verstanden.

Wie oft schon sahen wir uns genötigt, schleunig vor einem riesigen Schotten mit nackten Beinen, Faltenrock und feder= geschmückter Mütze das Weite zu suchen, nachdem wir eben unsere schönsten Stücke aufs beste gespielt hatten und im Be= griff waren einzusammeln. Schon der Ton seiner Sackpfeife trieb uns in die Flucht.

Schlimmer noch als die schottischen Barden waren die Banden der »Nigger Melodists«, jener falschen Neger, die die Straßen Londons musizierend durchziehen, mit wunderlich geschwänz= ten Röcken und Halskragen von so ungeheurer Größe, daß der Kopf daraus hervorschaut wie ein Blumenstrauß aus einem Blatt Papier. Sahen wir eine dieser Truppen in unsere Nähe kommen, oder hörten wir auch nur ihr Banjo, so schwiegen wir ehrerbietig still und gingen entweder weit fort in eine Stadtgegend, in der wir hoffen durften, keinen derartigen Nebenbuhlern zu begegnen, oder warteten demütig, bis sie mit ihrer Katzenmusik zu Ende waren.

So gaben wir auch eines Tages die unfreiwilligen Zuhörer der Nigger Melodists ab, als ich plötzlich einen unter ihnen, und zwar den ausgelassensten von allen, Mattia Zeichen machen sah. Anfangs glaubte ich, der Neger wolle sich über uns lustig machen und das Publikum durch einen grotesken Auftritt unterhalten, dessen Opfer wir sein sollten. Jedoch Mattia ant=

wortete zu meinem großen Erstaunen ganz freundlich. »Kennst
du ihn?« fragte ich.

»Das ist Bob«, entgegnete Mattia freudig.

»Welcher Bob?«

»Mein Freund Bob aus dem Zirkus Gassot, einer von den bei=
den Clowns, von denen ich dir erzählt habe, und gerade der,
dem ich mein Englisch verdanke.«

»Hast du ihn gleich wiedererkannt?«

»Das will ich glauben! Bei Gassot steckte er den Kopf ins Mehl,
hier färbt er sich mit schwarzem Firnis.«

Als die Truppe ihre Vorstellung beendete, kam Bob auf uns
zu, um Mattia zu begrüßen. Ein Bruder hätte nicht mehr Freude
über das unerwartete Zusammentreffen an den Tag legen kön=
nen, als es dieser ehemalige Clown tat, der, wie er sagte, »durch
die schlechten Zeiten gezwungen war, sich in einen fahrenden
Musikanten zu verwandeln«. Da Bob seine Bande nicht im
Stich lassen durfte, wir aber ein Viertel aufsuchen mußten, in
das er nicht kam, so konnten die beiden Freunde nicht lange
miteinander plaudern und verschoben die ausführliche Mittei=
lung ihrer beiderseitigen Erlebnisse auf den folgenden Sonntag.
Aus Anhänglichkeit für Mattia zeigte Bob auch für mich Inter=
esse, so daß wir an ihm bald einen Freund gewannen, dessen
vielseitige Erfahrungen und nützliche Ratschläge uns das Leben
in London wesentlich erleichterten. Für Capi faßte er eine be=
sondere Zuneigung und erklärte uns oft voll Neid, wenn er
einen solchen Hund hätte, wäre sein Glück bald gemacht. Er
schlug uns auch öfter vor, uns mit ihm zusammenzutun. Aber
davon konnte natürlich keine Rede sein.

So nahte die Weihnachtszeit heran, wo wir anstatt des Morgens
jeden Abend zwischen acht und neun Uhr von Red Lion Court
nach der gewählten Gegend aufbrachen.

Wir fingen mit den Squares und den Straßen an, in denen der
Wagenverkehr schon aufgehört hat. Wir brauchten eine ge=
wisse Stille, damit unsere Musik durch die geschlossenen Türen
dringen, die Kinder in den Betten wecken und ihnen das Nahen
der Weihnacht verkündigen konnte. Allmählich, je weiter die
Nacht vorrückte, gingen wir in die großen Straßen hinunter.
Die letzten Wagen, die die Zuschauer aus den Theatern heim-
brachten, rollten vorüber, und nach und nach folgte dem be=
täubenden Lärm des Tages eine Art Ruhe. Dann spielten wir
unsere zartesten Lieder, fromme und schwermütige Melodien.

Mattias Geige klagte, meine Harfe seufzte, und in den Pausen
trug uns der Wind Bruchstücke der Musik zu, die andere Musi=
kanten in der Entfernung spielten. Unser Konzert war beendet:
»Gute Nacht und fröhliches Christfest, meine Damen und Her=
ren!« Damit gingen wir, um weiter weg von neuem zu be=
ginnen.

Es muß schön sein, so des Nachts Musik zu hören, wenn man
weich und warm, in eine Decke gehüllt, unter seinem Daunen=
bett liegt. Aber für uns da draußen gab es weder das eine noch
das andere: wir mußten spielen, wenn wir die steifen, halb
erfrorenen Finger kaum noch bewegen konnten. War die Luft
bewölkt, so durchdrang uns der Nebel mit seiner Feuchtigkeit;
funkelten die Sterne vom azurblauen Himmel hernieder, so
erstarrte uns vom Nordwind das Mark in den Knochen. Die
Weihnachtszeit war eine harte Zeit für uns.

Wie oft standen wir vor den Delikatessenläden und Kondito=
reien still, um uns an dem Anblick der dort ausgestellten Herr=
lichkeiten zu laben! Was gab es da für schöne fette Gänse und
appetitliche weiße Brathühner! Hier türmten sich Berge von
Orangen und Äpfeln, von Pflaumen und Kastanien, dort lach=
ten uns köstliche überzuckerte Früchte an, daß einem das Was=
ser im Mund zusammenlief. Während wir die Straßen frierend
durchwanderten, dachten wir an alle Kinder, die Weihnachten
im Kreis einer Familie erleben durften.

Fröhliche Weihnachten für alle, die geliebt werden!

Zum zweitenmal verhaftet

Mr. James Milligan ließ sich nicht wieder in Red Lion Court
blicken. Jedenfalls sahen wir ihn trotz all unserer Wachsamkeit
nicht. Da wir nach dem Weihnachtsfest wieder bei Tag aus=
gehen mußten, beschränkte sich die Aussicht, mit ihm zusam=
menzutreffen, fast nur auf den Sonntag. Wir blieben daher
häufig auch an diesem Tag zu Hause, anstatt spazierenzugehen
und uns Erholung zu gönnen. Wir warteten.

Aber auch nach anderer Seite hin waren wir nicht müßig.
Mattia redete mit seinem Freund Bob ganz offen und fragte
ihn, ob es nicht möglich wäre, die Wohnung Mrs. Milligans zu

erfahren. Bob meinte aber, daß es mehrere Personen des Namens Milligan in London und ziemlich viele in England gäbe. Es komme daher vor allen Dingen darauf an, genau zu wissen, was für eine Mrs. Milligan gemeint ist.

Derartige Schwierigkeiten erwarteten wir nicht. Für uns gab es nur eine Mrs. Milligan, Arthurs Mutter, und nur einen Mr. James Milligan, Arthurs Onkel. Mattia sagte nun wieder, daß wir nach Frankreich zurückkehren sollten, und unser alter Streit entbrannte bald heftiger denn je.

»Willst du unseren Plan denn ganz fallenlassen?« fragte ich ihn.

»Nein, ganz und gar nicht, aber es ist durchaus nicht sicher, daß sich Mrs. Milligan augenblicklich in England aufhält.«

»Ebensowenig, daß sie nach Frankreich gereist ist.«

»Das kommt mir höchst wahrscheinlich vor. Arthur war krank, und so darf man mit Bestimmtheit annehmen, daß ihn seine Mutter in ein gesundes Klima gebracht hat.«

»Das gibt es nicht nur in Frankreich.«

»Dort war Arthur schon einmal, dorthin wird seine Mutter auch diesmal mit ihm gegangen sein. Ich möchte aber auf jeden Fall, daß du von England fortgehst.«

Ich wollte Mattia nicht fragen, weshalb er so wünschte, mich von hier fortzubringen — er hätte mir antworten können, was ich nicht hören wollte.

»Mir ahnt Schlimmes«, fuhr er fort, »du wirst sehen, daß dir irgendein großes Unglück zustößt. Laß uns gehen.«

Obwohl sich das Benehmen meiner Familie mir gegenüber nicht änderte, konnte ich mich nicht entschließen, Mattias Rat zu folgen.

Tag auf Tag verging, eine Woche folgte der anderen. Endlich rückte die Zeit heran, wo meine Familie London zu verlassen pflegte, um ihre sommerlichen Streifzüge durch England anzu=treten. Waren wir zu Hause, so sahen wir die Ballen, die nicht auf geradem Weg von den Verkaufsmagazinen nach Red Lion Court gelangt waren, aus dem Keller heraufholen und in die beiden neugestrichenen Wagen verschwinden. Es grenzte fast ans Wunderbare, was sich alles in den beiden Wagen unter=bringen ließ.

Schließlich waren sie vollgepackt, und Pferde wurden gekauft. Wo und wie, weiß ich nicht. Wir sahen sie nur ankommen, und alles war zum Aufbruch bereit. Nur wußten wir noch nicht,

was über uns beschlossen worden war, ob wir mit dem Groß=
vater in London bleiben oder der Familie entweder als Musi=
kanten oder wie Allan und Ned als Kaufleute folgen würden.
Endlich eröffnete uns mein Vater am Abend vor der Abreise,
daß wir uns der Karawane anschließen und nach wie vor Musi=
kanten bleiben sollten.
Wieder befanden wir uns auf der Wanderschaft. Mit einem
Gefühl der Erleichterung verließ ich London. Ich mußte Red
Lion Court, mußte diese Falltür nicht mehr sehen, die meine
Blicke beständig wie mit geheimnisvoller Macht auf sich ge=
zogen hatte. Wie oft bin ich plötzlich nachts in die Höhe ge=
fahren, weil ich im Traum ein rotes Licht in mein kleines Fen=
ster schimmern sah! Es war eine Täuschung, ein Hirngespinst,
aber einmal habe ich dies Licht gesehen, und seitdem brannte
es mir unablässig wie eine verzehrende Flamme vor den Augen.
Wir gingen hinter dem Wagen her. Glücklich atmeten wir die
herrliche Landluft in vollen Zügen. Wir freuten uns über die
Sonne, über das frische Grün an den Bäumen und über den
Gesang der Vögel.
Schon am ersten Tag gelangten wir in ein großes Dorf, wo
mein Vater bereits den Anfang mit dem Verkauf seiner billigen
Waren machte. Die Wagen wurden auf den Marktplatz ge=
fahren und eine ihrer aus mehreren Abteilungen bestehenden
Seitenwände heruntergelassen, so daß sich der ganze Inhalt
den Blicken der Käufer zeigte.
»Achten Sie auf die Preise! Achten Sie auf die Preise!« schrie
mein Vater mit lauter Stimme: »Dergleichen finden Sie nir=
gends wieder. Ich bezahle meine Waren nie und kann sie des=
halb billig weggeben. Ich verkaufe sie nicht, sondern ich ver=
schenke sie. Schauen Sie auf die Preise, schauen Sie auf die
Preise!«
Mehrere Leute kamen herbei, um sich die Preise anzusehen,
und ich hörte sie im Fortgehen sagen: »Das müssen gestohlene
Sachen sein.«
»Er sagt es ja selbst«, versetzte ein anderer.
Am Abend fragte mich Mattia: »Wirst du diese Schande noch
lange ertragen können?«
»Sprich nicht davon, wenn du sie mir nicht noch qualvoller
machen willst.«
»Das will ich nicht. Ich will, daß wir nach Frankreich gehen.
Ich habe dir immer gesagt, daß sich ein Unglück ereignen wird.

Ich sage es dir noch einmal. Ich fühle, daß es nicht lange mehr dauern kann.«

»Mattia, ich bitte dich . . .«

»Weil du nicht sehen willst, muß ich es für dich tun. Eines Tages wird man uns alle verhaften. Auch dich, auch mich, die wir nichts getan haben. Wie sollen wir unsere Unschuld beweisen, wenn wir zugeben müssen, daß wir das Brot essen, das von dem Erlös dieser Waren bezahlt wurde?«

Der Gedanke war mir noch nie in den Sinn gekommen und traf mich wie ein Blitzstrahl.

»Aber wir erwerben unser Brot ehrlich«, entgegnete ich, mehr um mich gegen diesen Gedanken als gegen Mattia zu verteidigen.

»Das ist wahr, aber es ist ebenfalls wahr, daß wir mit den Leuten zusammenleben, die ihren eigenen Unterhalt nicht ehrlich verdienen. Darauf und nur darauf wird gesehen, und wir werden verurteilt werden wie sie selbst. Ich möchte nicht als Dieb verhaftet werden. Aber noch schlimmer wäre es, wenn man dich verhaften würde. Ich bin nur ein armer Kerl und werde nie etwas anderes sein. Aber wenn du deine rechte Familie erst wiedergefunden hast — welch ein Kummer für sie, welche Schande für dich, wenn du als Dieb verurteilt warst! Wenn wir im Gefängnis sitzen, so können wir nicht nach deiner Familie suchen und können Mrs. Milligan nicht sagen, was ihr Schwager gegen Arthur im Schilde führt. Darum laß uns fliehen, solange es Zeit ist.«

»Fliehe du.«

»Du wiederholst stets dieselbe Dummheit. Entweder fliehen wir zusammen, oder wir werden zusammen festgenommen. Werden wir verhaftet, so hast du die Verantwortung für mich mit zu tragen. Das wird dir noch viel Kummer bereiten! Wenn du deiner Familie nützen könntest, würde ich deinen Standpunkt einsehen. Sie haben aber bisher ohne dich gelebt und werden es auch weiterhin tun. Komm! Gehen wir nach Frankreich zurück!«

»Gut, laß mir noch ein paar Tage zum Nachdenken, dann wollen wir sehen.«

»Aber nicht lange. Ich habe das Gefühl, daß wir in Gefahr sind.«

Noch nie zuvor versetzten mich Mattias Bitten und Vorstellungen so sehr in Unruhe wie diesmal. Als ich über seine Worte nachdachte, sah ich ein, daß meine Unentschlossenheit nichts als Feigheit war und daß ich mir endlich darüber klarwerden mußte, was ich wollte. Aber die Umstände taten für mich, was ich selbst nicht zu tun wagte.

Wir waren schon seit mehreren Wochen von London fort und auf unserem Wanderzug allmählich in eine Stadt gelangt, in deren Umgebung Pferderennen stattfinden sollten. In England sind Pferderennen ein richtiges Volksfest für die ganze Gegend. Die Aufmerksamkeit des Publikums wendet sich bei weitem nicht ausschließlich den Pferden zu. Gaukler, Zigeuner und wandernde Kaufleute kommen oft schon einige Tage vorher auf die als Rennplatz dienende Heide, um dort eine Art Jahr= markt zu halten. Auch wir beeilten uns, unseren Platz dort einzunehmen: Mattia und ich als Musikanten, die Familie Driscoll als Kaufleute. Wir ließen uns jedoch nicht in der Nähe des Rennplatzes, sondern in der Stadt selbst nieder, wo mein Vater hoffte, bessere Geschäfte zu machen.

Wir trafen frühzeitig ein. Mattia und ich, die nicht mit dem Auslegen der Stoffe beschäftigt waren, gingen fort, um uns das Rennfeld anzusehen. Schon von weitem bezeichneten zahl= reiche kleine Rauchsäulen seine Lage und Grenzen, und reges Leben herrschte auf der zu gewöhnlichen Zeiten dürren und kahlen Heide. Man sah Bretterschuppen, in denen Schenken und Gaststätten aller Art eingerichtet waren, Baracken, Zelte, Wagen sowie Lagerfeuer, um die sich Leute in malerischen Lumpen versammelten.

An einem dieser Lagerfeuer, über dem ein Feldkessel hing, erblickten wir unseren guten Freund Bob, der sich sehr freute, uns wiederzusehen. Wie er uns erzählte, war er mit zwei seiner Kameraden zum Rennen gekommen, um Seiltänzer= und Ta= schenspielerkunststücke aufzuführen. Leider aber ließen ihn seine Musikanten im Stich. In dieser Verlegenheit kam ihnen Mattia und ich wie gerufen. Sie machten uns den Vorschlag, an die Stelle der wortbrüchigen Musikanten zu treten. Die Ein= nahme sollte zwischen uns geteilt und sogar Capi dabei be= rücksichtigt werden.

Ich sah an dem Blick, den mir Mattia zuwarf, wie sehr er die Annahme dieses Vorschlages wünschte. Ich schlug daher ein und verabredete, daß wir beide uns Bob und seinen Freunden den nächsten Morgen zur Verfügung stellen würden.

Am Abend erzählte ich meinem Vater von unserer Abma=

chung. Er erklärte mir, daß wir Capi nicht mitnehmen könn=
ten, da er ihn selbst brauche. Ich war verzweifelt. Was mochte
das bedeuten — sollte das arme Tier wieder zu einem Ver=
brechen gebraucht werden? Doch mein Vater wollte, wie er
sagte, den Hund zur Bewachung der Wagen haben. »Ihr müßt
schon allein fortgehen, um mit Bob zu spielen«, schloß er, »und
dauern eure Vorstellungen bis tief in die Nacht, so kommt
gleich vom Rennplatz in den Gasthof zur ›Großen Eiche‹.
Dort übernachten wir. Ich verlasse die Stadt mit Einbruch der
Dunkelheit.«
Wir brachten bereits die verflossene Nacht in diesem Gast=
haus zu. Es befand sich etwa eine englische Meile vom Renn=
platz entfernt in einer öden, unheimlichen Gegend auf freiem
Feld und wurde von einem wenig vertrauenerweckend aus=
sehenden Ehepaar gehalten. Der Weg dahin ging immer ge=
radeaus und ließ sich auch in der Dunkelheit leicht finden. Nur
war er ein wenig lang für uns, besonders nach einem anstren=
genden Tag.
So band ich denn Capi am nächsten Morgen, nach dem Früh=
stück, selbst an die Achse des Wagens, den er bewachen sollte.
Ich ging dann mit Mattia auf den Rennplatz, wo wir unmit=
telbar nach unserer Ankunft zu spielen begannen und bis zum
Abend ununterbrochen arbeiteten. Die Fingerspitzen schmerz=
ten mich, als wären sie von Dornen zerstochen. Mattia konnte
kaum mehr atmen. Aber Bob und seine Kameraden waren
unermüdlich, und so mußten auch wir weiterspielen. Im stil=
len hoffte ich auf eine Pause am Abend. Statt dessen aber ver=
tauschten wir unser Zelt mit einer großen Bretterschenke,
wo Kunststücke und Musik erst recht anfingen. So währte es
bis Mitternacht. Ich brachte nur noch eine Art Geräusch auf
meiner Harfe hervor, ohne zu wissen, was ich spielte, und
Mattia erging es nicht viel besser als mir. Zwanzigmal schon
kündigte Bob an, diese Vorstellung sei die letzte, begann aber
ebensooft von neuem. Zuletzt waren wir alle todmüde, und
unsere Kameraden, die weit mehr Kräfte einsetzen mußten als
Mattia und ich, waren so völlig erschöpft, daß ihnen ihre
Kunststücke mehr als einmal mißlangen.
Da schrie Mattia plötzlich laut auf: eine große Stange, deren
sich die drei bei ihren Kunststücken bedienten, war ihm auf
den Fuß gefallen. Bob und ich kamen herbeigelaufen. Schon
fürchtete ich, der Fuß wäre zerschmettert. Es war aber glück=

licherweise nicht so schlimm, denn der Knochen war unver=
letzt. Der Fuß war gequetscht, und die Fleischwunden bluteten
stark.
Er konnte nicht gehen, und so kamen wir überein, daß Mattia
in Bobs Wagen schlafen, während ich allein in den Gasthof
zur »Großen Eiche« gehen sollte, um zu erfahren, wohin die
Familie Driscoll am anderen Morgen aufbrechen würde.
»Warte bis morgen früh«, bat Mattia, »dann gehen wir zu=
sammen.«
»Wie aber, wenn wir in der ›Großen Eiche‹ niemanden mehr
treffen?«
»Desto besser, dann sind wir frei!«
»So möchte ich die Familie Driscoll nicht verlassen. Außer=
dem würden sie uns schnell genug einholen. Wie willst du
denn mit deinem Fuß weiterkommen?«
»Gut, so laß uns bis morgen warten, wenn du es nicht an=
ders willst. Aber geh jetzt nicht, ich fürchte mich.«
»Wovor?«
»Ich weiß es nicht, ich habe Angst um dich.«
»Laß mich fort, ich verspreche dir, ich komme morgen wie=
der.«
»Sie können dich zurückhalten.«
»Ich lasse dir meine Harfe hier, die muß ich dann doch ab=
holen.«
Mattia gab nach, und ich machte mich trotz seiner Besorg=
nisse auf den Weg. Ich selbst fürchtete mich nicht.
Trotzdem war ich erregt. Weder Mattia noch Capi waren bei
mir, und diese Einsamkeit bedrückte mich. Die geheimnis=
vollen Stimmen der Nacht ließen mich erschauern, das bleiche
Licht des Mondes stimmte mich traurig. Trotz meiner Müdig=
keit ging ich schnell weiter und gelangte bald in unseren
Gasthof. Aber umsonst schaute ich nach unseren Wagen aus.
Zwei oder drei elende, mit Leinenzelten überspannte Karren,
eine geräumige Bretterbude, zwei große bedeckte Wagen, aus
denen mir das Geschrei wilder Tiere entgegentönte, das war
alles, was ich sah. Von den schönen Wagen mit den grellen
Farben, die der Familie Driscoll gehörten, entdeckte ich keine
Spur.
In einem Eckfenster sah ich plötzlich Licht. Ich klopfte an die
Tür. Der Wirt mit seinem verschlagenen und heimtückischen
Gesicht öffnete. Er ließ mir den Schein seiner Laterne voll

ins Gesicht fallen; ich merkte wohl, daß er mich erkannte. Aber statt mich einzulassen, hielt er die Laterne auf dem Rücken, schaute sich nach allen Seiten um und horchte einige Sekunden aufmerksam hinaus.

»Ihre Wagen sind fort«, sagte er endlich, »Ihr Vater läßt Ihnen sagen, daß Sie die ganze Nacht durchwandern und keine Zeit verlieren sollen, um ihn in Lewes einzuholen. Glückliche Reise!«

Damit schlug er mir die Tür vor der Nase zu. Ich war nicht klüger als zuvor, denn wenn ich auch alles andere zur Not verstand, so war ich doch ahnungslos, welchen Ort der Wirt mit »Luis« meinte. Daß dies die englische Aussprache des Namens Lewes sei, wußte ich damals noch nicht, und davon abgesehen konnte ich auch Mattia nicht im Stich lassen. Ich machte mich also wieder auf den Weg zum Rennplatz. Anderthalb Stunden später lag ich neben Mattia in Bobs Wagen auf einem guten Strohlager, erzählte meinen Kameraden, was vorgefallen war, und schlief bald ein.

Am nächsten Morgen fühlte ich mich vollkommen gekräftigt. Ich war bereit, nach Lewes zu wandern, falls mich Mattia begleiten konnte. Ich stieg, da er noch ruhig schlief, leise aus dem Wagen, um unseren Freund Bob zu begrüßen, der schon lange auf den Beinen und damit beschäftigt war, ein Feuer anzumachen. Während ich zusah, wie er aus Leibeskräften unter den Kessel blies, glaubte ich plötzlich von weitem Capi zu erkennen, den ein Polizist an der Leine führte. Noch stand ich ganz verdutzt da, als Capi mich erkannte, heftig an der Leine riß, seinem Führer entwischte und in einigen Sätzen bei mir war.

»Dieser Hund gehört Ihnen?« fragte der Polizist, als er herangekommen war.

»Ja.«

»Gut, so verhafte ich Sie«, fuhr er fort und packte mich gleichzeitig mit starkem Griff am Arm. Bob sprang auf und wollte wissen, was geschehen sei.

»Sind Sie sein Bruder?« lautete die Gegenfrage.

»Nein, sein Freund.«

»In der letzten Nacht sind ein Mann und ein Kind mit Hilfe einer Leiter durch ein hochgelegenes Fenster in die St.=Georgs= Kirche eingedrungen. Der Hund begleitete sie und sollte sie im Fall der Gefahr warnen. Sie wurden gestört und entwisch=

ten durch das Fenster, konnten aber den Hund in der Eile nicht mitnehmen. Er blieb in der Kirche zurück, wo wir ihn fanden. Ich dachte mir gleich, daß ich mit Hilfe des Hundes die Diebe entdecken würde. Einen der Gauner habe ich schon, wo steckt nun der andere, der Vater?«

Ob sich der Polizist mit der Frage an Bob oder mich wandte, weiß ich nicht. Ich konnte nicht antworten, denn ich war völlig vernichtet. Ich verstand jetzt nur zu gut, warum mir mein Vater Capi abforderte — nicht, um die Wagen zu bewachen, sondern um die zu sichern, die einen Kirchenraub begehen wollten! Ebensowenig entfernte sich die Familie Driscoll um der Annehmlichkeit willen, in der »Großen Eiche« zu übernachten, bei einbrechender Dunkelheit aus der Stadt. Sie hielten sich nur deshalb nicht länger in dem Gasthaus auf, weil der Diebstahl entdeckt worden und schleunige Flucht geboten war.

Aber ich durfte nicht an die Schuldigen denken, wer sie auch sein mochten, sondern an mich selbst. Dies um so mehr, als ich mich verteidigen und meine Unschuld beweisen konnte, ohne irgend jemanden anzuklagen. Ich brauchte ja nur genau anzugeben, wo ich diese Nacht verlebt hatte.

»Machen Sie ihm begreiflich, daß ich nicht schuldig sein kann«, bat ich Bob, »da ich bis ein Uhr morgens bei Ihnen war. Dann ging ich in die ›Große Eiche‹, wo ich mit dem Wirt sprach, und gleich darauf kam ich zurück.«

Anstatt sich durch diese Erklärung von meiner Unschuld überzeugen zu lassen, wie ich hoffte, entgegnete der Polizist: »Der Einbruch ist ein Viertel nach eins verübt worden, und der Junge ist um eins oder, wie er behauptet, einige Minuten vor ein Uhr von hier weggegangen. Er konnte also sehr gut eine Viertelstunde später mit den Dieben in der Kirche sein.«

»Man braucht länger, um von hier nach der Kirche zu gelangen«, wandte Bob ein.

»Nicht, wenn man läuft«, widersprach der Polizist. »Wer beweist mir außerdem, daß der Junge wirklich um ein Uhr weggegangen ist?«

»Ich kann es beschwören!« rief Bob.

»Ach Sie«, sagte der Mann verächtlich, »erst müssen wir sehen, wieviel Ihr Zeugnis gilt.«

Das war dem guten Bob zuviel. »Bedenken Sie, daß ich englischer Staatsbürger bin«, sagte er würdevoll. Und als der

Polizist statt aller Antworten die Achseln zuckte, rief er dro=
hend: »Ich schreibe an die ›Times‹, wenn Sie mich belei=
digen!«

»Einstweilen nehme ich diesen Jungen mit, er muß sich vor
Gericht verantworten«, war die ruhige Antwort.

Unterdessen kletterte Mattia, durch den lebhaften Wortwech=
sel erschreckt, aus dem Wagen und hinkte auf mich zu. Er
warf sich mir in die Arme, wie ich glaubte, um mich zu küs=
sen. Der praktische Mattia aber hatte Dringenderes zu tun,
als seinen Gefühlen nachzugeben. »Sei tapfer, wir verlassen
dich nicht!« flüsterte er mir ins Ohr und nahm dann erst Ab=
schied von mir. Ich bat ihn auf französisch, Capi an sich zu
nehmen. Aber der Polizist, der mich verstand, ließ es nicht zu,
sondern erklärte, daß er den Hund behalten wolle, denn da
er mit seiner Hilfe schon einen Übeltäter gefunden habe, werde
ihm das Tier auch zur Entdeckung des anderen verhelfen.

Zum zweitenmal wurde ich verhaftet, aber diesmal handelte
es sich um weit ernstere Dinge als um eine einfältige Anschul=
digung wie bei unserer Kuh. Wurde ich jetzt auch freigespro=
chen, so blieb mir doch nicht erspart, die Leute verurteilen
zu hören, für deren Spießgesellen man mich hielt.

Von dem Polizisten geführt, mußte ich die Gasse der Neu=
gierigen durchwandern, die sich auf unserem Weg bildete, aber
die Menge verfolgte mich nicht mit Spott und Drohungen,
wie es die Bauern damals in Frankreich getan hatten, denn es
waren fast lauter Gaukler, Schankwirte, Zigeuner, Herumtrei=
ber, Leute, die alle mehr oder weniger mit der Polizei im Krieg
lebten. Dagegen war es diesmal ein richtiges Gefängnis, in
das ich gebracht wurde. Der Anblick des mit schweren Eisen=
stangen vergitterten Fensters allein genügte, jeden Gedanken
an Flucht im Keim zu ersticken. Eine Bank und ein Bett bil=
deten die ganze Ausstattung der Zelle.

Ich ließ mich auf die Bank niederfallen und blieb dort ge=
brochen sitzen. Mattias Worte: »Sei tapfer, wir verlassen
dich nicht!« trösteten mich nur wenig. Was konnte ein Junge
wie er, was selbst ein Mann wie Bob tun, um mich aus diesem
Kerker zu befreien? Und doch war der Gedanke an Flucht der
einzige, den ich zu fassen vermochte.

Ich öffnete das Fenster, um die gekreuzten Eisenstangen anzu=
fühlen, die es von außen verschlossen. Sie waren mit Blei in
die fast ein Meter dicke Mauer eingelassen, der Fußboden war

mit großen Steinen gepflastert, die Tür mit einer Platte von Eisenblech bekleidet. Wieder ging ich ans Fenster und schaute hinaus, sah aber nur einen schmalen, am äußeren Ende durch eine ungefähr vier Meter hohe Mauer abgesperrten kleinen Hof. Hier war an ein Entkommen nicht zu denken, selbst nicht mit Hilfe der aufopferndsten Freunde.

Für mich kam es jetzt nur darauf an, wann ich vor dem Richter erscheinen mußte. Dann würde es sich herausstellen, ob ich meine Unschuld beweisen konnte, ohne meine Familie zu be= lasten. Da konnten mir nur Mattia und sein Freund Bob hel= fen. Glückte es den beiden, Beweise dafür zu erbringen, daß ich zur Zeit des Einbruchs nicht in der St.=Georgs=Kirche sein konnte, so war ich gerettet.

Wäre nur Mattia nicht am Fuß verletzt worden, dann hätte er nicht geruht, bis alles geschehen war, was nur zu meiner Rettung geschehen konnte. Nun aber durfte er vielleicht nicht einmal den Wagen verlassen, und ob unser guter Freund Bob ihn würde vertreten wollen, wußte ich nicht.

Eine fürchterliche Angst begann mich zu quälen. Geschichten von Gefangenen fielen mir ein, die monatelang im Kerker ge= schmachtet hatten, ehe man sie verhörte oder — was in meinen Augen ganz dasselbe war — verurteilte.

Bald wanderte ich auf und nieder, bald setzte ich mich auf meine Bank und versank in Gedanken. Ich dachte darüber nach, ob ich in ein neues Gefängnis gebracht werden würde, wie dieses Gefängnis wohl aussehen mochte, ob es unheim= licher wäre als das jetzige.

Kurz vor Anbruch des Abends hörte ich jenseits der meinem Fenster gegenüberliegenden Mauer eine Flöte und erkannte Mattias Art zu spielen. Der gute Junge, er wollte mir sagen, daß er an mich dachte. Zu den Tönen der Flöte gesellte sich bald ein verworrener Lärm sowie das Geräusch von Schritten. Offenbar waren Bob und Mattia im Begriff, dort, nur einige Meter von mir entfernt, eine Vorstellung zu geben. War denn der Platz besonders geeignet dafür, oder wollten mir die Freunde einen Wink zukommen lassen?

Ich blieb nicht lange in Ungewißheit, denn plötzlich hörte ich Mattias klare Stimme französisch ausrufen: »Morgen früh bei Tagesanbruch!« Und gleich darauf begann die Flöte von neuem.

Es war klar, daß diese Worte nicht an Mattias englisches Publi=

kum, sondern an mich gerichtet waren, doch ihre eigentliche Bedeutung konnte ich nicht sofort begreifen. Jedenfalls aber ging daraus hervor, daß ich am nächsten Morgen bei Tages= anbruch wach und auf meiner Hut sein sollte. Bis dahin mußte ich mich in Geduld zu fassen suchen.

Ich legte mich zeitig zu Bett, hörte aber die benachbarten Uhren mehrere Stunden schlagen, ehe ich einschlafen konnte.

Als ich erwachte, war es Nacht, die Sterne funkelten, und man vernahm nicht das leiseste Geräusch. Der Tag war noch fern. Ich setzte mich still hin, da ich durch Umhergehen leicht die Aufmerksamkeit eines zufällig die Runde machenden Wächters erregen konnte, und wartete.

Eine Viertelstunde nach der anderen schlich dahin, viel zu langsam für meine Ungeduld, so daß ich oft glaubte, ich hätte das Schlagen überhört. Gegen die Mauer gestützt, hielt ich die Augen fest auf das Fenster gerichtet. Allmählich schienen die Sterne zu erbleichen. Der Tag graute, schon hörte ich in der Ferne die Hähne krähen.

Nun stand ich auf, ging auf den Fußspitzen an mein Fenster und versuchte, es geräuschlos zu öffnen, was mir nach vieler Mühe auch gelang. Ein wahres Glück für mich, daß dieser Kerker in früheren Zeiten einmal ein Saal gewesen war, bei dessen Umwandlung in ein Gefängnis man sich nur auf die festen Eisenstangen verließ. Ohne das Fenster hätte ich Mattias Aufforderung nicht folgen können. Damit war freilich nicht alles getan, es blieben noch die Eisenstangen, die dicken Mauern und die mit Blech bepanzerte Tür, so daß es geradezu unmög= lich war, irgendwie an Befreiung zu denken. Dennoch gab ich die Hoffnung nicht auf.

Die Sterne verblaßten mehr und mehr, die Kälte des Morgens durchschauerte mich, daß mir die Zähne klapperten. Aber ich verließ das Fenster nicht, sondern blieb davor stehen, ohne zu wissen, worauf ich achtgeben sollte.

Ein weißer Dunst stieg zum Himmel empor, nach und nach nahmen alle Gegenstände bestimmtere Formen an. Das war der Tagesanbruch. Ich horchte mit verhaltenem Atem, vernahm jedoch nur das Klopfen des Herzens in der eigenen Brust. Da endlich kam es mir vor, als scharrte etwas gegen die Mauer, doch hörte ich keine Schritte und glaubte schon, ich hätte mich geirrt. Plötzlich erhob sich ein Kopf über der Mauer, und ich erkannte unseren Freund Bob. Auch er sah mich und flüsterte

mir fast unhörbar zu: »Still!« Er gab mir durch eine Hand=
bewegung zu verstehen, ich möge mich vom Fenster entfernen.
Ohne zu begreifen, weshalb, gehorchte ich augenblicklich. Nun
führte er mit der anderen Hand ein langes, glänzendes Ding,
ein gläsernes Blasrohr an den Mund, und ich sah eine kleine
weiße Kugel in die Luft fliegen, die mir zu Füßen niederfiel.
Bobs Kopf verschwand hinter der Mauer, und dieselbe lautlose
Stille wie zuvor trat ein.
Ich stürzte auf die Kugel zu. Sie bestand aus feinem, um ein
Bleikügelchen gewickeltem Papier, das beschrieben war. Es war
aber noch nicht hell genug zum Lesen. Ich mußte den Tag
abwarten. Ich schloß behutsam mein Fenster und legte mich
schnell wieder ins Bett, die Kugel fest in der Hand.
Endlich färbte sich der Himmel gelb, jetzt glitt auch ein rosiger
Schimmer über die Mauer; ich rollte das Papier auf und las:

*»Morgen abend wirst Du in das Bezirksgefängnis übergeführt
werden und in Begleitung eines Polizisten auf der Eisenbahn
dorthin fahren. Setze Dich neben die Tür, durch die Du ein=
steigst. Nach fünfundvierzig Minuten — zähle genau! — fährt
der Zug langsamer; dann öffne die Tür und wirf Dich mutig
ins Freie, spring weit, strecke die Hände nach vorn aus und
versuche, auf die Füße zu fallen. Sobald Du auf festem Boden
bist, steig die Böschung links hinauf, wo Du uns mit einem
Wagen und einem guten Pferd triffst, um Dich in Sicherheit
zu bringen. Fürchte nichts, sei tapfer. In zwei Tagen sind wir
in Frankreich. Vor allem, springe weit und falle auf die Füße.«*

Gerettet! Ich brauchte also nicht vor dem Schwurgericht zu
erscheinen, nicht zu sehen, was sich dort zutragen würde!
Der brave Mattia und der gute Bob! Denn es war bestimmt
Bob, der Mattia so großmütig half. Das gute Pferd und den
Wagen konnte Mattia nicht allein beschaffen.
Wieder las ich meinen Zettel durch: »Fünfundvierzig Minuten
nach der Abfahrt, die Böschung links; auf die Füße fallen.«
Ja, ganz gewiß würde ich mutig hinausspringen, und sollte es
das Leben kosten. Besser sterben als sich wegen Diebstahls ver=
urteilen lassen.
Wie gut das alles ausgedacht war!
»Zwei Tage später sind wir in Frankreich!« Dennoch drängte
sich mir mitten in diesem Freudenrausch ein trüber Gedanke

auf: Was wohl mit Capi geschehen würde? Meine Besorgnis dauerte aber nicht lange. Ich wußte, daß Mattia auch Capi nicht seinem Schicksal überließ. Dann schlief ich so ruhig, daß ich erst aufwachte, als der Schließer mit meinem Essen kam.

Die Zeit verging schneller, als ich hoffte. Am Nachmittag des folgenden Tages trat ein mir unbekannter Polizist in meine Zelle, der mir befahl, ihm zu folgen. Ich merkte zu meiner großen Befriedigung, daß mit diesem fünfzigjährigen, nicht sehr gelenkig aussehenden Mann alles nach Mattias Anord= nung vor sich gehen könnte. Als der Zug anfing, sich zu be= wegen, setzte ich mich rückwärts, dicht neben die Tür, durch die ich eingestiegen war. Der Polizist saß mir gegenüber, und außer uns beiden befand sich niemand im Abteil.

»Sprichst du Englisch?« wandte sich mein Begleiter an mich.

»Ein wenig.«

»Verstehst du es?«

»O ja, wenn man nicht zu schnell spricht.«

Ich lehnte mich an die Tür und bat meinen Wächter um die Erlaubnis, mir die Gegend ansehen zu dürfen. Er gestattete es bereitwillig. Was sollte er fürchten? Der Zug eilte mit voller Geschwindigkeit weiter.

Zu meiner großen Freude wurde dem Polizisten die Zugluft bald unangenehm. Er rückte vom Fenster weg in die Mitte des Abteils. Ich fuhr fort, die Gegend zu besehen und schob wäh= renddessen die linke Hand behutsam hinaus, drehte den Tür= griff um und hielt mit der Rechten die Tür fest.

Die fünfundvierzig Minuten waren um, die Lokomotive pfiff und fuhr langsamer. Der Augenblick war gekommen. Schnell stieß ich die Tür auf, sprang hinaus und wurde in den Graben geschleudert. Meine Hände, die ich nach vorn hielt, schlugen glücklicherweise gegen die grasbewachsene Böschung; doch der Stoß war so heftig, daß ich ohnmächtig auf den Boden rollte.

Als ich wieder zu mir kam, glaubte ich im ersten Augenblick noch auf der Eisenbahn zu sein, da ich mich durch eine schnelle Bewegung weitergetragen fühlte und ein fortwährendes Rollen hörte. Sonderbar, über Wangen und Stirne spürte ich eine warme, weiche Liebkosung: Ich öffnete die Augen und sah, daß ich auf einem Strohlager ruhte und ein Hund, ein garstiger, gelber Hund, mir das Gesicht leckte. Mattia kniete vor mir.

»Gott sei Dank! Du bist gerettet!« rief er, schob den Hund weg und küßte mich.

»Wo sind wir?«

»In einem Wagen, Bob fährt. Wie geht es dir?«

»Ich weiß nicht. Gut, glaube ich.«

»Bewege Arme und Beine!« schrie Bob.

»Gut«, frohlockte Mattia, »es ist nichts gebrochen!«

»Was ist denn mit mir geschehen?«

»Nachdem du aus dem Zug gesprungen warst«, sagte Mattia, »bist du bewußtlos in den Graben gefallen. Als wir dich nicht kommen sahen, kletterte Bob die Böschung hinunter und trug dich in den Wagen. Anfangs hielten wir dich für tot. Das war aber, gottlob, ein Irrtum: Du bist gerettet!«

»Und der Polizist?«

»Fährt lustig weiter, der Zug blieb nicht stehen.«

Damit wußte ich das Wichtigste und schaute beruhigt um mich. Der gelbe Hund saß vor mir und sah mich zärtlich an. Seine Augen glichen denen Capis, doch Capi konnte es nicht sein, denn Capi war weiß. Ich fragte nach ihm, aber noch ehe Mattia antworten konnte, war mir der gelbe Hund wieder an die Brust gesprungen und leckte mein Gesicht ab.

»Das ist er ja«, sagte Mattia. »Wir haben ihn färben lassen.«

»Warum denn?« rief ich erstaunt, während ich das treue Tier streichelte.

»Ja, das will ich dir erzählen, das ist eine besondere Ge= schichte«, sagte Mattia. Aber Bob bat ihn, sich jetzt nicht mit Erzählen aufzuhalten, sondern lieber die Zügel zu nehmen, während Bob den Wagen unkenntlich machen wollte, damit wir vor Verfolgung sicher wären.

»Wohin fahren wir?« fragte ich Mattia, als er sich neben mir ausstreckte.

»Nach Littlehampton, einem kleinen Seehafen. Dort wohnt ein Bruder von Bob, der ständig mit seinem Schiff zwischen Eng= land und Frankreich hin= und herfährt, um Eier und Butter aus Isigny in der Normandie zu holen. Entwischen wir — und das tun wir ganz sicher —, so haben wir es Bob allein zu danken, denn er hat alles besorgt. Was konnte denn ich für dich tun? Er kam auf den Einfall, dich aus dem Zug springen zu lassen und dir meinen Zettel zuzublasen. Er bewog seine Kameraden, uns das Pferd zu leihen, er verhalf uns zu einem Schiff, um nach Frankreich überzusetzen. Auf einem Dampfer würdest du natürlich verhaftet werden. Siehst du, wie gut es ist, Freunde zu haben!«

»Wer hat daran gedacht, Capi zu entführen?«

»Ich, aber Bob dachte daran, ihn gelb zu färben, um ihn un=
kenntlich zu machen. Wir haben ihn dem Polizisten gestoh=
len.«

»Und dein Fuß?«

»Ist geheilt oder doch beinahe; ich habe keine Zeit, daran zu
denken.«

Dank unserem guten Pferd kamen wir schnell vorwärts. Wir
mußten von Zeit zu Zeit anhalten, um das Pferd verschnaufen
zu lassen, kehrten aber nirgends ein, sondern hielten mitten im
Wald an. Bob zäumte das Pferd ab und hängte ihm einen mit
Hafer gefüllten Sack um den Hals. Da es stockdunkle Nacht
war, brauchten wir keine Überraschung zu befürchten.

Endlich konnte ich mit Bob sprechen. Ich dankte ihm aus gan=
zem Herzen für seine Hilfe. Er wollte jedoch nichts davon
hören, sondern drückte mir freundlich die Hand und sagte:

»Du hast mir geholfen, heute helfe ich dir. Jeder der Reihe
nach. Außerdem bist du Mattias Bruder, und für einen guten
Burschen wie Mattia tut man viel.«

Wir ließen das Pferd fressen, dann nahmen wir unseren Platz
wieder ein und trabten eilig weiter.

»Fürchtest du dich?« fragte Mattia.

»Ja und nein; ich habe große Angst, wieder verhaftet zu wer=
den, wenn ich es auch nicht glauben kann. Aber heißt fliehen
nicht, sich schuldig bekennen? Das quält mich am meisten —
was soll ich zu meiner Verteidigung vorbringen?«

»Sei ohne Sorgen. Natürlich hat dein Polizist seinen Bericht
abgestattet, sobald der Zug anhielt. Bevor aber die Nachfor=
schungen eingeleitet werden konnten, ist Zeit vergangen, wäh=
rend wir im Galopp davongefahren sind. Außerdem können sie
ja nicht wissen, daß wir uns in Littlehampton einschiffen wol=
len.«

Dagegen ließ sich nichts einwenden. War man uns nicht auf
der Spur, so durften wir mit Sicherheit darauf rechnen, unge=
hindert zu entkommen. Aber ich war nicht so fest überzeugt
wie Mattia, daß der Polizist bis zum Beginn der Verfolgung
wartete, und eben darin lag die große Gefahr.

Nach einigen Stunden Fahrt näherten wir uns dem Meer. Bald
gewahrten wir einen plötzlich auftauchenden Lichtschein. Er
ging von einem Leuchtturm aus — wir waren am Ziel.

Bob ließ das Pferd im Schritt gehen und bog gemächlich in

einen Kreuzweg ein. Er stieg vom Wagen, um allein an das Ufer zu gehen und nachzusehen, ob sein Bruder noch nicht abgefahren war.

Die Zeit bis zu Bobs Rückkehr kam mir sehr lang vor. Mattia und ich sprachen kein Wort und hörten nur, wie sich die Wellen in kurzer Entfernung von uns mit eintönigem Geräusch am Ufer brachen.

Endlich hörten wir Schritte auf dem Weg, den Bob gegangen war. Nun mußte sich mein Schicksal entscheiden.

Bob kam und mit ihm ein Mann in Schiffertracht.

»Das ist mein Bruder, er will euch an Bord nehmen und sicher nach Frankreich bringen. Wir müssen uns jetzt trennen, denn es braucht niemand zu wissen, daß ich hier war.«

Ich wollte Bob nochmals danken, er aber schnitt mir wie vor= hin das Wort ab, indem er mir die Hand drückte und sagte: »Sprich doch nicht davon, man muß einander helfen, jeder der Reihe nach. Wir sehen uns schon noch wieder, es freut mich, daß ich Mattia einen Gefallen tun konnte.«

Damit entfernte er sich, während wir seinem Bruder in die stillen Straßen der Stadt folgten und nach einigen Umwegen auf einen Kai gelangten. Der Seewind blies uns ins Gesicht, Bobs Bruder nahm uns bei der Hand und zeigte schweigend auf eine segelfertig im Hafen liegende Schaluppe — sein Schiff. Wenige Minuten später waren wir an Bord. Der Kapitän ließ uns in eine kleine Kajüte hinuntersteigen, sagte uns, daß er erst in zwei Stunden abfahren werde, daß wir dableiben und uns ganz ruhig verhalten möchten. Dann ging er fort und schloß die Kajütentür ab. Mattia fiel mir lautlos um den Hals.

Wir suchen den »Schwan«

Eine Zeitlang lag das Schiff ganz still, wir vernahmen nur das Geräusch des Windes in dem Takelwerk und das Plätschern des Wassers gegen den Kiel. Nach und nach wurde es lebhaft an Bord. Schritte tönten auf dem Verdeck, man ließ die Taue fallen, die Blöcke knarrten, Ketten wurden auf= und abgewun= den, das Gangspill wurde gedreht, ein Segel aufgehißt, das Steuerruder kreischte, das Boot neigte sich auf die linke Seite und geriet plötzlich ins Schwanken. Wir waren unterwegs. Ich war gerettet!

Anfangs schwankte es leicht, dann nahm das Schwanken zu, das Schiff hob und senkte sich, die Wellen schlugen heftig gegen den Vordersteven des Fahrzeugs.

»Armer Mattia!« sagte ich teilnehmend und ergriff ihn bei der Hand. Er wollte sich jedoch nicht bedauern lassen, sondern meinte: »Das schadet nichts — du bist gerettet! Außerdem habe ich mich schon im voraus darauf gefaßt gemacht, daß wir auf dem Wasser tüchtig geschaukelt werden.«

In diesem Augenblick öffnete der Kapitän die Kajütentür und sagte uns, daß wir aufs Verdeck gehen könnten, wenn wir Lust hätten, es sei keine Gefahr mehr vorhanden.

»Was muß man tun, um nicht seekrank zu werden?« fragte Mattia statt aller Antwort.

»Man legt sich am besten nieder.«

»Danke, dann bleibe ich liegen«, bemerkte Mattia, streckte sich auf den Planken aus und schickte mich, als ich ihm Gesellschaft leisten wollte, aufs Verdeck.

Ich mußte mich fest an das Tauwerk klammern, um mich aufrecht zu halten. Soweit der Blick die Nacht zu durchdringen vermochte, sah man nur eine weiße Schaumfläche. Unser kleines Fahrzeug neigte sich stark auf die Seite, als wolle es jeden Augenblick umschlagen, aber es hob sich bald wieder leicht empor und hüpfte lustig auf den Wogen dahin, vom Westwind weitergetrieben.

Ich wandte den Blick dem Festland zu. Schon schimmerten die Lichter der Küste nur noch wie helle Punkte durch die nebelhafte Dunkelheit. Ich beobachtete, wie sie allmählich schwächer wurden und endlich eines nach dem anderen verschwand. Da sagte ich England mit dem glücklichen Bewußtsein der Befreiung Lebewohl.

Die Zeit verging unter ständigem Hin= und Herwandern zwischen Deck und Kajüte, und als ich wieder einmal oben mit dem Kapitän plauderte, wies dieser plötzlich mit der Hand nach Südwesten, wo sich eine hohe, weiße Säule vom bläulichen Hintergrund abhob, und sagte: »Barfleur.«

Sofort kletterte ich hinunter, um Mattia die frohe Kunde mitzuteilen, daß Frankreich in Sicht wäre. Man muß aber die ganze Halbinsel Contentin umschiffen, bevor man von Barfleur nach Isigny gelangt, und so war es spät am Abend, als unser Schiff an seinem Bestimmungsort eintraf. Der Kapitän gestattete uns, an Bord zu übernachten, und wir verabschiedeten uns daher erst am nächsten Morgen von ihm.

»Wenn ihr nach England zurückwollt«, sagte er beim Ab=
schied, »so will ich euch nur sagen, daß ich jeden Dienstag von hier abfahre und euch immer zur Verfügung stehe.«

Aber wir dachten sicher nicht daran, den Vorschlag anzuneh=
men, denn weder Mattia noch ich hielten es für angezeigt, den Kanal wieder zu kreuzen.

Unsere erste Sorge nach unserer Landung war, uns mit einem Ranzen, der notwendigen Wäsche und vor allen Dingen mit einer Karte von Frankreich zu versorgen, denn außer unseren Instrumenten waren alle unsere Habseligkeiten in dem Wagen der Familie Driscoll zurückgeblieben. Glücklicherweise trug Mattia außer einer kleinen Barschaft von zwölf Franken noch unseren Anteil der Einnahme jenes Tages bei sich, als wir mit Bob und seinen Kameraden spielten, und das waren über siebenundzwanzig Franken. So konnten wir ohne Bedenken das Nötigste anschaffen und mußten uns nur noch entscheiden, wohin wir nun gehen wollten.

»Was mich anlangt«, meinte Mattia, »so bin ich bereit, nach rechts oder links zu gehen, wie du willst. Ich bitte dich nur, daß wir dem Lauf eines Flusses oder Kanals folgen. Ich habe meine besonderen Gedanken dabei. Als Arthur krank war, unternahm seine Mutter, wie du mir erzählt hast, Bootfahrten mit ihm, und so hast du ihn auch kennengelernt.«

»Arthur ist nicht mehr krank.«

»Das heißt, es geht ihm jetzt besser, aber er war wieder sehr krank und wurde nur durch die Sorgfalt seiner Mutter gerettet. Nun bin ich überzeugt, daß Mrs. Milligan, um seine Gesund=
heit vollends herzustellen, auch jetzt wieder mit ihrem Sohn auf den Flüssen und Kanälen umherfährt, die den ›Schwan‹ tragen können. Wir werden sie bestimmt treffen, wenn wir ihnen folgen.«

»Wer sagt dir, daß der ›Schwan‹ in Frankreich ist?«

»Niemand. Da er aber nicht gut auf See gehen kann, so ist anzunehmen, daß er immer in Frankreich geblieben ist. Wir müssen es wagen, denn du mußt Mrs. Milligan wiederfinden, und wir dürfen nichts unversucht lassen, um dieses Ziel zu erreichen.«

»Aber Lisa, Alexis, Benjamin, Etiennette!«

»Bei ihnen können wir vorsprechen, während wir nach Mrs. Milligan suchen. Laß uns nur jetzt auf deiner Karte nach= sehen, welchen Flüssen oder Kanälen wir am nächsten sind.«

Wir breiteten die Karte auf dem Rasen aus, und als wir ent= deckten, daß die Seine der nächste Fluß war, rief Mattia: »Gut, so wenden wir uns nach der Seine. Finden wir ihn auf der Seine nicht, so suchen wir ihn auf der Loire, dann auf der Garonne und auf allen Flüssen Frankreichs. Er kann uns nicht ent= gehen.«

Ich war mit diesem Vorschlag einverstanden. Wir gingen weiter, um die Seine baldmöglichst zu erreichen. Der gelb ge= färbte Capi war für mich kein richtiger Capi. Wir bemühten uns unterwegs mit allen Mitteln, ihm seine ursprüngliche Farbe wiederzugeben. Aber der Färbestoff unseres Freundes Bob er= wies sich als von so ausgezeichneter Beschaffenheit, daß wir die Bäder und Abseifungen lange Zeit hindurch fortsetzen mußten, ehe unsere Bemühungen von dem erwünschten Erfolg gekrönt wurden.

Mattia sagte: »Wir treffen die Milligans bestimmt auf der Seine.«

»Das werden wir bald hören. Wir brauchen ja nur die Bewoh= ner des Dorfes zu fragen.«

Das war allerdings leichter gesagt als getan. Wenn man die Bewohner der Normandie um Auskunft bittet, pflegen sie ihrer= seits einen mit Fragen zu überschütten, anstatt einfach zu ant= worten.

»Meinen Sie ein Boot aus Le Havre oder aus Rouen? Einen Kahn, eine Barke oder Schute?« hieß es da, und erst nach ein= gehender Beantwortung aller dieser Fragen erfuhren wir, daß der »Schwan« niemals in La Bouille gesehen worden war.

Von La Bouille gingen wir nach Rouen, von da nach Elbeuf, dann nach Poses, aber nirgends konnten wir etwas vom »Schwan« erfahren. Wir ließen den Mut nicht sinken, sondern wanderten so schnell weiter, als es die Notwendigkeit, unseren Lebensunterhalt zu verdienen, gestattete, und erkundigten uns in allen Orten.

Fünf Wochen nach unserer Ankunft in Frankreich erreichten wir Charenton. Wir wußten nicht, ob wir von dort aus der Seine oder der Marne folgen sollten. Aber kaum begannen wir unsere Nachfragen, als man uns — zum erstenmal! — ent= gegnete, daß ein Vergnügungsboot gesehen worden war.

Mattia geriet vor Freude so außer sich, daß er auf dem Kai zu tanzen anfing, dann ebenso plötzlich seine Geige zur Hand nahm und wie rasend einen Siegesmarsch spielte. Ich bat den Schiffer um nähere Auskunft.

Es konnte kein Zweifel mehr bestehen, der »Schwan« war vor ungefähr acht Wochen bei Charenton vorübergekommen und dem Lauf der Seine stromaufwärts gefolgt.

Acht Wochen! Das gab ihm zwar einen beträchtlichen Vor= sprung, aber was machte das aus? Wir mußten ihn schließlich doch einholen, die Zeit spielte dabei keine Rolle. Hier handelte es sich darum, daß der »Schwan« überhaupt wiedergefunden war.

Von nun an brauchten wir keine Zeit mehr mit Erkundigungen zu verlieren, sondern nur an der Seine entlangzugehen, bis wir nach Moret kamen, wo der Loing einmündet. Dort hörten wir jedoch, daß der »Schwan« die Seine weiter hinaufgefahren war.

Von Montereau aus wandte er sich in die Yonne. Vor reichlich acht Wochen war er dort. Eine englische Dame und ein auf einem Bett ausgestrecktes Kind befanden sich an Bord.

Wir näherten uns Lisa und folgten gleichzeitig dem »Schwan«. Das Herz pochte mir laut, wenn ich den Lauf der Yonne auf meiner Karte verfolgte und dabei überlegte, ob Mrs. Milligan hinter Joigny den Kanal von Burgund oder den von Nivernais hinaufgefahren ist. Wir gelangten an den Zusammenfluß der Yonne und des Armançon. Der »Schwan« war auf der Yonne geblieben, somit führte unser Weg nach Dreuzy, wo wir Lisa sehen und durch sie selbst von Mrs. Milligan und Arthur hören konnten.

Seit wir hinter dem »Schwan« herliefen, verwandten wir so wenig Zeit auf unsere Vorstellungen, daß der gewissenhafte Capi gar nicht begriff, warum wir ihm nicht mehr erlauben wollten, mit der Schale zwischen den Zähnen ernsthaft vor dem »werten Publikum« sitzen zu bleiben, wenn es nicht gleich in die Tasche griff.

Wir schränkten unsere Ausgaben auf das Allernotwendigste ein. Mattia erklärte, er werde kein Fleisch mehr essen, da es sehr warm und Fleisch im Sommer ungesund sei. Wir begnüg= ten uns mit einem Stück Brot, ein wenig Butter oder teilten uns ein hartes Ei und tranken nur Wasser.

Wir nähern uns Dreuzy — zwei Tage — ein Tag — nur wenige

Stunden noch — endlich sahen wir von weitem die Wälder, in denen wir im vorigen Herbst mit Lisa gespielt hatten, sahen auch die Schleuse mit Frau Katharinas Häuschen. Ohne ein Wort zu wechseln, gingen wir immer schneller, bis wir nicht mehr gingen, sondern liefen, und Capi, der die Gegend wie= dererkannte, eilte im Galopp voraus. Er wollte Lisa von unserer Ankunft benachrichtigen — gewiß würde sie uns gleich ent= gegenkommen.

Doch nein — Lisa trat nicht aus dem Hause, nur Capi lief davon, als wäre er fortgejagt worden. Wir blieben verwundert stehen, aber keiner mochte den anderen fragen, was dies be= deutete, und schweigend machten wir uns wieder auf den Weg, während Capi, der inzwischen zurückkam, ganz verblüfft hinter uns herschlich.

An der Schleuse sahen wir einen Mann — das war nicht Lisas Onkel. Wir gingen zu dem Hause — eine unbekannte Frau machte sich in der Küche zu schaffen.

»Frau Suriot?« fragten wir.

»Die ist nicht mehr hier.«

»Wo ist sie denn?«

»In Ägypten.«

Mattia und ich starrten einander sprachlos an. »In Ägypten!« Wir wußten nicht genau, wo das war, dachten uns aber so ungefähr, daß es weit, sehr weit entfernt, irgendwo jenseits des Meeres liegen mußte.

»Und Lisa? Kennen Sie Lisa?«

»Ja freilich, Lisa ist mit einer englischen Dame auf einem Boot fortgefahren.«

Lisa auf dem »Schwan«! Träumten wir?

Die Frau versicherte uns, daß es wahr sei, daß wir nicht träum= ten. Sie fragte mich, ob ich Remi sei. Ich bejahte.

»Nun«, begann sie, »als Suriot ertrank . . .«

»Ertrank?«

»In der Schleuse. Als er tot war, befand sich Katharina in großer Verlegenheit, obwohl sie eine gescheite und umsichtige Frau ist. Aber was soll man machen, wenn das Geld fehlt? Sie erhielt ein Angebot als Kinderfrau nach Ägypten, doch konnte sie den Vorschlag, der kleinen Lisa wegen, nicht annehmen. Während sie überlegte, was sie anfangen sollte, hält eines Abends eine englische Dame, die ihren kranken Sohn auf dem Wasser spazierenfährt, bei der Schleuse an. Man plaudert, die fremde Dame erklärt, daß sie nach einem Spielgefährten für ihren Sohn suche, und bittet Katharina schließlich, ihr Lisa mitzugeben; sie wolle sich der Kleinen annehmen, sie von ihrem Gebrechen heilen lassen, kurzum, für ihre Zukunft sorgen. Katharina willigte ein und reiste beruhigt nach Ägypten, während Lisa auf dem Boot der Dame mitgefahren ist. Vor der Abreise aber machte Lisa, die noch immer stumm ist, ihrer Tante begreiflich, daß sie mich bitten möge, dir das alles zu erzählen, wenn du kommen solltest. Das habe ich nun getan.«

Ich war so betäubt, daß ich keine Worte fand. Mattia, der den Kopf nicht so schnell verlor, erkundigte sich, wohin die englische Dame gefahren wäre. »Nach dem südlichen Frankreich oder der Schweiz«, war die Antwort. »Lisa wollte mir schreiben lassen, damit ich dir ihre Adresse geben könnte, doch ich erhielt bis jetzt keinen Brief.«

Gefunden

Ich stand sprachlos da, Mattia dankte der Frau für die Auskunft und schob mich leise aus der Küche.

»Vorwärts!« rief er mir zu, als wir draußen waren. »Vorwärts! Jetzt müssen wir nicht allein Arthur und Mrs. Milligan, sondern auch Lisa einholen. Wie gut sich das trifft, das heiß' ich Glück haben! Wir haben Unglück genug gehabt, nun hat sich der Wind gedreht, wer weiß, was uns noch Gutes bevorsteht!«

Wir setzten die Verfolgung des »Schwans« fort, ohne Zeit zu verlieren, und unterbrachen unseren Marsch nur, um zu schlafen und ein paar Sous zu verdienen. In Decize, wo der Kanal von Nivernais in die Loire mündet, fragten wir wieder nach dem »Schwan«. Er war in den Nebenkanal eingebogen. Wir folgten ihm nach Digoin und begaben uns längs des Canal du Centre nach Chalon.

Wir pilgerten die Saône nach Chalon bis Lyon hinunter. Hier stellten wir uns die Frage, ob der »Schwan« die Rhône hinauf- oder hinuntergefahren sei: Hatte sich Mrs. Milligan für die Schweiz oder Südfrankreich entschieden? Wir fragten die Schiffer, die Fährleute und alle Menschen aus, die in der Nähe der Kais lebten, und bekamen endlich die Gewißheit, daß sich

Mrs. Milligan nach der Schweiz begeben hatte, wir den Lauf der Rhône also stromaufwärts verfolgen mußten.

»Von der Schweiz kommt man nach Italien«, sagte Mattia. »Da haben wir wieder einmal Glück! Denke dir nur, wie sich Christine freuen würde, wenn wir, während wir hinter Mrs. Milligan herlaufen, nach Lucca kämen!«

Armer, lieber Mattia, er half mir die suchen, die ich liebhatte, während ich nichts tat, damit er seine kleine Schwester umarmen konnte.

Von Lyon aus rückten wir dem »Schwan« allmählich näher, denn man kann die Rhône mit ihrer reißenden Strömung nicht so schnell hinauffahren wie die Seine. In Culoz war er uns nur noch sechs Wochen voraus. Wir wußten nicht, daß die Rhône nur bis zum Genfer See schiffbar war, sondern bildeten uns ein, Mrs. Milligan würde die Schweiz, von der wir keine Karte hatten, ebenfalls mit dem »Schwan« besuchen.

So kamen wir nach Seyssel, das von der Rhône in zwei durch eine Hängebrücke verbundene Teile getrennt wurde, und wanderten immer am Ufer des Flusses hinunter. Wie, zeigte sich dort nicht von weitem der »Schwan«?

Wir fingen an zu laufen — ja, er war es! Doch schien sich niemand darauf zu befinden, denn er lag fest angebunden hinter schützendem Pfahlwerk. An Bord war alles geschlossen, auf der Veranda waren keine Blumen mehr zu sehen.

Vor Angst stand uns das Herz still, die Füße versagten den Dienst — aber wir mußten weitergehen und hören, was das zu bedeuten hatte, was Arthur widerfahren war.

Zufälligerweise war der »Schwan« gerade der Obhut des Mannes anvertraut, an den wir uns um Auskunft wandten.

»Die englische Dame, die mit ihren beiden Kindern, einem gelähmten Knaben und einem kleinen stummen Mädchen, auf dem Boot war, ist nach der Schweiz gereist«, berichtete er uns. »Sie ließ das Boot hier zurück, weil es die Rhône nicht weiter hinauffahren konnte. Sie fuhr mit den beiden Kindern und einer Dienerin weiter, während die übrige Dienerschaft mit dem Gepäck folgte. Im Herbst wollte sie wieder hierherkommen, sich von neuem auf dem »Schwan« einschiffen und die Rhône bis ans Meer hinuntersegeln, um den Winter im Süden zuzubringen.«

Gottlob! So erwies sich keine unserer Befürchtungen als begründet, und wir atmeten erleichtert auf. Statt gleich das

Schlimmste vorauszusetzen, hätten wir lieber das Gute anneh=
men sollen.

»Wo hält sich die Dame denn jetzt auf?« fragte Mattia.

»Sie wollte den Sommer in der Nähe von Vevey am Genfer
See verbringen und dort ein Landhaus mieten, doch weiß ich
nicht genau, wo.«

»Auf nach Vevey! In Genf wollen wir eine Karte der Schweiz
kaufen, und dann werden wir Mrs. Milligan schon finden.«

Vier Tage nach unserem Abschied von Seyssel waren wir an
Ort und Stelle. Es war höchste Zeit, denn unsere ganze Bar=
schaft bestand aus drei Sous, und unsere Stiefel hatten keine
Sohlen mehr. Wir fragten, welches unter den zahlreichen Land=
häusern, die sich in der Nähe von Vevey an den Ufern des
Genfer Sees oder an den bewaldeten Abhängen der umliegenden
Berge erhoben, Mrs. Milligan wohl mit Arthur und Lisa be=
wohnte. Aber Vevey war kein Dorf, sondern eine recht an=
sehnliche Stadt. Unsere Nachforschungen gestalteten sich
schwieriger, als wir gedacht hatten.

Einfach nach Mrs. Milligan oder einer englischen Dame zu
fragen, hätte zu nichts geführt, denn Vevey und die Ufer des
Genfer Sees waren fast so ausschließlich von Engländern und
Engländerinnen bevölkert, daß man sich in einen Vergnügungs=
ort bei London versetzt glaubte.

Deshalb nahmen wir uns vor, alle Häuser aufzusuchen, in
denen möglicherweise Fremde wohnen könnten. Das war nicht
allzu schwer. Wir brauchten zu diesem Zweck nur in jeder
einzelnen Straße Vorstellungen zu geben.

In einem Tag durchmaßen wir so ganz Vevey und erzielten
gute Einnahmen. Aber das war uns jetzt gleichgültig, denn
wir wollten ja kein Geld verdienen, sondern herausbringen,
wo Mrs. Milligan wohnte, von der wir noch keine Spur gefun=
den hatten.

Am nächsten Morgen dehnten wir unsere Entdeckungsreisen
aus, spielten überall, fragten alle Leute, deren Gesicht uns Ver=
trauen einflößte, erfuhren jedoch nicht mehr als tags zuvor.
Engländerinnen trafen wir überall, nur nicht Mrs. Milligan.

So ging es tagaus, tagein. Nachdem wir die unmittelbare Um=
gebung von Vevey gewissenhaft durchforscht hatten, begaben
wir uns nach Clarens und Montreux. Wir wanderten bald auf
der zu beiden Seiten von Mauern eingefaßten Landstraße ein=
her, bald schlugen wir die durch Weinberge und Obstgärten

laufenden Fußpfade ein oder verloren uns in die geheimnis=
volle Dämmerung der von uralten Kastanien beschatteten
Wege.

Eines schönen Nachmittags gaben wir mitten auf der Straße
ein Konzert — ich beendete eben den ersten Vers meines neapo=
litanischen Liedes und wollte den zweiten beginnen, als es
plötzlich von jenseits der Mauer zu uns herübertönte:

> »Vorria arre ventaro no piccinotto.
> Cona lancella a chi venne=nno acqua«,

sang eine schwache, fremdartig klingende Stimme. Wer war
das?

»Arthur?« fragte Mattia.

Arthur konnte es nicht sein, ich kannte die Stimme nicht. Capi
sprang laut bellend gegen die Mauer.

Unfähig, mich länger zurückzuhalten, rief ich hinüber: »Wer
singt hier?«

»Remi!« rief es zurück. Mattia und ich starrten einander sprach=
los an, bis ich über einer niedrigen Hecke am Ende der Mauer
ein weißes Taschentuch im Wind flattern sah. Wir liefen
darauf zu. Hinter der Hecke stand Lisa. Sie winkte uns!

Sobald wir wieder sprechen konnten, bestürmten wir Lisa mit
der Frage, wer vorhin gesungen hatte.

»Ich«, entgegnete sie.

Lisa sang, Lisa sprach! Die Ärzte sagten immer voraus, sie
würde eines Tages, und zwar wahrscheinlich infolge einer
gewaltigen Gemütsbewegung, die Sprache wiederfinden. Aber
ich hielt es nie für möglich. Und nun war die Prophezeiung
eingetroffen, das Wunder geschehen. Die Freude über mein
Kommen, über die Rückkunft des Verlorengeglaubten, ließ sie
die Sprache wiederfinden.

Bei diesem Gedanken war ich selbst so tief ergriffen, daß ich
mich an einen Zweig der Hecke klammern mußte, um nicht ein=
fach hinzufallen, und fragte nun, wo Mrs. Milligan und Arthur
wären.

Lisa bewegte die Lippen zu einer Erwiderung, aber die Zunge,
noch nicht an den Gebrauch der so unerwartet wiedererlangten
Fähigkeit gewöhnt, versagte den Dienst. Nur unverständliche
Laute drangen aus ihrem Mund, und dadurch ungeduldig ge=
macht, griff sie wieder zu dem alten Verständigungsmittel, der

Zeichensprache. Ich folgte den Bewegungen ihrer Hand mit den Augen und sah hinten im Garten einen von einem Diener geschobenen Krankenwagen, auf dem Arthur lag. Hinter ihm gingen seine Mutter und — ich neigte mich vor, um genauer hinzusehen — Mr. James Milligan! Sofort verbarg ich mich hinter der Ecke und hieß Mattia hastig ein Gleiches tun, ohne zu bedenken, daß Mr. Milligan Mattia nicht kannte.

Nachdem der erste Schrecken vorüber war, fiel mir ein, wie sehr sich Lisa über unser plötzliches Verschwinden wundern müsse. Ich erhob mich daher ein wenig und flüsterte ihr zu: »Mr. James Milligan darf mich nicht sehen, sonst kann er mich nach England zurückbringen«, und als sie die Hände entsetzt zusammenschlug, fuhr ich fort: »Rühre dich nicht, sprich auch nicht von uns, sondern sei morgen früh um neun Uhr allein hier, dann kommen wir wieder. Jetzt aber geh.«

Sie zögerte.

»Ich bitte dich, geh, sonst verrätst du mich.«

Gleichzeitig schlichen wir behutsam an der schützenden Mauer entlang und liefen dann in vollem Trab in die Weinberge, wo wir uns unserer Freude ungestört überlassen konnten und be= rieten, was am besten zu tun wäre.

»Hör einmal«, sagte Mattia. »Ich habe keine Lust, mit meinem Besuch bei Mrs. Milligan bis morgen zu warten. Während der Zeit kann Mr. James Milligan Arthur etwas zuleide tun. Ich will gleich zu ihr gehen und ihr alles sagen, was wir wissen. Mr. Milligan hat mich nie gesehen, also brauchen wir nicht zu befürchten, daß er an dich und die Familie denkt, wenn ich komme. Mrs. Milligan mag dann selbst bestimmen, was ge= schehen soll.«

Der Vorschlag war gut. Ich ließ Mattia gehen und verabredete mit ihm, daß wir unter einer nahegelegenen Kastaniengruppe zusammentreffen wollten. Dort konnte ich mich leicht ver= bergen, falls Mr. James Milligan des Weges kommen sollte.

Auf das Moos gelagert, wartete ich lange auf Mattias Rück= kehr. Endlich kam er wieder, mit Mrs. Milligan zusammen.

Ich eilte ihr entgegen und küßte ihr die Hand, die sie mir reichte. Sie schloß mich in die Arme, beugte sich über mich und küßte mich liebevoll auf die Stirn. Es war das zweite Mal, daß sie das tat. Doch schien mir, als habe sie mich beim ersten= mal nicht so innig an sich gedrückt wie jetzt.

»Armer, lieber Junge!« sagte sie, strich mir dabei mit ihren schönen weißen Fingern das Haar auseinander, sah mich lange an und murmelte leise: »Ja — ja . . .«, wie um ihre innersten Gedanken zu bestätigen.

»Mein Kind«, nahm sie wieder das Wort, ohne die Augen von mir zu wenden, »dein Freund machte mir sehr ernste Mittei= lungen. Nun berichte auch du mir ganz ausführlich über alles, über deine Ankunft bei der Familie Driscoll und über den Besuch von Mr. James Milligan.«

Ich gab die gewünschte Auskunft, und Mrs. Milligan unter= brach mich nur, um sich einige besonders wichtige Punkte näher erklären zu lassen. Noch nie hörte mir jemand so auf= merksam zu. Sie wandte den Blick nicht von mir.

Als mein Bericht beendet war, sah sie mich lange schweigend an und sagte zuletzt: »Alles, was ich soeben gehört habe, ist von außerordentlicher Wichtigkeit für dich und für uns alle. Wir müssen alles noch genau besprechen. Bis dahin aber mußt du dich als Arthurs Freund, als« — sie zögerte ein wenig — »seinen Bruder betrachten. Du wirst dein elendes Dasein auf= geben, du sowohl wie dein junger Freund. Seid in zwei Stunden im ›Hotel des Alpes‹ in Territet, wo ich ein Zimmer für euch bestellen lassen werde. Dort sehen wir uns wieder. Ich kann jetzt nicht länger bei euch bleiben.«

Sie küßte mich wieder, reichte Mattia die Hand und entfernte sich schnell.

»Was hast du denn Mrs. Milligan erzählt?« fragte ich Mattia, nachdem sie fortgegangen war.

»Alles, was sie dir soeben sagte, und noch viel mehr. Ach, was ist das für eine schöne, gute Frau!«

Ich wollte zu gern mehr hören. Mattia beantwortete meine Fragen nur ausweichend. Ich lenkte das Gespräch auf gleich= gültige Dinge und plauderte, bis die Zeit heranrückte, wo wir uns im »Hotel des Alpes« einstellen konnten. Ein Kellner in schwarzem Frack und weißer Halsbinde empfing uns und führte uns in unser Zimmer. Wie prächtig kam uns das vor! Zwei weiße Betten standen darin; die Fenster gingen auf eine über dem See gelegene Veranda, von der sich eine wundervolle Aus= sicht bot. Wir blieben lange in Entzücken versunken draußen, und als wir wieder in das Zimmer traten, stand der Kellner noch immer unbeweglich da, um auf unsere Befehle zu warten. Er fragte uns höflich, was wir zum Mittagessen wünschten.

»Haben Sie Obsttorte?« fragte Mattia.

»Rhabarber=, Erdbeer= und Stachelbeertorte.«

»Sehr gut, bringen Sie uns davon.«

»Von allen dreien?«

»Freilich.«

»Und was für Fisch, Braten, Gemüse wünschen Sie?«

Bei jedem Wort riß Mattia die Augen weit auf, ließ sich aber nicht aus der Fassung bringen, sondern sagte würdevoll: »Das überlasse ich Ihnen.« Gravitätisch entfernte sich der Kellner.

»Ich glaube, daß wir hier besser speisen werden als in der Familie Driscoll«, meinte Mattia.

Am nächsten Morgen kam Mrs. Milligan und brachte einen Schneider und eine Näherin mit, bei denen sie neue Anzüge und Wäsche für uns bestellte. Sie dachte an alles! Wohl eine ganze Stunde brachte sie bei uns zu. Sie erzählte uns, daß Lisa, nach der Versicherung des Arztes, völlig geheilt sei. Sie küßte mich beim Fortgehen wieder zärtlich und reichte Mattia die Hand.

So besuchte sie uns vier Tage lang und zeigte sich bei jedem Mal herzlicher und zärtlicher gegen mich.

Am fünften aber schickte sie die Kammerfrau, die ich vom »Schwan« kannte, um uns bitten zu lassen, zu ihr zu kommen, da sie uns bei sich erwarte. Der Wagen stand vor der Tür des Hotels. Wir folgten, ohne zu zögern. Mattia saß zurückgelehnt in der offenen Kalesche, als sei er seit seiner frühesten Kindheit in prächtigen Kutschen gefahren, und auch Capi kletterte ohne Umstände auf eines der Kissen.

Mir schien das alles wie ein Traum. Tolle Gedanken wirbelten mir im Kopf herum.

Nach unserer Ankunft wurden wir in einen Salon geführt. Arthur lag auf einem Sofa. Seine Mutter und Lisa standen neben ihm. Arthur streckte mir beide Hände entgegen. Ich lief auf ihn zu und küßte ihn und Lisa. Mrs. Milligan schloß mich in die Arme, küßte mich mit besonderer Innigkeit und sagte dann zu mir: »Endlich ist die Stunde gekommen, wo du den Platz wieder einnehmen kannst, der dir gebührt.«

Ich begriff nicht, was sie damit meinte, und schaute fragend zu ihr empor. Statt aller Antwort öffnete sie eine Tür, und Mutter Barberin trat ein. Auf dem Arme trug sie Kinderkleider, einen weißen Kaschmirmantel, ein Spitzenhäubchen und ge= wirkte Überstrümpfe.

Kaum erblickte ich sie, als ich ihr so schnell entgegenlief, daß die gute Alte nur noch Zeit genug hatte, die Kleider auf einen Tisch zu legen, bevor ich ihr in die Arme fiel. Mrs. Milligan gab einem Diener einen Befehl; ich hörte den Namen des Mr. James Milligan und erbleichte.

»Du hast nichts zu befürchten«, beruhigte sie mich. »Komm nur hierher zu mir und lege deine Hand in die meine.«

Im selben Augenblick trat Mr. James Milligan in den Salon, mit jenem unheimlichen Lächeln auf den Lippen, das alle seine spitzen Zähne hervortreten ließ. Kaum sah er mich, als sich das Lächeln in eine entsetzliche Grimasse verwandelte.

Mrs. Milligan ließ ihm keine Zeit zum Reden.

»Ich habe dich rufen lassen«, begann sie langsam, mit kaum merklich zitternder Stimme, »um dir meinen ältesten Sohn vorzustellen, den ich dank einer glücklichen Fügung endlich wiedergefunden habe«, hier drückte sie mir die Hand, »und den auch du kennst. Du hast dich erst vor einigen Monaten bei dem Menschen, der ihn geraubt hatte, nach seiner Gesundheit erkundigt.«

»Was bedeutet das?« fragte Mr. James Milligan mit verstörtem Gesicht.

»Jener Mann, augenblicklich wegen eines Kirchenraubes verhaftet, legte ein umfassendes Geständnis ab. Hier ist der Brief, der es bestätigt. Er gestand, wie er sich des Kindes bemächtigt und es in Paris in der Avenue de Breteuil aussetzte. Die brave Frau, die meinen Sohn großmütig aufzog, bewahrte seine Wäsche auf. Hier ist sie. Willst du den Brief lesen, die Kleider sehen?«

Mr. James Milligan stand einen Augenblick unbeweglich still. Gewiß hätte er am liebsten uns alle erwürgt. Dann wandte er sich zur Tür, kehrte sich aber vor dem Hinausgehen noch einmal um und sagte: »Wir werden sehen, was die Gerichtshöfe von dieser Kindesunterschiebung halten.«

Mrs. Milligan entgegnete ruhig: »Du kannst uns vor Gericht fordern. Ich aber werde den nicht dahin bringen, der meines Mannes Bruder war.«

Die Tür schloß sich hinter meinem Onkel, ich warf mich meiner Mutter in die Arme und erwiderte ihre Küsse zum erstenmal.

»Willst du deiner Mutter sagen, daß ich ihr Geheimnis treulich bewahrt habe?« Mit diesen Worten kam Mattia zu mir, nachdem sich die erste Aufregung gelegt hatte.

»Wußtest du denn alles?« fragte ich verwundert.

»Als Mattia mir deine Geschichte erzählt hatte, bat ich ihn, darüber zu schweigen«, erklärte meine Mutter. »Wenn ich auch fest überzeugt war, daß Remi mein Sohn ist, so durfte ich doch nicht eher handeln, als bis sich sichere Beweise in meinen Händen befanden und jeder Irrtum ausgeschlossen war. Wie schmerzlich wäre es für dich, für uns alle gewesen, wenn ich dich erst als meinen Sohn umarmte, später aber dir vielleicht sagen mußte, ich hätte mich geirrt. Jetzt besitzen wir die Beweise und sind auf immer vereinigt. Jetzt wirst du nicht wieder von deiner Mutter und deinem Bruder und ebensowenig von denen getrennt werden«, sie zeigte auf Mattia und Lisa, »die dich im Unglück geliebt haben.«

Daheim

Jahre sind vergangen, viele, aber kurze Jahre. Sie brachten uns nur schöne Tage.

Jetzt bewohne ich Milligan Park in England, den Besitz meiner Familie.

Meine Frau und ich bewohnen das alte Herrenhaus gemeinsam mit meiner Mutter und meinem Bruder. Vor etwa sechs Monaten übersiedelten wir hierher. Seit dieser Zeit verbrachte ich viele Stunden, über einen großen Tisch von Eichenholz gebeugt, in der Bibliothek, wo die alten Urkunden, Besitztitel und Familienpapiere aufbewahrt werden. Doch nahmen mich nicht diese alten Aktenstücke in Anspruch. Es ist vielmehr das Buch meiner Erinnerungen, das ich niederschreibe, durchblättere und ordne.

Unser erstes Kind soll Mattia getauft werden. Bei der Tauffeier, zu der ich alle meine Freunde aus den Tagen der Not eingeladen habe, werde ich ihnen zur Erinnerung an jene Zeit die von mir verfaßte Geschichte meines Lebens überreichen — als Beweis meiner Dankbarkeit für ihre Liebe und Güte.

Diese Einladung ist eine Überraschung für meine Freunde wie auch für meine Frau, die nichts davon ahnt, daß sie ihren Vater, ihre Geschwister und ihre Tante vielleicht schon in wenigen Stunden wiedersehen wird. Nur mein Bruder und meine Mutter sind in das Geheimnis eingeweiht.

Einer freilich fehlt bei diesem Fest; denn so groß auch die

Macht des Reichtums ist, die Toten kann er nicht ins Leben zurückrufen.

Armer, lieber Vitalis! Welche Freude wäre es für mich gewesen, dir die Ruhe deiner letzten Lebenstage zu sichern! Querpfeife, Schafpelz und Samtweste könntest du beiseite legen, den wei= ßen Kopf erheben und deinen rechten Namen wieder an= nehmen: Vitalis, der alte Landstreicher, wäre aufs neue Carlo Balzani, der berühmte Sänger, geworden. Was mir aber der unerbittliche Tod verwehrte, an dir gutzumachen, konnte ich wenigstens für dein Gedächtnis tun. Auf dem Friedhof Mont= parnasse in Paris steht der Name Carlo Balzani auf dem Grab= mal, das dir meine Mutter auf meine Bitten errichten ließ.

Aber da kommt meine Mutter. Das Alter tat ihrer Schönheit keinen Eintrag, und ich sehe sie heute so, wie sie mir zum erstenmal auf der Veranda des »Schwans« erschien, mit dem= selben vornehmen, ganz von Sanftmut und Güte erfüllten Wesen. Nur hat sich der Schleier der Schwermut gehoben, der damals ihr Antlitz umschattete.

Sie stützt sich auf Arthur, denn während sie früher den schwa= chen, gebrechlichen Sohn stützen mußte, bietet er jetzt der Mutter mit liebender Sorgfalt den Arm. Das Wunder ist in Erfüllung gegangen: Arthur ist nicht nur am Leben geblieben, sondern sogar zum stattlichen, kräftigen, in allen Körper= übungen gewandten jungen Mann herangereift: ein ausgezeich= neter Reiter, kräftiger Ruderer und unermüdlicher Jäger.

In kurzer Entfernung hinter den beiden gewahre ich eine alte, in die Tracht einer französischen Bäuerin gekleidete Frau, die ein kleines, in einen weißen Mantel gehülltes Kind auf dem Arm trägt. Das ist mein Sohn, der kleine Mattia. Die alte Bäuerin aber ist Mutter Barberin.

Ich wollte sie gleich bei uns behalten, als ich meine Mutter wiederfand. Mutter Barberin aber wies meine Bitten mit der Begründung zurück, daß ihr Platz jetzt nicht neben meiner wahren Mutter sei.

»Nein, mein kleiner Remi«, sagte sie, »du mußt arbeiten und lernen. Dabei kann ich dir nicht helfen. Laß mich ruhig nach Chavanon zurückkehren. Jetzt wüßte ich doch nicht, was ich bei dir machen sollte. Darum braucht aber unsere Trennung nicht ewig dauern. Du wirst heranwachsen, heiraten, und dann werde ich zu dir kommen, um deine Kinder zu warten, wenn du es willst und ich noch am Leben bin.«

Wir handelten nach ihren Wünschen und ließen Mutter Barberin erst aus Chavanon holen, als der kleine Mattia angekommen war. Nun pflegt und hütet sie ihn und erklärt ihn für das schönste Kind, das ihr je unter die Augen gekommen ist.

Arthur legt mir eine Nummer der »Times« auf den Arbeits= tisch und zeigt mir folgende Mitteilung aus Wien:

»Trotz dem geradezu wunderbaren Erfolg, den Mattia hier er= zielte, muß er uns leider jetzt schon verlassen, um Verpflich= tungen nachzukommen, denen er sich nicht entziehen kann und die ihn in der nächsten Zeit nach England rufen. Wir berichteten bereits über seine Konzerte, die sowohl durch die Kraft und die Eigentümlichkeit des Spiels wie durch die Begabung des Komponisten das lebhafteste Aufsehen erregt haben. Mattia ist, um alles in einem Wort zusammenzufassen, der Chopin der Geige.«

Ich brauche diesen Artikel nicht, um zu wissen, daß der Stra= ßenmusikant, mein Kamerad und Zögling, ein großer Künstler geworden ist. Ich sah Mattia aufwachsen und sich entwickeln, unter Anleitung der Lehrer, die ihm meine Mutter hielt, glän= zende Fortschritte in der Musik machen. Die Weissagung des musikliebenden Friseurs in Mende war in Erfüllung gegangen.

Ein Diener überbringt mir ein Telegramm:

»Die Überfahrt war kurz, aber angenehm war sie nicht. Gibt es überhaupt angenehme Seereisen? Wie dem auch sei, ich war so krank, daß ich erst in Red Hill die nötigen Kräfte finde, Dich von unserer Ankunft zu benachrichtigen. Christina, die ich auf der Durchreise durch Paris mitgenommen habe, und ich kom= men um vier Uhr zehn Minuten in Chegford an. Schicke uns einen Wagen dahin.   *Mattia.«*

Als ich Christinas Namen lese, sehe ich Arthur an, der die Augen abwendet und erst wieder aufsieht, nachdem ich zu Ende gelesen habe.

»Ich will selbst nach Chegford fahren und den Landauer an= spannen lassen«, bemerkt er.

»Das ist ein guter Gedanke. Auf diese Weise sitzt du Christina während der Rückfahrt gegenüber«, sage ich lächelnd. Er geht schnell hinaus.

»Wie du siehst«, wende ich mich an meine Mutter, »verbirgt Arthur seinen Eifer nicht, das ist bedeutungsvoll.«

»Höchst bedeutungsvoll«, sagt sie lächelnd.

»Hat Arthur mit dir über Christina gesprochen?«

»Ja, liebe Mutter. Er hat sich an mich, als das Haupt der Familie, gewandt.«

»Und das Haupt der Familie . . .?«

»Hat ihm seinen Beistand zugesagt . . .«

»Da ist deine Frau«, unterbricht mich meine Mutter, »wir wollen später weiter von Arthur reden.«

Meine Frau! Ihr habt schon erraten, daß es das kleine Mädchen mit den verwunderten Augen ist, das ihr schon lange kennt, die kleine, elfenhafte Lisa. Sie ist nicht mehr stumm, aber die Feinheit und Anmut, die ihrer Schönheit ein so überirdisches Gepräge verlieh, ist ihr geblieben.

Die Zeit ist verstrichen, ich erwarte den Wagen, den ich nach Ferry sandte, um Lisas Familie abzuholen. Ich nehme ein Fern= rohr, durch das wir die Schiffe zu beobachten pflegen, richte es aber statt auf das Meer auf den Weg, woher der Wagen kommen muß.

»Schau durch das Fernrohr«, wende ich mich an Lisa. »Dann wird deine Neugier befriedigt werden.«

Sie sieht aber nur die weiße Landstraße, da sich noch kein Wagen zeigt. Nun blicke ich selbst durch das Glas und sage in dem Ton, in dem Vitalis seine Vorstellungen anzukündigen pflegte: »Wie ist es nur möglich, daß du durch das Fernrohr nichts gesehen hast? Es trägt meinen Blick über das Wasser und führt mich nach Frankreich, wo ich in der Gegend von Sceaux ein zierliches Häuschen sehe. Ein Mann mit weißem Haar treibt zwei Frauen zur Eile an: ›Wir müssen schnell machen‹, sagt er, ›sonst verfehlen wir den Zug, und ich komme nicht zur Taufe meines Enkels nach England. Frau Katharina, bitte, eile doch ein wenig, du hast dich in den zehn Jahren, die wir zusammen leben, regelmäßig verspätet. Was? Was wolltest du sagen, Etiennette? Noch immer Fräulein Gendarm! Der Vor= wurf, den ich Frau Katharina mache, ist ganz freundschaftlich gemeint. Weiß ich denn nicht, daß es keine bessere Schwester geben kann als sie, so gut es keine bessere Tochter gibt als meine Etiennette? Wo findet sich außer dir eine Tochter, die sich nicht verheiratet, um lieber ihren alten Vater zu pflegen, und als Erwachsene die Rolle des Schutzengels weiterführt,

die sie als Kind bei ihren Geschwistern übernahm?‹ Vor dem
Fortgehen erteilt er die nötigen Anweisungen zur Pflege seiner
Blumen, solange er abwesend ist, und sagt zu seinem Diener:
›Vergiß nicht, daß ich Gärtner war und das Handwerk
kenne!‹«
Nunmehr drehe ich das Fernrohr, als wollte ich nach einer
anderen Seite blicken, und fahre fort: »Jetzt nehme ich ein
großes, von den Antillen heimkehrendes Dampfschiff wahr,
das sich Le Havre nähert. Ein junger Mann ist an Bord, der
eine botanische Forschungsreise in dem Gebiet des Amazonen=
stromes unternommen hat und eine bis jetzt in Europa unbe=
kannte Flora mitbringt. Die Zeitschriften haben den ersten Teil
seiner Reisebeschreibung veröffentlicht, und schon ist sein
Name, Benjamin Acquin, berühmt geworden. Aber in diesem
Augenblick denkt er weder an Wissenschaft noch an Ruhm,
sondern hat nur die eine Sorge, ob er wohl zeitig genug in
Le Havre eintreffen wird, um noch den Anschluß an das nach
Southampton fahrende Schiff erreichen zu können. Vermöge
meines Wunderglases folge ich ihm und sehe, daß es ihm ge=
glückt ist, er also rechtzeitig hier sein wird.«
Wiederum richte ich das Fernrohr auf einen anderen Punkt
und spreche weiter: »Ich sehe nicht nur, sondern höre auch:
Da sitzen zwei Männer im Eisenbahnabteil, ein alter und ein
junger.
›Wie interessant ist diese Reise für uns‹, beginnt der Alte. — ›Das
will ich meinen, Magister.‹ — ›Du wirst nicht nur die Deinen
wiedersehen, lieber Alexis, wir werden nicht nur Remi die
Hand drücken, der unser so treulich gedenkt, sondern auch die
Bergwerke von Wales kennenlernen, so daß du nach deiner
Rückkehr mancherlei Verbesserungen in der Truyère einführen
kannst. Du wirst deine Stellung dadurch noch mehr festigen.
Ich will Mineralien mitbringen, um sie der Sammlung einzu=
verleiben, die ich der Stadt Varses geschenkt habe. Wie schade,
daß Gaspard nicht mitkommen konnte!‹«
Ich will noch mehr sagen. Lisa aber nimmt meinen Kopf in
beide Hände, schließt mir den Mund durch ihre Liebkosungen
und ruft voll Rührung mit zitternder Stimme: »Welche wunder=
bare Überraschung!«
»Du mußt nicht mir danken, sondern Mutter, die an unserem
Fest hier alle vereinigen wollte, die gut gegen ihren verlassenen
Sohn waren. Hättest du mir nicht den Mund geschlossen, so

würdest du noch erfahren, daß wir auch den berühmtesten Schaubudenbesitzer Englands, den wackeren Bob, erwarten so= wie seinen Bruder, der nach wie vor seine Schaluppe führt.«

Jetzt hören wir einen Wagen, gleich darauf einen zweiten. Wir laufen ans Fenster und sehen Vater Acquin, seine drei Kinder und Tante Katharina ankommen. Neben Alexis sitzt ein ge= beugter, weißhaariger Greis, der Magister. Von der entgegen= gesetzten Seite naht der Landauer, von dem aus Mattia und Christina mit der Hand winken. Hinter ihm fährt ein Kabrio= lett, von Bob selbst gelenkt, der in Wesen und Haltung ein vollkommener Gentleman geworden ist, während sein Bruder noch ganz und gar dem rauhen Schiffer gleicht, der uns in Isigny ans Land setzte.

Wir eilen die Treppe hinunter, um unsere Gäste zu empfangen, und bald sitzen wir beim Mittagmahl um den Tisch.

»Kürzlich begegnete ich in den Spielsälen von Baden=Baden einem Herrn mit weißen, spitzen Zähnen, der trotz seines Miß= geschicks am grünen Tisch beständig lächelte«, berichtet Mattia. »Er erkannte mich nicht und erwies mir die Ehre, mich um ein Darlehen zu bitten. Er wollte ein unfehlbares System auspro= bieren. Aber das Zusammentreffen war nicht glücklich, denn Mr. James Milligan hat verloren.«

»Warum erzählen Sie das vor Remi, lieber Mattia?« sagt meine Mutter. »Er wäre imstande, seinem Onkel eine Unterstützung zu schicken.«

»Allerdings, liebe Mutter.«

»Wo bleibt dann die Strafe?«

»Onkel James wird schwer genug darunter leiden, daß er mir sein Brot verdankt.«

Nach dem Essen zieht mich Mattia in eine Fensternische.

»Wir haben so oft für Gleichgültige gespielt«, meint er, »daß wir wohl auch einmal für die spielen könnten, die wir lieb= haben.«

»Gibt es denn kein Vergnügen ohne Musik für dich? Über= all und immer Musik? Denk an den Schrecken unserer Kuh!«

»Willst du dein neapolitanisches Lied singen?«

»Mit Freuden, denn das hat Lisa die Sprache wiedergegeben.«

Damit greifen wir zu unseren Instrumenten. Aus einem schö= nen, mit Samt ausgeschlagenen Kasten nimmt Mattia eine alte Geige, unsere Geige, die wohl ihre zwei Franken wert ist. Ich nehme eine Harfe aus ihrer Hülle, deren von Regengüssen

ausgewaschenes Holz längst seine natürliche Farbe wiederge=
wonnen hat. Unsere Zuhörer bilden einen Kreis um uns. In
demselben Augenblick kommt auch ein Hund, unser guter
Capi, an, der sehr alt und ganz taub geworden ist, aber gute
Augen behalten hat und von seinem Kissen aus die Harfe
erkannte.

Nun schleppt er sich zur Vorstellung herbei, eine kleine
Untertasse in der Schnauze, und will auf den Hinterbeinen
die Runde bei dem »werten Publikum« machen wie früher.
Aber die Kräfte versagen ihm, er setzt sich und begrüßt die
»Gesellschaft« feierlich, indem er eine Pfote aufs Herz legt.

Nach Beendigung unseres Liedes steht Capi wieder auf und
sammelt ein, so gut er kann. Jeder legt seine Gabe in die Schale,
und Capi bringt mir die Einnahmen, ganz verwundert über
ihre Höhe. Es ist die reichste, die er je zusammengebracht hat,
nur Gold= und Silberstücke, im ganzen einhundertsiebzig Fran=
ken.

Ich streichle und liebkose ihn wie früher, als er mich in
meinem Elend tröstete, und wende mich dann, von einem
plötzlichen Gedanken erfaßt, an meine Gäste: »Diese Summe
soll der erste Beitrag zur Gründung eines Heimes für kleine
Straßenmusikanten sein. Den Rest werden meine Mutter und
ich beisteuern.«

»Madame«, sagt Mattia, indem er meiner Mutter die Hand
küßt, »ich bitte um einen ganz kleinen Anteil an ihrem Werk.
Falls Sie es mir gütigst erlauben, soll sich der Ertrag meines
nächsten Konzerts der Einnahme Capis zugesellen.«